KB044422

노래하는 새와 뱀의 발라드

THE BALLAD OF
SONGBIRDS
AND SNAKES

SUZANNE COLLINS

노래하는 새와 뱀의 발라드

수잔 콜린스 지음 | 이원열 옮김

B 북폴리오

THE BALLAD OF SONGBIRDS AND SNAKES

노튼과 진 저스터를 위해

"이로써 분명해지는데, 인간은 그들 모두를 위압하는 공통의 권력이 존재하지 않는 곳에서는 전쟁 상태에 들어가게 된다. 이 전쟁은 만인의 만인에 대한 전쟁이다."

토머스 홉스, 《리바이어던》, 1651년

"자연 상태는 자연법의 지배를 받고, 이는 모두에게 적용된다. 이 법은 곧 이성인데 모든 인류는 이성에 따를 수밖에 없다. 이성은 인간은 누구나 평등하고 독립적이므로 누구도 남의 생명, 건강, 자유, 재산상의 피해를 주면 안 된다고 가르친다…"

존 로크, 《시민정부》, 1689년

"인간은 자유롭게 태어났으나 어디에서나 사슬에 묶여 있다."

장-자크 루소, 《사회계약론》, 1762년

"자연이 주는 오래된 교훈은 달콤하다;
쓸데없이 끼어드는 우리의 지성은 모든 것의 어여쁜 형태를 일그러지게 한다;
우리는 해부해 보겠다며 죽인다."

윌리엄 워즈워스, '상황이 바뀌었다', 《서정가요집》, 1798년

"나는 그가 존재하게 되면서부터 보여 주었던 미덕의 가능성, 그의 보호자들이 혐오와 경멸을 드러내 그의 선한 마음이 모두 엉망이 되었던 것을 생각했다."

메리 셸리, 《프랑켄슈타인》, 1818년

PART I
"멘터"

1

코리올라누스는 물이 끓는 냄비 안에 양배추를 한 줌 넣으며 다시는 이걸 먹지 않는 날이 언젠가는 올 거라고 맹세했다. 하지만 오늘은 그 날이 아니었다. 이 맛대가리 없는 음식을 큰 그릇으로 하나 가득 먹고 국물도 남김없이 마셔야 했다. 추첨 행사 중 배에서 꾸르륵 소리가 나는 걸 막기 위해서였다. 코리올라누스의 가족은 캐피톨에서 가장 호화로운 아파트의 펜트하우스에 살고 있지만, 사실은 구역에 사는 인간쓰레기만큼이나 가난했다. 코리올라누스는 그 사실을 숨기기 위해 여러 가지 일을 조심해야 했고, 이것도 그중 하나였다. 한때 위대했던 스노우 가문의 열여덟 살 후계자는 자신의 기지機智 말고는 의지할 데가 없었다.

추첨일에 입고 갈 셔츠가 걱정이었다. 작년에 암시장에서 산 그럭저럭 입을 만한 드레스 팬츠는 하나 있지만 사람들의 눈에 띄는 건 셔츠였다. 다행히 아카데미는 매일 입을 교복을 제공했다. 그러나 오늘은 멋지면서도 행사에 어울리는 엄숙한 옷을 입으라는 지시가 내려왔다.

티그리스는 자기를 믿으라고 했고, 코리올라누스는 믿었다. 이제까지 그를 구해 준 건 오직 사촌 티그리스의 교묘한 바느질 솜씨였다. 그렇다고 기적을 기대할 수는 없었다.

두 사람이 옷장 깊은 곳을 파헤쳐 찾아낸 셔츠는 좋았던 시절에 아버지가 입던 옷이었다. 얼룩지고 오래되어 누레졌고 단추는 절반이 떨어져 나갔고 소매 한쪽에는 담배에 탄 자국이 있는 셔츠였다. 가장 힘든 시절에도 팔 수 없을 만큼 심하게 상한 셔츠인데 이걸 추첨일에 입어야 한다니. 오늘 새벽 코리올라누스가 티그리스의 방에 갔을 때, 그곳에는 티그리스도 셔츠도 없었다. 좋은 징조가 아니었다. 티그리스가 낡은 셔츠를 포기하고 적절한 옷을 찾으려는 마지막 시도로 용기를 내어 암시장에 간 걸까? 티그리스에게 물물교환할 만한 물건이 대체 뭐가 있다고? 단 한 가지, 그녀 자신이 있기는 했다. 하지만 스노우 가문은 아직 그 정도로 추락하지는 않았다. 어쩌면 혹시 코리올라누스가 아침 식사로 양배추에 소금을 치고 있는 지금, 스노우 가문은 추락하고 있는 걸까?

코리올라누스는 사람들이 티그리스에게 가격을 매기는 장면을 상상해 보았다. 코가 길고 뾰족하고 삐쩍 마른 티그리스는 대단한 미인은 아니지만 다정함과 무방비함을 지녔고, 그걸 악용하려는 사람들이 있었다. 티그리스가 스스로를 내놓겠다면 사려는 사람은 있을 것이다. 그런 생각을 하니 그는 토할 것 같았고 무력감을 느꼈다. 그리고 자신에 대한 역겨움이 뒤따랐다.

아파트 저편에서 캐피톨의 주제가 〈판엠의 보석Gem of Panem〉이 들려왔다. 할머니가 떨리는 소프라노 음성으로 따라 부르는 소리가 벽에 부딪혀 울려 퍼졌다.

판엠의 보석,

강력한 도시,

여러 시대 동안 너는 새롭게 빛나노라.

늘 그렇듯 할머니의 음정은 형편없었고 박자는 살짝 늦었다. 전쟁 첫
해에 할머니는 다섯 살이던 코리올라누스와 여덟 살이던 티그리스의
애국심을 기른다는 명목으로 국경일마다 이 노래를 틀었다. 구역 반군
들이 캐피톨을 포위하고 전쟁의 막바지 2년 동안 보급품을 차단했던
힘겨운 날이 닥쳐왔을 때는 매일 틀었다. 할머니는 "기억하렴, 애들아.
우린 포위당했을 뿐이야! 항복한 게 아니야!"라고 말하며 폭탄이 비처
럼 쏟아지는 창밖을 향해 이 노래를 불렀다. 할머니의 작은 저항이었다.

우리는 너의 이상 앞에

겸손히 무릎을 꿇고,

그리고 너무 높아서 할머니가 낼 수 없는 음….

우리의 사랑을 너에게 맹세한다!

코리올라누스는 조금 움찔했다. 10년 동안 반군은 조용했지만 할머
니는 그렇지 않았다. 아직 두 구절이 남았다.

판엠의 보석,

정의의 심장,

너의 매끈한 이마 위에 얹힌 지혜의 왕관.

집 안에 가구가 더 있었으면 소리를 조금이나마 흡수할 수 있었을까 생각했지만, 이건 학술적 의문일 뿐이었다. 현재 그들의 펜트하우스는 끈질긴 반군 공격의 상흔을 안은 캐피톨 그 자체의 축소판이었다. 6미터 높이의 벽에는 핏줄 같은 금이 이리저리 나 있었고 곰팡이가 슨 천장에는 군데군데 회반죽이 떨어진 구멍이 있었다. 시내가 내려다보이는 아치 모양 창문의 깨진 유리 자리에는 보기 흉한 검은색 전기 테이프를 붙여 놓았다. 전쟁 기간과 그 후 10년 동안 스노우 가족은 가진 물건 상당수를 팔거나 교환해야 했기 때문에 텅 비어서 문을 걸어 둔 방도 있었고, 다른 방도 기껏해야 가구가 드문드문 있는 정도였다. 더 끔찍했던 것은 혹독하게 추웠던 포위 기간의 마지막 겨울 동안 얼어 죽지 않으려고 우아한 나무 조각품 몇 개와 수없이 많은 책을 벽난로에 희생시킨 일이었다. 어머니와 함께 들여다보던 그림책의 눈부신 페이지들이 재로 변하는 걸 지켜볼 때 코리올라누스는 눈물이 났다. 하지만 죽는 것보단 슬픈 게 낫다.

코리올라누스는 친구들의 집에 가 봤기 때문에 다른 가족들은 대부분 집수리를 시작했다는 걸 알고 있었다. 하지만 스노우 가족은 새 셔츠를 만들 리넨 몇 미터조차 살 수 없었다. 옷장을 뒤지거나 새로 맞춘 양복을 입고 있을 아카데미 친구들을 생각하면 앞으로 얼마나 더 체면을 유지할 수 있을까 싶었다.

너는 우리에게 빛을 줘.
너는 다시 통합시켜.
너에게 우리는 서약해.

티그리스가 고쳐 온 셔츠가 못 입을 상태면 어떡하지? 감기에 걸렸

다고 거짓말을 하고 빠질까? 줏대 없는 짓이다. 당당히 교복을 입고 갈
까? 무례하다. 2년 전에 이미 작아진 빨간 버튼다운을 억지로 입고 갈
까? 형편없다. 받아들일 수 있는 선택지? 아무것도 없다.

티그리스는 그녀의 고용주 파브리시아 왓낫에게 도움을 청하러 갔
을지도 모른다. 왓낫whatnot(거시기 정도의 의미-옮긴이)은 이름처럼 괴상한 여
자였지만 본떠 만드는 패션에는 나름 재능이 있었다. 깃털이나 가죽,
플라스틱이나 플러시 천이 트렌드라면 왓낫은 어떻게든 그걸 이용해서
합리적인 가격의 옷을 만들었다. 공부엔 흥미가 별로 없었던 티그리스
는 아카데미를 졸업한 뒤 대학에 진학하는 대신 디자이너가 되겠다는
꿈을 좇았다. 티그리스는 명목상으로는 견습생이었지만 파브리시아는
그녀를 노예처럼 부렸다. 발 마사지를 시키고 하수구를 막은 자신의 길
고 빨간 머리카락 뭉치를 청소하게 했다. 하지만 티그리스는 결코 불평
하지 않았고 파브리시아에 대한 비난은 들으려고도 하지 않았다. 패션
계에서 한자리 얻었다는 게 너무나 기쁘고 감사해서였다.

> 판엠의 보석,
> 권력의 자리,
> 평화시의 힘, 전시의 방패.

코리올라누스는 양배추 수프에 넣을 만한 것이 있을까 싶어 냉장고
를 열었다. 냉장고 안에는 금속 냄비 하나뿐이었다. 뚜껑을 여니 굳어
서 곤죽이 된 썬 감자가 코리올라누스를 마주보고 있었다. 요리를 배우
겠다고 우리를 위협한 할머니가 드디어 그 위협을 실행에 옮긴 걸까?
이건 먹을 수 있긴 한 걸까? 그는 이 음식에 대한 정보를 더 얻을 때까
지 기다리기로 하고 다시 뚜껑을 덮었다. 망설이지 않고 음식을 쓰레기

통에 버릴 수 있다는 건 호사스러운 일이다. 정말 호사스러운 쓰레기일 것이다. 아주 어렸을 때 무성인(혀가 없는 일꾼들이 일을 제일 잘한다고 할머니는 말했다)들이 운전하는 트럭이 웅웅거리며 버려진 음식이 든 커다란 봉지, 컨테이너, 낡은 집안 물건 들을 치우는 걸 지켜보곤 했다. 혹은 그런 기억이 나는 것도 같았다. 그 이후 버릴 것이라곤 아무것도 없고 원하지 않는 칼로리란 없고 교환할 수 없거나 열기를 내기 위해 태울 수 없거나 단열을 위해 벽에 붙일 수 없는 물건이란 없는 시기가 찾아왔다. 모두 낭비를 경멸하도록 배웠다. 그렇지만 낭비가 슬슬 다시 유행하려 하고 있다. 번영의 징조였다. 마치 멀쩡한 셔츠처럼.

우리의 땅을 지키자.
무기를 든 손으로.

셔츠, 셔츠. 그는 그런 문제, 그러니까 어떤 문제든 한 가지만 붙들고 놓지 않는 성격을 가지고 있었다. 마치 자기 세계의 한 가지 요소를 통제하면 무너지지 않을 수 있다는 듯이 말이다. 코리올라누스를 해칠 수 있는 다른 문제를 보지 못하게 만드는 나쁜 버릇이었다. 그의 뇌에는 강박 성향이 내장되어 있었다. 그가 이보다 한 수 앞서는 방법을 배우지 못한다면 이런 성향은 아마 그가 실패하는 이유가 될 것이다.

할머니가 끽끽거리며 마지막 크레센도를 불렀다.

우리의 캐피톨, 우리의 생명!

아직도 전쟁이 일어나지 않았던 시절에 매달리는 미친 늙은이. 코리올라누스는 할머니를 사랑했지만 할머니는 여러 해 전에 현실 감각을 잃었다. 끼니 때마다 스노우 가문의 전설적인 장엄함에 대해 떠들어 댔다. 식탁에 놓인 음식이라곤 묽은 콩 수프와 오래된 크래커뿐일 때도 마찬가지였다. 할머니 말만 듣고 있으면 코리올라누스의 미래는 영예로울 것 같았다. "코리올라누스가 대통령이 되면…." 할머니가 자주 하는 말이었다. 코리올라누스가 대통령이 되면, 곧 무너질 듯한 캐피톨 공군부터 엄청나게 비싼 돼지고기 값까지 모든 게 마법처럼 바로잡힌다는 것이었다. 엘리베이터가 고장 났고 할머니가 무릎 관절염을 앓는데다 가끔 찾아오는 손님들도 할머니만큼이나 화석에 가까운 사람들인게 천만다행이었다.

양배추가 끓기 시작하자 주방에 빈곤의 냄새가 가득 찼다. 코리올라누스는 나무 숟가락으로 양배추를 찔러 보았다. 티그리스는 아직도 오지 않았다. 코리올라누스가 학교에 전화를 걸어 핑계를 대기엔 너무 늦은 시간이다. 다들 탐내는 헝거 게임의 멘터 자리 스물네 개 중 하나를 코리올라누스가 얻을 수 있도록 도와준 지도교수 사티리아 클릭은 실망할 뿐 아니라 화를 낼 것이다. 코리올라누스는 사티리아가 가장 아끼는 제자인 데다 조교여서 오늘 뭔가 시킬 일이 있을 것이다. 사티리아는 예측하기 힘든 사람이고 술을 마시면 더욱 그랬는데 추첨일에는 무조건 마셔 댈 것이다. 사티리아에게 전화를 걸어 구토가 멈추지 않지만 최선을 다해 낫도록 하겠다는 둥 변명을 하는 편이 나을 것이다. 마음을 굳게 먹은 코리올라누스가 전화를 걸려는 순간, 머릿속에 다른 생각이 떠올랐다. 불참하면 사티리아는 멘터를 다른 사람으로 교체하는 걸 막지 않을지도 모른다. 만약 그렇게 된다면 아카데미 졸업식 때 주어지는 상 가운데 하나를 받을 가능성이 낮아질지도 몰랐다. 그런 상이 없다면 그는 도저히 대학 학비를 댈 수가 없었다. 그러면 그에겐 커리어도 미래도 없다. 그리고 그의 가족은 대체 어떻게 되겠는가. 그리고 또….

뒤틀린 현관문이 삐걱이며 열렸다.

"코리오!" 티그리스의 목소리에 코리올라누스는 수화기를 쾅 내려놓았다. 티그리스는 코리올라누스가 신생아였을 때 부르던 애칭을 아직도 썼다. 코리올라누스는 그녀를 넘어뜨릴 뻔한 기세로 부엌에서 날듯이 뛰어나왔지만 티그리스는 너무 신이 나서 그런 티그리스를 나무라지도 않았다. "내가 해냈어! 해냈다고! 음, 뭔가 해내긴 했어." 티그리스는 낡은 옷 가방에 든 옷걸이를 들어 보이며 제자리에서 종종걸음을 쳤다. "봐, 봐, 봐!"

코리올라누스는 지퍼를 열고 가방 안에서 셔츠를 꺼냈다.

정말 멋졌다. 아니, 그보다 훨씬 좋았다. 고급스러웠다. 두꺼운 리넨은 원래의 흰색도, 세월이 지나 누레진 색도 아닌 매력적인 크림색이었다. 소매와 칼라는 검은 벨벳으로 바뀌어 있었고 테세라(고대 로마에서 주사위 등으로 사용한 물건-옮긴이) 단추는 금과 상아로 된 정육면체였다. 단추마다 실을 꿰기 위한 작은 구멍이 두 개 뚫려 있었다.

"누나 정말 대단해." 코리올라누스는 진심으로 말했다. "그리고 정말 최고의 사촌이야." 코리올라누스는 셔츠가 상하지 않도록 셔츠를 든 한쪽 팔을 조심스레 뻗고 다른 팔로 티그리스를 안았다. "스노우가 일등이다!"

"스노우가 일등이다!" 티그리스가 환성을 질렀다. 흙에 묻히지 않으려고 내내 애써야 했던 전쟁 시절에 그들을 지탱해 준 말이었다.

"전부 다 얘기해 줘." 코리올라누스는 티그리스가 이 옷에 대해 무엇인가 이야기하고 싶어 할 것이라 여겼다. 티그리스는 옷 이야기하는 걸 정말 좋아했다.

티그리스는 두 손을 번쩍 들고 숨을 훅 내쉬며 웃었다. "어디서부터 시작해야 하나?"

표백제부터 시작했다. 티그리스는 파브리시아의 침실 커튼이 우중 충하다고 말한 뒤, 표백제 푼 물에 커튼을 담그면서 셔츠도 함께 넣었 다. 효과가 아주 좋았지만 아무리 담가 놓아도 얼룩을 완전히 지울 수 는 없었다. 그래서 파브리시아의 이웃집 밖에 놓인 쓰레기통에서 찾아 낸 죽은 마리골드 꽃을 넣고 옷을 삶았다. 그랬더니 리넨에 꽃물이 들 어 얼룩이 가려졌다. 소매 부분의 벨벳은 이제는 의미가 없어진, 그들 의 할아버지 명패가 들어 있던 파우치의 끈을 이용했다. 테세라는 하녀 화장실 벽장 인테리어에서 떼어 왔다. 그러고는 건물 관리인에게 작업 복을 고쳐 주겠으니 단추에 구멍을 뚫어 달라고 했다.

"그게 다 오늘 아침에 한 일이야?" 코리올라누스가 물었다.

"아, 아니. 어제 일요일에. 오늘 아침에는… 너, 내가 만든 감자 찾았 니?" 그는 티그리스를 따라 부엌으로 갔다. 티그리스는 냉장고를 열고 냄비를 꺼냈다. "밤새 감자에서 전분을 뽑아냈어. 그리고 제대로 된 다 리미를 쓰려고 두리틀스로 달려갔지. 이건 수프에 넣으려고 아껴 뒀 고!" 티그리스는 냄비를 뒤집어 엉망진창이 된 감자를 끓는 양배추 수 프에 넣고 휘저었다.

티그리스의 황금빛 갈색 눈 아래에 드리운 라일락색 다크서클을 본 코리올라누스는 죄책감이 들었다. "누나 마지막으로 잔 게 언제야?" 그 가 물었다.

"아, 난 괜찮아. 감자껍질 먹었어. 어차피 비타민은 껍질에 있다고들 하잖아. 그리고 오늘은 추첨일이니까 사실상 휴일이지!" 티그리스는 명 랑하게 말했다.

"파브리시아 가게는 휴일이 아니잖아." 사실 어느 곳에서도 추첨일은 즐거운 날이 아니었다. 추첨일은 각 구역에서는 끔찍한 일이었고 캐피 톨에서도 그다지 축하하는 행사는 아니었다. 코리올라누스와 마찬가지로 대부분의 사람들은 전쟁을 떠올리는 걸 즐거워하지 않았다. 오늘 티그리스는 포위 기간 동안 자신들이 어떤 부족함을 겪었는지 투덜거리며 인사불성으로 취할 파브리시아와 온갖 희한한 손님들을 극진히 시중 들어야 할 것이다. 내일은 더 힘든 날이다. 그들의 숙취를 달래 줘야할 테니까.

"걱정 그만해. 자, 얼른 먹어!" 티그리스가 수프를 그릇에 담아 식탁 위에 놓았다.

코리올라누스는 시계를 흘끗 보고 입이 델 정도로 뜨거운 수프를 꿀꺽꿀꺽 먹은 뒤 셔츠를 들고 방으로 달려갔다. 샤워와 면도는 이미 마쳤고 고맙게도 오늘 그의 흰 피부엔 아무 티도 없었다. 학교에서 받은 속옷과 검은 양말은 멀쩡했다. 드레스 팬츠는 괜찮은 것 이상이었다. 바지를 입고 끈 달린 가죽 부츠에 발을 밀어 넣었다. 너무 작았지만 참을 수 있었다. 그리고 조심조심 셔츠를 입고 옷자락을 바지 안에 넣은 뒤 거울을 바라보았다. 그는 지금보다는 키가 더 커야 했다. 그와 같은 세대에 태어난 많은 아이들이 그렇듯, 잘 먹지 못해서 성장하지 못한 듯했다. 하지만 그는 몸이 탄탄하고 날씬했으며 자세가 아주 좋았다. 셔츠는 그의 체격의 장점을 두드러지게 보여 주었다. 할머니가 보라색 벨벳 양복을 입혀서 앞세우고 거리를 돌아다녔던 어린 시절 이후 이렇게 위풍당당해 보인 적은 없었다. 코리올라누스는 금빛 곱슬머리를 뒤로 넘겨 가라앉히며 자신의 모습을 향해 조롱하듯 속삭였다. "판엠의 미래 대통령 코리올라누스 스노우, 너에게 경의를 표한다."

코리올라누스는 티그리스를 위해 당당하게 거실로 들어갔다. 두 팔을 쫙 펴고 한 바퀴 돌며 셔츠를 보여 주었다.

티그리스는 꺅 소리를 지르며 환호했다. "정말 멋져! 엄청나게 잘생겼고 패셔너블해! 할머님, 와서 보세요!" '할머님'이라는 호칭은 왕족 같은 분을 '할머니'라고 부르는 건 너무 낮춰 부르는 것이라고 생각한 티그리스가 어릴 때 할머니를 부르던 애칭이다.

할머님이 나타났다. 그녀는 방금 꺾은 붉은 장미 한 송이를 떨리는 두 손으로 애지중지 감싸들고 있었다. 전쟁 전에 유행했던, 이제는 우스꽝스러울 정도로 오래된 길게 늘어진 검은 튜닉과 한때는 의복의 일부였던 발끝이 말려 올라간 자수 슬리퍼 차림이었다. 오래된 벨벳 터번 아래로 가느다란 흰 머리카락이 몇 가닥 보였다. 과거에는 호화로웠던 할머니의 의상 중에 가장 안 좋은 것들이었다. 얼마 남지 않은 괜찮은 옷은 사람을 만날 때나 가끔 시내로 나갈 때 입으려고 아껴 두었다.

할머님은 꽃을 내밀며 "얘야, 이리 오렴. 이걸 꽂아. 내 옥상 정원에서 방금 잘라 온 거야"라고 말했다.

코리올라누스가 장미를 받으려 손을 내밀었을 때 할머님의 손이 떨리는 바람에 손바닥을 가시에 찔리고 말았다. 상처에서 피가 차올랐고 코리올라누스는 귀중한 셔츠에 묻지 않게 팔을 앞으로 뻗었다. 할머님은 당혹스러워하는 것 같았다.

"난 그저 네가 우아하게 보였으면 해서." 할머님이 말했다.

"물론이죠, 할머님. 우아하게 보일 거예요." 티그리스가 말했다.

코리올라누스는 티그리스를 따라 부엌으로 들어가며 자제력은 꼭 필요한 기술이고 매일 같이 자제력을 발휘할 기회를 주는 할머님에게 감사해야 한다고 스스로를 타일렀다.

티그리스는 재빨리 상처를 닦고 반창고를 붙이며 "찔린 상처에서 나오는 피는 절대 오래 가지 않아"라며 코리올라누스를 안심시켰다. 티그리스는 장미 줄기를 조금 남겨 놓고 자른 다음 셔츠에 꽂아 주었다. "정말 우아해 보여. 장미가 할머님에게 어떤 의미인지 너도 알잖아. 고맙다고 말씀드려."

코리올라누스는 할머님에게 고맙다고 말했다. 두 사람 모두에게 감사를 전한 그는 서둘러 문 밖으로 나섰다. 화려하게 장식된 계단 12층을 내려가서 로비를 거쳐 아카데미로 향했다.

그의 집 정문 앞에는 코르소 대로가 있었다. 그 대로는 캐피톨이 관중을 위해 장대한 군사 퍼레이드를 펼칠 때 마차 여덟 대가 나란히 지나가도 충분할 정도로 넓은 길이었다. 코리올라누스도 어렸을 때 아파트 창문에 매달려 퍼레이드를 구경했다. 파티에 온 손님들은 퍼레이드의 맨 앞자리를 얻었다며 뽐냈다. 그리고 잠시 뒤 폭격기들이 나타났고 오랫동안 이 거리는 지나다닐 수 없는 곳이 되었다. 이제는 통행이 가능해졌지만 아직 인도에는 잔해가 쌓여 있었고 건물들은 폭격당했을 때와 마찬가지로 텅 비어 있었다. 전쟁에서 이긴 지 10년이 지났지만 코리올라누스는 아카데미에 갈 때 대리석과 화강암 덩어리들을 피해 걸어야 했다. 어쩌면 시민들이 견뎌야 했던 것이 무엇인지 상기시키려고 일부러 잔해를 남겨 둔 것인지도 몰랐다. 사람들의 기억력은 짧다. 전쟁을 생생히 기억하려면 돌무더기를 피해 다니고 더러운 배급 쿠폰을 꺼내 쓰고 헝거 게임을 지켜봐야만 했다. 망각은 현실 안주를 불러올 수 있고 그러면 모두 원점으로 돌아갈 것이다.

스칼라스 거리로 들어서며 코리올라누스는 걸음을 늦추었다. 제 시간에 도착하고는 싶었지만 땀에 젖은 꼴이 아닌 쿨하고 차분한 모습이길 원했기 때문이다. 추첨일이 대부분 그랬듯이 이번 추첨일도 아주 더울 것 같았다. 7월 4일이면 당연히 그럴 날씨다. 점점 달아오르는 셔츠에서 감자와 시든 마리골드 냄새가 희미하게 풍겨 나왔다. 할머님이 준 장미향이 고마웠다.

캐피톨에서 가장 좋은 중등학교인 아카데미는 유명하고 부유하며 영향력 있는 사람들의 자제가 다니는 학교로 학생 수는 학년마다 400명이 넘었다. 스노우 가문은 오래전부터 이 학교를 다녔기에 티그리스와 코리올라누스는 어렵지 않게 입학할 수 있었다. 대학교와는 달리 학비가 무료였고 점심 식사와 교복 등 필요한 물품이 지급되었다. 조금이라도 중요한 사람들은 전부 아카데미 출신이었고 코리올라누스도 미래를 위한 기반으로 이런 인맥이 필요할 터였다.

아카데미로 올라가는 큰 계단은 전교생이 걸을 수 있을 정도의 크기여서 수확 축제에 끊임없이 찾아오는 공직자, 교수, 학생 들을 충분히 수용할 수 있었다. 코리올라누스는 누군가의 눈에 띌 경우 대수롭지 않은 듯 품위 있게 보이려고 천천히 계단을 올라갔다. 사람들은 코리올라누스를 알고 있었다. 최소한 그의 부모와 조부모를 알았고, 그랬기에 스노우 집안사람에게 기대되는 기준이라는 게 있었다. 그는 올해에는 자신이 개인적으로도 알려지길 바라고 있었다. 오늘부터 시작이다. 헝거 게임의 멘터가 된다는 건 여름에 아카데미를 졸업하기 전 그의 마지막 프로젝트였다. 멘터로서 인상적인 활약을 한다면 성적이 아주 뛰어난 코리올라누스는 대학교 등록금을 댈 수 있을 정도의 금전적 보상을 받을 수 있을 것이다.

전쟁에서 패배한 열두 구역이 추첨을 통해 남자아이와 여자아이를 하나씩 보내게 되어 있으니 조공인은 스물네 명일 것이다. 이들은 경기장에 들어가 헝거 게임을 하며 죽을 때까지 싸워야 한다. 구역들의 반란이 있었던 암흑기를 끝낸 뒤 반역 조약에 정해져 있는 사항이고 반군들이 받는 여러 가지 처벌 중 하나였다. 캐피톨 경기장은 전쟁 전에는 스포츠와 엔터테인먼트용으로 사용되던 다 허물어져 가는 원형 극장으로 조공인들은 서로를 죽이기 위한 여러 무기와 함께 여기에 들어간다. 캐피톨에서는 사람들에게 시청을 권했지만 피하는 사람들이 많았다. 사람들이 더 많은 관심을 갖도록 하는 게 관건이었다.

이를 위해서 올해 처음으로 조공인들에게 멘터를 붙여 주기로 한 것이다. 아카데미에서 가장 똑똑한 졸업반 학생 스물네 명이 이 임무를 맡았다. 구체적으로 어떤 일을 해야 하는지는 아직 정리 중이었다. 각조공인의 개인 인터뷰 준비를 돕고 그들이 카메라에 잘 나오도록 외모를 다듬어 주는 게 어떠냐는 이야기도 나왔다. 헝거 게임을 계속할 거라면 좀 더 의미 있는 경험으로 진화할 필요가 있다는 데 모두 동의했다. 캐피톨의 젊은이와 구역의 조공인을 짝지어 준다는 점에 사람들은 흥미를 느꼈다.

코리올라누스는 검은 배너가 드리워진 입구로 들어가 아치형 통로를 지나 추첨 행사 방송을 보게 될 동굴 같은 헤븐스비 홀로 들어갔다. 늦지는 않았지만 홀에는 이미 교수단과 학생들, 첫날 방송에는 참가하지 않아도 되는 헝거 게임 관련 공직자들이 모여 웅성거리고 있었다.

무성인들이 묽은 와인에 꿀과 허브를 넣은 음료 포스카를 올려놓은 쟁반을 들고 사람들 사이를 헤치며 돌아다녔다. 전쟁 중에 병에 걸리는 걸 막아 준다면서 마셨던 시큼한 음료에 알코올을 첨가한 음료였다. 코리올라누스는 포스카를 조금 머금어 입안을 헹구었다. 양배추 냄새가 가시지 않을까 싶어서였다. 하지만 딱 한 모금만 마셨다. 포스카는 대부분의 사람들이 생각하는 것보다 독했다. 코리올라누스는 지난 몇 년 동안 이 음료를 너무 많이 마셔서 웃음거리가 된 선배들을 많이 보았다.

세상은 아직도 코리올라누스가 부자라고 생각했지만 그가 실제로 사용할 수 있는 재산은 매력뿐이었고 사람들 사이를 지나가며 그는 그 매력을 듬뿍 뿌렸다. 코리올라누스가 학생들과 교사들에게 인사를 건네고 가족들의 안부를 물으며 사람들에게 이런저런 칭찬을 건네자 모두 표정이 밝아졌다.

"구역 보복에 대한 네 강의가 자꾸 생각나."

"뱅 헤어 멋진데!"

"어머니 허리 수술은 어떻게 됐어? 어머니께 나의 영웅이라고 전해 드려."

코리올라누스는 이번 행사를 위해 가져다 놓은 수백 개의 쿠션 달린 의자를 지나 사티리아가 우스운 이야기로 아카데미 교수들과 헝거 게임 공직자들을 즐겁게 해 주고 있는 연단으로 갔다. 그는 사티리아의 우스갯소리 중 마지막 부분("그래서 나는 '가발은 안되지만 원숭이를 가져오겠다고 우긴 사람은 당신이었잖아요!'라고 말했죠.")밖에 못 들었지만 이어지는 웃음에 예의 바르게 동참했다.

"오, 코리올라누스." 사티리아가 그를 손짓해 부르며 느릿느릿 말했다. "내 애제자예요." 코리올라누스는 사티리아가 기대하는 대로 볼에 입을 맞추었고, 그녀가 포스카를 이미 몇 잔 마셨다는 걸 알아차렸다. 정말이지 사티리아는 술을 자제해야 했지만 코리올라누스가 아는 성인 중 절반 정도는 그녀와 마찬가지였다. 자가 치료self-medication는 도시 전체에 퍼진 전염병이었다. 그래도 사티리아는 재미있는 사람이었고 지나치게 엄하지도 않았다. 학생들이 이름 부르는 걸 허락하는 교수 중 하나였다. 그녀는 몸을 조금 뒤로 빼고 코리올라누스를 살폈다. "셔츠가 정말 멋지구나. 어디서 그런 걸 구했니?"

코리올라누스는 셔츠가 있다는 사실에 놀라는 양 자신의 셔츠를 보고는 선택지가 무한한 젊은이처럼 어깨를 으쓱했다.

"스노우 가문엔 옷이 많거든요." 그는 대수롭지 않다는 듯 말했다. "예의를 갖추면서도 축하하는 옷을 입고 싶었어요."

"과연 그런 옷이구나. 그 절묘한 단추는 뭐야?" 사티리아가 소매 단추 하나를 만지며 물었다. "테세라?"

"그래요? 왜 하녀 화장실이 생각나나 했더니 그래서 그랬나 보네요."

코리올라누스의 대답에 사티리아의 친구들은 키득키득 웃었다. 그는 이런 이미지를 유지하려고 무척 애를 썼다. 테세라 타일이 있는 곳이든 아니든 하녀 화장실이 있는 사람은 드물다. 자기가 그런 사람이라는 걸 일깨우는 동시에 셔츠에 대한 자기 비하적 농담을 곁들인 것이다.

코리올라누스는 사티리아를 보며 고개를 끄덕였다. "드레스 멋지네요. 새 옷이죠?" 딱 봐도 그녀가 추첨 행사 때마다 입는 드레스에 검은 깃털 다발을 붙여 손본 옷이었다. 하지만 그녀가 자신의 셔츠를 인정해 주었으니 그 역시 보답을 해야 했다.

"오늘을 위해 특별히 준비했어." 그녀는 질문을 잘 받아넘겼다. "10주년 기념이고 해서."

"우아하네요." 그들은 대체로 나쁘지 않은 팀이었다.

체육 교사인 아그리피나 시클 교수가 어깨 근육을 써서 군중을 헤치며 들어오는 걸 보자 그의 즐거움은 사라져 버렸다. 시클 교수가 매년 단체 사진을 찍을 때마다 꼭 들겠다고 우기는 장식용 방패를 든 조교 세자누스 플린스가 뒤를 따르고 있었다. 방패는 폭격 중에 아카데미 안전 훈련을 잘 감독한 보상으로 전쟁이 끝날 때 수여받은 것이었다.

코리올라누스의 관심을 끈 것은 방패가 아니라 세자누스의 옷이었다. 부드러운 차콜 그레이 수트에 눈부신 흰 셔츠를 입고 페이즐리 타이를 매치해서 마르고 키가 큰 세자누스의 체격이 부드러워 보였다. 스타일리시하고 새로우며 돈 냄새가 나는 조합이었다. 정확히 말하면 전쟁을 이용한 폭리 취득이었다. 세자누스의 아버지는 대통령 편을 든 2번 구역의 생산업자였다. 군수물자 납품으로 벌어들인 돈을 써서 가족들과 함께 캐피톨로 이주할 수 있었다. 그 뒤 플린스 가문은 가장 오래된, 가장 막강한 가문들이 수 세대에 걸쳐 얻어 낸 특권들을 누리고 있었다. 구역에서 태어난 세자누스가 아카데미 학생이라는 건 전례 없는 일이었지만 전쟁 후 아카데미 재건의 상당 부분은 그의 아버지가 낸 후원금 덕택에 가능했다. 캐피톨에서 태어난 사람이라면 자신의 이름을 따서 건물 이름을 짓고 싶어 했을 것이다. 하지만 세자누스의 아버지는 자기 아들을 아카데미가 받아들여 주기만을 요청했다.

코리올라누스에게 플린스 가문 같은 이들은 그가 소중히 여기는 모든 것에 대한 위협이었다. 새로이 부를 얻어 캐피톨에서 신분 상승하는 사람들은 그저 그 존재만으로 오래된 질서를 서서히 갉아먹고 있었다. 스노우 가문 역시 군수품에 자산의 상당 부분을 투자했기 때문에 더욱 짜증이 났다. 그러나 스노우 가문은 13번 구역에 투자했다. 13번 구역에 늘어서 있던 건물들, 여러 블록에 걸친 공장들과 연구 시설들은 폭격당해 잿더미가 되어 버렸다.

13번 구역은 핵 폭격을 당했고 그대로 플린스 가문의 손아귀에 떨어졌다. 13번 구역이 멸망했다는 소식이 캐피톨에 전해졌을 때 코리올라누스의 할머님은 별일 아니라며 재산이 많아서 다행이라고 사람들에게 말했다. 하지만 그건 사실이 아니었다.

세자누스는 10년 전, 학교 운동장에 나타났다. 긴장한 얼굴에 비해 너무 큰, 감정이 풍부한 갈색 눈으로 아이들을 살피던 수줍고 조심스러운 소년이었다. 그가 구역 출신이라는 말이 돌았을 때 코리올라누스가 가장 먼저 느꼈던 충동은 세자누스의 삶을 지옥으로 만들어 주자는 학교 친구들의 움직임에 동참하는 것이었다. 하지만 좀 더 생각해 보고는 세자누스를 무시하는 방식을 택했다. 캐피톨 출신의 다른 아이들은 코리올라누스의 그런 처신이 구역 녀석을 괴롭히는 건 수준 떨어지는 행동이라고 여기기 때문이라고 생각했다. 그러나 세자누스는 코리올라누스가 점잖은 사람이기 때문이라고 받아들였다. 둘 다 별로 정확한 해석은 아니었지만 코리올라누스가 아주 훌륭한 사람이라는 이미지를 강화시켜 주었다.

어마어마한 체격을 지닌 시클 교수가 사티리아의 일행에 끼어들며 자기보다 몸집이 작은 사람들을 사방으로 흩어 놓았다. "좋은 아침이에요, 클릭 교수님."

"오, 아그리피나, 훌륭해요. 잊지 않고 방패를 가져왔네요." 사티리아가 굳은 악수를 받아들이며 말했다. "젊은 사람들이 이날의 진짜 의미를 잊어버리지 않을까 걱정이에요. 세자누스, 정말 멋진 모습이구나."

세자누스가 꾸벅 인사를 하려 하자 다루기 힘든 머리카락 한 자락이 눈에 들어가면서 크고 성가신 방패가 그의 가슴에 부딪혔다.

"지나치게 멋지죠." 시클 교수가 말했다. "공작을 원한다면 반려동물 가게에 이야기하겠다고 세자누스에게 말했어요. 다들 교복을 입어야 하는 건데." 그녀는 코리올라누스를 보았다. "나쁘지 않네. 아버지가 입으시던 옛날 드레스 셔츠니?"

그런가? 코리올라누스로선 알 수 없었다. 훈장이 잔뜩 달린 근사한 정장을 입은 아버지의 모습이 희미하게 떠올랐다. 그는 잘 받아치자고 생각했다. "알아봐 주셔서 감사해요, 교수님. 제 눈으로 전투를 목격했던 것처럼 보이고 싶지 않아서 좀 고쳤어요. 하지만 아버지가 오늘 저와 함께 계셔 주길 바랐어요."

"아주 잘 어울리네." 시클 교수는 사티리아에게 관심을 돌렸다. 석탄 생산 할당량을 채우지 못한 12번 구역에 판엠의 평화유지군이 최근 파견된 것에 대한 의견을 나누었다.

교수들이 대화에 빠진 동안 코리올라누스는 방패를 보며 고개를 까닥였다. "오늘 아침에 운동 좀 했어?"

세자누스는 짜증은 나지만 재미있다는 듯 미소를 지었다. "봉사할 수 있다면 언제나 영광이지."

"광을 잘 냈네." 코리올라누스가 말했다. 세자누스는 이 말이 자기를 아첨꾼이나 하인이라고 놀리는 건가 싶어 긴장했다. 코리올라누스는 이런 분위기가 좀 더 유지되도록 두었다가 수습했다. "나도 알지. 사티리아의 와인잔을 전부 다 씻으니까."

그 말에 세자누스는 긴장을 풀었다. "아, 정말?"

"아니, 사실 그렇진 않아. 사티리아가 설거지를 시켜야겠다고 생각하지 못할 때 뿐이긴 하지만." 코리올라누스는 업신여김과 동지애 사이를 오가는 대화를 이어갔다.

"시클 교수님은 모든 생각을 다 하셔. 밤이든 낮이든 주저 없이 내게 전화하시지." 말을 계속할 것 같던 세자누스가 그냥 한숨을 쉬었다. "그리고 이제 곧 졸업하니까 우리 집은 학교에서 더 가까운 곳으로 이사할 거야. 완벽한 타이밍이지."

코리올라누스는 갑자기 경계심이 들었다. "어느 쪽으로?"

"코르소에 있는 어딘가로. 거기 있는 큰 집들이 곧 시장에 많이 풀릴 거야. 세금을 낼 여력이 없는 집주인들이 있다고 아버지가 이야기하시더라." 방패가 바닥에 닿자 세자누스는 방패를 다시 들어 올렸다.

"캐피톨에서는 재산세를 물리지 않아. 구역에만 적용되지." 코리올라누스가 말했다.

"새로운 법이야. 도시 재건을 위한 돈을 더 모으려고." 세자누스가 답했다.

코리올라누스는 마음속에서 커지는 공포를 억누르려 애썼다. 새로운 법. 자신의 아파트에 세금을 물리는 법. 세금이 얼마나 나올까? 그들은 티그리스가 버는 쥐꼬리만 한 돈, 할아버지가 판엠에 봉사한 대가로 할머님이 받는 시시한 군인 연금, 전사한 전쟁 영웅의 자식으로서 코리올라누스가 받는 연금으로 겨우 입에 풀칠하는 형편이었다. 코리올라누스의 연금은 졸업과 동시에 지급이 중지된다. 세금을 낼 수 없으면 아파트를 잃게 될까? 그들이 가진 거라곤 그 아파트뿐이었다. 집을 팔아도 도움이 되지 않을 것이다. 할머님이 그 집을 담보로 빌릴 수 있는 만큼 돈을 빌렸다는 걸 그는 알고 있었다. 집을 팔아도 남는 돈이라곤 거의 없을 것이다. 후진 동네로 이사해서 지위도 영향력도 위엄도 없는 더러운 일반 시민 계급과 함께 살아야 할 것이다. 그런 수치는 할머님을 죽게 만들 것이다. 펜트하우스 창문 밖으로 내던지는 게 더 친절한 일일 것이다. 그러면 최소한 빨리 끝나긴 할 테니까.

"너 괜찮아?" 세자누스가 어리둥절해하며 그를 빤히 보았다. "얼굴이 침대보처럼 하얘졌어."

코리올라누스는 곧 태연함을 되찾았다. "포스카 때문인가 봐. 배 속이 뒤집어져."

"맞아." 세자누스가 맞장구쳤다. "엄마는 전쟁 중에 늘 포스카를 억지로 마시게 했어."

엄마? 어머니를 '엄마'라고 부르는 사람에게 코리올라누스의 집이 빼앗기게 되었다는 건가? 양배추와 포스카가 다시 튀어나올 것 같았다. 그는 심호흡을 하고 속을 억지로 진정시켰다. 퉁명한 억양을 쓰는 잘 먹고 자란 지역 출신 소년 세자누스가 젤리 봉지를 들고 처음으로 자기에게 다가왔던 이후, 그 어느 때보다 그가 미웠다.

종소리가 들렸고 학생들이 연단 앞으로 모여들었다.

"우리에게 조공인을 지정해 주는 시간이 됐나 봐." 세자누스가 침울하게 말했다.

코리올라누스는 세자누스를 따라 특별히 지정된 구획으로 갔다. 의자가 네 개씩 여섯 줄로 놓여 있는 멘터들을 위한 자리였다. 아파트 생각을 머릿속에서 몰아내고 당장의 중요한 일에 집중해야 했다. 뛰어난 성과를 올리는 게 그 어느 때보다 중요했다. 그러려면 경쟁력 있는 조공인을 맡아야 했다.

헝거 게임을 만든 사람으로 불리는 카스카 하이바텀 총장은 멘터 프로그램을 직접 감독하고 있었다. 그는 학생들에게 꿈꾸는 듯한 눈으로 몽유병자 정도의 힘을 내어 프리젠테이션을 했다. 보통 그렇듯 그는 모플링에 취해 있었다. 한때는 체격이 괜찮았지만 이젠 쪼그라들었고 피부는 축 처졌다. 최근에 짧게 자른 머리와 산뜻한 새 양복은 허물어진 그의 모습을 더욱 두드러져 보이게 할 뿐이었다. 헝거 게임을 만들어낸 사람이라는 유명세 때문에 아직 간신히 자리를 유지하고는 있었지만 아카데미 이사회가 그를 점점 견디기 힘들어 한다는 루머가 돌았다.

"어어, 안녕하세요." 그가 구겨진 종이를 머리 위로 흔들며 또렷하지 않은 발음으로 말했다. "이제 이걸 읽을 거예요." 학생들은 홀의 소음 속에서 그의 말을 들으려고 숨을 죽였다. "이름을 읽고 누가 누굴 맡는지 말할 거예요. 맞죠? 그러니까, 좋습니다. 1번 구역. 남자아이는…." 하이바텀 총장은 눈을 가늘게 뜨고 집중하려고 애쓰며 종이를 보았다. "안경." 그가 웅얼거렸다. "깜빡했네요." 관중들 모두 이미 코 위에 걸쳐져 있는 안경을 노려보며 그가 안경을 잡을 때까지 기다렸다. "아, 이제 읽겠습니다. 리비아 카듀."

리비아의 뾰족하고 작은 얼굴에 웃음이 번졌다. 리비아는 의기양양하게 주먹을 휘두르며 날카로운 목소리로 "좋아!"라고 외쳤다. 리비아는 늘 자신의 성공을 기뻐하고 자랑했다. 승률이 높은 조공인을 맡게 된 것이 어머니가 캐피톨에서 가장 큰 은행을 운영하기 때문이 아니라 순전히 자기 때문인 것처럼 즐거워했다.

하이바텀 총장이 더듬거리며 목록을 읽고 각 구역의 소년 소녀에게 멘터를 배정하는 동안 코리올라누스의 절박함은 점점 더 커졌다. 10년 동안 헝거 게임이 진행되면서 우승 패턴도 나타났다. 더 잘 먹고 자란, 좀 더 캐피톨 친화적인 1번 구역과 2번 구역에서 우승자가 더 많이 나왔다. 어업을 하는 4번 구역, 농업을 하는 11번 구역도 경쟁자였다. 코리올라누스는 1번 구역이나 2번 구역을 바랐지만 배정받지 못했다. 세자누스 플린스가 2번 구역 남자아이를 맡자 더 큰 모욕감이 느껴졌다. 4번 구역 발표에서도 그의 이름은 호명되지 않았다. 우승자가 될 수 있는 마지막 기회인 11번 구역 남자아이는 에너지부 장관의 딸 클레멘시아 도브코트에게 돌아갔다. 클레멘시아는 이 행운에 대해 재치 있게 반응했다. 바인더에 자신의 조공인에 대해 꼼꼼하게 적으며 검고 윤기 나는 머리카락을 어깨 뒤로 넘겼다.

아카데미에서 최고로 꼽히는 학생 중 하나인 스노우가 인정받지 못했다는 건 뭔가 잘못된 상황이었다. 코리올라누스는 그들이 자신을 까먹었다고 생각하기 시작했다. 뭔가 특별한 자리를 주려는 걸까? 그때 하이바텀 총장이 웅얼거리듯 말을 이었다. 그 말을 들은 코리올라누스는 경악했다. "그리고 마지막으로, 12번 구역 소녀…는 코리올라누스 스노우가 맡습니다."

2

12번 구역 소녀라고? 이보다 더한 모욕이 있을까? 가장 작은 구역인 12번 구역은 웃음거리였다. 성장이 저해된, 관절이 부어오른 12번 구역 출신 아이들은 헝거 게임이 시작되자마자 늘 5분 안에 죽었다. 그것도 모자라서… 여자아이라고? 여자아이가 승리할 수 없는 건 아니지만 코리올라누스의 생각에 헝거 게임에서는 완력이 중요했고 여자아이들은 당연히 남자아이들보다 작으니 불리했다. 코리올라누스는 하이바텀 총장을 개인적으로 좋아하지 않았다. 친구들 사이에서는 농담으로 '잔뜩 취한 바텀'이라고 부르곤 했다. 하지만 자신이 공개적으로 이런 모욕을 당하리라고는 예상하지 못했다. 이 별명이 총장의 귀에 들어간 걸까? 아니면 그저 새로운 세계의 질서에서는 스노우 가문이 하찮아지고 있다는 신호에 불과한 걸까?

침착함을 유지하려고 했지만 뺨에 피가 몰려 타오르는 듯했다. 학생들 대부분은 일어서서 수다를 떨고 있었다. 코리올라누스도 아무렇지 않은 듯 다른 아이들처럼 행동해야 했지만 움직일 수가 없었다. 간신히 오른쪽 옆에 앉아 있는 세자누스 쪽으로 고개를 돌리는 게 고작이었다. 코리올라누스는 세자누스를 축하해 주려고 입을 열었다. 그러나 세자누스의 얼굴에 담긴 숨기기 힘든 고통을 보고 멈칫했다.

"왜 그래? 기쁘지 않아? 2번 구역, 남자아이…. 저 중에서 제일 좋은 놈이잖아." 코리올라누스가 물었다.

"잊었구나. 난 저 아이들 중 하나야." 세자누스가 쉰 목소리로 답했다.

코리올라누스는 찬찬히 생각했다. 캐피톨에서 특권을 누리며 보낸 10년간의 세월도 세자누스에겐 소용이 없었다. 그는 지금도 자기가 구역 주민이라고 생각한다. 감상적인 헛소리다.

낙담하는 세자누스의 이마에 주름이 잡혔다. "분명히 아버지가 요청하셨을 거야. 아버지는 늘 내 생각을 바로잡으려고 하시거든."

코리올라누스는 '그렇겠지'라고 생각했다. 플린스 가문이 존경받지 못할지는 모르지만 스트라보 플린스 영감의 돈과 영향력은 존경받고 있었다. 멘터십은 능력에 따라 정해지도록 되어 있었지만 입김이 들어간 게 분명했다.

　발표가 끝나고 관중은 착석했다. 연단 뒤의 커튼이 양 옆으로 열리며 바닥부터 천장까지 닿는 커다란 스크린이 나타났다. 각 구역의 조공인 추첨이 생중계될 참이었다. 동해안에서부터 서해안 쪽으로 가며 전국에 방송된다면 12번 구역이 첫 번째 순서다. 캐피톨 국가가 흘러나오면서 판엠의 문장이 스크린에 떠오르자 모두 일어섰다.

　　판엠의 보석,
　　강력한 도시,
　　여러 시대 동안 너는 새롭게 빛나노라.

　가사를 헷갈려 하는 학생들도 있었지만 할머님이 매일 부르는 걸 여러 해 동안 들어 온 코리올라누스는 힘 있는 목소리로 세 구절을 전부 불렀다. 기특하다며 고개를 끄덕이는 사람들도 있었다. 한심했지만 코리올라누스는 인정받을 수 있는 일이라면 뭐든 해야 했다.

　판엠의 문장이 사라지고 흰머리가 듬성듬성 난 레이븐스틸 대통령이 등장했다. 반군이 들고 일어났던 암흑기 전부터 자신이 구역들을 통제해 왔다는 걸 상기시키기 위해 전쟁 전의 군복을 입고 있었다. 그는 반역 조약의 일부를 읽었다. 헝거 게임은 전쟁 배상으로 캐피톨이 잃은 젊은이들의 생명을 구역 젊은이들의 생명으로 갚는다는 내용이었다. 반군의 배반에 따른 대가였다.

　게임운영자들은 12번 구역의 황량한 광장으로 화면을 돌렸다. 법원 건물 앞에 세운 임시 무대에 평화유지군이 늘어서 있었다. 형편없이 낡은 양복을 입은 땅딸막하고 주근깨가 있는 리프 시장이 자루 두 개 사이에 서 있었다. 그는 왼쪽에 있는 자루에 손을 깊이 넣고 종이를 한 장

꺼내 흘끗 보는 둥 마는 둥 했다.

"12번 구역의 여성 조공인은 루시 그레이 베어드입니다." 그가 마이크에 대고 말했다. 카메라는 모양 없는 회색 옷을 입은 굶주린 회색 얼굴들을 훑으며 조공인을 찾았다. 카메라는 소란이 일어나는 곳을 줌인했다. 여자아이들이 불운하게 선택된 아이에게서 물러서고 있었다.

헤븐스비 홀의 관중은 선택된 여자아이를 보고는 놀라 숙덕거렸다.

루시 그레이 베어드는 무지개 같은 주름 장식이 달린 드레스를 입고 꼿꼿이 서 있었다. 지금은 낡았지만 한때는 근사한 옷이었을 것이다. 짙은 색 곱슬머리에는 가느다란 야생화들을 엮어 넣었다. 알록달록한 그녀의 모습은 나방이 가득한 들판에 있는 누더기가 된 나비 한 마리처럼 시선을 끌었다. 그녀는 곧바로 무대로 가지 않고 오른쪽에 있는 여자아이들을 헤치고 걷기 시작했다.

순식간에 일어난 일이었다. 엉덩이의 주름 장식에 손을 넣어 밝은 녹색의 무언가를 끄집어 낸 그녀는 히죽히죽 웃고 있는 빨강머리 여자의 블라우스 속에 그것을 넣었다. 그녀가 걸을 때마다 스커트에서 바스락거리는 소리가 났다. 카메라 초점은 빨강머리 여자에게 맞춰져 있었다. 히죽거리던 얼굴은 겁에 질린 표정으로 바뀌었고 바닥에 쓰러지며 비명을 지르고 옷을 마구 더듬으며 시장을 향해 고함을 질렀다. 그녀 뒤쪽으로 보이는 루시 그레이 베어드는 아까처럼 사람들을 헤치며 미끄러지듯 무대를 향하고 있었다. 단 한 번도 뒤돌아보지 않았다.

헤븐스비 홀은 옆 사람을 팔꿈치로 쿡쿡 찌르며 물어보는 사람들로 시끄러워졌다.

"너 봤어?"

"옷 안에 뭘 넣은 거야?"

"도마뱀?"

"난 뱀을 봤어!"

"여자애를 죽인 거야?"

코리올라누스는 관중을 훑어보며 희망의 불꽃을 느꼈다. 그에 대한 모욕이었던, 우승할 가능성이 희박한 하찮은 조공인이 캐피톨의 관심을 끌고 있다. 이건 좋은 일 아닌가. 코리올라누스가 도와준다면 그녀가 이 관심을 유지할 수 있을지도 모른다. 자신이 당한 망신을 꽤 괜찮은 성과로 바꾸어 보여 줄 수도 있다. 어떻든 간에 두 사람의 운명은 이제 어쩔 수 없이 엮여 있었다.

리프 시장은 무대 계단을 허둥지둥 내려와 모여 있는 여자아이들을 헤치고 쓰러진 여자에게 달려갔다. "메이페어? 메이페어?" 그가 외쳤다. "내 딸을 도와줘요!" 그녀 주위의 사람들이 물러서자 둥그런 빈 공간이 생겼고 몇 명이 건성으로라도 도와주려 했지만 그녀가 팔다리를 버둥거려서 다가갈 수가 없었다. 시장이 가까이 다가가자마자 그녀의 옷 속에서 보는 각도에 따라 색이 변하는 작은 뱀이 튀어나와 관중 속으로 들어갔다. 사람들은 비명을 지르면서 서로를 밀치며 황급히 뱀을 피했다. 뱀이 튀어 나가서 메이페어는 차분해졌지만 곧 고통 대신 망신스러움을 느끼기 시작했다. 판엠의 모든 시민이 지켜보고 있다는 걸 깨달은 그녀는 카메라를 똑바로 쳐다보았다. 한 손으로는 비뚤어진 나비 모양의 머리 매듭을 바로잡았고 다른 손으로는 온통 석탄 가루가 묻어 더러워지고 스스로 할퀸 탓에 엉망이 된 옷을 정리했다. 리프 시장이 그녀가 일어서는 걸 도왔다. 누가 봐도 그녀가 오줌을 지렸다는 걸 알 수 있었다. 아버지는 재킷을 벗어 딸의 몸에 둘러 주고 평화유지군에게 그녀를 데려가도록 맡겼다. 그는 무대를 돌아보며 12번 구역의 새 조공인을 죽일 듯한 눈빛으로 바라보았다.

무대에 올라가는 루시 그레이 베어드를 지켜보며 코리올라누스는 거북함을 느꼈다. 정신적으로 불안정한 사람은 아닐까? 그녀에겐 어렴풋이 친숙하면서도 불안한 뭔가가 있었다. 라즈베리 핑크, 로열 블루, 대퍼딜 옐로 주름 장식….

"서커스 공연하는 사람 같아." 한 여자아이가 말했다. 다른 멘터들도 동의했다.

그랬다. 코리올라누스는 아주 어린 시절 보았던 서커스를 떠올렸다. 솜사탕을 먹은 그가 들떠 있는 동안 저글링하는 사람들, 곡예사들, 광대들, 풍성한 드레스를 입고 춤추는 여자들이 빙글빙글 돌았다. 한 해 중 가장 어두운 행사에 자신의 조공인이 이렇게 화려한 옷을 입었다는 건 단순한 판단 착오를 넘어선 기묘함이었다.

12번 구역 추첨에 할당된 시간은 분명 이미 끝났지만 아직 남자 조공인이 없었다. 다시 무대에 올라온 리프 시장은 이름 쪽지가 담긴 자루는 무시하고 곧장 여자 조공인에게 다가가 그녀의 얼굴을 때렸다. 맞고 쓰러질 만큼 강했다. 그가 또 때리려고 손을 들자 평화유지군 몇 명이 달려들어 그의 팔을 움켜잡고 해야 할 일을 하도록 잡아끌었다. 시장이 저항하자 그들은 법원 건물 안으로 그를 끌고 들어갔다. 행사 전체가 중단되었다.

사람들은 다시 무대 위 소녀에게 관심을 돌렸다. 카메라는 루시 그레이 베어드를 줌인했다. 코리올라누스는 그녀가 제정신인지 확신할 수 없었다. 캐피톨에서도 요즘 들어서야 다시 화장을 하기 시작한 터라 그녀가 어디에서 화장을 한 건지 알 수 없었다. 그녀는 푸른 아이섀도를 칠하고 검은 아이라이너를 그렸다. 뺨은 붉었고 입술은 조금은 야한 듯한 빨간색이었다. 앉은 채 강박적으로 스커트 주름을 정리하는 그녀의 모습에서 눈을 뗄 수가 없었다. 그녀는 주름을 가지런하게 하고 나서야 뺨을 만졌다. 아랫입술이 살짝 떨렸고 곧 넘쳐흐를 듯한 눈물이 눈에서 반짝였다.

코리올라누스는 "울지 마"라고 속삭였다가 정신을 차리고 불안해하며 다른 학생들이 그녀에게 관심을 갖고 있는지 둘러보았다. 그들도 걱정스러운 표정이었다. 그녀는 특이한 사람이지만 사람들의 공감을 얻어 냈다. 그녀가 누구인지, 왜 메이페어를 공격했는지는 전혀 알 수 없었지만 메이페어의 히죽거리는 표정이 악의였다는 걸, 자기가 방금 사형 선고를 내린 여자아이를 때려눕힌 리프 시장이 짐승 같은 자라는 걸 누가 모르겠는가.

"분명 조작된 걸 거야. 저 쪽지엔 쟤 이름이 없었어." 세자누스가 조용히 말했다.

루시 그레이 베어드가 더 이상 울음을 참지 못할 즈음 이상한 일이 일어났다. 관중 속에서 노랫소리가 들려왔다. 남자아이인지 여자아이인지 알 수 없을 정도의 어린 음성이었지만 조용한 광장에 울려 퍼질 정도의 소리였다.

넌 내 과거를 빼앗을 수 없어.
넌 내 역사를 빼앗을 수 없어.

광장에 바람이 한 번 획 불었다. 루시 그레이 베어드는 천천히 고개를 들었다. 관중 속 어딘가에서 더 깊고 남자임이 분명한 목소리가 노래를 이어갔다.

넌 내 아버지를 빼앗을 수는 있지만,
아버지의 이름은 알 수 없지.

루시 그레이 베어드의 입가에 희미한 미소가 떠올랐다. 그녀는 벌떡 일어나더니 무대 중앙으로 가서 마이크를 잡고 목 놓아 노래했다.

네가 나에게서 빼앗을 수 있는 것 중
지킬 가치가 있었던 건 없었어.

다른 한 손은 스커트 주름 속에 넣어 흔들었다. 의상, 화장, 머리까지 이제야 다 이해되었다. 그녀가 누구인지는 모르겠지만 애초부터 보여 주기 위한 차림이었던 것이다. 그녀의 목소리는 훌륭했다. 고음은 맑고 선명했고 저음은 허스키하면서 진했다. 움직임에는 자신감이 넘쳤다.

넌 내 매력을 빼앗을 수 없어.
넌 내 유머를 빼앗을 수 없어.
넌 내 재산을 빼앗을 수 없어,
그건 루머에 불과하니까.
네가 나에게서 빼앗을 수 있는 것 중
지킬 가치가 있었던 건 없었어.

노래를 하자 그녀는 변신했고 코리올라누스는 이제 그녀가 당황스 럽지 않았다. 그녀에겐 뭔가 짜릿한 면, 심지어 매력적인 면이 있었다. 무대 앞쪽으로 나가 다정하고도 무례하게 관중 앞으로 몸을 내미는 그 녀의 모습을 카메라가 빨아들이듯 촬영했다.

네가 정말 괜찮다고 생각하지.
네가 내 것을 가질 수 있다고 생각하지.

네가 통제하고 있다고 생각하지.
네가 나를 바꾸고, 어쩌면 아주 달라지게
만들 수도 있을 거라 생각하지.
그게 네 목표라면 다시 생각해 봐.
왜냐하면…

그녀는 뽐내듯 걸으며 평화유지군 앞을 지나갔다. 떠오르는 미소를 참지 못하는 평화유지군도 있었다. 아무도 그녀를 막지 않았다.

넌 내 건방진 행동을 빼앗지 못해.
넌 내 말을 빼앗지 못해.
그냥 꺼지고 계속 걸어가 버려.
네가 나에게서 빼앗을 수 있는 것 중
지킬 가치가 있었던 건 없었어.

법원 건물 문이 확 열리고 시장을 데려갔던 평화유지군들이 다시 무대 위로 몰려나왔다. 그녀는 앞을 보고 있었지만 그들의 존재를 의식하고 있는 게 보였다. 그녀는 화려한 마무리를 위해 무대 앞으로 갔다.

아니, 안 돼요.
네가 내게서 빼앗을 수 있는 건 아무 가치도 없는 것들이야.
가져 가, 그냥 줄 테니.
아무 해도 되지 않아.
네가 나에게서 빼앗을 수 있는 것 중
지킬 가치가 있었던 건 없었어!

그녀는 평화유지군들이 에워싸기 전에 키스를 날리는 데 성공했다. 그녀는 "내 친구들은 나를 루시 그레이라고 불러요. 당신들도 그러길 바랍니다!"라고 외쳤다. 평화유지군 한 명은 그녀의 손에서 마이크를 빼앗았고 또 하나는 그녀를 들어 올려 무대 한가운데로 끌고 갔다. 쥐 죽은 듯한 정적이 흘렀지만 그녀는 마치 요란한 박수가 울려 퍼지고 있기라도 한 듯 손을 흔들었다.

헤븐스비 홀도 잠깐은 잠잠했다. 코리올라누스는 다른 사람들도 그녀가 계속 노래하길 자신처럼 원했던 건지 궁금했다. 갑자기 사람들이 웅성거리기 시작했다. 그녀에 대해 말하다가 그녀를 맡게 된 행운아가 누구인지 궁금해했다. 어떤 학생들은 목을 길게 빼고 주위를 둘러보았다. 코리올라누스에게 엄지손가락을 들어 보이는 아이들도 있었고 분한 듯한 시선을 보내는 아이들도 있었다. 코리올라누스는 어안이 벙벙하다는 듯 고개를 가로저었지만 속으로는 기뻐서 어쩔 줄 몰랐다. 스노우가 일등이다.

평화유지군은 시장을 다시 데리고 나와 더 이상의 말썽이 없도록 그의 양옆에 붙어 섰다. 루시 그레이는 노래를 부른 뒤 침착함을 되찾은 듯 시장이 돌아온 것을 무시했다. 시장은 두 번째 자루에 손을 확 집어넣고 쪽지 몇 장을 꺼내며 카메라를 노려보았다. 몇 장은 무대 위로 떨어졌고 그는 손에 남은 쪽지를 읽었다. "12번 구역의 남자 조공인은 제섭 딕스입니다."

광장에 모인 사람들은 술렁이며 제섭이 나가도록 비켜 주었다. 툭 튀어나온 이마에 검은 머리카락이 딱 달라붙어 있는 소년이었다. 평균보다 덩치가 크고 힘이 세 보이는 그는 12번 구역 조공인치고는 괜찮은 편이었다. 꾀죄죄한 행색을 보니 이미 광산에서 일하고 있는 것 같았다. 건성으로라도 씻긴 씻으려고 했는지 얼굴 가운데는 타원형으로 비교적 깨끗했지만 그 주위는 검었고 손톱 밑에는 석탄가루가 끼어 있었다. 그는 어색하게 계단을 올라 무대 위 자기 자리로 갔다. 시장에게 다가가는 그에게 루시 그레이가 나서서 손을 뻗었다. 그는 잠시 주저하다가 루시 그레이의 손을 잡고 악수를 했다. 루시 그레이는 그의 앞을 가로질러서 오른손 대신 왼손으로 그의 손을 잡고 나란히 선 다음 제섭이 허리를 숙여 인사하도록 끌어당기면서 자신도 허리를 깊이 숙여 인사를 했다. 12번 구역에서 박수 소리가 조금 들렸고 누군가는 환호했다. 곧 평화유지군들이 다가왔고 추첨 방송은 8번 구역으로 넘어갔다.

코리올라누스는 8번, 6번, 11번 구역의 추첨 방송을 열심히 보는 척했지만 머릿속으로는 루시 그레이 베어드를 맡게 된 것이 어떤 영향을 미칠지 생각하느라 분주했다. 그에게 있어 그녀는 선물 같은 존재였다. 그러니 마땅한 대우를 해 줘야 한다. 그녀의 인상적인 등장을 가장 잘 활용하는 방법은 무엇일까? 옷, 뱀, 노래에서 성공을 이끌어 내려면 어떻게 해야 할까? 헝거 게임이 시작되기 전에 조공인들이 대중 앞에 설 시간은 거의 없을 것이다. 인터뷰 한 번만으로 사람들이 그녀에게, 더 나아가 그에게 돈을 쓰게 할 방법은 무엇일까? 그는 다른 조공인들은 건성으로 보았다. 거의 한심한 아이들이었고 강해 보이는 아이들만 기억해 두었다. 세자누스는 2번 구역의 덩치 큰 아이를 추첨받았고 리비아가 맡은 1번 구역 남자아이도 유력한 우승 후보로 보였다. 코리올라누스가 맡은 여자아이는 제법 건강해 보이긴 했지만 호리호리한 체구는 육박전보다 춤을 추는 데 더 적합해 보였다. 그래도 달리기는 빠를 것 같았다. 그건 중요하다.

추첨이 끝나 가면서 뷔페에 차려진 음식 냄새가 관중석으로 풍겨 왔다. 방금 구운 빵, 양파, 고기. 코리올라누스는 배가 꾸룩거리는 걸 막을 수 없어서 소리를 가라앉히기 위해 위험을 감수하고 포스카를 몇 모금 더 마셨다. 취한 것 같았고 어지러웠다. 배가 엄청나게 고팠다. 스크린이 어두워진 후, 코리올라누스는 뷔페로 달려가지 않기 위해 절제력을 최대한 짜내야 했다.

굶주림과의 끝없는 춤이 그의 삶을 규정했다. 전쟁 전 아주 어린 시절엔 그렇지 않았지만 그 이후는 매일이 전쟁, 협상, 게임이었다. 굶주림을 모면하는 가장 좋은 방법은 무엇일까? 한 끼에 음식을 전부 다 먹는 것? 하루 종일 조금씩 나눠 먹는 것? 허겁지겁 먹어 치울까, 음식 조각을 액체가 될 때까지 꼭꼭 씹어 먹을까? 이 모든 건 먹을 것이 충분하지 않다는 사실에서 관심을 돌리기 위한 심리 작전일 뿐이었다. 그 누구도 그가 충분히 먹을 수 있게 해 주지 않았다.

전쟁 중에 반군은 식량을 생산하는 구역들을 장악했다. 캐피톨의 전술을 참조하여 캐피톨 사람들을 굶주리게 만들어 항복을 끌어내기 위해 식량을 무기로 사용한 것이다. 전세가 역전된 지금, 캐피톨은 식량 배급을 통제함으로써 구역들의 심장에 꽂은 칼을 헝거 게임으로 다시 한 번 뒤틀었다. 헝거 게임의 폭력 속에는 판엠의 모든 사람이 경험한 고요한 고통이 숨어 있었다. 다음 날 해가 뜰 때까지 생명을 유지시켜 줄 만큼의 자양분을 충분히 찾아 두어야 한다는 절박함이었다.

그 절박함이 강직한 캐피톨 시민들을 괴물로 바꾸었다. 굶주림으로 거리에서 죽어 간 사람들이 섬뜩한 먹이사슬의 일부가 되었다. 어느 겨울밤, 코리올라누스와 티그리스는 골목에서 본 나무 상자들을 가지러 몰래 아파트를 빠져나왔다. 가는 길에 시체 세 구를 보았는데 그중 한 명은 크레인 가족이 여는 오후 모임에서 차를 정말 잘 따라 주던 젊은 하녀였다. 축축한 눈이 쏟아지기 시작했고 두 사람은 거리에 아무도 없다고 생각했다. 하지만 돌아오는 길에 웅크린 사람이 보여 생울타리 뒤에 숨어야 했다. 두 사람은 이웃에 사는 철도 업계의 거물 네로 프라이스가 무시무시한 칼로 하녀의 다리를 톱질하듯 썰어 잘라 내는 것을 지켜보았다. 그는 그녀의 허리에서 스커트를 뜯어 자른 다리를 감싼 뒤 자기 집으로 이어지는 옆 골목으로 내달렸다. 시간이 흐른 뒤에도 두 사람은 그날의 이야기를 하지 않았다. 하지만 이 일은 코리올라누스의 기억에 새겨졌다. 프라이스의 얼굴을 일그러뜨리던 야만성, 잘려 나간 다리 끝의 하얀 발찌와 검고 흠이 난 구두 그리고 자기 자신도 이제 잡아먹을 대상으로 보일 수 있다는 깨달음에 따라온 완전한 공포.

코리올라누스는 자신이 살아남은 것 그리고 도덕성을 유지한 것은 할머님이 전쟁 초기에 선견지명을 발휘한 덕이라고 생각했다. 그의 부모님은 돌아가셨고 티그리스 역시 고아가 되어 둘 다 할머님과 함께 살았다. 반군은 느리지만 꾸준히 캐피톨로 진군해 오고 있었으나 캐피톨의 오만함 때문에 이 현실은 널리 인식되지 못했다. 식량이 부족해서 돈 많은 사람들조차도 암시장에서 물건을 구해야 했다. 어느 10월 늦은 오후, 코리올라누스는 한 손으로는 작은 빨간 손수레를 밀고, 다른 손으로는 장갑 낀 할머님의 손을 잡고 한때는 트렌디했던 클럽의 뒷문 앞에 섰다. 겨울을 예고하는 불길한 찬 기운이 감돌았고 머리 위에는 우울한 회색 구름이 잔뜩 드리워져 있었다. 그들은 레몬색 안경을 끼고 흰색 분을 친 허리까지 내려오는 가발을 쓴 나이 지긋한 남자 플루리부스 벨을 보러 왔다. 그는 음악을 하는 파트너 사이러스와 함께 클럽을 소유하고 있었다. 클럽이 문을 닫은 뒤에는 뒷골목에서 암거래를 하며 살았다. 할머님과 코리올라누스는 몇 주 전에 신선한 우유가 떨어져서 캔에 든 우유를 한 상자 사러 왔지만 플루리부스는 다 팔리고 없다고 했다. 말린 리마콩이 든 상자들이 막 도착한 참이었다. 상자들은 플루리부스 뒤에 있는 거울 달린 무대에 높이 쌓여 있었다.

"몇 년은 두고 먹을 수 있어요." 플루리부스는 할머님에게 장담했다.

"내가 개인적으로 쓰려고 스무 상자 정도는 따로 놔둘 생각이에요."

할머님은 웃었다. "정말 끔찍하네요."

"아니죠, 부인. 끔찍한 건 콩이 없을 때 일어나는 일이죠." 플루리부스가 말했다.

그는 더 자세히 말하지 않았지만 할머님은 웃음을 멈추었다. 그녀는 코리올라누스를 한 번 돌아보고 그의 손을 꼭 잡았다. 의도하지 않은 거의 경련 같은 움직임이었다. 그러고는 콩 상자를 보면서 머릿속으로 계산을 하는 것 같았다. "몇 상자 넘겨줄 수 있어요?" 그녀가 플루리부스에게 물었다. 코리올라누스는 한 상자를 손수레에 싣고 집에 가져왔고 스물아홉 상자는 한밤중에 배달되었다. 엄밀히 따지자면 사재기는 불법이었기 때문이다. 사이러스와 플루리부스가 콩 상자들을 들고 계단을 올라와 사치스러운 가구가 있는 거실 한가운데에 쌓아 두었다. 플루리부스는 상자 위에 우유 캔 하나를 덤으로 얹어 두고는 잘 자라고 인사했다. 코리올라누스와 티그리스는 할머님을 도와 콩 상자를 멋진 옷이 있는 옷장 속, 심지어 낡은 시계 속에까지 숨겼다.

"이걸 대체 누가 다 먹어요?" 코리올라누스가 물었다. 그때만 해도 그의 삶에는 베이컨과 닭고기가 있었고 가끔 고기를 구워 먹기도 했다. 우유는 있다 없다 했지만 치즈는 충분했고 저녁 식사 때는 잼 바른 빵에 불과하지만 후식도 먹을 수 있었다.

"우리가 먹겠지. 어쩌면 교환할 수도 있고." 할머님이 말했다. "이건 우리 비밀이야."

"난 리마콩 안 좋아해요." 코리올라누스는 뿌루퉁해졌다. "적어도 좋아한다고 생각하지는 않아요."

"요리사에게 좋은 요리법을 찾아보라고 하자." 할머님이 말했다.

하지만 요리사는 징집되어 참전했다가 독감으로 죽었다. 알고 보니 할머님은 요리법을 따라 하는 건 고사하고 레인지를 켤 줄도 몰랐다. 그러니 여덟 살이던 티그리스가 덜컥 요리를 맡았다. 콩을 삶아 걸쭉한 스튜로, 수프로, 나중에는 묽은 국물로 만들어 전쟁 기간을 버텼다. 리마콩, 양배추, 배급받는 빵. 몇 년 동안 허구한 날 이런 것만 먹고 살았다. 분명히 그의 성장은 저해되었다. 먹을 것이 더 많았다면 분명 키도 더 컸을 것이고 어깨도 더 넓었을 것이다. 하지만 그의 뇌는 제대로 발달했다. 적어도 그렇기를 그는 바랐다. 콩, 양배추, 갈색 빵. 코리올라누스는 이런 음식을 싫어하게 되었지만 그 음식들 덕에 수치를 느끼지 않고, 거리의 시체를 식인하지 않고 살아남을 수 있었다.

테두리에 금을 두르고 아카데미의 문장을 새긴 접시를 집으며 코리올라누스는 입안 가득 고이는 침을 삼켰다. 가장 힘들었던 시기에도 캐피톨에 근사한 식기가 부족한 적은 없었다. 코리올라누스도 집에서는 멋진 도자기 접시에 양배추를 담아 먹었다. 그는 리넨 냅킨, 포크, 나이프를 챙겼다. 순은으로 된 첫 보온 냄비의 뚜껑을 열자 김이 솟으며 그의 입술을 적셨다. 접시에 크림으로 요리한 양파를 조금 덜며 침을 흘리지 않으려고 애썼다. 삶은 감자, 호박, 구운 햄, 뜨거운 롤빵과 버터 한 덩어리. 그는 다시 생각해 보고 버터 한 덩어리를 더 담았다. 접시가 가득 찼지만 십대 소년치고는 탐욕스럽게 담은 건 아니다.

그는 클레멘시아 옆자리에 접시를 두고 디저트를 가지러 카트로 갔다. 작년에는 디저트가 떨어져서 타피오카를 전혀 못 먹었기 때문이다. 판엠의 문장이 인쇄된 종이 깃발로 장식해 놓은 애플파이 조각들을 보자 심장이 두근거렸다. 파이! 파이를 마지막으로 맛본 게 언제였더라? 중간 크기의 조각으로 손을 뻗는데 누군가 커다란 조각이 놓인 접시를 그의 코밑에 들이밀었다. "아, 큰 걸 집으렴. 너처럼 성장기 소년은 먹을 수 있지."

하이바텀 총장의 눈에는 눈곱이 끼어 있었지만 오전처럼 멍한 모습은 아니었다. 사실 그는 예상치 못한 날카로운 눈빛으로 코리올라누스를 똑바로 쳐다보고 있었다.

코리올라누스는 파이 접시를 받아들며 씩 웃었다. 어린아이답고 성격 좋은 표정으로 보이길 바랐다. "감사합니다. 파이 먹을 배는 언제든 있거든요."

"그래, 즐거움을 위한 공간을 만드는 건 언제든 어렵지 않지. 그걸 나보다 잘 아는 사람은 없어."

"그럴 것 같습니다." 이 대답은 좀 잘못된 것 같았다. 즐거움에 대해 동의한다는 뜻으로 하려던 말이었지만 총장의 성격을 헐뜯는 말처럼 들렸다.

"그렇군." 하이바텀 총장은 코리올라누스를 쳐다보며 눈을 가늘게 떴다. "그래, 코리올라누스. 헝거 게임 이후의 계획은 뭔가?"

"대학에 진학하고 싶습니다." 이상한 질문이었다. 학업 성적을 보면 뻔한 일인데.

"그래, 상을 받을 후보자들 중에 네 이름을 봤다. 그렇지만 만약 상을 받지 못한다면?"

코리올라누스는 말을 더듬었다. "음, 그러면 저희는…. 저희는 당연히 등록금을 내야겠죠."

"그럴 수 있을까?" 하이바텀 총장은 웃었다. "네 모습을 봐라. 임시변통으로 만든 셔츠와 꽉 끼는 구두 차림으로 버티고 있잖아. 캐피톨에서 으스대며 돌아다니고 있지만 내가 보기에 스노우 가문은 찢어지게 가난한 것 같은데. 상을 탄다 해도 쉽지는 않을 거고 아직 상을 받은 것도 아니잖아? 그러면 네가 어떻게 될지 궁금한데? 어떨까?"

코리올라누스는 이 끔찍한 말을 다른 사람이 들었는지 주위를 둘러

보지 않을 수 없었는데 대부분 식사하며 수다 떠는 데 몰두해 있었다.

"걱정 마라, 아무도 모르니까. 뭐, 거의 아무도 모르지. 파이 맛있게 먹으렴, 얘야." 하이바텀 총장은 파이를 가져가지도 않고 걸음을 옮겼다.

코리올라누스는 파이를 떨어뜨리고 출구로 달려가고 싶은 마음뿐이었지만 커다란 파이 조각을 조심스럽게 다시 카트에 올려놓았다. 별명. 별명이 하이바텀 총장의 귀에 들어갔기 때문일 것이다. 코리올라누스가 지었다고 들었겠지. 코리올라누스로선 어리석은 짓이었다. 총장은 심지어 지금도 대놓고 놀리기엔 너무 막강한 사람이었다. 그렇지만 별명을 지은 게 그토록 끔찍한 짓이었나? 어떤 교사든 최소한 별명 하나쯤은 가지고 있고 그보다 더 심한 별명도 많다. 잔뜩 취한 하이바텀은 자신의 버릇을 숨기려고 딱히 애쓰지도 않았다. 조롱받기를 자처하는 사람으로 보였다. 그렇다면 코리올라누스를 이토록 미워하는 다른 이유가 있는 걸까?

그게 뭐든 간에 코리올라누스는 바로잡아야 했다. 이따위 일로 상을 잃을 위험을 감수할 수는 없었다. 그는 대학교를 졸업하면 수입이 좋은 직업을 가질 계획이었다. 교육받지 못하면 그에게 어떤 문이 열릴까? 그는 하급 직책을 맡은 자신의 미래를 상상해 보았다…. 무슨 일을 하게 될까? 구역 석탄 배급 관리? 유전자 괴물을 가둬 둔 머트 연구소의 우리 청소? 50블록 정도 떨어진 형편없는 곳에 살면서 코르소의 으리으리한 아파트에 사는 세자누스 플린스에게 세금을 걷으러 가는 일? 그건 그나마 운이 좋았을 때의 얘기다! 캐피톨에선 취직이 힘들었고 그는 돈 한 푼 없는 아카데미 졸업생으로 전락할 것이다. 어떻게 살아야 하나? 돈을 빌려? 예전부터 캐피톨에서는 빚을 지면 평화유지군이 되기 십상이었고, 그러면 어딘지도 모를 곳으로 파견되어 20년을 복무해야 했다. 짐승보다 별로 나을 것 없는 사람들이 사는 진절머리 나는 오지 구역으로 파견될 것이다.

대단한 날일 것 같던 오늘이 산산이 무너져 내렸다. 처음에는 집을 잃을 수도 있다는 위협이 있었고 그다음엔 최하위 조공인을 맡았다. 좀 더 생각해 보니 그 소녀는 미친 사람이 분명했다. 그리고 이젠 하이바텀 총장이 그를 너무나 싫어해서 상 받을 기회를 빼앗고 구역에서 살게 만들려 한다는 사실이 밝혀졌다!

구역에 가면 어떻게 되는지는 누구나 알고 있었다. 실패한 사람으로 치부된다. 잊힌다. 캐피톨의 눈으로 봤을 때는 죽은 것이나 다름없었다.

3

코리올라누스는 텅 빈 기차역 플랫폼에 서서 조공인이 오기를 기다렸다. 그는 줄기가 긴 흰 장미 한 송이를 엄지와 집게손가락으로 조심스럽게 균형을 잡아 들고 있었다. 선물을 가져가는 건 티그리스의 아이디어였다. 추첨일에 티그리스는 아주 늦게 귀가했지만 코리올라누스는 그녀에게 자신이 당한 망신과 자신이 느낀 공포에 대해 이야기하고 상담하기 위해 그녀를 기다렸다. 그녀는 대화가 절망으로 빠져들지 않도록 했다. 그는 상을 받을 것이다. 당연히 그럴 것이다! 그리고 대학에 가고 훌륭한 직업을 얻을 것이다. 아파트에 대해선 구체적인 내용부터 알아봐야 한다. 세금의 영향을 받지 않을 수도 있고 받는다 해도 당장은 아닐 것이다. 어쩌면 세금 낼 돈을 어찌어찌 긁어모을 수도 있다. 하지만 그는 그런 생각을 일절 하면 안 된다. 헝거 게임만, 어떻게 헝거 게임을 통해 성공을 거둘지만 생각해야 한다.

티그리스는 파브리시아의 추첨일 파티에 온 사람들 모두 루시 그레이 베어드에게 열광했다고 말했다. 파브리시아의 친구들은 포스카를 후루룩 마시며 코리올라누스의 조공인이 '스타가 될 자질'이 있다고 단언했다. 루시 그레이 베어드가 코리올라누스에게 협조하게 만들려면 그녀에게 좋은 첫인상을 주어야 한다고 티그리스와 코리올라누스는 동의했다. 유죄 선고를 받은 죄수가 아닌 손님으로 대해야 한다. 코리올라누스는 일찌감치 기차역으로 그녀를 마중 나가기로 했다. 임무에 더 빨리 착수할 수 있고 신뢰를 얻을 기회도 될 것이다.

"그 아이가 얼마나 겁에 질렸을지 생각해 봐, 코리오." 티그리스가 말했다. "얼마나 외롭겠어. 만약 나였다면 네가 나를 아낀다고 느껴지게 만드는 모든 행동에 좋은 인상을 받을 거야. 아니, 그 이상이지. 나를 귀한 사람처럼 대해 준다면 말이야. 형식적인 거라도 좋으니 뭐든 가져다 줘. 네가 그녀를 귀하게 여긴다는 걸 느낄 수 있는 물건으로."

코리올라누스는 할머님의 장미를 생각했다. 장미는 캐피톨에서도 아직 귀했다. 할머님은 펜트하우스에 딸린 옥상 정원의 실외와 작은 온실에서 힘들여 장미를 키웠다. 하지만 할머님은 장미를 나눠 줄 때 마치 다이아몬드를 나눠 주는 것처럼 행동했기 때문에 한참을 설득한 후에야 이 아름다운 꽃을 얻을 수 있었다. "걔랑 가까워져야 해요. 할머님이 늘 말씀하시잖아요. 이 장미들은 어떤 문이라도 열어 준다고." 장미를 가져가라고 허락했다는 건 할머님이 현재 상황에 대해 얼마나 걱정하고 있는지 보여 주는 증거였다.

추첨 이후 이틀이 지났다. 캐피톨은 지독한 더위에 시달리고 있었다. 새벽이 막 지났을 뿐인데도 기차역은 찌는 듯이 더워지기 시작했다. 넓고 인적이 드문 플랫폼에 선 코리올라누스는 자신이 사람들의 눈에 너무 잘 띈다는 생각이 들었지만 그녀가 탄 기차를 놓칠 수는 없었다. 게임운영자가 되기 위해 수련 중인 레무스 두리틀은 기차가 수요일에 올 거라고 말했다. 최근 대학교를 졸업한 레무스의 가족은 모든 연줄을 다 활용해 그를 그 자리에 앉혔다. 수입이 아주 높지는 않았지만 살아가기엔 충분했고 미래를 위한 발판이 되어 주는 자리였다. 코리올라누스는 아카데미를 통해 물어볼 수도 있었지만 기차역으로 조공인을 마중 나오는 게 남들이 눈살을 찌푸릴 일인지는 몰랐다. 정해진 규칙은 없었지만 다른 멘터들은 대부분 다음 날 아카데미가 여는 모임에서 조공인들을 만나는 것 같았다.

한 시간이 지나고 두 시간이 지났지만 기차는 단 한 대도 나타나지 않았다. 기차역 천장의 유리 창문을 통해 태양이 쩽쩽 내리쬐었다. 땀이 코리올라누스의 등을 타고 흘렀고 아침에는 그토록 위풍당당하던 장미가 더위에 시달려 고개를 떨구기 시작했다. 그는 이런 행동이 아예 잘못된 발상이었을까, 이런 식으로 그녀를 맞이해도 감사를 받지 못하는 게 아닐까 생각했다. 다른 보통 여자아이였다면 감동하겠지만 루시 그레이 베어드는 평범한 점이라곤 없었다. 시장의 공격을 받자마자 그렇게 대담한 퍼포먼스를 할 수 있는 여자아이라니 사실 좀 무서웠다. 공격 직전에는 다른 여자의 드레스 안에 독사를 던져 넣지 않았는가. 물론 정말 독이 있는 뱀인지는 모르겠지만 아무래도 그런 생각이 들 수밖에 없었다. 그녀는 정말 무시무시했다. 그런데 지금 그는 마치 상사병에 걸린 남학생처럼 교복 차림으로 장미를 들고 서서 그녀가 그를…. 어떻게 하길 바라고 있지? 좋아하기를? 신뢰하기를? 보자마자 죽이지는 않기를?

코리올라누스에게는 그녀의 협조가 절대적으로 필요했다. 어제 사티리아는 멘터 회의를 열어 첫 번째 임무를 자세히 알려 주었다. 예전에는 조공인들이 캐피톨에 전부 도착한 아침에 곧바로 경기장에 들어갔지만 아카데미 학생들이 개입하게 된 올해는 그 시간이 연장되었다. 각 멘터가 조공인을 인터뷰하고 생방송 텔레비전 프로그램을 통해 판엠 전역에 5분 동안 조공인을 소개하기로 했다. 응원하는 출연자가 생긴다면 사람들이 헝거 게임을 관심 있게 시청할 수도 있다. 모든 게 잘 풀린다면 황금시간대에 방영될 것이다. 심지어 멘터들이 게임 중계에 초대받아 자기 담당 조공인에 대한 코멘트를 하게 될 지도 몰랐다. 코리올라누스는 자신의 5분이 그날 밤 가장 인상적인 시간이 될 것이라고 스스로에게 약속했다.

한 시간이 더 흘러서 막 포기하려던 참에 터널 깊은 곳에서 기차 경적 소리가 들렸다. 전쟁이 시작되고 나서 첫 몇 달 동안 이 소리는 그의 아버지가 전장에서 돌아오는 소리를 의미했다. 군수품 업계의 거물이었던 아버지는 자신이 참전하면 가업을 계승하는 게 더욱 정당해진다고 생각했다. 전략적 두뇌가 뛰어났고 대담했으며 위엄 있는 존재감이 있었던 아버지는 빠른 속도로 진급했다. 캐피톨의 대의에 헌신하는 모습을 공개적으로 보여 주기 위해 스노우 가족은 다 같이 기차역에 나와 위대한 아버지를 기다렸다. 코리올라누스는 벨벳 양복을 입고 갔다. 기차가 반군의 총알이 표적을 맞추었다는 소식만 실어 온 그날까지는 그랬다. 캐피톨에서 끔찍한 기억과 관련 없는 장소를 찾기란 힘들었지만 이곳은 유독 심했다. 떨어져 지낸 시간이 많았던 엄격한 아버지를 코리올라누스가 엄청나게 사랑했다고 말할 수는 없지만 아버지가 자신을 보호해 준다고 느꼈던 건 분명했다. 아버지의 죽음은 코리올라누스가 결코 떨쳐 내지 못한 공포 그리고 약점과 연관되어 있었다.

기차는 경적을 울리며 역으로 달려 들어와 끽 소리를 내며 멈추었다. 기관차 하나에 두 량이 달린 짧은 기차였다. 코리올라누스는 조공인을 찾으러 창문 안을 들여다보려 했지만 곧 창문이 없다는 걸 깨달았다. 승객용 열차가 아니라 화물용 열차였다. 낡은 자물쇠에 달린 육중한 쇠사슬이 화물들을 단단히 묶어 놓고 있었다.

'다른 기차구나. 집에 가는 게 낫겠어.' 그때 화물 차량 하나에서 인간이 내는 소리가 분명한 외침이 들려왔다. 코리올라누스는 자리를 지켰다.

그는 평화유지군들이 달려오리라 생각했지만 기차가 20분 동안 무시당한 채 서 있고 나서야 몇 명이 철로로 갔다. 평화유지군 한 명이 모습이 보이지 않는 기관사와 몇 마디 주고받자 창밖으로 열쇠 꾸러미가 날아왔다. 평화유지군은 느긋하게 어슬렁거리며 첫 번째 차량으로 가서 열쇠 꾸러미를 들춰 보다 하나를 골라 자물쇠에 넣고 돌렸다. 자물쇠와 사슬이 풀렸고 평화유지군은 묵직한 문을 밀어 열었다. 차량은 비어 있는 것 같았다. 평화유지군이 경찰봉을 꺼내 문틀을 두드렸다. "좋아. 너희들, 나와!"

짙은 갈색 피부의 소년이 여기저기 기운 삼베 옷 차림으로 문간에 나타났다. 코리올라누스는 그 아이가 클레멘시아가 맡은 11번 구역의 조공인임을 알아보았다. 팔다리가 길고 호리호리했지만 근육질이었다. 비슷한 옷을 입었지만 뼈만 앙상한 몸매의 소녀가 거칠게 기침을 하며 뒤따라 나왔다. 둘 다 맨발이었고 두 손을 앞으로 모아 수갑을 차고 있었다. 기차는 땅에서 1.5미터 정도 떨어져 있었기 때문에 둘 다 차량 끝에 앉았다가 어색하게 플랫폼으로 뛰어내렸다. 그 뒤 줄무늬 드레스와 빨간 스카프 차림을 한 얼굴이 창백한 여자아이가 기어 나왔는데 바닥으로 어떻게 내려가야 할지 생각하지 못하는 것 같았다. 평화유지군이 플랫폼으로 잡아당기는 바람에 그녀는 땅에 세게 떨어졌지만 수갑 찬 손으로 간신히 몸을 지탱했다. 평화유지군은 차량 안으로 손을 뻗어 열

살 정도 되어 보이지만 적어도 열두 살 이상일 남자아이를 끌어내더니 그 역시 플랫폼으로 잡아당겼다.

코리올라누스에게도 차량 안의 퀴퀴한 냄새와 배설물 냄새가 풍겨 나왔다. 가축을 운반하는 열차 치고도 별로 깨끗하지 않은 열차로 조공인들을 실어 나른 것이다. 그는 조공인들에게 먹을 것은 주었는지, 가끔 신선한 공기는 쐬게 해 주었는지 궁금했다. 연민과 혐오감이 파도처럼 그를 휩쓸었다. 이들은 정말이지 다른 세계에서 온 생명체였다. 희망이라고는 없는 야만적인 세계였다.

평화유지군은 두 번째 차량으로 가서 사슬을 풀었다. 문이 미끄러져 열리며 12번 구역 남자 조공인 제섭이 나타났다. 그는 눈을 가늘게 뜨고 밝은 기차역을 보았다. 코리올라누스는 가슴이 덜컥했고 기대감으로 몸을 곧게 세웠다. 그녀는 분명 그와 같이 왔을 것이다. 제섭은 뻣뻣한 동작으로 플랫폼으로 뛰어내리더니 차량을 뒤돌아보았다.

루시 그레이 베어드가 빛에 적응하느라 수갑 찬 손으로 눈을 반쯤 가리고 밝은 곳으로 걸어 나왔다. 제섭은 수갑을 찬 채 벌릴 수 있을 만큼 최대한 양손을 벌려 그녀에게 내밀었다. 그녀는 앞으로 떨어졌고 제섭은 그녀의 허리를 받더니 놀랍도록 우아한 동작으로 빙글 돌려 땅에 내려놓았다. 그녀는 고맙다는 뜻으로 제섭의 소매를 툭 치고 고개를 뒤로 젖혀 역으로 흘러 들어오는 햇빛을 들이마셨다. 손가락으로 곱슬머리를 가다듬으며 엉킨 부분을 풀고 붙은 건초를 떼어 냈다.

코리올라누스는 차량 안을 향해 소리를 지르며 위협하는 평화유지군들에게 잠깐 주의를 돌렸다. 다시 눈길을 돌리니 루시 그레이 베어드가 그를 똑바로 쳐다보고 있었다. 그는 잠깐 놀랐지만 플랫폼에서 평화유지군이 아닌 사람은 자기 하나뿐이라는 걸 깨달았다. 평화유지군들은 밖으로 나오기를 주저하는 조공인들을 끌어내기 위해 군인 하나를 차량 안으로 들여보내며 욕지거리를 내뱉었다.

기회는 지금뿐이다.

그는 루시 그레이에게 다가가 장미를 내밀며 고개를 살짝 숙였다. "캐피톨에 온 걸 환영해." 몇 시간 동안 아무 말도 하지 않은 터라 목소리가 좀 걸걸했지만 성숙하게 들려서 좋았을 거라고 생각했다.

그녀는 평가하듯 그를 살폈다. 그는 그녀가 자신을 그냥 지나치지 않을까 두려웠다. 비웃는다면 더욱 좋지 않을 것이다. 그러나 그녀는 손을 뻗더니 섬세한 손길로 그가 내민 꽃에서 꽃잎 하나를 떼어 냈다.

"내가 어렸을 때 그들은 버터밀크와 장미 꽃잎으로 날 목욕시켜 줬어." 있을 법하지 않은 이야기였는데도 그녀의 태도를 보니 얼마든지 믿을 수 있을 것 같았다. 그녀는 엄지손가락으로 매끈하고 흰 꽃잎 표면을 쓸더니 입에 넣고 맛을 음미하려 눈을 감았다. "잠자리에 들어야 할 시간 같은 맛이네."

코리올라누스는 잠시 그녀를 관찰했다. 추첨일 때와는 달라 보였다. 여기저기 남은 얼룩 외에 화장은 지워져 있었고 그래서 더 어려 보였다. 튼 입술, 흐트러진 머리, 먼지가 묻고 구겨진 무지개 드레스. 시장에게 맞은 뺨은 보라색으로 짙게 멍들어 있었다. 그러나 다른 무언가가 있었다. 다시 그녀의 퍼포먼스를 지켜보고 있다는 느낌이 들었지만 이번에는 코리올라누스 한 사람만을 위한 퍼포먼스였다.

그녀는 눈을 뜨더니 코리올라누스를 주의 깊게 살펴보았다. "넌 여기 있어선 안 될 것 같아 보이는데."

"그럴지도 몰라." 그는 인정했다. "하지만 나는 네 멘토야. 널 내 방식으로 만나고 싶었어. 게임운영자들의 방식이 아니라."

"아, 반군이군." 그녀가 말했다.

캐피톨 시민이 이 말을 쓰면 심한 욕설이지만 그녀는 만족스러워 칭찬으로 한 말이었다. 아니면 놀리는 걸까? 그녀가 주머니에 뱀을 넣고 다녔고 평범한 규칙은 그녀에게 적용되지 않는다는 걸 그는 떠올렸다.

"내 멘터가 내게 해 주는 일은 뭐야? 장미를 가져다 주는 것 말곤?" 그녀가 물었다.

"최선을 다해 너를 돌봐 주는 것."

그녀는 어깨 너머를 흘끗 돌아보았다. 평화유지군들이 굶주린 아이 두 명을 플랫폼으로 내던지고 있었다. 여자아이는 떨어지면서 앞니가 부러졌고 남자아이는 떨어지자마자 날카로운 발길질을 당했다.

루시 그레이는 코리올라누스에게 미소를 지어 보였다. "행운을 빌어, 미남." 그녀는 코리올라누스와 장미를 남겨 둔 채 다시 제섭에게 다가갔다.

평화유지군들이 역을 가로질러 정문 쪽으로 조공인들을 몰아갔다. 코리올라누스는 기회를 놓쳤다고 느꼈다. 그녀의 신뢰를 얻지 못한 것이다. 어쩌면 잠시 그녀를 재미있게 해 주었는지는 모르지만 그게 다였다. 그녀는 그가 쓸모없다고 생각하는 게 분명했고 아마 그게 사실일 것이다. 하지만 잃을 수도 있는 모든 것을 생각해 보면 그는 노력해야 했다. 코리올라누스는 역 반대편으로 달려가 문에 거의 도착한 조공인 무리를 따라잡았다.

"실례합니다." 그는 평화유지군 중 가장 직급이 높은 사람에게 말을 걸었다. "저는 아카데미에서 온 코리올라누스 스노우입니다." 그러고는 루시 그레이 쪽으로 고갯짓을 했다. "저 조공인은 헝거 게임에서 제 담당으로 배정되었습니다. 혹시 숙소까지 동행해도 될까요?"

"그래서 오전 내내 여기서 어슬렁거렸던 거야? 쇼까지 가는 차를 얻어 타려고?" 군인에게선 술 냄새가 났고 눈 주위가 벌겋다. "아무렴, 스노우 씨. 파티에 끼도록 해."

코리올라누스는 조공인들을 기다리는 트럭을 보았다. 트럭이라기보다는 바퀴 달린 우리였다. 바닥은 금속 창살로 둘러싸여 있고 지붕은 철제였다. 다시 한번 어린 시절에 본 서커스가 떠올랐다. 커다란 고양잇과 동물과 곰이 이런 우리에 갇혀 있었다. 조공인들이 명령에 따라 손을 내밀자 평화유지군은 수갑을 풀어 주었고 조공인들은 우리로 기어 올라갔다.

코리올라누스는 망설이다가 루시 그레이가 자신을 지켜보고 있는 걸 알아챘다. 지금이 심판의 순간이었다. 지금 물러선다면 모든 게 끝날 것이다. 루시 그레이는 그를 겁쟁이라고 생각하고 완전히 무시할 것이다. 코리올라누스는 심호흡을 하고 우리에 올라탔다.

그의 뒤에서 문이 쾅 닫혔다. 트럭이 요동치며 앞으로 달려 나가는 바람에 코리올라누스는 균형을 잃었다. 반사적으로 오른쪽의 금속 창살을 잡았다가 뒤에 있던 조공인 몇 명이 쓰러지며 부딪혀 온 탓에 얼굴이 창살 사이에 꽉 끼고 말았다. 힘주어 뒤로 몸을 밀어내고 뒤로 틀어서 조공인들을 마주보았다. 같은 구역에서 온 남자아이의 다리에 매달려 있는 앞니 부러진 소녀 말고는 다들 최소한 창살 하나씩은 붙들고 있었다. 트럭이 덜컹거리며 대로에 진입하자 그들은 흔들림에 적응하기 시작했다.

코리올라누스는 자신이 실수했다는 걸 깨달았다. 탁 트인 곳에서도 트럭 안의 악취는 어마어마했다. 조공인들에게서는 가축 열차의 악취와 씻지 않은 몸 냄새가 섞여 구역질할 것 같은 냄새가 풍겨 나왔다. 가까이에 있으니 그들이 얼마나 더러운지 볼 수 있었다. 핏발 선 눈과 팔다리에 든 멍도 보였다. 루시 그레이는 비좁은 앞쪽 구석에서 새로 긁힌 이마의 상처를 옷 주름으로 살짝 두드리고 있었다.

그녀는 코리올라누스에게 무관심해 보였지만 다른 조공인들은 곱게

치장한 푸들을 바라보는 야생 짐승 같은 눈빛으로 그를 노려보았다.

'나는 적어도 쟤들보다는 상태가 좋아.' 코리올라누스는 장미 줄기를 잡은 손에 힘을 주며 생각했다. '쟤들이 공격한다면 나한테 승산이 있어.' 하지만 정말 그럴까? 저렇게 많은 사람을 상대로?

조공인들을 실은 트럭은 사람들로 가득 찬 알록달록한 노면 전차 한 대가 앞을 가로질러 가도록 천천히 멈춰 섰다. 코리올라누스는 뒤에 있었지만 눈에 띄지 않도록 몸을 굽혔다.

노면 전차가 지나갔고 트럭은 다시 움직이기 시작했다. 그는 용기를 내 몸을 폈다. 조공인들은 그를 비웃고 있었다. 적어도 그가 눈에 띄게 불편해하는 모습을 보며 씩 웃는 아이도 몇 명 있었다.

"왜 그래, 귀여운 친구? 우리에 잘못 탔어?" 11번 구역 남자아이가 말했다. 그는 전혀 웃지 않았다.

코리올라누스는 숨김없이 드러내는 증오에 당황했지만 별 관심 없는 것처럼 보이려 했다. "아니. 이 우리는 내가 기다려 왔던 우리야."

소년의 손이 재빨리 올라와서 길고 흉터 있는 손가락으로 코리올라누스의 목을 감싸더니 뒤로 확 밀어붙였다. 소년은 팔뚝으로 코리올라누스의 몸을 창살에 대고 세게 밀었다. 제압당한 코리올라누스는 학교에서 싸움이 붙었을 때 한 번도 실패한 적 없는 수법을 썼다. 무릎으로 소년의 사타구니를 세게 가격한 것이다. 소년은 숨을 헉 들이켜고 몸을 굽히며 그를 놔주었다.

"쟨 이제 널 죽일 거야." 11번 구역의 여자아이가 코리올라누스의 얼굴에 기침을 하며 말했다. "11번 구역에서는 평화유지군을 죽였거든. 누가 한 건지 군인들은 알아내지 못했어."

"닥쳐, 딜." 소년이 으르렁거렸다.

"이제 무슨 상관이야?" 딜이 말했다.

"다 같이 죽이자." 소년이 증오를 담아 말했다. "어차피 우리한테 더 나쁜 짓은 못하잖아."

다른 조공인 몇 명도 맞다고 웅얼거리며 한 걸음 다가왔다.

코리올라누스는 공포로 몸이 굳었다. 날 죽인다고? 정말로 벌건 대낮에 캐피톨 한가운데에서 나를 때려죽이겠다는 건가? 그들은 진심이었다. 어쨌든 그들은 잃어버릴 것이 없지 않나. 심장이 거칠게 뛰었다. 곧 닥쳐올 공격에 대비해 몸을 조금 숙이고 두 주먹을 내밀었다.

그때 구석에서 루시 그레이의 노래하는 듯한 목소리가 들려와 긴장이 깨졌다.

"우리한텐 그럴지도 모르지. 그런데 너희들, 고향에 가족 있니? 캐피톨에서 니네 대신 벌을 줄 수 있는 사람들."

이 말에 조공인들은 맥이 빠졌다. 그녀는 아이들 사이를 뚫고 나와 그들과 코리올라누스 사이에 섰다.

"게다가 얘는 내 멘터야. 날 도와주기로 되어 있는 사람이라고. 나한테는 필요할지도 몰라."

"넌 어떻게 수리하는 사람(mender)을 얻은 거야?" 딜이 물었다.

"멘터야. 너희 모두에게 한 사람씩 붙어." 코리올라누스가 상황을 잘 아는 것처럼 들리길 바라며 말했다.

"그럼 그 사람들은 어디 있어? 왜 안 왔어?" 딜이 이의를 제기했다.

"그냥 열의가 없어서 안 온 것 같은데." 루시 그레이가 말했다. 그녀는 딜에게서 고개를 돌리며 코리올라누스에게 윙크를 했다.

트럭은 좁은 옆 골목으로 들어가 막다른 골목 같아 보이는 곳을 향해 덜컹거리며 달렸다. 코리올라누스는 여기가 어디인지 잘 몰랐다. 예전에는 조공인들을 어디에 두었는지 기억하려 애썼다. 평화유지군의 말들이 있는 마구간 아니었나? 그래, 그런 이야기를 들은 적이 있었던 것 같다. 도착하자마자 평화유지군을 찾아서 상황을 설명해야겠다. 자신을 향한 조공인들의 적대감을 고려하면 조금이라도 보호해 달라고 요청하는 게 좋을 수도 있겠다. 루시 그레이의 윙크를 받고 나니 여기 머무르는 것도 가치 없는 일로 느껴졌다.

트럭은 어두침침한 건물을 향해 후진했다. 창고일까? 코리올라누스는 썩은 물고기와 오래된 건초 냄새가 섞인 퀴퀴한 공기를 들이마셨다. 혼란스러웠던 그는 주위를 잘 살피려 애썼다. 눈에 힘을 주자 금속문 두 개가 획 열리는 게 보였다. 평화유지군 한 명이 트럭 뒷문을 열었고 누가 내리기도 전에 우리가 기울어지며 차갑고 축축한 시멘트 평판 위로 조공인들을 쏟아 냈다. 평판이라기보다는 미끄러뜨려 이동시키는 활송 장치에 가까웠다. 경사가 아주 심해서 트럭에서 떨어지자마자 코리올라누스도 조공인들과 함께 미끄러졌기 때문이다. 뭔가 잡을 것이 없나 팔다리를 휘두르며 찾느라 장미를 떨어뜨렸지만 아무것도 잡히지 않았다. 6미터는 족히 떨어지고 나서야 모래 바닥 같은 곳에 내려앉았다. 조공인들과 엉켜 있는 몸을 빼내느라 꿈지락거리는 코리올라누스에게 햇빛이 강렬하게 내리쬐었다. 그는 비틀비틀 몇 미터 걸은 다음 몸을 곧추세웠다가 경악하며 얼어붙었다. 마구간이 아니었다. 여러 해동안 와 보지 않았지만 똑똑히 기억났다. 모래가 깔려 있고 인공 바위 층이 있는 곳. 덩굴처럼 보이게 하려고 부조를 새겨 놓은 창살은 관람객을 보호하기 위해 큰 곡선 모양으로 휘어 있었다. 캐피톨 어린이들이 창살 틈으로 그를 멍하니 바라보고 있었다.

코리올라누스는 동물원의 원숭이 우리 안에 있었다.

4

코르소 한복판에 발가벗고 서 있다 해도 이렇게 노출된 기분은 들지 않았을 것이다. 그런 경우라면 최소한 도망치는 방법이라도 있다. 지금 그는 갇힌 상태로 전시되고 있다. 숨지 못하는 동물의 처지를 처음으로 맛보고 있다. 아이들이 흥분해 떠들며 코리올라누스의 교복을 가리키자 어른들도 관심을 보였다. 그들의 얼굴이 창살 사이의 공간을 모조리 채웠다. 그러나 진정한 공포는 관람객들 양쪽 끝에 있는 카메라였다.

캐피톨 뉴스. 어디든 찾아가서 취재하고 짓궂은 슬로건 '여기서 못 봤다면 그 일은 일어나지 않았던 것'을 내세우는 매체.

아, 그 일은 일어나고 있다. 그에게. 바로 지금.

그의 이미지가 캐피톨 전체에 생방송으로 나가고 있었다. 충격 때문에 꼼짝 않고 서 있었던 건 다행이었다. 구역의 하층민들과 함께 서 있는 것보다 더 나쁜 단 하나의 모습은 바보처럼 뛰어다니며 탈출할 방법을 찾는 것일 테니까. 쉽게 빠져나갈 방법이란 없었다. 야생동물을 가둬 두기 위해 만든 우리다. 숨으려고 애써 봤자 더 한심해 보이기만 할 뿐이다. 그 영상을 캐피톨 뉴스 측에서 얼마나 만족스러워 할지 생각해 보라. 지겹도록 틀어 댈 것이다. 멍청한 음악과 자막이 따라붙겠지. '스노우의 대재앙!' 일기예보에도 집어넣겠지. '스노우에겐 너무 뜨거워!' 그가 죽을 때까지 틀고 또 틀 것이다. 완벽한 망신이 되겠지.

그러면 그가 할 수 있는 일은 뭘까? 구조될 때까지 가만히 서서 카메라를 응시하는 것뿐이다.

그는 몸을 펴 키를 최대한 크게 하고 어깨를 살짝 뒤로 젖힌 다음 지루하다는 표정을 지으려 애썼다. 관람객들이 그를 부르기 시작했다. 처음에는 아이들의 새된 목소리가 들리더니 어른들도 끼어들어 거기서 뭐하고 있는 건지, 왜 우리 안에 있는지, 도움이 필요한지 묻기 시작했다. 누군가 그를 알아봤고 코리올라누스의 이름은 들불처럼 관람객들 사이에 퍼져 갔다. 속삭임은 순식간에 웅성거림이 되었다.

"스노우네 아들이야!"

"누구라고?"

"왜 있잖아, 옥상에서 장미 키우는 집!"

이 사람들은 주중에 동물원에서 뭐 하고 있는 거지? 직업이 없나? 아이들은 학교에 있어야 하는 거 아니야? 나라 꼴이 이럴 만도 하다.

조공인들은 코리올라누스를 둘러싸고 놀리기 시작했다. 11번 구역의 두 명, 같이 죽이자고 했던 악랄한 작은 소년, 새로운 아이들 몇 명이었다. 그는 트럭에서 그들이 보인 증오를 떠올리며 다 함께 공격해 오면 어떻게 될까 생각했다. 관람객들은 그냥 환호하지 않을까?

코리올라누스는 공황 상태에 빠지지 않으려 했지만 옆구리를 타고 땀이 흘러내렸다. 가까이 있는 조공인들과 창살 밖 관람객들의 얼굴이 흐릿해지기 시작했다. 이목구비가 모호해지며 피부의 명암과 그 사이에 끼어든 적분홍색의 벌린 입만 남았다. 팔다리의 감각이 없어졌고 숨 쉬기가 힘들었다. 활송 장치로 냅다 뛰어서 기어 올라가 볼까 생각할 즈음, 등 뒤에서 부드러운 목소리가 들렸다. "네 걸로 만들어."

돌아보지 않아도 그 소녀가 누구인지 코리올라누스는 알았다. 그의 여자아이. 코리올라누스는 혼자가 아니라는 사실에 커다란 안도감을 느꼈다. 그녀가 시장에게 맞고 나서 얼마나 영리하게 구경꾼들을 상대했는지, 노래를 불러 그들 모두를 자기편으로 만들었던 그 순간을 생각했다. 그녀의 말이 정답이었다. 이 순간이 의도적인 것처럼 보이게 만들지 못하면 끝장이다.

코리올라누스는 심호흡을 하고 루시 그레이가 앉아 있는 쪽을 돌아본 다음 자연스럽게 그녀가 귀 뒤에 꽂은 흰 장미를 바로잡아 주었다. 그녀는 늘 외모를 가꾸는 것 같았다. 12번 구역에서는 드레스 주름을 매만졌고 기차역에서는 머리를 가다듬었고 지금은 장미로 자신을 장식했다. 그는 그녀가 캐피톨에서 가장 대단한 숙녀인 양 손을 내밀었다.

루시 그레이의 입꼬리가 올라갔다. 그녀가 손을 맞잡자 찌릿한 전기 같은 것이 그의 팔을 타고 올라왔다. 무대 위에서 그녀가 보여 준 카리스마가 그에게도 조금 전달된 것 같은 기분이 들었다. 그는 살짝 고개를 숙였고 그녀는 과장스러운 우아한 자세로 서 있었다.

'그녀는 무대에 있어. 너는 무대에 있어. 이건 쇼야.' 그는 생각했다. 코리올라누스는 고개를 들고 그녀에게 물었다. "제 이웃 몇 명을 만나 보시겠습니까?"

"정말 즐겁겠군요." 그녀는 마치 오후 다과회라도 하듯이 말했다. "내 왼쪽이 더 좋겠어." 그녀가 살짝 뺨을 스치며 속삭였다. 그는 이 말에 어떻게 해야 할지 몰라 그녀를 왼쪽으로 안내했다. 루시 그레이는 마치 여기 있게 되어 기쁘다는 듯 관람객들에게 활짝 미소를 지어 보였다. 하지만 그녀를 창살 쪽으로 데려가는 코리올라누스는 그녀가 자기 손가락을 바이스처럼 꽉 조이는 걸 느꼈다.

돌 모양의 구조물과 원숭이 우리 창살 사이의 얕은 해자에는 한때 물이 흘러 짐승과 관중 사이의 장애물 구실을 했지만 이제는 물이 바싹 말라 있었다. 그들은 계단을 세 단 내려가 해자를 건넌 다음 창살을 따라 우리 안 전체에 설치된 단으로 올라갔다. 관람객들 코앞으로 온 것이다. 코리올라누스는 카메라가 그에게 다가오도록 요란하게 떠드는 어린아이들이 모여 선 곳으로 다가갔다. 카메라가 몇 미터 앞에 있었다. 창살 사이의 간격은 10센티미터 정도였다. 몸을 넣을 수는 없지만 손을 뻗기엔 충분했다. 두 사람이 다가가자 아이들은 입을 다물고 부모 다리에 몸을 꼭 붙였다.

코리올라누스는 오후 다과회 이미지가 훌륭하다고 생각했다. 그래서 아까처럼 가볍게 상황에 대처했다. "처음 뵙겠습니다." 그는 아이들 쪽으로 몸을 굽히며 말했다. "오늘은 내 친구를 데려왔어요. 소개해 드릴까요?"

아이들은 당황한 듯 몸을 배배 꼬았고 키득거리기도 했다. 그때 한 소년이 외쳤다. "네!" 아이는 양손으로 창살을 몇 번 치다가 머뭇거리며 주머니에 손을 쑤셔 넣었다. "저 여자 텔레비전에서 봤어요."

코리올라누스는 루시 그레이를 창살 바로 앞으로 인도했다. "루시 그레이 베어드 양을 소개해도 될까요?"

관람객들은 조용해졌다. 그들은 그녀가 아이들과 가까이 있다는 사실에 불안해하면서도 이 오묘한 조공인이 무슨 말을 할지 듣고 싶어 안달이 나 있었다. 루시 그레이는 창살 앞 30센티미터 정도에서 한쪽 무릎을 꿇었다. "안녕, 난 루시 그레이야. 넌 이름이 뭐니?"

"폰티우스." 소년은 안심시키려고 엄마를 흘끗 올려다보며 말했다. 아이 엄마는 경계하듯 루시 그레이를 보았지만 루시 그레이는 그녀를 무시했다.

"만나서 반가워, 폰티우스."

예절 바른 캐피톨 남성이라면 다 그렇듯 소년은 손을 내밀어 악수를 청했다. 루시 그레이는 악수를 하려고 손을 들었지만 창살 밖으로 내밀지는 않았다. 위협적으로 보일 수도 있기 때문이다. 그래서 소년이 창살 안으로 손을 넣었다. 그녀는 아이의 작은 손을 따뜻하게 쥐어 주었다.

"만나서 정말 반가워. 얘는 여동생이니?" 루시 그레이는 폰티우스의 옆에 서 있는 작은 소녀 쪽으로 고갯짓을 해 보였다. 아이는 눈을 휘둥 그레 뜬 채 손가락을 빨고 있었다.

"얘는 비너스예요. 네 살밖에 안 됐어요."

"음, 네 살이면 아주 똑똑할 나이라고 생각해. 만나서 반가워, 비너스." 루시 그레이가 말했다.

"노래가 좋았어요." 비너스가 속삭였다.

"그랬어? 정말 다정하구나. 음, 계속 지켜보렴, 소중한 아이야. 너에게 한 곡 더 불러 줄 수 있도록 해 볼게, 알겠지?"

비너스가 고개를 끄덕이곤 엄마 스커트에 얼굴을 묻어 관람객들은 웃음을 터뜨렸다. 사랑스럽다는 듯이 "오, 저런." 하고 외치는 소리도 드문드문 들렸다.

루시 그레이는 창살을 따라 걸으며 아이들과 소통했다. 코리올라누스는 그녀에게 충분한 공간을 주기 위해 조금 떨어져서 따라갔다.

"뱀 가져왔어요?" 녹아서 뚝뚝 흘러내리는 딸기 아이스바를 꼭 쥔 여자아이가 기대에 찬 목소리로 물었다.

"가져왔으면 정말 좋았을걸. 그 뱀은 내 특별한 친구였거든." 루시 그레이가 말했다. "너는 반려동물이 있니?"

"물고기 한 마리요." 소녀는 창살에 몸을 기댔다. "이름은 법이에요." 아이는 아이스바를 다른 손으로 옮겨 쥐더니 루시 그레이를 향해 창살 안으로 손을 뻗었다. "드레스 만져 봐도 돼요?"

주먹에서부터 팔꿈치로 루비빛 시럽 몇 줄기가 흘러내렸지만 루시 그레이는 웃으며 드레스 자락을 대 주었다. 소녀는 조심스럽게 손가락으로 주름을 쓸어 보았다. "예뻐요."

"네 옷도 예뻐." 소녀의 옷은 빛바랜 프린트 드레스로 군이 언급할 만한 옷은 전혀 아니었다. 하지만 루시 그레이가 "난 물방울무늬를 보면 언제나 기분이 좋아져"라고 말하자 소녀의 얼굴이 환하게 밝아졌다.

코리올라누스는 관람객들이 자기 조공인에게 점점 마음을 열면서 이젠 군이 거리를 두려 하지 않는다는 걸 느낄 수 있었다. 자녀를 이용하면 사람을 쉽게 조종할 수 있다. 자기 아이가 기뻐하는 모습을 보면 부모는 너무나 기쁘니까.

루시 그레이는 이걸 본능적으로 알고 있는 건지 걸어가면서 어른들은 무시했다. 그리고 마침내 카메라 한 대와 그 옆에 서 있는 리포터 가까이 다가왔다. 분명 알아차리고 있었겠지만 그녀는 몸을 일으키다가 카메라가 얼굴 바로 앞에 있는 것을 보고 조금 놀라더니 웃었다. "오, 안녕. 우리 지금 텔레비전에 나가고 있나요?"

캐피톨 뉴스의 리포터는 기삿거리를 애타게 찾던 젊은 남자였다. 그는 굶주린 듯 몸을 내밀었다. "당연히 나가고 있죠."

"당신은 누구신가요?" 그녀가 물었다.

"캐피톨 뉴스의 레피두스 맘지입니다." 그는 씩 웃어 보이며 말했다. "루시, 당신은 12번 구역에서 온 조공인이죠?"

"내 이름은 루시 그레이예요. 사실 난 12번 구역 출신이 아니에요. 우리는 코비예요. 음악을 직업으로 삼죠. 어느 날 길을 잘못 들었다가 어쩔 수 없이 12번 구역에 눌러앉았어요."

"아. 그러면… 어느 구역 출신인 건가요?" 레피두스가 물었다.

"딱히 어느 구역도 아니에요. 우리 코비는 마음 내키는 대로 여기저기 옮겨 다녀요." 루시 그레이가 갑자기 말을 멈추었다. "음, 예전엔 그랬다는 거죠, 뭐. 몇 년 전에 평화유지군이 우리를 구역에 몰아넣기 전까지요."

"하지만 지금은 12번 구역 시민이잖아요." 그가 우겼다.

"좋을 대로 생각하세요." 루시 그레이는 자칫하면 지루해질 것 같다는 듯 시선을 다시 관람객 쪽으로 돌렸다.

리포터는 그녀가 빠져나가려는 걸 알아챘다. "당신 드레스는 캐피톨에서 아주 히트했어요!"

"그래요? 음… 코비는 알록달록한 걸 좋아하는데 나는 그중에서도 유별나죠. 하지만 이건 엄마 드레스라서 내겐 더욱 특별해요." 그녀가 말했다.

"어머니는 12번 구역에 계신가요?" 레피두스가 물었다.

"뼈만 있지요, 자기야. 진주처럼 하얀 뼈만." 루시 그레이는 리포터를 응시했고 그는 다음 질문을 떠올리기 힘든 모양이었다. 그녀는 진땀을 빼는 리포터를 잠시 지켜보다가 코리올라누스 쪽으로 손짓을 했다. "내 멘터는 아시나요? 이름이 코리올라누스 스노우래요. 캐피톨 사람인데 나로선 크림을 얹은 케이크를 받은 셈이죠. 다른 아이들의 멘터들은 환영하러 나오지도 않았으니까요."

"음, 그는 우리 모두를 놀라게 했죠. 선생님들이 여기에 오라고 했나요, 코리올라누스?" 레피두스가 물었다.

코리올라누스는 카메라 쪽으로 한 발 나서며 약간은 호감 가는 악동처럼 보이려 했다. "오지 말라고는 안 했어요." 관람객 사이에서 웃음이 번졌다. "하지만 제게 루시 그레이를 캐피톨에 소개해야 한다고 말했던 건 분명히 기억해요. 전 그 임무를 진지하게 받아들였어요."

"그래서 두 번 생각할 것도 없이 조공인들이 있는 우리에 뛰어들었나요?" 리포터가 유도심문하듯 물었다.

"두 번 세 번 생각했죠. 네 번째와 다섯 번째 생각도 곧 들 것 같은데요." 코리올라누스가 인정했다. "하지만 그녀가 여기 올 만큼 용감하다면 저도 그래야 되지 않겠어요?"

"아, 공식적으로 밝혀 두는데 나한텐 선택의 여지가 없었어요." 루시 그레이가 말했다.

"공식적으로 밝혀 두는데 저도 마찬가지였어요." 코리올라누스가 말했다. "네가 노래하는 걸 듣고서는 찾아가지 않을 수가 없었어. 고백하는데 나는 네 팬이야." 관람객들이 환호하는 가운데 루시 그레이는 드레스 자락을 획 펼쳐 보였다.

"음, 아카데미도 당신과 같은 생각이길 빕니다. 당신을 위해서요. 곧 알게 될 것 같군요." 레피두스가 말했다.

코리올라누스가 돌아보니 원숭이 우리 뒤쪽에 있는 망입유리 창문이 달린 금속문이 확 열렸다. 평화유지군 네 명이 코리올라누스를 향해 똑바로 걸어왔다. 그는 멋지게 퇴장하는 데 집중하며 카메라를 돌아보았다.

"우리와 함께해 줘서 고마워요. 기억하세요. 12번 구역을 대표하는 루시 그레이 베어드입니다. 시간 있으면 동물원에 들러서 인사하세요. 그녀는 그럴 만한 가치가 있다고 내가 약속드리죠."

루시 그레이는 그에게 손을 뻗으며 키스하라는 의미로 손목을 살짝 굽혔다. 그는 그녀의 뜻대로 했고 입술이 그녀의 피부에 닿자 기분 좋은 얼얼함이 느껴졌다. 코리올라누스는 관람객들에게 마지막으로 손을 흔든 다음 차분히 평화유지군들에게 다가갔다. 한 명이 고개를 간결하게 끄덕였다. 코리올라누스는 박수갈채를 받으며 말없이 그들을 따라 우리 밖으로 나갔다.

등 뒤에서 문이 닫히자 그는 숨을 헉헉 내쉬었다. 자신이 얼마나 겁먹고 있었는지 깨달았다. 심한 부담감을 느끼면서도 품위를 유지한 자기 자신에게 말없이 축하를 보냈지만 평화유지군들이 노려보는 걸 보니 그들은 생각이 다른 듯했다.

"뭐 하는 짓이야?" 한 명이 따졌다. "넌 여기 들어오면 안 돼."

"나도 그런 줄로만 알았죠. 당신의 소속 집단이 격식이고 뭐고 없이 나를 활송 장치 아래로 쏟아 버리기 전까지만 해도." 코리올라누스가 말했다. '소속 집단'과 '격식'이라는 단어를 같이 쓰면 자신의 우월함을 적절하게 보여 줄 수 있다고 생각했다. "나는 동물원까지 태워 달라고만 했어요. 기꺼이 당신 감독관에게 이 이야기를 전부 설명하고 이렇게 만든 평화유지군들이 누구인지 알아내는 데 협조하겠어요. 하지만 당신에겐 감사드리죠."

"응." 그녀의 목소리는 심드렁했다. "우린 널 아카데미로 데려가라는 명령을 받았어."

"더 잘된 일이군요." 코리올라누스는 자신 있게 대답했지만 속마음은 달랐다. 아카데미가 이렇게 빨리 반응한다는 게 불안했다.

평화유지군의 밴 뒷좌석에 있는 텔레비전은 고장 나 있었지만 차를 타고 가는 중에 캐피톨 여기저기에 설치된 거대한 스크린으로 아까의 촬영분을 조금씩 볼 수 있었다. 루시 그레이의 모습, 이어서 자기 자신의 모습이 캐피톨에 등장하자 불안한 에너지가 끓어오르기 시작했다. 그는 절대 이렇게 대담한 계획을 세웠던 게 아니지만 이미 일어나 버린 이상 즐기는 편이 나을 것이다. 그리고 그는 자기가 정말 연기를 잘했다고 생각했다. 침착함을 잃지 않았다. 자기 입장을 고수했다. 루시 그레이를 등장시켰는데 그녀는 타고난 사람이었다. 품위에 약간의 아이러니한 유머를 섞어 멋지게 대처했다.

아카데미에 도착했을 때쯤 평정을 되찾은 코리올라누스는 자신 있게 계단을 올라갔다. 모두가 그를 쳐다보는 것도 힘이 됐다. 평화유지군들만 없었다면 아카데미 친구들이 몰려들어 자신을 에워쌌을 거라는 확신이 들었다. 코리올라누스는 교무실로 가게 될 거라고 생각했는데 경비원은 난데없이 고등생물 실험실 앞 벤치에 그를 앉혔다. 과학을 제일 잘하는 고학년들만 갈 수 있는 곳이었다. 고등생물은 그가 제일 좋아하는 과목은 아니었다. 포름알데히드 냄새를 맡으면 반사적으로 구역질이 났고 파트너와 함께하는 것도 싫었다. 하지만 유전자 조작을 잘한 덕분에 수업을 들을 수는 있었다. 눈에 현미경을 달고 태어난 것 같은 유전자 조작의 명수 이오 재스퍼에 비할 바는 못됐지만 말이다. 그러나 그는 이오를 언제나 자애롭게 대했고 그래서 그녀는 그를 아주 좋아했다. 인기 없는 사람들에겐 이런 작은 노력도 큰 효과를 발휘한다.

하지만 과연 그가 우월감을 느낄 처지인가? 벤치 맞은편에 달린 학생 알림 공지판에 메모가 붙어 있었다. 이런 내용이었다.

제10회 헝거 게임
멘터 배점

1번 구역
남성 리비아 카듀
여성 팔미라 몬티

2번 구역
남성 세자누스 플린스
여성 플로루스 프렌드

3번 구역
남성 이오 재스퍼
여성 어번 캔빌

4번 구역
남성 페르세포네 프라이스
여성 페스투스 크리드

5번 구역

남성 데니스 플링

여성 이피게니아 모스

6번 구역

남성 아폴로 링

여성 다이애나 링

7번 구역

남성 빕사니아 시클

여성 플라이니 해링턴

8번 구역

남성 주노 핍스

여성 힐라리우스 헤븐스비

9번 구역

남성 가이우스 브린

여성 안드로클레스 앤더슨

10번 구역

남성 도미티아 윔지윅

여성 아라크네 크레인

11번 구역

남성 클레멘시아 도브코트

여성 펠릭스 레이빈스틸

12번 구역

남성 리시스트라타 비커스

여성 코리올라누스 스노우

뒤늦게 생각나서 덧붙였다는 듯 마지막에 달려 있는 이름만큼 그의 위태로운 위치를 공개적으로 통렬히 일깨워 주는 게 또 있을까?

왜 실험실로 오라고 한 건지 몇 분 동안 어리둥절해하고 있자니 경비원이 들어가도 좋다고 했다. 조심스럽게 노크하자 들어오라는 대답이 들렸다. 하이바텀 총장의 목소리였다. 사티리아가 있을 거라고 생각했지만 방 안에는 다른 사람이 한 명 있었다. 곱슬곱슬한 백발에 작고 허리가 굽은 나이 많은 여자가 금속 막대기로 케이지 안의 토끼에게 장난을 치고 있었다. 그녀는 철망 사이로 계속 토끼를 찔렀다. 핏불테리어의 턱 힘을 갖도록 개조된 토끼는 결국 막대기를 그녀의 손에서 빼앗아 두 동강을 냈다. 그러자 그녀는 최대한 몸을 곧게 펴고 코리올라누스에게 시선을 돌리더니 외쳤다. "깡충깡충!"

코리올라누스는 어렸을 때부터 수석 게임운영자이자 캐피톨의 실험적 무기 부서를 지휘하는 볼룸니아 골 박사를 보면 불안했다. 아홉 살때 갔던 학교 현장 학습에서 아이들은 그녀가 일종의 레이저로 실험실 쥐의 살을 녹이는 걸 보았다. 그녀는 아이들을 향해 반려동물이 지겨워진 사람은 없냐고 물었다. 코리올라누스에겐 반려동물이 없었다. 어떻게 먹인단 말인가. 하지만 플루리부스 벨은 흰 털이 복슬복슬한 보아벨이라는 고양이를 기르고 있었다.

보아벨은 플루리부스의 다리 위에 앉아 그가 쓴 분칠한 가발 끝자락을 가지고 놀곤 했다. 보아벨은 코리올라누스를 좋아해서 그가 머리를 쓰다듬자마자 거칠고 기계음 같은 소리로 가르랑거렸다. 리마콩 한 자루를 또다시 양배추와 바꾸기 위해 겨울의 진창을 뚫고 돌아다니던 음울했던 시절, 보아벨의 바보 같고 부드러운 따뜻함은 그에게 위로가 되었다. 그런 보아벨이 실험실에 간다고 상상하니 기분이 언짢았다.

코리올라누스는 골 박사가 대학교에서 강의한다는 건 알고 있었지만 아카데미에서 본 적은 드물었다. 그러나 골 박사는 수석 게임운영자이므로 헝거 게임과 관련된 모든 것이 그녀의 권한 아래 있었다. 코리올라누스가 동물원에 간 것 때문에 골 박사가 왔을까? 멘터 자리를 잃게 되려나?

"깡총깡총." 골 박사가 씩 웃었다. "동물원은 어땠니?" 골 박사는 그렇게 묻고는 웃었다. "동요 같구나. 깡총, 깡총, 동물원은 어땠니? 너는 조공인이랑 같이 우리 속으로 떨어졌지!"

코리올라누스는 어떻게 반응해야 할지 단서를 찾아보려고 하이바텀 총장 쪽을 얼른 보면서 살짝 억지 미소를 지었다. 총장은 실험실 테이블 앞에 철퍼덕 앉아 두통이 심한 듯 관자놀이를 문지르고 있었다. 그에게선 도움을 얻을 수 없었다.

"그랬어요." 코리올라누스가 말했다. "모두가 그랬어요. 모두 우리 속으로 떨어졌죠."

골 박사는 더 많은 이야기를 기대한다는 듯 그에게 눈썹을 치켜올려 보였다. "그리고?"

"그리고… 무대에 선 셈이 되었죠?" 그는 덧붙였다.

"하, 바로 그거야! 네가 한 일이 바로 그거란다!" 골 박사는 만족스럽다는 표정을 지었다. "너는 게임에 능해. 어쩌면 언젠가 게임운영자가 될지도 모르겠어."

그런 생각은 한 번도 해 본 적이 없었다. 레무스에게 결례를 범할 생각은 없지만 게임운영자는 대단한 직업 같지 않았다. 경기장에 아이들과 무기를 던져 넣고 알아서 싸우게 하는 데 특별한 기술이 필요할 것 같지도 않았다. 추첨을 계획하고 헝거 게임을 촬영해야 하겠지만 그는 좀 더 도전적인 커리어를 갖고 싶었다. "그걸 생각이라도 해 보기 전에 배워야 할 것이 너무나 많습니다." 그는 겸손하게 말했다.

"넌 본능적이야. 그게 중요한 거야." 골 박사가 말했다. "그러니까 말해 보렴. 왜 우리 안에 들어간 거니?"

사고였다. 사고라고 말하려던 찰나 루시 그레이가 "네 걸로 만들어"라고 속삭였던 말이 떠올랐다.

"음…. 제 조공인은 체구가 작은 편이에요. 헝거 게임이 시작되자마자 5분 안에 사라져 버리는 부류죠. 하지만 노래라든가 좀 단정하지 않은 매력이 있어요." 코리올라누스는 마치 계획을 검토해 보듯 잠시 말을 멈추었다. "저는 걔가 우승할 가능성이 있다고 보지는 않지만 그게 중요한 건 아니잖아요? 저는 우리가 관객을 끌어들여야 한다고 들었어요. 그게 제 임무입니다. 사람들이 헝거 게임을 시청하게 만드는 거죠. 그래서 스스로에게 물었죠. 관객에게 어떻게 다가갈 수 있을까? 카메라가 있는 곳으로 가야 한다."

골 박사는 고개를 끄덕였다. "그래, 그래. 관객이 없으면 헝거 게임도 없지." 그녀는 총장을 돌아보았다. "이것 봐, 카스카. 이 친구는 한 발 먼저 나섰어. 헝거 게임을 살려 두는 게 중요하다는 걸 이해하고 있어."

하이바텀 총장은 눈을 가늘게 뜨고 코리올라누스에게 회의적인 시선을 던졌다. "그래요? 아니면 그저 성적을 잘 받으려고 나대는 걸까요? 너는 헝거 게임의 목적이 뭐라고 생각하니, 코리올라누스?"

"반란을 일으킨 구역들을 처벌하기 위해서입니다." 코리올라누스는 지체 없이 대답했다.

"그래. 하지만 처벌은 수없이 많은 형태를 취할 수 있지. 근데 왜 헝거 게임이냐?"

코리올라누스는 입을 열었다가 머뭇거렸다. 왜 헝거 게임일까? 그냥 폭탄을 떨어뜨리거나 식량 지급을 끊거나 구역의 법원 건물 앞에서 공개 처형을 해 버리지 않고?

그의 생각은 루시 그레이가 창살 앞에 무릎을 꿇고 아이들을 끌어들이며 관중의 마음을 녹이던 모습으로 옮겨 갔다. 그들은 코리올라누스가 표현하기 힘든 방식으로 연결되어 있었다.

"왜냐하면…. 아이들 때문입니다. 아이들이 사람들에게 갖는 의미 때문이죠."

"어떤 의미를 갖는데?" 하이바텀 총장이 밀어붙였다.

"사람들은 어린이를 사랑해요." 그러나 코리올라누스는 이 대답이 입밖으로 나오자마자 과연 그게 사실일까 싶었다. 전쟁 중에 그는 폭격과 굶주림, 다양한 학대를 당했다. 반군들에게만 당한 것도 아니었다. 그가 들고 있는 양배추를 빼앗던 사람, 실수로 대통령 관저에 너무 가까이 걸어간 그를 턱에 멍이 들 정도로 때렸던 평화유지군, 스완 독감에 걸려 쓰러져 거리에 누워 있는 그를 아무도, 그 누구도 멈춰 서서 도와주지 않던 때를 떠올렸다. 오한에 시달리고 불덩이처럼 열이 올랐다. 팔다리에서는 찌르는 것 같은 통증이 느껴졌다. 그날 밤, 티그리스는 자기도 아팠으면서 그를 찾아내 어찌어찌 집에 데려왔다.

코리올라누스는 흔들렸다. "가끔은 사랑하죠"라고 덧붙였지만 확신이 없었다. 생각해 보니 아이들에 대한 사람들의 사랑은 굉장히 변덕스럽게 느껴졌다. "왜인지 모르겠어요." 그가 인정했다.

하이바텀 총장은 골 박사를 쏘아보았다. "봤죠? 이건 실패한 실험입니다."

"아무도 안 보면 그렇겠지!" 골 박사가 되쏘았다. 그녀는 코리올라누스에게 너그러운 미소를 지었다. "얘도 아직 아이야. 시간을 줘야지. 얘한테는 좋은 예감이 들어. 자, 난 이제 머트들을 보러 가야겠어." 그녀는 문 쪽으로 느릿느릿 걸어가며 코리올라누스의 팔을 톡톡 두드렸다. "쉬쉬해야 할 비밀이지만 파충류 작업이 놀라운 성과를 보이고 있단다."

코리올라누스는 그녀를 따라갈 태세였지만 하이바텀 총장의 목소리가 그를 붙들어 세웠다. "너의 연기 전체가 계획된 거였단 말이지. 이상하네. 네가 우리 안에서 일어섰을 때 난 네가 도망가려 한다고 생각했거든."

"들어가는 방식이 제가 예상했던 것보다 거칠었습니다. 상황에 익숙해지는 데 시간이 좀 걸렸어요. 역시 저는 배워야 할 것이 아주 많습니다." 코리올라누스가 말했다.

"그중 하나는 넘지 말아야 할 선이겠지. 넌 학생이 다칠 수도 있었던 무모한 행동에 대한 벌점을 받게 될 거야. 그 학생이란 너 자신이야. 영구적으로 기록에 남게 될 거다." 총장이 말했다.

'벌점?' 그게 대체 무슨 뜻이지? 코리올라누스는 이 처벌에 항의를 제기할 수 있도록 아카데미 학생 안내서를 살펴봐야 할 것이다. 총장이 주머니에서 작은 병을 꺼내 투명한 액체 세 방울을 혀에 떨어뜨리는 바람에 코리올라누스의 주의가 흐트러졌다.

병에 든 것은 아마 모플링(작가가 모르핀morphine의 철자를 변형시켜 만든 가상의 약물-옮긴이)일 텐데 무엇이었든 간에 효과가 빨랐다. 하이바텀 총장의 온몸이 늘어졌고 눈에는 몽롱함이 떠올랐다. 그는 불쾌한 미소를 지었다. "이런 벌점을 세 번 받으면 퇴학이다."

5

코리올라누스는 그 어떤 공식 처벌도 받아 본 적이 없었다. 티끌 하나 없는 그의 기록을 더럽힐 일은 아무것도 없었다. "하지만…" 그는 항의하기 시작했다.

"가라, 불복종으로 두 번째 벌점을 받기 전에." 하이바텀 총장이 말했다. 이 말에는 어떤 여지도, 협상해 보자는 제의도 없었다. 코리올라누스는 시키는 대로 했다.

하이바텀 총장이 정말로 '퇴학'이라는 단어를 썼단 말인가?

코리올라누스는 불안해하며 아카데미에서 나왔지만 다시 한 번 사람들의 관심이 쏟아져 괴로움은 잠잠해졌다. 복도의 학생들, 달걀부침과 양배추 수프로 간단히 저녁을 먹을 때의 티그리스와 할머님, 헝거게임에 계속 관여하고 싶어 안달 난 그가 저녁에 동물원으로 돌아갈 때 마주친 전혀 모르는 사람들의 관심.

부드러운 오렌지색 석양이 도시에 번졌고 시원한 바람이 숨막힐 듯한낮의 열기를 쓸어 냈다. 당국은 시민들이 조공인을 볼 수 있도록 동물원 개방 시각을 9시까지 연장했지만 코리올라누스가 다녀간 이후 생방송은 없었다. 코리올라누스는 다시 동물원으로 찾아가 루시 그레이를 살피고 다른 노래를 불러 보라고 권할 생각이었다. 관객이 아주 좋아할 테고 어쩌면 다시 카메라를 끌어들일 수 있을지도 모른다.

동물원으로 걸어가며 어린 시절 이곳에서 보냈던 즐거운 날들에 대한 향수를 가득 느꼈지만 우리 여러 개가 비어 있어 슬프기도 했다. 한때 이곳은 캐피톨 유전학이 만들어 낸 노아의 방주에서 따온 환상적인 동물들이 가득했다. 지금은 거북 한 마리만 우리 안 진흙 속에 누워 쌕쌕거릴 뿐이었다. 후줄근한 큰부리새가 높은 가지에서 꽥꽥거리며 이 우리에서 저 우리로 날아다녔다. 이들은 전쟁의 희귀한 생존자였다. 대부분은 굶어죽었거나 잡아먹혔기 때문이다. 근처 도시 공원에서 온 듯한 뼈만 앙상한 너구리 두 마리가 뒤집힌 쓰레기통을 파헤쳤다. 잘 살아가고 있는 유일한 동물은 쥐였다. 쥐들이 분수가에서 서로를 쫓아 달렸고 불과 몇 걸음 앞에서 길을 가로질러 뛰어다녔다.

코리올라누스가 원숭이 우리에 가까워졌을 때 북적이는 사람들이 보였다. 백 명 정도가 창살 앞에 몰려 있었다. 누군가 서둘러 지나가며 그의 팔을 밀쳤다. 카메라맨과 함께 사람들을 헤치고 지나가는 레피두스 맘지였다. 앞쪽에서 뭔가 소동이 일어나고 있었고 코리올라누스는 더 잘 보려고 바위 위로 기어 올라갔다.

분하게도 큰 배낭을 옆에 둔 세자누스가 우리 끝에 서 있었다. 샌드위치로 보이는 것을 창살 안으로 들이밀며 우리 속의 조공인들에게 권하고 있었다. 조공인 모두 망설이고 있었다. 코리올라누스에겐 세자누스의 말이 들리지 않았지만 11번 구역의 여자아이 딜에게 샌드위치를 받으라고 구슬리는 듯했다. 세자누스의 속셈이 뭐지? 코리올라누스를 능가하고 오늘의 주인공 자리를 빼앗으려는 걸까? 동물원에 온다는 코리올라누스의 발상을 가져가서 그가 절대 맞설 수 없는 방식으로 자신의 이미지를 새 단장하려는 걸까? 샌드위치를 나눠 준다는 건 코리올라누스에겐 불가능한 일이다. 저 배낭에 샌드위치가 가득 들었을까? 저 여자아이는 세자누스의 조공인도 아닌데.

코리올라누스를 보자 세자누스는 얼굴이 밝아지며 가까이 오라고 손짓했다. 코리올라누스는 대수롭지 않다는 듯 구경꾼들을 헤치고 다가가며 그들의 관심을 흡수했다. "문제 있어?" 그는 배낭을 살피며 말했다. 샌드위치뿐 아니라 신선한 자두도 가득했다.

"아무도 날 믿지 않아. 믿을 이유가 있겠어?" 세자누스가 말했다.

잘난 척하는 어린 여자아이가 그들 뒤로 당당히 걸어와서 우리 끝 기둥의 표지판을 가리켰다. "'짐승에게 먹이 주지 마세요'라고 쓰여 있어요."

"하지만 쟤들은 짐승이 아닌걸. 너나 나처럼 똑같은 사람이야." 세자 누스가 말했다.

"쟤들은 나랑 달라요!" 어린 여자아이가 항의했다. "쟤들은 구역 출신이에요. 그래서 우리 안에 있어야 하는 거고요!"

"그것도 나와 마찬가지지." 세자누스가 무미건조하게 말했다. "코리올라누스, 네 조공인이 다가오게 할 수 있을까? 걔가 오면 다른 아이들도 올지 몰라. 분명 배가 아주 많이 고플 텐데."

코리올라누스는 재빨리 머리를 굴렸다. 오늘 이미 벌점을 한 번 받았고 하이바텀 총장을 상대로 무리하게 덤빌 생각은 없었다. 벌점을 받은 이유는 학생을 위험하게 했기 때문인데 지금 그는 창살 밖에 있으니 절대로 안전하다. 하이바텀 총장보다 분명히 영향력이 더 강한 골 박사는 그의 과감한 행동을 칭찬했다. 그리고 사실 그는 세자누스에게 무대를 넘길 생각이 없었다. 동물원은 그의 쇼 무대였고 그와 루시 그레이가 스타였다. 지금도 레피두스가 카메라맨에게 코리올라누스의 이름을 속삭이는 게 들렸다. 캐피톨의 시청자들이 자신을 지켜보는 게 느껴졌다.

루시 그레이는 무릎 높이에 달린 우리 뒤쪽 벽의 수도꼭지에서 손과 얼굴을 씻고 있었다. 다 씻은 그녀는 주름진 스커트로 물기를 닦고 곱슬머리를 매만진 다음 귀 뒤에 꽂은 장미를 바로잡았다.

"동물원에서 먹이 주는 시간이 된 것처럼 쟤를 대할 수는 없어." 코리올라누스가 세자누스에게 말했다. 창살 사이로 음식을 들이미는 것은 루시 그레이를 숙녀로 대했던 이제까지의 행동과 맞지 않는다. "내가 가져온 음식은 아니지만 저녁 식사를 대접할 수는 있어."

세자누스는 바로 고개를 끄덕였다. "뭐든 가져가. 엄마가 넉넉히 만들어 주셨어, 제발."

코리올라누스는 배낭에서 샌드위치와 자두를 두 개씩 골라 들고 앉기 좋은 평평한 바위가 있는 원숭이 우리 끝 쪽으로 갔다. 그는 지금껏 살아오면서 최악의 시기에도 깨끗한 손수건 없이 외출한 적이 없었다. 할머님은 혼돈을 막기 위해 지켜야 할 예의범절이 있다고 고집했다. 집에는 여러 세대에 걸쳐 내려온 손수건으로 가득한 큰 옷장이 있었는데 그 안에는 평범한 것, 레이스가 달린 것, 자수로 꽃무늬를 새긴 것 등 다양한 손수건이 들어 있었다. 코리올라누스는 낡고 조금은 구겨진 네모난 흰색 리넨 손수건을 펼치고 그 위에 음식을 놓았다. 그가 자리에 앉자 부르지도 않았는데 루시 그레이가 창살 쪽으로 다가왔다.

"그 샌드위치 먹을 사람 있니?" 그녀가 물었다.

"너만을 위해 준비했어." 그가 대답했다.

그녀는 웅크리고 앉아 샌드위치를 받아들었다. 속에 든 것을 살펴더니 끄트머리를 조금 베어 물었다. "너는 안 먹어?"

어떻게 해야 할지 알 수 없었다. 이제까지는 그림이 좋았다. 그녀를 다시 한 번 혼자 돋보이게 했고 귀한 사람으로 보이게 만들었다. 하지만 그녀와 함께 먹는다고? 그건 선을 넘는 행동일 수 있다.

"네가 먹는 게 좋겠어. 힘을 유지해야지."

"왜? 경기장에서 제섭의 목을 부러뜨릴 수 있게? 그게 내 강점이 아니라는 건 우리 둘 다 알고 있잖아."

샌드위치 냄새를 맡자 그의 배가 꾸룩거렸다. 흰 빵 사이에 든 두툼한 미트로프. 오늘은 아카데미에서 점심을 못 먹었고 집에서 먹은 저녁은 보잘것없었다. 루시 그레이의 샌드위치에서 케첩 한 방울이 삐져나오자 더 이상 참을 수 없었다. 그는 다른 샌드위치를 베어 물었다. 기쁨의 작은 충격이 온몸에 흘렀다. 몇 입 만에 먹어 치우고 싶은 충동을 억눌러야 했다.

"이러니까 피크닉 같네." 루시 그레이는 다른 조공인들을 돌아보았다. 조공인들은 조금 다가오긴 했지만 아직 망설이는 듯했다. "너희도 다들 먹어. 정말 맛있어! 먹어, 제섭!" 그녀가 말했다.

용기를 얻은 덩치 큰 12번 구역의 조공인 제섭은 천천히 세자누스에게 다가가 그의 손에 든 샌드위치를 받았다. 자두도 줄 때까지 기다렸다가 받아 들고 말없이 뒤쪽으로 걸어갔다. 갑자기 다른 조공인들이 울타리로 달려가 창살 밖으로 손을 내밀었다. 세자누스는 최대한 빨리 음식을 쥐여 주었고 1분 만에 배낭은 거의 텅 비었다. 조공인들은 우리 안여기저기에 멀찍이 자리를 잡고 음식을 지키듯 쭈그리고 앉아 허겁지겁 먹어 치웠다.

세자누스에게 가지 않은 유일한 조공인은 그가 멘터를 맡은 2번 구역 남자아이였다. 몸집이 큰 그는 우리 뒤에서 팔짱을 끼고 서서 자기멘터를 쏘아보았다.

세자누스는 배낭에서 마지막 샌드위치를 꺼내 그에게 내밀었다. "마르쿠스, 이건 네 거야. 받아, 제발." 그러나 마르쿠스는 무표정한 얼굴로 움직이지 않았다. "제발, 마르쿠스." 세자누스가 애원했다. "배고플 거아냐." 마르쿠스는 세자누스를 위아래로 훑어본 다음 날카롭게 등을 돌렸다.

루시 그레이는 이 상황을 흥미롭게 지켜보았다. "무슨 일일까?"

"그게 무슨 뜻이야?" 코리올라누스가 물었다.

"정확하게는 모르겠지만 개인적인 일 같아 보여."

트럭에서 코리올라누스를 죽이고 싶어 했던 작은 남자아이가 달려와 주인 없는 샌드위치를 낚아챘다. 세자누스는 막으려 하지 않았다. 뉴스 팀은 세자누스와 이야기를 나누려 했지만 그는 그들을 무시한 채 축처진 배낭을 메고 사람들 속으로 사라졌다. 뉴스 팀은 조공인들을 좀더 촬영한 뒤, 루시 그레이와 코리올라누스에게 다가왔다. 코리올라누스는 전보다 몸을 더 꼿꼿이 세우고 이에 낀 미트로프를 혀로 닦았다.

"우리는 지금 동물원에서 코리올라누스 스노우와 그의 조공인 루시 그레이 베어드와 함께 있습니다. 다른 학생이 방금 샌드위치를 나눠 줬어요. 그 학생도 멘터인가요?" 레피두스는 두 사람에게 마이크를 들이밀었다.

코리올라누스는 스포트라이트를 공유하고 싶지는 않았지만 세자누스가 그를 보호해 줄 수 있을 거라고 생각했다. 아카데미를 재건한 사람의 아들에게 하이바텀 총장이 벌점을 줄까? 며칠 전만 해도 그는 스노우라는 이름이 플린스보다 더 무게 있다고 생각했지만 추첨 배정은 그렇지 않다는 걸 보여 주었다. 하이바텀 총장에게 야단을 맞아야 한다면 옆에 세자누스가 있는 편이 나을 것이다.

"학교 친구 세자누스 플린스예요." 그가 알려 주었다.

"조공인들에게 근사한 샌드위치를 가져다주다니 무슨 생각일까요? 캐피톨에서 분명 식사를 제공할 텐데요." 레피두스가 말했다.

"아, 밝혀 두자면 내가 마지막으로 뭘 먹은 건 추첨 전날 밤이었어요. 그러니까 사흘 전인 것 같네요." 루시 그레이가 말했다.

"아, 그렇군요. 그러면 샌드위치 맛있게 드세요!" 레피두스는 카메라를 다른 조공인들에게 돌리라는 신호를 보냈다.

루시 그레이는 순식간에 일어나서 창살 쪽으로 몸을 기울여 다시 카메라를 끌고 왔다. "리포터 아저씨, 좋은 생각이 있는데 들어 볼래요? 남는 음식이 있는 사람은 동물원으로 가져다주세요. 우리가 너무 약해서 싸울 힘도 없으면 헝거 게임이 재미없지 않겠어요?"

"일리 있는 말이네요." 레피두스는 망설이며 대답했다.

"나는 단 걸 좋아하지만 까다롭지는 않아요." 그녀는 미소 지으며 자두를 깨물었다.

"알았어요, 알았어요." 그는 슬슬 물러서며 답했다.

코리올라누스는 리포터가 불안한 상황에 처했음을 알 수 있었다. 루시 그레이가 시민들에게 음식을 달라고 하는 걸 정말 도와줘야 하나? 캐피톨에 대한 비난으로 보이지는 않을까?

뉴스 팀이 다른 조공인들에게 가자, 루시 그레이는 다시 코리올라누스 맞은편에 앉았다. "너무 심했나?"

"그렇지 않아. 음식을 가져올 생각을 못해서 미안해."

"음, 아무도 안 볼 때 장미 꽃잎을 조금씩 먹었어. 넌 몰랐겠지."

그들은 묵묵히 음식을 마저 먹으며 리포터가 다른 조공인들에게 말을 시키려다 실패하는 모습을 지켜보았다. 이제 해가 졌고 떠오르는 달빛이 조명을 대신했다. 곧 동물원이 문을 닫을 시간이다.

"네가 다시 노래하면 좋지 않을까 생각했어." 코리올라누스가 말했다.

루시 그레이는 자두 씨에 붙은 마지막 과육을 빨아먹었다. "음, 그럴 수도 있지." 그녀는 스커트 주름으로 입가를 톡톡 닦고 스커트를 다시 폈다. 대개는 장난스러운 말투를 쓰던 그녀의 목소리가 진지해졌다. "그래서 내 멘토인 너는 여기서 뭘 얻어? 너 학교 다니지? 네가 얻는 건 뭐야? 내가 빛날수록 네 성적이 좋아져?"

"어쩌면." 그는 부끄러웠다. 비교적 둘만의 공간인 이 구석에서 그는 처음으로 그녀가 며칠 안에 죽을 거라는 사실을 실감했다. 뭐, 물론 늘 알고 있었던 사실이긴 하다. 하지만 그는 그녀가 자신의 선수에 가깝다고 생각해 왔다. 경마에 내보낸 말, 투견 시합에 내보낸 개. 그가 그녀를 특별하게 대할수록 그녀는 점점 더 인간이 되었다. 세자누스가 아까 어린 여자아이에게 말했던 것처럼 루시 그레이는 캐피톨 출신은 아니지만 정말로 짐승은 아니다. 그런데 그는 지금 여기서 뭘 하고 있는 거지? 하이바텀 총장 말마따나 나대고 있는 걸까?

"사실 내가 뭘 얻는지도 잘 모르겠어. 예전엔 멘터가 없었거든. 내키지 않으면 안 해도 돼. 노래 말이야."

"알아."

그렇지만 그는 그녀가 노래하길 원했다. "하지만 사람들이 너를 좋아하면 네게 음식을 더 가져다줄지도 몰라. 우리 집엔 여분의 음식이 별로 없거든."

어둠 속에서 그의 볼이 확 달아올랐다. 대체 왜 이 사실을 그녀에게 털어놓은 거지?

"그래? 난 캐피톨에는 늘 물자가 넘쳐나는 줄 알았는데."

'멍청이.' 그는 스스로에게 말했다. 하지만 그녀와 눈을 마주쳤을 때 그녀가 자신에게 처음으로 진심 어린 관심을 갖고 있다는 걸 깨달았다. "아니야. 특히 전쟁 중에는 더했지. 난 배 속의 통증을 가라앉히려고 반죽을 반 통이나 먹은 적도 있어."

"그래? 어땠어?"

그 말에 코리올라누스는 웃음이 터져 자신도 놀랐다. "정말 끈적끈적하더라."

루시 그레이는 씩 웃었다. "그랬겠지. 그래도 내가 먹어야 했던 음식들보다는 나을 것 같은데. 경쟁하자는 건 아니지만."

"물론." 그도 마주 보며 씩 웃었다. "저기, 미안해. 음식을 좀 구해 볼게. 음식을 구하려고 네가 노래를 해서는 안 되지."

"음, 한 끼 먹으려고 노래하는 게 이번이 처음은 아니야. 절대 아니지. 그리고 난 노래하는 걸 정말 좋아해."

스피커에서 15분 후에 동물원 문을 닫는다는 안내방송이 들려왔다.

"가야겠다. 내일 만날까?" 그가 물었다.

"넌 내가 어디 있을지 알겠지."

코리올라누스는 일어나서 바지를 털었다. 그리고 손수건을 턴 다음 접어서 창살 사이로 그녀에게 건넸다. "깨끗해." 그가 장담했다. 최소한 그녀의 얼굴을 닦을 것이 생긴 것이다.

"고마워. 내 건 집에 두고 왔거든." 그녀가 대답했다.

루시 그레이가 뱉은 '집'이라는 말이 둘 사이에 미묘하게 감돌았다. 그녀가 다시는 열지 못할 문, 다시는 보지 못할 사랑하는 사람들을 일깨워 주는 말이었다. 코리올라누스는 자기 집에서 끌려 나간다는 생각만 해도 참을 수 없었다. 그 집은 의심할 나위 없이 그가 속하는 곳, 그의 피난 장소, 그의 가족의 요새였다. 어떻게 대답해야 할지 알 수 없어서 그는 그저 잘 자라고 고개만 끄덕였다.

코리올라누스의 조공인의 목소리가 밤공기를 뚫고 달콤하고 선명하게 울려 그는 스무 걸음도 걷지 못하고 멈춰 섰다.

계곡 아래, 깊은 계곡 아래에,
늦은 저녁에 기차의 경적 소리를 들으렴.
기차, 내 사랑, 기차의 경적을 들으렴.
늦은 저녁에 기차의 경적 소리를 들으렴.

동물원을 빠져나가던 관람객들이 그녀의 노래를 들으려고 돌아섰다.

내게 저택을 지어다오, 아주 높은 집을.
내 진정한 사랑이 지나쳐 가는 것을 볼 수 있도록.
그가 지나가는 것을 보게.
내 사랑, 그가 지나가는 것을 보게.
내 진정한 사랑이 지나쳐 가는 것을 볼 수 있도록.

관람객들과 조공인들 모두 숨을 죽였다. 루시 그레이와 그녀를 찍는 카메라의 촬영 소리만 들려왔다. 그녀는 아까처럼 구석에 앉아 창살에 머리를 기대고 있었다.

내게 편지를 써서 부쳐 줘.
우표를 붙여서 캐피톨 교도소로 보내 줘.
캐피톨 교도소로.
내 사랑, 캐피톨 교도소로.
우표를 붙여서 캐피톨 교도소로 보내 줘.

너무나 슬프고 정처 없는 목소리였다….

장미는 붉어, 내 사랑.
제비꽃은 파랗지.
천국의 새들은 내가 널 사랑한다는 걸 알아.
내가 널 사랑한다는 걸 알아.
오, 널 사랑한다는 걸 알아.
천국의 새들은 내가 널 사랑한다는 걸 알아.

코리올라누스는 음악과 함께 쏟아지는 기억 때문에 얼어붙은 듯 자리에 멈춰 섰다. 잠자리에 들 때마다 어머니가 불러 주던 노래였다. 완전히 똑같지는 않았지만 '장미는 붉어' '제비꽃은 파랗지'라는 가사는 같았다. 그를 사랑한다는 가사도 있었다. 그는 침대 옆 탁자에 세워 둔 은제 액자 속 사진을 생각했다. 아름다운 어머니가 두 살 정도 된 그를 안고 있는 사진이었다. 아무리 애써도 그 사진을 언제 찍었는지 기억할 수는 없었지만 이 노래는 그의 머릿속을 어루만지며 그 깊은 곳에서 어머니를 불러냈다. 어머니의 존재감이 느껴졌다. 어머니가 쓰던 장미향 파우더의 섬세한 냄새를 맡을 수 있을 것만 같았고 매일 밤 그를 안전하게 감싸 주던 담요의 따스함이 느껴졌다. 어머니가 돌아가시기 전, 반군의 첫 대대적 공습으로 캐피톨이 마비되었던 전쟁 초기의 끔찍했던 몇 달 전. 어머니는 진통을 시작했지만 병원에 갈 수 없었고 뭔가가 잘못되었다. 아마 과다 출혈? 피가 엄청나게 쏟아져서 침대보를 적셨다. 요리사와 할머님은 출혈을 막으려 애썼고 티그리스는 코리올라누스를 방 밖으로 끌고 나왔다. 그리고 어머니는 돌아가셨다. 코리올라누스의 여동생이 되었을 아기 역시 죽었다. 어머니가 돌아가신 지 얼마 되지 않아 아버지의 사망 소식도 찾아왔다. 하지만 어머니가 떠났을 때처럼 세상이 텅 빈 것 같지는 않았다. 코리올라누스는 지금도 침대 옆 탁자 서랍에 어머니의 콤팩트를 넣어 두었다. 힘든 시절 잠이 잘 오지 않을 때면 그는 콤팩트를 열고 부드러운 파우더의 장미향을 들이마셨다. 그러면 사랑받는 느낌이 떠오르며 언제나 마음이 안정되곤 했다.

폭탄과 피, 반군들은 그렇게 그의 어머니를 죽였다. 그들이 루시 그레이의 어머니도 죽였을지 궁금했다. '진주처럼 하얀 뼈만' 남긴 채. 그녀는 12번 구역에 애정을 갖고 있는 것 같지 않았다. 늘 거리를 두며 자신이, 뭐라고 했더라… 코비?

"앞장서 줘서 고마워." 세자누스의 목소리가 들려 코리올라누스는 깜짝 놀랐다. 세자누스는 조금 떨어진 곳에 앉아서 노래를 듣고 있었는데 바위에 가려 모습이 보이지 않았다.

코리올라누스는 헛기침을 했다. "별것도 아니야."

"다른 아이들은 날 도와주지 않았을 거야." 세자누스가 지적했다.

"다른 아이들은 여기 오지도 않았는걸. 그 점이 벌써 우리를 도드라지게 만드는 거야. 조공인들에게 음식을 줘야겠다는 생각은 어떻게 한 거야?"

세자누스는 발치에 놓아 둔 텅 빈 배낭을 내려다보았다. "추첨 이후부터 자꾸 내가 그들 중 하나라고 상상하곤 해."

코리올라누스는 웃음이 터질 뻔했지만 세자누스는 진지했다. "묘한 취미 같은데."

"멈출 수가 없어." 세자누스의 목소리가 너무 낮아져서 귀를 기울여야 들을 수 있었다. "그들이 내 이름을 읽어. 나는 무대로 걸어가. 이제 내게 수갑을 채워. 이유도 없이 나를 때려. 기차에 탔어. 어둠 속에서 굶주려. 내가 죽여야 하는 아이들 말곤 나 혼자야. 나는 전시되고 있어. 낯선 사람들이 아이를 데리고 와서 창살 속에 있는 나를 노려봐⋯."

녹슨 바퀴가 돌아가는 소리에 두 사람은 원숭이 우리로 주의를 돌렸다. 활송 장치에서 건초 뭉치 여남은 개가 떨어져 내려와 우리 바닥에 쌓였다.

"봐, 저게 내 침대야." 세자누스가 말했다.

"너한테는 저런 일이 일어나지 않을 거야, 세자누스." 코리올라누스가 말했다.

"그럴 수도 있었어, 충분히. 우리가 지금 이렇게 부자가 아니었다면 나는 2번 구역에 있었겠지. 계속 학교에 다니거나 광산에서 일했을 수도 있지만 분명 추첨엔 들어갔을 거야. 내 조공인 봤니?"

"안 볼 수가 없는 아이던데." 코리올라누스가 인정했다. "걔가 우승할 확률이 꽤 높을 것 같아."

"학교 친구였어. 내가 여기 오기 전에. 고향에서. 이름은 마르쿠스야." 세자누스가 계속 이야기했다. "친구라고 하긴 힘들지만 절대로 적은 아니었어. 한 번은 문을 쾅 닫다가 손가락을 다쳤는데 걔가 창틀에서 눈을 한 컵 떠와서 붓기를 가라앉혀 줬어. 선생님한테 물어보지도 않고 그냥 그렇게 해 주더라고."

"걔가 널 기억하는 것 같아? 어렸을 때잖아. 그 뒤로 많은 일들이 있었고." 코리올라누스가 말했다.

"아, 걔는 날 기억해. 플린스 가문은 고향에서 악명이 높거든." 세자누스는 고통스러운 표정을 지었다. "악명 높고 아주 경멸받지."

"그리고 이제 너는 걔의 멘터고." 코리올라누스가 말했다.

"이제 내가 걔의 멘터지." 세자누스가 따라 말했다.

원숭이 우리의 조명이 어두워졌다. 조공인 몇 명이 우리 안을 돌아다니며 밤을 보낼 건초 둥지를 만들었다. 코리올라누스는 마르쿠스가 수도꼭지에서 물을 마시고 머리 위로 물을 끼얹는 걸 바라보았다. 마르쿠스가 일어나서 건초 더미가 있는 쪽으로 오니 다른 아이들의 체구가 아주 작아 보였다.

세자누스는 배낭을 툭 찼다. "마르쿠스는 내가 주는 샌드위치도 받지 않으려 해. 내 손에서 음식을 받느니 굶주린 채 헝거 게임에 들어가겠다는 거야."

"그건 네 잘못이 아니야." 코리올라누스가 말했다.

"알아, 나도 알아. 나는 아무 잘못도 없어서 숨 막혀 죽을 지경이야." 세자누스가 말했다.

코리올라누스가 그 말뜻을 생각해 보려 할 때 우리 안에서 싸움이 벌어졌다. 남자아이 두 명이 건초 뭉치를 차지하려다 주먹다짐이 일어난 것이다. 마르쿠스가 끼어들어 두 아이의 옷깃을 잡고는 헝겊 인형처럼 양쪽으로 던져 버렸다. 두 아이는 몇 미터 날아가서 어색한 꼴로 나동그라졌다. 그들이 그림자 속으로 슬그머니 사라지자 마르쿠스는 그 건초 뭉치를 자기 침대로 삼았다. 방금 일어났던 싸움에는 전혀 개의치 않는 듯했다.

"그래도 쟤가 이길 거야." 코리올라누스가 말했다. 마르쿠스가 우월한 힘을 보여 주자 혹시 마르쿠스가 우승하지 못하는 건 아닐까 했던 생각이 완전히 사라졌다. 그는 플린스 가문의 아이가 가장 힘센 조공인을 맡았다는 데 또 한 번 씁쓸함을 느꼈다. 그리고 자기 아버지가 우승자를 사 줬다고 징징대는 세자누스의 어리광을 들어주는 것도 피곤했다. "멘터 누구라도 쟤를 맡으면 기쁠 거야."

그 말을 들은 세자누스의 표정이 조금 밝아졌다. "정말? 그럼 네가 가져가. 네가 맡아."

"농담이겠지." 코리올라누스가 말했다.

"백 퍼센트 진심이야." 세자누스가 벌떡 일어났다. "난 네가 쟤를 맡았으면 좋겠어! 내가 루시 그레이를 맡을게. 그래도 끔찍하겠지만 최소한 나는 걔를 모르잖아. 관중들이 그녀를 좋아한다는 건 알지만 그게 경기장에서 무슨 도움이 되겠어? 그 아이는 마르쿠스를 이길 수 없어. 나랑 조공인을 교환하자. 헝거 게임에서 우승해. 영광을 차지해. 제발, 코리올라누스. 은혜는 절대 잊지 않을게."

잠깐이지만 코리올라누스는 우승의 달콤함, 관중의 환호를 맛보았다. 그가 루시 그레이를 인기 조공인으로 만들 수 있다면 마르쿠스 같은 강력한 조공인으로는 뭘 할 수 있을까! 사실 그녀에게 승산이 있긴 한가? 그의 눈길은 덫에 잡힌 동물처럼 창살에 기대 있는 루시 그레이를 향했다. 어슴푸레한 빛 속에서 그녀의 색깔과 특별함은 희미해졌다. 그녀는 그저 생기 없고 상처 입은 존재일 뿐이었다. 다른 여자아이들과 맞붙었을 때 승산은 없겠고 남자아이들을 상대한다면 이길 가능성은 더욱 낮을 것이다. 그녀가 마르쿠스를 이길 수 있을 것이란 생각은 터무니없었다. 노래하는 새와 회색곰이 싸우는 것과도 같다.

코리올라누스는 '좋아'라고 말하려다 입을 다물었다.

마르쿠스를 데리고 우승하는 건 절대로 승리가 아니다. 두뇌도 기술도 행운조차도 필요 없다. 루시 그레이를 데리고 우승할 가능성은 굉장히 낮지만 성공한다면 역사적인 일이 될 것이다. 게다가 우승이 중요할까, 관객을 끌어들이는 게 더 중요할까? 고맙게도 루시 그레이는 지금 헝거 게임의 스타다. 누가 이기든 가장 기억에 남을 조공인이다. 코리올라누스는 그들이 동물원에서 세상과 맞섰을 때 함께 손 잡았던 것을 떠올렸다. 그들은 한 팀이었다. 그녀는 그를 믿었다. 마르쿠스를 얻기 위해 그녀에게 너를 버리겠다고 말하는 건 상상도 할 수 없었다. 관객들에게 그렇게 말하는 건 더욱 좋지 않았다.

게다가 마르쿠스가 세자누스보다 그에게 더 잘 반응하리라는 보장이 있나? 마르쿠스는 많은 사람에게 단단한 벽을 치고 있는 것 같았다. 루시 그레이가 세자누스 주위를 빙빙 도는 와중에 코리올라누스가 마르쿠스에게 조금이라도 관심을 얻어 보려고 구걸한다면 바보 같아 보일 것이다.

한 가지 더 고려해야 할 것이 있었다. 코리올라누스는 세자누스 플린스가 간절히 원하는 걸 가지고 있었다. 세자누스는 이미 그의 위치, 유산, 옷, 사탕, 샌드위치, 스노우 가문이 누려야 할 특권을 빼앗았다. 이제는 그의 집과 대학교 입학 기회, 그의 미래 자체를 가져가려 하면서 뻔뻔스럽게도 자신의 행운을 억울하게 여기고 있다. 거부하려 하고 있다. 심지어 그걸 형벌로 여기고 있다. 마르쿠스를 조공인으로 맡게 되어 세자누스가 당혹스러워 한다면, 좋다. 당혹스러워 하라지. 루시 그레이는 코리올라누스가 가진, 세자누스가 절대 얻지 못할 단 한 가지였다.

"미안해, 친구." 코리올라누스가 부드럽게 말했다. "난 그녀를 계속 맡을까 해."

6

코리올라누스는 세자누스의 얼굴에 떠오른 실망의 빛을 보고 즐거움을 느꼈다. 하지만 그 감정을 오래 끌지는 않았다. 쩨쩨한 행동일 테니 말이다. "이봐, 세자누스. 넌 그렇게 생각하지 않을지도 모르지만 이건 내가 너에게 호의를 베푸는 거야. 생각해 봐. 네 아버지가 로비해서 얻은 조공인을 네가 교환한 걸 알면 뭐라고 하시겠어?"

"상관없어." 세자누스가 말했지만 별로 설득력은 없었다.

"그래, 아버지 생각은 하지 말자. 그럼 아카데미는?" 코리올라누스가 물었다. "조공인 교환이 허락되는지 잘 모르겠어. 루시 그레이를 일찍 만났다는 것만으로 나는 벌써 벌점을 하나 받았어. 내가 그녀를 교환하려 한다면 어떻게 될까? 게다가 그 불쌍한 아이는 이미 내게 의지하고 있어. 걔를 버리는 건 새끼 고양이를 걷어차는 거나 마찬가지야. 엄두가 나질 않아."

"내가 얘기를 꺼내지 말았어야 하는데. 널 곤란하게 만들 수도 있다는 걸 생각하지 않았어. 미안해, 난 그저⋯." 세자누스는 말을 마구 쏟아 내기 시작했다. "이 헝거 게임이라는 게 날 미치게 만들어! 우리가 대체 뭘 하고 있는 거야? 아이들을 경기장에 넣고 서로 죽이게 하다니! 정말 많은 부분에서 잘못됐다는 생각이 들어. 짐승들은 자기 새끼를 보호하잖아? 우리도 그렇지. 인간인 우리에게 내재되어 있는 거야. 누가 정말로 이걸 하고 싶어 하지? 이건 자연스럽지 않아!"

"보기 좋진 않지." 코리올라누스가 주위를 둘러보며 동의했다.

"이건 사악해. 내가 이 세상에서 옳다고 믿는 모든 것과 배치돼. 난 헝거 게임의 일부가 될 수 없어. 특히 마르쿠스랑은 못해. 난 어떻게든 여기서 벗어나야 해." 세자누스의 눈에 눈물이 고였다.

그의 괴로움이 코리올라누스를 불편하게 만들었다. 코리올라누스로서는 참가할 기회를 얻은 것을 아주 귀중하게 생각하고 있기 때문에 더욱 그랬다. "언제든 다른 멘터한테 부탁할 수 있잖아. 마르쿠스를 받을 사람은 쉽게 찾을 수 있을 것 같은데."

"아냐, 난 아무한테도 마르쿠스를 넘기지 않을 거야. 내가 믿고 걔를 맡길 수 있는 사람은 너 하나뿐이야." 세자누스는 조공인들이 잠자리에 든 우리 쪽을 돌아보았다. "아, 어차피 무슨 상관이야? 마르쿠스가 아니면 다른 아이가 되겠지. 더 쉬울지는 몰라. 그래도 옳진 않을 거야." 그는 배낭을 챙겼다. "집에 가야겠다. 분명 쾌적하겠지."

"네가 규칙을 어긴 것 같지는 않아." 코리올라누스가 말했다.

"나는 공개적으로 구역 편을 들었어. 아버지가 보기에 나는 중요한 단 하나의 규칙을 어긴 거야." 세자누스는 살짝 미소를 지었다. "그래도 다시 한 번 고마워, 날 도와줘서."

"샌드위치 고마워. 맛있었어."

"네가 그렇게 말했다고 엄마한테 전할게. 기분 좋은 밤을 보내실 수 있을 거야."

코리올라누스가 집에 돌아오자, 할머님이 루시 그레이와의 피크닉을 못마땅해 해서 조금은 기분이 상했다.

"음식을 주는 건 주는 거지만 함께 식사한다는 건 네가 걔를 동등하게 생각한다는 인상을 주잖니. 하지만 너와 그 애는 동등하지 않아. 구역들은 언제나 좀 야만적이었어. 네 아버지는 그 사람들이 물을 마시는 이유는 피가 비로 내리지 않기 때문이라고 말하곤 했어. 그 말을 무시하면 네 자신이 위험해질 거야, 코리올라누스."

"걔는 그냥 여자아이예요, 할머님." 티그리스가 말했다.

"걔는 구역 아이야. 내 말을 믿어라. 걔는 여자아이가 아닌 지 꽤 오래됐어." 할머님의 대답이었다.

코리올라누스는 조공인들이 트럭에서 자신을 죽일지 말지 의논하던 순간을 떠올리며 불편함을 느꼈다. 그들은 코리올라누스의 피맛을 보겠다는 의지를 뚜렷이 드러냈다. 루시 그레이만 반대했다.

"루시 그레이는 달라요." 그가 항의했다. "트럭에서 다른 아이들이 저를 공격하려고 했을 때 걔는 제 편을 들었어요. 원숭이 우리에서도 저를 도와줬고요."

할머님은 흔들리지 않았다. "네가 자기의 멘터가 아니었어도 끼어들었을까? 절대 아니지. 걔는 너를 만나자마자 조종하기 시작한 교활한 아이야. 조심해라, 애야. 내가 할 말은 이것뿐이야."

코리올라누스는 굳이 반박하지 않았다. 할머님은 구역에 대해서라면 무조건 최악의 시각으로만 보기 때문이었다. 그는 곧장 잠자리에 들었고 피로에 지쳐 쓰러졌지만 마음을 가라앉힐 수가 없었다. 침대 옆 탁자 서랍에서 어머니의 콤팩트를 꺼내 묵직한 은 케이스에 새겨진 장미 문양을 손가락으로 쓰다듬었다.

장미는 붉어, 내 사랑. 제비꽃은 파랗지.
천국의 새들은 내가 널 사랑한다는 걸 알아…

콤팩트의 버클을 누르자 뚜껑이 열리며 꽃향기가 퍼져 나왔다. 코르소의 어슴푸레한 빛 속에서 그의 연한 푸른색 눈이 둥글고 약간은 일그러진 거울에 비추었다. "너희 아버지랑 똑같다"고 할머님은 자주 말했다. 그는 아버지가 아니라 어머니의 눈을 닮았길 바랐지만 할머님은 그렇게 말한 적이 없었다. 아버지를 닮는 게 제일 좋을지도 모른다. 어머니는 이 세상을 살아갈 만큼 강인한 사람이 아니었다. 코리올라누스는 어머니를 생각하면서 잠이 들었다. 하지만 꿈속에서 무지갯빛 드레스를 입고 빙빙 돌며 노래한 사람은 루시 그레이였다.

아침에 일어나니 맛있는 냄새가 풍겼다. 티그리스가 부엌에서 새벽부터 빵을 굽고 있었다.

코리올라누스가 그녀의 어깨를 꼭 쥐며 말했다. "누나, 잠을 조금 더 자야지."

"동물원에서 일어나고 있을 일을 생각하니 잠을 잘 수가 있어야지. 올해는 정말 어려 보이는 애들이 있더라. 아니면 그냥 내가 나이 드는 걸 수도 있고."

"어린아이들이 우리에 갇혀 있는 걸 보면 불편하지." 코리올라누스가 인정했다.

"네가 거기 있는 것도 보기 불편했어!" 티그리스는 오븐 장갑을 끼고 오븐에서 브레드 푸딩을 꺼냈다. "파브리시아가 파티에 썼던 오래된 빵은 버리라고 했는데 그걸 왜 낭비해."

오븐에서 갓 꺼낸 따끈따끈한, 옥수수 시럽을 뿌린 브레드 푸딩은 코리올라누스가 가장 좋아하는 음식 중 하나였다. "아주 맛있어 보여." 그가 말했다.

"넉넉히 있으니까 루시 그레이에게도 한 조각 가져다 줄 수 있어. 단 걸 좋아한다고 했잖아. 그 아이의 미래에 단 음식이 많진 않을 것 같아." 티그리스는 팬을 오븐 위에 쾅 올려놓았다. "미안, 그러려던 건 아니었어. 내가 왜 그랬나 모르겠다. 잔뜩 긴장한 상태야."

코리올라누스는 그녀의 팔을 매만졌다. "헝거 게임 때문이야. 내가 멘터 역할을 해야 된다는 건 알지? 내가 상을 받을 가능성이 있으려면 말야. 난 우리 모두를 위해서 이겨야 해."

"물론이지, 코리오. 당연하지. 우린 네가 정말 자랑스럽고 네가 잘하고 있어서 뿌듯해." 티그리스는 브레드 푸딩을 두툼하게 잘라서 접시에 얹었다. "이제 먹어. 지각하면 안 되잖아."

코리올라누스는 어제 아카데미에서 저지른 무모한 행동에 대한 반응을 즐기며 불안함이 녹아내리는 것을 느꼈다. 그가 속임수를 썼고 멘터 자격을 당장 박탈해야 한다고 말한 리비아 카듀를 빼고 학교 아이들은 모두 축하를 건넸다. 교수들은 대놓고 응원하지는 않았지만 미소를 짓고 살짝 등을 두드려 주는 교수들도 있었다.

홈룸 시간 이후 사티리아가 그를 따로 불러냈다. "잘했어. 골 박사가 기뻐하더구나. 그래서 넌 교수단에서 점수를 좀 땄어. 골 박사는 레이 빈스틸 대통령에게 긍정적인 보고서를 올릴 거고 그건 우리 모두를 좋아 보이게 할 거야. 하지만 조심해야 해. 그날은 운이 좋았던 거야. 만약 그 녀석들이 우리 속에서 널 공격했다면 어땠을까? 평화유지군이 너를 구해 줘야 했을 거고 양쪽에서 다 희생자가 나왔겠지. 네가 무지개 소녀를 맡지 않았다면 일이 꽤 다르게 흘러갔을 거야."

"그래서 조공인을 바꾸자는 세자누스의 제의를 거절했죠." 그가 말했다.

사티리아는 입이 떡 벌어졌다. "안 돼! 그게 알려지면 스트라보 플린스가 뭐라고 말할지 생각해 봐."

"그게 알려지지 않으면 스트라보 플린스가 제게 어떤 신세를 지게 될지 생각해 보세요!" 스트라보 플린스를 협박하겠다는 생각엔 분명 매력이 있었다.

그녀는 웃었다. "스노우 가문 사람다운 말이네. 이제 수업에 들어가렴. 네가 계속 벌점을 받을 예정이라면 다른 기록이라도 흠 없이 관리해야지."

그날 오전 스물네 명의 멘터는 신이 난 늙은 역사 교수 크리스푸스 데미글로스가 이끄는 세미나에 참석했다. 이들은 멘터를 선발한 것 외에 사람들이 헝거 게임을 시청하게 만들 방법이 무엇일지 의논했다. "내가 너희들과 보낸 4년의 시간이 헛되지 않았다는 걸 보여다오." 데미글로스가 킥킥거리며 말했다. "역사에서 뭔가 배울 것이 있다면 그건 내켜하지 않는 사람들을 따르게 만드는 방법이야." 세자누스가 곧바로 손을 들었다. "아, 세자누스?"

"사람들을 시청하게 만드는 법을 이야기하기 전에 그 방송을 시청하는 게 과연 옳은 일인지 아닌지부터 이야기해야 되는 것 아닐까요?" 세자누스가 말했다.

"주제에서 벗어나지 말자꾸나." 데미글로스 교수는 좀 더 생산적인 답을 찾으며 교실을 훑어보았다. "어떻게 하면 사람들이 헝거 게임을 시청하게 만들 수 있을까?"

페스투스 크리드가 손을 들었다. 대부분의 또래보다 덩치가 크고 건장한 그는 코리올라누스가 태어났을 때부터 가깝게 지내 온 친구 중 하나였다. 그의 가문은 캐피톨의 오래된 부자였다. 주로 7번 구역의 목재를 통해 쌓은 재산은 전쟁 중에 타격을 입었지만 재건 기간에 멋지게 만회했다. 그가 4번 구역 여자아이를 맡게 된 것은 그의 위치를 상당히 정확하게 반영했다. 높은 위치지만 엄청나지는 않은 정도였다.

"알려다오, 페스투스." 데미글로스 교수가 말했다.

"간단합니다. 가혹한 조치를 도입하는 거예요. 사람들에게 보라고 권하지 말고 법으로 만들어 버리는 겁니다." 페스투스가 말했다.

"안 보면 어떻게 되는데?" 클레멘시아가 손을 들지도 않고 수첩에 고개를 떨군 채 물었다. 클레멘시아는 학생들과 교수진들 사이에서 인기가 좋았고 매력이 많아서 여러 가지로 용인받곤 했다.

"구역 사람들은 처형하고 캐피톨 사람들은 구역으로 이사 가게 하는 거예요. 다음 해에도 안 보면 그땐 처형하고요." 페스투스가 쾌활하게 말했다.

다들 웃었다가 진지하게 생각하기 시작했다. 어떻게 강제할 수 있을까? 집집마다 평화유지군을 보낼 수는 없다. 무작위로 골라서 헝거 게임 시청을 증명할 수 있는 질문에 답하게 하는 건 어떨까? 시청하지 않았다면 적절한 처벌은 무엇일까? 처형이나 추방은 아니다. 그건 너무 극단적이다. 캐피톨이라면 특권 일부를 빼앗기, 구역이라면 공개 태형 정도일까? 그러면 처벌을 자기 일처럼 받아들일 것이다.

"진짜 문제는 보기에 역겹다는 거죠." 클레멘시아가 말했다. "그래서 사람들이 피하는 거예요."

세자누스가 끼어들었다. "당연하지! 어린애들이 서로를 죽이는 걸 보고 싶어 하는 사람이 어디 있겠어? 잔인하고 뒤틀린 사람이나 보려 하겠지. 인간은 완벽하지 않겠지만 우리는 그보다는 나은 존재야."

"네가 그걸 어떻게 알아?" 리비아가 톡 쏘아붙였다. "캐피톨 사람들이 뭘 보고 싶어 하는지 구역에서 온 사람이 대체 어떻게 알겠어? 넌 전쟁 때 여기에 있지도 않았잖아."

그 말을 부정할 수 없는 세자누스가 조용해졌다.

"우리 대부분은 기본적으로는 괜찮은 사람들이야." 리시스트라타 비커스가 공책 위에서 양손을 단정하게 마주 잡으며 말했다. 그녀는 모든 게 단정했다. 정성들여 땋은 머리, 고르게 다듬은 손톱, 매끄러운 갈색 피부를 돋보이게 하는 빳빳한 흰 교복 소매까지 하나같이 단정했다. "그렇기 때문에 우리 대부분은 다른 사람들이 고통받는 걸 보고 싶어 하지 않아."

"우리는 전쟁 중에, 또 그 후에 더 심한 것도 봤어." 코리올라누스가 그녀에게 상기시켜 주었다. 암흑기에는 잔인한 장면들이 방송되었고 반역 조약 체결 이후에는 잔혹한 처형도 많았다.

"하지만 우린 진짜 위험을 겪었다고, 코리오!" 코리올라누스의 오른쪽에 앉아 있던 아라크네 크레인이 그의 팔을 세게 때리며 말했다. 그녀는 늘 목소리가 크다. 그리고 늘 사람들을 때린다. 크레인 가족의 집은 코리올라누스의 집 맞은편에 있었는데 가끔은 그녀가 밤에 고함치는 소리가 코르소 대로를 건너서도 들릴 때가 있었다. "우린 우리 적들이 죽는 걸 지켜보는 거야! 반군 쓰레기들이라든가 하는 자들 말야. 그 아이들에게 신경 쓰는 사람들이 있긴 해?"

"아마 걔들의 가족." 세자누스가 말했다.

"구역에 있는 하찮은 사람들 말이겠지. 그래서 뭐?" 아라크네가 외쳤다. "쟤들 중에 누가 이기는지 우리가 왜 신경 써야 돼?"

리비아는 날카로운 눈으로 세자누스를 보았다. "나는 신경 안 써."

"나는 투견을 볼 때 더 흥분돼." 페스투스가 털어놓았다. "특히 돈을 걸었을 때는."

"넌 그럼 우리가 조공인들에게 내기를 걸었으면 좋겠어?" 코리올라누스가 농담했다. "그러면 넌 더 관심을 갖겠니?"

"음, 그러면 분명 더 흥미진진해지겠지!" 페스투스가 외쳤다.

몇 명은 키득거렸지만 다들 이에 대해 곰곰이 생각했다.

"소름 끼쳐." 클레멘시아가 생각에 잠긴 채 손가락으로 머리를 꼬며 말했다. "너 진심이야? 넌 누가 이길지 내기를 걸어야 한다고 생각해?"

"그건 아니야." 코리올라누스가 말하곤 고개를 갸우뚱했다. "하지만 성공한다면 당연히 해야지, 클레미. 나는 헝거 게임에 도박을 도입한 사람으로 역사에 남고 싶어!"

클레멘시아는 화가 나서 고개를 가로저었다. 하지만 코리올라누스는 점심을 먹으러 가면서 이 발상에 장점이 있다는 생각을 억누를 수가 없었다.

식당 요리사들은 추첨일에 남은 음식들을 여전히 쓰고 있었는데 크림과 햄을 얹은 토스트는 그 해 학교 식당 점심 메뉴 중 가장 맛있는 음식이었다. 하이바텀 총장의 위협적인 태도 때문에 심란해져서 음식 맛도 거의 느끼지 못했던 추첨일 뷔페 때와는 달리, 코리올라누스는 한 입 한 입 즐기며 먹었다.

점심 식사 후, 멘터들은 조공인들과의 첫 공식 만남 전에 헤븐스비 홀 발코니에 모이라는 지시를 받았다. 멘터들에겐 자신이 담당할 조공인과 함께 작성해야 할 설문지가 주어졌다. 어색함을 누그러뜨리기 위해 필요하기도 했고 기록이 목적이기도 했다. 과거의 조공인들에 대해 기록해 놓은 정보가 아주 적었기에 그걸 바로잡기 위한 시도였다. 다른 아이들은 큰 소리로 이야기하고 농담하면서 불안함을 잘 숨기지 못했지만 루시 그레이를 두 번이나 만난 코리올라누스는 상황을 파악하고 있었다. 그는 아주 편안했고, 심지어 그녀를 얼른 다시 만나고 싶었다. 노래를 불러 줘서 고맙다는 인사를 하고 싶었다. 티그리스가 만든 브레드 푸딩도 주고 싶었다. 인터뷰 전략을 짜고 싶었다.

발코니의 스윙도어를 밀고 나간 멘터들은 그들을 기다리고 있는 광경에 잡담을 멈추었다. 추첨일의 축제 분위기는 전부 사라졌고 커다란 홀은 차갑고 위협적이었다. 접는 의자가 두 개씩이 딸린 스물네 개의 작은 테이블이 질서정연하게 줄지어 놓여 있었다. 각 테이블마다 구역 번호와 남자아이를 의미하는 B, 여자아이를 의미하는 G 표지가 보였다. 그 옆에는 위에 금속 고리가 달린 콘크리트 블록이 놓여 있었다.

멘터들이 이 배치에 대해 이야기를 나누기도 전에 평화유지군 두 명이 들어와 정문 옆을 지키고 섰다. 조공인들이 한 줄로 들어왔다. 평화유지군의 수가 조공인들보다 두 배 많았지만 조공인들이 손목과 발목에 묵직한 족쇄를 차고 있어서 도망갈 가능성은 거의 없었다. 평화유지군은 조공인들을 자기 구역과 성별에 해당하는 테이블로 데려가 앉힌 다음 그들을 콘크리트 블록에 사슬로 연결했다.

어떤 조공인들은 축 처져 턱을 가슴에 대고 있다시피 했지만 반항적인 아이들은 고개를 뒤로 젖히고 홀 안을 둘러보았다. 헤븐스비 홀은 캐피톨에서 가장 인상적인 장소 중 하나였다. 조공인 몇 명은 장대한 대리석 기둥, 아치형 창문과 지붕을 보고 입을 딱 벌렸다. 여러 구역에서 볼 수 있는 전형적인 스타일의 밋밋하고 못생긴 건축물에 비하면 경이로워 보일 거라고 코리올라누스는 생각했다. 실내를 둘러보던 조공인들의 눈은 결국 멘터들이 있는 발코니로 향했고 두 집단은 한동안 서로를 생생히 마주보았다.

시클 교수가 뒤에서 문을 두드려 멘터들은 모두 깜짝 놀랐다. "눈을 휘둥그레 뜨고 조공인들 쳐다보는 건 그만하고 이제 내려가. 15분밖에 없으니까 현명하게 써야 한다. 기록으로 남길 거니까 설문지를 최대한 잘 완성하는 것도 잊지 말고." 그녀가 명령했다.

코리올라누스는 홀로 이어지는 나선계단을 앞장서서 내려갔다. 루시 그레이와 눈이 마주치자 그녀가 자신을 기다렸음을 알 수 있었다. 족쇄를 차고 있는 그녀를 보니 불안해졌지만 그는 그녀를 안심시키려고 미소를 지어 보였다. 그녀의 얼굴에서 걱정이 조금 가셨다.

코리올라누스는 그녀의 맞은편 의자에 앉으며 족쇄를 찬 그녀의 손을 보고 얼굴을 찌푸리면서 가까이에 있는 평화유지군에게 손짓했다. "실례합니다. 이걸 풀어 줄 수는 없을까요?"

평화유지군이 문가에 서 있는 장교에게 물어보았지만 장교는 안 된다며 날카롭게 고개를 가로저었다.

"그래도 애써 줘서 고마워." 루시 그레이가 말했다. 그녀는 머리를 예쁘게 땋고 왔지만 얼굴은 슬프고 지쳐 보였다. 뺨에는 아직 멍이 들어 있었다. 그녀는 그가 쳐다보는 것을 알아차리고는 뺨을 만졌다. "보기 흉해?"

"낫고 있어." 그가 말했다.

"거울이 없어서 상상할 수밖에 없어." 그녀는 카메라 앞에서 연기하던 활기찬 모습을 그의 앞에서는 굳이 보이지 않았다. 어떤 면에서는 기뻤다. 어쩌면 그녀가 그를 신뢰하기 시작했는지도 모른다.

"좀 어때?" 그가 물었다.

"졸려. 무서워. 배고파." 루시 그레이가 말했다. "오늘 아침에 먹을 것을 들고 동물원에 온 사람들은 많지 않았어. 난 사과 한 개를 받았어. 다른 아이들보다는 많이 받은 편이지만 배가 차지는 않았어."

"음, 그건 내가 조금 도와줄 수 있어." 그는 책가방에서 티그리스가 싸 준 음식을 꺼냈다.

루시 그레이의 얼굴이 약간 밝아졌다. 조심스럽게 방수 종이를 벗기자 큼직하고 네모난 브레드 푸딩이 보였다. 갑자기 그녀의 눈에 눈물이 고였다.

"아, 이런. 안 좋아해?" 코리올라누스가 외쳤다. "다음엔 다른 걸 가져올게. 난…."

루시 그레이는 고개를 가로저었다. "내가 제일 좋아하는 거야." 그녀는 침을 꿀꺽 삼키곤 브레드 푸딩을 조금 뜯어 입술 사이로 넣었다.

"나도 좋아해. 오늘 아침에 사촌 누나 티그리스가 만든 거니까 신선할 거야." 그가 말했다.

"완벽해. 엄마가 만들던 거랑 똑같은 맛이야. 티그리스에게 꼭 고맙다고 전해 줘." 그녀는 한 입 더 먹었지만 여전히 울음을 참고 있었다.

코리올라누스는 마음이 찌릿했다. 손을 뻗어 그녀의 얼굴을 만지며 다 잘될 거라고 말하고 싶었다. 하지만 당연히 다 잘되지 않을 것이다. 그녀는 잘될 수가 없다. 그는 뒷주머니를 뒤져 손수건을 찾아 그녀 앞에 내밀었다.

"어젯밤에 준 손수건 아직 갖고 있어." 그녀는 스커트 주머니로 손을 가져갔다.

"우리 집 옷장엔 손수건이 가득해. 받아." 그가 말했다.

루시 그레이는 손수건을 받아 눈을 눌러 닦고 코를 쓸었다. 그리고 심호흡을 하더니 몸을 곧게 폈다. "그래서 오늘 우리 계획은 뭐야?"

"네 배경에 대한 설문지를 작성해야 해. 괜찮겠니?" 그는 종이 한 장을 꺼냈다.

"아무렇지도 않아. 난 내 얘기하는 걸 좋아해." 그녀가 말했다.

설문지 문항은 기본적인 것부터 시작되었다. 이름, 구역 주소, 생년월일, 머리카락과 눈 색깔, 키와 체중, 장애가 있는지 등이었다. 가족 구성으로 넘어가자 좀 힘들어졌다. 루시 그레이의 부모님과 손위 남매는 전부 죽었다.

"가족은 다 죽은 거야?" 코리올라누스가 물었다.

"사촌이 몇 명 있어. 코비들이 있고." 그녀는 설문지를 보려 몸을 기울였다. "그 사람들을 적을 자리도 있어?"

없었다. 하지만 전쟁 때문에 가족들이 갈라진 걸 생각하면 적을 공간이 있어야 한다고 그는 생각했다. 나를 조금이라도 아껴 주는 사람이라면 전부 적어야 한다. 어쩌면 '누가 너를 아껴 주니?'가 첫 번째 질문이어야 할지도 모르겠다. '네가 믿고 의지할 수 있는 사람이 누구니?'라는 질문이 더 나을 수도 있겠다.

"결혼했어?" 그는 웃었다가 일부 구역에서는 어린 나이에 결혼한다

102

는 걸 떠올렸다. 어떻게 알겠는가. 어쩌면 12번 구역에 그녀의 남편이 있을 수도 있다.

"왜 물어보는 거야?" 루시 그레이가 진지하게 말했다. "우리가 잘될 수도 있겠다는 생각이 강하게 드는데."

그녀가 놀리는 바람에 코리올라누스의 얼굴이 조금 붉어졌다. "넌 분명히 더 나은 사람을 만날 수 있을 거야." 코리올라누스가 말했다.

"아직은 없었어." 그녀의 얼굴에 고통이 잠깐 스쳤지만 그녀는 미소로 숨겼다. "너랑 사귀고 싶어 하는 아이들이 잔뜩 줄 서 있겠지."

그녀가 추파를 던지자 코리올라누스는 할 말을 잃었다. 어디까지 했더라? 그는 설문지를 살폈다. 아, 그래. 가족 관계. "누가 널 키웠어? 부모님을 잃은 후에."

"어떤 늙은이가 돈을 받고 우리를 맡았어. 남겨진 코비 아이 여섯 명을. 우리를 애써서 키웠다고 하긴 힘들지만 우릴 괴롭히지도 않았으니 더 나쁜 상황이었을 수도 있지. 정말로 감사하게 생각해. 그 남자는 작년에 진폐증으로 죽었지만 우리 중 몇몇은 이제 스스로를 감당할 수 있을 정도의 나이가 됐어."

그들은 직업 이야기로 넘어갔다. 열여섯 살인 루시 그레이는 탄광에서 일할 나이는 아니었지만 학교에 다니고 있지도 않았다. "나는 사람들을 즐겁게 해 주는 일로 먹고살아."

"사람들이 네게 돈을 주고 노래하고 춤추게 하는 거야?" 코리올라누스가 물었다. "나는 구역 사람들이 그럴 여유가 없다고 생각했는데."

"대부분은 그럴 수 없지. 사람들은 가끔 돈을 모아. 두세 쌍이 같은 날에 결혼식을 올리면 우리를 고용해. 나와 다른 코비들을. 우리 중 살아남은 사람들을 쓰는 거야. 평화유지군들은 우릴 체포할 때 악기는 가지고 있게 해 줬어. 그들은 우리의 최고 고객 축에 들지."

코리올라누스는 평화유지군들이 추첨일 때 그녀의 무대를 보며 미소 짓지 않으려 애쓰던 것, 아무도 그녀의 노래와 춤을 방해하지 않았던 것을 떠올렸다. 그는 그녀가 하는 일을 적고 설문지 작성을 마쳤지만 묻고 싶은 것들이 많았다. "코비 이야기를 해 줘. 코비는 전쟁 중에 어느 쪽을 편들었어?"

"어느 쪽도 아니었어. 우리 코비는 아무 편도 들지 않았어. 우린 그냥 우리였어." 코리올라누스의 뒤에서 일어나는 일이 그녀의 주의를 끌었다. "네 친구 이름이 뭐였지? 샌드위치 가져왔던 애. 걔가 힘들어 하고 있는 것 같아."

"세자누스?" 그는 어깨 너머를 돌아보며 세자누스가 마르쿠스와 마주앉아 있는 몇 줄 뒤의 테이블을 보았다. 손도 대지 않은 로스트비프 샌드위치와 케이크가 둘 사이에서 말라 가고 있었다. 세자누스는 간절히 이야기하고 있었지만 마르쿠스는 팔짱을 낀 채 먼 곳만 바라보고 있었다. 그의 존재 전체가 묵묵부답이었다.

대화에 참여하고 있는 조공인들의 몰입도는 제각기 달랐다. 얼굴을 가리고 대화를 거부하는 아이들도 있었고 우는 아이들도 있었다. 조심스럽게 질문에 대답하는 아이들도 있었지만 그들마저도 적대적으로 보였다.

"5분 남았다." 시클 교수가 알렸다.

그 말을 듣고 코리올라누스는 그들이 의논해야 할 다른 이야기를 떠올렸다. "헝거 게임이 시작하기 전날 밤에 하고 싶은 건 뭐든 다 할 수 있는 텔레비전 인터뷰 시간이 5분 주어졌어. 나는 네가 다시 노래를 하면 어떨까 해."

루시 그레이는 생각해 보았다. "그게 의미가 있을까 싶네. 내가 추첨일 때 노래를 불렀던 건 여기 사람들과 아무 상관도 없었어. 계획했던 게 아니야. 나 말고는 아무도 관심을 갖지 않는 길고 슬픈 이야기의 일부였을 뿐이야."

"네 노래는 사람들의 민감한 곳을 건드렸어." 코리올라누스가 의견을 말했다.

"그리고 계곡 노래는 네가 말했던 것처럼 음식을 얻기 위한 거였고." 그녀가 말했다.

"아름다웠어. 그 노래를 듣고 어머니가 생각났어…. 내가 다섯 살 때 돌아가셨거든. 어머니가 내게 불러 주셨던 노래가 떠올랐어."

"아빠는?" 그녀가 물었다.

"사실 아버지도 돌아가셨어. 같은 해에." 코리올라누스가 그녀에게 말했다.

그녀는 공감하며 고개를 끄덕였다. "너도 나처럼 고아구나."

코리올라누스는 고아라는 말을 듣는 걸 좋아하지 않았다. 코리올라누스가 어렸을 때 리비아는 부모님이 없다며 그를 놀렸다. 코리올라누스는 외롭지 않았고 아껴 주는 사람이 없지도 않았지만 리비아가 놀리자 기분이 좋지 않았다. 그에게는 다른 아이들 대부분이 진정으로 이해하지 못하는 공허함이 있었다. 그러나 고아인 루시 그레이는 그를 이해했다. "더 안 좋을 수도 있었지. 하지만 할머님이 계셔. 내 할머님. 그리고 티그리스."

"부모님이 그립니?" 루시 그레이가 물었다.

"아, 아버지와는 아주 가깝진 않았어. 어머니는… 물론." 어머니 이야기를 하는 건 지금도 힘들었다. "너는?"

"많이. 두 분 다. 지금 나를 붙잡아 주는 건 엄마 드레스를 입는 것밖에 없어." 그녀는 손가락으로 드레스 주름을 쓸었다. "마치 엄마가 나를 안아 주는 것 같아."

코리올라누스는 어머니의 콤팩트를 생각했다. 향기 있는 파우더. "우리 어머니에게선 늘 장미 냄새가 났어"라고 말하고 나니 어색한 기분이 들었다. 그는 집에서조차 어머니 이야기를 거의 하지 않았다. 어쩌다 대화가 이렇게 흘러왔지? "아무튼 난 네 노래가 여러 사람을 감동시켰다고 생각해."

"그렇게 말해 주다니 친절하구나. 고마워. 하지만 그건 인터뷰에서 노래할 이유가 되진 않아. 헝거 게임 전날이면 음식은 생각하지 않아도 되잖아. 그 시점에서는 난 누군가를 내 편으로 끌어들일 이유가 없어."

코리올라누스는 노래를 불러야 할 이유를 생각해 내려고 열심히 머리를 굴렸지만, 만약 이번엔 그녀가 노래를 한다면 오직 그에게만 이득이 될 게 분명했다. "그래도 아까워. 네 목소리를 생각하면."

"무대 뒤에서 몇 마디 불러 줄게." 그녀가 약속했다.

그녀를 더 설득해 봐야겠지만 일단 노래 이야기는 그만두었다. 그녀는 몇 분 동안 코리올라누스에게 이런저런 것을 물었고 코리올라누스는 자신의 가족과 전쟁에서 살아남은 이야기를 들려주었다. 왠지 몰라도 그녀는 이야기하기 쉬운 상대였다. 그의 이야기들이 며칠 안에 경기장에서 모두 사라질 거란 사실을 알고 있기 때문일까?

루시 그레이는 기분이 나아진 것 같았다. 더는 울지 않았다. 서로의 이야기를 공유하면서 둘 사이에는 친숙함이 자라났다. 종료를 알리는 호각 소리가 울리자 그녀는 손수건을 깔끔하게 접어 그의 가방에 넣어 주며 고맙다는 뜻으로 그의 팔뚝을 꼭 쥐었다.

멘터들이 고분고분 주 출입구로 가자 시클 교수는 "고등생물 실험실에 가서 보고해라"라고 지시했다.

아무도 의문을 제기하지는 않았지만 복도에서 멘터들은 그런 지시를 내린 이유가 뭘지 요란하게 떠들었다. 코리올라누스는 고등생물 실험실에 곧 박사가 있을 거란 뜻이길 바랐다. 그가 깔끔하게 완성한 설문지는 다른 아이들이 어설프게 채운 설문지와는 아주 달랐다. 그가 돋보일 수 있는 또 한 번의 기회일지도 몰랐다.

"내 조공인은 말을 안 하려 하더라. 한마디도!" 클레멘시아가 말했다. "추첨일 때 알게 된 것 말곤 아무것도 얻어 내지 못했어. 걔 이름. 리퍼 애시. 아이 이름을 리퍼Reaper라고 지었다가 추첨reaping에서 뽑히게 되는 걸 상상이나 할 수 있니?"

"걔가 태어났을 땐 추첨이 없었어." 리시스트라타가 지적했다. "그냥 시골 이름이었던 거지."

"그 말이 맞는 것 같네." 클레멘시아가 말했다.

"내 조공인은 말을 하긴 했어. 말을 하지 않았으면 하고 바랄 정도였지만!" 아라크네는 고함을 지르다시피 했다.

"왜? 무슨 말을 했는데?" 클레멘시아가 물었다.

"걔는 10번 구역에서 거의 돼지 도축만 하고 살았던 것 같더라고." 아라크네는 토하는 시늉을 했다. "내가 어떻게 해야 돼? 뭔가 괜찮은 이야기를 지어낼 수 있다면 좋았겠지만." 아라크네가 갑자기 멈춰 서는 바람에 코리올라누스와 페스투스는 그녀에게 부딪혔다. "잠깐! 그거야!"

"조심해!" 페스투스가 그녀를 앞으로 밀며 말했다.

그녀는 그 말을 무시하고 계속 떠들며 모두가 자기에게 집중하기를 바랐다. "재미있는 얘기를 지어낼 수 있어! 난 10번 구역에 다녀왔잖아. 거긴 내 두 번째 고향이나 다름없어!" 전쟁 전에 아라크네 가문은 휴양지에 고급 호텔들을 지었다. 아라크네는 판엠 여행을 많이 다녔다. 전쟁 이후로는 다른 사람들과 마찬가지로 캐피톨에 발이 묶인 처지였지만 그녀는 지금도 그때의 여행 경험을 자랑했다. "아무튼 나는 도살장 일화보다는 더 나은 이야기를 만들어 낼 수 있어!"

"넌 운이 좋구나." 플라이니 해링턴이 말했다. 다들 그를 펍이라고 불렀다. 4번 구역 앞바다를 감시하는 해군 사령관인 그의 아버지와 구분하기 위해서였다. 사령관은 아들을 자기 이미지처럼 빚어 보려고 머리를 짧게 자르게 하고 광낸 구두를 신겼지만 펍은 천성이 게으름뱅이였다. 그는 엄지손가락으로 치아 교정기에서 햄 조각을 끄집어내 바닥에 튕겼다. "적어도 걔는 피를 두려워하지는 않잖아."

"왜? 네 조공인은 피를 무서워해?" 아라크네가 물었다.

"몰라. 15분 동안 내내 울었어." 펍은 얼굴을 찡그렸다. "7번 구역은 걔가 헝거 게임은 고사하고 손거스러미를 감당할 마음조차 준비시키지 못한 것 같아."

"수업 전에 재킷 단추를 채우는 게 좋을 거야." 리시스트라타가 일깨워 주었다.

"아, 맞다." 펍이 한숨을 쉬었다. 그가 제일 윗단추를 채우려 하자 단추가 떨어져 그의 손에 들어왔다. "바보 같은 교복."

멘터들 모두 실험실에 들어갔다. 코리올라누스는 골 박사를 다시 보게 되어 기뻤지만 교수 테이블에 앉아 설문지를 거두는 하이바텀 총장의 모습에 움츠러들었다. 총장은 코리올라누스를 무시했다. 딱히 다른 아이들을 살갑게 대하지도 않았다. 그는 수석 게임운영자인 골 박사가 말하는 동안 침묵을 지켰다.

골 박사는 아이들이 자리 잡을 때까지 머테이션(돌연변이를 말함. 보통 뮤테이션mutation이나 뮤턴트mutant라고 하지만 원작자가 muttation이라 표기한 것을 살렸다-옮긴이) 토끼를 찌르다가 "깡총깡총, 잘들 했니? 걔들이 너희를 친구처럼 대해 줬니, 아니면 노려보기만 했니?"라고 인사했다. 골 박사가 설문지를 걷는 동안 학생들은 혼란스러운 시선을 주고받았다. "모르는 사람들이 있을까 봐 말하자면 난 골 박사야. 수석 게임운영자지. 너희들이 멘터를 하는 동안 내가 너희들의 멘터가 될 거야. 내가 해야 될 일이 뭔지 한 번 볼까?" 그녀는 설문지를 넘겨 보며 얼굴을 찡그렸다가 한 장을 꺼내 들어 보였다. "너희들에게 이런 걸 하라고 했던 거야. 스노우 군, 고맙다. 그런데 다른 사람들은 뭘 한 거지?"

코리올라누스는 속으로는 얼굴이 상기되었지만 겉으로는 무표정을 유지했다. 지금 가장 좋은 행동은 친구들을 두둔하는 것이었다. 한참 침묵이 흐른 후, 코리올라누스가 입을 열었다. "저는 조공인 운이 좋았어요. 걔는 말을 잘해요. 하지만 다른 조공인들은 대부분 소통하지 않으려 해요. 제가 맡은 아이조차 인터뷰를 위해 왜 노력해야 하는지 모르겠다고 하더군요."

세자누스는 코리올라누스를 돌아보았다. "걔들이 왜 노력해야 해? 걔들이 얻을 게 뭐가 있어? 걔들은 뭘 하든 간에 경기장에 던져 넣어질 거고 혼자 힘으로 버텨야 할 텐데."

실험실 안에 동의하는 웅얼거림이 일었다.

골 박사는 세자누스를 보았다. "네가 샌드위치를 가져간 아이지? 왜 그랬니?"

세자누스는 몸이 굳어지며 그녀의 시선을 피했다. "걔들은 굶주리고 있었어요. 어차피 걔들을 죽일 거잖아요. 죽이기 전부터 괴롭혀야 하나요?"

"하, 반군의 동조자로군." 골 박사가 말했다.

세자누스는 시선을 공책에 고정한 채 맞섰다. "반군이라고 하기도 힘들죠. 쟤들 중에는 전쟁이 끝났을 때 두 살이었던 애들도 있어요. 제일 나이 많은 애가 여덟 살이었고요. 전쟁이 끝난 지금 쟤들은 판엠 시민이 아닌가요? 우리와 마찬가지로? 국가 가사에 따르면 캐피톨이 하는 게 그런 거 아니에요? '너는 우리에게 빛을 줘. 너는 다시 통합시켜.'

모두를 위한 정부여야 하는 것 아닌가요?"

"그런 개념이긴 하지. 더 얘기해 봐." 골 박사가 부추겼다.

"그렇다면 모두를 보호해야죠. 그게 가장 중요한 일이잖아요! 죽을 때까지 싸우게 만드는 게 어떻게 그걸 이뤄 내는지 저는 모르겠어요." 세자누스가 말했다.

"넌 헝거 게임에 찬성하지 않는 모양이구나." 골 박사가 말했다. "멘터로선 힘들겠어. 내 임무를 방해할 게 분명하니까."

세자누스는 잠시 침묵하더니 몸을 곧추세웠다. 마음을 단단히 먹는 것 같았다. 그는 골 박사의 눈을 보며 말했다. "저 대신 좀 더 자격 있는 사람으로 교체하시는 게 좋을지도 모르겠네요."

누군가가 헉 하고 숨을 들이켜는 소리가 들렸다.

"애야, 그건 절대 안 되지." 골 박사가 키득거렸다. "연민은 헝거 게임의 핵심이야. 우리에게 부족한 건 공감이고. 그렇지, 카스카?" 그녀는 하이바텀 총장을 보았지만 그는 펜만 만지작거렸다.

세자누스는 고개를 숙였지만 반박하지는 않았다. 코리올라누스는 세자누스가 전투를 버렸다고 느꼈지만 전쟁 자체를 포기했다고는 믿지 않았다. 세자누스 플린스는 보기보다 강했다. 골 박사 면전에서 멘터 자리를 버리는 걸 상상해 보라.

그렇지만 골 박사는 이 대화로 힘을 얻은 것 같았다. "자, 관객들 모두가 여기 이 젊은이처럼 조공인들에 대해 열정을 느낀다면 정말 환상적이지 않겠어? 우리는 그걸 목표로 삼아야 해."

"아니에요." 하이바텀 총장이 말했다.

"아니긴! 정말 빠져들게 하려면 그래야지!" 골 박사가 말하며 자기 이마를 쳤다. "넌 내게 놀라운 아이디어를 줬어. 헝거 게임의 결과가 개개인에게 영향을 주게 만드는 방법 말야. 시청자들이 경기장의 조공인에게 음식을 보낼 수 있다면? 네가 동물원에서 했던 것처럼 그들에게 음식을 주는 거지. 그러면 사람들은 헝거 게임에 더 깊이 참여하고 있다고 느끼지 않을까?"

페스투스가 생기를 띠며 말했다. "먹을 것을 주는 조공인에게 돈을 걸 수 있다면 전 그럴 거예요! 오늘 오전에 코리올라누스는 우리가 조공인들에게 내기를 걸면 어떨까 하는 얘기를 했어요."

골 박사는 코리올라누스를 보며 웃었다. "물론 코리올라누스가 그랬겠지. 좋아, 그렇다면 머리를 맞대고 방법을 찾아보렴. 어떻게 하면 가능할지 제안서를 써서 제출해. 우리 팀이 고려해 보마."

"고려한다고요? 우리 아이디어를 정말로 쓸 수도 있다는 말씀이세요?" 리비아가 물었다.

"안 될 게 있겠니? 좋은 아이디어라면." 골 박사는 설문지 뭉치를 테이블 위에 던졌다. "젊은 두뇌는 경험의 부족을 이상주의로 벌충할 때도 있지. 젊은이들에겐 아무것도 불가능하다고 느껴지지 않으니까. 저기 있는 늙은 카스카는 대학에서 내 학생일 때 헝거 게임의 개념을 구상했어. 지금 너희들보다 몇 살밖에 많지 않을 때였지."

모든 시선이 하이바텀 총장을 향했다. 그는 골 박사에게 "그건 그냥 이론적인 거였어요"라고 말했다.

"이것도 마찬가지지. 유용하다고 입증되기 전까지는." 골 박사가 말했다. "내일 아침까지 내 책상 위에 갖다 놔."

코리올라누스는 속으로 한숨을 쉬었다. 또 하나의 그룹 프로젝트. 협동이라는 이름으로 그의 아이디어를 희생할 또 한 번의 기회. 그의 아이디어는 아예 배제될 것이다. 매력을 잃을 때까지 변질되는 건 더욱 나쁜 경우다. 학생들은 제안서를 작성할 멘터 세 명을 투표로 뽑았다. 코리올라누스는 당연히 뽑혔고 결과를 거부하기는 힘들었다. 골 박사는 회의가 있어 나가 봐야 한다며 학생들끼리 제안서를 의논하도록 했다. 그와 클레멘시아, 아라크네가 그날 저녁에 모여야 했지만 다들 자기 조공인을 먼저 찾아가고 싶어 했기 때문에 8시에 동물원에서 만나기로 했다. 그 후에는 도서관에 가서 제안서를 쓰기로 했다.

점심을 든든히 먹었기 때문에 코리올라누스는 어제 먹다 남은 양배추 수프와 팥 한 접시로 저녁을 먹고도 속이 허하지 않았다. 적어도 리마콩은 아니었다. 티그리스가 마지막 남은 리마콩 한 컵을 우아한 도자기 그릇에 담고 옥상 정원에서 딴 신선한 허브로 장식하자 루시 그레이에게 주기에도 너무 초라해 보이지는 않았다. 그녀에겐 차림새가 중요했다. 그리고 콩은, 음, 그녀는 배가 고프니까.

동물원으로 가면서 코리올라누스는 마냥 낙관적이었다. 오전 관람객은 적었지만 지금은 관람객이 너무나 빨리 모여들고 있어 원숭이 우리 앞쪽 자리를 잡을 수 있을지도 의문이었다. 그가 새로 얻은 지위가 도움이 되었다. 사람들은 코리올라누스를 알아보고 지나가게 길을 터주었고 다른 사람들에게 길을 비켜 달라고 말하기까지 했다. 그는 평범한 시민이 아니었다. 그는 멘터였다!

그는 전에 갔던 구석으로 향했다. 그러나 아폴로와 다이애나 링 쌍둥이가 이미 그 바위를 차지하고 있었다. 그들은 쌍둥이라는 점을 적극 활용해서 똑같은 옷을 입고 쪽진 머리를 했다. 쾌활한 성격도 똑같았다. 코리올라누스가 부탁도 하지 않았는데 그들은 자리를 비켜 주었다.

"네가 앉아, 코리오." 다이애나가 바위에서 아폴로를 끌어내며 말했다.

"당연하지. 우리 조공인들에겐 먹을 걸 벌써 줬거든. 네가 제안서를 쓰게 해서 미안해." 아폴로가 말했다.

"우린 펍한테 투표했는데 아무도 우리와 같은 선택을 하지 않아서." 그들은 웃으며 관람객들 속으로 달려갔다.

루시 그레이가 곧 그에게 왔다. 그녀는 콩이 정말 근사해 보인다고 감탄하더니 순식간에 먹어 치웠다. 그는 함께 먹지 않았다.

"관람객들한테 음식을 더 받았어?" 그가 물었다.

"한 숙녀께서 묵은 치즈 껍질을 줬어. 한 남자가 빵을 던져 줬는데 아이들 몇 명이 서로 차지하려고 싸웠어. 온갖 사람들이 음식을 들고 있지만 너무 가까이 다가오는 게 두려운가 봐. 이 안에 평화유지군이 있는데도 말야." 그녀는 평화유지군 네 명이 지키고 서 있는 우리 뒤쪽 벽을 가리켰다. "네가 와 있으니 사람들이 더 안전하게 느낄지도 모르겠다."

코리올라누스는 삶은 감자 한 개를 든 열 살 정도 된 소년이 사람들 사이에서 맴도는 것을 눈치챘다. 그는 소년에게 윙크하고 손짓했다. 소년이 아버지를 올려다보자 아버지는 허락한다는 뜻으로 고개를 끄덕였다. 소년은 거리를 두며 코리올라누스 뒤쪽으로 왔다. "그 감자, 루시 그레이에게 주려고 가져왔니?" 코리올라누스가 물었다.

"네, 저녁 먹다가 아껴 뒀어요. 먹고 싶었지만 루시 그레이에게 음식을 더 주고 싶었어요."

"그럼 주렴." 코리올라누스가 권했다. "루시 그레이는 해치지 않아. 매너를 지켜야 한다는 걸 명심하렴."

소년은 수줍게 그녀 쪽으로 한 걸음 다가갔다. "음, 안녕." 루시 그레이가 말했다. "넌 이름이 뭐니?"

"호레이스예요. 당신에게 주려고 내 감자를 아껴 뒀어요." 소년이 말했다.

"다정한 아이구나. 지금 먹을까, 아껴 둘까?" 그녀가 물었다.

"지금요." 소년은 조심스럽게 감자를 그녀에게 건넸다.

루시 그레이는 감자가 다이아몬드라도 되는 것처럼 받아 들었다.

"와, 내가 이제까지 본 것 중에 가장 훌륭한 감자야." 소년은 자랑스러워하며 얼굴을 붉혔다. "좋아, 먹어 볼게." 그녀는 한 입 베어 물고 눈을 감았다. 거의 황홀해하는 것 같았다. "맛도 최고야. 고마워, 호레이스."

루시 그레이는 어린 소녀로부터 시든 당근을, 소녀의 할머니에게서 삶은 사골을 받았다. 카메라는 그들을 클로즈업했다. 누군가 코리올라누스의 어깨를 톡톡 두드려 돌아보니 플루리부스 벨이 작은 우유 캔을 들고 서 있었다. "옛정을 생각해서." 그는 미소 지으며 캔 뚜껑에 구멍을 몇 개 뚫고 루시 그레이에게 건넸다. "추첨일 때 네 연기 좋았어. 그 노래는 직접 쓴 거니?"

비교적 잘 협조하는(어쩌면 가장 배가 고픈) 조공인들이 창살 앞에 자리 잡기 시작했다. 그들은 바닥에 앉아 두 손을 내밀고 고개를 숙인 채 기다렸다. 가끔씩 누군가 달려와 그들의 손에 무언가를 얹어 주고 다시 달아났다. 주로 어린아이들이었다. 조공인들은 관심을 끌기 위해 경쟁하기 시작했고 카메라 여러 대가 우리 가운데로 모였다. 몸이 유연한 9번 구역의 여자아이는 롤빵 하나를 받고 재주넘기를 했고 7번 구역 남자아이는 호두 세 개로 멋지게 저글링을 했다. 관객들은 공연하는 아이들에게 박수와 더 많은 음식을 주며 보답했다.

루시 그레이와 코리올라누스는 피크닉 자리를 지키고 앉아 쇼를 지켜보았다. "우리는 정식 서커스단이야." 그녀가 뼈에 붙은 고기를 뜯어 먹으며 말했다.

"쟤들 중 누구도 너한테는 상대가 안 돼." 코리올라누스가 말했다.

조공인들은 음식만 준다면 이제까지 무시했던 멘터들에게도 다가왔다. 세자누스가 삶은 달걀과 마름모꼴로 썬 빵이 든 배낭을 들고 오자 마르쿠스만 빼고 모든 조공인들이 달려들었다. 마르쿠스는 일부러 그를 아예 무시했다.

코리올라누스는 그들 쪽으로 고개를 까닥였다. "세자누스와 마르쿠스에 대해선 네 말이 맞았어. 2번 구역에서 학교를 같이 다녔대."

"복잡하네. 적어도 우리한테는 그런 문제가 없잖아." 그녀가 말했다.

"응, 지금만으로도 충분히 복잡하잖아." 코리올라누스는 농담을 하려던 것이었는데 반응이 없었다. 실제로 충분히 복잡했고 1분이 지날 때마다 더욱 복잡해졌다.

그녀는 아쉽다는 미소를 지어 보였다. "널 다른 상황에서 만났다면 좋았을걸."

"어떤?" 위험하게 이어질 수 있는 질문이었지만 참을 수가 없었다.

"네가 내 공연에 와서 노래를 듣는다든가 하는 것처럼. 그리고 공연 뒤에 네가 나한테 와서 말을 걸고 어쩌면 같이 술을 마시고 춤을 출 수도 있겠지." 그녀가 말했다.

그는 그런 모습을 상상할 수 있었다. 그녀가 플루리부스의 나이트클럽 같은 곳에서 노래를 하고 그가 그녀의 시선을 끌고 서로 이야기하기 전부터 이미 이어지는 것이다. "그리고 나는 다음 날에도 가겠지."

"우리에게 시간이 아주 많은 것처럼." 그녀가 말했다.

요란한 환호가 들려 그들의 상상이 멈추었다. 6번 구역 조공인이 우스운 춤을 추기 시작했고 링 쌍둥이는 관람객 일부가 리듬에 맞춰 박수를 치도록 유도했다. 그 이후로는 거의 축제 분위기가 되었다. 관람객들은 용기를 내어 조공인들에게 좀 더 가까이 다가왔다. 우리에 갇힌 그들과 이야기를 나누는 사람들도 있었다.

코리올라누스는 전반적으로 좋은 진전이라고 생각했다. 인터뷰가 황금시간대에 방송되려면 루시 그레이의 힘만으로는 부족할 것이다. 그는 다른 조공인들이 주목받게 한 다음 마지막 순간에 그녀에게 노래를 부탁하기로 했다. 일단 그는 그녀에게 멘터들끼리 나눈 이야기를 들려주고 그녀의 인기가 경기장에서 어떤 의미를 가질 수 있는지 강조했다. 사람들이 선물을 보낼 가능성이 생겼기 때문이다.

코리올라누스는 가진 것이 부족하다는 게 다시 걱정되었다. 그러니 그녀에게 이것저것 사 줄 수 있는 돈 많은 시청자가 필요할 것이다. 스노우 가문이 맡은 조공인이 경기장에서 아무것도 받지 못한다면 좋게 보이지 않을 것이다. 자신의 조공인에게는 선물을 보낼 수 없다는 조항을 제안서에 넣어야 할지도 모르겠다. 그렇지 않으면 어떻게 경쟁한단 말인가. 세자누스와 맞설 수 없다는 건 분명하다. 아라크네가 창살 앞에서 자기 조공인을 위한 작은 피크닉을 펼쳤다. 신선한 빵, 치즈 덩어리 그리고 저건 포도인가? 저런 걸 살 돈이 있다니. 여행 산업이 다시 호황을 맞고 있는지도 모르겠다.

코리올라누스는 아라크네가 자개 손잡이가 달린 칼로 치즈 써는 모습을 지켜보았다. 아라크네의 조공인인 10번 구역의 수다스러운 여자아이는 바로 앞에 앉아서 간절한 표정을 지으며 창살 쪽으로 몸을 기울였다. 아라크네는 두툼한 샌드위치를 만들고도 바로 건네지 않았다. 여자아이가 창살 밖으로 손을 뻗었지만 아라크네는 샌드위치 든 손을 뒤로 빼서 관람객들의 웃음을 자아냈다. 그녀는 관람객들을 돌아보며 씩 웃더니 조공인에게 손가락을 흔들어 보였다. 그리고 샌드위치를 다시 내밀었다가 또다시 손을 빼서 관람객들을 즐겁게 했다.

"저건 위험한 짓이야." 루시 그레이가 말했다.

아라크네는 관람객들에게 손을 흔들어 보이곤 자기가 샌드위치를 베어 물었다.

코리올라누스는 조공인의 얼굴이 어두워지는 걸 보았다. 그녀의 목근육이 팽팽해졌다. 다른 것도 보였다. 그녀의 손가락이 창살 아래로 미끄러지듯 내려가 튀어나오더니 칼 손잡이를 감싸 쥐었다. 코리올라누스는 조심하라고 외치려 일어섰지만 이미 때는 너무 늦었다.

조공인은 단 한 번의 동작으로 아라크네를 잡아당겨 목을 베었다.

7

공격 현장에 가장 가까이 있던 관람객들이 비명을 질렀다. 샌드위치를 떨어뜨리고 목을 감싸 쥐는 아라크네의 얼굴에서 핏기가 가셨다. 10번 구역 소녀는 아라크네를 놓아 주며 살짝 밀었다. 아라크네의 손가락 사이로 피가 쏟아졌다. 아라크네는 물러서며 피가 떨어지는 손을 내밀어 관람객들에게 도움을 구했다. 사람들은 너무 놀랐거나 너무 두려워서 아무도 반응하지 않았다. 그녀가 무릎을 꿇고 쓰러져 피를 흘리는 동안 수많은 사람들이 물러섰다.

코리올라누스도 처음에는 다른 사람들처럼 움츠러들었다. 버티고 서 있기 위해 원숭이 우리의 창살을 붙들어야 했다. 그때 루시 그레이가 "도와줘!"라고 외쳤다. 그는 카메라가 캐피톨 시청자들에게 이 상황을 생중계하고 있다는 걸 기억했다. 아라크네를 어떻게 도와줘야 할지는 몰랐지만 움츠러들며 창살에 매달리는 모습을 보이기는 싫었다. 그의 두려움은 개인적인 것일 뿐, 공개적으로 드러내면 안 되는 것이었다.

코리올라누스는 억지로 다리를 움직여 제일 먼저 아라크네에게 뛰어갔다. 몸에서 생명이 빠져나가는 아라크네가 그의 셔츠를 움켜쥐었다. "의료진!" 그는 아라크네를 도와 땅에 눕히며 외쳤다. "의사 없나요? 제발, 누가 도와줘요!" 그는 출혈을 막기 위해 상처를 손으로 눌렀지만 그녀가 목 졸려 하는 소리를 내자 손을 뗐다. "어서요!" 그가 관람객들을 향해 외쳤다. 평화유지군 두 명이 그들 쪽으로 다가오고 있었지만 너무나, 너무나 느렸다.

코리올라누스가 시선을 돌리자 10번 구역 여자아이가 치즈 샌드위치를 집어 맹렬히 베어 무는 모습이 보였다. 곧 총알들이 날아와 그녀의 몸을 꿰뚫었고 그녀는 날아가 창살에 쾅 부딪혔다. 그녀가 나동그라지면서 그녀의 피와 아라크네의 피가 섞였다. 씹다 만 음식이 그녀의 입에서 흘러나와 고여 있는 붉은 액체 위를 떠다녔다.

공포에 질린 사람들이 이곳에서 벗어나려고 하면서 동물원은 순식간에 아수라장이 되었다. 코리올라누스는 어린 소년 하나가 넘어져서 다리가 심하게 짓밟히는 걸 보았다. 한 여자가 소년을 일으켜 세웠지만 다른 사람들은 그렇게 운이 좋지 못했다.

아라크네는 소리 없이 무어라 말하려 했다. 하지만 그는 무슨 말인지 알아들을 수가 없었다. 그녀의 호흡이 갑자기 멈추었고 코리올라누스는 소생시키려 해 봤자 의미 없을 것 같다는 생각이 들었다. 입을 통해 공기를 불어 넣어도 벌어진 상처를 통해 새어 버리지 않을까? 페스투스가 옆에 다가와 있었고 두 사람은 무력한 시선을 주고받았다.

아라크네에게서 물러서며 코리올라누스는 자신의 두 손을 뒤덮은 빨갛고 반짝이는 것을 보며 움찔했다. 돌아보니 루시 그레이는 우리 속 창살에 기대 웅크리고 있었다. 주름진 스커트에 얼굴을 묻고 몸을 떨고 있었다. 코리올라누스는 자신도 떨고 있음을 깨달았다. 피를 뒤집어쓰고 총알들이 날아다니고 관람객들이 비명을 지르는 것 모두가 그에겐 어린 시절 최악의 기억을 불러 일으켰다. 부츠를 신은 반군들이 거리를 쿵쾅거리며 걷고 총소리에 그와 할머님이 꼼짝도 못한 채 얼어붙고 주위에서는 죽어 가는 사람들의 몸이 씰룩거리고…. 어머니가 피투성이 침대 위에서 죽어 가고⋯. 식량 폭동 중의 싸움, 짓이겨진 얼굴들, 신음하는 사람들⋯.

그는 공포를 숨기기 위해 재빨리 조치를 취했다. 두 손을 내리고 주먹을 꽉 쥐면서 천천히 심호흡을 하려고 애썼다. 루시 그레이는 구토를 하기 시작했고 그는 자신의 속을 다스리려고 고개를 돌렸다.

의료진이 다가와 아라크네를 들것에 실었다. 유탄에 맞아 다친 사람들, 발에 밟힌 사람들도 살폈다. 한 여자가 코리올라누스의 코앞에 얼굴을 들이밀고 다쳤는지, 이 피가 그가 흘린 피인지 물었다. 아니라는 걸 확인하자 그녀는 피 닦을 수건을 건네주고 다른 사람들에게 갔다.

코리올라누스는 수건에 피를 문질러 닦으며 죽은 조공인 근처에 세자누스가 무릎을 꿇고 있는 걸 보았다. 그는 창살 안으로 손을 넣고 뭔가 중얼거리며 그녀의 시체 위에 하얀 무언가를 한 줌 뿌리고 있었다. 곧 평화유지군 한 명이 와서 세자누스를 끌어냈기 때문에 언뜻 본 게 전부였다. 곧 군인들이 잔뜩 몰려나와 남은 관람객들을 내보내고 조공인들에게 머리 위에 손을 얹게 한 뒤 우리 뒤쪽에 줄을 세웠다. 조금 차분해진 코리올라누스는 루시 그레이의 주의를 끌어 보려 했지만 그녀는 땅만 바라보고 있었다.

평화유지군 하나가 그의 어깨를 잡고 공손하지만 단호하게 출구 쪽으로 밀었다. 그는 주 도로까지 페스투스를 따라갔다. 두 사람은 식수대에서 피를 좀 더 씻어 냈다. 둘 다 무슨 말을 해야 할지 몰랐다. 코리올라누스는 아라크네를 썩 좋아하지는 않았다. 하지만 그녀는 이제까지 그의 삶에 늘 존재했던 사람이었다. 어렸을 때 함께 놀았고 서로의 생일 파티에 갔고 배급을 받으러 같이 줄을 섰고 함께 수업을 들었다. 아라크네는 머리부터 발끝까지 검은 옷을 입고 그의 어머니 장례식에 참석했다. 코리올라누스가 아라크네 오빠의 졸업을 축하해 준 건 불과

작년 일이었다. 캐피톨의 부유하고 유서 깊은 집안의 일부로서 그녀는 가족이었다. 가족을 꼭 좋아할 필요는 없다. 유대는 당연한 거니까.

"아라크네를 구하지 못했어. 출혈을 막지 못했어." 그가 말했다.

"아무도 구하지 못했을 거야. 적어도 넌 시도는 했잖아. 그게 중요한 거지." 페스투스가 그를 위로했다.

클레멘시아가 괴로움에 온몸을 떨며 그들에게 다가왔다. 세 사람은 함께 동물원을 나섰다.

"우리 집으로 와." 페스투스가 말했다. 자신의 아파트에 도착한 페스투스는 갑자기 울음을 터뜨렸다. 클레멘시아와 코리올라누스는 그를 엘리베이터에 태우고 잘 자라고 인사했다.

코리올라누스는 클레멘시아의 집 앞까지 함께 걸어가고 나서야 골 박사가 시켰던 일이 생각났다. 경기장 안의 조공인들에게 음식을 보내고 내기를 걸 수 있게 하자는 제안서였다. "박사님이 지금도 제안서를 기대하고 있지는 않을 거야." 클레멘시아가 말했다. "난 오늘밤에는 못 하겠어. 생각조차 못 하겠어. 아라크네가 사라진 지금은 말이야."

코리올라누스도 동의했다. 그는 집에 가면서 골 박사에 대해 생각해 보았다. 그녀는 상황이 어찌 되었든 이런 데드라인을 어기는 행위에 대해 벌을 줄 사람으로 보였다. 위험을 피할 수 있게 뭔가 써 가는 게 좋을 것 같았다.

12층을 걸어서 아파트에 들어가 보니 할머님은 흥분한 상태였다. 아라크네의 장례식에 입고 갈 가장 좋은 검은 드레스를 꺼내 놓고 구역들을 향해 욕을 퍼붓고 있었다. 할머님은 날아오듯 그에게 달려와 그의 가슴과 팔을 두드리며 다치지 않았는지 확인했다. 티그리스는 그저 훌쩍훌쩍 울기만 했다. "아라크네가 죽다니 믿을 수가 없어. 오늘 오후에 시장에서 포도 사는 걸 봤단 말야."

그는 두 사람을 위로하며 자기는 안전하다고 안심시키기 위해 최선을 다했다. "그런 일은 다시는 일어나지 않을 거예요. 황당한 사고였어요. 앞으론 보안이 더 철저해질 거예요."

상황이 가라앉자 코리올라누스는 침실로 가서 피투성이가 된 교복을 벗고 화장실로 갔다. 데일 것처럼 뜨거운 물로 샤워를 하며 그는 아직 몸에 묻어 있는 아라크네의 피를 씻었다. 잠시 고통스러운 흐느낌이 그의 가슴을 아프게 했지만 아픔이 지나가고 나자 그것이 아라크네의 죽음에 대한 슬픔 때문인지, 자신의 어려움에 대한 불만 때문인지 알 수가 없었다. 아버지가 입던 낡은 실크 가운을 걸친 그는 제안서를 쓰기로 마음먹었다. 아라크네의 목에서 들리던 꿀럭거리는 소리가 아직도 귀에 생생히 들리는 것 같아 어차피 잠을 자긴 힘들었다. 장미향 파우더가 아무리 많아도 이 감정을 가라앉힐 수는 없다. 임무에 몰두하는 게 그를 차분하게 만들었다. 그는 혼자 일하는 게 좋았다. 친구들을 무안하게 만들지 않으면서 의견을 거절하지 않아도 되기 때문이다. 아무 방해도 받지 않고 그는 간단하지만 알찬 제안서를 작성했다.

학교에서 골 박사와 했던 토론, 동물원에서 굶주린 조공인들에게 음식을 줄 때 관람객들이 느꼈던 짜릿함을 고려해서 그는 먹을 것에 초점을 맞추었다. 스폰서들은 빵 한 조각, 치즈 한 덩어리 등을 사서 특정 조공인에게 드론으로 배달시킬 수 있게 될 것이다. 각 아이템의 성격과 가치를 검토할 패널을 선정하고 스폰서는 헝거 게임과 직접 연관이 없는 캐피톨 시민이어야 하며 아이템은 선불로 구매한다. 게임운영자, 멘터, 조공인을 지키는 일을 맡은 평화유지군과 이들의 직계 가족은 전부 제외된다. 내기를 도입하자는 자신의 아이디어에 대해서는 별도의 패널을 선정해 캐피톨 시민들이 우승자를 놓고 공식적으로 돈을 걸게 하자는 안을 작성했다. 패널은 배당률을 정하고 승리자에 대한 지급을 관리하게 된다. 두 프로그램을 통한 수입으로 헝거 게임 비용을 충당하면 판엠 정부는 돈 들 일이 전혀 없었다.

코리올라누스는 금요일 아침까지 꾸준히 작업했다. 첫 아침 햇살이 창을 통해 비쳐들자, 그는 깨끗한 교복을 입고 제안서를 겨드랑이에 낀 다음 최대한 조용히 아파트를 빠져나왔다.

골 박사는 연구, 군사, 학문 부문에서 다양한 직책을 가지고 있었기 때문에 그녀의 책상이 어디 있을지는 잘 추측해야 했다. 헝거 게임에 관련된 일이었기 때문에 그는 전쟁부가 있는 시타델이라는 위풍당당한 건물로 갔다. 근무 중인 평화유지군들은 보안이 철저한 이곳에 그를 들여보낼 생각이 없었지만 제안서를 골 박사 책상 위에 반드시 놓아 주겠다고 약속했다. 이게 그가 할 수 있는 최선이었다.

이른 아침에는 판엠 문장만 떠올라 있던 코르소 대로의 스크린에 어젯밤 사건들이 나오고 있었다. 조공인이 아라크네의 목을 가르는 모습, 도와주려고 달려온 코리올라누스, 조공인을 총으로 쏴 죽이는 장면이 계속해서 방송되었다. 그는 묘하게도 자신과 동떨어진 일 같은 느낌이 들었다. 샤워하면서 잠시 울컥한 것으로 모든 감정을 다 써 버린 것 같았다. 아라크네의 죽음에 대한 코리올라누스의 첫 반응이 조금은 미흡했기 때문에 그는 자기가 아라크네를 구하려는 모습만 카메라에 담긴 것을 보고 안도했다. 용감하고 책임감 있어 보이는 순간이었다. 그가 떨고 있는 건 자세히 봐야 알 수 있었다.

총성이 울리자 리비아 카듀가 출구로 달려가는 모습이 잠깐 나온 게 특히 마음에 들었다. 수사법 수업 시간에 그녀는 코리올라누스가 시의 깊은 뜻을 읽어 내지 못하는 이유는 자기 자신에게만 관심 있기 때문이라고 말한 적이 있었다. 다른 사람도 아니고 리비아가 그런 말을 하다니 아이러니였다! 하지만 행동은 말보다 더 많은 걸 보여 준다. 코리올라누스는 구하러 갔고 리비아는 가장 가까운 출구로 달려갔다.

감자튀김과 차가운 버터밀크로 아침 식사를 한 뒤, 코리올라누스는 지금 상황에 필요한 우울함을 안고 아카데미로 갔다. 그는 아라크네의 친구로 알려져 있었고 그녀를 구하려 함으로써 친구임을 증명했기 때문에 가장 슬퍼해야 하는 사람으로 지정된 듯했다. 복도에서는 사방에서 위로의 말이 들려왔고 그의 행동에 대한 칭찬도 따라왔다. 누군가는 그가 아라크네를 친자매처럼 아꼈다고 말했다. 그는 그렇게 행동한 적은 없었지만 부인하지 않았다. 죽은 이에게 결례를 범할 필요는 없다.

아카데미의 총장 하이바텀은 전교생이 모이는 행사를 주최해야 했지만 모습을 드러내지 않았다. 대신 사티리아가 아라크네에 대한 찬사를 담아 그녀의 대담함과 유머 감각을 언급하며 연설을 했다. 코리올라누스는 눈을 눌러 닦으면서 그녀의 모든 면 중 그런 점이 가장 짜증났고 결국 죽음에 이르게까지 한 특징이라고 생각했다. 시클 교수가 마이크를 넘겨받아 죽은 전우에 대한 코리올라누스의 행동을 칭찬했다. 페스투스도 조금은 칭찬했다. 사티리아가 다시 나와 아라크네의 공식 장례는 내일 치뤄질 것이며 그녀를 기리기 위해 전교생이 참석해야 한다고 말했다. 판엠 전체에 생중계될 예정이므로 캐피톨 청년에게 어울리는 모습과 행동을 권장했다. 학생들은 그 뒤에 친구를 기억하고 상실감을 달래기 위해 서로 위로해도 좋다는 허락을 받았다. 수업은 점심시간 이후에 계속될 예정이었다.

토스트 위에 질척한 생선 샐러드를 얹어 점심을 먹은 멘터들은 다시 데미글로스 교수를 만나기로 되어 있었지만 아무도 갈 기분이 아니었다. 데미글로스 교수가 조공인 이름이 쓰인 종이를 나눠 주며 "헝거 게임에서 너희들이 이루는 진척 상황을 파악하기 쉽게 해 줄 거다"라고 말한 것도 분위기에 도움이 되지 않았다.

제10회 헝거 게임
멘터 배점

1번 구역
남성(패싯) 리비아 카듀

여성(벨베린) 팔미라 몬티

2번 구역
남성(마르쿠스) 세자누스 플린스

여성(사빈) 플로루스 프렌드

3번 구역
남성(시르크) 이오 재스퍼

여성(테슬리) 어번 캔빌

4번 구역
남성(미젠) 페르세포네 프라이스

여성(코럴) 페스투스 크리드

5번 구역
남성(하이) 데니스 플링

여성(솔) 이피게니아 모스

6번 구역
남성(오토) 아폴로 링

여성(지니) 다이애나 링

7번 구역
남성(트리치) 빕사니아 시클

여성(라미나) 플라이니 해링턴

8번 구역

남성(보빈) 주노 핍스

여성(워비) 힐라리우스 헤븐스비

9번 구역

남성(판로) 가이우스 브린

여성(쉬프) 안드로클레스 앤더슨

10번 구역

남성(태너) 도미티아 윔지윅

여성(브랜디) 아라크네 크레인

11번 구역

남성(리퍼) 클레멘시아 도브코트

여성(딜) 펠릭스 레이빈스틸

12번 구역

남성(제섭) 리시스트라타 비커스

여성(루시 그레이) **코리올라누스 스노우**

　코리올라누스와 주위 몇 명은 자동적으로 10번 구역 소녀 이름에 줄을 그었다. 하지만 그다음엔 어떻게 하지? 아라크네의 이름에도 줄을 긋는 게 맞겠지만 그건 느낌이 달랐다. 코리올라누스의 펜이 그녀의 이름 위를 잠시 떠돌다가 일단은 그냥 두었다. 명단에서 그녀의 이름을 그렇게 그어 버리는 건 너무 차갑게 느껴졌다.

　수업 시작 후 10여 분 뒤, 교무실에서 쪽지를 보내 왔다. 코리올라누스와 클레멘시아는 즉각 시타델로 오라는 내용이었다. 그의 제안서에 대한 반응일 수밖에 없었다. 코리올라누스는 흥분과 불안함을 동시에 느꼈다. 골 박사가 좋아했을까? 싫어했을까? 이 호출은 어떤 의미일까?

코리올라누스가 제안서에 대해 미리 얘기해 주지 않았기 때문에 클레멘시아는 화가 났다. "아라크네의 시체가 식지도 않았는데 제안서를 썼다니 믿을 수가 없어! 난 밤새 울었단 말이야." 그녀의 눈이 부어 있어 그 주장은 설득력이 있었다.

"음, 잠을 잘 수가 없었거든." 코리올라누스가 반박했다. "아라크네가 죽어 가는 동안 난 그 애를 안고 있었잖아. 제안서를 썼기 때문에 정신을 놓지 않을 수 있었어."

"알아, 나도 알아. 다들 비통함을 각자 다른 방식으로 받아들이지. 그런 뜻으로 말한 건 아니었어." 그녀는 한숨을 쉬었다. "그래서 내가 같이 썼어야 할 제안서에는 어떤 내용이 쓰여 있어?"

코리올라누스는 짧게 설명해 주었지만 그녀는 여전히 화가 난 듯했다. "미안해. 너한테 말하려 했어. 기본적인 내용이고 일부는 우리가 이미 의논했던 것들이야. 난 이번 주에 벌써 벌점을 하나 받았어. 성적에 타격이 될 일은 감당할 수 없었단 말이야."

"최소한 내 이름은 넣었니? 내 임무를 다할 수 없을 정도로 나약하게 보이긴 싫은데."

"아무 이름도 안 넣었어. 단체 프로젝트에 더 가까우니까." 코리올라누스는 화가 나서 두 손을 치켜들었다. "솔직히, 클레미. 난 너한테 호의를 베푸는 거라고 생각했는데!"

"그래, 그래." 클레멘시아가 동의했다. "너한테 신세를 진 것 같아. 하지만 적어도 읽어 볼 기회는 있었다면 좋았을걸. 골 박사가 우리한테 따져 물으면 잘 막아 줘."

"그럴 거라는 걸 너도 알잖아. 어차피 별로 안 좋아하실 것 같은데." 그가 말했다. "나는 내용이 알차다고 생각하지만 골 박사는 전혀 다른 규칙에 따라 움직이니까."

"그건 사실이야." 클레멘시아가 동의했다. "넌 지금 이 상황에서 헝거 게임이 열릴 거라고 생각해?"

생각해 본 적이 없는 일이었다. "모르겠어. 아라크네 그리고 장례 식…. 열린다면 아마 연기되겠지. 어차피 네가 헝거 게임을 안 좋아한 다는 걸 알고 있어."

"너는? 정말로 좋아하는 사람이 있긴 해?" 클레멘시아가 물었다.

"조공인들을 그냥 집으로 돌려보낼지도 몰라." 루시 그레이를 생각하 니 이것도 아주 나쁘지는 않을 것 같았다. 아라크네의 죽음이 루시 그 레이에게 어떤 영향을 줄까 생각해 보았다. 모든 조공인이 처벌받고 있 을까? 그가 그녀를 만날 수 있도록 허락해 줄까?

"맞아, 아니면 무성인으로 만들거나 하겠지." 클레멘시아가 말했다. "끔찍하지만 경기장보다는 낫지. 나는 죽는 것보다는 혀 없이 사는 쪽 이 나을 것 같아. 그렇지 않아?"

"나라면 그렇지만 내 조공인은 어떨지 모르겠어." 코리올라누스가 말 했다. "혀가 없어도 노래할 수 있나?"

"모르겠다. 음, 어쩌면." 어느새 그들은 시타델 정문에 도착했다. "어 렸을 때 난 여기가 무서웠어."

"나는 지금도 무서워." 코리올라누스의 말에 클레멘시아가 웃음을 터 뜨렸다.

평화유지군 배치소에서는 그들의 망막을 스캔하고 캐피톨 파일을 확인했다. 책가방을 맡겨야 했고 경비병 한 명이 그들을 데리고 긴 회 색 복도를 지나 최소 25층 아래로 내려가는 엘리베이터로 갔다. 코리올 라누스는 이렇게 깊은 지하에 와 본 적이 없었는데 놀랍게도 좋았다. 그는 스노우 가족의 펜트하우스를 정말 좋아했지만 전쟁 중 폭격이 있 었을 때는 피해 입기가 너무 쉽다는 느낌이 강하게 들었다. 하지만 이

곳에는 아무것도 와닿지 못할 것 같았다.

엘리베이터 문이 열렸고 그들은 거대하고 탁 트인 실험실로 들어갔다. 줄지어 선 연구용 테이블, 낯선 기계들, 유리 케이스들이 길게 늘어서 있었다. 코리올라누스는 경비병을 돌아보았지만 그녀는 아무런 지시 없이 엘리베이터 문을 닫고 가 버렸다. "가 볼까?" 그가 클레멘시아에게 물었다.

그들은 조심스럽게 실험실 안으로 들어갔다. "내가 뭔가를 깰 것 같은 끔찍한 기분이 들어." 그녀가 속삭였다.

그들은 4.5미터 높이의 유리 케이스로 된 벽을 따라 걸었다. 안에는 여러 동물이 있었는데 익숙한 동물도, 어떤 동물인지 짐작하기 쉽지 않을 정도로 변형된 동물도 있었다. 돌아다니고 헐떡이며 뒹구는 이 동물들은 불만스러운 기색이었다. 두 사람이 지나갈 때마다 동물들은 너무 큰 송곳니, 발톱, 지느러미발로 유리를 때렸다.

연구복을 입은 젊은 남자가 나타나 파충류 케이스가 있는 곳으로 그들을 안내했다. 골 박사는 그곳에서 수백 마리 뱀이 들어 있는 커다란 탱크를 들여다보고 있었다. 뱀들은 인공적인 밝은 색이었다. 피부가 형광 분홍색, 노란색, 파란색에 가까운 색으로 빛났다. 눈금자보다 길지 않고 연필 정도 굵기인 뱀들이 몸을 뒤틀면서 탱크 바닥을 덮어 몽환적 카펫을 만들었다.

"오, 왔구나." 골 박사가 씩 웃으며 말했다. "내 새로운 아가들에게 인사하렴."

"어이, 안녕." 코리올라누스는 유리에 얼굴을 가까이 대고 몸부림치는 뱀들을 보며 말했다. 뱀들을 보니 뭔가 떠올랐지만 그게 무엇인지는 생각나지 않았다.

"색깔이 이런 이유가 있나요?" 클레멘시아가 물었다.

"네 세계관에 따라 모든 것에는 이유가 있기도 하고 아무 이유가 없기도 하지. 이렇게 말하고 보니 너희 제안서가 떠오르는구나. 마음에 들었어. 누가 쓴 거지? 너희 둘이서만? 아니면 너희의 거친 친구도 목을 베이기 전에 참여했니?"

클레멘시아는 언짢아하며 입을 꼭 다물었다. 코리올라누스는 그녀의 얼굴이 굳어지는 것을 보았다. 그녀는 위협에 굴복하지 않을 생각이었다. "멘터 전부가 함께 의논했어요."

"그리고 아라크네는 어젯밤에 작성을 도울 계획이었지만…. 말씀하신 것과 같은 일이 있었죠." 코리올라누스가 덧붙였다.

"하지만 너희 둘은 착실하게 작성했다, 이거니?" 골 박사가 물었다.

"맞아요. 도서관에서 쓴 다음 어젯밤에 제가 집에서 출력했어요. 그리고 코리올라누스에게 전달해서 오늘 아침에 제출하게 했어요. 각자 맡았던 역할대로요." 클레멘시아가 말했다.

골 박사는 코리올라누스에게 물었다. "그렇게 된 거니?"

코리올라누스는 곤란했다. "제가 오늘 아침에 제출한 건 맞아요. 보초를 서고 있는 평화유지군에게 전달했죠. 들어오지 못하게 해서요." 그가 얼버무렸다. 이어지는 질문들이 뭔가 좀 이상했다. "그게 문제가 되었나요?"

"두 사람이 같이 작성한 건지 확인하고 싶었을 뿐이야." 골 박사가 말했다.

"단체로 의논한 부분을 보여 드리고 제안서에서 어떻게 진전되었는지 말씀드릴 수 있어요." 그가 제안했다.

"그래, 그렇게 하렴. 제안서를 가져왔니?"

클레멘시아는 기대하는 눈빛으로 코리올라누스를 보았다. "아니요." 너무 충격을 받아 제안서 작성을 돕지 못했던 클레멘시아가 자기에게 모든 걸 떠넘기는 게 그는 마뜩지 않았다. 게다가 클레멘시아는 아카데미상을 받는 데 가장 위협적인 경쟁자 중 하나였다. "넌?"

"우리 책가방을 압수했어요." 클레멘시아가 골 박사를 돌아보았다. "저희가 드린 제안서를 사용할 수 있을까요?"

"음, 그럴 수는 있지. 하지만 내가 점심을 먹는 동안 내 조수가 그 제안서를 저 탱크 안에 깔아 버렸단다." 그녀가 웃으며 말했다.

코리올라누스는 혀를 날름거리며 꿈틀거리는 뱀들 사이를 들여다보았다. 과연 뱀들이 또아리를 튼 사이로 그가 쓴 제안서의 문구들이 보였다.

"너희 둘이 다시 꺼낼 수 있을까?" 골 박사가 제안했다.

시험처럼 느껴졌다. 골 박사가 제출하는 괴상한 시험이지만 그래도 시험은 시험이다. 왠지 계획해 둔 것 같았지만 목적이 무엇인지는 알 수 없었다. 그는 클레멘시아를 흘끗 보며 그녀가 뱀을 무서워했었는지 기억을 더듬었지만 자기가 뱀을 두려워하는지조차 잘 알 수 없었다. 학교 실험실에는 뱀이 없었다.

클레멘시아는 이를 악물고 골 박사에게 미소를 지어 보였다. "물론이죠. 위에 있는 문으로 꺼내면 되나요?"

골 박사는 뚜껑을 통째로 들어냈다. "아니, 공간을 넉넉히 줄게. 스노우 군? 먼저 해 보지 그래?"

코리올라누스는 천천히 손을 넣었다. 따뜻한 온기가 느껴졌다.

"좋아, 천천히 움직여. 뱀들은 방해하지 말고." 골 박사가 지시했다.

제안서 끝부분을 손가락으로 잡고 천천히 꺼냈다. 뱀들이 미끄러져 내려가며 한쪽으로 우르르 쌓였지만 뱀들은 별로 개의치 않는 것 같았다. "뱀들은 내가 있는 것도 모르는 것 같아." 그는 토할 듯한 표정을 짓고 있는 클레멘시아에게 말했다.

"그럼 내가 해 볼게." 클레멘시아가 탱크 속으로 손을 넣었다.

"뱀들은 시력이 나쁘고 청력은 더 안 좋아." 골 박사가 말했다. "하지만 네가 있다는 건 알아. 뱀은 혀를 써서 냄새를 맡을 수 있고 여기 있는 머트들은 다른 뱀들보다도 더 잘 맡지."

클레멘시아가 종이 한 장을 손톱으로 집어 올렸다. 뱀들이 동요했다.

"뱀들이 너에게 익숙하다면, 예를 들어 따뜻한 탱크처럼 너의 체취를 기분 좋은 쪽에 연관 짓고 있다면 널 무시할 거야. 낯설고 새로운 냄새가 난다면 위협하겠지." 골 박사가 말했다. "네 혼자 힘으로 해야 될 거야, 꼬마야."

코리올라누스가 막 상황을 파악했을 때, 그는 클레멘시아의 얼굴에 떠오른 공포를 보았다. 클레멘시아는 탱크 안에서 손을 확 뺐지만 이미 형광색 뱀 대여섯 마리가 그녀의 살에 송곳니를 박은 뒤였다.

8

클레멘시아는 독사들을 떨쳐 내려고 미친 듯이 손을 흔들며 소름 끼치는 비명을 질렀다. 송곳니에 물린 작은 상처에서 뱀들의 피부색과 같은 형광색 액체가 흘러나왔다. 형광 분홍색, 노란색, 파란색 고름이 그녀의 손가락에서 뚝뚝 떨어졌다.

흰 재킷을 입은 실험실 조수 두 명이 클레멘시아를 바닥에 눕히고 일어나지 못하게 눌렀고 한 명은 검은 액체가 가득한 무섭게 생긴 피하주사를 놓았다. 클레멘시아의 입술은 보라색이 되었다가 핏빛이 가셨다. 조수들은 정신을 잃은 클레멘시아를 들것에 실어 데리고 나갔다.

코리올라누스가 그들을 따라갔지만 골 박사의 목소리가 그를 멈춰 세웠다. "넌 아니지, 스노우 군. 넌 여기 있어."

"하지만 저는, 쟤는…." 그는 말을 더듬었다. "죽을까요?"

"그건 모르지." 골 박사가 말했다. 그녀는 탱크에 손을 넣고 쭈글쭈글한 손가락으로 자기가 아끼는 동물들을 쓰다듬었다. "저 아이의 체취는 분명히 문서에 없었어. 그러니까 제안서는 너 혼자 쓴 거니?"

"네." 거짓말을 하는 건 의미 없는 일이었다. 거짓말 때문에 클레멘시아가 죽었을 수도 있었다. 그는 극도로 조심해서 대해야 할 광인을 상대하고 있는 게 분명했다.

"좋아, 마침내 진실이 밝혀졌군. 난 거짓말쟁이들은 필요 없어. 거짓말은 어떤 약점을 감추려는 시도에 불과하지 않니? 너한테서 그런 면을 또 다시 본다면 난 널 잘라 낼 거야. 네가 거짓말을 해서 하이바텀 총장이 벌을 준다면 막지 않을 거야. 내 말 잘 알아들었니?" 그녀는 분홍색 뱀 한 마리를 팔찌처럼 손목에 감았다. 뱀을 바라보며 감탄하는 것 같았다.

"잘 이해했습니다." 코리올라누스가 말했다.

"좋았어. 네 제안서 말이야." 그녀가 말했다. "잘 계획했고 실행하기도 쉬워. 내 팀에게 검토해 보고 첫 단계의 버전을 도입하라고 추천할 생각이야."

"알겠습니다." 그녀의 명령을 따르는 치명적인 동물들에게 둘러싸여 있는 코리올라누스는 평범한 대답 이상을 하기가 두려웠다.

골 박사가 웃었다. "집에 가렴. 아니면 네 친구가 아직 있는지 가서 확인해 보든가. 난 이제 크래커와 우유를 먹을 시간이야."

코리올라누스는 허겁지겁 나오다가 도마뱀 탱크에 부딪쳐 안에 있는 동물들을 광분하게 만들었다. 몇 번이나 길을 잘못 들어서 동물 몸의 일부를 신체에 붙인 인간들이 유리 케이스 안에 갇혀 있는 엽기적인 곳으로 가게 되었다. 목에 작은 깃털을 두르고 있는 사람들, 손가락이 있어야 할 자리에 긴 발톱이나 심지어 촉수를 달고 있는 사람들, 가슴에 뭔지 모를 것(아가미일까?)를 심은 사람들. 그들은 코리올라누스를 보자 놀랐고 몇 명은 애원하려고 입을 열었다. 하지만 그들은 무성인이었다. 그들이 외치는 소리가 울려 퍼졌다. 작은 검은 새들이 그들 위에 앉아 있었다. 재잘어치라는 이름이 떠올랐다. 유전학 수업에서 잠깐 배웠다. 실패한 실험이었다. 인간의 말을 따라 할 수 있는 새였지만 반군들은 이 새가 무얼 할 수 있는지 파악했고 가짜 정보를 주입해 되돌려 보냈다. 이제 쓸모없어진 이 새들은 무성인들의 가련한 외침으로 가득한 반향실을 만들고 있었다.

마침내 연구복을 입고 지나치게 큰 이중 초점 안경을 쓴 여자가 나타나 새들을 놀라게 했다며 그를 야단을 친 뒤 엘리베이터로 데려갔다. 기다리는 동안 감시 카메라가 그를 내려다보며 눈을 깜빡였다. 그는 마지못해 손에 구겨 쥐고 있던 제안서 한쪽을 반듯이 펴려 했다. 위층에 도착하자 평화유지군들이 코리올라누스와 클레멘시아의 책가방을 돌려주고 그를 시타델 밖으로 안내했다.

코리올라누스는 모퉁이를 돌자마자 다리가 풀려 인도 가장자리에 털썩 주저앉았다. 햇빛 때문에 눈이 아팠고 숨을 가다듬을 수가 없었다. 전날 밤에 잠을 자지 못해 피곤했지만 아드레날린 때문에 잔뜩 흥분한 상태였다. 방금 무슨 일이 일어난 거지? 클레멘시아는 죽었나? 아라크네의 잔인한 죽음도 아직 받아들이지 못했는데 이제 이런 일이 일어났다. 마치 헝거 게임 같았다. 그들이 구역 아이들이 아니라는 점만 달랐다. 캐피톨은 그들을 보호해 주어야 하지 않나? 그는 세자누스가 골 박사에게 모든 사람들, 심지어 구역 사람들까지 지켜 주는 것이 정부의 역할이라고 말했던 걸 떠올렸지만 그들이 최근에 적이 되었다는 사실과 이 말을 어떻게 일치시켜야 할지 몰랐다. 그렇지만 스노우 가문의 아이는 반드시 최우선되어야 했다. 코리올라누스가 아니라 클레멘시아가 제안서를 썼다면 그가 죽을 수도 있었다. 그는 혼란과 분노, 무엇보다도 두려움에 빠져 두 손으로 머리를 감쌌다. 골 박사가 무서웠다. 캐피톨이 무서웠다. 모든 게 무서웠다. 나를 지켜 줘야 할 사람들이 내 목숨을 그렇게 아무렇게나 취급한다면…. 그러면 어떻게 살아남는단 말인가. 그들을 믿는 게 살아남는 방법이 아니라는 건 확실했다. 그들을 믿지 못한다면 누굴 믿을 수 있나? 아무것도 확실한 게 없다.

뱀의 독니가 살을 파고들던 순간을 떠올리자 코리올라누스의 몸이 굳었다. 불쌍한 클레미, 정말 죽었을까? 그렇게 악몽 같은 방식으로. 클레멘시아가 죽었다면 그건 그의 잘못일까? 그녀의 거짓말을 지적하지 않았기 때문에? 아주 사소한 잘못 같았지만 골 박사는 그에게 클레멘시아의 일을 대신해 준 책임을 물으려나? 클레멘시아가 죽으면 코리올라누스는 온갖 문제에 처할 수 있었다.

응급 환자는 근처의 캐피톨 병원으로 이송될 거라는 생각에 코리올라누스는 병원을 향해 뛰었다. 시원한 로비를 지나 응급실 방향을 알리는 표지판을 따라갔다. 자동문이 열리자마자 뱀에게 물렸을 때처럼 클레멘시아의 비명 소리가 들려왔다. 최소한 아직 살아는 있구나. 그는 접수대의 간호사에게 횡설수설했고 간호사는 그를 앉힐 수 있을 정도로는 그의 말을 알아들었다. 어지럼증이 닥쳐왔다. 간호사가 영양 크래커 두 봉지와 달콤한 레몬맛 탄산음료를 가져온 걸 보니 그의 모습이 처참했던 모양이다. 그는 음료를 조금씩 나눠 마시려 했지만 들이켜 버렸고 더 주길 바랐다. 당분을 먹으니 기분이 조금은 나아졌지만 크래커

를 먹을 엄두는 나지 않았다. 그는 크래커를 주머니에 넣었다. 담당의
가 나올 무렵에는 거의 자제력을 되찾은 뒤였다. 의사는 코리올라누스
를 안심시켰다. 이곳의 의료진은 전에도 실험실 사고 피해자들을 치료
한 적이 있으며 그녀의 신경 조직이 다쳤을 가능성은 있지만 죽을 것
같지는 않다고 했다. 클레멘시아는 안정적인 상태라고 확신이 설 때까
지 입원하게 될 터였다. 그가 며칠 뒤에 찾아온다면 문병이 가능할 수
도 있다.

코리올라누스는 의사에게 고맙다고 말하고 클레멘시아의 책가방을
건넸다. 지금은 집에 돌아가는 것이 최선이라는 의사의 말을 따르기로
했다. 출구로 가다가 클레멘시아의 부모님이 허둥지둥 다가오는 것을
보았고 그는 몸을 숨겼다. 도브코트 부부가 무슨 말을 들었는지는 모르
지만 그들과 이야기를 나눌 생각은 없었다. 그럴듯한 말을 지어 놓지
못했기 때문에 더욱 그랬다.

클레멘시아의 상태에 그가 관여되지 않았다는 믿을 만한 얘기를 만
들어 냈다면 좋았겠지만 그렇지 않다 보니 학교로, 심지어 집으로도 돌
아갈 수가 없었다.

티그리스는 아무리 빨리 귀가한다 해도 저녁 식사 시간에나 올 것이
다. 할머님은 그가 처한 상황에 겁을 먹을 것이다. 묘하게도 그가 이야
기하고 싶은 유일한 상대는 루시 그레이였다. 그녀는 똑똑하고 그의 말
을 옮길 가능성도 낮았다.

동물원에서 어떤 어려움을 마주치게 될지 제대로 생각해 보기도 전
에 그는 동물원으로 발길을 옮겼다. 중무장한 평화유지군 두 명이 정문
을 지키고 있었고 그들 뒤에서도 몇 명이 더 서성거리고 있었다. 그들
은 그에게 돌아가라고 손짓했다. 동물원에 아무도 오지 못하게 하라는
지시가 있었다는 것이다. 코리올라누스는 자신을 멘터라고 소개했다.

평화유지군 몇 명이 아라크네를 구하려 했던 그를 기억하고 있었다. 그의 유명세 덕분에 평화유지군은 전화를 걸어 예외적으로 그를 입장시켜도 되느냐고 물었다. 평화유지군은 골 박사와 직접 통화했는데 몇 미터 떨어져 있던 코리올라누스에게도 골 박사의 독특한 웃음소리가 들렸다. 그는 평화유지군 한 명과 함께 입장해도 좋다고 허락받았지만 잠깐 동안만이었다.

달아난 관람객들이 버린 쓰레기가 원숭이 우리로 가는 길에 널려 있었다. 수십 마리 쥐가 썩어 가는 음식, 피크닉 중 잃어 버린 신발을 썹으며 돌아다녔다. 해가 높이 떠 있었지만 너구리 몇 마리가 먹이를 찾아 재주 좋은 작은 손으로 음식 조각을 집어 들었다. 한 마리는 죽은 쥐를 먹으며 다른 너구리들에게 다가오지 말라고 경고를 보냈다.

"내가 기억하는 동물원이 아니야." 평화유지군이 말했다. "우리에 갇힌 아이들과 마음대로 돌아다니는 해로운 동물들밖에 없어."

원숭이 우리로 가는 길에 코리올라누스는 바위 밑이나 벽 앞에 놓인 흰 가루가 든 작은 통들을 보았다. 캐피톨이 포위되었을 때 저 독약을 썼던 걸 그는 기억했다. 먹을 것은 거의 없었지만 쥐는 많았다. 쥐들은 인간을, 특히 죽은 인간을 매일 같이 먹고살았다. 물론 최악의 시기에는 인간도 인간을 먹었다. 인간이 쥐보다 우월하다고 느끼는 건 의미가 없다.

"저거 쥐약이에요?" 코리올라누스가 평화유지군에게 물었다.

"응, 오늘 처음 시험해 보는 신약이야. 하지만 쥐들은 정말 영리해서 근처에 가지도 않아." 그는 어깨를 으쓱하며 말했다. "우리한테 저걸 써 보라고 주더구나."

우리 안의 조공인들은 다시 족쇄를 차고 뒤쪽 벽에 기대 있거나 가짜 바위 뒤에 앉아 있었다. 최대한 눈에 띄지 않으려는 것 같았다.

"거리를 유지해야 해. 네 여자아이는 위험하지 않겠지만 누가 알겠어? 다른 아이가 너를 공격할 수도 있지. 그들이 가까이 못 오도록 뒤쪽에 있어야 돼." 평화유지군이 말했다.

코리올라누스는 고개를 끄덕이고 피크닉 바위로 가서 그 뒤에 섰다. 그는 조공인들에게 위협을 느끼지는 않았다. 그건 전혀 걱정되지 않았다. 하지만 하이바텀 총장이 그에게 처벌을 내릴 다른 핑계를 주고 싶지는 않았다.

처음에는 루시 그레이를 찾을 수가 없었다. 그러다 스노우 가문의 손수건으로 보이는 것을 목에 대고 뒤쪽 벽에 기대 있는 제섭과 눈이 마주쳤다. 제섭은 옆에 있는 무언가를 흔들었고 루시 그레이가 놀라며 벌떡 일어나 앉았다.

그녀는 잠시 여기가 어디인지 깨닫지 못하는 듯했다. 코리올라누스를 보자 잠기운 어린 눈을 비비고 풀어헤친 머리를 손가락으로 빗어 넘겼다. 일어나다가 균형을 잃어서 손을 뻗어 제섭의 팔을 잡아야 했다. 그녀는 아직도 불안정한 모습으로 쇠사슬을 끌며 우리를 가로질러 코리올라누스에게 다가왔다. 더워서 그런가? 살인의 트라우마 때문일까? 배가 고파서? 캐피톨이 조공인들에게 음식을 주지 않으니 그녀는 아라크네가 죽었을 때 관객들로부터 얻은 귀중한 음식을 토한 뒤로 아무것도 먹지 못했을 것이다. 아침에 먹었던 사과와 그가 준 브레드 푸딩도 토해 냈을 것이다. 그러니 거의 닷새 동안 미트로프 샌드위치 하나와 자두 한 개만 먹은 셈이다. 하다못해 양배추 수프라도 좋으니 음식을 더 가져다 줄 방법을 찾아야 한다.

그녀가 물이 없는 해자를 건너오자 그는 경고의 의미로 손을 들었다. "미안해. 가까이 있으면 안 된대."

루시 그레이는 창살에서 한두 걸음 물러섰다. "네가 여기 들어왔다는 것 자체가 놀라운데." 그녀의 목구멍, 피부, 머리카락…. 모든 것이 뜨거운 오후의 태양에 바싹 말라 있는 듯했다. 팔에는 어젯밤에는 없었던 심한 멍이 보였다. 누가 때렸을까? 다른 조공인일까? 경비병일까?

"깨울 생각은 없었어." 그가 말했다.

그녀는 어깨를 으쓱했다. "괜찮아. 제섭이랑 나는 번갈아 가면서 자. 캐피톨 쥐들은 사람을 즐겨 먹더라고."

"쥐들이 널 먹으려 했어?" 그가 물었다. 그렇게 생각하니 역겨웠다.

"음, 우리가 여기 온 첫날 밤에 뭔가가 제섭의 목을 물었어. 너무 어두워서 뭔지는 못 봤는데 제섭 말로는 털이 있었다고 하더라. 그리고 어젯밤에는 뭔가가 내 다리를 타고 기어 올라왔어." 그녀는 창살 옆에 있는 흰 가루가 든 통을 가리켰다. "저건 전혀 효과가 없는 것 같아."

코리올라누스는 그녀가 죽은 채로 쥐 떼 아래에 누워 있는 끔찍한 모습을 떠올렸다. 그에게 남아 있던 저항심까지 휩쓸려 사라졌고 그는 절망감에 사로잡혔다. 그녀에 대해, 자기 자신에 대해, 둘 다에 대해. "루시 그레이, 정말 미안해. 이 모든 게 정말 다 미안해."

"네 잘못이 아니야." 그녀가 말했다.

"넌 나를 증오하겠지. 그래야 해. 나라면 나를 증오하겠어." 그가 말했다.

"난 널 증오하지 않아. 헝거 게임은 네가 만든 게 아니잖아."

"하지만 난 참여하고 있는걸. 헝거 게임이 진행되도록 돕고 있어!" 그는 수치심에 고개를 숙였다. "세자누스처럼 최소한 그만두려는 시도는 했어야 해."

"아니, 그러지 마! 제발 그러지 마. 나 혼자 이걸 겪도록 내버려 두고 가지 마!" 그녀는 그에게 한 걸음 다가섰다가 거의 쓰러질 뻔했다. 두 손으로 창살을 잡고는 바닥에 털썩 주저앉았다.

그는 경비병의 경고를 무시하고 충동적으로 바위를 넘어가 그녀 앞 창살 맞은편에 쭈그리고 앉았다. "괜찮아?" 그녀는 고개를 끄덕였지만 괜찮아 보이지 않았다. 그는 클레멘시아가 뱀에 물려 죽을 뻔해서 무서 웠던 이야기를 하고 싶었다. 그녀의 조언을 구하고 싶었지만 그녀의 상 황에 비교하면 너무 시시하게 느껴졌다. 코리올라누스는 간호사가 주 었던 크래커를 기억해 내고는 주머니를 뒤져 구깃구깃해진 봉지를 꺼 냈다. "너에게 주려고 가져왔어. 크지는 않지만 영양이 아주 풍부해,"

바보 같이 들렸다. 크래커에 영양분이 있는지 없는지가 그녀에게 중 요할까? 그는 전쟁 중에 교사들이 했던 말을 앵무새처럼 따라 하고 있 을 뿐이었다. 그때는 학교에 가는 이유 중 하나가 정부가 제공하는 공 짜 간식 때문이었다. 거칠고 맛없는, 물을 마셔서 넘기는 그 간식이 하 루 종일 먹는 음식의 전부인 아이들도 있었다. 그는 아이들이 작은 손 을 집게발처럼 뻗어 포장지를 뜯고 절박하게 음식을 씹던 모습을 떠올 렸다.

루시 그레이는 당장 봉지를 뜯고 크래커 두 개 중 하나를 입에 밀어 넣었다. 건조한 크래커를 씹고 삼키느라 힘들어 했다. 한 손을 배에 얹 고 한숨을 쉬더니 두 번째 크래커는 더 천천히 먹었다. 음식을 먹으니 집중력이 생기는 것 같았고 목소리도 차분해졌다.

"고마워. 먹으니 좀 낫네." 그녀가 말했다.

"저것도 먹어." 그는 다른 봉지를 고갯짓으로 가리키며 말했다.

그녀는 고개를 가로저었다. "아냐, 아껴뒀다가 제섭에게 줄래. 제섭 은 이제 내 동맹이야."

"네 동맹?" 코리올라누스는 당황했다. 헝거 게임에서 어떻게 동맹이 있을 수 있지?

"응, 12번 구역 조공인들은 같이 죽을 거야. 제섭은 북두칠성에서 제일 밝은 별은 아니지만 황소처럼 힘이 세거든." 루시 그레이가 말했다.

루시 그레이를 지켜 주는 대가로 크래커 두 개는 싸게 느껴졌다. "먹을 걸 최대한 빨리 더 많이 가져올게. 사람들이 경기장 안으로 음식을 보내 줄 수 있게 될 것 같아. 이제 공식적으로 그렇게 됐어."

"잘됐네. 먹을 게 더 있다면 좋을 거야." 그녀는 머리를 창살에 기댔다. "그러면 네 말대로 노래하는 게 좋을 수도 있겠다. 사람들이 나를 도와주고 싶게 만들 거야."

"인터뷰에서 계곡 노래를 다시 부를 수도 있지." 그가 제안했다.

"그럴지도." 그녀는 생각에 잠기며 눈썹을 찡그렸다. "판엠 전체에 보여 주는 거야, 캐피톨에만 방영되는 거야?"

"판엠 전체인 것 같아. 하지만 구역에서 뭘 보내지는 못할걸."

"기대도 안 했어. 그게 중요한 게 아니지. 그래도 노래를 해 볼까? 기타 같은 게 있으면 더 좋을 텐데."

"찾아봐 줄게." 스노우 가문에는 악기가 없었다. 할머님이 매일 트는 국가와 어머니가 옛날에 불러 주던 자장가 외에는 루시 그레이가 나타나기 전에 그의 삶에서 음악은 거의 없었다. 주로 행진곡과 정치 선전곡을 트는 캐피톨 라디오는 거의 듣지 않았다. 그 노래들은 그의 귀에는 다 똑같이 들렸다.

"어이!" 평화유지군이 손짓했다. "너무 가까워! 어차피 이제 갈 시간이고!"

코리올라누스가 일어섰다. "여기 다시 오려면 이제 가는 게 낫겠어."

"그럼, 그럼. 그리고 고마워. 크래커랑 모든 게 다." 루시 그레이는 창살을 잡고 힘겹게 일어서며 말했다.

그는 창살 안으로 손을 뻗어 그녀가 일어날 수 있게 도왔다. "별거 아니야."

"너한텐 그럴지도 모르지. 하지만 내가 중요한 사람인 것처럼 누군가 나타났다는 건 엄청난 의미야."

"넌 정말로 중요해." 그가 말했다.

"음, 그렇지 않다는 증거가 많은데." 그녀는 사슬을 철렁이며 당겨 보였다. 그러고는 뭔가 떠올랐다는 듯 하늘을 보았다.

"넌 나한테 중요해." 그가 우겼다. 캐피톨은 그녀를 소중하게 여기지 않을지 몰라도 그에겐 소중했다. 그는 방금 그녀에게 진심을 털어놓지 않았던가.

"스노우 군, 갈 시간이야!" 평화유지군이 코리올라누스를 불렀다.

"넌 나한테 중요해, 루시 그레이." 그가 다시 말했다. 이 말에 그녀의 눈이 다시 그를 향했지만 그녀에게선 아직 거리감이 느껴졌다.

"이봐, 꼬마야, 널 신고하게 만들지 마." 평화유지군이 말했다.

"가야겠다." 코리올라누스는 뒤돌아 걸었다.

"야!" 루시 그레이가 그를 급히 불렀다. 코리올라누스는 돌아보았다. "난 네가 성적이나 영광을 위해서 여기 왔다고 생각하지 않아. 그걸 알았으면 해. 넌 보기 드문 사람이야, 코리올라누스."

"너도." 그가 말했다.

그녀는 동의한다는 뜻으로 고개를 끄덕이고 제섭 쪽으로 돌아갔다. 그녀가 질질 끌고 간 사슬이 더러운 건초와 쥐똥 위에 자국을 남겼다. 자기 동맹에게 돌아간 그녀는 짧은 만남으로 기진맥진했다는 듯 누워서 몸을 공처럼 웅크렸다.

코리올라누스는 동물원에서 나오는 길에 발을 두 번 헛디뎠다. 어떤 일에 대해서든 좋은 해결책을 떠올리기에는 너무 지쳐 있다는 걸 깨달았다. 집에 가도 의심스럽지 않을 정도의 시간이 되었기에 그는 아파트로 돌아갔다. 가는 길에 재수 없게도 학교 친구 페르세포네 프라이스와 마주쳤다. 하녀의 시체를 먹은 악명 높은 네로 프라이스의 딸이었다. 이웃이었기 때문에 그들은 함께 걸었다. 그녀는 4번 구역에서 온 건장한 열세 살짜리 남자아이 미젠의 멘터를 맡았기 때문에 코리올라누스와 클레멘시아가 수업하다 불려 나갔을 때 옆에 있었다. 그는 제안서 이야기가 조금이라도 나올까 봐 두려웠지만 그녀는 아직 아라크네의 죽음 때문에 너무 심란해서 다른 이야기는 하지 못했다. 보통 그는 페르세포네를 아예 피했다. 그녀가 전쟁 중에 먹었던 스튜의 재료가 뭔지 알고 있을까 하는 생각을 떨칠 수 없었기 때문이다. 한동안은 그녀가 무섭게 느껴졌지만 이젠 그저 역겨울 뿐이었다. 그녀에겐 잘못이 없다고 몇 번이나 되새겼어도 마찬가지였다. 보조개와 녹색이 섞인 갈색 눈을 지닌 그녀는 그의 동급생 중 제일 예뻤다. 클레멘시아가 더 예쁠 수도 있지만…. 음, 뱀에 물리기 전의 클레멘시아. 어쨌든 페르세포네에게 키스한다고 생각하면 구역질이 났다. 그녀가 눈물을 글썽이며 잘 가라고 안아 주는 순간에도 잘려 나간 다리밖에 생각나지 않았다.

코리올라누스는 힘겹게 계단을 올라가며 굶주려서 거리에 쓰러졌던 가엾은 하녀 때문에 그 어느 때보다도 기분이 가라앉았다. 루시 그레이는 얼마나 버틸 수 있을까? 그녀는 빠른 속도로 허물어지고 있었다. 약하고 정신이 산만해졌다. 다쳤고 무너졌다. 하지만 무엇보다 서서히 굶어 죽고 있다. 내일이면 일어서지 못할지도 모른다. 음식을 가져다 줄 방법을 찾지 못하면 헝거 게임이 시작하기도 전에 죽을 것이다.

9

아파트에 들어서는 그를 보자마자 할머님은 저녁 식사 전에 눈을 붙이라고 권했다. 그는 스트레스가 심해 다시는 잠들 수 없을 거라고 느끼며 침대에 쓰러졌다. 다음 순간 정신을 차려 보니 티그리스가 부드럽게 그의 어깨를 흔들고 있었다. 침대 옆 탁자에 놓인 국수 든 수프가 마음을 달래 주는 냄새를 풍기고 있었다. 푸줏간에서 티그리스에게 가끔 죽은 닭을 공짜로 줄 때가 있었는데 티그리스는 그 닭을 삶아서 근사한 요리를 만들곤 했다.

"코리오, 사티리아가 세 번 전화했어. 이젠 더 이상 핑곗거리가 생각나질 않아. 자, 저녁 먹고 전화 걸어." 그녀가 말했다.

"클레멘시아 얘길 물어봤어? 다들 알아?" 그가 내뱉었다.

"클레멘시아 도브코트? 아니. 걔가 왜?" 티그리스가 물었다.

"정말 끔찍해." 그는 무시무시한 부분까지 자세히 전부 들려주었다.

그가 이야기하는 동안 티그리스의 얼굴에서 핏기가 가셨다. "골 박사가 걔를 뱀에 물리게 했다고? 그런 사소한 선의의 거짓말 때문에?"

"그랬어. 그리고 클레미가 죽든 살든 전혀 아랑곳하지 않았어. 그저 자기는 오후 간식을 먹어야 한다며 날 내보냈어."

"그건 가학적이야. 아니면 완전히 미쳤거나. 네가 신고해야 할까?"

"누구한테? 골 박사는 수석 게임운영자야. 대통령이랑 직속으로 일하잖아. 우리가 거짓말한 게 잘못이라고 말할걸."

티그리스는 생각해 보았다. "그래, 신고하지 마. 맞서지도 마. 그냥 최대한 피해."

"멘터로선 그러기가 힘들어. 토끼 머트랑 놀고 황당한 질문을 잔뜩 던지려고 계속 아카데미에 와. 골 박사의 말 한마디가 내가 상을 받을지 못 받을지를 결정할 수도 있어." 그는 양손으로 얼굴을 문질렀다. "아라크네는 죽었고 클레멘시아는 독사에 물렸고 루시 그레이는…. 음, 그건 또 다른 정말 끔찍한 얘기지. 걔가 헝거 게임에 나갈 수나 있을지 모르겠어. 어쩌면 못 나가는 게 최선일지도 몰라."

티그리스는 그의 손에 숟가락을 쥐여 주었다. "수프 먹어. 우린 이보다 더 심한 상황도 겪었어. 스노우가 일등이다?"

"스노우가 일등이다." 코리올라누스의 목소리에 너무나 확신이 없어서 그들은 웃어 버렸다. 그러자 조금은 평소 같은 기분이 들었다. 티그리스를 기쁘게 하려고 수프를 몇 숟가락 먹었는데 굉장히 배가 고프다는 걸 깨닫고 순식간에 그릇을 비웠다.

사티리아가 다시 전화를 걸었을 때 그는 모든 일을 다 털어놓을 뻔했다. 하지만 알고 보니 사티리아는 아침에 열릴 아라크네의 장례식에서 국가를 불러 달라는 말을 하려고 전화한 것뿐이었다. "동물원에서 보여 준 네 영웅적 행동과 네가 가사를 다 아는 유일한 사람이라는 사실을 감안해서 교수단은 널 1순위로 꼽았어."

"물론 영광이죠." 그가 대답했다.

"좋아." 그녀는 뭔가를 후루룩 마셨다. 잔 속에서 얼음이 달그락거렸고 그녀는 한숨 돌렸다.

"네 조공인은 어떠니?"

코리올라누스는 망설였다. 불평한다면 자기 문제를 감당할 수 없는 어린아이처럼 보일 수 있다. 그는 사티리아에게 도움을 요청한 적이 거의 없었다. 하지만 무거운 사슬에 짓눌려 있는 루시 그레이를 생각하자 그런 걱정은 떨쳐졌다. "별로 좋지 않아요. 오늘 루시 그레이를 봤어요. 아주 잠깐요. 아주 약해졌어요. 캐피톨은 먹을 걸 전혀 주지 않아요."

"12번 구역에서 온 이후로? 음, 그러면 그게 벌써 나흘인가?" 사티리 아가 놀라며 물었다.

"닷새요. 헝거 게임에 참가하지도 못할 것 같아요. 제가 멘터를 할 조 공인도 없어지겠죠. 여러 멘터가 그럴 걸요."

"음, 그건 공정하지 못해. 고장 난 장비로 실험하라는 것이나 마찬가 지니까." 그녀가 대답했다. "그리고 헝거 게임은 최소한 하루 이틀 정도 연기될 거야." 그녀는 잠시 말을 멈추었다가 덧붙였다. "내가 할 수 있는 일이 있나 알아볼게."

그는 전화를 끊고 티그리스를 돌아보았다. "나보고 장례식에서 국가 를 부르래. 클레멘시아 얘기는 안 했어. 비밀로 하고 있나 봐."

"그럼 너도 비밀로 해. 아카데미에서는 어쩌면 아무 일도 없었던 척 할 수도 있어."

"심지어 하이바텀 총장에게도 아무 말 안 할지도 몰라." 그의 얼굴이 밝아졌다. 그때 다른 생각이 떠올랐다. "티그리스? 방금 생각났는데 난 노래를 못해." 왠지는 몰라도 그건 두 사람이 들어본 말 중 가장 우스운 말이었다.

그렇지만 할머님은 웃을 일이 아니라고 생각했고 다음 날 새벽에 코 리올라누스를 깨워 노래를 가르쳤다. 할머님은 한 소절이 끝날 때마다 자로 그의 갈비뼈를 찌르며 "숨 쉬어!"라고 외쳤다. 그래서 그는 숨을 쉬는 것 외에 다른 선택은 상상할 수도 없게 되었다. 할머님은 이번 주 들어 세 번째로 그의 미래를 위해 자신이 아끼는 것을 희생했다. 꼼꼼 하게 다림질한 그의 교복에 하늘색 장미꽃 봉오리를 꽂아 주며 "자, 네 눈 색깔과 똑같아"라고 말했다. 말쑥해진 그는 오트밀로 배를 든든히 채웠다. 가슴팍에는 숨을 들이쉬어야 한다는 걸 일깨워 주는 멍이 여기 저기 남아 있었다. 그는 아카데미로 향했다.

토요일이었지만 전교생이 교실에 모였다가 아카데미 정문 계단 앞으로 가서 알파벳순에 따라 학급별로 정연하게 모였다. 코리올라누스는 국가를 불러야 하기 때문에 교수단과 저명한 초대 손님들과 함께 맨 앞줄에 앉았다. 누구보다도 레이빈스틸 대통령이 가장 중요한 손님이었다. 사티리아는 식순을 간략하게 알려주었지만 그의 머릿속에는 자기가 국가를 부르는 것이 행사의 시작이라는 사실만 남아 있었다. 그는 사람들 앞에서 연설하는 건 꺼리지 않았지만 나서서 노래해 본 적은 없었다. 판엠에선 그럴 기회가 드물었다. 그게 루시 그레이의 노래가 사람들의 관심을 끈 이유 중 하나였다. 그는 자신이 만약 개처럼 울부짖는다 해도 비교 대상이 별로 없다고 생각하며 마음을 가라앉혔다.

장례식을 위해 대로 건너편에 임시로 만든 좌석은 검은 옷을 입은 조문객으로 금세 찼다. 다들 전쟁 중에 소중한 사람을 잃었기 때문에 누구나 검은색 옷을 가지고 있었다. 코리올라누스는 크레인 가족을 찾아봤지만 인파 속에서 어디 있는지 알 수 없었다. 아카데미와 근처 건물들은 장례식 배너로 장식되어 있었고 창문마다 캐피톨 깃발이 걸려 있었다. 행사를 기록하기 위한 수많은 카메라도 보였다. 캐피톨 TV 리포터들은 생방송을 진행하고 있었다. 코리올라누스는 아라크네의 삶과 죽음에 비해 행사가 꽤나 거창하다고 생각했다. 아라크네가 그렇게 과시욕을 부리지 않았다면 죽음은 피할 수 있었다. 너무나 많은 사람이 전쟁 중에 영웅적으로 죽었지만 그걸 알아준 사람이 없다는 게 그로선 마음에 거슬렸다. 그녀의 재능에 찬사를 보내는 대신 노래만 부른다는 게 다행스러웠다. 그의 기억에 따르면 아라크네의 재능은 마이크 없이도 학교 강당을 울릴 정도로 목소리가 컸다는 점과 코에 숟가락을 걸수 있다는 점뿐이었다. 그런데 하이바텀 총장은 코리올라누스에게 나댄다고 비난을 하다니! 그래도 그녀는 가족이나 다름없었다고 그는 다시 한 번 상기했다.

아카데미의 시계가 9시를 알렸고 사람들은 조용해졌다. 이에 맞춰 코리올라누스는 일어나서 연단으로 걸어갔다. 사티리아가 같이 나가 주겠다고 약속했지만 침묵이 너무나 길게 이어져 코리올라누스는 음향 시스템에서 깡통 같은 반주가 나오기 전까지 숨을 골라야 했다. 전주 열여섯 마디가 나왔다.

판엠의 보석,
강력한 도시,
여러 시대 동안 너는 새롭게 빛나노라.

그의 노래는 멜로디를 잘 뽑아낸다기보다는 질질 끌며 말하는 것에 더 가까웠지만 국가는 부르기에 딱히 어려운 곡은 아니었다. 할머님이 늘 따라 하지 못하는 음역대가 높은 부분은 꼭 그렇게 부르지 않아도 괜찮았다. 사람들은 거의 한 옥타브 낮춰서 불렀다. 할머님이 자로 자신을 찌르던 것을 기억하며 그는 음정을 놓치거나 숨이 가빠오는 일 없이 무사히 국가를 불렀다. 너그러운 박수갈채를 받으며 그는 자리에 앉았다. 대통령은 만족스럽다는 듯 고개를 끄덕여 보이고는 연단에 섰다.

"이틀 전 젊은 아라크네 크레인의 소중한 생명이 빛을 잃었습니다. 그래서 우리는 아직도 우리를 포위하고 있는 범죄적 반군에 의한 또 한 명의 피해자를 애도합니다." 대통령이 진지한 목소리로 말했다. "그녀의 죽음은 전장에서 일어난 그 어떤 죽음만큼이나 용맹했습니다. 우리가 평화롭다고 주장하는 지금, 그녀를 잃은 것은 더욱 의미가 깊습니다. 그러나 우리의 나라에서 선하고 고귀한 모든 것을 잠식하는 이 질병이 있는 한, 평화란 존재하지 못할 것입니다. 오늘 우리는 그녀의 희생을 악이 존재하기는 하지만 승리하지는 못할 것이라는 사실을 상기시키는 일로 기리고자 합니다. 그리고 다시 한 번, 우리는 우리의 위대한 캐피톨이 판엠에 정의를 가져다주는 것을 목격합니다."

깊은 북소리가 천천히 울리기 시작했고 관중들은 장례 행렬이 모퉁이를 돌아 거리로 들어서는 것을 돌아보았다. 코르소만큼은 넓지 않았지만 스칼라스 거리는 어깨를 맞대고 드럼 리듬에 맞춰 흠잡을 데 없이 똑같이 움직이는 평화유지군 의장대가 충분히 지나갈 만큼 넓었다. 의장대는 가로로 스무 명, 세로로 마흔 명 규모였다.

코리올라누스는 조공인이 캐피톨 여자아이를 죽인 사건을 어떤 전략으로 구역들에 전할지 궁금했지만 이제는 알았다. 크레인이 달린 긴 플랫베드 트럭이 평화유지군들을 뒤따랐다. 크레인의 고리에는 총알이 잔뜩 박힌 10번 구역 소녀 브랜디의 시체가 높이 매달려 있었다. 남은 조공인들 스물세 명은 완전히 더럽고 패배한 모습으로 트럭에 족쇄로 묶여 있었다. 사슬이 짧아서 일어설 수 없었기 때문에 그들은 금속 바닥에 쭈그리거나 앉아 있었다. 이건 구역을 향해 너희는 열등하며 저항에는 보복이 따른다고 말하는 또 한 번의 기회에 불과했다.

루시 그레이가 실낱같은 존엄을 지키려는 게 보였다. 사슬의 길이가 허락하는 한 똑바로 앉아 정면을 응시하고 있었고 머리 위에서 부드럽게 흔들리는 시체는 무시했다. 하지만 아무 소용이 없었다. 땟국물, 족쇄, 공개 전시. 극복하기엔 너무 가혹했다. 코리올라누스는 자신이 저런 상황에 처했다면 어떻게 했을까 상상해 보려다가 이런 상상은 분명 세자누스가 하고 있으리란 걸 깨닫고 그만두었다.

조공인들 뒤에는 또 한 무리의 평화유지군이 따라가며 말 네 마리가 지나갈 길을 열었다. 화환을 쓴 말들은 꽃으로 덮은 새하얀 관이 든 화려하게 장식된 마차를 끌었다. 관 뒤에는 크레인 가족들이 탄 마차가 따라왔다. 그녀의 가족들은 최소한 불편한 표정을 지을 정도의 품위는 있었다. 관을 연단 앞으로 끌고 오자 행렬은 멈춰 섰다.

대통령 옆에 앉아 있던 골 박사가 마이크로 향했다. 코리올라누스는 이런 순간에 그녀가 발언하게 하는 건 실수라고 생각했지만 근엄하고 지적으로 또렷하게 말하는 걸 보니 미친 사람 캐릭터와 분홍색 뱀 팔찌는 집에 놔두고 온 모양이라고 생각했다. "아라크네 크레인, 너와 같은 판엠의 시민인 우리는 너의 죽음을 헛되지 않게 하겠다고 맹세해. 우리 중 한 명이 공격당하면 우리는 두 배로 세게 맞받아칠 거야. 헝거 게임은 계속될 거야. 정의에 따라 당연히 우리의 것인 땅을 지키느라 죽어간 무고한 여러 사람에 너의 이름이 추가된 지금, 그 어느 때보다도 강한 에너지와 헌신이 더해질 거야. 너의 친구, 가족, 시민 들은 너에게 경의를 표하고 제10회 헝거 게임을 너의 기억에 바칠 거야."

목소리가 큰 아라크네는 정의에 따라 당연히 우리의 것인 땅의 수호자가 되었다. '그래, 샌드위치를 가지고 조공인을 놀리다가 목숨을 잃었지.' 코리올라누스는 생각했다. '그녀의 비문은 '시시한 장난질의 사망자'가 될 수도 있겠다.'

붉은 띠를 두른 평화유지군들이 줄을 서서 행렬 위로 총을 몇 발 쏘았다. 행렬은 몇 블록을 더 지나고 나서 모퉁이를 돌아 시야 밖으로 사라졌다.

사람들이 줄어들면서 코리올라누스의 얼굴에 떠오른 고통스러운 표정을 아라크네의 죽음에 대한 슬픔으로 받아들이는 사람들도 있었다. 아이러니하게도 그는 아라크네를 다시 한 번 죽이고 싶은 기분이었다. 코리올라누스는 하이바텀 총장이 자신을 내려다보고 있다는 것을 발견할 때까지는 자신을 잘 제어하고 있다고 느꼈다.

"친구를 잃은 것에 대해 조의를 표한다." 총장이 말했다.

"학생을 잃으신 것에 대해서도요. 우리 모두에게 힘든 날이에요. 하지만 행렬은 아주 감동적이었어요." 코리올라누스가 대답했다.

"그렇게 생각했니? 나는 과도하고 고상하지 못했다고 생각했는데." 하이바텀 총장이 말했다. 코리올라누스는 놀라서 잠깐 웃다가 정신을 차리고 충격받은 표정을 지으려 애썼다. 총장은 코리올라누스의 하늘색 장미 봉오리를 바라보았다. "작은 것들이 어떻게 달라지는가를 보면 놀라워. 이 모든 죽음, 우리가 치른 대가를 기억하겠다는 고통스러운 약속들 이후에 말이야. 그 모든 게 지나고 나니 난 이제 꽃봉오리와 꽃을 구분할 수도 없게 됐어." 그는 집게손가락으로 장미를 톡 건드려 각도를 조정하고 미소를 지었다. "점심 식사에 늦지 마라. 파이가 나온다고 들었어."

총장과 만나서 좋았던 유일한 점은 학교 식당에서 열린 특별 뷔페에 정말로 파이가 나왔다는 것이었다. 이번엔 복숭아 파이였다. 추첨일과는 달리 코리올라누스는 접시에 닭튀김을 잔뜩 담고 찾을 수 있는 것 중 가장 큰 파이 조각을 챙겼다. 비스킷에 버터를 듬뿍 발라 먹었고 포도 펀치는 세 잔이나 마셨다. 마지막 잔을 따를 때는 포도 펀치가 넘쳐서 리넨 냅킨으로 닦아야 했다. 사람들은 멋대로 떠들라지. 가장 슬퍼하는 사람에겐 영양분이 필요하다. 그러나 먹으면서도 이건 자신의 재능인 자제력이 약해지고 있다는 징후라고 느꼈다. 그는 하이바텀 총장이 계속해서 괴롭히기 때문이라고 생각했다. 오늘 지껄였던 말은 대체 무슨 의미지? 꽃봉오리? 꽃? 그는 어디 가둬 두어야 할 사람이다. 점잖은 캐피톨 사람들이 평화롭게 지낼 수 있도록 어딘가 외딴 곳으로 추방된다면 더 좋을 것이다. 그를 떠올린 것만으로도 코리올라누스는 파이를 더 가지러 가게 되었다.

그러나 세자누스는 닭고기와 비스킷을 쿡쿡 찌르기만 할 뿐 한 입도 먹지 않았다. 코리올라누스에겐 장례식 행렬이 마음에 들지 않는 정도 였다면 세자누스에겐 엄청난 고통이었을 것이다.

"그 음식 다 버리면 신고당할 거야." 코리올라누스가 일깨워 주었다. 세자누스를 썩 좋아하는 건 아니었지만 그 아이가 처벌받는 걸 보고 싶 지도 않았다.

"맞아." 세자누스가 말했다. 하지만 여전히 펀치 한 모금 이상은 넘기 질 못하는 것 같았다.

점심 식사가 끝나 갈 무렵, 사티리아는 남은 멘터 스물두 명을 모아 서 헝거 게임은 지금도 진행 중일 뿐 아니라 멘터들은 이제까지보다 더 욱 눈에 띄게 활동해야 한다고 말했다. 이 사실을 염두에 두고 각자의 조공인을 데리고 바로 오늘 오후에 경기장 투어를 해야 했다. 전국에 생중계될 예정이었는데 골 박사가 장례식 중에 말했던 결의안을 실행 에 옮기는 것이었다. 골 박사는 캐피톨 아이들을 구역 아이들과 떨어뜨 려 놓으면 캐피톨이 나약해 보일 거라고 느꼈다. 적과 함께 있는 것을 두려워하는 모양새가 되기 때문이다. 조공인들에겐 수갑을 채우겠지만 족쇄를 완전히 채우지는 않을 것이다. 평화유지군에서 사격 솜씨가 가 장 좋은 군인들이 경비병에 포함되겠지만 멘터들은 자신이 맡은 조공 인과 나란히 다니는 모습을 보여 줄 예정이었다.

코리올라누스는 다른 멘터들이 좀 주저한다고 느꼈다. 아라크네가 죽고 나서 보안이 허술하다고 항의한 학부모들도 있었다. 하지만 아무 도 나서서 말하지는 않았다. 겁쟁이로 보이고 싶어 하는 사람은 없었 다. 코리올라누스에겐 이 모든 게 위험하고 무분별하게 보였다. 조공인 이 멘터를 덮치지 않게 막을 방법이 있나? 하지만 그는 절대 반대하지 는 않을 것이다. 혹시 골 박사가 카메라 앞에서 또 다른 폭력 사태가 일 어나 생중계되길 바라는 건 아닐까 하는 생각도 들었다.

골 박사의 냉혈함을 보여 주는 일이 또 생기자 코리올라누스는 반항심이 들었다. 그는 세자누스의 접시를 흘끗 보았다. "다 먹었어?"

"오늘은 못 먹겠어. 이걸 어떻게 해야 할지 모르겠네." 세자누스가 말했다.

그들이 앉아 있는 공간은 텅 비어 있었다. 코리올라누스는 테이블 아래에서 포도 펀치 얼룩이 진 냅킨을 다리 위에 폈다. 냅킨에 캐피톨 문양이 새겨져 있는 걸 보니 더욱 범죄자가 된 기분이 들었다 "여기 쏟아." 코리올라누스가 은밀한 시선을 던지며 말했다.

세자누스는 주위를 둘러보곤 얼른 닭고기와 비스킷을 냅킨 위로 옮겼다. 코리올라누스는 음식을 모아 책가방에 넣었다. 식당에서 음식을 가지고 나가는 것은 금지되어 있었고 조공인에게 주는 건 더욱 안 될 말이지만 경기장 투어 전에 음식을 얻을 다른 곳이 어디 있겠는가. 루시 그레이가 카메라 앞에서 이 음식을 먹을 수는 없어도 그녀의 드레스에는 큰 주머니가 달려 있다. 자신이 주는 음식의 절반이 제섭에게 갈 거라는 생각에 분한 기분이 들었지만 헝거 게임이 시작되고 나면 투자의 성과가 있을지도 모른다.

"고마워. 넌 꽤 반군 같네." 주방으로 가는 컨베이어 벨트로 접시를 들고 가며 세자누스가 말했다.

"응, 난 골칫덩어리지." 코리올라누스가 말했다.

멘터들은 밴 몇 대에 나눠 타고 군중이 시내를 가득 메우는 걸 막기 위해 강 건너에 지은 경기장으로 향했다. 한때 최신식이었던 거대한 원형 경기장이 전성기를 누리던 시절에는 그곳에서 짜릿한 스포츠 경기, 공연, 군사 행사가 많이 열렸다. 전쟁 중에는 유명한 적들을 처형한 곳이기도 해서 반군 폭격기의 공격 대상이었다. 기존 구조물이 아직 남아 있긴 했지만 낡고 불안정해진 경기장은 이제 헝거 게임 용도로밖에 쓰이지 못했다. 세심하게 관리되던 무성한 잔디는 버려져 죽어 있었다. 폭격을 당해 군데군데 패어 있었고 넓은 흙바닥 위에 녹색이라곤 잡초 뿐이었다. 폭발의 잔해인 금속과 돌덩어리들이 사방에 널려 있었으며 경기장을 둘러싼 4미터가 넘는 벽은 갈라진 데다 군데군데 파편 자국이 남아 있었다. 매년 조공인들은 칼, 검, 철퇴 등 혈투를 벌일 무기만 지급받은 채 이 안에 갇히고 시청자들은 집에서 그걸 지켜본다. 헝거게임이 끝나면 살아남은 사람은 자기 구역으로 돌려 보내지고 시체를 치우고 무기를 수거하고 나면 다음 해까지 경기장 문을 걸어 잠근다. 유지 보수나 청소는 없다. 바람과 비가 핏자국을 씻어 낼지는 모르지만 캐피톨 사람들이 손을 대지는 않는다.

경기장에 도착하자 이번 행사의 인솔자인 시클 교수가 소지품은 밴에 놔두라고 멘터들에게 지시했다. 코리올라누스는 음식을 싼 냅킨을 바지 앞주머니에 넣고 재킷 자락으로 가렸다. 에어컨이 켜진 차에서 뜨거운 햇빛 아래로 나온 그는 수갑을 찬 채로 줄 서 있는 조공인들을 보았다. 평화유지군들이 삼엄하게 감시하고 있었다. 멘터들은 자기가 담당하는 조공인 옆에 자리 잡으라는 지시를 받았다. 구역 번호에 따라 서 있었기 때문에 그는 루시 그레이와 함께 끝 쪽에 섰다. 그의 뒤에 있는 사람은 제섭과 체중이 45킬로그램도 되지 않는 멘터 리시스트라타 뿐이었다. 그의 앞에 서 있는 클레멘시아의 조공인 리퍼(트럭에서 그의 목을 졸랐던 아이)가 경기장을 노려보고 있었다. 멘터와 조공인의 결투가 벌어진다면 행운은 코리올라누스의 편이 아닐 것이다.

리시스트라타는 연약한 외모에도 불구하고 배짱이 있었다. 레이빈스틸 대통령을 치료했던 의사의 딸인 그녀는 멘터가 되는 행운을 얻었고 제섭과 가까워지려고 계속 노력해 온 모양이었다. "네 목에 바를 크림을 가져왔어." 그녀가 속삭이는 소리가 들렸다. "하지만 숨겨 둬야 해." 제섭은 알겠다는 뜻으로 끙 소리를 냈다. "이따 넣을 수 있을 때 네 주머니에 넣어 줄게."

평화유지군들이 입구의 묵직한 빗장을 치웠다. 거대한 문이 확 열렸고 판자를 대서 막아 둔 부스들과 파리를 때려잡은 자국이 남아 있는 전쟁 전 행사 홍보 포스터들이 늘어선 거대한 로비가 나타났다. 아이들은 대형을 유지한 채 군인들을 따라 로비 안쪽 깊은 쪽으로 들어갔다. 굽은 금속 손잡이가 세 개씩 달린 천장까지 닿는 회전문들에 먼지가 잔뜩 쌓여 있었다. 입장하려면 캐피톨 토큰이 필요했는데 지금도 노면 전차 요금을 낼 때 쓰는 토큰이었다.

'이 입구는 가난한 사람들이 썼어.' 코리올라누스는 생각했다. 어쩌면 가난한 사람은 아닌지도 모른다. '평민'이라는 단어가 떠올랐다. 스노우 가족은 벨벳 로프로 구분된 다른 입구를 통해 경기장에 들어갔다. 그들이 앉던 박스석은 토큰으로는 절대 들어갈 수 없었다. 경기장의 다른 좌석과 달리 박스석에는 지붕이 있었고 냉방이 되어 무더위에도 편안하게 관람할 수 있었다. 음식과 마실 것, 코리올라누스와 티그리스에게 장난감을 가져다주는 무성인 한 명이 배정되었다. 지루해지면 코리올라누스는 안락하고 푹신한 시트 위에서 낮잠을 자곤 했다.

두 개의 회전문 앞에 선 평화유지군들이 토큰을 넣어 조공인과 멘터가 함께 들어갈 수 있게 했다. 회전문이 돌 때마다 녹음된 유쾌한 음성이 들려왔다. "쇼를 즐기세요!"

"개찰구를 막을 수는 없나요?" 시클 교수가 물었다.

"열쇠가 있다면 가능하지만 그게 어딨는지 아무도 모르는 것 같네요." 한 평화유지군이 말했다.

"쇼를 즐기세요!" 코리올라누스가 회전문을 지날 때도 음성이 들려왔다. 그는 손목 높이에 달린 손잡이를 뒤로 밀어 보고 나가는 게 불가능하다는 걸 깨달았다. 회전문 꼭대기를 보니 아치형 문간까지의 공간은 금속 창살로 가득했다. 저렴한 좌석을 구입한 관객들은 다른 출구를 통해 건물 밖으로 나갔겠구나 싶었다. 관객들을 분산시키는 데는 좋다고 여겼을지 모르지만 미심쩍은 현장 학습에 참여해서 초조해하고 있는 멘터들을 침착하게 만들어 주지는 못했다.

회전문 건너편에서는 평화유지군 한 무리가 바닥의 붉은 비상등 불빛에만 의지해 복도로 행진하고 있었다. 그 양쪽에는 각기 다른 좌석으로 가는 더 작은 아치들이 표시되어 있었다. 줄 지어 선 조공인들과 멘터들은 양쪽에 딱 붙어 선 평화유지군들과 함께 보조를 맞추어 걸었다. 어두운 곳으로 들어가자 코리올라누스는 리시스트라타를 따라했다. 이 기회를 이용해 음식을 싼 냅킨을 수갑 찬 루시 그레이의 손에 쥐여 주었다. 루시 그레이의 손은 즉시 주름 잡힌 주머니 속으로 사라졌다. 됐다. 그가 돌봐주는 동안 그녀가 굶어 죽을 일은 없을 것이다. 그녀는 그의 손을 잡았다. 깍지를 끼자 그녀와 가까이 있다는 사실에 온몸이 찡울렸다. 어둠 속에서의 이런 사소함만으로도 말이다. 복도 끝 햇빛 속으로 들어가면서 그는 마지막으로 그녀의 손을 꼭 쥔 다음 놓았다. 저 밖에선 이런 모습이 용납되지 않을 것이다.

그는 어렸을 때 이 경기장에 몇 번 와 보았다. 주로 서커스를 보러 왔다. 아버지가 지휘하는 군대 행사를 응원하러 오기도 했다. 그는 최근 9년 동안 텔레비전에서 방영하는 헝거 게임을 잠깐씩 보기는 했다. 하지만 어마어마하게 큰 점수판 아래 정문을 통해 경기장에 들어서는 건 그로서는 전혀 예상하지 못한 경험이었다. 비록 쇠락했어도 경기장의 거대함과 웅장함은 압도적이었고 이 모습에 숨을 헉 들이켜는 조공인들과 멘터들도 있었다. 줄지어 늘어선 높이 솟아오른 좌석들을 보니 코리올라누스는 무의미한 존재가 된 것처럼 자신이 하찮게 느껴졌다. 홍

수 속의 빗물 한 방울, 산사태의 자갈 하나처럼.

촬영진이 있는 걸 보고 그는 정신을 차렸다. 스노우 가문 사람은 뭘 봐도 크게 놀라지 않는다는 표정을 지었다. 정신이 조금 더 맑아지고 무거운 사슬이 없어서 더 잘 움직이고 있는 것 같은 루시 그레이는 레피두스 맘지를 보고 손을 흔들었지만 그는 다른 리포터들처럼 무표정한 얼굴로 아무 반응도 보이지 않았다. 명확한 지시를 받은 것이다. 오늘은 엄숙함과 응징이 제일 중요했다.

사티리아가 경기장 '투어'라는 표현을 썼기 때문에 마치 관광하는 것처럼 들렸지만 현실은 달랐다. 물론 즐거움을 기대하지는 않았다. 하지만 손에 잡힐 듯한 슬픔 또한 예상하지 못했다. 아이들은 평화유지군 무리를 충실히 따라 타원형 공간으로 들어섰다. 칙칙하고 슬픈 행렬이었다. 옆에 붙어 서 있던 평화유지군들은 그들 옆을 떠나 넓게 퍼졌다. 코리올라누스는 코끼리와 말을 탄 서커스 공연자들이 반짝이를 붙이고 한껏 웃으며 똑같은 길을 행진했던 모습을 떠올렸다. 세자누스만 빼면 다른 멘터들도 그때 객석에 있었을 것이다. 아라크네는 그의 옆 박스석에서 스팽글 옷을 입고 요란하게 환호했을 것이다.

코리올라누스는 경기장을 둘러보며 루시 그레이에게 유리할 것이 있나 찾아보았다. 관객을 지키기 위해 경기장을 두르고 있는 높은 벽은 가능성이 있어 보였다. 벽면이 상해서 손과 발을 디딜 수 있었고 날렵하게 기어오를 수 있는 사람이라면 활용할 수 있었다. 벽을 따라 대칭으로 배치된 출입구 중에서도 써먹을 수 있는 곳이 있어 보였지만 터널 안에 무엇이 있는지 확신할 수 없으니 조심해서 접근해야겠다고 생각했다. 함정에 빠지기가 너무 쉽기 때문이다. 기어오를 수만 있다면 그녀에겐 객석이 분명 제일 좋을 것이다. 그는 나중을 위해 이 점을 기억해 두었다.

줄이 늘어지자 그는 루시 그레이와 속삭이며 대화를 나누었다. "오늘 아침은 끔찍했어. 널 그런 모습으로 보다니."

"음, 그래도 먹을 건 줬어." 그녀가 말했다.

"정말?" 그가 사티리아와 나눴던 이야기 때문이었을까?

"어젯밤에 우리를 몰아넣으려 할 때 아이들 몇 명이 실신했어. 그들이 벌이는 쇼에 출연할 사람들을 확보하려면 우리에게 먹을 것을 줘야겠다고 생각한 것 같아. 빵과 치즈가 대부분이었어. 저녁도 먹고 아침도 먹었어. 하지만 걱정 마. 내 주머니에 든 음식을 먹을 배는 충분히 남아 있으니까." 예전 모습에 가까워진 목소리였다. "노래를 들었는데 그거 너였니?"

"아, 맞아." 그가 인정했다. "아라크네와 내가 굉장히 친한 친구라고 생각해서 나에게 요청했어. 우린 그렇게 친하지는 않았어. 내 노래를 들었다니 부끄럽다."

"난 네 목소리 좋아. 우리 아빠라면 정말 진정성이 있다고 했을 거야. 단지 그 노래를 별로 좋아하지 않을 뿐이야." 루시 그레이가 대답했다.

"고마워. 너한테 그런 말을 듣다니 의미가 크다." 그가 말했다.

그녀는 팔꿈치로 그를 쿡 찔렀다. "떠벌리고 다니지는 않을 거야. 여기 사람들 대부분은 내가 뱀의 뱃바닥보다 낮다고 생각하니까."

코리올라누스는 고개를 가로저으며 씩 웃었다.

"왜?" 그녀가 물었다.

"네가 쓰는 말들이 재미있어서. 그 자체로 웃기지는 않지만 표현이 풍부해."

"음, 난 '그 자체'라는 말은 많이 쓰지 않아. 네가 그런 뜻으로 한 말이라면." 그녀가 농담했다.

"아니, 난 좋아. 내 말투는 너무 딱딱하게 들리거든. 그날 동물원에서 네가 나한테 뭐라고 했더라? 케이크 뭐?" 그가 떠올렸다.

"아, 크림을 얹은 케이크? 여기선 그런 말 안 써?" 그녀가 물었다. "음, 그건 칭찬이야. 우리 동네에선 케이크가 꽤 퍽퍽하거든. 그리고 크림은 정말 드물고."

그는 어디에 와 있는지, 그들의 상황이 얼마나 우울한지 잊고 잠시 웃었다. 잠깐 동안은 오직 그녀의 미소, 음악 같은 그녀의 억양, 추파를 던지는 것 같은 순간만 존재했다.

그때 세상이 폭발했다.

10

코리올라누스는 폭탄을 알았고 두려워했다. 충격 때문에 발이 번쩍 들리며 경기장 깊은 곳으로 날아가면서도 그는 두 팔을 들어 머리를 감쌌다. 땅에 떨어졌을 때는 자동적으로 납작 엎드리면서 뺨을 흙바닥에 꼭 눌렀고 한쪽 팔로는 노출된 눈과 귀를 가렸다.

정문에서 일어난 것 같은 첫 번째 폭발에 이어 경기장 여러 곳이 터졌다. 도망가는 건 불가능했다. 흔들리는 땅에 매달리며 폭발이 멈추기를 바라고 공포를 드러내지 않는 것이 할 수 있는 전부였다. 그와 티그리스가 '폭탄 시간'이라고 부르던 비현실적인 상태에 들어갔다. 순간순간이 과학으로는 설명할 수 없이 길어졌다가 짧아지는 시간이었다.

전쟁 중 캐피톨은 모든 시민의 집 근처에 방공호를 할당했다. 스노우 가문의 멋진 건물에는 아주 튼튼하고 넓은 지하실이 있어서 건물 주민

뿐 아니라 블록 주민의 절반이 이 방공호에 배정되었다. 안타깝게도 캐피톨의 감시 시스템은 전기에 크게 의존했다. 5번 구역 반군 때문에 전력 공급이 불안정해지고 전깃불이 반딧불이처럼 깜빡거리자 사이렌은 믿을 수가 없었다. 지하실로 대피할 시간이 없을 정도로 예상하지 못한 순간에 사이렌이 울리는 경우가 많았다. 사이렌이 울리면 코리올라누스와 티그리스와 할머님(국가를 부르고 있을 때가 아니라면)은 인테리어를 잘 갖춘 방에 있던 멋진 대리석 식탁 아래 숨곤 했다. 창문도 있었고 머리 위에 단단한 돌덩어리도 있었지만 코리올라누스는 폭격 사이렌이 울리면 너무 두려워 몸의 근육이 굳곤 했다. 몇 시간은 지나야 제대로 걸을 수 있었다. 길거리나 아카데미도 안전하지 않았다. 어디서든 폭격을 당할 수 있었지만 보통 지금보다는 더 안전하게 몸을 피할 만한 장소가 있었다. 옥외에 엎드려 공격에 그대로 노출된 지금, 그는 끊임없이 이어지는 '폭탄 시간'이 끝나길 기다리며 내부 장기가 얼마나 손상을 입을지 생각했다.

'호버크래프트가 없네'라는 생각이 들었다. 그러자 온갖 생각이 스쳤다. 호버크래프트는 없었다. 그러면 이 폭탄들은 미리 설치된 걸까? 연기 냄새가 나는 걸 보니 소이탄도 있는 것 같았다. 코리올라누스는 매일 가지고 다니는 손수건을 입과 코에 대고 눌렀다. 눈을 가늘게 뜨고 먼지로 짙어진 검은 연기 속을 노려보니 루시 그레이가 4~5미터 떨어진 곳에 몸을 웅크리고 있는 게 보였다. 이마를 바닥에 대고 손가락을 귀에 밀어 넣은 채였다. 수갑을 차고 있는 그녀가 할 수 있는 최선이었다. 그녀는 계속 기침을 해 댔다.

"얼굴을 가려! 냅킨을 써!" 그가 외쳤다. 루시 그레이는 그를 보지 않았지만 몸을 옆으로 말면서 주머니에서 냅킨을 꺼내는 걸 보니 듣기는 한 것 같았다. 그녀가 냅킨을 얼굴에 대면서 비스킷과 닭고기가 땅에 떨어졌다. 코리올라누스는 그녀를 노래하게 만들기에는 좋지 않은 사건이라고 어렴풋이 생각했다.

폭발이 잠잠해졌고 코리올라누스는 이제 다 끝났나 보다 생각했다. 하지만 그가 고개를 들었을 때 관중석에서 마지막 폭발이 일어났다. 옛날에 분홍색 솜사탕과 캐러멜을 입힌 사과를 팔던 매대였다. 불타는 잔해가 그에게 쏟아져 내렸다. 무언가 그의 머리를 세게 때렸고 묵직한 기둥이 그의 등 위로 비스듬히 쓰러져 그를 땅바닥에 내리눌렀다.

너무 놀란 코리올라누스는 잠시 의식 없이 누워 있었다. 매캐한 타는 냄새가 그의 코를 찔렀다. 기둥에 불이 붙어 타고 있었다. 정신을 차리고 빠져나오려고 꿈틀거려 보았지만 온 세상이 출렁거렸고 배 속의 복숭아 파이가 거북해졌다.

"도와줘요!"그가 외쳤다. 주위에서 비슷한 애원이 들려왔지만 연기 때문에 부상자들의 모습을 볼 수는 없었다.

불이 머리카락을 그슬렸다. 그는 기둥 밑에서 빠져나오려고 다시 힘을 내 보았지만 소용없었다. 타오르는 고통이 그의 목과 어깨로 파고들기 시작했고 불에 타서 죽을 거라는 무시무시한 깨달음이 덮쳐 왔다. 그는 비명을 지르고 또 질렀지만 짙은 연기와 불타는 잔해 속에 혼자만 있는 것 같았다. 그때 불 속에서 누군가 일어나는 게 보였다. 루시 그레이가 그의 이름을 부르다가 고개를 돌렸다. 그에게는 보이지 않는 무엇인가가 그녀의 주의를 끈 것이다. 그녀는 그에게서 멀어지는 쪽으로 몇 발짝 걸었다가 망설였다. 어떻게 할지 결정하지 못하는 듯했다.

"루시 그레이!"그는 갈라진 목소리로 애원했다. "제발!"

그녀를 유혹했던 게 무엇인지는 모르겠지만 루시 그레이는 코리올라누스를 한 번 더 보더니 그의 옆으로 달려왔다. 그의 등 위에 떨어졌던 기둥이 들렸다가 다시 쿵 떨어졌다. 다시 한 번 기둥이 들리면서 코리올라누스가 간신히 몸을 빼낼 공간이 생겼다. 그녀는 그가 일어나도록 도왔고 코리올라누스는 그녀의 어깨에 팔을 얹은 채 함께 절뚝거리며 불꽃 속을 벗어나 경기장 가운데 어디쯤에 털썩 주저앉았다.

처음에는 기침하고 구역질하는 것 외에 다른 일에는 신경을 쓸 수 없었지만 천천히 머리와 목, 등과 어깨의 화상에서 통증이 느껴졌다. 왠지는 몰라도 그의 손가락은 생명줄이라도 되는 것처럼 루시 그레이의 스커트를 꼭 쥐고 있었다. 그녀는 화상을 입은 게 분명한 수갑 찬 손을 스커트 근처에 떨군 채 오므리고 있었다.

경기장에 빙 둘러 설치된 폭탄의 위치가 보일 정도로 연기가 가라앉았다. 폭탄이 제일 많이 설치된 곳은 입구였다. 입구 쪽은 피해가 워낙 심해 경기장 밖의 거리, 경기장에서 달아나는 두 사람의 모습이 보일 정도였다. 루시 그레이가 그를 도와주러 오기 전에 망설였던 이유가 저걸까? 탈출 가능성? 다른 조공인들은 당연히 이 기회를 활용했을 것이다. 분명하다. 이제 길거리에서 사이렌과 고함 소리가 들려왔다.

의료진이 잔해를 넘어 부상자들에게 달려왔다. "괜찮아." 그가 루시 그레이에게 말했다. "도와줄 사람들이 왔어." 그들은 코리올라누스에게 손을 뻗어 그를 들것에 실었다. 그녀 역시 들것에 실릴 거라고 생각하며 그는 그녀의 주름 스커트를 놓았지만 평화유지군은 그녀를 바닥에 엎드리게 하고 목에 총구를 대고 누르며 욕설을 내뱉었다. "루시 그레이!" 코리올라누스가 비명을 질렀다. 아무도 그에게 조금도 관심을 보이지 않았다.

머리를 맞아서 집중하기가 힘들었지만 그는 자신이 앰뷸런스를 탔다는 걸 인식했다. 쿵쾅거리며 문 몇 개를 지나 바로 하루 전날 레몬맛 탄산음료를 마셨던 대기 공간을 지난 다음 밝은 조명 아래의 검진대로 옮겨졌다. 의사들은 상처가 어느 정도인지 파악하려 했다. 그는 잠들고 싶었지만 의사들은 코앞에 얼굴을 들이밀고 이것저것 물어보며 답을 유도했다. 막 점심을 먹은 그들의 입 냄새 때문에 그는 다시 욕지기가 치밀었다. 이런저런 기계 속에 넣었다 꺼내고 주사기로 찔러 댄 다음에야 코리올라누스는 마침내 기쁘게도 잠들어도 된다는 허락을 받았다. 밤새 정기적으로 누군가 그를 깨우고 눈에 빛을 비추었고 그가 기본적인 질문 몇 개에 답을 하면 다시 의식을 잃고 잠에 빠져들도록 해 주었다.

그는 일요일에 제대로 잠에서 깨어났다. 창문으로 들어오는 햇살을 보니 오후였다. 할머님과 티그리스가 걱정스러운 표정으로 그를 내려다보고 있었다. 그는 따뜻한 안도감을 느꼈다. '나는 혼자가 아니야. 나는 경기장에 있지 않아. 나는 안전해'라는 생각이 들었다.

"안녕, 코리오. 우리야." 티그리스가 말했다.

"안녕." 그는 미소를 지으려 했다. "누나는 폭탄 시간을 놓쳤어."

"알고 보니 경기장에 있는 것보다 더 나쁘더라. 너 혼자 그걸 겪고 있다는 걸 안다는 게."

"난 혼자가 아니었어." 모플링과 뇌진탕 때문에 기억을 또렷하게 떠올리기가 힘들었다. "루시 그레이가 있었어. 걔가 내 목숨을 구해 준 것 같아." 그는 이걸 어떻게 생각해야 할지 알 수 없었다. 기분 좋은 동시에 불안하기도 했다.

티그리스는 그의 손을 꼭 쥐었다. "놀랍지 않아. 그 아이는 분명 좋은 사람이야. 처음부터 너를 다른 조공인들로부터 보호해 주려 했잖아."

할머님은 더 설득해야 했다. 폭탄이 터졌을 때 루시 그레이가 했던 행동을 떠올리며 처음부터 끝까지 설명하자 할머님은 결론을 내렸다. "음, 도망갔다간 평화유지군 총에 맞을 거라고 생각해서 그러기도 했겠지만 그래도 성격이 좀 드러나는구나. 어쩌면 걔 말대로 진짜 구역 사람이 아닐 수도 있겠어."

대단한 칭찬, 혹은 할머님이 허락하는 선에서는 최고의 칭찬이었다.

티그리스는 코리올라누스가 듣지 못한 이야기를 자세히 들려주었다. 이번 사건 때문에 캐피톨이 얼마나 민감해졌는지 알 수 있었다. 이번 일, 혹은 캐피톨 뉴스가 일어났다고 주장한 일의 즉각적 여파와 미래에 미칠 영향 때문에 캐피톨 시민들은 겁에 질렸다. 폭탄을 누가 설치했는지 그들은 몰랐다. 반군들이겠지만 어디에서 온 반군들일까? 열두 개 구역 중 어디든 가능했고 13번 구역에서 탈출한 오합지졸일지도 모른다. 제발 사실이 아니길 바라지만 심지어 오랫동안 활동하지 않던 캐피톨 내의 집단일 수도 있다. 이번 범죄가 이루어진 시간은 파악하기가 힘들었다. 헝거 게임이 치러지지 않을 때는 경기장이 텅 빈 채 잠겨 있기 때문에 폭탄을 설치한 것은 6일 전일 수도 6개월 전일 수도 있었다. 타원형 경기장의 각 입구에는 감시 카메라가 설치되어 있었지만 외부가 무너져 내리고 있었기 때문에 기어올라 들어갈 수도 있었다. 원격으로 폭탄을 터뜨렸는지, 어딘가를 밟으면 터지는 폭탄인지조차 알 수 없었다. 예상치 못한 상실에 캐피톨은 아주 큰 충격을 받았다. 6번 구역 조공인 두 명이 파편에 맞아 숨진 것에는 별다른 우려가 일지 않았지만 이 폭발로 링 쌍둥이가 목숨을 잃었고 멘터 세 명이 입원했다. 코리올라누스 그리고 9번 구역 조공인들을 맡은 안드로클레스 앤더슨과 가이우스 브린이었다. 9번 구역 멘터들은 상태가 심각했다. 가이우스는 두 다리를 잃었고 멘터와 조공인과 평화유지군 등 현장에 있던 거의 모든 사람들이 치료를 받아야 했다.

코리올라누스는 당혹스러웠다. 그는 진심으로 아폴로와 다이애나를 좋아했다. 그들이 맹목적으로 서로를 아끼는 것도 늘 낙관적인 것도 좋았다. 자기 어머니처럼 캐피톨 뉴스 리포터가 되고 싶어 하던 안드로클레스, 끔찍한 농담을 끝도 없이 지껄이던 시타델 녀석 가이우스가 가까운 곳 어딘가에서 목숨만 간신히 부지하고 있었다.

"리시스트라타는? 개는 괜찮아?" 리시스트라타는 경기장에서 그의 뒤에 있었다.

할머님은 불편해 보였다. "아, 개. 개는 괜찮아. 12번 구역에서 온 덩치 크고 못생긴 남자애가 몸을 날려서 보호해 줬다고 말하고 다니더구나. 하지만 누가 알겠니? 비커스 가족은 주목받는 걸 좋아하잖아."

"그런가요?" 코리올라누스가 의심하며 물었다. 그는 매년 레이빈스틸 대통령에게 건강 상태가 좋다는 증명서를 주는 짧은 기자회견 때 말고는 비커스 가문 사람들이 주목받는 걸 본 기억이 없었다. 리시스트라타는 독립적이고 유능한, 결코 남들의 관심을 끌어오는 법이 없는 사람이었다. 리시스트라타가 아라크네와 비슷한 부류라고 암시하는 은근한 말만으로도 그는 불쾌했다.

"폭발 직후에 리포터에게 잠깐 한마디했을 뿐이에요. 사실인 것 같아요, 할머님." 티그리스가 말했다. "12번 구역 사람들은 할머님이 말씀하시는 것처럼 나쁘지는 않을지도 몰라요. 제섭과 루시 그레이 둘 다 용감하게 행동했어요."

"루시 그레이 봤어? 텔레비전에서? 괜찮아 보였어?" 코리올라누스가 물었다.

"모르겠어, 코리오. 동물원 영상은 안 보여 줬어. 하지만 죽은 조공인 명단에는 없었어." 티그리스가 말했다.

"죽은 조공인이 더 있어? 6번 구역 애들 말고도?" 소름 끼치는 이야기를 하고 싶지는 않았지만 사실 그들은 루시 그레이의 경쟁자들이었다.

"응, 폭발 후에 죽은 애들이 있었어." 티그리스가 대답했다.

1번 구역과 2번 구역 조공인들은 폭발로 생긴 입구 쪽 구멍으로 내달리다가 1번 구역 아이들은 총에 맞아 죽었고 2번 구역 여자아이는 강까지 가서 벽을 뛰어넘다가 떨어져 죽었다. 마르쿠스는 흔적도 없이 사라졌다. 절박하고 위험한 힘 센 남자아이가 캐피톨 어딘가에 있다는 의미다. 맨홀 뚜껑이 벗겨진 곳이 있어 캐피톨 지하의 철도와 도로 네트워크인 트랜스퍼로 내려갔을 가능성이 있었지만 확실하게 알 수는 없었다.

"나는 그들이 경기장을 상징으로 본 것 같아." 할머님이 말했다. "전쟁 때 그랬던 것처럼 말이다. 제일 나쁜 건 구역으로 보내는 방송 전송을 끊는 데 20초가 걸렸다는 거야. 분명히 기뻐들 했겠지. 그들은 짐승들이니까."

"하지만 구역에선 방송을 본 사람들이 거의 없다고 하던데요, 할머님." 티그리스가 반박했다. "구역 사람들은 헝거 게임 보는 걸 안 좋아한대요."

"몇 명만 봤어도 말이 퍼지게 되어 있어. 입소문 나기 딱 좋은 내용이야." 할머님이 말했다.

뱀 사건 때 코리올라누스와 만났던 의사가 들어와서 자신을 웨인 박사라고 소개했다. 그는 티그리스와 할머님을 귀가시키고 코리올라누스를 간단히 진찰했다. 뇌진탕은 경미하며 화상 치료는 잘 듣고 있다고 설명했다. 완치되려면 시간이 좀 걸리겠지만 행동을 조심하고 계속 호전된다면 며칠 안에 퇴원할 수 있을 것이라고 했다.

"제 조공인은 어떤지 아세요? 손에 화상을 심하게 입었던데요." 코리올라누스가 말했다. 루시 그레이를 떠올릴 때마다 불안함이 치밀었지만 그러면 모플링이 불안감을 솜처럼 감쌌다.

"모르지. 하지만 거기엔 일류 수의사가 배치되어 있어. 헝거 게임이 시작될 무렵에는 괜찮아질 것 같다. 하지만 그건 네가 걱정할 일이 아니야, 젊은이. 너는 얼른 나을 생각만 해야 하고 그러려면 좀 자야 돼."

코리올라누스는 그 말을 기꺼이 따랐다. 그는 다시 잠에 빠져들었고 월요일 아침이 되어서야 완전히 정신을 차렸다. 머리가 지끈거리고 몸에 외상을 입어 얼른 퇴원하고 싶은 생각이 없었다. 에어컨이 피부에 입은 화상을 좀 편하게 해 주었고 넉넉한 양의 평범한 음식이 정기적으로 나왔다. 그는 레몬맛 탄산음료를 양껏 홀짝이며 커다란 텔레비전으로 뉴스를 보았다. 마르쿠스를 찾는 수색은 계속되었고 다음 날은 링 쌍둥이의 합동 장례식이 열릴 예정이었다. 캐피톨과 구역들의 보안 수위는 더 강해졌다.

멘터 세 명이 죽었고 세 명은 입원했다. 클레멘시아까지 치면 네 명이다. 조공인은 여섯 명이 죽었고 하나는 탈출했으며 몇 명은 다쳤다. 골 박사가 원한 게 헝거 게임을 뜯어고치는 것이었다면 성공한 셈이다.

오후에는 여럿이 문병을 왔다. 쇳조각에 뺨을 베서 몇 바늘 꿰맨 페스투스가 팔걸이를 하고 제일 먼저 왔다. 그는 아카데미 수업은 취소되었지만 링 쌍둥이 장례식 때문에 학생들은 내일 아침에 등교해야 한다고 말했다. 페스투스는 쌍둥이 이야기를 하며 목이 메였고 코리올라누스는 고통과 기쁨 둘 다를 억누르는 모플링 링겔을 떼면 자신도 감정적인 반응을 하게 될까 하는 생각을 했다. 사티리아는 빵집에서 산 쿠키를 들고 찾아와서 교수단이 쾌차를 빈다고 전하면서 불운한 사고였지만 그가 상을 받을 가능성은 더 높아질 거라고 말했다. 잠시 후 다치지 않은 세자누스가 밴에 두고 온 코리올라누스의 책가방을 들고 찾아왔다. 어머니가 만든 맛있는 미트로프 샌드위치도 잔뜩 가져왔다. 도망간 자신의 조공인에 대해서는 별말이 없었다. 그리고 티그리스가 왔다. 할머님은 집에서 쉬게 하고 혼자 왔지만 할머님은 퇴원할 때 입을 깨끗한 교복을 티그리스에게 들려 보냈다. 카메라가 있다면 할머님은 코리올라누스가 가장 보기 좋은 모습이길 바랐다. 두 사람은 샌드위치를 나눠 먹었고 티그리스는 어린 시절 그가 두통으로 고생할 때처럼 잠들 때까지 그의 아픈 머리를 쓰다듬어 주었다.

화요일 새벽에 누군가 코리올라누스를 깨웠다. 그는 간호사가 바이털사인을 확인하러 온 거라고 생각했다가 엉망이 된 클레멘시아의 얼굴이 자기를 내려다보고 있는 걸 보고 놀랐다. 뱀의 독 때문인지 해독제 때문인지 그녀의 갈색 피부는 벗겨지고 있었고 흰자위는 달걀노른자 색으로 변해 있었다. 그녀의 온몸을 씰룩거리게 만드는 경련도 더욱 심해 보였다. 그로 인해 그녀의 얼굴은 찌그러졌고 입에서는 혀가 자주 튀어나왔으며 그의 손을 잡으려 뻗은 손도 확 젖혀졌다.

"쉿! 난 여기 오면 안 돼. 내가 왔다고 그들한테 말하지 마. 근데 그 사람들은 뭐라고 말하는 거야? 왜 아무도 나를 보러 오지 않아? 무슨 일이 있었는지 우리 부모님은 아셔? 내가 죽었다고 생각하실까?"

잠기운과 약 때문에 정신이 흐릿해진 코리올라누스는 클레멘시아의 말을 잘 이해하지 못했다.

"네 부모님? 여기 오셨어. 내가 봤어."

"아냐, 아무도 나를 못 봤어!" 그녀가 외쳤다. "난 여기서 나가야 돼, 코리오. 그녀가 나를 죽일까 봐 두려워. 안전하지 않아. 우린 안전하지 않아!"

"뭐? 누가 널 죽이려 한다는 거야? 넌 황당한 말을 하고 있어."

"당연히 골 박사지!" 그녀가 그의 팔을 꽉 쥔 탓에 화상 입은 곳이 아팠다. "너도 알잖아, 거기 있었으니까!"

코리올라누스는 클레멘시아의 손가락을 떼어 내려 했다. "네 병실로 돌아가. 넌 아파, 클레미. 뱀에 물려서 그래. 그래서 이것저것 상상하는 거야."

"이게 상상이라고?" 그녀는 병원복 앞자락을 확 열어 가슴팍 위로 퍼지면서 어깨까지 이어지는 피부를 보여 주었다. 밝은 파랑, 분홍, 노란

비늘이 여기저기 있었고 탱크 속 뱀들처럼 파충류 같았다. 그가 숨을 헉 들이켜자 그녀는 비명을 질렀다. "퍼지고 있어! 퍼지고 있다고!"

병원 직원 두 명이 와서 그녀를 잡아 들고 병실로 데리고 갔다. 그는 밤새 뜬눈으로 누워 뱀, 그녀의 피부, 골 박사의 실험실에서 섬뜩하게 동물처럼 변형된 무성인들을 생각했다. 클레멘시아는 그곳으로 가게 될까? 아니라면 왜 그녀의 부모님이 그녀를 보지 못했을까? 어떤 일이 있었는지 아는 사람이 코리올라누스 한 명뿐인 것 같은 이유가 뭘까? 클레멘시아가 죽으면 유일한 목격자인 그도 사라질까? 그가 이 이야기를 티그리스에게 들려줘서 티그리스를 위험하게 만든 걸까?

기분 좋은 보호처 같던 병원이 이제는 그를 질식시키는, 점점 죄여 오는 음흉한 덫 같았다. 몇 시간이 지나도 그를 확인하러 오는 사람이 없어서 더 불안했다. 동이 틀 무렵, 마침내 웨인 박사가 침대 옆에 나타났다. "클레멘시아가 지난밤에 너를 찾아왔다고 들었다." 그가 쾌활하게 말했다. "널 무섭게 했니?"

"조금요." 그는 태연한 척하려 했다.

"괜찮을 거야. 독이 몸에서 빠져나가면 여러 가지 부작용이 생기거든. 그래서 부모님이 그 아이를 보지 못하게 한 거야. 그들은 클레멘시아가 전염성이 아주 높은 독감에 걸려서 격리되어 있다고 생각해. 하루이틀 지나면 클레멘시아도 사람들을 만날 수 있을 거다. 네가 괜찮다면 가서 만나 볼 수도 있어. 그 아이에게 힘이 될지도 모르지."

"알겠어요." 코리올라누스는 살짝 안심이 되었다. 하지만 병원과 연구실에서 직접 목격한 걸 잊을 수는 없었다. 모플링 링겔을 제거하자 애매했던 것들이 전부 극명해졌다. 핫케이크와 베이컨으로 구성된 푸짐한 아침 식사, 아카데미가 보낸 과일과 단 음식을 담은 바구니, 그가 아라크네의 장례식에서 국가를 잘 불렀을 뿐 아니라 직접 희생당하기도 했다는 걸 고려해 그 영상을 링 쌍둥이 장례식에서 다시 틀 거라는 뉴스까지 모든 것이 다 의심스러웠다.

장례식이 시작되기 전인 7시부터 방송이 나왔고 9시에는 학생들이 또다시 아카데미 앞 계단을 가득 채웠다. 불과 일주일 전만 해도 그는 12번 구역 여자아이를 맡아 하찮은 존재가 되고 있다고 느꼈는데 이제는 전 국민이 보는 앞에서 그의 용기가 칭송받고 있었다. 코리올라누스는 자기가 노래하는 장면이 방송될 거라고 생각했다. 그런데 장례식이 시작되자 연단 뒤에서 그의 홀로그램이 나타났다. 처음에는 좀 희미했지만 점차 깨끗하고 깔끔한 모습이 되었다. 사람들은 시간이 지날수록 그가 잘생긴 아버지를 닮아 간다고 말했는데 그는 처음으로 정말 그렇다는 걸 확인했다. 눈뿐만 아니라 턱선, 머리카락, 자신감 있는 태도도 닮았다. 그리고 루시 그레이의 말이 맞았다. 그의 목소리는 정말 권위가 있었다. 전반적으로 꽤 인상적인 퍼포먼스였다.

캐피톨은 아라크네의 장례식에 들였던 노력보다 두 배는 더 공을 들여 장례식을 진행했다. 코리올라누스는 링 쌍둥이에게 적절한 대우라고 느꼈다. 연설자도 더 많이 나왔고 평화유지군도 더 많이 배치되었다. 배너도 더 많이 걸렸다. 쌍둥이에 대한 과도한 찬사도 거슬리지 않았다. 자신의 홀로그램이 장례식 제일 앞에 등장했다는 걸 그들이 알았으면 좋겠다고 생각했다. 9번 구역 조공인 두 명이 부상으로 사망하면서 죽은 조공인 수가 늘어났다. 수의사는 최선을 다했지만 아이들을 병원에 입원시켜 달라는 의사의 요청은 번번이 거절당한 것 같았다. 그들의 상처 난 시체와 6번 구역 조공인들의 남은 시체는 말에 실려 스칼라스 거리를 행진했다. 1번 구역 조공인 두 명과 2번 구역 조공인의 시체는 도망치려고 했던 비열한 행동에 걸맞게 그 뒤에서 질질 끌려갔다. 코리올라누스가 동물원에 갈 때 탔던 우리가 달린 트럭 두 대가 뒤따랐다. 하나는 여자 조공인들을, 다른 하나는 남자 조공인들을 태우고 있었다. 그는 루시 그레이를 보려고 안간힘을 썼지만 찾을 수 없어서 걱정이 더 커졌다. 부상과 배고픔 때문에 기력을 잃고 바닥에 쓰러져 있는 걸까?

쌍둥이처럼 똑같은 은 관 두 개에 초점이 맞춰지자 코리올라누스는 전쟁 중에 지어냈던 '링 둘레의 링'이라는 바보 같은 놀이만 생각났다. 다른 아이들이 다이애나와 아폴로를 뒤쫓아 가서 손을 잡고 쌍둥이를 둥글게 에워싸서 잡는 놀이였다. 언제나 링 쌍둥이를 포함한 모든 아이들이 땅바닥에 한 무더기로 널브러져 배를 잡고 웃는 것으로 끝나곤 했다. 아, 영양 풍부한 크래커가 책상 위에서 그를 기다리고 있고 친구들이 행복하게 어울렸던 일곱 살로 다시 돌아갈 수 있다면….

점심 식사 후 웨인 박사는 코리올라누스가 평정을 유지하고 침대에서 쉬겠다고 약속하면 퇴원해도 된다고 말했다. 병원 생활의 매력이 줄어든 뒤라 코리올라누스는 곧바로 깨끗한 교복으로 갈아입었다. 티그리스가 마중을 나와 노면 전차를 타고 집까지 함께 왔지만 그녀는 다시 일하러 가야 했다. 그와 할머님은 졸면서 오후를 보냈다. 일어나 보니 세자누스의 어머니가 보낸 맛있는 캐서롤이 도착해 있었다.

티그리스가 우기는 통에 코리올라누스는 해가 지기도 전에 잠자리에 들었지만 잠들 수가 없었다. 눈을 감을 때마다 사방에서 불꽃이 보였고 땅이 흔들리는 게 느껴졌고 숨 막히는 검은 연기 냄새가 났다. 루시 그레이는 그의 마음을 가장자리부터 잠식해 왔지만 이제 그는 다른 사람을 생각할 수조차 없었다. 그녀는 괜찮을까? 몸이 나아 음식을 먹고 있을까, 아니면 그 끔찍한 원숭이 우리에서 괴로워하며 배를 곯고 있을까? 그가 모플링 링겔을 맞으며 에어컨 나오는 병실에 누워 있는 동안 그녀의 손은 수의사가 치료했을까? 연기 때문에 그 놀라운 목소리가 상했을까? 그를 도와주느라 게임에서 스폰서를 얻을 가능성이 낮아졌을까? 기둥에 깔려 있을 때의 공포를 생각하면 조금은 부끄러웠지만 그 이후의 일을 생각하면 더 부끄러웠다. 캐피톨 TV에서 보여 준 영상은 연기 때문에 잘 보이지 않았다. 하지만 루시 그레이가 코리올라누스를 구해 주는 영상이 혹시 있을까? 도움의 손길을 기다리는 동안 그가 그녀의 주름진 스커트에 매달려 있는 영상은 그 영상보다 더 나쁠 것이다.

그는 침대 옆 탁자 서랍 속을 더듬어 어머니의 콤팩트를 찾았다. 장미향을 들이마시자 마음이 조금은 가라앉았지만 가만히 있을 수가 없어 침대 밖으로 나왔다. 그 뒤로 몇 시간 동안 그는 집 안을 서성이며 밤하늘을 올려다보고 코르소를 내려다보고 길 건너 집에 사는 이웃들의 창 안을 들여다보았다. 정신을 차려 보니 옥상 정원에 있는 할머님의 장미들 사이에 서 있었는데 계단을 올라온 기억이 나지 않았다. 꽃향기가 풍기는 신선한 밤공기가 도움이 되긴 했지만 곧 몸이 떨리면서 다시 아파오기 시작했다.

티그리스는 새벽이 되기 몇 시간 전부터 부엌에 앉아 있는 코리올라누스를 발견했다. 그녀는 차를 끓였고 남은 캐서롤을 냄비째로 놓고 먹었다. 고기, 감자, 치즈가 쌓인 맛. 루시 그레이가 처한 상황은 그의 잘못이 아니라고 부드럽게 일깨워 주는 티그리스의 말이 코리올라누스에게 위안이 되었다. 코리올라누스와 루시 그레이는 결국 아직도 그들 위에 있는 권력에 따라 삶을 지배받는 어린아이들이었다.

약간의 위로를 받은 그는 몇 시간 정도 눈을 붙였다가 사티리아의 전화에 잠에서 깨어났다. 인터뷰를 준비하기 위한 멘토와 조공인의 만남 일정이 또 잡혔는데 이제는 지원할 경우에만 참여하는 것으로 결정되었다.

아카데미에 간 그는 발코니에서 헤븐스비 홀을 내려다보다가 빈 의자를 보고 놀랐다. 조공인 여덟 명이 죽었고 한 명은 사라졌다는 걸 머릿속으로는 알고 있었지만 늘어놓았던 24개의 작은 테이블에 어떤 영향을 줄지는 상상해 보지 않았다. 들쭉날쭉하고 당혹스러운 모습으로 엉망진창이 되어 있었다. 1번, 2번, 6번, 9번 구역 조공인은 아예 없었고 10번 구역 조공인은 하나만 남았다. 남은 아이들 대부분은 부상을 입었고 전부 아파 보였다. 멘터들이 담당 조공인 옆으로 가서 앉으니 사람이 줄었음을 더욱 확연히 알 수 있었다. 멘터 여섯 명은 죽거나 입원 중이었고 도망쳤던 1번과 2번 구역 조공인을 맡았던 멘터들은 테이블에 앉을 조공인이 없으니 참석할 이유가 없었다. 리비아 카듀는 이번 상황에 대해 목소리를 높이며 구역에서 조공인들을 새로 데려 오거나 적어도 클레멘시아에게 배정된 리퍼를 자신에게 달라고 말했다. 모두들 클레멘시아가 독감 때문에 입원했다고 알고 있었다. 리비아의 바람은 수용되지 않았고 리퍼는 마른 피가 얼룩진 녹슨 듯한 붕대를 머리에 감고 테이블에 혼자 앉아 있었다.

코리올라누스가 맞은편에 앉을 때 루시 그레이는 미소를 지으려고도 하지 않았다. 불쑥 튀어나온 기침이 그녀의 가슴팍을 뒤틀었다. 불이 났을 때의 그을음이 아직도 그녀 옷에 묻어 있었다. 그렇지만 수의사는 코리올라누스의 예상을 뛰어넘는 실력이었다. 화상 입은 손의 피부가 잘 회복되고 있었기 때문이다.

"안녕." 그는 호두버터 샌드위치와 사티리아가 준 쿠키 두 개를 테이블 건너편으로 얼른 건네며 말했다.

"안녕." 그녀의 목소리는 쉬어 있었다. 치근거리거나 동지애를 보여주려는 시도조차도 다 버린 상태였다. 그녀는 샌드위치를 만졌지만 너무 피곤해서 먹지 못하는 것 같았다. "고마워."

"아니, 내 생명을 구해 줘서 고마워." 그는 가볍게 말했지만 그녀의 눈을 바라보자 경솔함이 사라졌다.

"사람들한테 그렇게 말하고 다니니? 내가 너의 생명을 구했다고?" 그녀가 물었다.

그는 티그리스와 할머님에겐 그렇게 말했고 그러고 나서는 그 사실이 꿈처럼 그의 생각에서 흘러가도록 놔두었다. 이 사실을 어떻게 다루어야 할지 몰라서 그랬을 수도 있다. 죽은 아이들의 빈자리가 그들을 둘러싸고 있는 지금, 경기장에서 그녀가 어떻게 그를 구했는지 기억하려면 주의를 기울여야 했다. 그는 이 중대한 사실을 무시할 수 없었다. 루시 그레이가 도와 주지 않았다면 그는 완전히, 돌이킬 수 없이 죽어 버렸을 것이다. 꽃으로 장식된 또 하나의 반짝이는 관. 또 하나의 빈 의자. 그가 다시 말하려 할 때 목이 메었고 그는 가까스로 말했다. "가족들한테 말했어. 정말이야. 고마워, 루시 그레이."

"음, 시간이 좀 남았었거든." 그녀는 떨리는 집게손가락으로 설탕으로 장식된 쿠키의 꽃무늬를 쓸어내리며 말했다. "쿠키 예쁘네."

그리고 혼란이 찾아왔다. 그녀가 그의 생명을 구해 주었다면 그는 어떤 빚을 진 것일까? 샌드위치와 쿠키 두 개? 그의 보답은 그게 전부였다. 자신의 목숨 값으로. 그는 정말 싼 값으로 생명을 샀다. 사실 그는 그녀에게 모든 것을 신세졌다. 그의 볼이 확 달아올랐다. "넌 달아날 수도 있었어. 그랬다면 의료진이 오기 전에 난 불에 타 죽었을 거야."

"흠, 달아난다고? 총에 맞으려고 그렇게까지 노력해야 하나?" 그녀가 말했다.

코리올라누스는 고개를 가로저었다. "네가 그 일로 농담할 수는 있지만 그렇다고 날 위해 해 준 일이 달라지지는 않아. 내가 어떤 식으로든 보답할 수 있길 바라."

"나도 그러길 바라." 그녀가 말했다.

이 몇 마디를 나누며 그는 두 사람 사이의 역학이 달라졌음을 느꼈다. 그는 그녀의 멘터로서 선물을 주는 너그러운 사람이었고 그녀는 늘 그에게 고마워했다. 이제 그녀는 그에게 비교할 수조차 없는 선물을 주어 상황을 뒤집었다. 표면상으로는 모든 게 예전 같아 보였다. 쇠사슬에 묶인 소녀, 음식을 주는 소년, 이 상황을 유지하는 평화유지군들. 그러나 깊이 들어가면 두 사람의 관계는 예전과는 영원히 달라질 것이 분명했다. 그는 언제나 그녀에게 빚을 진 상태일 것이다. 그녀는 이것저것 요구할 권리가 있었다.

"어떻게 해야 할지 모르겠어." 그가 인정했다.

루시 그레이는 홀을 둘러보며 상처 입은 경쟁자들을 살폈다. 그러고는 그의 눈을 보았다. 그녀의 목소리에서 조급함이 묻어났다. "내가 정말로 우승할 수 있다고 생각하는 것에서부터 시작해 봐."

PART II
"수삼"

11

　루시 그레이의 말은 쓰라리게 다가왔지만 돌이켜 보면 충분히 할 만한 말이었다. 코리올라누스는 그녀가 헝거 게임의 우승자가 될 거라고 진심으로 생각해 본 적이 없었다. 그의 전략 중에 그녀를 우승하게 만들겠다는 계획은 없었다. 그녀의 매력이 그에게 영향을 주어 자신을 성공하게 만들기만을 바랐다. 스폰서들을 위해 노래하라고 권유했던 것조차도 그녀 때문에 자신이 받고 있는 관심을 더 끌고 가 보려는 시도였다. 방금 전까지만 해도 거의 나은 그녀의 손을 보며 인터뷰하는 날에 그녀가 기타를 칠 수 있겠다는 이유로 기뻐했을 뿐, 헝거 게임에서 그녀가 상대의 공격을 막을 수 있게 되어서는 아니었다. 그가 동물원에서 주장했던 것처럼 그녀가 그에게 중요하다는 사실은 상황을 악화시킬 뿐이었다. 그는 확률이 아무리 낮더라도 그녀의 생명을 지키려고 노력해야 했다.

　"네가 크림을 얹은 케이크라고 했던 말은 진심이었어." 루시 그레이가 말했다. "코빼기라도 비춘 사람은 네가 유일했어. 너랑 네 친구 세자누스. 너희 둘은 우리를 인간처럼 대해 줬어. 하지만 이제 네가 정말로 나한테 보답할 수 있는 유일한 방법은 내가 여기서 살아남을 수 있게 돕는 거야."

"나도 그렇게 생각해." 누구보다 먼저 나섰다는 사실이 그의 기분을 조금은 나아지게 했다. "지금부터 우리의 목표는 승리야."

루시 그레이는 손을 뻗었다. "약속한다는 뜻으로 악수할래?"

코리올라누스는 그녀의 손을 조심스럽게 잡고 흔들었다. "약속할게." 도전할 목표가 생기니 힘이 났다. "첫 번째 단계, 내가 전략을 생각한다."

"우리가 전략을 생각하는 거지." 루시 그레이가 그의 말을 정정했다. 그러고는 미소를 지으며 샌드위치를 베어 물었다.

"우리가 전략을 생각한다." 그가 다시 계산해 보았다. "마르쿠스를 찾지 못한다면 네 경쟁자는 이제 열네 명밖에 안 남아."

"네가 나를 며칠 더 살려 놓을 수 있으면 난 그냥 부전승으로 이길 수도 있겠다." 그녀가 말했다.

코리올라누스는 홀 안을 둘러보았다. 쇠사슬을 두르고 있는, 풀이 죽었고 허약해 보이는 그녀의 경쟁자들을 보았다. 힘이 났지만 루시 그레이의 상태도 별로 낫지 않다는 점을 인정해야 했다. 그래도 1번과 2번 구역이 사라지고 제섭이 그녀를 돌봐주기로 했고 새로운 스폰서 프로그램이 생긴 지금, 그녀가 우승할 확률은 캐피톨에 처음 왔을 때에 비해 엄청나게 높아졌다. 먹을 것만 계속 줄 수 있다면 다른 아이들이 싸우거나 굶어 죽는 동안 그녀는 경기장 어딘가로 도망가서 숨어 지내며 버틸 수도 있을 것이다. "한 가지 물어볼게. 그래야 한다면 사람을 죽일 거야?" 그가 물었다.

루시 그레이는 샌드위치를 씹으며 그의 질문을 생각해 보았다. "어쩌면. 자기 방어라면."

"헝거 게임이잖아. 모든 게 자기 방어지. 하지만 네가 다른 조공인에게서 달아나고 스폰서들이 네게 음식을 주는 게 최선일 수도 있어. 잠시 기다리며 버티는 거지."

"응, 그게 나한테는 더 나은 전략이야." 그녀가 동의했다. "끔찍한 일을 견뎌 내는 게 내 재능 중 하나거든." 빵의 마른 부분 때문에 그녀는 기침을 했다.

코리올라누스는 책가방에서 물병을 꺼내 그녀에게 건넸다. "인터뷰는 예정대로 할 거지만 원하는 사람만 하는 걸로 결정됐어. 너 할 수 있겠어?"

"장난해? 이 걸쭉한 목소리를 위해 만들어진 노래가 있어. 근데 너 기타 구했어?"

"아니. 하지만 오늘 구할게." 그가 약속했다. "기타를 빌려줄 사람이 있을 거야. 스폰서를 조금 얻을 수 있다면 네가 우승하는 데 큰 도움이 될 거야."

그녀는 약간 활기를 띠고 어떤 노래를 부를지 이야기하기 시작했다. 하지만 배정받은 시간은 10분에 불과했고 시클 교수가 멘터들에게 고등생물 실험실로 오라고 명령해서 그들의 짧은 만남은 끝났다.

보안 조치가 강화되어서인 듯 평화유지군이 조공인들을 데리고 갔고 하이바텀 총장이 자리로 가는 멘터들의 이름을 확인했다. 리비아와 세자누스처럼 죽거나 사라진 조공인들의 건강한 멘터들은 이미 실험실 테이블 앞에 앉아 골 박사가 토끼우리에 당근 넣는 모습을 보고 있었다. 제정신이 아닌 그녀를 이렇게 가까운 곳에서 보자 코리올라누스는 식은땀이 났다.

"깡총깡총, 당근 아니면 채찍? 모두 죽어 가고 있고 너희들은…." 골 박사는 대답을 기대하며 멘터들을 돌아보았다. 세자누스만 빼고 전부 시선을 피했다.

"역겨워하고 있어요." 세자누스가 말했다.

골 박사는 웃었다. "연민을 느끼고 있구나. 애야, 네 조공인은 어디 갔니? 짐작 가는 데가 없니?"

캐피톨 뉴스는 마르쿠스에 대한 수색 상황을 계속 보도했지만 횟수는 줄었다. 마르쿠스가 트랜스퍼의 낮은 곳에서 옴짝달싹 못하고 있으며 곧 체포될 거라는 게 공식 발표였다. 사람들은 그가 죽었거나 당장이라도 잡힐 거라고 여겼고 캐피톨은 긴장을 풀었다. 어쨌든 그는 트랜스퍼에서 올라와 캐피톨의 무고한 사람들을 죽이기보다는 탈출을 더 원하는 것처럼 보였다.

"자유를 향해 가고 있을 수도 있죠." 세자누스가 긴장된 목소리로 말했다. "잡혔지만 그 사실이 비밀에 붙여졌을 수도 있고요. 부상을 입고 숨어 있을 수도 있어요. 죽었을 수도 있고요. 저는 모르겠어요. 박사님은 아세요?"

코리올라누스는 세자누스의 용기에 감탄하지 않을 수 없었다. 물론 세자누스는 골 박사가 얼마나 위험해질 수 있는 사람인지 모른다. 골 박사를 조심하지 않는다면 세자누스는 어쩌면 앵무새 날개와 코끼리 코를 달고 우리에 갇힐 수도 있다.

"아니, 대답하지 마세요." 세자누스가 내뱉었다. "죽었거나 곧 죽겠죠. 개를 잡아서 사슬에 묶어 길거리에서 끌고 다닐 때."

"그건 우리의 권리야." 골 박사가 반박했다.

"아니, 그렇지 않아요! 박사님이 뭐라고 하든 상관없어요. 사람들을 굶길 권리, 이유 없이 처벌할 권리는 없어요. 생명과 자유를 뺏을 권리도 없어요. 이런 건 모두가 태어날 때부터 가진 거고 누가 마음대로 가

져갈 수 있는 게 아니에요. 전쟁에서 승리했다고 그런 권리가 주어지지
는 않아요. 무기가 더 많다고 그런 권리를 가지진 못해요. 캐피톨에서
태어났다고 그런 권리를 가질 수는 없어요. 아무것도 그렇게는 못해요.
아, 오늘 내가 여기 왜 왔는지조차 모르겠네요." 세자누스는 이렇게 말
하고 문으로 달려갔다. 손잡이를 잡았지만 움직이지 않았다. 세자누스
는 손잡이를 흔들어 보고 골 박사에게 맞섰다. "이젠 우릴 가두는 건가
요? 작은 원숭이 우리 같네요."

"가도 좋다고 허락한 적 없다. 앉으렴, 애야." 골 박사가 말했다.

"싫어요." 세자누스의 목소리는 조용했지만 그래도 이 말에 몇 명이
화들짝 놀랐다.

잠시 침묵이 흐른 뒤 하이바텀 총장이 끼어들었다. "밖에서 잠근 거
다. 평화유지군은 연락이 있을 때까지 우리가 방해받지 않도록 하라는
명령을 받았어. 그러니 앉으려무나."

"아니면 평화유지군에게 널 다른 곳으로 데려가 달라고 부탁할까?"
골 박사가 제안했다. "네 아버지 사무실이 근처인 것 같은데." 골 박사는
세자누스를 계속 '애야'라고 불렀지만 세자누스가 누구인지 정확히 알
고 있는 게 분명했다.

세자누스는 분노와 모욕감으로 불타올랐고 움직일 수 없거나 움직
일 의지가 없는 것 같았다. 그는 그대로 서서 골 박사를 노려보았다. 참
을 수 없을 정도로 긴장감이 팽배했다.

"내 옆자리 비어 있어." 코리올라누스는 자기도 모르게 불쑥 말했다.

이 제안에 세자누스는 주의를 돌렸고 감정이 조금 가라앉는 듯했다.
그는 심호흡을 하고 테이블 사이로 걸어와 의자에 앉았다. 한 손으로는
책가방 끈을 꼭 쥐고 다른 손은 주먹을 쥔 채 테이블 위에 올려놓았다.

코리올라누스는 그가 조용히 있길 바랐다. 하이바텀 총장이 재미있

다는 눈빛으로 그를 보다가 얼른 수첩을 펼치면서 펜 뚜껑을 열었다.

"여러분은 지금 감정이 고조되어 있어요." 골 박사가 멘터들에게 말했다. "이해해요. 정말이에요. 하지만 감정을 활용하고 억누르는 법을 배워야 해요. 전쟁은 마음이 아니라 머리로 이기는 거예요."

"전쟁은 끝났다고 생각했는데요." 리비아가 말했다. 리비아도 화난 것 같았지만 세자누스와 같은 이유는 아니었다. 코리올라누스는 리비아가 그저 건장한 자기 조공인을 잃어서 짜증난 것이라고 짐작했다.

"그렇게 생각했니? 경기장에서 그런 경험을 하고 나서도?" 골 박사가 물었다.

"저도 그렇게 생각했어요." 리시스트라타가 끼어들었다. "그리고 전쟁이 끝났다면 엄밀히 말해 사람을 죽이는 일도 끝나야 되는 것 아닌가요?"

"결코 끝나지 않을 것 같아요." 페스투스가 인정했다. "구역들은 언제나 우릴 증오할 거고 우린 언제나 그들을 증오하겠죠."

"그 말에 일리가 있다고 생각해." 골 박사가 말했다. "일단은 전쟁이 상수라고 생각하자. 분쟁이 심해졌다가 약해졌다가 하겠지만 결코 완전히 없어지지는 않을 거야. 그러면 우리의 목표는 무엇이 돼야 할까?"

"우리가 전쟁에서 이길 수 없을 거라는 말씀인가요?" 리시스트라타가 물었다.

"이길 수 없다고 가정해 보자. 그러면 우리의 전략은 뭘까?"

코리올라누스는 대답을 내뱉지 않으려고 입술을 꼭 다물었다. 정말 뻔했다. 너무나 뻔했다. 하지만 골 박사를 피하라는 티그리스의 말이 옳다는 걸 알고 있었다. 칭찬을 받을 수 있다 해도. 아이들이 질문을 곱씹는 동안 골 박사는 통로를 왔다 갔다 하다가 마침내 코리올라누스의 테이블 앞에 섰다. "스노우 군? 끝나지 않는 전쟁에 어떻게 대처해야 할지 의견이 있니?"

그는 그녀의 나이가 많고 그 누구도 영원히 살지 못한다는 생각을 하며 스스로를 위로했다.

"스노우 군?" 그녀가 계속 물었다. 코리올라누스는 그녀가 쇠막대기로 찌르는 토끼가 된 기분이었다. "어림짐작이라도 해 보겠니?"

"우리가 통제해야죠." 그가 조용히 말했다. "전쟁을 끝내는 게 불가능하다면 우리가 언제까지나 통제해야 합니다. 지금 하고 있는 것처럼요. 구역을 점령한 평화유지군과 엄격한 법률을 통해서요. 그리고 헝거 게임 등으로 누가 우위에 있는지 상기시켜 주는 겁니다. 어떤 시나리오에서든 우위를 갖는 게 더 낫습니다. 패배자가 되기보다는 승리자인 쪽이 낫죠."

"하지만 우리는 분명히 덜 도덕적이죠." 세자누스가 작은 목소리로 말했다.

"우리 자신을 지키는 게 비도덕적인 건 아니야." 리비아가 되쏘았다. "그리고 패배자보다 승자가 되고 싶어 하지 않는 사람이 어디 있어?"

"난 둘 다에 별 관심 없는데." 리시스트라타가 말했다.

"하지만 그건 불가능해." 코리올라누스가 상기시켰다 "질문을 고려해 보면, 생각해 보면 그건 불가능해."

"생각해 보면 그건 불가능하다. 음, 카스카?" 골 박사가 통로 앞으로 돌아가며 말했다. "생각을 조금 하면 많은 목숨을 구할 수 있어요."

하이바텀 총장은 목록에 뭔가를 끼적였다. 코리올라누스는 '어쩌면 하이바텀도 나와 마찬가지로 토끼 신세일지 모르겠어'라고 생각했다. 그에 대해 걱정하는 게 시간 낭비는 아닐까 싶었다.

"하지만 힘내." 골 박사가 쾌활하게 말했다. "인생에서 일어나는 일들이 대부분 그렇듯이 전쟁에도 장단점이 있어. 그게 너희들의 다음 과제야. 전쟁의 매력적인 점에 대해 에세이를 써서 제출해. 너희가 전쟁에서 좋아했던 모든 것들."

많은 학생들이 놀라며 시선을 들었지만 코리올라누스는 놀라지 않았다. 저 사람은 재미로 클레멘시아를 뱀에 물리게 했다. 그녀는 고통을 지켜보는 걸 즐기는 게 분명했고 아마 멘터들도 마찬가지일 거라고 생각하는 듯했다.

리시스트라타는 얼굴을 찌푸렸다. "좋아했던 것들?"

"오래 걸릴 일은 아니겠네." 페스투스가 말했다.

"그룹 프로젝트인가요?" 리비아가 물었다.

"아니, 개인 과제야. 그룹 과제의 문제는 보통 한 사람이 일을 다 한다는 거지." 골 박사가 말하며 코리올라누스에게 윙크를 해서 그는 소름이 끼쳤다. "하지만 가족들과 머리를 맞대고 생각하는 건 괜찮아. 너희는 놀랄 수도 있어. 용기를 낼 수 있는 만큼 얼마든지 솔직해지렴. 일요일 멘터 회의 때 가져와." 골 박사는 주머니에서 당근을 몇 개 더 꺼내 들고 토끼우리로 돌아섰다. 멘터들의 존재는 잊어버린 것 같았다.

헤븐스비 홀의 문이 열리자 세자누스가 코리올라누스를 따라왔다. "날 구해 주는 일은 그만해."

코리올라누스는 고개를 가로저었다. "통제가 안 돼. 마치 경련처럼."

"네가 없었으면 내가 대체 어떻게 됐을지 모르겠어." 세자누스의 목소리가 낮아졌다. "저 여자는 사악해. 저지해야 돼."

코리올라누스는 골 박사를 자리에서 끌어 내리려는 어떤 시도도 헛되다고 느꼈지만 공감하는 태도를 취했다. "넌 시도는 했잖아."

"실패했지. 난 우리 가족이 그냥 고향으로 갔으면 좋겠어. 우리가 있어야 할 곳인 2번 구역으로 말야. 그들이 우리를 원하는 건 아니지만." 세자누스가 말했다. "캐피톨에서 지내다간 난 죽을 거야."

"지금은 안 좋은 때야, 세자누스. 헝거 게임에 폭탄에. 지금은 아무도 최상의 상태가 아니야. 도망가는 것처럼 섣부른 일은 하지 마." 코리올라누스는 그의 어깨를 두드리며 '너의 도움이 좀 필요할 수도 있겠다'고 생각했다.

"어디로 도망가? 어떻게? 뭘 가지고? 하지만 네가 도와주는 건 정말 고마워. 너에게 보답할 수 있는 방법을 생각해 낼 수 있으면 좋겠어."

사실 코리올라누스에게 필요한 게 있었다. "혹시 너 기타 있니?"

세자누스 가족에겐 기타가 없었다. 그래서 코리올라누스는 수요일 오후 내내 루시 그레이에게 기타를 구해 주겠다는 약속을 지키는 데 쏟았다. 학교에서 물어보고 다녔지만 동물원에서 호두로 저글링을 했던 7번 구역 남자아이 트리치의 멘터 빕사니아 시클의 대답이 그나마 제일 희망적이었다.

"아, 전쟁 중에 하나 있었던 것 같아." 그녀가 말했다. "확인해 보고 알려줄게. 나도 네 여자아이가 다시 노래하는 거 꼭 듣고 싶어!" 그녀의 말을 믿어야 할지 알 수가 없었다. 시클 가족이 음악을 좋아하는 사람들인 것 같지가 않았기 때문이다. 빕사니아는 경쟁을 좋아하는 고모 아그리피나의 성격을 물려받았는데 그래서 어쩌면 루시 그레이의 퍼포먼스를 망치려고 그러는 걸지도 몰랐다. 하지만 그에게도 속셈은 있었기에 빕사니아에게는 덕택에 궁지를 모면했다고 말해 두고 계속 기타를 찾아다녔다.

결국 아카데미에서 기타를 구하지 못하자 코리올라누스는 플루리부스 벨을 떠올렸다. 나이트클럽 시절에 썼던 악기를 아직 간직하고 있을지도 몰랐다.

뒷골목의 클럽 문이 열리자마자 보아벨이 그의 다리 사이로 기어들며 엔진처럼 가르랑거리는 소리를 냈다. 열일곱 살이 된 보아벨은 이빨

이 길어져서 조심스럽게 안아 들어야 했다.

플루리부스는 "아, 쟤는 옛 친구를 보면 늘 기뻐하지"라고 말하며 코리올라누스를 맞이했다.

구역들의 위협에도 플루리부스의 사업은 별 영향이 없었다. 그는 지금도 암시장 상품을 거래하며 생활을 잘 꾸려 가고 있었는데 이제는 조금 사치스러운 물건들도 다루었다. 품질 좋은 독한 술, 화장품, 담배는 지금도 구하기가 힘들었다. 1번 구역은 캐피톨에 사치재를 공급하는 일로 서서히 관심을 돌렸지만 모두 구할 수 있는 건 아니었고 가격도 비쌌다. 스노우 가족은 이제 플루리부스의 단골이 아니었지만 티그리스는 가끔 들러서 배급 쿠폰을 팔았고 그 돈으로 평소에는 감당할 수 없는 고기나 커피를 샀다. 사람들은 양 다리 하나를 살 수 있다면 기꺼이 돈을 냈다.

입이 무겁다고 알려진 플루리부스는 코리올라누스가 돈 많은 척 행세할 필요 없는 몇 안 되는 사람 중 하나였다. 그는 스노우 가족의 상황을 알고 있었지만 절대 그에 대해 지껄이고 다니거나 스노우 가족이 열등하다고 느끼게 하지 않았다. 플루리부스는 코리올라누스에게 시원한 차 한 잔을 따라주고 접시에 케이크를 얹은 다음 의자를 권했다. 그들은 폭발 사고 이야기를 하며 전쟁의 나쁜 기억들이 떠올랐다고 수다를 떨었지만 곧 대화는 루시 그레이로 이어졌다. 플루리부스는 루시 그레이를 아주 좋게 보았다.

"그런 사람들이 몇 명 더 있다면 클럽을 다시 열까 생각해 봤을 거야." 플루리부스가 혼잣말처럼 되뇌었다. "아, 물론 물건은 계속 팔겠지만 주말에는 공연을 열 수 있지. 사실 우리는 서로를 죽이느라 너무 바빠서 즐기는 법을 잊어버렸어. 하지만 그 아이는 알고 있더구나. 네 여자아이."

코리올라누스는 인터뷰 계획을 이야기하고 혹시 빌릴 수 있는 기타가 있는지 물었다. "조심해서 쓸게요. 약속해요. 루시 그레이가 안 칠 땐 집에 놔두고 쇼가 끝나면 바로 돌려 드릴게요."

플루리부스를 구슬릴 필요는 없었다. "있잖아, 폭격으로 사이러스가 죽었을 때 난 모든 걸 다 치웠어. 정말 바보 같은 짓이었지. 내 인생에서 가장 사랑한 사람을 그렇게 쉽게 잊을 수 있을 것처럼 행동했으니." 그가 일어나서 향수 상자 몇 개를 옮기니 오래된 벽장문이 드러났다. 그 안쪽 선반 위에 놓인 여러 악기를 보자 악기에 대한 그의 애정이 느껴졌다. 플루리부스는 놀랄 정도로 먼지가 쌓이지 않은 가죽 케이스를 꺼내 뚜껑을 열었다. 오래된 나무와 광택제의 기분 좋은 냄새가 코리올라누스의 코에 확 들어왔다. 그는 케이스 안에 든 빛나는 금색 물건을 바라보았다. 여자의 몸처럼 생긴 바디에 여섯 개 줄이 긴 넥을 따라 줄감개까지 이어졌다. 코리올라누스는 손가락으로 가볍게 줄을 튕겨 보았다. 튜닝은 심하게 틀어져 있었지만 풍부한 소리가 곧바로 그에게 전해졌다.

코리올라누스는 고개를 가로저었다. "이 기타는 너무 좋아요. 이걸 망가뜨릴 수도 있는 위험까지 감수하고 싶지는 않아요."

"난 널 믿는다. 그리고 네 여자아이를 믿어. 그 아이가 이걸로 뭘 할지 듣고 싶구나." 플루리부스는 뚜껑을 닫고 케이스를 내밀었다. "가져가서 그 아이한테 행운을 빈다고 전해다오. 공연할 때 관객 중에 친구가 있다는 걸 알면 좋거든."

코리올라누스는 고마운 마음으로 기타를 받았다. "고마워요, 플루리부스. 클럽을 정말로 재개장하길 바라요. 단골이 될게요."

"너희 아버지처럼 말이지?" 플루리부스가 싱긋 웃으며 말했다. "네 아버지가 네 나이 무렵이었을 때 말야. 악당 카스카 하이바텀이랑 문

닫을 때까지 매일 여기에 있었지."

플루리부스의 말 전부가 터무니없게 들렸다. 유머도 없고 엄격하기만 했던 그의 근엄한 아버지가 나이트클럽에서 신나게 놀았다고? 그리고 하고 많은 사람 중에 하이바텀 총장이랑? 두 사람의 나이가 비슷하긴 했지만 코리올라누스는 지금껏 두 사람이 함께 언급되는 걸 들어본 적이 없었다. "농담하시는 거죠?"

플루리부스는 "아냐, 두 사람은 거칠게 놀았어"라고 말했는데 더 자세한 이야기를 하려는 순간 고객이 찾아왔다.

코리올라누스는 귀한 물건을 아주 조심스럽게 집에 가져와서 자기방 서랍장 위에 얹어 놓았다. 티그리스와 할머님이 기타를 보며 굉장히 감탄했지만 누구보다 루시 그레이의 반응을 빨리 보고 싶었다. 그녀가 12번 구역에 있을 때 가지고 있던 악기가 뭔지는 모르지만 플루리부스의 악기와는 비교도 안 될 것이다.

머리가 아파서 해질 무렵 잠자리에 든 코리올라누스는 쉽사리 잠들지 못했다. 아버지와 '악당 카스카 하이바텀'의 관계에 정신이 팔려 있었기 때문이다. 플루리부스의 말처럼 두 사람이 친구였다면 호의는 전혀 남아 있지 않은 상태이리라. 함께 클럽을 다니던 시절 두 사람이 아무리 친했다 해도 결말이 좋지 않았을 거라는 생각을 지울 수가 없었다. 가능한 한 빨리 플루리부스에게 좀 더 자세히 말해 달라고 부탁해야겠다고 생각했다.

그러나 그 뒤로 며칠 동안은 토요일 밤으로 예정된 루시 그레이의 인터뷰 준비에 집중하느라 그럴 기회가 없었다. 멘터와 조공인은 인터뷰 준비를 할 수 있도록 교실을 하나씩 배정받았다. 평화유지군 두 명이 지키는 가운데 루시 그레이는 쇠사슬과 수갑을 풀 수 있었다. 티그리스는 루시 그레이가 자신을 믿어 준다면 방송을 위해 무지개 주름 드레스를 깨끗하게 빨아 다림질해 줄 수 있다며 자신의 낡은 드레스를 코리올라누스에게 들려 보냈다. 루시 그레이는 처음엔 주저했지만 티그리스가 준 라벤더향이 나는 꽃 모양의 작은 비누를 건네 받자 코리올라누스에게 옷을 갈아입을 테니 돌아서 있으라고 말했다.

기타가 지각 있는 존재인 것처럼 사랑스럽다는 듯 다루는 그녀를 보니 코리올라누스는 옛 시절이 생각났다. 자신의 과거와는 너무 달라서 그런 태도를 상상하기 힘들었다. 그녀는 천천히 기타를 조율하고 여러 곡을 잇달아 불렀다. 그가 가져온 음식만큼이나 그녀는 음악에도 굶주려 있었던 것 같았다. 코리올라누스는 여분의 음식을 전부 가져와서 그녀에게 주었고 그녀의 목을 달랠 수 있도록 옥수수 시럽을 넣어 달게 만든 차도 몇 병 가져왔다. 인터뷰가 시작되기 전까지 그녀의 성대는 많이 좋아져 있었다.

관객들이 아카데미 강당에 자리한 가운데 열린 '헝거 게임, 인터뷰의 밤'은 판엠 전체에 중계되었다. 광대 같은 캐피톨 TV의 일기예보관 루크레티우스 '럭키' 플리커맨이 진행을 맡은 이번 인터뷰는 많은 사람이 죽은 이 시점에서 두드러질 정도로 부적절했지만 놀라울 만큼 환영받는 분위기였다. 럭키는 인조 다이아몬드로 장식한 깃이 높은 파란 양복을 입었고 머리에는 젤을 바르고 구릿빛 파우더를 뿌렸다. 그의 기분은 명랑하다고 밖에 표현할 수 없었다. 전쟁 전의 물건을 활용한 무대 뒤 커튼에는 별이 빛나는 하늘이 그려져 있었고 그에 걸맞게 반짝거렸다.

쾌활하게 편곡한 국가 연주가 끝나자 럭키는 새로운 10년을 위한 새로운 헝거 게임에 온 것을 환영한다며 캐피톨 시민은 모두 그들이 고른 조공인의 스폰서가 되어 참여할 수 있다고 말했다. 지난 며칠 동안의 혼란 속에서 골 박사 팀이 할 수 있었던 것은 스폰서가 조공인에게 보낼 수 있는 기본적인 음식 몇 가지를 제시하는 게 전부였다.

"그렇게 해서 나에게 뭐가 돌아올까 생각하고 계시죠?" 럭키가 재잘거렸다. 그리고 새롭게 도입된 도박에 대해 설명했다. 우승과 순위를 놓고 돈을 거는 간단한 시스템이었고 전쟁 전에 경마를 했던 사람들에겐 친숙한 선택지들이 있었다. 조공인에게 음식을 선물할 돈을 보내거나 내기를 걸고 싶은 사람은 동네 우체국을 찾아가면 직원들이 기꺼이 도와줄 거라고 했다. 헝거 게임이 시작되기 전인 월요일에 돈을 걸 수 있도록 내일부터 아침 8시에서 저녁 8시까지 우체국을 열어 둘 예정이었다. 헝거 게임에 새로 도입된 규칙을 설명한 뒤 럭키는 조공인 인터뷰에 대해 설명하는 내용이 적힌 큐카드를 읽는 것 외에는 별로 할 일이 없었다. 하지만 그는 같은 병에서 다른 색깔의 와인을 따라 캐피톨을 위해 건배하거나 벨슬리브 재킷에서 비둘기 한 마리를 날려 보내는 등 몇 가지 마술을 선보였다.

멘터와 조공인 중 뭔가 보여 줄 것을 준비한 팀은 겨우 절반 정도였다. 코리올라누스는 자기 팀이 마지막 순서로 출연하게 해 달라고 부탁했다. 루시 그레이의 상대가 될 사람이 없다는 건 알고 있었지만 효과를 높이기 위해 제일 끝에 등장하고 싶었다. 다른 멘터들은 자기가 담당한 조공인의 배경을 말하고 기억에 남을 만한 내용을 섞으려 애쓰며 국민들에게 스폰서가 되어 달라고 요구했다. 리시스트라타는 제섭의 힘을 보여 주려고 단정하게 의자에 앉아 있는 자신을 제섭이 의자째 번쩍 들어 머리 위로 올리게 했다. 이오 재스퍼가 맡은 3번 구역의 남자아이 시르크는 안경으로 불을 지폈고 이오 재스퍼는 과학 지식을 사용해 이렇게 할 수 있는 안경의 여러 각도와 적당한 시간대를 알려 주었다. 오만한 주노 핍스는 몸집이 작은 보빈을 맡아 실망했다고 고백했다. 캐피톨을 설립한 가문의 일원인 핍스라면 8번 구역보다는 더 나은 조공인을 맡아야 하지 않을까? 하지만 보빈은 바느질 바늘로 사람을 죽일 수 있는 다섯 가지 방법을 설명해 핍스의 마음을 샀다. 페스투스가 맡은 4번 구역 여자아이 코럴은 경기장에 배치되는 무기 삼지창을 잘 다룰 수 있다고 강조했다. 낡은 빗자루로 시범을 보였는데 빙글빙글 돌리며 휘두르는 모습을 보니 경험이 많은 건 분명했다. 유제품 기업의 상속녀 도미티아 윔지윅은 소를 잘 안다는 게 자산이 되었다고 말했다. 천성이 쾌활한 그녀는 10번 구역의 근육질 조공인 태너를 맡았는데 도살장의 여러 기술에 대해 이야기하다 도를 넘는 바람에 럭키가 말을 끊어야 할 정도였다. 이런 주제는 매력이 없다고 한 아라크네의 말은 틀렸다. 그때까지 가장 많은 박수를 받은 건 태너였기 때문이다.

코리올라누스는 루시 그레이와의 무대를 준비하며 인터뷰를 건성으로 들었다. 대통령의 종손 펠릭스 레이빈스틸은 11번 구역 여자아이 딜을 인상적으로 소개하려 애썼지만 딜이 너무 허약해져서 기침 소리조차 잘 들리지 않을 정도였기 때문에 코리올라누스는 그의 시도를 이해할 수 없었다.

티그리스는 루시 그레이의 드레스로 또다시 놀라운 일을 해냈다. 때와 재를 제거하고 깨끗하고 빳빳하게 풀을 먹이자 무지갯빛 주름이 환히 드러났다. 파브리시아가 버린 블러시가 아주 조금 남은 병도 하나 보내 주었다. 루시 그레이는 깨끗이 씻고 블러시로 뺨과 입술을 붉게 칠하고 추첨일 때처럼 머리를 틀어 올렸다. 플루리부스의 말마따나 그녀는 아직도 즐기는 법을 아는 사람처럼 보였다.

"네가 우승할 확률이 점점 높아지고 있어." 코리올라누스가 그녀의 머리에 꽂은 핫핑크 장미 봉오리를 바로잡으며 말했다. 코리올라누스 역시 소매에 같은 색 장미를 꽂았다. 루시 그레이가 누구의 사람인지 일깨워 주어야 할 사람이 있을 경우를 대비해서였다.

"음, 사람들이 하는 말을 너도 알 거 아냐. '모킹제이가 노래할 때까지는 쇼가 끝난 게 아니다.'" 그녀가 말했다.

"모킹제이?" 그는 웃었다. "정말이지 난 네가 이런 얘기들을 다 지어 내는 것 같아."

"아니야. 모킹제이는 진짜로 있는 새야." 그녀가 장담했다.

"모킹제이가 네 공연에서도 노래할 거야?" 그가 물었다.

"내 공연에서는 안 할 거야, 자기야. 네 공연에서 하겠지. 어차피 캐 피톨 공연이지만." 루시 그레이가 말했다. "이제 우리 차례인 것 같아."

깨끗한 드레스를 입은 루시 그레이와 단정하게 다림질한 교복을 입 은 코리올라누스가 무대에 등장하자 그 모습만으로도 자연스럽게 박수 갈채가 터졌다. 그는 아무도 관심 없을 질문들을 던지며 시간을 낭비하 지 않았다. 그 대신 자기소개를 한 다음 물러서서 루시 그레이 혼자 스 포트라이트를 받도록 했다.

"안녕하세요." 루시 그레이가 말했다. "나는 루시 그레이 베어드예요. 코비 베어드 사람이죠. 나는 12번 구역에서 이 노래를 쓰기 시작했는데 끝부분이 어떻게 될지는 나도 잘 몰랐어요. 오래된 노래에 내가 쓴 가 사를 붙였어요. 내가 온 곳에선 이걸 발라드라고 불러요. 이야기를 들 려주는 노래죠. 이게 내 노래인 것 같네요. '루시 그레이 베어드의 발라 드.' 마음에 들었으면 좋겠어요."

코리올라누스는 지난 며칠 동안 그녀가 부르는 노래 수십 곡을 들었 다. 봄날의 아름다움에 대한 노래부터 엄마를 잃은 절망감을 담은 가슴 미어지는 노래까지. 자장가와 춤곡, 애가哀歌와 짤막한 노래까지 다양 했다. 그녀는 그에게 의견을 구하며 각 곡에 대한 그의 반응을 염두에 두었다. 코리올라누스는 루시 그레이가 사랑에 빠지는 신비로움에 대 한 매력적인 노래를 부를 거라고 생각했지만 무대 위에서 그녀가 부르 는 노래는 그녀가 그동안 연습해 왔던 노래가 아니었다. 잊히지 않는 멜

로디가 분위기를 잡았다. 피어오르는 연기 속에서 슬픔으로 허스키해
진 목소리로 그녀가 노래를 시작하자 가사가 남은 여백을 모두 채웠다.

나는 아기였을 때 구덩이에 빠졌어.
내가 소녀였을 때 나는 너의 품속으로 빠졌어.
우리는 힘든 시절을 겪었고 밝은 색을 잃었어.
너는 엉망이 되었고 나는 내 매력에 기대어 살았어.

나는 저녁을 먹기 위해 춤을 추었고
꿀처럼 키스를 흩뿌렸어.
너는 훔치고 도박했고, 난 네가 그래야 한다고 말했어.
우리는 저녁을 먹기 위해 노래했고 술값으로 돈을 날렸어.
그러다 어느 날 너는 내가 쓸모없다면서 떠났어.

음, 그래. 난 나쁘지만 너도 별로 괜찮지는 않아.
그래, 난 나쁘지만 새삼스러울 것도 없지.
넌 날 사랑하지 않을 거라고 했어.
나도 널 사랑하지 않을 거야.
내가 너에게 어떤 사람인지 일깨워 줄게.

나는 네가 껑충 뛸 때 망을 봐 주는 사람이니까.
네가 얼마나 용감했는지 아는 사람이니까.
그리고 난 네 잠꼬대를 들은 사람이니까.
내가 무덤에 가게 될 때,
그것 그리고 그 이상을 가져갈 거야.

머지않아 나는 땅속에 묻힐 거야.

머지않아 너는 혼자 남을 거야.

그러니 너는 내일 누구한테 의지할까.

왜냐하면 장례식 종이 울리면 나의 연인, 당신은 혼자니까.

그리고 네가 우는 모습을 보게 한 건 나야.

난 네가 지키려 애썼던 사람을 알아.

네가 나에게 도박을 걸었다가

추첨에서 잃게 되어 참 안됐어.

이제 내가 무덤으로 가면 넌 어떻게 할래?

그녀가 노래를 마쳤을 때 훌쩍이는 소리와 기침 소리가 조금 들렸을 뿐 강당은 쥐 죽은 듯 조용했다. 그리고 마침내 강당 뒤쪽에서 플루리부스가 외쳤다. "브라보!" 우레와 같은 박수갈채가 뒤따랐다.

코리올라누스는 그녀의 삶에 대한 어둡고 감동적이며 너무나 개인적인 이 노래가 사람들의 가슴을 울렸다는 걸 알았다. 그녀를 위한 선물이 경기장에 쏟아져 들어오리란 것도 알았다. 지금도 벌써 그녀의 성공은 그에게 영향을 주면서 이것을 그의 성공으로 만들고 있었다. '스노우가 일등이다'였다. 그는 이러한 상황에 몹시 기뻐하며 속으로는 껑충껑충 뛰면서도 겉으로는 겸손하게 기뻐하는 모습을 보여야 한다는 걸 알고 있었다.

하지만 그가 실제로 느낀 감정은 질투였다.

12

"그리고 마지막으로, 12번 구역 소녀…는 코리올라누스 스노우가 맡습니다."

"네가 무지개 소녀를 맡지 않았다면 일이 꽤 다르게 흘러갔을 거야."

"사실 우리는 서로를 죽이느라 너무 바빠서 즐기는 법을 잊어버렸어. 하지만 그 아이는 알고 있더구나. 네 여자아이."

그의 여자아이. 그의 것. 여기 캐피톨에서는 마치 추첨에서 그녀의 이름이 불리기 전에는 그녀에게 삶이 없었다는 듯이 루시 그레이가 그의 것이라고 여겼다. 신성한 척하는 세자누스조차 그녀가 물물교환의 대상이라고 생각했다. 그게 소유가 아니라면 뭐가 소유란 말인가. 루시 그레이는 코리올라누스와는 아무 상관도 없는, 다른 사람과 깊은 관련이 있는 삶을 노래로 묘사함으로써 이 모든 걸 거부했다. 그녀가 무려 '연인'이라고 부른 사람이었다. 그녀를 거의 알지도 못하는 코리올라누스가 그녀의 마음을 얻었다고 우길 수는 없지만 다른 사람이 얻었다는 것도 그는 마음에 들지 않았다. 이 노래는 분명 성공을 거두었지만 그는 왠지 배신당한 느낌이었다. 굴욕감마저 느꼈다.

루시 그레이는 일어나서 인사를 한 뒤 그에게 손을 내밀었다. 그는 잠깐 주저하다가 그녀와 함께 무대 앞쪽에 섰다. 박수갈채가 더욱 커졌고 관객들은 모두 기립박수를 보냈다. 플루리부스가 앵콜 요청을 이끌었지만 럭키 플리커맨은 시간이 끝났음을 상기시켰고 두 사람은 마지막으로 인사를 한 뒤 손을 잡고 퇴장했다.

무대 뒤로 들어가면서 그녀는 손을 놓으려 했지만 그는 손을 더 꼭 쥐었다. "음, 너 히트쳤어. 축하해. 신곡이야?"

"한동안 만들던 노랜데 마지막 구절은 몇 시간 전에 썼어. 왜? 마음에 안 들었어?"

"놀랐어. 다른 노래들도 정말 많았잖아."

"그랬지." 루시 그레이는 손을 빼 내고 기타 줄을 훑으며 마지막 멜로디를 다시 연주하고는 기타를 조심스레 케이스에 넣었다. "들어 봐, 코리올라누스. 나는 이 게임에서 우승하기 위해 전력을 다해 싸울 거지만 리퍼와 태너 같은 아이들, 사람을 죽여 본 적이 있는 다른 아이들과 같이 경기장에 들어가게 돼. 보장된 건 아무것도 없어."

"그리고 그 노래는?" 그가 캐물었다.

"그 노래?" 그녀는 그의 말을 되풀이한 다음 잠시 생각했다. "12번 구역에서 해결되지 않은 일들이 좀 있어. 내가 조공인이 된 건… 음, 운이 나빴고 몹쓸 거래도 있었어. 그건 몹쓸 거래였어. 내게 상당히 신세를 진 누군가가 관여되어 있었지. 그 노래는 일종의 앙갚음이었어. 대부분의 사람들은 모르겠지만 코비는 내 메시지를 분명히 알아들었을 거야. 그리고 내게 정말로 중요한 건 그들뿐이야."

"딱 한 번만 듣고도 메시지를 알아챘다고?" 코리올라누스가 물었다. "상당히 빨리 지나갔는데."

"내 사촌 모드 아이보리는 딱 한 번만 들어도 돼. 그 아이는 멜로디가 붙은 건 절대 잊어버리지 않거든." 루시 그레이가 말했다. "다시 우리를 부르는 것 같아."

그녀의 옆에 나타난 남자 평화유지군 두 명이 그녀를 조금은 친절하게 대하며 갈 준비가 되었느냐고 물었다. 그들은 미소 짓지 않으려고 노력했다. 12번 구역의 평화유지군들도 그랬다. 코리올라누스는 그녀가 어디까지 친절해질 수 있을까 하는 생각을 억누를 수 없었다. 그는 그들에게 못마땅하다는 표정을 지어 보였지만 어떤 영향도 없었다. 그들이 그녀를 데려가며 퍼포먼스에 대해 칭찬하는 소리가 들렸다.

그는 짜증을 꾹 참고 사방에서 쏟아지는 축하 인사를 받았다. 루시 그레이는 조금 혼란스러워할지 모르지만 캐피톨이 보기에 그녀는 코리올라누스의 소유였다. 그러니 12번 구역 조공인을 칭찬하는 게 결국 무슨 의미겠는가. 플루리부스를 마주치기 전까지는 정말 그랬다. 플루리부스는 "엄청난 재능이야. 타고났어! 그 아이가 살아남을 수 있다면 반드시 내 클럽에 헤드라이너로 세우겠어"라며 칭찬을 쏟아 냈다.

"그건 좀 힘들 것 같은데요. 고향으로 돌려보내지 않을까요?" 코리올라누스가 말했다.

"내게 신세를 갚을 사람이 한두 명 있어. 오, 코리올라누스, 걔 정말 대단하지 않니? 얘야, 네가 그 아이를 맡아서 정말 기쁘구나. 스노우 가문에 행운이 생길 때도 됐지."

파우더를 뿌린 어처구니없는 가발을 쓰고 늙어서 골골거리는 고양이를 키우는 멍청한 노친네. 자기가 대체 뭘 안다고? 코리올라누스가 오해를 바로잡으려는 찰나에 사티리아가 나타나 코리올라누스의 귀에 대고 "분명히 상을 받을 것 같아"라고 속삭이는 바람에 코리올라누스는 그냥 넘어가기로 했다.

세자누스가 또 다른 새 양복을 입고 나타났다. 꽃이 달린 비싼 드레스를 입은 쭈글쭈글하고 몸집 작은 여성이 그의 팔짱을 끼고 있었다. 옷은 중요하지 않았다. 순무에 야회복을 입힌다 해도 순무는 으깨 달라고 애걸할 것이다. 코리올라누스는 이 여성이 세자누스의 어머니라고 확신했다.

세자누스가 서로를 소개하자 코리올라누스는 플린스 부인에게 손을 내밀며 따뜻한 미소를 지었다. "플린스 부인, 정말 영광입니다. 제가 그동안 미처 신경 쓰지 못한 걸 부디 용서해 주세요. 며칠 전부터 쪽지를 보내 드리려 했지만 쓰려고 앉을 때마다 뇌진탕 때문에 머리가 너무 지끈거려 제대로 생각을 할 수가 없었어요. 맛있는 캐서롤, 정말 감사했습니다."

플린스 부인이 기뻐하자 얼굴에 잔주름이 잡혔다. 부인은 부끄러워하며 웃었다. "감사는 우리가 해야지, 코리올라누스. 세자누스에게 이렇게 좋은 친구가 있어서 우린 정말 기쁘단다. 뭐든 필요한 게 있으면 우리에게 말하렴. 도움이 될 수 있다는 걸 알아주었으면 좋겠구나."

"음, 그건 저도 마찬가지입니다. 언제나 돕겠습니다." 그의 말은 너무나 과장스러워서 의심스럽게 들릴 수밖에 없었다. 그렇지만 플린스 부인은 의심하지 않았다. 그녀의 눈에 눈물이 고였고 목구멍에서는 꾸륵 소리가 났다. 플린스 부인은 코리올라누스의 도량에 감동해 아무 말도 하지 못했다. 부인은 작은 수트케이스 정도 크기의 무시무시한 핸드백을 뒤져 가장자리에 레이스가 달린 손수건을 꺼내 코를 풀었다. 다행히 누구에게나 진심으로 다정하게 대하는 티그리스가 그를 찾으러 무대 뒤로 왔다가 플린스 가족과 대신 이야기를 나누었다.

마침내 행사가 마무리되었다. 코리올라누스와 티그리스는 함께 집까지 걸어오면서 루시 그레이가 블러시를 조금만 사용했던 것부터 안타깝게도 잘 어울리지 않았던 그녀의 엄마 드레스까지 그날 저녁에 있었던 일들에 대해 이야기했다. "하지만 코리오, 난 정말이지 상황이 이보다 더 좋게 돌아갈 수는 없을 것 같아."

"너무 기뻐. 루시 그레이에게 스폰서를 붙여 줄 수 있을 것 같아. 그 노래 때문에 그녀를 좋아하지 않는 사람들이 없기를 바랄 뿐이야."

"난 굉장히 감동했어. 거의 다 그랬을걸. 넌 마음에 안 들었어?" 그녀가 물었다.

"물론 좋았지. 난 아주 열린 마음을 가진 편이니까. 그런데 그 노래

말야. 그동안 그 아이가 어떤 일을 겪었는지 암시한 노래라고 생각해?"

"안 좋은 경험을 했던 걸로 들렸어. 그 아이가 사랑했던 누군가가 그 아이 마음을 다치게 했다고." 티그리스가 대답했다.

"그건 절반에 불과해." 그가 계속 얘기했다. 자신이 구역에 있는 하찮은 누군가를 부러워한다는 건 티그리스가 떠올려서도 안 되는 생각이기 때문이었다. "매력에 의존해서 살았다는 부분도 있었어."

"음, 그건 무슨 의미든 될 수 있지. 어쨌든 그 아이는 공연하는 사람이잖아."

그는 생각해 보았다. "그렇겠지."

"넌 걔가 부모님을 잃었다고 했어. 아마 여러 해 동안 혼자 힘으로 살아왔을 거야. 전쟁에서 살아남고 전쟁 뒤의 세월을 지내 온 사람이라면 누구도 그걸로 그 아이를 비난할 수는 없다고 생각해." 티그리스는 시선을 떨구었다. "우리 모두 자랑스럽지 않은 일들을 했잖아."

"누나는 아니잖아." 그가 말했다.

"내가 안 그랬다고?" 티그리스가 그녀답지 않게 비꼬듯 되물었다. "우리 모두가 그런 일을 했어. 어쩌면 네가 너무 어려서 기억하지 못하는지도 모르지. 어쩌면 그게 얼마나 나쁜 건지 몰랐을 수도 있고."

"어떻게 그렇게 말해? 내가 기억하는 건 그게 전부야." 그가 맞받아쳤다.

"그러면 너그러워져야지, 코리오." 그녀가 쏘아붙였다. "그리고 죽음과 불명예 중 하나를 선택해야 했던 사람들을 업신여기지 마."

티그리스의 질책은 충격이었지만 그녀가 불명예로 여겨질 수 있는 행동을 했다는 듯한 암시가 더욱 충격이었다. 티그리스는 무슨 행동을 했을까? 만약 티그리스가 그런 행동을 했다면 그를 보호하기 위해서였을 것이다. 코리올라누스는 추첨일 아침에 티그리스가 가진 것 중 암시장에서 교환할 만한 게 뭐가 있을까 대수롭지 않게 생각했던 걸 떠올렸다. 하지만 심각하게 받아들여 본 적은 없었다. 아니, 그게 아닌가? 그녀가 코리올라누스를 위해 어떤 희생까지 감당하려 하는지 모르는 편을 선택한 건 아닐까? 그녀의 말은 상당히 애매모호했다. 스노우 가문 사람의 격에 맞지 않는 일은 너무나 많았다. 그래서 그는 티그리스가 루시 그레이의 노래에 대해 말했던 것처럼 "음, 그건 무슨 의미든 될 수 있지"라고 말했다. 코리올라누스는 티그리스의 일에 대해 자세히 알고 싶었을까? 아니다. 사실 그는 아무것도 알고 싶지 않았다.

코리올라누스가 아파트 출입문을 당겨 열었을 때 티그리스는 믿을 수 없다는 듯 외쳤다. "아, 말도 안 돼! 엘리베이터가 작동하잖아!"

전쟁 초기부터 움직이지 않던 엘리베이터이기에 그는 티그리스의 말을 믿을 수가 없었다. 하지만 정말 엘리베이터 문이 열려 있었고 엘리베이터 내부 벽의 거울에 불빛이 비쳐 보였다. 그는 관심을 돌릴 만한 일이 생겨 기뻐하며 깊숙이 머리를 숙여 그녀에게 말했다. "먼저 타시지요."

티그리스는 키득거리며 기품 있는 부인처럼 당당히 걸어 들어갔다. 사실 티그리스는 그런 귀부인이 되도록 태어난 사람이었다. "정말 친절하시군요."

코리올라누스가 얼른 뒤따라 들어갔고 두 사람은 잠시 층 버튼을 바라보았다. "내가 기억하기로는 엘리베이터가 마지막으로 작동했던 게 아버지 장례식에 다녀온 직후였어. 그 후로는 언제나 걸어 올라갔지."

"할머님이 굉장히 신나 하시겠네. 할머님 무릎으론 이젠 저 계단을 감당할 수 없잖아." 티그리스가 말했다.

"나도 신나는걸. 할머님이 가끔 외출하실 수도 있으니까." 코리올라누스의 말에 티그리스가 그의 팔을 때렸지만 그녀는 웃고 있었다. "정말이야. 5분 정도라도 우리 둘만 집에 있으면 좋을 것 같아. 하루라도 아침에 국가를 듣지 않아도 된다거나 저녁 먹을 때 넥타이를 매지 않아도 된다거나. 그렇지만 할머님이 외출하면 사람들한테 '코리올라누스가 대통령이 되면 매주 화요일마다 샴페인 비가 내릴 거예요!'라고 말하고 다닐 위험도 있어."

"사람들은 그저 나이가 많이 드셔서 그런 거라고 생각할지도 몰라." 티그리스가 말했다.

"그러길 바랄 수는 있지. 자, 손수 작동해 주시겠습니까?" 코리올라누스가 말했다.

티그리스가 손을 뻗어 펜트하우스 버튼을 길게 눌렀다. 잠시 후 삐걱거리는 소리도 없이 문이 닫혔고 그들은 올라가기 시작했다. "아파트 주민회가 이걸 고치기로 했다니 놀랐어. 돈이 많이 들었을 텐데."

코리올라누스는 얼굴을 찡그렸다. "집을 팔려고 건물을 근사하게 손보는 것 같지 않아? 새로 세금이 도입된다니 말이야."

티그리스의 얼굴에서 장난기가 사라졌다. "충분히 가능한 일이야. 두리틀 가족은 적절한 가격에 집을 팔려고 해. 말로는 자기들이 살기엔 아파트가 너무 넓다고 하지만 그것 때문이 아니라는 건 너도 알잖아."

"우리도 그렇게 말해야 할까? 대대로 살아왔던 집이 너무 커서 이사한다고?" 엘리베이터 문이 열리고 아파트 현관문이 나타났다. "가자, 아직 해야 할 숙제가 있어."

할머님은 코리올라누스를 칭찬하려고 자지 않고 기다리고 있었다. 인터뷰 하이라이트가 끝없이 재방송되고 있었다. "네 여자아이는 딱하고 저급하지만 나름의 묘한 매력이 있어. 목소리 때문이려나. 묘하게 마음을 파고들어."

루시 그레이가 할머님을 자기편으로 만들었다면 전 국민이 좋아할 수밖에 없을 거라고 코리올라누스는 생각했다. 하지만 아무도 그녀의 의심스러운 과거에는 아랑곳하지 않는 것 같았다. 그런데 왜 그가 신경을 쓰겠는가.

그는 버터밀크를 한 컵 따르고 아버지의 실크 가운으로 갈아입은 다음 전쟁에서 그가 좋아했던 모든 것을 적으려고 책상 앞에 앉았다. 그는 "전쟁은 비참하다고들 말하지만 전쟁에 매력이 없는 것은 아니다"라고 첫 문장을 썼다. 그가 보기엔 영리한 도입부 같았지만 아무것도 이어 쓸 수가 없었고 30분 동안 한 글자도 쓸 수 없었다. 페스투스가 말했던 것처럼 아주 금방 끝날 숙제였다. 하지만 그 문장으로는 골 박사를 만족시키지 못할 테고 건성으로 작성해 제출하면 달갑지 않은 시선만 끌게 될 게 뻔했다.

티그리스가 잘 자라고 인사하러 들어오자 코리올라누스는 이 주제에 대한 그녀의 반응이 궁금했다. "전쟁에서 우리가 좋아했던 게 하나라도 있었나?"

그녀는 침대 끝에 앉아 생각에 잠겼다. "좋아했던 군복들은 있어. 지금 군복은 아니지만 금색 장식이 달린 빨간 재킷."

"가두 행진할 때?" 그는 창문에 붙어 서서 군인과 악단의 행진을 지켜봤던 걸 기억하며 조금 흥분했다. "내가 가두 행진을 좋아했어?"

"너 엄청 좋아했어. 너무 신나 해서 아침도 먹지 못할 정도였다니까. 가두 행진하는 날이면 우린 늘 모여서 봤지." 티그리스가 말했다.

"맨 앞줄 좌석에서." 코리올라누스는 종이에 '군복'과 '가두 행진'이라고 휘갈겨 쓴 다음 '불꽃놀이'를 덧붙였다. "어렸을 때는 구경거리라면 뭐든 다 좋아했나 봐."

"칠면조 기억나?" 티그리스가 갑자기 물었다.

포위 상태 때문에 캐피톨이 식인과 절망으로 추락한 전쟁 마지막 해였다. 심지어 리마콩도 얼마 남지 않았고 몇 달 동안 고기 비슷한 것조차 식탁에 올라오지 않을 때였다. 캐피톨은 국민의 사기를 돋우기 위해 12월 15일을 '국민 영웅들의 날'로 선포했다. 텔레비전에서 특집 프로그램을 만들어 캐피톨을 지키느라 목숨을 잃은 여남은 명의 시민을 기렸다. 코리올라누스의 아버지 크라수스 스노우 장군도 포함되었다. 방송 시간에 맞춰 전기가 들어왔지만 그 전날엔 전기와 난방이 하루 종일 꺼져 있었다. 코리올라누스는 이미 아버지에 대한 기억이 희미해져 있었다. 사진으로 얼굴은 알았지만 방송을 통해 들은 아버지의 깊은 목소리와 각 구역에 대한 강경 발언에 놀라지 않을 수 없었다. 국가가 흐른 뒤 노크 소리가 들려 두 사람은 침대에서 일어났다. 정장용 군복을 입은 군인 세 명이 국민 영웅들의 날을 기념하기 위한 명판과 9킬로그램짜리 냉동 칠면조가 든 바구니를 들고 찾아온 것이었다. 국가에서 보낸 상이었다. 먼지가 쌓인 민트 젤리 병, 연어 통조림 하나, 꽃향기 나는 초도 들어 있었다. 과거 캐피톨이 누렸던 부귀를 재현하려는 의도가 분명했다. 군인들은 바구니를 현관에 놓고 감사 성명서를 읽은 다음 잘 자라고 인사한 뒤 돌아갔다. 티그리스는 왈칵 울음을 터뜨렸고 할머님은 주저앉았지만, 코리올라누스는 제일 먼저 현관문이 잠겼는지부터 확인했다. 새로 얻은 재물을 지키기 위해서였다.

그들은 토스트에 연어를 얹어 먹었고 티그리스가 다음 날 학교에 가지 않고 칠면조를 어떻게 요리할지 찾아보기로 결정했다. 코리올라누스는 스노우 가문의 문장이 새겨진 편지지에 저녁 식사 초대 문구를 적어서 플루리부스에게 전했다. 그는 포스카와 찌그러진 살구 통조림을 들고 찾아왔다. 티그리스는 요리사가 보던 옛날 요리책 중 하나를 참고해 훌륭한 요리를 만들었다. 그들은 빵과 양배추로 속을 채우고 젤리를 바른 칠면조를 양껏 먹었다. 그전에도 그 후에도 그보다 더 맛있는 음식은 없었다.

"지금까지도 내 인생 최고의 날 중 하나였어." 코리올라누스는 그날의 기분을 어떻게 말로 표현해야 할지 알 수 없었지만 결국 '궁핍 완화'라고 썼다. "누나가 만든 칠면조 요리 진짜 대단했어. 그땐 누나 나이가아주 많아 보였는데 사실은 그냥 어린아이였잖아." 코리올라누스가 말했다.

티그리스가 미소 지었다. "너도 훌륭했어. 네가 옥상에 만든 채소밭."

"파슬리를 원한다면 내가 줄 수 있었지!" 코리올라누스가 웃었다. 그는 자신이 키운 파슬리를 자랑스러워했다. 수프의 맛을 돋우었고 가끔은 다른 무언가와 바꿀 수도 있었다. 그는 목록에 '지략'을 써넣었다.

코리올라누스는 어린 시절의 기쁨을 되새기며 숙제를 마쳤지만 다쓰고 나서 보니 흡족하지 않았다. 그는 경기장 폭발 사건, 학교 친구들의 죽음, 마르쿠스의 탈출 등이 일어났던 최근 몇 주에 대해 생각해 보았다. 이 일들이 캐피톨이 포위당했을 때 그가 느꼈던 공포를 되살아나게 했다는 것도 떠올렸다. 그런 공포 없이 산다는 것은 그때도 중요했고 지금도 중요했다. 그래서 그는 한 단락을 덧붙여 전쟁에서 승리하여느낀 깊은 안도, 그를 너무나 잔인하게 대했고 그의 가족이 정말 많은것을 잃게 만든 캐피톨의 적들이 무릎 꿇은 모습을 보며 느끼는 음산한만족감에 대해 적었다. 그들의 두 다리가 묶였다. 무력해졌다. 더 이상코리올라누스를 해칠 수 없게 되었다. 그들의 패배가 가져온 안전하다는 낯선 느낌이 그는 좋았다. 힘으로만 얻을 수 있는 안보. 상황을 통제할 수 있는 능력. 그래, 그가 전쟁에서 제일 좋아했던 건 그것이었다.

다음 날 아침 멘터들이 일요일 회의를 위해 터덜터덜 들어오는 가운데, 코리올라누스는 전쟁이 없었다면 저 아이들은 어떤 사람이 되었을까 상상해 보았다. 전쟁이 시작되었을 때는 걸음마 하는 아기였고 전쟁이 끝났을 때는 모두 여덟 살 정도였다. 고생은 덜해졌지만 그와 학교 친구들 모두 그들이 태어났을 때의 호화로운 삶과는 거리가 먼 삶을 살 아야 했다. 그들의 세계를 재건하는 일은 느렸고 실망스러웠다. 그가 만약 배급과 폭격, 굶주림과 공포를 지워 버리고 그들이 태어날 때 약 속받았던 장밋빛 인생으로 대체할 수 있다면 그는 친구들을 알아볼 수 나 있을까?

코리올라누스는 클레멘시아에게 생각이 미치자 찌릿한 죄책감이 들 었다. 회복하고 숙제하고 루시 그레이의 헝거 게임 참가 준비를 돕느라 그는 아직 문병을 가 보지 못했다. 시간이 없어서만은 아니었다. 그는 병원으로 돌아가 그녀가 어떤 상태인지 보고 싶은 마음이 없었다. 의사 가 거짓말을 한 거라면 비늘이 온몸으로 퍼졌으면 어쩌나. 아예 뱀으로 변해 버렸다면? 바보 같은 생각이었지만 골 박사의 실험실이 너무나 사악했기 때문에 그는 자꾸 극단적인 상상을 떠올렸다. 편집증적인 생 각이 그를 갉아먹었다. 골 박사의 조수들이 코리올라누스 역시 잡아 가 두려고 그가 찾아오기만을 기다리고 있다면? 그건 말이 안 된다. 그를 잡아 놓으려 했다면 입원했을 때가 적기였을 것이다. 이 모든 게 터무 니없다고 그는 결론을 내렸다. 기회가 생기는 대로 문병을 가야겠다고 생각했다.

늘 아침 일찍 일어나는 게 분명한 골 박사와 늘 늦게 일어나는 게 분 명한 하이바텀 총장이 어젯밤의 퍼포먼스를 평가했다. 코리올라누스와 루시 그레이가 압도적으로 앞섰지만 최소한 조공인을 인터뷰 무대에 올리는 데 성공한 멘터 모두에게 점수가 주어졌다. 캐피톨 TV에서는 럭키 플리커맨이 중앙 우체국 앞에서 내기 현장 소식을 알리고 있었다. 태너와 제섭이 이길 거라고 점치는 사람이 많았지만 선물은 루시 그레 이가 압도적으로 많이 받았다. 두 번째 아이에 비해 세 배나 많았다.

"저 사람들을 봐." 골 박사가 말했다. "마음에 상처를 입은 작은 여자아이에게 빵을 보내고 있어. 그 아이가 이길 거라고 생각하지도 않는데 말이야. 저기서 어떤 교훈을 얻을 수 있지?"

"투견 시합에서 제대로 서 있을 수도 없는 머트에게 돈을 거는 사람들을 봤어요." 페스투스가 골 박사에게 말했다. "사람들은 승산 없는 시도를 좋아해요."

"사람들은 훌륭한 사랑 노래를 좋아한다에 더 가깝겠지." 페르세포네가 보조개를 지으며 말했다.

"사람들은 바보예요." 리비아가 비웃었다. "루시 그레이는 가망이 없어요."

"하지만 낭만적인 사람들도 많지." 펍이 리비아에게 눈을 깜빡이며 축축하게 키스하는 소리를 냈다.

"그래. 낭만적인 생각, 이상적인 생각은 아주 매력적일 수 있지. 너희들의 에세이로 넘어가기에 좋은 주제인 것 같구나." 골 박사가 실험실 스툴에 앉았다. "써 온 것들을 한번 보자."

골 박사는 에세이를 제출하라고 하지 않고 내용의 일부분을 소리 내서 읽으라고 했다. 멘터들은 코리올라누스가 떠올리지 못했던 많은 부분을 다루었다. 군인들의 용기나 언젠가 자신이 영웅적인 행동을 할 수도 있을 거라고 써 온 아이도 있었다. 함께 싸운 전우들 사이에 생긴 유대감이나 캐피톨을 지키는 행위의 고귀함을 언급한 아이도 있었다.

"우리 모두가 더 커다란 무엇의 일부분이라고 느꼈어요." 도미티아가 말하며 진지하게 고개를 끄덕이자 정수리에 묶어 올린 포니테일이 흔들렸다. "중요한 것. 우리는 모두 희생을 치렀지만 그건 우리나라를 구하기 위해서였죠."

코리올라누스는 그들의 '낭만적인 생각'에 공감이 가지 않았다. 전쟁

205

을 낭만적으로 묘사하는 시각에 동의하지 않았기 때문이다. 전쟁에서 용기가 필요한 경우는 다른 사람이 계획을 잘못 세웠기 때문인 경우가 많다. 그는 자기가 페스투스 대신 총알을 맞을 수 있을지 알 수 없었고 알고 싶지도 않았다. 쟤들은 캐피톨에 대한 신념을 정말 진심으로 믿고 있을까? 코리올라누스가 갈망하는 것은 고귀함과는 별 상관이 없었고 오직 장악하고 싶다는 욕구였다. 물론 그에게 강력한 도덕률이 없는 건 아니었다. 분명히 있었다. 하지만 전쟁 선언부터 승리 가두 행진에 이르기까지 전쟁의 거의 모든 것은 자원 낭비 같았다. 그는 대화에 참여하는 척하면서 한쪽 눈으로는 계속 시계를 보았다. 에세이를 읽지 않도록 시간이 빨리 흘러가기만을 바랐다. 가두 행진은 얄팍해 보였고 권력의 매력은 옳은 말이긴 해도 다른 아이들이 떠벌리는 말에 비하면 비정했다. 그리고 파슬리를 키웠던 이야기는 아예 쓰지 말아야 했다. 지금 보니 유치해 보였다.

코리올라누스의 차례가 되었을 때 칠면조 부분을 읽는 것만이 최선의 선택이었다. 도미티아는 감동적이라고 말했다. 리비아는 어이없다는 듯 눈알을 굴렸고 골 박사는 눈썹을 치켜올리며 더 읽을 부분이 있는지 물었다. 그는 없다고 답했다.

"플린스 군?" 골 박사가 세자누스를 호명했다.

세자누스는 수업 내내 말이 없었고 우울해 보였다. 그는 종이 한 장을 넘기더니 자신의 에세이를 읽었다. "'내가 전쟁에서 유일하게 좋아했던 것은 계속 집에서 살고 있다는 것이었다.' 전쟁에 그 이상의 가치가 있었느냐고 물으신다면 잘못된 점들을 바로잡을 기회였다고 말하겠어요."

"바로잡아졌니?" 골 박사가 물었다.

"전혀요. 구역들 상황은 어느 때보다 나빠요." 세자누스가 말했다.

교실 여기저기서 반대하는 말들이 튀어나왔다.

"우와!"

"쟤 정말 저렇게 생각하는 건 아니겠지?"

"그럼 2번 구역으로 돌아가! 누가 널 아쉬워하겠어?"

코리올라누스는 '정말 세게 나오는구나'라고 생각했다. 하지만 화가 났다. 전쟁이 일어나려면 양측이 있어야 한다. 그런데 그를 고아로 만든 이 전쟁은 반군들이 시작했다.

세자누스는 다른 아이들의 반응은 무시한 채 수석 게임운영자 골 박사에게만 집중했다. "골 박사님께서는 전쟁에서 무엇을 좋아하셨는지 여쭤 봐도 될까요?"

골 박사는 한참이나 세자누스를 바라보다가 미소를 지었다. "내가 옳았다는 걸 입증해 주어서 좋았어."

아무도 감히 무슨 뜻이냐고 물어볼 엄두를 내지 못하는 중에 하이바텀 총장이 점심시간을 알렸고 모두 에세이를 두고 밖으로 나왔다.

식사 시간은 30분이었지만 코리올라누스는 깜빡하고 음식을 가져오지 않았고 일요일이라 아카데미에서는 음식을 제공하지 않았다. 그는 건물 앞 계단의 그늘진 곳에 머리를 대고 누워 시간을 보냈다. 페스투스와 8번 구역 여자아이의 멘터인 힐라리우스 헤븐스비는 여성 조공인의 전략을 의논했다. 줄무늬 드레스와 빨간 스카프 차림이었던 힐라리우스의 조공인을 기차역에서 봤던 기억이 어렴풋이 났지만 그 조공인을 기억하는 가장 큰 이유는 보빈과 함께 있었기 때문이었다.

"여자아이들의 문제는 남자아이들과 같은 방식으로 싸우는 데 익숙하지 않다는 점이야." 힐라리우스가 말했다. 헤븐스비 가족은 전쟁 전의 스노우 가족처럼 엄청나게 부유했다. 하지만 그런 이점에도 불구하고 힐라리우스는 늘 억압받는 사람처럼 보였다.

"음, 난 모르겠어." 페스투스가 말했다. "내 코럴은 어떤 남자아이를 상대해도 접전을 벌일 것 같은데."

"내 아이는 제일 작고 약해." 힐라리우스는 매니큐어를 바른 손톱으로 스테이크 샌드위치를 쿡쿡 찔렀다. "그 아이 이름은 워비야. 음, 인터뷰를 앞두고 워비를 훈련시키려 해 봤지만 개는 개성이 전혀 없어. 아무도 그 아이를 후원하지 않아서 개가 다른 애들을 피할 수 있다 해도 난 먹을 걸 줄 수가 없어."

"계속 살아남으면 후원자가 생기겠지." 페스투스가 말했다.

"너 내 말 듣고 있기는 한 거니? 개는 싸움을 못하고 우리 가족은 내 기를 걸 수 없으니까 나는 쓸 수 있는 돈이 없다고." 힐라리우스가 징징거렸다. "부모님을 볼 낯이 서도록 최종 열두 명 안에 들어가기만 바랄 뿐이야. 부모님은 헤븐스비 가문 사람의 성과가 너무 낮아서 부끄러워하고 계시거든."

점심 식사 후 사티리아는 헝거 게임의 무대 뒤 시스템을 알려주기 위해 캐피톨 뉴스 방송국으로 멘터들을 데려갔다. 게임운영자들은 허름한 사무실 몇 곳에서 일하고 있었다. 그들에게 배정된 제어실은 부족함이 없었지만 매년 열리는 이 행사를 운영하기엔 좀 작아 보였다. 더화려한 걸 상상했던 코리올라누스는 모든 게 조금 실망스러웠다. 하지만 게임운영자들은 올해 새로 도입된 운영 방식에 신나 있었다. 그들은 멘터 해설과 스폰서 참여에 대해 수다를 떨었다. 경기장에서 스포츠 경기가 열리던 시절에 늘 설치되어 있던 원격 조정 카메라를 확인하자 부스 안이 떠들썩해졌다. 게임운영자 대여섯 명이 스폰서의 선물을 배달할 장난감 드론을 분주히 테스트하고 있었다. 드론은 얼굴 인식을 통해 받을 사람을 찾아냈고 한 번에 선물 하나만 나를 수 있었다.

어제 인터뷰를 성공적으로 마친 럭키 플리커맨은 캐피톨 뉴스 리포터 몇 명의 지원을 받아 헝거 게임의 진행을 맡기로 했다. 코리올라누스는 자기 시간이 다음 날 아침 8시 15분으로 배정된 걸 보고 마음이 설렜다. 럭키는 "우린 너를 꼭 일찍 배정하고 싶었어. 그러니까 네 여자아이가 죽기 전에"라고 말했다.

배를 세게 얻어맞은 기분이었다. 리비아는 억울함을 품고 있었고 골 박사는 미쳤기 때문에 코리올라누스는 루시 그레이가 우승 확률이 없다는 그들의 확신을 무시할 수 있었다. 그러나 왠지 몰라도 바보 같은 럭키 플리커맨의 말은 그들이 말할 수 없었던 방식으로 급소를 찔렀다. 루시 그레이와의 마지막 회의를 준비하기 위해 집으로 오면서 코리올라누스는 내일 이 시간 그녀가 죽어 있을 가능성에 대해 곰곰이 생각해 보았다. 어젯밤에 그녀의 쓰레기 같은 남자친구에 대해, 그녀의 스타성이 가끔 자신의 스타성을 뛰어넘는 것에 대해 느꼈던 질투는 사라졌다. 그는 자신의 삶에 예상치 못하게 뚝 떨어져 들어온, 멋지게 등장한 그녀가 굉장히 가깝게 느껴졌다. 그녀가 가져다 줄 포상 때문만은 아니었다. 그는 진심으로 그녀가 좋았다. 캐피톨에서 알고 있는 여자아이들 대부분보다 훨씬 더 좋았다. 만약 그녀가 살아남는다면(오, 그렇게만 된다면 얼마나 좋을까) 그들의 관계가 평생에 걸쳐 이어질 수 있지 않을까? 긍정적인 생각을 많이 했지만 그는 확률의 신이 그녀의 편이 아니라는 걸 알고 있었다. 무거운 우울감이 그의 어깨에 내려앉았다.

침대에 누운 코리올라누스는 루시 그레이에게 작별 인사를 건네는 게 두려웠다. 그녀가 그에게 준 것에 대한 고마움을 정말 잘 보여 줄 수 있는 아름다운 걸 주면 좋겠다고 생각했다. 그의 자존감을 되살릴 수 있는 것. 빛날 수 있는 기회. 받을 게 확실한 상. 그리고 물론 그의 삶. 아주 특별한 것이어야 했다. 소중한 것. 사실은 할머님의 것인 장미가 아닌 그의 것. 경기장에서 상황이 나빠지면 그가 그녀와 함께 있었다는 걸 기억하며 그녀가 손에 쥘 수 있는, 자기가 혼자 죽어 가는 게 아니라는 사실에 위안을 얻을 수 있는 것. 짙은 오렌지색으로 염색한 섹시한 실크 스카프가 있는데 그녀의 머리를 묶는 데 쓸 수 있을 것이다. 그가 뛰어난 성적을 올려서 상으로 받은 그의 이름이 새겨진 황금 핀은 어떨까? 그의 머리카락을 잘라 리본에 묶어서 줄까? 그보다 더 개인적인 게 어디 있겠는가.

그는 갑자기 치솟는 분노를 느꼈다. 그녀가 스스로를 지키는 데 쓸 수 없다면 이 모든 것이 무슨 소용인가. 그가 주려는 것은 그녀를 예쁜 시체로 치장하는 데 불과한 것 아닌가. 스카프로 누군가의 목을 졸라 죽이거나 핀으로 찌를 수 있으려나? 하지만 무기가 문제라면 경기장 안에 있는 무기로도 충분했다.

티그리스가 식사하라고 부를 때도 그는 어떤 선물을 줄지 고민하고 있었다. 티그리스는 다진 소고기를 500그램 정도 사서 패티 네 장을 구웠다. 티그리스의 몫이 눈에 띄게 작았는데 티그리스가 요리하면서 익히지 않은 고기를 언제나 조금씩 먹는다는 사실을 몰랐다면 그는 그녀에게 항의했을 것이다. 티그리스는 날고기를 굉장히 좋아했고 할머님이 못하게 하지 않았다면 자기 몫을 전부 날것으로 먹었을 것이다. 루시 그레이를 위해 남겨 둔 패티 하나는 큰 빵 위에 올려서 토핑을 얹어 두었다. 티그리스는 감자튀김과 크림을 넣은 코울슬로도 만들었고 코리올라누스는 병원에서 받은 선물 바구니에서 가장 좋은 과일과 단것을 골랐다. 티그리스는 깃털이 밝은 새 그림으로 장식된 작은 종이 상자에 리넨 냅킨을 깔고 음식들을 늘어놓은 다음 눈처럼 하얀 냅킨을 덮고 마지막으로 할머님의 장미 봉오리를 상자 위에 올려놓았다. 코리올라누스는 진홍빛을 띤 색이 짙은 복숭아를 골랐다. 코비는 색깔을 좋아하고 루시 그레이는 특히 좋아했기 때문이다.

"내가 응원한다고 전해 줘." 티그리스가 말했다.

"걔가 죽어야 해서 유감이라고도 전해 줘." 할머님이 덧붙였다.

태양으로 따뜻해진 부드러운 저녁 공기를 지나 서늘한 헤븐스비 홀에 들어가자 코리올라누스는 부모님이 잠들어 있는 스노우 가문의 묘지가 떠올랐다. 소란스러운 학생들 없이 텅 빈 홀은 발소리부터 한숨까지 큰 소리로 울려, 그렇지 않아도 침울할 만남에 비현실적인 느낌을 더했다. 창문으로 들어오는 저녁 햇살로 충분하다고 생각했는지 조명은 다 꺼 두었지만 그로 인해 밝은 곳에서 이루어졌던 이제까지의 만남과는 날카로운 대조를 이루었다. 발코니에 모여 아래층에 있는 담당 조공인들을 살피는 멘터들 사이에선 침묵이 감돌았다.

"문제는," 리시스트라타가 코리올라누스에게 속삭였다. "내가 제섭에게 좀 애착이 생겼다는 거야." 그녀는 잠시 말을 멈추고 오븐에 구운 국수와 치즈 뭉치 포장을 바로잡았다. "걔가 정말 내 목숨을 구해 줬거든." 코리올라누스는 경기장에서 그 누구보다 자신과 가까이 있었던 리시스트라타가 폭탄이 터졌을 때 무엇을 봤을지 궁금했다. 루시 그레이가 그를 구해 주는 걸 봤을까? 지금 그걸 암시하는 걸까?

다들 각자의 테이블로 흩어지는 동안 코리올라누스는 억지로라도 긍정적으로 생각하려 했다. 함께 보내는 마지막 10분을 우승 전략을 짜며 쓸 수 있는데 훌쩍이기나 하면 이득이 될 게 없었다. 루시 그레이는 지난번 홀에서 만났을 때보다 좋아 보였다. 상당히 힘이 되었다. 그녀는 깨끗했고 잘 단장했으며 어슴푸레한 빛 속에서 보니 드레스도 더럽혀지지 않은 상태였다. 학살이 아닌 파티에 갈 준비를 한 사람처럼 보였다. 상자를 보자 그녀의 눈이 빛났다.

코리올라누스는 살짝 인사하며 상자를 내밀었다. "선물을 가지고 왔습니다."

루시 그레이는 우아하게 장미를 집어 들고 향을 맡았다. 그러고는 꽃잎 하나를 뜯어 입술 사이에 넣었다. "잠자리에 들어야 할 시간 같은 맛이네." 그녀는 슬픈 미소를 지으며 말했다. "상자 정말 예쁘다."

"티그리스가 특별할 때 쓰려고 아껴 뒀던 거야. 배고프면 지금 먹어. 아직 따뜻해."

"그럴래. 교양 있는 사람처럼 마지막 식사를 해야지." 그녀는 냅킨을 들추고 상자 속에 든 것을 감탄하며 바라보았다. "오, 엄청 맛있어 보이는데."

"많으니까 제섭이랑 나눠 먹어도 돼." 코리올라누스가 그녀에게 말했다. "리시스트라타가 뭔가 가져온 것 같긴 하지만."

"난 그럴 수 있지만 제섭은 음식을 끊었어." 루시 그레이는 제섭에게 걱정스러운 시선을 던졌다. "그냥 불안해서 그런 걸 수도 있어. 행동도 좀 이상해졌어. 물론 지금 우리는 온갖 미친 소리들을 내뱉고 있지만."

"어떤 말?" 코리올라누스가 물었다.

"어젯밤에 리퍼는 우리들 한 명 한 명에게 죽여야 해서 미안하다고 사과했어. 자기가 우승하면 보상해 주겠대. 캐피톨에 복수하겠다고 했지만 그건 우리를 죽이겠다는 말만큼 명확하지는 않았어."

코리올라누스는 힘이 셀 뿐 아니라 심리 작전에도 능해 보이는 리퍼에게 시선을 살짝 돌렸다. "반응은 어땠어?"

"대부분 그냥 빤히 쳐다보기만 했어. 제섭은 리퍼 눈에 침을 뱉었고. 나는 모킹제이가 노래하기 전까지는 끝난 게 아니라고 말했지만 개는 그냥 어리둥절해하는 것 같더라. 그게 개가 이 모든 걸 받아들이고 이해하는 방식이겠지, 아마. 우린 다 마음이 크게 흔들리고 있어. 쉬운 게 아니야…. 삶과 작별한다는 건." 그녀의 아랫입술이 떨렸고 샌드위치는 한 입도 먹지 않고 밀쳐놓았다.

대화가 치명적인 방향으로 가고 있다고 느낀 코리올라누스는 대화를 다른 쪽으로 끌고 가려 했다. "넌 운이 좋으니까 그런 생각 안 해도 돼. 넌 다른 어떤 사람들보다 선물을 세 배나 더 많이 받았어."

루시 그레이가 눈썹을 확 치켜올렸다. "세 배?"

"세 배. 넌 여기서 우승할 거야, 루시 그레이." 그가 말했다. "다 생각해 봤어. 시작을 알리는 징이 울리면 뛰어. 최대한 빨리 뛰어. 객석으로 올라가서 다른 아이들과 최대한 거리를 둬. 숨기 좋은 장소를 찾아. 음식은 내가 줄게. 그러고 나서 다른 곳으로 옮기는 거야. 다른 아이들이 서로를 다 죽이거나 굶어 죽을 때까지 계속 움직이면서 버텨. 넌 할 수 있어."

"과연 그럴까? 날 믿으라고 너에게 강요한 사람이 나란 건 알지만 어젯밤에 그 경기장에 들어가 있으면 어떨까 생각해 봤어. 덫에 빠지고 온갖 무기들, 나를 잡으러 오는 리퍼. 낮에는 좀 더 희망을 느끼지만 어두워지면 너무 무서워서 나는…." 갑자기 그녀의 얼굴 위로 눈물이 하염없이 흘러내렸다. 추첨날 무대에서 시장이 그녀를 때렸을 때, 코리올라누스가 브레드 푸딩을 주었을 때 그녀는 울음을 터뜨리기 직전이었지만 참아 냈다. 하지만 지금은 봇물이 터진 것처럼 눈물이 흘러내렸다.

그녀의 무력함을 보는 동시에 자신의 무력함을 느끼며 코리올라누스는 마음속에서 무언가가 풀어지는 걸 느꼈다. 그는 그녀에게 손을 뻗었다. "오, 루시 그레이…."

"난 죽고 싶지 않아." 그녀가 속삭였다.

그의 손가락이 그녀의 뺨 위로 흐르는 눈물을 쓸었다. "당연하지. 그리고 난 네가 죽게 두지 않을 거야." 그녀는 계속 훌쩍였다. "난 네가 죽게 하지 않을 거야, 루시 그레이!"

"넌 내가 죽게 놔둬야 해. 난 너한테 문제만 일으켰어." 목이 메인 그녀가 간신히 말했다. "널 위험하게 만들고 네 음식을 먹고. 그리고 네가 내 발라드를 안 좋아했다는 걸 알아. 내일이면 사라져 줄게."

"난 내일 엉망진창이 될 거야! 네가 나한테 중요한 사람이라고 했던 말은 내 조공인으로서 그렇다는 게 아니었어. 너이기 때문에 중요했다는 거였어. 너 루시 그레이 베어드라는 사람으로서. 내 친구로. 나의…." 무슨 단어를 써야 할까? 애인? 여자친구? 그는 반했다는 것 이상이라고 주장할 수 없었고 그것 역시 혼자만의 감정일지 몰랐다. 하지만 그녀가 그에게 소중해졌다는 걸 인정해서 잃을 게 무엇이란 말인가. "나는 네 발라드를 듣고 질투를 느꼈어. 네가 과거의 어떤 사람이 아닌 날 생각하길 원했거든. 바보 같다는 건 나도 알아. 하지만 너는 내가 만나 본 여자 중에 가장 대단한 여자야. 정말이야. 넌 모든 면에서 특별해. 그리고 나는…." 그의 눈에도 눈물이 차올랐지만 그는 눈을 깜빡여 눈물을 감추었다. 두 사람 모두를 위해서 그는 강한 모습으로 남아야 했다. "그리고 나는 너를 잃고 싶지 않아. 너를 잃는 걸 거부하겠어. 제발 울지 마."

"미안해, 미안해. 그만 울게. 그냥…. 너무 외로워서." 그녀가 말했다.

"넌 외롭지 않아." 그는 그녀의 손을 잡았다. "그리고 경기장에서도 혼자가 아닐 거야. 우린 함께 있을 거야. 모든 순간마다 내가 함께 있을 거야. 난 네게서 눈을 떼지 않을 거야. 루시 그레이, 우린 함께 여기서 우승할 거야. 내가 약속해."

그녀는 그에게 매달렸다. "네가 그렇게 말하니까 정말 가능한 일처럼 들린다."

"가능한 것 이상이지." 그가 장담했다. "있을 법한 일이야. 내 계획대로 한다면 반드시 성공할 거야."

"정말 그렇게 믿어?" 그녀가 그의 얼굴을 보며 물었다. "네가 믿는다는 생각이 든다면 내가 믿는 데도 큰 힘이 될 거야."

이 순간에는 거창한 제스처가 필요했다. 다행히 그에겐 준비해 둔 것이 있었다. 그는 그동안 위험 요소를 생각해 애매한 태도를 취해 왔지만 그녀가 의지할 수 있는 것을 아무것도 주지 않고 이렇게 내버려 둘 수는 없었다. 이건 명예의 문제였다. 그녀는 그의 여자아이였고 그녀는 그의 목숨을 구해 주었다. 그리고 그는 그녀의 목숨을 구하기 위해 할 수 있는 모든 걸 다 해야 했다.

"들어 봐. 듣고 있니?" 그녀는 여전히 울고 있었지만 이제 조금 훌쩍이는 정도로 잦아들었다. "어머니가 돌아가시면서 내게 남겨 주신 게 있어. 내가 가진 것 중 가장 소중한 거야. 난 네가 행운의 표시로 이걸 경기장에서 가지고 있으면 해. 이건 빌려주는 거라는 걸 명심해. 네가 당연히 이걸 돌려줄 거라고 나는 생각해. 그렇지 않다면 절대 이걸 주지 않았을 거야." 코리올라누스는 손을 주머니에 넣었다가 뺀 뒤 팔을 뻗어 손가락을 펼쳤다. 그의 손바닥 위에는 어머니의 은 콤팩트가 태양의 마지막 빛줄기를 받으며 빛나고 있었다.

쉽게 감동하지 않는 루시 그레이는 입을 다물지 못했다. 그녀는 손을 뻗어 오래된 은 콤팩트에 정교하게 조각된 장미 문양을 어루만지다가 안타까워하며 손을 거두었다. "이걸 받을 수는 없어. 너무 좋은 거잖아. 네가 나한테 주려고 했다는 걸로 충분해, 코리올라누스."

"정말이야?" 코리올라누스는 루시 그레이를 살짝 놀렸다. 그는 차분하게 콤팩트를 열고 그녀의 얼굴을 거울에 비춰 주었다.

루시 그레이는 숨을 훅 들이쉬며 웃었다. "음, 이제 내 약점을 공략하고 있네." 그건 사실이었다. 그녀는 늘 자기 외모에 정성을 들였다. 결코 허영심 때문은 아니었다. 그저 의식하는 것이었다. 그녀는 한 시간 전만 해도 파우더가 있던 자리가 비어 있다는 걸 알아차렸다. "여기엔 원래 파우더가 있었어?"

"그랬지. 하지만⋯." 코리올라누스는 말을 멈추었다. 말을 해 버리고 나면 되돌릴 방법이 없다. 하지만 말하지 않으면 그녀를 영영 잃을지도 모른다. 그는 목소리를 낮춰 속삭였다. "네가 너만의 파우더를 쓰고 싶어 하지 않을까 생각했거든."

13

루시 그레이는 바로 이해했다. 그녀는 평화유지군들 쪽으로 시선을 던졌는데 그들 중 아무도 그들을 지켜보고 있지 않았다. 그녀는 몸을 굽혀 콤팩트 냄새를 맡았다. "음, 그래도 아직 향기가 나네. 참 좋다."

"장미 같지?" 그가 말했다.

"너 같아." 그녀가 말했다. "너랑 함께 있는 것 같을 거야, 그렇지?"

"가져가." 그가 권했다. "나를 너랑 같이 가져가. 받아."

루시 그레이는 손등으로 눈물을 닦았다. "그래. 하지만 빌리는 거다." 그녀는 콤팩트를 받아 주머니에 넣고 톡톡 두드렸다. "확실히 도움이 돼. 헝거 게임에서 우승하자는 건 좀 너무 거창해. 하지만 '이걸 코리올라누스에게 돌려줘야 해'라는 건 감당할 수 있는 생각이야."

그들은 이야기를 조금 더 나누었다. 주로 경기장의 레이아웃, 제일 숨기 좋은 곳들에 대한 이야기였다. 시클 교수가 호루라기를 불 때까지 그는 루시 그레이가 샌드위치 절반과 복숭아 한 개를 전부 먹게 했다. 코리올라누스는 어떻게 된 일인지 잘 몰랐지만 둘 다 일어나서 앞으로 나섰던 모양이다. 그의 품 안에 그녀가 있었으니 말이다. 그녀는 두 손으로 그의 셔츠 앞섶을 꼭 쥐고 있었고 그는 그녀를 끌어안고 있었다.

"경기장에 들어가면 네 생각만 할 거야." 그녀가 속삭였다.

"12번 구역의 그 사람이 아니고?" 그는 반 농담으로 물었다.

"아니, 그 사람은 내가 가졌던 모든 감정을 확실히 다 죽였어." 그녀가 말했다. "지금 내 마음속에 있는 유일한 남자는 너야."

그리고 그녀는 그에게 키스했다. 가벼운 키스가 아니었다. 복숭아와 파우더 향이 나는 진짜 키스였다. 그의 입술에 와닿는 부드럽고 따뜻한 그녀의 입술이 그의 온몸의 감각을 일깨웠다. 그녀의 맛과 촉감이 머리를 핑핑 어지럽게 만들었다. 그는 몸을 빼지 않고 그녀를 더욱 깊게 끌어안았다. 사람들이 이야기하던 게 이거였구나! 사람들을 미치게 만드는 게 이거였어! 두 사람이 마침내 몸을 뗐을 때 그는 깊은 물속에서 올라온 것처럼 심호흡을 했다. 루시 그레이의 속눈썹이 올라갔고 그녀의 눈에 떠오른 감정은 코리올라누스가 느끼는 감정과 같았다. 그들은 동시에 다시 한 번 키스하려고 몸을 기울였지만 평화유지군들이 그녀를 끌고 갔다.

복도에서 페스투스가 코리올라누스를 쿡 찔렀다. "대단한 작별 인사였어."

코리올라누스는 그저 어깨를 으쓱해 보였다. "뭐라 할 말이 없네. 내 매력은 거부할 수 없는 정도라서."

"그런가 봐." 페스투스가 대답했다. "나는 내 조공인 코럴을 안심시키려고 어깨를 두드리려 했는데 내 손목을 부러뜨리려고 하더라."

코리올라누스는 키스 때문에 들떠 있었다. 선을 넘었다는 데에는 의심의 여지가 없었지만 그는 후회하지 않았다…. 그건 놀라웠다. 그는 달콤쌉싸름했던 이별을 즐기며, 자신의 대담성에 흥분하며 집으로 걸어갔다. 콤팩트를 주면서 그 속에 쥐약을 넣으라고 암시한 건 규칙에 어긋나는 행동이었는지도 모른다. 헝거 게임에 규정집이 있지는 않았지만 아마 규칙을 어기는 일이 될 것이다. 하지만 그렇다 해도 그럴 만한 가치가 있었다. 그녀를 위해서. 그는 아무에게도, 심지어 티그리스에게도 그 사실에 대해 말하지 않을 것이다.

이걸로 게임이 확 달라진다는 법은 없었다. 다른 조공인을 독살하려면 영리하고 운이 좋아야 할 것이다. 하지만 루시 그레이는 영리했고 다른 조공인들보다 운이 더 나쁠 것도 없었다. 다른 아이들이 독약을 먹어야 할 테니 미끼로 사용할 수 있는 음식을 전해 주는 게 그의 일이 될 것이다. 그냥 지켜보는 것 외에 할 일이 생기자 그는 자신의 장악력이 커졌다고 느꼈다.

할머님이 잠자리에 든 후, 그는 티그리스에게 털어놓았다. "루시 그레이가 나에게 반한 것 같아."

"당연하지. 네 감정은 어떤데?"

"모르겠어. 걔한테 작별 키스를 했어."

티그리스는 눈썹을 치켜올렸다. "뺨에?"

"아니. 입술에." 그는 어떻게 설명하면 좋을지 생각해 봤지만 떠올릴 수 있는 말이라곤 "걔는 좀 달라"가 전부였다. 그건 정말 여러 층위에서 부정할 수 없는 사실이었다. 사실 그는 여자아이들과 만나 본 경험이 많지 않고 사랑의 경험은 더욱 적었다. 스노우 가문의 상황을 숨기는 게 언제나 가장 중요했다. 이 집에 누군가가 찾아오는 일은 아주 드물었다. 티그리스가 아카데미 마지막 해에 애인에게 흠뻑 빠졌을 때조차 그랬다. 애인을 집에 부르기를 꺼리는 것이 상대에게는 헌신의 부족으로 받아들여졌고 두 사람이 헤어지는 결정적인 이유가 되었다. 코리올라누스는 이 사건을 자신이 누군가와 너무 깊이 엮이면 안 된다는 경고로 받아들였다. 학교에서 그에게 관심을 가진 여자아이들은 많았지만 그는 교묘하게 거리를 유지했다. 엘리베이터가 고장 났다는 핑계가 유용했고 할머님이 절대적 안정을 취해야 한다며 병명을 몇 가지 지어내기도 했다. 작년에 기차역 뒷골목에서 한 가지 사건이 있긴 했지만 그건 진짜 로맨스라기보다는 페스투스가 부추겨서 한 일이었다. 포스카를 마셨고 어두웠기 때문에 제대로 기억도 나지 않았다. 지금 생각해 보면 그녀의 이름조차 몰랐지만 그 일로 코리올라누스는 좀 놀 줄 아는 사람이라는 소문이 났다.

하지만 루시 그레이는 경기장에 들어가게 될 그의 조공인이었다. 다른 상황이었다 해도 그녀는 구역 출신 여자아이였을 테고 최소한 캐피톨은 아니었을 것이다. 2급 시민이다. 인간이지만 짐승 같다. 똑똑할지는 몰라도 진화하지는 않았다. 그의 의식의 경계선상에서 얼쩡거리는 딱하고 야만적인 존재들로 이루어진, 형태도 없는 거대한 덩어리의 일부다. 물론 이 규칙에 예외가 있다면 그건 루시 그레이 베어드였다. 그녀는 간단하게 규정할 수 없는 사람이었다. 코리올라누스와 마찬가지로 보기 드문 사람이었다. 그렇지 않다면 왜 그녀의 입술이 그의 입술에 닿았을 때 그의 다리가 풀려 버렸겠는가.

코리올라누스는 그날 밤 그 키스를 머릿속에서 계속 떠올리며 잠들었다….

헝거 게임이 시작되는 날 아침, 날씨는 청명했다. 그는 채비를 마치고 티그리스가 준비해 준 달걀을 먹은 다음 더운 날씨 속에 캐피톨 TV까지 먼 길을 걸어갔다. 럭키가 한 것 같은, 얼굴에 회반죽을 바른 것 같은 두꺼운 메이크업은 사양했지만 카메라에 땀투성이로 잡히고 싶지는 않아서 파우더를 살짝 바르는 정도는 허락했다. 차분함과 침착함. 스노우 가문 사람은 이런 특질을 보여야 했다. 파우더에서는 달콤한 냄새가 났지만 양말 서랍에 넣어 둔 어머니의 파우더 같은 세련됨은 없었다.

"안녕, 스노우 군." 골 박사의 목소리에 그는 얼른 정신을 차렸다. 그녀는 당연히 텔레비전 스튜디오에 와 있었다. 헝거 게임이 시작되는 날 아침에 그녀가 여기 말고 다른 곳 어디에 있겠는가.

하이바텀 총장이 왜 여기에 자신이 와야 한다고 생각했는지는 알 수 없었지만 그는 게슴츠레한 눈으로 코리올라누스를 내려다보았다. "어젯밤에 네가 조공인과 헤어질 때 상당히 감동적인 장면이 펼쳐졌다고 들었는데."

윽. 이 둘보다 사랑할 능력이 더 떨어지는 사람들을 찾아내는 게 가능할까? 키스한 걸 어떻게 알았을까? 시클 교수가 뒷이야기를 하고 다니는 사람 같지는 않은데 누가 퍼뜨린 거지? 아마 멘터들은 거의 다 보았던 것 같다.

상관없다. 이 두 사람의 도발에 넘어가 발끈하지는 않을 것이다. "골 박사님이 지적하셨던 것처럼 감정이 고조되어 있어서요."

"그래. 걔가 오늘을 넘길 가능성이 낮아서 정말 안됐다." 골 박사가 말했다.

그는 이 두 사람이 정말 싫었다. 꼴좋다는 듯 고소해하며 그에게 미끼를 던지는 사람들. 그렇지만 그가 할 수 있는 거라곤 무관심한 듯 어깨를 움찔해 보이는 게 고작이었다. "음, 사람들 말처럼 모킹제이가 노래할 때까지는 끝난 게 아니니까요." 두 사람의 얼굴에 어리둥절한 표정이 떠오르는 걸 보고 그는 만족감을 느꼈다. 레무스 두리틀이 나타나 5번 구역 남자 조공인이 간밤에 천식 합병증인지 뭔지로 죽었다고 알리는 바람에 그들은 코리올라누스에게 그게 무슨 뜻인지 묻지 못했다. 수의사는 그 아이를 살릴 수 없었다. 골 박사와 하이바텀 총장은 그의 죽음에 대처하러 가야 했다.

코리올라누스는 아무리 애를 써도 죽은 아이를 떠올릴 수 없었다. 멘터를 맡았던 친구가 누구였는지조차 기억나지 않았다. 헝거 게임을 준비하며 그는 데미글로스 교수에게 받은 멘터 목록을 업데이트했다. 간단하게 하기 위해 그들에게 일어났던 사건은 언급하지 않고 줄을 그어 이름을 지우기로 했다. 무자비하게 굴고 싶지는 않았지만 명확하게 표시할 다른 방법이 없었다. 새로 발생한 희생자를 기록하기 위해 책가방에서 멘터 목록 종이를 꺼냈다.

제10회 헝거 게임
멘터 배정

1번 구역
~~남성(패싯) 리비아 카듀~~
~~여성(벨배린) 팔마라 몬타~~

2번 구역
~~남성(마르쿠스) 세자누스 플린스~~
~~여성(사빈) 플로루스 프렌드~~

3번 구역
남성(시르크) 이오 재스퍼
여성(테슬리) 어번 캔빌

4번 구역
남성(미젠) 페르세포네 프라이스
여성(코럴) 페스투스 크리드

5번 구역
~~남성(하이) 데니스 플링~~
여성(솔) 이피게니아 모스

6번 구역

남성(오토) 아폴로 링

여성(지니) 다이애나 링

7번 구역

남성(트리치) 빕사니아 시클

여성(라미나) 플라이니 해링턴

8번 구역

남성(보빈) 주노 핍스

여성(워비) 힐라리우스 헤븐스비

9번 구역

남성(판로) 가이우스 브린

여성(쉬프) 안드로클레스 앤더슨

10번 구역

남성(태너) 도미티아 윔지윅

여성(브랜디) 아라크네 크레인

11번 구역

남성(리퍼) 클레멘시아 도브코트

여성(딜) 펠릭스 레이빈스틸

12번 구역

남성(제섭) 리시스트라타 비커스

여성(루시 그레이) 코리올라누스 스노우

루시 그레이의 경쟁자 수는 이제 열세 명으로 줄었다. 한 명이 또 사라졌고 게다가 남자아이다. 그녀에겐 좋은 소식일 수밖에 없다.

멘터 목록 종이가 좀 구겨져서 그는 깔끔하게 두 번 접은 다음 쉽게 꺼내 볼 수 있도록 책가방 바깥 주머니에 넣어 두기로 했다. 주머니를 열었더니 손수건이 있었다. 손수건을 늘 몸에 지니고 다니는 그는 잠시 어리둥절했지만 루시 그레이에게 브레드 푸딩을 가져다주었던 날 그녀가 눈물을 닦고 돌려주었던 손수건이라는 걸 기억해 냈다. 이렇게 개인적인 그녀의 물건을 가지고 있다니 기분이 좋았다. 일종의 부적 같았다. 그는 목록을 손수건 옆에 조심스럽게 밀어 넣었다.

본방송 전에 출연해 달라고 초대받은 멘터들은 인터뷰 행사에 참가했던 일곱 명뿐이었다. 이들이 맡은 조공인이 우승할 확률은 낮아 보였지만 그래도 이 일곱 명은 자연스럽게 헝거 게임에서 캐피톨을 대표하는 얼굴이 되었다. 스튜디오 한쪽 구석은 천을 씌운 거실용 의자 몇 개, 커피 테이블, 살짝 비뚤어진 샹들리에로 장식되어 있었다. 멘터들 대부분은 자기 조공인의 배경을 다시 이야기하면서 그들이 어떤 면에서 위험한 아이들인지 강조했다.

코리올라누스는 인터뷰 전체를 루시 그레이의 노래에 할애했기 때문에 새로운 이야깃거리가 있는 사람은 그뿐이었다. 럭키 플리커맨은 신선한 소재가 나오자 기뻐하며 코리올라누스에게 할당된 시간 이상을 주었다. 일반적인 세부 사항에 대해 말한 뒤 코리올라누스는 코비에 대해 이야기하며 루시 그레이가 사실은 구역 출신이 아니다, 정말, 절대 아니라고 강조하는 데 대부분의 시간을 썼다. 코비는 오래전부터 음악을 연주해 왔으며 보기 드문 예술가들이고 캐피톨 사람들과 마찬가지로 구역 사람들과는 다르다고 말했다. 사실 잘 생각해 보면 그들은 거의 캐피톨이었고 불운이 몇 번 잇따라서 어쩌다 보니 12번 구역에 눌러 앉게 된 것이었다. 혹은 실수로 구금되었을 가능성도 충분히 있었다. 루시 그레이가 캐피톨에서 얼마나 편안하게 행동하는지 다들 보지 않았는가. 럭키는 "맞아요, 맞아요. 그녀에겐 뭔가 특별한 게 있어요."라며 동의해야 했다.

리시스트라타는 그가 앉았던 자리에 앉으며 짜증난다는 눈길을 보냈다. 리시스트라타가 인터뷰에서 제섭과 루시 그레이를 한 쌍으로 묶어 두 사람에 대한 동정을 끌어내리려고 했다는 걸 깨닫자 코리올라누스는 그 이유를 이해했다. 제섭이 뼛속까지 12번 구역 광부이긴 했지만 두 사람은 처음 인사할 때부터 자연스럽게 파트너십을 보여 주지 않았던가. 그리고 같은 구역 출신 조공인들 사이에서 자주 보이지 않는, 둘 사이의 보기 드문 친밀함을 알아차리지 못한 사람은 없을 것이다. 사실 리시스트라타는 두 사람이 서로에게 헌신하고 있다고 믿었다. 제섭의 힘과 관중을 매혹시킬 수 있는 루시 그레이의 능력을 합치면 올해 우승자는 12번 구역에서 나올 거라고 그녀는 확신했다.

하이바텀 총장이 리시스트라타를 따라가는 걸 보니 그가 여기 와 있는 이유가 분명해졌다. 하이바텀 총장은 그동안 내내 취해 있던 사람이 아닌 척 멘터와 조공인 프로그램에 대해 설명했다. 사실 그의 논평들 중에는 너무나 명쾌한 것들이 있어서 코리올라누스는 조금 불편할 정도였다. 총장은 캐피톨 학생들이 처음에는 자신이 맡은 구역 출신 아이들에게 어느 정도 편견을 가졌지만 추첨 후 2주일이 지난 지금은 그들의 진가를 알아보고 존중하게 된 멘터들이 많다고 말했다. "흔히들 말하는 것처럼 적을 아는 것은 필수적입니다. 그러니 서로에 대해 알아가기 위해 헝거 게임에서 힘을 합치는 것보다 더 좋은 방법이 있을까요? 캐피톨은 길고 힘든 싸움을 거치고서야 승리했고 최근 우리 경기장에서는 폭탄이 터졌습니다. 어느 쪽으로 생각해 보나 우리가 정보, 힘, 또는 용기를 충분히 갖지 못한다는 건 실수입니다."

"하지만 우리 아이들을 구역 아이들과 비교하시는 건 물론 아니죠?" 럭키가 물었다. "딱 한 번 보기만 해도 우리 아이들이 우월한 종이라는 걸 알 수 있잖아요."

"딱 한 번 보면 우리 아이들이 더 많이 먹었고 더 좋은 옷을 입었고 치과 치료를 더 잘 받았다는 걸 알 수 있죠." 하이바텀 총장이 말했다. "그것에서 더 나아가 육체적, 정신적, 특히 도덕적으로 우월성이 있다고 생각하는 건 실수입니다. 전쟁 중에 보인 그런 오만함이 우리를 거의 끝장 낼 뻔했죠."

"굉장히 흥미롭군요." 럭키는 그보다 더 나은 대답을 생각해 낼 수 없는 듯했다. "총장님의 견해는 정말로 흥미롭습니다."

"감사합니다, 플리커맨 씨. 저는 그 누구보다 당신의 의견을 가장 중요하게 생각합니다." 총장이 진지한 표정으로 농담을 던졌다.

코리올라누스는 총장이 눈을 굴림으로써 농담이라는 암시를 보냈다고 생각했지만 럭키는 그 말에 얼굴을 붉혔다. "정말 친절하신 말씀입니다, 하이바텀 씨. 모두 알다시피 전 그저 일기예보관일 뿐입니다."

"그리고 신예 마술사이기도 하죠." 하이바텀 총장이 일깨워 주었다.

"음, 그건 인정해야 할 수도 있겠네요!" 럭키가 껄껄 웃으며 말했다. "잠깐, 이게 뭐죠?" 그는 하이바텀 총장의 귀 뒤로 손을 뻗어 밝은 색깔 줄무늬가 있는 작고 납작한 사탕을 꺼냈다. "총장님 것 같네요." 그는 하이바텀 총장에게 사탕을 내밀었다. 그의 축축한 손바닥이 사탕 색으로 물들었다.

하이바텀 총장은 사탕을 집으려고 하지 않았다. "맙소사, 이게 어디서 나온 거죠, 럭키?"

"업계 비밀입니다." 럭키는 다 알지 않느냐는 듯 씩 웃으며 말했다. "업계 비밀이에요."

멘터를 아카데미로 데려다줄 차들이 기다리고 있었다. 코리올라누스는 펠릭스, 하이바텀 총장과 같은 차에 탔다. 펠릭스와 하이바텀 총장은 서로 터놓고 지내는 사이 같았다. 그들은 코리올라누스를 거의 무시하며 가십을 주고받았다. 덕분에 코리올라누스는 하이바텀 총장이 구역 사람들에 대해 했던 말을 생각해 볼 시간이 있었다. 구역인들은 본질적으로 캐피톨 사람들과 평등하며 물질적인 처지가 나쁠 뿐이라는 것. 물론 할머님을 비롯해 많은 사람이 그 말에 반대할 것이다. 루시 그레이를 구역 사람들과는 전혀 다른 사람으로 보여 주려 했던 코리올라누스의 노력을 약화하는 말이기도 했다. 그는 총장의 발언이 우승 전략에 얼마나 영향을 줄지, 루시 그레이를 향한 감정 때문에 생긴 자신의 혼란을 얼마나 반영하고 있는지 생각했다.

복도에 들어서서 펠릭스가 촬영팀에 불려 가고 나서야 코리올라누스는 하이바텀 총장이 자신의 팔을 잡았다는 걸 느꼈다. "2번 구역 출신인 네 친구 있지? 감정적인 아이." 그가 물었다.

"세자누스 플린스." 코리올라누스가 대답했다. 실제로 친구는 아니었지만 그걸 총장에게 알릴 이유는 없었다.

"걔가 문 근처 의자에 앉아 있으니 만나 보고 싶으면 찾아봐라." 총장은 주머니에서 병을 슥 꺼내 근처 기둥 뒤에 가더니 모플링을 몇 방울 마셨다.

코리올라누스가 이 말의 뜻을 생각해 보기도 전에 리시스트라타가 화가 난 채로 나타났다.

"솔직히, 코리올라누스. 넌 나랑 조금은 협조할 수도 있었잖아! 제섭은 계속 루시 그레이가 자기 동맹이라고 말한단 말야!"

"네가 그런 전략을 짰다는 건 몰랐어. 정말 너를 방해할 의도는 아니었어. 기회가 생기면 손을 잡고 같은 팀이 돼 보자." 그가 약속했다.

"그럴 일이 과연 생기긴 할까?" 리시스트라타는 과장되게 한숨을 쉬었다.

사티리아가 사람들을 헤치고 다가오며 외쳤다. "정말 영리한 인터뷰였어, 얘야. 나조차도 네 여자아이가 캐피톨에서 태어난 사람이라고 반쯤 믿었다니까! 따라와. 리시스트라타, 너도! 배지와 커뮤니커프를 받아야지!" 이것도 지금 상황의 코리올라누스로선 달갑지 않았다.

사티리아는 두 사람을 데리고 복도를 걸어갔다. 몇 년 전과는 달리 복도에는 흥분이 가득했다. 사람들은 코리올라누스에게 행운을 빈다고 외쳤고 인터뷰가 좋았다고 축하 인사를 건넸다. 코리올라누스는 관심이 즐거웠다. 하지만 부정할 수 없을 정도로 불편한 점도 있었다. 예전에 헝거 게임이 열릴 때는 분위기가 가라앉았고 사람들은 눈을 마주치지 않으려 했으며 꼭 필요할 때만 이야기했다. 지금은 아주 인기 많은 엔터테인먼트를 앞둔 것처럼 복도에 열망이 가득했다.

게임운영자 한 명이 테이블에서 멘터 지급품 배포를 감독했다. 모두 목 근처에 달 '멘터'라고 새겨진 밝은 노란색 배지를 받았지만 커뮤니커프는 헝거 게임에 참가한 조공인이 있는 멘터들만 지급받아 부러운 물건이 되었다. 전쟁 중에, 그리고 그 이후에 개인을 위한 기술 장비들이 굉장히 많이 사라졌다. 다른 물건들을 생산하는 게 더 급했기 때문이었다. 그러다 보니 간단한 장비도 대단한 것으로 여겨졌다. 커뮤니커프는 손목에 차는 장비였는데 작은 스크린이 달려 있었다. 스폰서가 보낸 선물이 빨간 빛으로 깜박였다. 멘터들이 식량 아이템 목록을 스크롤하고 메뉴 중 하나를 골라 더블 클릭만 하면 게임운영자들이 드론으로 해당 물품을 배달했다. 스폰서의 선물을 전혀 받지 못한 조공인들도 있었다. 리퍼는 인터뷰에 나오지 않았지만 동물원에 있을 때 스폰서를 몇 명 얻었다. 그러나 클레멘시아는 보이지 않았고 그녀 몫의 커뮤니커프는 테이블 위에 그냥 놓여 있었다. 리비아는 그것을 바라보며 탐을 냈다.

코리올라누스는 리시스트라타를 옆으로 데려가 커뮤니커프의 스크린을 보여 주었다. "봐, 내가 쓸 수 있는 것들이 꽤 있어. 두 사람이 같이 있으면 함께 먹을 수 있도록 음식을 보낼게."

"고마워, 나도 그렇게. 그렇게 기분 나쁘게 말하려던 건 아니었어. 네 잘못이 아니야. 내가 미리 얘기를 꺼냈어야 했어." 그녀의 목소리가 속삭이듯 작아졌다. "그저…. 이걸 끝까지 해낼 생각을 하니까 어젯밤에 잠을 못 자겠더라. 이게 구역들에 대한 처벌이라는 건 알지만 처벌은 이미 충분히 하지 않았어? 우리가 전쟁을 얼마나 더 질질 끌어야 해?"

"골 박사는 영원히 해야 한다고 믿는 것 같아. 수업 중에 우리에게 말했던 것처럼."

"골 박사만 그런 게 아니야. 다른 사람들을 봐." 파티 같은 실내 분위기를 말하는 것이었다. "역겨워."

코리올라누스는 그녀를 진정시키려고 했다. "내 사촌은 이게 우리 탓이 아니라는 걸 기억하라고 했어. 우리도 아직 아이들이라는 걸."

"그렇지만 그런 말도 도움이 되지 않아. 우리가 이렇게 이용되다니." 리시스트라타가 슬프게 말했다. "우리 중에 세 명이 죽었으니 더욱 그렇지."

'이용된다?' 코리올라누스는 멘터가 된다는 게 명예가 아닌 다른 의미를 갖는다고는 생각해 본 적이 없었다. 캐피톨에 봉사하는 방법이며 어쩌면 영광을 얻을 수 있을지도 모른다고 여겼다. 하지만 그녀의 말에도 일리가 있었다. 대의가 명예롭지 않다면 거기에 참가하는 게 어떻게 명예로울 수 있겠는가. 코리올라누스는 혼란스러웠다. 그리고 조종당하는 느낌, 이어서 무방비 상태가 된 느낌이 들었다. 마치 멘터라기보다 조공인이 된 기분이었다.

"금방 끝날 거라고 말해 줘." 리시스트라타가 말했다.

"금방 끝날 거야." 코리올라누스가 그녀를 안심시켰다. "같이 앉을까? 선물 주는 걸 조율해 보게."

"부탁해." 그녀가 말했다.

헝거 게임을 시청하기 위해 전교생이 모였다. 멘터들은 스물네 명의 자리가 마련된 쪽으로 갔다. 추첨 때 앉았던 곳에 자리가 준비되어 있었다. 참가하는 조공인이 있든 없든 참석할 수 있는 사람은 와야 했다. "앞에는 앉지 말자." 리시스트라타가 말했다. "걔가 죽을 때 카메라가 내 얼굴 바로 앞에 있는 건 싫어." 그녀의 말은 물론 옳았다. 카메라는 멘터를 잡을 것이고 만일 루시 그레이가 죽는다면, 특히 루시 그레이가 죽는다면 분명 그의 얼굴을 오랫동안 클로즈업으로 잡을 것이다.

코리올라누스는 리시스트라타의 말에 따라 뒷줄로 향했다. 자리를 잡은 그는 거대한 스크린으로 주의를 돌렸다. 럭키 플리커맨이 투어 가이드 행세를 하며 각 구역의 주요 산업을 소개했고 가끔씩 날씨 정보와 마술을 선보였다. 헝거 게임은 럭키에겐 큰 기회였고 그는 전력을 생산하는 5번 구역에 대해 떠벌리며 자기 머리카락을 곤추서게 하는 장비를 쓰는 짓까지 했다. "짜릿하네요!" 그가 헐떡이며 말했다.

"넌 멍청이야." 리시스트라타가 럭키를 보며 중얼거렸다. 그때 무언가가 그녀의 시선을 끌었다. "독감이 정말 심했나 보네."

코리올라누스가 그녀의 시선을 따라가 보니 클레멘시아가 테이블에서 자기 커뮤니커프를 막 받은 뒤였다. 그녀는 누군가를 찾아 실내를 둘러보았다…. 오, 코리올라누스를 찾은 것이었다! 눈이 마주치자마자 그녀는 뒷줄로 곧장 걸어왔다. 기분이 좋아 보이지 않았다. 정말 처참한 모습이었다. 밝은 노란색이던 눈은 창백한 꽃가루 색으로 가라앉았고 칼라가 높은 하얀 색 긴팔 블라우스로 비늘이 생긴 부분을 가렸다. 나아졌다고는 하지만 그녀에게서는 병약함이 뿜어져 나오는 듯했다.

그녀는 무의식적으로 건조한 얼굴 부위를 긁었다. 혀를 입 밖으로 내밀지는 않았지만 혀를 구부려 뺨 안쪽을 훑고 있는 것 같았다. 그녀는 코리올라누스의 맞은편 자리로 가서 섰다. 그를 살피면서 피부 조각을 조금씩 공중에 튕겨 냈다.

"문병 와 줘서 고마워, 코리오." 클레멘시아가 말했다.

"가려고 했어, 클레멘시아. 나도 상태가 꽤 안 좋아서…." 그가 변명하기 시작했다.

그녀는 말을 끊었다. "우리 부모님께 연락해 줘서 고마워. 내가 어디 있는지 알려 줘서 고마워."

리시스트라타는 어리둥절한 표정이었다. "우린 네가 어디 있는지 알고 있었어, 클렘. 네가 전염병에 걸려서 문병을 갈 수 없다고 하던데. 전화를 한 번 해 봤지만 자고 있다고 하더라고."

코리올라누스도 리시스트라타를 따라했다. "나도 해 봤어, 클레미. 여러 번. 늘 핑계를 대더라. 그리고 너희 부모님 말인데, 의사들은 부모님이 오시는 중이라고 장담했어." 다 거짓말이었지만 어떤 말을 할 수 있겠는가. 뱀의 독이 그녀의 정신에 영향을 준 게 분명했다. 그렇지 않다면 이렇게 공개적인 자리에서 이 사건을 꺼내지도 않았을 것이다. "내 생각이 틀렸다면 미안해. 아까 말했던 것처럼 나도 회복 중이었어."

"정말? 인터뷰에서는 아주 끝내주는 모습이던데. 너랑 네 조공인."

"진정해, 클렘. 네가 아팠던 게 코리올라누스 잘못은 아니잖아." 조금 전에 도착해 대화를 듣고 있던 페스투스가 말했다.

"닥쳐, 페스투스. 너는 네가 무슨 말을 하고 있는지도 몰라!" 클레멘시아가 내뱉고는 쿵쿵거리며 앞쪽 자리로 갔다.

페스투스는 리시스트라타 옆에 앉았다. "쟤 왜 저래? 마치 허물을 벗고 있는 것 같기도 하고."

"누가 알겠어? 우린 다 엉망진창이야." 리시스트라타가 말했다.

"그래도 저건 재답지 않아. 대체 뭐 때문에…." 페스투스가 말을 잇기 시작하려 할 때였다.

"세자누스!" 코리올라누스가 외쳤다. 대화를 끊을 일이 생겨서 기뻤다. "이쪽이야!" 그의 옆에는 빈자리가 있었고 그는 대화를 전환해야 했다.

"고마워." 세자누스가 의자 끝에 털썩 앉으며 말했다. 그는 상태가 좋지 않아 보였다. 기진맥진한 듯했고 피부에는 열기 어린 빛이 떠올라 있었다.

리시스트라타는 코리올라누스 너머로 손을 뻗어 세자누스의 손을 꼭 눌렀다. "더 빨리 시작할수록 더 빨리 끝날 거야."

"내년까지는." 세자누스는 그녀에게 상기시켜 주었지만 고맙다는 뜻으로 그녀의 손을 토닥였다.

학생들에게 앉으라는 지시가 전해지기 무섭게 여러 스크린에 캐피톨 문장이 나타났고 국가가 흘러 나와 다들 일어났다. 코리올라누스의 목소리가 어물거리는 다른 멘터들의 목소리를 뚫고 울려 퍼졌다. 솔직히 이젠 노력을 좀 해도 되지 않나?

럭키 플리커맨이 돌아와 환영한다는 뜻으로 두 손을 뻗었다. 코리올라누스는 아까 럭키가 마술을 부릴 때 손바닥에 묻은 밝은 사탕 색을 보았다. "신사 숙녀 여러분, 열 번째 헝거 게임을 시작하겠습니다!"

경기장의 와이드숏이 화면에 떠올랐다. 코리올라누스의 목록에 남아 있는 조공인 열네 명은 크게 원을 그리고 서서 시작을 알리는 징 소리를 기다리고 있었다. 조공인들, 폭탄 사건으로 인해 경기장에 널려 있는 새로운 잔해, 흙바닥 여기저기에 놓아둔 무기들, 예전엔 없었던 관중석의 판엠 국기에는 아무도 관심을 갖지 않았다.

모두의 눈은 카메라를 따라 움직였다. 경기장의 주 출입구에서 멀지 않은 곳에 세워진 쇠기둥 두 개가 천천히 줌인되는 것을 꼼짝 않고 바라보았다. 6미터 정도 높이의 두 기둥은 가로로 설치된 비슷한 길이의 봉으로 연결되어 있었다. 한가운데에는 마르쿠스가 수갑을 찬 채 매달려 있었다. 하도 심하게 맞은 데다 피투성이여서 코리올라누스는 처음에는 시체를 전시한 거라고 생각했다. 그때 마르쿠스의 부어오른 입술이 움직이면서 부러진 치아가 드러났다. 그가 아직 살아 있다는 데 의심의 여지가 없었다.

14

코리올라누스는 불쾌한 기분이 들었지만 눈을 돌릴 수가 없었다. 개든 원숭이든, 심지어 쥐라도, 그 어떤 생물이라도 이런 식으로 전시되었다면 소름 끼쳤을 텐데 남자아이를? 그리고 정말로 저지른 잘못이라곤 살기 위해 도망친 것밖에 없는 아이를? 마르쿠스가 캐피톨을 누비고 다니며 여러 사람을 죽이기라도 했다면 얘기가 달라질지 모르지만 마르쿠스가 탈출한 이후 그런 보도는 없었다. 코리올라누스는 장례식 행렬을 떠올렸다. 갈고리에 매달린 브랜디, 길거리에서 질질 끌려 다닌 조공인 등 가장 소름 끼치는 전시는 시체만을 대상으로 했다. 헝거 게임 자체가 구역 아이와 구역 아이를 서로 싸우게 한다는 일그러진 영리한 발상이었다. 캐피톨은 실제 폭력에는 관여하지 않을 수 있었다. 마르쿠스에게 가해진 고문은 전례 없는 일이었다. 골 박사의 지도에 따라 캐피톨은 새로운 수준의 보복을 하기에 이른 것이다.

이 장면은 헤븐스비 홀의 파티 분위기에 찬물을 끼얹었다. 경기장 내부에 설치된 마이크는 타원형 벽을 따라 설치된 몇 개뿐이어서 마르쿠스가 무슨 말을 하려는 건지 들을 수 있을 만한 마이크는 없었다. 코리올라누스는 얼른 징이 울리기를, 조공인들이 행동을 개시해서 관심을 돌려 주기를 바랐지만 오프닝 화면은 계속 이어졌다.

코리올라누스는 세자누스가 분노로 몸을 떠는 걸 느꼈다. 진정하라고 손을 얹으려 고개를 돌리는 순간, 세자누스가 벌떡 일어나 앞으로 달려갔다. 멘터 구역 맨 앞에는 죽거나 부상 입은 아이들을 위해 마련해 둔 빈 의자 다섯 개가 놓여 있었다. 세자누스는 구석의 의자 하나를 집어 들어 화면 속 엉망이 된 마르쿠스의 얼굴에 던져 스크린 하나를 박살 냈다. "괴물들!" 그가 괴성을 질렀다. "여기 당신들은 다 괴물이야!" 그러고는 다시 통로를 달려 홀의 주 출입구 밖으로 뛰쳐나갔다. 누구도 그를 막으려 하지 않았다. 다들 꼼짝도 하지 않았다.

그 순간 징이 울렸고 조공인들은 흩어졌다. 대부분은 터널로 통하는 출입구로 갔다. 폭발 사건으로 출입구가 몇 군데 더 열려 있었다. 코리올라누스는 루시 그레이의 밝은 드레스가 경기장 반대쪽으로 움직이는 걸 보았다. 그는 손가락으로 의자 끝부분을 꽉 쥐며 그녀가 계속 가길 빌었다. '달려! 달려! 거기서 빠져나와!' 그는 생각했다. 가장 힘 센 아이들 몇은 무기를 향해 달려갔다. 태너, 코럴, 제섭은 무기 몇 개를 움켜쥐고는 흩어졌다. 쇠스랑과 긴 칼로 무장한 리퍼만이 싸울 준비가 된 것 같았다. 하지만 그가 공격 자세를 취했을 때는 싸울 상대가 남아 있지 않았다. 그는 멀어져 가는 적들의 뒷모습을 돌아보고는 실망하며 고개를 뒤로 젖혔다가 사냥을 시작하기 위해 가까운 관중석으로 기어 올라갔다.

게임운영자는 이걸 기회 삼아 다시 럭키를 보여 주었다. "내기를 걸고 싶었지만 우체국에 못 가셨나요? 마침내 어떤 조공인을 응원할지 결정하셨나요?" 스크린 아래에 전화번호가 떠올랐다. "이제 전화로 전부 다 하실 수 있습니다! 아래 번호로 전화를 걸고 시민번호, 조공인 이름, 내기를 걸거나 선물로 주고 싶은 금액을 말씀하세요. 그러면 게임에 참가할 수 있습니다! 직접 거래하고 싶으시다면 우체국은 매일 아침 8시부터 저녁 8시까지 열려 있습니다. 이 역사적인 순간을 놓치지 마세요. 헝거 게임에 참여하고 우승자가 되세요! 이제 다시 경기장으로 가 보겠습니다!"

몇 분 만에 리퍼를 제외한 모든 조공인이 경기장에서 사라졌고 관중석에서 잠시 어슬렁거리던 리퍼 역시 시야 밖으로 나갔다. 괴로워하는 마르쿠스가 다시 헝거 게임의 주인공이 되었다.

"세자누스 따라가 봐야 하는 거 아냐?" 리시스트라타가 코리올라누스에게 속삭였다.

"걔는 혼자 있길 원할 것 같아." 그도 속삭이며 대답했다. 이건 아마 사실이겠지만 그가 어떤 장면도 놓치고 싶지 않다는 것, 골 박사의 반응을 끌어내고 싶지 않다는 것, 공공연하게 자신과 세자누스를 연관 짓고 싶지 않다는 것에 비하면 부차적인 문제였다. 그들이 친한 사이고 코리올라누스가 돌발적인 행동을 많이 하는 구역 출신 아이의 가까운 친구라는 시선이 퍼지고 있는 점이 그는 걱정스러웠다. 샌드위치를 나눠 주는 것과 의자를 던지는 건 다른 얘기다. 분명히 이에 따른 영향이 있을 것이고 세자누스가 아니라도 코리올라누스에겐 이미 걱정거리가 많았다.

아주 긴 30분이 흐른 뒤, 시청자들의 관심을 끌 일이 생겼다. 입구 근처에서 터진 폭탄으로 정문은 날아가 버렸지만 점수판 아래에는 바리케이드가 설치되어 있었다. 콘크리트 판, 널빤지, 가시철조망 등을 여러 겹으로 쌓아 둔 바리케이드는 볼썽사나웠고 반군의 공격을 떠올리게 만들었다. 그래서 게임운영자들이 화면에 많이 비추지 않았는지도 모른다. 하지만 헝거 게임에서 별다른 일이 일어나지 않다 보니 그들은 할 수 없이 마르고 팔다리가 긴 여자아이가 바리케이드 밖으로 기어 나가는 모습을 시청자들에게 보여 주었다.

"라미나야!" 코리올라누스의 몇 줄 앞에 앉은 펍이 옆자리에 앉은 리비아에게 말했다.

코리올라누스는 펍의 조공인이 멘터와 조공인의 첫 회의 때 울음을 멈추지 못했다는 것 말고는 기억나는 게 없었다. 펍은 자기 조공인을 인터뷰에 출연시키는 데 실패했고 그래서 그녀를 홍보할 기회도 빼앗겼다. 몇 번 구역이었는지 기억이 잘 나지 않았다…. 5번이었나?

조금 귀에 거슬리는 목소리에 코리올라누스는 정신을 차렸다. "지금 우리는 7번 구역에서 온 열다섯 살의 라미나를 보고 있습니다." 럭키가 말했다. "우리의 플라이니 해링턴이 멘터를 맡고 있죠. 7번 구역은 우리가 사랑하는 경기장을 보수하기 위한 목재를 공급하는 영예를 누리고 있습니다."

라미나는 마르쿠스를 살폈고 그의 고통을 느꼈다. 여름 바람이 후광 같은 그녀의 금빛 머리를 헝클었다. 그녀는 밝은 햇빛에 눈을 찡그렸다. 그녀는 밀가루 자루로 만든 것 같은 드레스를 입고 허리띠 대신 밧줄을 두르고 있었는데 맨발과 다리에는 벌레에 물린 자국들이 보였다. 붓고 지친 듯한 그녀의 눈은 충혈되어 있었지만 눈물은 없었다. 그녀는 망설이지도 불안해하지도 않고 무기들 쪽으로 가서 얼마나 날카로운지 엄지손가락 끝으로 확인해 가며 일단 칼을, 그리고 작은 도끼를 천천히 골랐다. 칼을 벨트에 끼워 넣고 도끼를 앞뒤로 슬슬 휘둘러 보며 무게를 느껴 보았다. 그러더니 기둥으로 걸어갔다. 예전엔 다른 용도로 썼던 터라 녹슬고 페인트칠이 남아 있는 기둥을 그녀는 손으로 쓸어 보았다. 코리올라누스는 임업 구역에서 온 그녀가 기둥을 베어 넘어뜨릴 작정인가 생각했지만 그녀는 도끼 손잡이를 입에 단단히 물고 무릎과 굳은살이 박힌 발로 기둥을 잡으며 기어오르기 시작했다. 줄기를 타고 올라가는 애벌레처럼 자연스러워 보였지만 체육 시간에 밧줄타기를 하기 위해 몇 시간이나 따로 연습을 해 봤던 코리올라누스는 그게 얼마나 힘이 필요한 일인지 알고 있었다.

기둥 꼭대기까지 올라간 라미나는 발을 위로 올리고 도끼를 벨트에 끼워 넣었다. 가로대의 폭은 15센티미터 정도밖에 안 되어 보였지만 그녀는 수월하게 걸어가 마르쿠스 위에 섰다. 그녀는 가로대를 다리 사이에 끼고 앉아 자세를 유지할 수 있도록 양 발목을 엮은 뒤 얻어맞은 마르쿠스의 머리 쪽으로 몸을 기울였다. 그녀가 하는 말은 마이크에 잡히지 않았지만 마르쿠스의 입술이 움직이며 대답하는 걸 보니 그녀의 말을 들은 모양이었다. 라미나는 몸을 펴고 앉아 상황을 생각해 보았다. 그러더니 마음을 다잡고 몸을 휙 숙여 마르쿠스의 목 옆 부분으로 도끼날을 휘둘렀다. 한 번, 두 번. 그리고 세 번째로 때리자 피가 확 튀었고 라미나는 마르쿠스를 죽이는 데 성공했다. 다시 똑바로 앉은 그녀는 스커트에 손을 문질러 닦고 경기장 안을 노려보았다.

"쟤가 내 아이야!" 펍이 외쳤다. 갑자기 헤븐스비 홀의 카메라가 펍의 반응을 중계하면서 그가 화면에 떠올랐다. 펍의 몇 줄 뒤에 앉은 코리올라누스도 화면에 잡히자 자세를 바로잡았다. 펍은 아침에 먹은 달걀이 묻은 교정기를 드러내며 씩 웃고 주먹을 흔들어 보였다. "오늘의 첫 죽음! 7번 구역에서 온 나의 조공인 라미나입니다." 그는 카메라를 향해 말했다. 그는 손목을 들어 보였다. "제 커뮤니커프는 영업 중이에요.

응원해 주고 선물을 보내기에 너무 늦은 때란 없답니다!"

스크린에 다시 전화번호가 떴고 코리올라누스는 라미나가 스폰서들의 선물을 받을 때마다 펍의 커뮤니커프에서 울리는 희미한 땡 소리를 몇 번 들었다. 헝거 게임은 그가 준비해 왔던 것보다 더 유동적이고 변화무쌍했다. '정신 차려! 너는 관객이 아니라 멘터야!' 그는 스스로에게 말했다.

"고맙습니다!" 펍은 카메라를 향해 손을 흔들었다. "음, 난 그녀가 뭘 좀 받을 만하다고 생각했어요. 그렇지 않나요?" 그는 커뮤니커프를 만지작거렸고 카메라가 다시 라미나를 비추자 기대하는 표정으로 스크린을 바라보았다. 관중들도 기대하며 지켜보았다. 조공인에게 선물을 배달하려는 첫 번째 시도였기 때문이다. 1분이 지났고 또 5분이 지났다. 게임운영자들의 의도대로 드론 기술이 작동하지 않는 걸까 하는 의문을 코리올라누스가 품을 무렵, 500밀리리터 정도의 물이 든 병을 집게로 쥔 작은 드론이 경기장 위에 나타나 흔들거리며 라미나에게 다가갔다. 드론은 빙글빙글 돌다가 아래로 확 내려갔다가 심지어 뒤로 가더니 라미나로부터 3미터는 족히 떨어져 있을 가로대에 부딪쳐 파리채에 맞은 벌레처럼 땅에 떨어졌다. 물병이 깨지면서 물은 흙에 스며들어 사라져 버렸다.

라미나는 마치 그 이상은 기대하지 않았다는 듯 무표정하게 자신의 선물을 내려다보았다. 하지만 펍은 화를 내며 버럭 외쳤다. "잠깐! 이건 불공평해요. 누가 비싼 돈을 내고 준 선물이라고요!" 사람들은 맞다고 중얼거렸다. 즉시 해결되지는 않았지만 10분 뒤에 다른 물병이 날아왔고 이번에는 라미나가 드론에서 물병을 낚아챘다. 이번 드론도 아까 드론처럼 흙바닥에 떨어져 망가졌다.

라미나가 가끔씩 물을 마시기는 했지만 마르쿠스의 시체에 파리 떼가 꼬이는 것 말고는 경기장에서 별다른 움직임은 없었다. 코리올라누스는 펍의 커뮤니커프에 라미나를 위한 추가 선물이 들어왔음을 알리는 띵 소리를 간간이 들었다. 라미나는 가로대 위에 계속 있을 생각인 것 같았다. 사실 나쁜 전략은 아니었다. 땅보다 안전한 건 분명했다. 그녀에겐 계획이 있었다. 그녀는 살인을 할 수 있었다. 한 시간도 지나지 않았는데 라미나는 헝거 게임의 우승 후보로 탈바꿈했다. 어쨌거나 루시 그레이보다는 훨씬 강해 보였다. 루시 그레이가 어디 있는지는 모르겠지만 말이다.

시간이 흘렀다. 관중석을 돌아다니는 리퍼의 모습만 화면에 가끔 비칠 뿐 사냥꾼으로 나선 조공인은 아무도 없었다. 무장한 아이들도 마찬가지였다. 마르쿠스를 전시하고 라미나가 그를 죽이는 모습을 보여 주지 않았다면 유난히 지루한 초반부가 되었을 것이다. 보통은 헝거 게임이 시작되자마자 대학살이 일어나곤 하지만 시작 전에 경쟁력 있는 조공인들이 너무 많이 죽은 터라 경기장의 조공인 대부분은 사냥 대상이었다.

럭키가 등장하면서 경기장 모습은 화면 구석의 작은 창으로 줄어들었다. 럭키는 각 구역에 대한 배경 설명을 더 들려주었고 일기예보도 상당히 많이 알려 주었다. 헝거 게임 전담 호스트를 두는 건 이번이 처음이었고 럭키는 이 자리를 만들어 내기 위해 애를 많이 썼다. 태너가 위로 올라가 관중석의 가장 윗줄을 걸어 다니자 럭키는 얼른 방송을 재개했다. 하지만 태너는 햇빛을 받으며 잠시 앉아 있다가 관중석 뒤 통로로 사라져 버렸다.

잠시 뒤, 헤븐스비 홀 뒤쪽에서 소리가 들려 사람들이 모두 돌아보았다. 코리올라누스는 레피두스 맘지가 촬영팀과 함께 앞쪽으로 오는 걸 보았다. 그는 펍을 불렀고 그들의 인터뷰가 생중계되었다. 이제까지 카메라 앞에 선 적이 없던 펍은 라미나에 대해 떠올릴 수 있는 모든 내용을 줄줄이 늘어놓았다. 코리올라누스가 듣기에 지어낸 것 같은 이야기도 조금 있었다. 그랬는데도 인터뷰는 몇 분 만에 끝나 버렸다. 이런 패턴이 오전 내내 반복되었다. 정보를 전하는 멘터들의 짧은 인터뷰. 아무 움직임도 없는 경기장을 비추는 긴 중계. 모두 점심시간이 반가웠다.

"금방 끝날 거라는 네 말은 거짓말이었어." 홀의 테이블에 쌓인 베이컨 샌드위치를 받으러 줄 서 있는 동안 리시스트라타가 투덜거렸다.

"속도가 붙을 거야. 그럴 수밖에 없어." 코리올라누스가 말했다.

하지만 그렇지 않은 듯했다. 길고 무더운 오후 내내 조공인들은 몇 번만 화면에 잡혔다. 죽은 고기를 먹는 새 네 마리가 마르쿠스 위를 느릿느릿 돈 게 전부였다. 라미나는 마르쿠스를 매달아 놓았던 밧줄을 썰어 시체를 땅에 떨구었다. 펍은 이 노력에 대한 보상으로 빵 한 쪽을 그녀에게 보냈다. 그녀는 빵을 잘라 작게 돌돌 뭉친 다음 한 번에 한 개씩 먹었다. 그러고는 엎드려서 막대기 같은 몸을 허리띠로 가로대에 묶고 잠들었다.

캐피톨 뉴스는 잠시 경기장 앞 광장을 비추었다. 입구 양쪽에 설치된 두 개의 큰 스크린을 통해 헝거 게임을 보러 모여든 시민들이 보였고 그들에게 음료수와 달콤한 간식을 파는 매점들이 들어서 있었다. 경기장에서 별일이 일어나지 않다 보니 개 두 마리에게 관심이 집중되었다. 주인은 개들에게 루시 그레이와 제섭이 입은 것과 똑같은 옷을 입혀 데려왔다. 그 멍청한 푸들이 주름 잡힌 드레스를 입은 모습에 코리올라누스는 마음이 언짢았지만 커뮤니커프에서 띵 소리가 몇 번 나는 걸 듣고 어떻게든 언급된다는 건 긍정적이라고 마음을 고쳐먹었다. 그러나 개들이 피곤해 해서 주인은 개들을 집으로 데리고 갔다. 그러고는 또다시 아무 일도 없었다.

5시가 되어갈 때쯤 럭키는 시청자들에게 골 박사를 소개했다. 중계를 계속 진행해야 한다는 부담 때문에 그는 눈에 띄게 기진맥진한 모습이었다. 그는 어리둥절해하며 두 손을 번쩍 치켜들고 "무슨 소식 없나요, 수석 게임운영자님?"이라고 물었다.

골 박사는 그를 무시하다시피 하며 카메라를 똑바로 보고 말했다. "헝거 게임 초반 진행이 느리다는 걸 의아하게 생각하는 분들도 계시겠지만 여기까지 오는 게 얼마나 힘들었는지 상기해 드리고자 합니다. 조공인의 3분의 1 이상이 경기장에 들어오지도 못했고 참가한 조공인들도 대부분 막강한 후보가 아니었습니다. 사망자 수로만 따지면 작년과 거의 비슷합니다."

"네, 그건 사실이죠." 럭키가 말했다. "하지만 올해 조공인들이 다 어디에 가 있는지 궁금해하시는 분들이 많을 것 같아요. 보통은 이보다 눈에 잘 띄잖아요."

"최근에 일어난 폭탄 사고를 잊으신 건 아닐까요?" 골 박사가 말했다. "예전에는 조공인들이 갈 수 있는 공간이 거의 경기장과 관중석으로 제한되어 있었지만 지난주 공격 때문에 경기장 벽 안의 미로 같은 터널에 쉽게 들어갈 수 있게 되었습니다. 완전히 새로운 헝거 게임이죠. 이들은 먼저 다른 조공인을 발견한 다음 아주 어두운 구석에 있는 상대를 찾아내야 합니다."

"오." 럭키는 실망한 표정이었다. "그럼 이제 다시 보지 못할 조공인들도 있는 걸까요?"

"걱정 마세요. 배가 고프면 머리를 내밀기 시작할 테니까요." 골 박사가 대답했다. "그게 상황을 바꿀 또 하나의 요인입니다. 시청자들이 음식을 주게 되었으니 헝거 게임은 끝없이 이어질 수 있습니다."

"끝없이요?"

"당신이 부릴 수 있는 마술이 많길 바라요!" 골 박사가 낄낄 웃었다. "나는 토끼 머트를 갖고 있는데 당신이 개를 모자에서 꺼내는 걸 보고 싶군요. 핏불 유전자가 섞여 있어요."

럭키는 조금 핼쑥해지며 웃으려 애썼다. "아, 사양하겠습니다. 저도 가지고 있는 동물들이 있거든요, 골 박사님."

"저 사람이 딱하게 여겨질 지경이야." 코리올라누스가 리시스트라타에게 속삭였다.

"난 아니야." 리시스트라타가 대답했다. "두 사람 다 거기서 거긴데, 뭐."

5시가 되자 하이바텀 총장은 학생들을 돌려보냈지만 조공인이 아직 경기장이 남아 있는 멘터 열네 명은 남았다. 커뮤니커프는 아카데미나 캐피톨 뉴스 방송국의 송신기를 통해서만 작동한다는 게 가장 큰 이유였다.

7시쯤에 '재능 있는 사람들'을 위한 진짜 저녁 식사가 제공되었다. 이걸 본 코리올라누스는 자신이 중요한 존재이자 이 상황의 중심에 있다고 느꼈다. 돼지갈비와 감자는 집에서 먹던 것보다 훨씬 맛있었다. 루시 그레이가 살아남기를 바라는 또 하나의 이유였다. 그는 접시에 그레이비소스를 끼얹으며 루시 그레이가 배고프지는 않을까 생각했다. 코리올라누스는 블루베리 타르트와 크림을 접시에 담다가 리시스트라타를 옆으로 불러 지금 상황에 대해 의논했다. 두 사람의 조공인은 작별 회의에서 괜찮은 음식을 좀 먹었을 것이다. 제섭이 식욕을 잃지 않았다면 더욱 그랬을 것이다. 하지만 물은? 경기장 안에서 물을 구할 곳이 있나? 원하는 게 생긴다면 조공인들이 머리를 내밀 거라는 골 박사의 말은 아마 옳을 것이다. 그때까지는 가만히 있는 게 가장 좋은 전략일 것이다.

후식을 다 먹어 갈 때쯤 경기장에서 움직임이 보여 멘터들은 자리로 돌아갔다. 이오 재스퍼가 맡은 3번 구역의 남자아이 시르크가 출입구 근처 바리케이드에서 기어 나와 주위를 둘러보더니 누군가에게 나오라고 손짓했다. 몸집이 작고 꾀죄죄한 짙은 색 곱슬머리의 여자아이가 따라 나왔다. 그때까지 가로대 위에서 자고 있던 라미나는 그들이 얼마나 위험한지 보려고 한쪽 눈을 떴다.

"걱정 마, 내가 아끼는 라미나." 펍이 스크린을 보며 말했다. "쟤네 둘은 발판 사다리도 못 올라와." 라미나는 좀 더 편한 자세로 몸을 틀었다. 하지만 그뿐, 별다른 움직임이 없는 걸 보면 아마 펍과 같은 생각이었던 모양이다.

럭키 플리커맨이 화면 구석에 등장했다. 목둘레에는 냅킨을 꽂고 있었고 턱에는 블루베리 얼룩이 묻어 있었다. 럭키는 시청자들에게 경기장에 나타난 아이들이 최신 테크놀로지를 개발하는 3번 구역 출신이라는 사실을 일깨워 주었다. 시르크는 안경으로 불을 지필 수 있다고 인터뷰했던 아이였다. "그리고 여자아이의 이름은…." 럭키는 화면 밖의 큐카드를 보았다. "테슬리! 3번 구역에서 온 테슬리입니다! 그리고 그녀의 멘터는 우리의…." 럭키는 화면 밖을 다시 보았지만 이번에는 헷갈린 듯했다. "그건 우리의…."

"애 좀 써 봐." 맨 앞줄에서 어번 캔빌이 투덜거렸다. 이오처럼 그의 부모님도 과학자였다. 물리학자였던가? 어번은 성격이 워낙 나빠서 그가 미적분학 시험에서 완벽한 점수를 낸 것에 대해 화를 내도 다들 괜찮다고 생각했다. 코리올라누스는 테슬리가 인터뷰를 하지 않았으니 럭키가 이름을 몰랐어도 게을렀다고 비난하기는 힘들다는 생각이 들었다. 테슬리는 체구가 작았지만 가망이 없어 보이지는 않았다.

"우리의 터번 캔빌입니다!" 럭키가 말했다.

"터번이 아니라 어번이에요!" 어번이 말했다. "진행을 프로페셔널에게 맡길 순 없어요?"

"안타깝게도 우리는 인터뷰에서 터번과 테슬리를 만나지 못했거든요."럭키가 말했다.

"저 여자애가 나랑 말하지 않으려 했으니까요!" 어번이 맞받아쳤다.

"왠지는 몰라도 어번의 매력에 면역력이 있어서요."페스투스의 말에 뒤쪽 줄에 앉은 아이들이 웃음을 터뜨렸다.

"난 시르크한테 지금 바로 선물을 보낼래. 언제 다시 볼 수 있을지 모르니까."이오가 커뮤니커프를 작동시키며 말했다. 코리올라누스는 어번도 따라 하는 걸 보았다.

시르크와 테슬리는 재빨리 마르쿠스의 시체를 돌아가 쭈그리고 앉아서 부서진 드론을 살폈다. 섬세한 손길로 드론을 만지며 얼마나 망가졌는지 파악했고 그들이 만지지 않았더라면 시청자들은 달려 있는 줄도 몰랐을 부분을 들여다보았다. 코리올라누스가 보기에 배터리 같은 직사각형 물체를 시르크가 끄집어내자 테슬리가 엄지손가락을 들어 보였다. 테슬리가 드론의 전선 몇 개를 다시 연결하자 드론에 불이 켜졌다. 두 사람은 서로를 보며 씩 웃었다.

"오, 세상에!" 럭키가 흥분한듯 외쳤다. "흥미진진한 일이 벌어지고 있습니다!"

"쟤들한테 조종기가 있으면 더 흥미진진하겠죠." 어번이 말했다. 화는 좀 가신 것 같았다.

계속 드론을 살피는 두 사람 쪽으로 다른 드론 두 대가 날아와 근처에 빵과 물을 떨어뜨렸다. 그들이 선물을 챙길 때 경기장 깊은 곳에서 누군가가 나타났다. 그들은 상의한 다음 드론을 한 개씩 들고 서둘러 바리케이드로 돌아갔다. 리퍼였다. 그는 터널에 들어가 누군가를 안고 나왔다. 카메라들이 리퍼를 비추자 코리올라누스는 그게 딜이라는 걸 알아보았다. 딜은 몸집이 줄어든 듯했고 태아처럼 웅크리고 있었다. 그녀는 자신의 잿빛 피부를 얼룩지게 만드는 저녁의 태양을 멍하니 보았다. 기침을 하자 입가에 피가 섞인 침이 한 줄기 튀었다.

"쟤가 하루를 버텼다니 놀랍다." 펠릭스가 딱히 누구한테라고 할 것 없이 말했다.

리퍼는 폭발 잔해 주위를 돌며 햇빛이 잘 비치는 곳을 찾아 새까맣게 타 숯이 된 나무 위에 딜을 눕혔다. 온기에도 불구하고 딜은 몸을 떨었다. 리퍼는 해를 가리키며 뭔가 말했지만 딜은 반응하지 않았다.

"쟤는 다른 아이들을 다 죽이겠다고 장담한 애 아니었어?" 펍이 물었다.

"내가 보기엔 별로 거칠어 보이지 않는데." 어번이 말했다.

"저 여자애는 같은 구역 출신이야." 리시스트라타가 말했다. "그리고 죽기 직전이야. 결핵 같아."

이 말에 다들 조용해졌다. 악성 결핵이 지금도 캐피톨에 돌고 있으며 치료는 고사하고 만성 질환으로 관리되는 경우조차 드물기 때문이었다. 구역에서 결핵이란 곧 사형 선고였다.

리퍼는 가만히 있지 못하고 잠깐 서성거렸다. 얼른 다시 사냥하러 가고 싶거나 딜의 고통을 달래 줄 수 없어서 그러는 것 같았다. 그러다 딜을 마지막으로 토닥여 주고 바리케이드 쪽으로 성큼성큼 뛰어갔다.

"너 뭣 좀 보내 줘야 하는 거 아니야?" 도미티아가 클레멘시아에게 말했다.

"어째서? 쟤는 딜을 죽이지 않았어. 그냥 안고 왔을 뿐이야. 그걸로 상을 주지는 않을 거야." 클레멘시아가 쏘아붙였다.

하루 종일 클레멘시아를 피했던 코리올라누스는 자신의 선택이 옳았다고 결론 내렸다. 클레멘시아답지 않았다. 어쩌면 뱀독이 그녀의 뇌를 바꿔 놓았는지도 모른다.

"음, 가진 건 얼마 없지만 쓰는 게 낫겠다. 쟤 거야." 펠릭스는 커뮤니커프에 뭔가를 입력했다.

드론이 물 두 병을 들고 날아왔다. 딜은 알아차리지도 못하는 것 같았다. 몇 분 뒤 한 남자아이가 검고 긴 머리를 휘날리며 터널에서 뛰어나왔다. 코리올라누스는 그 아이가 저글링을 했던 걸 기억했다. 조금도 발을 헛디디지 않고 몸을 숙여 물병을 집은 그는 크게 갈라진 벽의 틈속으로 이내 사라졌다. 럭키는 시청자들에게 이 남자아이는 빕사니아시클이 멘터를 맡은 7번 구역의 트리치였다고 해설해 주었다.

"음, 냉혹하네." 펠릭스가 말했다. "마지막으로 한 모금이라도 마시게 해 주지."

"머리를 잘 썼네." 빕사니아가 말했다. "내가 돈을 아낄 수 있게 해 주니까. 난 쓸 수 있는 돈이 별로 없어."

태양이 지평선을 향해 내려갔고 시체를 먹는 새들이 경기장 위를 천천히 맴돌았다. 마침내 딜은 마지막 거친 기침을 내뱉었다. 그녀의 몸이 경련을 일으켰다. 입에서 솟은 피가 그녀의 더러운 옷을 적셨다. 코리올라누스는 몸이 불편해졌다. 그녀의 입에서 솟은 피는 무시무시한 동시에 역겨웠다.

럭키 플리커맨이 등장해 11번 구역의 여자 조공인 딜이 자연사했다고 발표했다. 슬프게도 이제부터 펠릭스 레이빈스틸을 볼 일이 없을 것이라는 뜻이었다. "레피두스, 헤븐스비 홀에서 그와 마지막으로 몇 마디 나눠 볼 수 있을까요?"

레피두스는 펠릭스를 데리고 나와 헝거 게임을 떠나야 하는 기분이 어떤지 물었다.

"음, 사실 충격적이지는 않아요. 여기 왔을 때부터 다 죽어 가던 아이였으니까요." 펠릭스가 말했다.

"인터뷰를 하게 한 것만으로도 엄청난 공을 세웠다고 생각해요." 레피두스는 호의적으로 말했다. "그것조차 못한 멘터들이 많으니까요."

코리올라누스는 레피두스가 펠릭스를 저토록 칭찬하는 이유는 무엇보다도 그가 대통령의 종손이기 때문이지 않을까 생각했지만 시기하지는 않았다. 펠릭스의 성과는 코리올라누스가 이미 뛰어넘은 수준이었다. 그러니 설사 루시 그레이가 오늘 밤을 넘기지 못한다 해도 그는 뛰어난 사람으로 보일 것이다. 하지만 그녀는 오늘 밤을 넘겨야 한다. 그리고 또 하루, 또 하루, 우승할 때까지. 그는 그녀를 돕겠다고 약속했지만 지금까지 해 준 일이라곤 관객들에게 그녀를 홍보한 것 말고는 아무것도 없었다.

스튜디오에서 럭키는 펠릭스에게 칭찬을 몇 마디 더 건넨 다음 방송을 종료했다. "경기장에 밤이 찾아오면서 조공인들 대부분은 잠들었습니다. 여러분도 주무셔야 하고요. 이곳 상황을 계속 주시하겠습니다만 아침까지는 별다른 일이 일어날 것 같지 않습니다. 좋은 꿈 꾸세요."

게임운영자들은 경기장을 와이드숏으로 잡았다. 코리올라누스가 알아볼 수 있는 건 가로대 위에 누운 라미나의 실루엣뿐이었다. 어둠이 내려앉으면 경기장 안의 빛이라곤 달빛뿐이고 달빛만으로는 방송이 잘 이루어지지 않는다. 하이바텀 총장은 멘터들에게 앞으로는 칫솔과 갈아입을 옷을 가져오는 게 좋겠지만 지금은 집에 가라고 했다. 그들은 펠릭스와 악수를 나누며 잘 해냈다고 축하했다. 대부분은 진심이었다. 이날 멘터들은 완전히 새로운 방식으로 유대를 이루었기 때문이다. 멘터는 결국 한 사람만 남겠지만 그들 모두가 어떤 사람인지를 규정할 특별한 조직의 멤버였다.

코리올라누스는 집으로 걸어오면서 계산해 보았다. 조공인 두 명이 더 죽었지만 그는 마르쿠스를 계산에 넣지 않은 지 오래였다. 그래도 이제 열세 명밖에 남지 않았고, 루시 그레이가 살아남기 위해서는 열두 명의 경쟁자만 제치면 된다. 그리고 딜과 5번 구역의 천식 환자 남자아이가 증명했듯 그저 루시 그레이가 다른 아이들보다 오래 살아남기만 하면 우승자가 될 가능성도 크다. 그는 어제 일을 다시 생각해 보았다. 그녀의 눈물을 닦아 주었고 그녀를 살려 주겠다고 약속했다. 키스. 그녀는 지금 그를 생각하고 있을까? 그가 그녀를 그리워하는 것처럼 그녀도 그를 그리워하고 있을까? 그는 그녀가 내일은 화면에 등장하기를, 음식과 물을 보내 줄 수 있기를 바랐다. 시청자들에게 그녀의 존재를 상기시켜야 했다. 오후에 새로 받은 선물은 몇 개뿐이었는데 제섭과 동맹을 맺었기 때문일 수도 있었다. 헝거 게임에서 음울한 순간이 나올 때마다 루시 그레이의 매력적인 여가수 페르소나라는 인상은 약해졌다. 쥐약에 대해 알고 있는 사람은 오직 코리올라누스뿐이기 때문에 그게 그녀의 입지를 강화해 주지는 못했다.

스트레스가 심한 날을 보낸 탓에 그는 더웠고 무척 지쳐 있었다. 샤워를 하고 침대에 파고들고만 싶었다. 하지만 아파트에 들어가자마자 손님을 위해 만든 재스민 차 향이 확 풍겨 왔다. 이 시간에 찾아올 사람이 누굴까? 게다가 오늘은 헝거 게임 첫날인데? 할머님의 친구들이 찾아오기엔 너무 늦은 시간이었고 이웃들이 들르기에도 그랬다. 이웃들은 어차피 자주 찾아오지도 않았다. 뭔가 잘못된 게 분명했다.

스노우 가족은 거실에 있는 텔레비전을 거의 보지 않았지만 갖춰 놓고는 있었다. 텔레비전 화면에는 그가 헤븐스비 홀에서 보았던 것과 똑같은 어두운 경기장의 모습이 떠 있었다. 잠옷 위에 점잖은 가운을 걸친 할머님이 티 테이블 옆의 곧은 등받이 의자에 뻣뻣하게 앉아 있었고 티그리스는 김이 올라오는 맑은 액체를 손님에게 따라 주고 있었다.

그 자리에는 어느 때보다도 유행에 안 맞는 옷을 입은 플린스 부인이 앉아서 손수건으로 얼굴을 가린 채 울고 있었다. 머리는 헝클어져 있었고 옷은 엉망이었다. "당신들은 정말 좋은 분들이에요." 그녀가 울며 말했다. "이렇게 불쑥 찾아와서 정말 죄송합니다."

"코리올라누스의 친구라면 우리 모두의 친구죠." 할머님이 말했다. "플린치라고 하셨나요?"

코리올라누스는 할머님이 세자누스의 엄마가 누구인지 정확히 알고 있다는 걸 알았다. 하지만 이 시간에 누군가를 즐겁게 해 줘야 한다는 건 할머님이 믿는 모든 것에 반대되는 일이었다. 게다가 플린스라니.

"플린스요." 그녀가 말했다. "플린스."

"있잖아요, 할머님. 코리올라누스가 다쳤을 때 근사한 캐서롤을 보내 주셨잖아요." 티그리스가 일깨워 주었다.

"죄송해요. 너무 늦은 시간이죠." 플린스 부인이 말했다.

"제발 사과하지 마세요. 꼭 해야 할 일을 하신 거예요." 티그리스가 그녀의 어깨를 다독이며 말했다. 티그리스는 코리올라누스를 보고 안도하는 표정을 지었다. "오, 코리올라누스가 왔네요! 쟤가 뭔가 알지도 몰라요."

"플린스 부인, 예상하지 못했던 기쁨이네요. 아무 문제 없는지요?" 플린스 부인은 나쁜 소식을 가져왔다는 분위기를 물씬 풍기고 있었지만 코리올라누스는 모르는 척 물었다.

"오, 코리올라누스. 그렇지 않아, 전혀. 세자누스가 집에 오질 않았어. 오늘 오전에 아카데미에서 나왔다고는 들었는데 그 뒤로 못 봤어. 정말 걱정돼. 어디 있을까? 마르쿠스가 그렇게 된 게 그 아이한테 큰 충격이었다는 건 알아. 넌 아니? 그 아이가 어디 있는지 아니? 홀을 나갈 때 그 아이 기분이 안 좋았니?"

코리올라누스는 세자누스가 폭발한 것, 의자를 던진 것, 욕설을 외친 것은 헤븐스비 홀에 있는 사람들만 아는 사실이라는 걸 기억했다. "기분이 좋지 않았습니다, 부인. 하지만 그게 걱정할 이유인지는 잘 모르겠어요. 아마 그저 울분을 좀 발산해야 했겠지요. 오랫동안 걷거나 하지 않았을까요. 저라도 그랬을 겁니다."

"하지만 지금은 너무 늦었잖아. 엄마한테 말도 없이 사라지는 건 그 아이답지 않은 행동이야." 그녀가 애태우며 말했다.

"세자누스가 갔을 만한 곳이 떠오르지는 않으세요? 아니면 찾아갔을 법한 사람이라거나?" 티그리스가 물었다.

플린스 부인은 고개를 가로저었다. "아니, 아니. 코리올라누스가 그 아이의 유일한 친구야."

'정말 슬프군. 친구가 하나도 없다니.' 코리올라누스는 생각했다. 하지만 그저 "세자누스가 누군가를 만나고 싶었다면 제일 먼저 저에게 왔을 거라고 생각합니다. 이 모든 걸… 이해하고 받아들이기 위해서 혼자만의 시간이 필요했을 거예요. 저는 세자누스가 괜찮을 거라고 확신합니다. 그렇지 않다면 이미 소식을 들으셨겠죠"라고만 말했다.

"평화유지군에겐 확인해 보셨나요?" 티그리스가 물었다.

플린스 부인은 고개를 끄덕였다. "아무 흔적도 없대."

"아시겠죠?" 코리올라누스가 말했다. "아무 문제도 없는 겁니다. 어쩌면 지금 집에 와 있을지도 몰라요."

"가서 확인해 보시는 건 어떨까요." 할머님이 말했다. 속마음이 조금 지나칠 정도로 드러났다.

티그리스가 할머님을 노려보았다. "아니면 전화해 보셔도 되고요."

하지만 플린스 부인은 할머님의 말뜻을 알아들을 정도로는 진정된 상태였다. "아냐, 할머니 말씀이 옳아. 내가 있어야 할 곳은 집이지. 그리고 모두 주무셔야 하고."

"코리올라누스가 집까지 바래다 드릴 거예요." 티그리스가 단호하게 말했다.

티그리스가 선택의 여지를 주지 않았으므로 그는 고개를 끄덕였다. "당연하죠."

"블록 아래쪽에 차가 있어." 플린스 부인이 일어나서 머리를 쓸어내렸다. "고마워요, 여러분. 모두 정말 친절하게 대해 주셨어요. 고맙습니다." 그때 텔레비전 화면에 무언가 보이는 바람에 커다란 핸드백을 들고 돌아서려던 플린스 부인의 눈길이 화면에 고정되었다. 그녀는 그대로 멈춰 버렸다.

코리올라누스는 그녀의 시선을 따라 화면을 보았다. 잘 보이지 않는 형체 하나가 바리케이드에서 빠져나와 라미나 쪽으로 가는 게 보였다. 키 큰 남자였고 손에 무언가를 들고 있었다. 코리올라누스는 그 형체가 '리퍼 아니면 태너'라고 생각했다. 화면 속 남자아이는 마르쿠스의 시체 앞에 멈춰 서더니 자고 있는 라미나를 올려다보았다. '조공인 중 하나가 마침내 라미나를 공격하기로 했구나.' 코리올라누스는 멘터로서 시청해야 된다는 걸 알고 있었지만 정말이지 플린스 부인부터 먼저 보내고 싶었다.

"차까지 모셔다 드릴까요?" 그가 물었다. "세자누스는 분명히 집에서 자고 있을 겁니다."

"아냐, 코리올라누스." 플린스 부인이 숨죽여 말했다. "안 돼!" 그녀가 화면 쪽으로 고갯짓을 했다. "내 아들은 바로 저기 있어."

15

플린스 부인이 그렇게 말하는 순간, 코리올라누스는 그녀의 말이 맞다는 걸 깨달았다. 그렇게 어두운 화면을 보고도 알아차릴 수 있는 건 어쩌면 어머니뿐일지도 모르지만 그녀의 말을 듣고 보니 세자누스라는 걸 알아볼 수 있었다. 자세, 살짝 구부정한 몸, 이마의 선. 아카데미의 흰색 교복 셔츠가 어둠 속에서 희미하게 빛났고 아직도 가슴팍 앞에 끈으로 매달려 있는 밝은 노란색 멘터 배지도 알아볼 수 있었다. 세자누스가 어떻게 경기장에 들어갔는지는 알 수 없었다. 캐피톨 아이인 데다 멘터이기까지 하니 반죽 튀김과 핑크 레모네이드를 살 수 있었을 테고 사람들 사이에 섞여 헝거 게임을 스크린으로 볼 수 있는 입구 근처에 있었다면 별로 눈길을 끌지 않았을 것이다. 그냥 조용히 섞여 들어갔나? 아니면 약간의 유명세를 이용해 의심을 떨쳐 냈을까? "내 조공인이 끝장났으니 이제 난 그냥 즐겨야겠어요!" 사진 찍자는 사람들과 함께 포즈를 취했을까? 평화유지군들과 잡담을 하다가 그들이 안 보고 있을 때 슬쩍 들어갔을까? 세자누스가 경기장에 들어가려 한다고 생각할 사람이 어디 있었겠는가. 그런데 대체 세자누스는 저길 왜 들어간 거지?

어두운 화면 속에서 세자누스는 무릎을 꿇고 꾸러미를 놓더니 마르쿠스를 뒤집어 똑바로 눕혔다. 다리를 곧게 펴 주고 팔을 가슴 앞에서 교차하려고 최선을 다했지만 팔다리가 경직되어 자세를 바꿀 수가 없었다. 코리올라누스는 세자누스가 꾸러미를 가지고 뭘 하는지 알 수 없었지만 세자누스는 일어서서 시체 위로 손을 들었다.

'세자누스가 동물원에서 했던 행동이야'라고 코리올라누스는 생각했다. 10번 구역 조공인 브랜디가 죽었을 때 세자누스가 시체 위에 뭔가를 뿌리는 모습을 언뜻 보았다.

"저기에 당신 아들이 들어가 있다고요? 뭘 하고 있는 거죠?" 할머님이 경악하며 물었다.

"시체에 빵가루를 뿌리는 거예요. 마르쿠스가 가는 길에 먹을 수 있도록요." 플린스 부인이 말했다.

"어디로 가는 길예요? 죽었잖아요!" 할머님이 물었다.

"자기가 왔던 곳으로 돌아가는 거죠. 우리 고향에선 저렇게 해요. 누가 죽으면."

코리올라누스는 그녀를 보며 부끄러운 마음이 드는 걸 억누를 수가 없었다. 구역의 후진성에 대한 증거가 필요하다면 바로 이것이다. 원시적 관습을 지닌 원시적인 사람들. 이런 말도 안 되는 일로 그들이 낭비한 빵의 양은 얼마나 될까? '이런, 안 돼. 굶어 죽었어! 누가 빵 좀 가져와!' 그가 우정이라 가장했던 그 감정이 그를 괴롭히게 될 거라는 암담한 기분이 들었다. 일부러 타이밍을 맞추기라도 한 듯 전화가 울렸다.

"도시 전체가 다 안 자고 있는 거니?" 할머님이 말했다.

"실례합니다." 코리올라누스는 현관에 있는 전화기를 받으러 갔다. "여보세요?" 그는 잘못 걸려온 전화이기를 바라며 말했다.

"스노우 군, 골 박사야." 코리올라누스는 배 속이 죄어드는 느낌이 들었다. "텔레비전 근처에 있니?"

"방금 집에 돌아왔어요." 그는 시간을 벌어 보려 했다. "아, 네, 있어요. 저희 가족들이 보고 있어요."

"네 친구는 뭘 하고 있는 거니?" 그녀가 물었다.

코리올라누스는 고개를 돌리고 목소리를 낮추었다. "세자누스는 정말…. 친구 아니에요."

"말도 안 되는 소리. 너희 둘은 굉장히 친하잖아." 그녀가 말했다. "'샌

드위치 나눠 주는 걸 도와줘, 코리올라누스!' '내 옆 자리가 비어 있어,
세자누스!' 세자누스랑 친한 아이가 누구인지 카스카한테 물으니 네 이
름밖에 떠올리지 못하던데."

그가 세자누스를 대할 때 예의상 잘해 줬던 것이 오해를 산 게 분명
했다. 사실 두 사람은 지인 정도의 사이에 불과했다. "골 박사님, 제가
설명하게 해 주신다면⋯."

"설명 들을 시간 없어. 지금 플린스 녀석은 늑대 떼가 있는 경기장에
서 돌아다니고 있어. 그들이 저 아이를 본다면 그 자리에서 죽여 버릴
거야." 그녀는 수화기 반대쪽으로 고개를 돌리고 다른 사람에게 이야기
했다. "아니, 갑자기 끊지 마. 관심만 더 끌 거야. 그냥 할 수 있는 한 최
대로 어둡게 해. 안 보이도록 까맣게 해. 마치 구름이 달 앞을 떠가는 것
처럼." 그러고는 다시 코리올라누스에게 이야기했다. "넌 똑똑한 아이
야. 이게 시청자들에게 어떤 메시지를 보내겠니? 상당한 피해가 있을
거야. 우리는 이 상황을 당장 바로잡아야 해."

"평화유지군들을 들여보내실 수 있잖아요." 코리올라누스가 말했다.

"그리고 저 아이가 토끼처럼 달아나게 하라고?" 골 박사는 비웃었다.
"잠깐 상상이나 해 보렴. 어둠 속에서 평화유지군들이 저 아이를 추적
하는 걸 말야. 안 돼. 우리는 쟤를 꾀어서 나오게 해야 돼. 최대한 이렇
다 할 사건 없이 말이야. 그러니까 우리에겐 저 아이가 아끼는 사람들
이 필요해. 저 아이는 자기 아버지, 형제자매, 다른 친구들은 못 견뎌해.
그러면 너와 자기 어머니만 남아. 우린 지금 걔 어머니가 어디 있는지
찾는 중이야."

코리올라누스는 낙담했다. "지금 여기 와 계세요." 그가 솔직히 말했
다. '그냥 알고 지내는 사이'라는 방어는 이제 통하지 않는다.

"음, 둘 다 해결됐군. 두 사람 모두 20분 안에 경기장으로 와. 시간이

더 걸리면 하이바텀이 아니라 내가 벌점을 줄 거야. 그러면 네가 상을 탈 수 있는 기회는 완전히 사라지겠지." 그녀는 그 말을 마지막으로 전화를 끊었다.

코리올라누스는 텔레비전 영상이 어두워졌다는 걸 알 수 있었다. 이제는 세자누스를 거의 알아볼 수가 없었다. "플린스 부인, 수석 게임운영자의 전화였습니다. 세자누스를 데리고 나오기 위해 경기장에서 부인을 만나고 싶다고 하셨고 저더러 함께 오라고 하시네요." 할머님이 심장마비를 일으키게 하지 않으려면 그 이상은 말하기가 힘들었다.

"세자누스가 위험에 처했니?" 플린스 부인이 눈을 크게 뜨며 물었다. "캐피톨도?"

코리올라누스는 지금 이 시점에 그녀가 조공인들이 가득한 경기장보다 캐피톨을 더 걱정하는 게 이상하다고 생각했지만 마르쿠스에게 일어난 일을 생각하면 그럴 만한 이유가 있을지도 모른다고 여겼다.

"아, 아닙니다. 세자누스의 안전을 염려하는 것뿐이에요. 오래 걸리지는 않겠지만 기다리지 말고 먼저 주무세요." 그는 티그리스와 할머님에게 말했다.

그는 플린스 부인을 업고 가지 않는 한도 내에서 최대한 빨리 문밖으로 데리고 나가 함께 엘리베이터를 타고 로비를 지났다. 그녀의 차가 소리 없이 다가왔고 아마도 무성인일 듯한 기사는 경기장으로 가 달라는 코리올라누스의 말에 고개만 끄덕였다.

"우리 좀 급해요." 코리올라누스가 기사에게 말하자 차는 곧 속도를 내며 텅 빈 거리를 미끄러지듯 달려갔다. 20분 안에 경기장에 도착하는 게 가능한 일이라면 그들은 할 수 있을 것이다.

플린스 부인은 핸드백을 움켜쥐고 창밖으로 사람 하나 없는 도시를 바라보았다. "내가 캐피톨을 처음 봤을 때도 지금처럼 밤이었어."

"아, 그러세요?" 코리올라누스는 그저 예의상 말했다. 솔직히 누가 관심을 갖겠는가. 그녀의 다루기 힘든 아들 때문에 그의 미래 전체가 위태로워졌다. 그리고 경기장에 숨어드는 것으로 해결될 일이 하나라도 있다고 믿는 아이를 길러 낸 육아 방식에 대해선 의문을 품을 수밖에 없었다.

"세자누스는 네가 지금 앉은 바로 그 자리에 앉아서 '잘될 거예요, 엄마. 괜찮을 거예요'라고 말했어. 나를 진정시키려고. 우리 둘 다 완전히 잘못될 거라는 걸 알았는데도. 하지만 그 아인 정말 용감했어. 정말 착했어. 오직 엄마 생각만 했지." 플린스 부인이 말했다.

"음, 달라진 게 아주 많았겠죠." 플린스 가족은 대체 왜 이럴까? 유리한 상황을 계속 비극으로 바꾸고 있지 않나. 무늬를 새긴 가죽, 천을 씌운 시트, 보석 색깔 액체가 든 크리스털 병들이 있는 바. 차 내부를 언뜻 둘러보기만 해도 이들이 판엠에서 가장 돈이 많은 사람들 중 하나라는 걸 알 수 있었다.

"가족과 친구들은 우리와 연을 끊었어." 플린스 부인은 계속 이야기했다. "여기서 새로 사귈 수 있는 친구는 없었지. 스트라보, 그러니까 세자누스의 아빠는 지금도 옳은 결정이었다고 생각해. 2번 구역에서는 미래가 없었다는 거야. 우리를 보호하는 그 사람 나름의 방식이었지. 세자누스가 헝거 게임에 뽑히지 않게 하는 그의 방식이었어."

"정말 아이러니하네요. 지금 상황을 생각하면요." 코리올라누스는 대화의 방향을 돌리려 했다. "골 박사가 무슨 생각을 하고 계신지는 모르겠지만 세자누스를 경기장 밖으로 나오게 하는 데 어머님의 도움을 받고 싶어 하시는 것 같아요."

"내가 할 수 있을지 모르겠어. 세자누스 기분이 워낙 안 좋아서…. 시도는 해 보겠지만 그 아인 분명 자기가 옳은 일을 했다고 생각하고 있을 거야."

'옳은 일.' 코리올라누스는 옳은 일을 하겠다는 결심이 언제나 세자
누스의 행동을 이끌어 왔다는 걸 깨달았다. 예를 들어 다른 아이들은
그냥 골 박사를 따라가려 하는데 세자누스가 고집스럽게 골 박사를 부
정하는 경우처럼 말이다. 이런 행동이 세자누스와 아이들 사이를 소원
하게 만든 이유 중 하나였다. 솔직히 자신이 우월하다는 듯 던지는 짤
막한 말들은 견디기 힘들 때도 있었다. 하지만 이걸 이용하면 세자누스
를 조종할 수 있을지도 모른다.

차가 경기장 입구에 도착했을 때, 코리올라누스는 위기를 감추려는
시도가 이루어졌음을 볼 수 있었다. 평화유지군은 10여 명 정도에 불과
했고 게임운영자도 몇 명 있었다. 간식 판매대는 이미 문을 닫은 뒤였
고 낮에 모였던 관중은 진즉에 흩어졌기 때문에 호기심 많은 구경꾼을
끌어들일 만한 것은 거의 없었다. 차에서 내린 코리올라누스는 집까지
걸어갔을 때에 비해 기온이 정말 빨리 내려갔다고 느꼈다.

밴 뒤쪽의 캐피톨 뉴스 모니터는 화면을 두 개로 나눠 실제 경기장
영상과 어둡게 만든 영상을 함께 틀어 놓았다. 골 박사, 하이바텀 총장,
평화유지군 몇 명이 그 주위에 모여 있었다. 코리올라누스는 플린스 부
인과 함께 그쪽으로 걸어가며 세자누스가 조각상처럼 꼼짝 않고 마르
쿠스의 시체 옆에 무릎 꿇고 있는 모습을 보았다.

"넌 최소한 시간은 잘 지키는구나." 골 박사가 말했다. "플린스 부인
이시겠죠?"

"네, 네." 플린스 부인은 떨리는 목소리로 말했다. "세자누스가 불편
을 끼쳐 드렸다면 죄송합니다. 그 아이는 정말 착한 아이예요. 그저 너
무 마음이 쉽게 상하는 아이라 그렇습니다."

"세자누스가 이 일에 무관심하다고 비난할 수 있는 사람은 없겠죠."

골 박사도 동의했다. 그녀는 코리올라누스를 돌아보았다. "너의 가장 친한 친구를 구할 방법이 뭐가 있을까, 스노우 군?"

코리올라누스는 골 박사의 가시 돋친 말을 무시하고 화면을 살폈다. "뭐 하고 있는 거죠?"

"그냥 무릎을 꿇고 있는 것 같다." 하이바텀 총장이 말했다. "충격에 빠진 상태일 수 있지."

"차분해 보이는데요. 세자누스가 놀라지 않게 평화유지군들을 들여보낼 수 있지 않을까요?" 코리올라누스가 제안했다.

"너무 위험해." 골 박사가 말했다.

"어머니가 스피커나 작은 확성기로 말씀하시게 하는 건요?" 코리올라누스가 계속 말했다. "화면을 어둡게 할 수 있으니 음향도 조절할 수 있을 거잖아요."

"방송에선 할 수 있어. 하지만 경기장에서는 모든 조공인에게 무장하지 않은 캐피톨 남자아이가 그들 틈에 있다는 걸 알리는 꼴이 되겠지." 하이바텀 총장이 말했다.

코리올라누스는 불안한 예감이 들기 시작했다. "어떤 방법을 생각하시나요?"

"우리는 세자누스를 아는 사람이 최대한 눈에 띄지 않게 들어가서 그 아이를 꾀어내는 게 좋다고 생각해." 골 박사가 말했다. "그러니까 바로 너."

"오, 안 돼요!" 플린스 부인이 깜짝 놀랄 정도로 날카롭게 소리 질렀다. "코리올라누스에게 시킬 수는 없어요. 다른 아이를 위험에 처하게 하는 건 우리가 절대 해서는 안 될 일이에요. 제가 할게요."

코리올라누스는 이 제의가 고마웠지만 실현될 가능성이 낮다는 걸 알고 있었다. 빨갛고 부은 눈에 불안한 하이힐을 신은 그녀는 믿음직한 비밀 요원으로는 보이지 않았다.

"필요할 경우 달아날 수 있는 사람이 좋겠죠. 스노우 군이 적임자예요." 골 박사의 손짓에 따라 평화유지군들은 코리올라누스에게 방탄복을 입혔다. "이 조끼는 너의 중요 기관들을 보호해 줄 거야. 네가 적을 상대해야 할 경우가 생길 때 쓸 수 있는 페퍼 스프레이와 잠시 적이 앞을 볼 수 없게 해 줄 플래시도 받아."

코리올라누스는 작은 페퍼 스프레이 병과 플래시를 보았다. "총은요? 최소한 칼이라도?"

"넌 훈련받은 적이 없기 때문에 이게 더 안전할 거야. 잊지 마, 너는 누구를 해치려고 들어가는 게 아니야. 네 친구를 최대한 빨리, 최대한 조용히 데리고 나오려고 들어가는 거야." 골 박사가 지시했다.

다른 학생이었다면, 심지어 몇 주 전의 코리올라누스였다면 이 상황에 저항했을 것이다. 부모나 후견인을 부르라고 우겼을 것이다. 하지만 클레멘시아가 뱀에 물리고 폭발 사건이 일어나고 마르쿠스가 고문을 받고 난 지금, 그는 그래 봤자 소용없다는 걸 알았다. 그가 경기장에 들어가야 한다고 골 박사가 결정했다면 그가 상을 받지 못할 위험이 있든 없든 간에 그는 가야 한다. 그는 그녀의 다른 실험 대상들, 학생들이나 조공인들과 똑같았다. 우리 속에 갇힌 무성인들보다 더 중요할 이유가 없었다. 거부할 힘이 없었다.

"이러면 안 돼요. 코리올라누스는 아직 아이잖아요. 남편에게 전화를 걸게 해 주세요." 플린스 부인이 간절히 빌었다.

하이바텀 총장은 코리올라누스에게 살짝 미소를 지어 보였다. "저 아이는 괜찮을 겁니다. 스노우 가문 사람을 죽이기는 쉽지 않아요."

이 모든 게 총장의 아이디어였을까? 코리올라누스의 미래를 망가뜨리자는 그의 궁극적 목표를 쉽게 이룰 수 있는 지름길을 그가 본 걸까?

아무튼 플린스 부인의 애원은 그의 귀에 들어가지도 않는 것 같았다.

코리올라누스는 경기장으로 향했다. 평화유지군 두 명이 그의 옆에 바짝 붙어서 함께 갔다. 그의 안전을 위해서였을까, 아니면 그가 달아나는 걸 막기 위해서였을까? 코리올라누스는 폭발 후 실려 나온 기억이 거의 나지 않았다. 다른 출구로 나왔던가? 주 출입구가 상당히 손상된 게 보였다. 큰 문 두 개 중 하나는 완전히 날아갔고 뒤틀린 금속 문틀만 남아 큰 구멍이 되어 있었다. 구멍 앞에 서 있는 경비병들 외에는 허리 높이의 콘크리트 장애물을 몇 줄 놓아 두었을 뿐 별다른 방어물은 없었다. 평화유지군들의 주의를 돌릴 만한 일이 있었다면 세자누스는 어렵지 않게 이곳을 통과했을 것이다. 이 근처는 오늘 거의 하루 종일 카니발처럼 북적거렸다. 평화유지군들이 반군 활동을 우려했다면 사람들을 목표물로 조준하는 사람이 없는지 집중했을 것이다. 그렇지만 너무 느긋한 분위기였다. 조공인들이 다시 탈출하려고 하면 어쩌려고?

코리올라누스는 평화유지군들과 함께 장애물 옆을 지나 로비로 들어갔다. 로비에서도 폭발이 몇 번 일어났다. 입구와 판매대 근처에 있는 깨지지 않은 전구 몇 개의 불빛이 회반죽이 한 겹 떨어진 천장과 바닥, 넘어진 기둥과 떨어진 가로대를 비추었다. 잔해들을 헤치고 나서야 회전문까지 갈 수 있었다. 참을성과 운이 조금만 있었다면 세자누스는 여기를 지나갈 수 있었을 것이다. 폭탄 공격의 목표가 된 오른쪽 끝의 회전문은 뒤틀리고 녹은 금속 파편만 남긴 채 뻥 뚫려 있었다. 평화유지군은 여기에 진짜 방어 시설을 만들어 놓았다. 회전문 입구에 임시로 가시철조망을 설치하고 무장한 경비병을 대여섯 명 배치했다. 훼손되지 않은 회전문은 재입장이 불가능하기 때문에 지금도 효과적인 봉쇄 장치였다.

"세자누스가 토큰을 가지고 있었나요?" 코리올라누스가 물었다.

"토큰이 있었어." 지휘를 맡고 있는 듯한 나이 많은 평화유지군이 말했다. "경계가 느슨해진 틈을 탔지. 우리는 헝거 게임 중에 경기장 밖으로 나오려는 사람들만 감시하고 들어가려는 사람들은 경계하지 않거든." 그는 주머니에서 토큰 하나를 꺼냈다. "너는 이걸 써라."

코리올라누스는 둥근 토큰을 손가락으로 돌릴 뿐 그 자리에 가만히 서 있었다. "세자누스는 어떻게 나오려는 생각이었을까요?"

"그런 생각은 안 했을 것 같다." 평화유지군이 말했다.

"그리고 저는 어떻게 나오나요?" 코리올라누스가 물었다. 아무리 좋게 보려 해도 이건 위험한 계획 같았다.

"저기로." 평화유지군이 회전문을 가리켰다. "철조망을 뒤로 당기고 바를 앞으로 기울여서 너희가 밑으로 기어 나올 수 있게 틈을 만들어 줄 생각이야."

"그게 빨리 돼요?" 코리올라누스는 미심쩍었다.

"우린 카메라에 비친 너를 볼 거야. 네가 저 아이를 데리고 나오는 데 성공하면 바를 움직이기 시작할 거야." 평화유지군이 그를 안심시켰다.

"제가 걔를 설득하지 못하면요?" 코리올라누스가 물었다.

"그런 상황에 대한 지시는 못 받았어." 평화유지군은 어깨를 으쓱했다. "임무를 완수할 때까지 안에 있어야 할 것 같은데."

이 말의 뜻이 분명해짐에 따라 코리올라누스의 온몸에 식은땀이 흘렀다. 세자누스 없이는 나올 수 없다는 뜻이었다. 코리올라누스는 점수판 아래 바리케이드를 세워 둔 통로 끝 회전문을 보았다. 헝거 게임이 시작된 뒤 라미나, 시르크, 테슬리가 재빨리 드나들던 곳이다. "저기는요?"

"저건 사실 방송용이야. 로비와 거리 모습을 가리려는 거지. 그걸 카메라로 잡을 수는 없으니까." 평화유지군이 설명했다. "하지만 저길 통과하는 건 어렵지 않을 거야."

코리올라누스는 '그러면 조공인들에게도 어렵지 않겠군'이라고 생각했다. 그는 엄지손가락으로 토큰의 매끈한 표면을 쓸어 보았다.

"바리케이드까지는 우리가 널 보호할 거야." 평화유지군이 말했다.

"그러면 저를 공격하는 조공인은 다 죽일 거란 말이죠?" 코리올라누스가 더 명확하게 말했다.

"겁을 줘서 쫓아 내겠지. 걱정 마, 우리가 널 지켜 줄 거야."

"아주 좋네요." 코리올라누스는 전혀 설득되지 않았다. 그는 마음을 굳게 먹고 슬롯에 토큰을 넣은 다음 금속 막대를 밀고 들어갔다. 회전문에서는 "쇼를 즐기세요!"라는 음성이 들려왔는데 조용한 밤에 들으니 열 배는 더 크게 들렸다. 평화유지군 한 명이 키득키득 웃었다.

코리올라누스는 오른쪽 벽으로 가서 최대한 빠르고 조용하게 걸었다. 그에게 보이는 유일한 빛인 붉은 비상등이 부드러운 핏빛으로 복도를 물들였다. 그는 입을 꼭 다물고 코로 호흡을 조절했다. 오른쪽, 왼쪽, 오른쪽, 왼쪽. 아무것도 없었고 아무도 움직이지 않았다. 어쩌면 럭키의 말처럼 밤이 되어 조공인들 모두 잠든 걸까?

그는 바리케이드 앞에서 잠시 멈추었다. 평화유지군의 말대로 이건 엉터리였다. 틀 위에 얹은 어설픈 철조망, 곧 무너질 듯한 나무 구조물들, 콘크리트 판들. 조공인들을 가둬 두기 위해서가 아니라 바깥 모습을 가리기 위해 만든 것이었다. 아마 제대로 된 바리케이드를 만들 시간이 없었거나 금속 막대와 평화유지군이 있으니 불필요하다고 생각했을 것이다. 코리올라누스가 그 앞을 지나서 걸어가니 곧 경기장 가장자리에 도착했다. 그는 마지막 철조망 앞에서 주저하며 안을 살폈다.

달이 하늘 높이 떠 있었다. 코리올라누스는 창백한 은색 달빛 속에서 등을 보인 채 마르쿠스의 시체 앞에 무릎을 꿇고 있는 세자누스를 보았다. 라미나는 자고 있었다. 그 두 사람 외에 경기장 안에는 아무도 없는 것 같았다. 하지만 정말 없는 걸까? 폭발의 잔해가 널려 있어 숨을 곳은 충분했다. 다른 조공인들이 몇 미터 앞에 숨어 있어도 모를 수 있었다. 땀에 젖은 그의 셔츠가 차가운 공기 속에서 축축하게 피부에 닿았고 그는 재킷을 입고 올 걸 그랬다고 생각했다. 그는 소매 없는 드레스를 입은 루시 그레이를 생각했다. 온기를 구하느라 제섭과 몸을 맞댄 채 웅크리고 있을까? 그 모습이 마음에 들지 않아서 머릿속에서 밀어냈다. 코리올라누스는 지금 그녀를 생각해서는 안 됐다. 오직 눈앞의 위험과 세자누스 그리고 그를 회전문 밖으로 빼낼 방법만 생각해야 했다.

코리올라누스는 심호흡을 하고 경기장으로 들어섰다. 어렸을 때 여기서 봤던 서커스단의 살쾡이를 떠올리며 조용히 흙바닥을 걸었다. 대담무쌍하고 강력하며 조용한 살쾡이. 그는 세자누스를 놀라게 해서는 안 된다는 걸 알고 있었지만 대화를 나눌 수 있을 만큼 가까이 다가가야 했다.

세자누스의 3미터쯤 뒤에 섰을 때 코리올라누스는 멈춰 서서 작은 목소리로 말했다. "세자누스? 나야."

세자누스의 몸이 굳어졌다가 어깨가 떨리기 시작했다. 처음에 코리올라누스는 그가 흐느낀다고 생각했지만 정반대였다. "넌 정말 날 구해 주는 걸 그만두지 못 하는구나."

코리올라누스도 숨을 죽이며 함께 웃었다. "못 하겠어."

"날 찾아내라고 널 들여보냈어? 미쳤군." 세자누스의 웃음이 잦아들었고 그는 일어섰다. "너 시체 본 적 있어?"

"많아. 전쟁 중에." 코리올라누스는 세자누스의 질문이 자기 쪽으로 오라는 뜻이라 받아들이고 그에게 다가섰다. 됐다. 이젠 팔을 잡을 수 있다. 하지만 그런 다음에는 어떻게 하지? 그를 경기장 밖으로 끌고 나갈 수 있을 것 같지는 않았다. 그는 대신 두 손을 주머니에 찔러 넣었다.

"난 많이 못 봤어. 이렇게 가까이에서는. 장례식장에선 봤던 것 같네. 그리고 예전 어느 날 밤에 동물원에서 봤고. 하지만 그 여자아이들은 죽은 지 얼마 안 돼서 경직되지 않았지." 세자누스가 말했다. "난 내가 화장되고 싶은지 매장되고 싶은지 잘 모르겠어. 사실 그게 중요한 건 아니지만."

"뭐, 지금 결정할 필요는 없지." 코리올라누스는 경기장을 훑었다. 무너진 벽의 그림자 속에 사람이 숨어 있을까?

"아, 그건 내가 결정하진 않을 거야. 조공인들이 나를 발견하는데 왜 이렇게 오래 걸리는지 모르겠네. 여기 들어온 지 꽤 됐을 텐데." 그는 처음으로 코리올라누스를 바라보았고 걱정하며 미간에 주름을 잡았다. "넌 가야 돼. 너도 알잖아."

"나도 가고 싶어." 코리올라누스가 조심스럽게 말했다. "정말이야. 하지만 네 어머니가 마음에 걸려. 경기장 앞에서 기다리고 계셔. 상당히 걱정하고 계셔. 너를 데리고 나오겠다고 어머니께 약속드렸어."

세자누스의 표정이 슬픔으로 가득 찼다. "불쌍한 엄마. 불쌍한 우리 엄마. 엄마는 이런 걸 전혀 원하지 않았어. 돈도 이사도 화려한 옷이나 운전기사도. 엄마는 그저 2번 구역에 남아 있고 싶어 했어. 하지만 아버지가…. 아버지는 분명 여기 없겠지? 아니, 아버지는 이 상황이 가라앉고 정리될 때까지 거리를 유지할 거야. 그리고 나서는 사들이기 시작하겠지!"

"뭘 사?" 바람이 불어와 코리올라누스의 머리를 헝클어뜨리고 경기장 안에서 공허하게 메아리쳤다. 시간이 너무 오래 걸리고 있었다. 이제 세자누스는 조용히 말하려는 시도 따위도 하지 않았다.

"뭐든 다 사는 거지! 아버지는 돈으로 우리 가족을 여기에 데려왔고 내 입학, 멘터 자격도 돈으로 샀어. 그리고 나를 살 수 없어서 미치려고 해." 세자누스가 말했다. "네가 허락한다면 너도 살 거야. 아니면 최소한 나를 도우려는 것에 대해 보상이라도 하려 할걸."

코리올라누스는 다음 해의 등록금을 떠올리며 '그래, 나를 사 줘'라고 생각했다. 하지만 그냥 "너는 내 친구야. 너를 돕는다고 네 아버지가 내게 돈을 주실 필요는 없어"라고만 말했다.

세자누스는 코리올라누스의 어깨에 손을 얹었다. "내가 이만큼 버틴 유일한 이유는 너야, 코리올라누스. 난 더 이상 널 곤란하게 만들어서는 안 돼."

"이게 너한테 얼마나 힘든 상황인지 깨닫지 못했어. 네가 부탁했을 때 조공인을 바꿨어야 했는데." 코리올라누스가 대답했다.

세자누스는 한숨을 쉬었다. "이젠 중요하지 않아. 정말이지 아무것도 중요하지 않아."

"당연히 중요하지." 코리올라누스가 우겼다. 그들이 다가오고 있는 게 느껴졌다. 한 무리가 그를 포위해 오고 있다. "나랑 같이 나가자."

"아니, 의미 없는 일이야." 세자누스가 말했다. "이젠 죽는 것 말고는 할 일이 남아 있지 않아."

코리올라누스가 다그쳤다. "정말이야? 그게 네 유일한 선택지야?"

"내가 메시지를 전할 수 있을지도 모르는 유일한 방법이야. 내가 저항하며 죽는 걸 세상에 보여 주는 거야." 세자누스가 단정적으로 말했다. "내가 진짜 캐피톨은 아닐지 몰라도 구역인도 아니야. 루시 그레이와 비슷하지만 내겐 재능이 없지."

"넌 그들이 그걸 정말 방영할 거라고 생각해? 네 시체를 조용히 치우곤 네가 독감으로 죽었다고 발표할걸." 코리올라누스는 내가 너무 많이 말했나? 클레멘시아에게 일어난 일을 너무 직접적으로 언급했나? 싶어 말을 멈추었다. 하지만 골 박사나 하이바텀 총장이 그의 말을 들을 수는 없을 것이다. "지금도 시커먼 화면만 내보내고 있어."

세자누스의 얼굴이 어두워졌다. "방영을 안 할 거라고?"

"절대 안 하지. 넌 아무것도 이루지 못하고 죽게 될 거고 상황을 개선할 기회를 낭비하는 셈이야." 기침 소리. 입을 가리고 작게 소리 낸 기침이었지만 분명 기침 소리가 났다. 그의 오른쪽 관중석에서 들려왔다. 코리올라누스가 잘못 들은 게 아니었다.

"어떤 기회?" 세자누스가 물었다.

"너에겐 돈이 있어. 지금은 아닐지 모르지만 언젠가 큰 재산을 갖게 될 거야. 돈은 쓰임새가 아주 많아. 돈이 네 세상을 어떻게 바꿔 놨는지 봐. 너도 변화를 일으킬 수 있을지도 몰라. 좋은 변화. 네가 그러지 않는다면 훨씬 더 많은 사람이 고통받을 수도 있어." 코리올라누스는 오른손으로 페퍼 스프레이를 꼭 쥐었다가 플래시로 손을 옮겼다. 공격받는다면 둘 중 뭐가 더 도움이 될까?

"넌 왜 내가 그럴 수 있을 거라고 생각하는데?" 세자누스가 물었다.

"넌 골 박사에게 맞설 배짱이 있는 유일한 사람이니까." 코리올라누스가 말했다. 그를 인정해 주긴 싫었지만 사실이었다. 교실 안에서 그녀에게 반항했던 사람은 세자누스뿐이었다.

"고마워." 세자누스는 피곤한 목소리였지만 정신을 조금 차린 것 같았다. "그렇게 말해 줘서 고마워."

코리올라누스는 한 손을 세자누스의 팔에 얹었다. 위로하려는 듯한 행동이었지만 사실은 도망가기로 결심했을 때 그의 셔츠를 붙잡기 위해서였다. "우린 지금 포위당하고 있어. 난 갈래. 나랑 같이 가자." 그는 세자누스가 굴복하기 시작한다는 걸 알 수 있었다. "제발. 넌 뭘 하고 싶어? 조공인들과 싸우고 싶어, 아니면 그들을 위해 싸우고 싶어? 골 박사가 너를 이기고 흡족하게 만들지 마. 포기하지 마."

세자누스는 한참이나 마르쿠스를 내려다보며 자신의 선택지들을 생각했다. "네 말이 맞아." 그가 마침내 말했다. "내가 내 말을 믿는다면 그녀를 쓰러뜨리는 건 나의 책임이야. 어떻게든 이런 잔혹 행위를 멈추게 하는 게." 그는 갑자기 상황을 깨닫기라도 한 듯 고개를 들었다. 그의 눈길은 코리올라누스가 기침 소리를 들었던 관중석 쪽으로 향했다. "하지만 마르쿠스를 두고 가지는 않을 거야."

코리올라누스는 얼른 결정을 내렸다. "내가 발을 잡을게." 다리는 뻣뻣하고 무거웠으며 피 냄새와 악취가 풍겼다. 하지만 최선을 다해 무릎 부분을 팔에 끼고 하체를 들어 올렸다. 세자누스는 두 팔로 가슴팍을 안았고 그들은 움직이기 시작했다. 시체를 들고 가듯 끌고 가듯 하며 바리케이드로 향했다. 10미터, 5미터. 이제 멀지 않다. 저기까지 가고 나면 평화유지군들이 분명히 도와줄 것이다.

코리올라누스가 돌부리에 걸려 쓰러지며 날카로운 무언가에 무릎을 찔렸다. 하지만 벌떡 일어나 마르쿠스의 시체를 들어 올렸다. 거의 다 왔다. 거의….

뒤에서 빠르고 가벼운 발소리가 다가왔다. 바리케이드 뒤에 잠복해 있던 조공인이 빠른 속도로 다가왔다. 코리올라누스가 반사적으로 마르쿠스를 내려놓고 휙 돌자마자 보빈이 그를 향해 칼을 내리꽂았다.

16

칼날은 코리올라누스의 방탄복을 스치고 왼쪽 팔 윗부분을 베었다.

코리올라누스는 뒤로 휙 뛰며 보빈에게 주먹을 휘둘렀지만 허공만 갈랐다. 그는 방어할 것을 찾아 손을 더듬으며 잔해와 낡은 판, 회반죽이 뒤엉켜 있는 더미 위로 떨어졌다. 보빈이 그의 얼굴에 칼을 겨누며 다시 달려들었다. 코리올라누스는 각목을 들어 올렸다. 보빈의 관자놀이가 각목에 세게 부딪치면서 보빈은 무릎을 꿇었다. 코리올라누스는 일어서서 각목을 곤봉처럼 휘두르며 보빈을 때리고 또 때렸다. 어디를 때리고 있는지 알 수가 없었다.

"가야 돼!" 세자누스가 외쳤다.

코리올라누스의 귀에 야유 소리와 지붕 없는 관람석을 달려 내려오는 발소리가 들려왔다. 혼란스러웠던 그는 마르쿠스의 시체 쪽으로 갔지만 세자누스가 끌어당겼다. "아냐! 쟤는 놔둬! 뛰어!"

코리올라누스를 더 설득할 필요는 없었다. 그는 바리케이드를 향해 달렸다. 통증이 팔꿈치에서 어깨로 확 전해졌지만 시클 교수가 가르쳤던 대로 팔을 최대한 세게 흔들었다. 바리케이드에 도착했을 때 가시철조망이 그의 셔츠에 걸렸고 떼어 내려고 돌아서자 그들이 보였다. 4번 구역의 두 조공인 코럴과 미젠 그리고 도살장 출신인 태너가 잔뜩 무장하고 그를 향해 똑바로 다가오고 있었다. 미젠은 삼지창을 던지려고 팔을 뒤로 젖혔다. 코리올라누스가 철조망에서 셔츠 소매를 빼내고 삼지창을 피하는 순간 소매가 잔뜩 찢어졌다. 세자누스는 그의 바로 뒤에 있었다.

여러 겹으로 된 바리케이드를 뚫고 비치는 달빛은 희미한 몇 줄기뿐이었다. 코리올라누스는 목재에 부딪쳐 가며 새장에 갇힌 야생의 새처럼 자신을 방어했다. 코리올라누스가 있다는 걸 몰랐던 다른 조공인에게도 그의 존재가 알려지고 있음이 분명했다. 그는 정면을 보며 콘크리트 벽으로 돌진했고 세자누스가 뒤따라 달려와 그에게 부딪쳤다. 코리올라누스는 움직일 줄 모르는 벽에 두 번째로 이마를 박았다. 벽을 밀치고 일어났더니 뇌진탕이 나은 적이 없었던 것만 같았다. 머리가 지끈거렸고 혼란이 구름처럼 내려앉았다.

조공인들은 미로를 따라 멘터들을 추적했다. 무기로 바리케이드를 때리며 함성을 지르기 시작했다. 어느 방향으로 가야 하나? 조공인들이 사방에 있는 것 같았다. 세자누스가 그의 팔을 잡아 끌었고 다치고 겁에 질린 코리올라누스는 무작정 비틀대며 따라갔다. 이게 끝인 건가? 이렇게 죽는 건가? 이 모든 것의 부당함, 그의 존재를 조롱하는 이 일이 에너지를 솟아나게 했다. 그는 세자누스를 앞서가다 양손과 발을 땅에 짚고 엎어졌다. 정신을 차려 보니 부드러운 빨간 불빛 속이었다. 통로다! 평화유지군들이 임시로 설치해 둔 금속 막대 앞으로 회전문이 보였다. 그는 살기 위해 달렸다.

통로는 길지 않았지만 끝나지 않는 것만 같았다. 다리를 움직였지만 풀 속에 허리까지 빠져 있는 것 같았고 시야에는 검은 얼룩들이 보였다. 세자누스는 그의 옆에서 달리고 있었다. 조공인들이 모여드는 소리가 들렸다. 뭔가 묵직하고 딱딱한 것(벽돌일까?)이 코리올라누스의 목 옆을 스치고 지나갔다. 무엇인가가 조끼에 박혀 등 뒤에서 흔들리다가 쨍그랑 소리를 내며 떨어졌다. 보호해 준다던 사람들은 어디 있을까? 평화유지군이 우리를 지켜 주기 위해서 총을 쏘기로 하지 않았나? 아무것도, 아무것도 없었다. 바닥 위의 금속 막대는 그대로 설치되어 있었다. 그는 조공인들을 죽이라고 외치고 싶었다. 쫓아오는 저 아이들을 쏴 죽이라고 고함치고 싶었지만 숨이 너무 가빴다.

발걸음이 묵직한 누군가가 몇 미터 뒤까지 따라왔을 때 그는 다시 한 번 시클 교수의 가르침을 기억했다. 누군지 보려고 돌아보느라 1초라도 낭비하지 말라던 말. 앞에서는 평화유지군들이 마침내 금속 막대

장치를 안쪽으로 기울여 주었고 땅 위로 30센티미터 정도의 틈이 생겼다. 코리올라누스는 몸을 날렸다. 거친 바닥에 턱 피부가 갈렸다. 금속 막대 장치 아래로 간신히 손을 넣자 평화유지군들이 달려들어 끌어당겨 주었다. 안전한 곳까지 끌어당겨지면서 다른 얼굴 부위도 더러운 바닥에 긁혔다.

평화유지군들은 그를 버려 두고 세자누스를 구하러 갔다. 세자누스는 조공인들의 사정권 안에서 벗어나기 전에 태너의 칼에 뒤통수를 맞아 두피가 벌어졌다. 그는 날카로운 비명을 질렀다. 금속 막대를 쿵 하고 제자리에 돌려놓은 뒤 볼트로 잠갔지만 조공인들은 단념하지 않았다. 평화유지군들이 곤봉으로 회전문을 두드리는데도 태너, 미젠, 코럴은 코리올라누스와 세자누스를 향해 금속 막대 장치 틈으로 무기를 쑤셔 넣으며 증오에 가득 찬 조롱을 내뱉었다. 총은 한 발도 발사되지 않았다. 페퍼 스프레이조차 쓰이지 않았다. 코리올라누스는 그들이 조공인들을 건드리지 말라는 명령을 받았음을 깨달았다.

평화유지군들이 일어서는 코리올라누스를 도와주었다. 그는 격노하며 외쳤다. "우릴 지켜 줘서 고맙네요!"

"명령을 따른 것뿐이야. 골이 너를 소모품이라고 생각한다 해도 우리 탓으로 돌리지는 마."

그를 지켜 주겠다고 약속했던 나이 많은 평화유지군이 말했다.

누군가 코리올라누스를 진정시키려 했지만 그는 그들을 밀쳐 냈다. "걸을 수 있어요! 걸을 수 있다고! 당신들 덕택은 아니지만!" 하지만 몸이 옆으로 기울어지는 바람에 넘어지기 직전이었고 평화유지군이 잡고 일으킨 다음에야 로비를 지나 밖으로 나갈 수 있었다. 코리올라누스는 횡설수설 욕설을 늘어놓았지만 아무도 반응하지 않았다. 그들은 그를 꽉 잡고 짐짝처럼 끌고 나간 다음 경기장 바로 밖에 격식이고 뭐고 없이 내려놓았다. 1분 뒤에는 세자누스를 데려다 놓았다. 그들은 경기장 앞에 깔린 타일 위에 누워 숨을 헐떡였다.

"정말 미안해, 코리오." 세자누스가 말했다. "정말 미안해."

코리오는 오랜 친구들과 가족들이 코리올라누스를 부를 때 쓰는 애칭이었다. 코리올라누스가 사랑하는 사람들이 그를 부를 때 쓰는 이름이었다. 그런데 세자누스는 하필 지금 이걸 써 보기로 했단 말인가. 힘이 있었다면 달려들어서 그의 목을 졸랐을 것이다.

아무도 그들에게 관심을 주지 않았다. 플린스 부인은 사라지고 없었고 골 박사와 하이바텀 총장은 밴에서 영상을 보며 소리의 크기에 대해 의논하고 있었다. 평화유지군들은 듬성듬성 모여 서서 명령만 기다리고 있었다. 5분 후에 앰뷸런스가 나타났고 뒷문이 열렸다. 관계자들은 쳐다보지도 않는 가운데 두 사람은 앰뷸런스에 실렸다.

의사는 팔에 난 상처에 대고 누를 패드를 코리올라누스에게 주고는 이보다 더 위급한 출혈이 있는 세자누스의 두피 상처를 치료했다. 코리올라누스는 믿지 못할 웨인 박사가 있는 병원에 간다는 생각에 두려웠지만 작은 유리창을 통해 보니 이미 시타델에 도착해 있었다. 두 배는 더 무서웠다. 두 사람은 바퀴 달린 들것에 실려 재빨리 깊은 곳에 있는 실험실로 옮겨졌다. 클레멘시아가 공격당한 곳이었다. 코리올라누스는 자신들이 어떤 식으로 변형될까 하는 생각에 빠져들었다.

소규모 의료진이 기다리고 있는 걸 보니 실험실에서는 사고가 잦은 모양이었다. 클레멘시아를 되살릴 정도의 정교한 시설은 없었지만 두 남자아이를 꿰매는 정도는 충분히 할 수 있을 것 같았다. 두 병상 사이에는 흰 커튼이 있었고 코리올라누스는 세자누스가 의사의 물음에 단답형으로 대답하는 걸 들었다. 그들이 코리올라누스의 팔을 꿰매고 다친 얼굴을 닦을 때 그 역시 세자누스보다 더 많이 말하지는 않았다. 머리가 아팠지만 뇌진탕이 재발했느냐고 질문할 엄두도 나지 않았다. 무한정 입원하게 될까 봐 무서워서였다. 그는 그저 이 사람들에게서 벗어나고만 싶었다. 코리올라누스의 저항에도 그들은 수분과 몇 가지 약을 공급하기 위해 그의 팔에 링거를 꽂았다. 그는 침대에 뻣뻣하게 누워 달아나지 말자고 계속 생각했다. 골 박사가 시키는 대로 했고 성공했지만 그 어느 때보다도 자신이 약한 존재로 느껴졌다. 그리고 지금 그는 다친 상태로 그녀의 소굴에 갇혀 있다.

팔의 통증은 가셨지만 모플링의 벨벳 커튼이 그를 둘러싸는 건 느껴지지 않았다. 뭔가 다른 약을 쓴 모양이었다. 오히려 그의 정신이 더욱 날카로워졌기 때문이었다. 침대 시트의 무늬, 까진 피부에 붙은 테이프, 금속 물컵이 혀에 남긴 쓴 뒷맛까지 모든 걸 다 인식할 수 있었다. 부츠를 신은 평화유지군의 발소리가 다가왔다가 축 늘어진 세자누스를 데리고 가면서 다시 멀어졌다. 실험실 깊은 곳에서는 꽥꽥거리는 소리가 들려왔다. 어떤 생물의 식사 시간이 된 것 같았다. 희미한 생선 냄새가 코리올라누스에게까지 풍겨 왔다. 그 뒤로는 오랫동안 비교적 조용했다. 그는 빠져나갈까 생각해 봤지만 마음속으로는 기다려야 한다는 걸 알고 있었다. 반드시 그의 좁은 병상을 찾아올 부드러운 슬리퍼 발소리를 기다려야 한다.

골 박사가 커튼을 젖히자 밤이 된 실험실의 어둑한 불빛 때문에 코리올라누스는 그녀가 벼랑 끝에 서 있는 것 같다는 묘한 인상을 받았다. 아주 살짝만 밀어도 깊은 구멍 속으로 떨어져 다시는 골 박사의 말을 듣지 않게 될 것 같았다. '그럴 수만 있다면, 그럴 수만 있다면.' 코리올라누스는 생각했다. 골 박사가 다가와 손가락 두 개를 코리올라누스의 손목에 얹고 맥박을 확인했다. 차갑고 메마른 손가락의 감촉에 그는 움찔했다.

"나는 의사로 시작했어." 그녀가 말했다. "산부인과였지."

코리올라누스는 '정말 끔찍하네요. 아기가 세상에서 제일 먼저 본 사람이 당신이라니'라고 생각했다.

"나한텐 잘 맞지 않았어. 부모들은 언제나 내가 장담할 수 없는 걸 장담하길 바라지. 자기 아이들이 맞게 될 미래에 대해서. 걔들이 어떤 걸 맞닥뜨리게 될지 내가 대체 어떻게 알겠어? 오늘밤 너처럼 말이야. 크라수스 스노우가 애지중지하던 어린 아들이 캐피톨 경기장에서 목숨을 걸고 싸우게 될지 누가 상상이나 했겠어? 적어도 크라수스 스노우는 상상하지 못했을 거야."

코리올라누스는 뭐라고 대답해야 할지 몰랐다. 아버지의 상상을 예측하기는커녕 그는 아버지를 잘 알지도 못했다.

"경기장 안에 들어가 보니 어땠니?" 골 박사가 물었다.

"무서웠어요." 코리올라누스는 딱 잘라 말했다.

"무섭도록 설계된 거지." 골 박사는 그의 두 눈에 불을 비추며 동공을 확인했다. "조공인들은 어땠어?"

불빛 때문에 머리가 아팠다. "걔들이 뭐요?"

골 박사는 꿰맨 상처를 살폈다. "사슬이 제거된 그들에 대해 어떤 생각이 들었니? 걔네들이 널 죽이려고 했을 때는? 네가 죽는다고 걔들한테 돌아오는 건 없잖아. 넌 경쟁 상대가 아니니까."

그건 사실이었다. 그들은 코리올라누스를 알아볼 수 있을 정도로 가까이 다가왔다. 하지만 그들은 그와 세자누스를 뒤쫓았다. 조공인들에게 너무나 잘해 주고 먹을 것을 주고 그들을 옹호하고 죽었을 때 의식까지 치러 준 세자누스를! 그 기회를 통해 자기들의 경쟁 상대 중 누군가를 죽일 수도 있었는데 말이다.

"그들이 우리를 얼마나 증오하는지 과소평가했던 것 같아요." 코리올라누스가 말했다.

"그리고 그걸 깨달았을 때 너의 반응은 어땠지?"

그는 보빈과 탈출 그리고 그가 금속 막대를 지나고 나서도 조공인들이 보인 폭력적인 충동을 다시 떠올렸다. "난 그들이 죽길 바랐어요. 그들이 전부 죽었으면 했어요."

골 박사는 고개를 끄덕였다. "8번 구역에서 온 작은 아이에 대해서는 임무를 완수했어. 넌 걔가 피곤죽이 될 때까지 때렸어. 그 어릿광대 플리커맨이 아침에 뭐라고 말해야 할지 이야기를 지어내야 돼. 하지만 너에겐 정말 훌륭한 기회였어. 너를 바꾸어 놓을 경험이었지."

"그랬나요?" 그는 각목으로 보빈을 쿵쿵 내려칠 때의 소름 끼치는 감각을 떠올렸다. 그렇다면 그는 뭘 했지? 그 아이를 살해했다는 건가? 아니, 그건 아니다. 명백한 정당방위였다. 하지만 그렇다고 뭐가 달라지나? 코리올라누스가 보빈을 죽였다는 건 분명했다. 그걸 지워 버릴 방법은 없다. 그전의 결백한 상태로는 돌아가지 못한다. 그는 인간의 목숨을 빼앗았다.

"그렇지 않았니? 내가 바란 것 이상이었어. 물론 세자누스를 경기장 밖으로 빼내기 위해선 네가 필요했지만 난 네가 그걸 맛보길 원하기도 했어."

"그러다 내가 죽는다고 해도요?" 코리올라누스가 물었다.

"죽음이라는 위협이 없었다면 별 교훈이 되지 못했을 거야. 경기장에서 무슨 일이 있었니? 그건 벌거벗은 인간성이야. 조공인들 그리고 너도. 문명이 얼마나 빨리 사라졌니. 너의 좋은 매너, 교육, 가족 배경, 네가 자랑스러워하는 모든 것이 눈 깜빡할 사이에 벗겨졌고 넌 너의 본모습을 전부 드러냈어. 곤봉을 가지고 다른 아이를 때려죽이는 아이. 그게 자연 상태의 인간이야."

골 박사의 이런 표현에 그는 충격을 받았다. 하지만 웃으려 했다. "우리가 정말 전부 그렇게 형편없나요?"

"난 분명히 그렇다고 생각해. 하지만 개인에 따라 의견이 다르겠지." 골 박사는 실험실 재킷 주머니에서 돌돌 말린 거즈를 꺼냈다. "넌 어떻게 생각하니?"

"박사님이 저를 그 경기장에 밀어 넣지 않았다면 저는 그 누구도 때려죽이지 않았을 거라고 생각해요!" 그가 대꾸했다.

"상황이나 환경 탓으로 돌릴 수 있지만 네 선택은 다른 누구도 아닌 너의 선택이야. 한 번에 다 받아들이긴 너무 큰 이야기일 수도 있어. 그래도 넌 이 질문에 답하려고 노력해야 해. 인간은 무엇일까, 우리가 어떤 존재일까. 그 질문에 대한 답이 어떤 방식의 통치가 필요한지 결정하기 때문이야. 나중에 깊이 생각해 보고 오늘 밤 교훈에 대해 스스로에게 솔직해지길 바란다." 골 박사는 그의 상처를 거즈로 싸기 시작했다. "팔을 몇 바늘 꿰맨 건 그에 대한 대가로는 싼 셈이지."

코리올라누스는 골 박사의 말을 듣고 토할 것 같았지만 그녀가 자신에게 교훈을 주기 위해 사람을 죽이게 만들었다는 사실에 더욱 분노했다. 그렇게 중요한 문제는 그녀가 아니라 그가 결정해야 했다. 그 누구도 아닌 오직 그 자신만이 결정할 일이었다. "그래서 제가 잔인한 짐승이라면 박사님은 뭐죠? 학생에게 다른 아이를 때려죽이게 만든 교사잖아요!"

"아, 그렇지. 그 역할이 내게 주어졌지." 붕대를 거의 다 감은 골 박사가 말했다. "있잖아. 하이바텀 총장과 나는 네 에세이를 다 읽었어. 네가 전쟁에 대해 좋아했던 점. 별로인 부분이 많더구나. 사실 쓸데없는 이야기가 많았어. 마지막 부분은 빼고. 통제에 대한 부분. 다음 숙제에서는 그걸 자세히 설명하길 바란다. 통제의 가치. 통제가 없으면 어떤 일이 일어나는지. 천천히 해. 하지만 네가 상을 받기 위한 지원서에 넣기엔 아주 좋은 자료가 될 수도 있어."

코리올라누스는 통제가 없으면 어떤 일이 일어나는지 알고 있었다. 최근에 목격했다. 동물원에서 아라크네가 죽었을 때, 경기장에서 폭탄이 터졌을 때 그리고 오늘 밤. "혼돈이 일어나죠. 다른 할 말이 뭐가 있나요?"

"오, 내 생각엔 그 밖에도 많은데. 거기서부터 시작하렴. 혼돈. 통제가 없고 법이 없고 정부가 아예 없는 상황. 경기장 안에 있는 것처럼 말야. 거기서 뭘 끌어낼 수 있을까? 우리가 평화롭게 살려면 어떤 종류의 합의가 필요할까? 생존을 위해 어떤 사회적 계약이 필요할까?" 그녀는 코리올라누스의 팔에 꽂혀 있던 링거를 뺐다. "며칠 뒤에 다시 와서 꿰맨 상처를 점검받아야 할 거야. 나라면 그때까지는 오늘 밤에 있었던 일을 발설하지 않겠어. 집에 가서 몇 시간 정도 눈을 붙이는 게 좋겠다. 놀랍게도 너의 조공인에겐 아직 네가 필요하니까."

골 박사가 가고 나서 코리올라누스는 잘리고 찢어진 피 묻은 셔츠를 천천히 입고 단추를 잠갔다. 헤매다가 1층까지 올라가는 엘리베이터를 찾았고 무관심한 경비원들은 그에게 나가라는 손짓만 했다. 노면 전차 운행은 자정에 끝나는데 캐피톨 시계는 두 시를 가리키고 있었다. 그래서 그는 더러운 구둣발로 집을 향해 걸어야 했다.

그때 플린스 가족의 호화로운 차가 그의 옆으로 다가왔다. 창문이 내려가며 무성인의 모습이 보였다. 그는 내려서 코리올라누스를 위해 뒷문을 열어 주었다. 코리올라누스는 그가 이미 세자누스를 집에 데려다주었고 플린스 부인이 차를 보낸 것이라고 생각했다. 차 안에 플린스 가족이 아무도 없었기 때문에 그는 차에 탔다. 이번 한 번 차를 얻어 타는 걸 마지막으로 다시는 그 가족과 엮이고 싶지 않았다. 기사는 코리올라누스의 아파트 앞에서 차 문을 열어 준 뒤 커다란 종이봉투를 건넸다. 거절하기도 전에 차는 떠나 버렸다.

12층에 올라가서 현관문을 통해 아파트 안을 들여다보니 티그리스가 자기 어머니의 낡은 모피 코트로 몸을 감싸고 티 테이블 앞에 앉아 그를 기다리고 있었다. 그 옷은 티그리스에게 안도감을 주는 물건이었다. 장미 파우더 콤팩트를 볼 때 코리올라누스가 느끼는 감정과 비슷했다. 그는 현관 앞 코트걸이에서 교복 재킷을 집어 상한 셔츠 위에 걸친 다음 티그리스를 만나러 들어갔다.

코리올라누스는 끔찍했던 밤을 대수롭지 않은 척 마무리하려고 했다. "설마 그 코트가 필요할 정도로 상태가 나빴던 건 아니지?"

티그리스는 모피를 꼭 쥐었다. "말해 봐."

"말할게. 전부 다. 하지만 아침에 할게. 괜찮지?"

"그래." 잘 자라는 인사를 건네기 위해 티그리스는 그를 안아 주려 했다. 그러다 코리올라누스의 팔에 붕대가 감겨 있다는 사실을 알아챘다. 그가 막기도 전에 그녀는 코리올라누스의 재킷을 벗겼고 피를 보았다. 그녀는 입술을 깨물었다. "오, 코리오. 널 경기장에 들어가게 했구나, 그렇지?"

그는 티그리스를 껴안았다. "그렇게 심하지 않았어. 정말이야. 돌아왔잖아. 세자누스도 데리고 나왔어."

"심하지 않았다고? 네가 거기 들어갔다고 생각하면 무시무시해. 그 누구라도!" 그녀가 외쳤다. "불쌍한 루시 그레이."

루시 그레이. 직접 경기장 안에 들어갔다 나와 보니 루시 그레이의 상황이 예전보다 더욱더 심각하게 느껴졌다. 그녀가 경기장의 차가운 어둠 속 어디에선가 웅크린 채 너무나 겁에 질려 눈도 감지 못하고 있을 거라 생각하니 마음이 아팠다. 그는 처음으로 보빈을 죽인 게 기뻤다. 최소한 그녀를 그 짐승으로부터 구했으니까. "괜찮을 거야, 누나. 날 좀 쉬게 해 줘. 누나도 좀 자야 하고."

티그리스는 고개를 끄덕였지만 기껏해야 한두 시간 자는 게 고작이라는 걸 코리올라누스는 알고 있었다. 그는 봉투를 건넸다. "세자누스 어머니가 주신 거야. 냄새를 맡아 보니 아침 식사 같은데 아침에 볼까?"

그는 씻지도 않고 정신없이 잠에 빠져들었다가 할머님이 국가를 부르는 소리에 깨어났다. 어차피 일어나야 할 시간이었다. 머리부터 발끝까지 온몸이 아팠다. 그는 비틀거리며 샤워를 하러 가서 팔에 붙인 거즈를 뗐다. 긁힌 피부에 뜨거운 물을 맞으니 비명이 터져 나올 것 같았다. 병원에서 준 연고가 있었다. 연고의 용도를 정확히 알지는 못했지만 까진 얼굴과 턱에 발랐다. 꿰맨 팔 부분이 깨끗한 셔츠에 걸렸다. 하지만 다시 피가 나지는 않았다. 코리올라누스는 혹시 모르니 재킷을 입어야겠다고 생각했다. 책가방에 칫솔과 깨끗한 교복을 집어넣고 마지막으로 거울을 한 번 보며 한숨을 쉬었다. '자전거 사고. 그렇게 둘러대야겠다. 작동하는 자전거를 가져 본 건 몇 년 전이지만.' 자전거가 망가진 핑계도 생긴 셈이다.

얼굴을 내밀 만한 상태가 되자 그는 제일 먼저 루시 그레이가 다치지 않았는지 확인하려고 텔레비전을 켰다. 하지만 카메라 앵글은 그대로였고 이른 아침 햇살 속에서 볼 수 있는 조공인은 가로대 위의 라미나뿐이었다. 할머님을 피해 부엌에 들어갔더니 티그리스가 남은 재스민 차를 데우고 있었다.

"늦었어. 가야겠어." 그가 말했다.

"아침으로 이거 먹어." 티그리스는 꾸러미 하나를 손에 쥐어 주고 토큰 두 개를 주머니에 넣었다. "오늘은 노면 전차 타고 가."

힘을 아껴야 했던 그는 티그리스가 시키는 대로 했다. 노면 전차를 타고 플린스 부인이 보낸 속이 꽉 찬 달걀과 소시지 롤빵을 먹었다. 플린스 가족을 버리면 아쉬워질 단 한 가지는 플린스 부인의 요리를 못먹게 된다는 사실일 것이다.

전교생은 7시 45분까지 오라고 지시받았기 때문에 일찍 도착한 사람이라곤 조공인이 남아 있는 멘터들과 홀을 청소하는 무성인 몇 명뿐이었다. 늦잠을 잤어도 괜찮았다. 괜히 빨리 와서 도미티아와 함께 전략을 논의하고 있는 주노 핍스에게 죄책감 어린 시선을 보내지 않을 수가 없었다. 코리올라누스는 그녀를 썩 좋아하지 않았다. 그의 가문 역시 못지않았는데도 그녀는 자기 가문이 대단하다며 그에게 대놓고 과시하곤 했다. 그렇다고 어젯밤에 벌어진 일이 그녀에게 공정한 것은 아니었다. 게임운영자들이 보빈의 죽음을 어떻게 밝힐까? 공개되면 어떤 기분이 들까? 물론 메스꺼운 기분이 들겠지만 그것 말고는 어떤 기분이 들려나?

헤븐스비 홀에서 차밖에 제공하지 않자 페스투스는 투덜거렸다. "일찍 오라고 했으면 최소한 먹을 건 줘야 되는 거 아니야? 너 얼굴은 왜 그래?"

"자전거 타다가 다쳤어." 코리올라누스는 모두 들을 수 있도록 큰 소리로 말했다. 그는 마지막 롤빵이 든 꾸러미를 페스투스에게 건넸다. 음식을 줘서 대화 주제를 바꿀 수 있는 게 기뻤다. 그가 크리드 가족에게 식사를 얻어먹은 게 몇 번인지 기억도 나지 않았다.

"고마워. 맛있어 보인다." 페스투스는 곧바로 롤빵을 베어 물었다.

리시스트라타는 코리올라누스에게 세균 감염을 막아 줄 크림을 추천했다. 그들이 자리에 앉는 동안 다른 아이들도 들어왔다.

해가 뜬 지 몇 시간이 지났지만 마르쿠스의 시체가 사라진 것 말고는 별다른 일이 일어나지 않았다. "게임운영자들이 치웠나 봐." 펍이 말했다. 하지만 코리올라누스는 그저 카메라에 잡히지 않을 뿐 마르쿠스 시체는 자신과 세자누스가 어젯밤에 버려 둔 채로 바리케이드 앞에 있을지 모른다고 생각했다.

8시가 되자 모두 일어나 국가를 불렀다. 코리올라누스의 친구들은 국가를 불러야 한다는 걸 이제야 이해하는 듯했다. 럭키 플리커맨이 등장해 헝거 게임의 두 번째 날이 시작되었다고 인사했다. "여러분이 주무시는 동안 꽤 중요한 일이 일어났습니다. 한번 볼까요?" 카메라는 경기장을 와이드숏으로 비추다가 바리케이드 쪽으로 천천히 이동해서 줌인했다. 코리올라누스가 생각했던 대로 마르쿠스의 시체는 그와 세자누스가 내려놓은 곳에 그대로 있었다. 몇 미터 옆에는 잔뜩 얻어맞은 보빈이 콘크리트 덩어리 위에 축 늘어져 있었다. 그의 상상보다 훨씬, 훨씬 심했다. 팔다리는 피투성이였고 눈알 하나가 빠졌다. 얼굴이 너무 심하게 부어 알아보기 힘들 정도였다. 코리올라누스가 정말 다른 아이에게 이런 짓을 했단 말인가. 게다가 아주 어린아이였는데. 죽은 보빈은 예전 그 어느 때보다도 작아 보였다. 공포라는 어두운 거미줄에 싸여 정신을 잃고 이런 짓을 한 것이었다. 코리올라누스의 이마에 땀이 솟았다. 그는 이 홀을, 건물을, 헝거 게임 자체를 떠나고 싶었다. 하지만 물론 그건 불가능했다. 그가 누군가. 세자누스 따위가 아니지 않은가.

오랫동안 시체들을 보여 준 다음 다시 럭키가 등장해 과연 누가 한 일일지 곰곰이 생각하며 이야기를 늘어놓았다. 그러다 갑자기 그의 기분이 확 달라졌다. "우리가 분명히 알고 있는 건 축하할 일이 생겼다는 사실이죠!" 천장에서 색종이 조각이 쏟아졌고 럭키는 플라스틱 나팔을 미친 듯이 불었다. "이제 절반 지점에 왔으니까요! 네, 조공인 열두 명이 사라졌고 열두 명만 남았습니다!" 그의 손에서 밝은 색깔 손수건을 이어 만든 끈이 튀어나왔다. 그는 그걸 머리에 두르고 춤을 추며 환호했다. "이얏호!" 마침내 진정이 되자 그는 슬픈 표정을 지었다. "하지만 그건 우리가 주노 핍스 양에게 작별 인사를 해야 한다는 뜻이기도 합니다. 레피두스?"

레피두스는 주노가 영문도 모른 채 앉아 있는 곳의 통로 끝에 이미 서 있었다. 주노가 할 수 있는 건 카메라 앞에서 실망감을 털어놓는 것뿐이었다. 인터뷰를 준비할 시간이 약간 있었으니 주노가 조금은 우아하게 행동할 거라고 코리올라누스는 생각했지만 주노는 기분 나빠하며 의심을 드러냈다. 핍스 가문 문장이 찍힌 가죽 바인더를 보이며 최근 일어난 일들에 의문을 표한 것이다. "뭔가 의심스러워요." 주노가 레피두스에게 말했다. "쟤가 저기서 마르쿠스의 시체를 가지고 뭘 하고 있었던 거죠? 누가 옮겼죠? 그리고 보빈은 어쩌다 죽게 된 거죠? 난 그럴듯한 시나리오를 상상조차 할 수 없어요. 부정행위가 있었다는 느낌이 들어요!"

레피두스는 진심으로 당황한 듯한 목소리였다. "부정행위라는 게 정확히 무슨 뜻인가요? 그러니까 경기장에서요?"

"음, 정확히는 나도 모르죠." 주노가 씩씩거리며 말했다. "하지만 나로선 어젯밤에 있었던 일을 재방송으로 꼭 보고 싶네요!"

코리올라누스는 '그게 될 리가 있니, 주노'라고 생각하다가 영상이 존재한다는 걸 깨달았다. 골 박사와 하이바텀 총장은 밴 뒤에서 실제 중계 영상과 코리올라누스가 맡은 임무를 숨기기 위해 어둡게 만든 영상 두 가지 버전을 다 보고 있었다. 실제 영상을 봐도 알아보기는 힘들 것이다. 하지만 아무리 어둡다고는 해도 그가 보빈을 죽이는 모습이 기록으로 남아 있는 건 싫었다. 만약 그게 공개되기라도 하면…. 음, 어떻게 해야 할지 알 수 없었다. 코리올라누스는 불안해졌다.

패배하고도 품위를 지켰던 펠릭스와는 달리 감정이 상한 걸 드러내는 패배자 주노는 인터뷰를 오래 하지 못했다. 레피두스는 위로의 뜻으로 주노의 등을 토닥여 주고 자리로 돌려 보냈다.

아직도 색종이 조각을 달고 있는 럭키는 주노의 고통을 의식하지도 못하는 것 같았다. 신이 난 표정을 감추지 못하며 얼굴을 카메라 쪽으로 들이댔다. "그리고 이젠 어떻게 될까요? 또 어마어마하게 놀랄 일이 있어요! 특히 남아 있는 멘터 열두 명은 정말 놀랄 겁니다!"

럭키는 곧 스튜디오 반대편으로 갔고 코리올라누스는 의아해하며 친구들과 시선을 주고받았다. 곧 세자누스가 아버지 스트라보 플린스와 함께 앉아 있는 모습이 보였다. 스트라보 플린스의 근엄한 표정은 마치 2번 구역에서 생산되는 화강암으로 조각한 것 같았다. 럭키는 호스트 의자에 앉아서 세자누스의 다리를 토닥였다. "세자누스, 어제 당신의 조공인 마르쿠스가 죽었을 때 시간을 내서 이야기를 듣지 못해 미안했어요." 세자누스는 무슨 말인지 모르겠다는 표정으로 럭키를 빤히 보기만 했다. 럭키는 세자누스의 얼굴에 난 상처를 처음으로 알아챈 것 같았다. "무슨 일이죠? 싸움이라도 벌인 것 같은 모습인데요."

"자전거에서 떨어졌어요." 세자누스가 거친 목소리로 말했고 코리올라누스는 움찔했다. 12시간 동안 자전거 사고가 두 번이나 났다는 건 우연의 일치 이상으로 들렸다.

"아이쿠. 음, 우리에게 알려 줄 대단한 뉴스를 가져온 것 같은데요!" 럭키는 이야기하라는 뜻으로 고개를 끄덕였다.

세자누스는 잠시 시선을 떨구었다. 티를 내지는 않았지만 이들 부자 간에는 전쟁이 일어나고 있는 것 같았다.

"네." 세자누스가 마침내 이야기를 시작했다. "우리 플린스 가문은 헝거 게임에서 우승하는 조공인의 멘터에게 대학교 학비 전액을 수여하기로 했습니다."

펍은 함성을 질렀고 다른 멘터들은 서로를 보며 씩 웃었다. 코리올라누스는 이들 대부분은 자기만큼 그 돈이 간절하지 않고 필요 없을 수도 있다는 걸 알고 있었다. 하지만 받는다면 누구에게나 영예가 될 것이다.

"환상적이군요!" 럭키가 말했다. "남아 있는 멘터 열두 명은 지금 얼마나 짜릿해하고 있을까요. 플린스 상을 만들자는 건 당신의 아이디어였나요, 스트라보?"

"사실 아들의 아이디어였습니다." 스트라보는 입술 양끝을 위로 올리며 말했는데 코리올라누스는 그게 미소 지으려는 시도였을지도 모른다고 생각했다.

"음, 정말 너그럽고 적절한 행동이시네요. 특히 세자누스가 패배했다는 걸 고려하면요. 헝거 게임에서 승리하지는 못했지만 스포츠맨 정신으로는 분명 상을 받은 셈입니다. 정말 감사드리며 캐피톨 모두가 같은 마음일 거라 생각합니다!" 럭키는 두 사람을 향해 활짝 웃어 보였지만 아무 반응도 없자 팔을 휘둘렀다. "좋아요. 그럼 경기장으로 돌아가 보죠!"

새로운 전개에 코리올라누스는 마음이 어지러웠다. 자기 아버지는 아들의 충격적인 행동을 현금으로 묻으려고 서두를 거란 세자누스의 말이 옳았다. 수습 조치가 필요한 일이긴 했다. 헤븐스비 홀에서 의자를 던지며 폭발했던 것에 대한 사람들의 반응이 코리올라누스에게 들려온 적은 거의 없었지만 분명 이야기가 퍼지고 있을 거라고 생각했다. 우승자 멘터에게 주는 상은 정말이지 작은 대가 같았다. 세자누스가 경기장 안에 들어간 이야기가 널리 알려지는 걸 막기 위해서라면 플린스는 뭘 줄 수 있을까? 혹시 코리올라누스의 침묵을 돈을 주고 사려고 계획하고 있는 건 아닐까?

'생각하지 말자. 그건 생각하지 말자.' 코리올라누스는 스스로에게 말했다. 플린스 상을 받을 수도 있다는 게 더 큰 뉴스였다. 아카데미와는 별개의 상이므로 하이바텀 총장은 개입할 수 없다. 심지어 골 박사도 끼어들지 못한다. 전액 장학금은 코리올라누스를 그들의 힘으로부터 자유롭게 만들고 미래에 대한 지독한 불안을 모두 없애 줄 것이다! 그렇지 않아도 헝거 게임에 달린 것이 많았는데 이제는 어마어마하게 중요해졌다. '집중하자.' 그는 천천히 심호흡하며 속으로 말했다. '루시 그레이를 돕는 데 집중하자.'

그러나 그녀가 얼굴을 드러내기 전까지 할 수 있는 일이 뭐가 있을까? 오전 시간이 흘러갔고 얼굴을 드러내려는 조공인들은 거의 없었다. 코럴과 미젠이 잠시 걸어 다니며 멘터 페스투스와 페르세포네가 보내 준 음식과 물을 챙겼다. 두 사람은 자기 조공인들을 위한 합동 전략을 짜 보려고 함께 시간을 보내 왔다. 코리올라누스는 페스투스가 페르세포네를 점점 좋아하고 있다는 걸 느꼈다. 가장 친한 친구에게 '네가 좋아하는 아이는 사람 고기를 먹은 애야'라고 말해야 할까? 규정집이라도 있으면 좋겠지만 무엇이든 정작 필요할 때는 없는 법이다.

점심을 먹고 연단으로 돌아와 보니 멘터 의자가 열두 개로 줄어 있었다. 아직 헝거 게임에 참여하고 있는 조공인의 멘터들이 앉을 자리만 남겨 놓은 것이다.

"게임운영자들이 요구했어." 사티리아가 남은 열두 명에게 말했다. "시청자들이 누가 아직 경쟁하고 있는지 쉽게 파악할 수 있도록 너희 조공인들이 죽을 때마다 의자를 치울 거야."

"의자 차지하기 놀이처럼요." 도미티아가 만족한 표정으로 말했다.

"하지만 사람들이 죽어 가는 놀이지." 리시스트라타가 말했다.

연단에서 패배자들을 몰아내기로 한 것 때문에 리비아는 더욱 억울해했다. 아까보다 더 억울해하는 게 가능한지는 알 수 없었지만 말이

다. 코리올라누스는 리비아가 일반 관중석으로 강등된 것이 기뻤다. 비
난하는 말을 듣지 않아도 될 테니까. 그 대신 남는 시간 내내 코리올라
누스만 노려보는 것 같은 클레멘시아와 거리를 두기가 더 힘들어졌다.
그나마 맨 뒷줄에 앉았고 페스투스와 리시스트라타가 같이 앉아 있어
서 힘이 되었다. 그는 헝거 게임에 열중하는 것처럼 보이려고 애썼다.

오후가 흘러가며 코리올라누스의 머리가 점점 더 무거워졌다. 리시
스트라타는 잠들려는 그를 두 번이나 쿡 찔러 깨워야 했다. 어젯밤에
거의 죽을 뻔했다는 걸 생각하면 오늘 그가 할 일이 별로 없다는 게 다
행일 수도 있었다. 조공인들은 거의 나타나지 않았고 루시 그레이는 내
내 숨어 있었다.

늦은 오후가 되어서야 드디어 사람들이 헝거 게임에서 기대하는 액
션이 나왔다. 코리올라누스에겐 더러운 아이 중 한 명에 불과했던 허약
하고 작은 5번 구역 여자아이가 경기장 끝 쪽의 지붕 없는 관중석으로
나온 것이다. 럭키는 그녀의 이름을 떠올리지 못해서 이피게니아 모스
가 멘터를 맡고 있다는 말밖에 하지 못했다. 이피게니아는 구역 여자아
이만큼이나 잊기 쉬운 아이였는데 아버지가 농산부 장관, 즉 판엠 안의
식량 흐름을 감독하는 사람이었다. 그러면 늘 잘 먹을 것 같지만 그녀
는 언제나 영양실조에 걸리기 직전인 상태로 보였다. 학교에서는 자기
점심을 친구에게 줄 때가 많았고 가끔 의식을 잃기까지 했다. 클레멘시
아는 그게 이피게니아가 자기 아버지에게 할 수 있는 유일한 복수라고
말했지만 더 자세한 사정을 알려 주지는 않았다.

예상대로 이피게니아는 자기가 줄 수 있는 모든 음식을 조공인에게
보내기 시작했다. 하지만 드론이 경기장을 가로질러 먼 길을 날아오는
동안 어젯밤의 모험 이후 무리를 이룬 듯한 미젠, 코럴, 태너가 터널에
서 나와 사냥을 시작했다. 관중석에서 짧은 추격을 벌인 끝에 이들 셋

이 여자아이를 에워쌌고 코럴이 그녀의 목에 삼지창을 꽂아 죽였다.

"음, 저렇게 되었군요." 럭키는 아직도 죽은 조공인의 이름을 찾지 못했다. "그녀의 멘터가 어떤 말을 들려줄까요, 레피두스?"

이피게니아는 이미 레피두스를 찾은 뒤였다. "그 아이 이름은 솔이었어요. 어쩌면 살이었을 수도 있고요. 억양이 특이했어요. 그 이상은 할 말이 별로 없네요."

레피두스의 의견도 비슷한 것 같았다. "후반전까지 데리고 오다니 잘했습니다, 알비나!"

"이피게니아예요." 그녀가 연단에서 내려가면서 뒤돌아보며 말했다.

"맞습니다!" 레피두스가 말했다. "그리고 이건 조공인이 열한 명밖에 남지 않았다는 뜻이죠!"

'내가 상을 받으려면 열 명이 더 사라져야 한다는 뜻이지.' 코리올라누스는 무성인이 이피게니아의 의자를 치우는 걸 보며 생각했다. 루시 그레이에게 음식과 물을 줄 수 있으면 좋을 텐데. 그녀의 위치를 모르는 상태로 선물을 보내면 어떻게 될까? 미젠, 코럴, 태너가 솔인지 살인지의 음식을 챙기고 터널로 돌아가는 모습이 스크린에 나타났다. 밤이 되기 전에 휴식을 취해 두려는 것일까? 지금 위험을 무릅쓰고 루시 그레이에게 음식을 보내 볼까?

코리올라누스는 리시스트라타와 속삭이며 의논했다. 리시스트라타는 드론을 둘이서 함께 보내면 해 볼 만하다고 생각했다. "너무 약해지고 탈수 상태가 되면 안 되잖아. 제섭은 며칠 동안 아무것도 안 먹은 것 같아. 걔들이 우리한테 연락을 하려고 시도하는지 기다려 보자. 우리가 저녁 먹기 전까지 시간을 주자."

그렇지만 전교생에게 집에 가도 좋다는 말이 떨어지자마자 루시 그레이가 나타났다. 루시 그레이는 터널에서 나와 전력 질주했다. 땅았던 머리가 풀려 날아가듯 펄럭였다.

"제섭은 어디 있지?" 리시스트라타가 얼굴을 찌푸리며 말했다. "왜 같이 있지 않은 거야?"

코리올라누스가 추측해 보기도 전에 제섭이 루시 그레이가 뛰어나온 터널에서 나타났다. 코리올라누스는 처음에 그가 다쳤다고 생각했다. 루시 그레이를 보호하다가 다쳤을 수도 있다. 하지만 그렇다면 그녀는 왜 달아나는 거지? 다른 조공인들이 뒤쫓고 있나? 카메라가 제섭을 잡자 그는 다친 게 아니고 아픈 거라는 사실이 분명해졌다. 팔다리는 뻣뻣했고 열이 올라 흥분해 있었다. 그는 태양을 향해 몇 번 손을 휘두른 다음 쭈그리고 앉았다가 곧바로 벌떡 일어났다. 처음으로 클로즈업 화면이 나왔다.

코리올라누스는 루시 그레이가 그에게 독약을 먹일 방법을 찾은 걸까 생각했지만 그건 말이 안 된다. 제섭은 너무나 귀중한 보호자였다. 특히 어젯밤에 결성된 무리가 돌아다니고 있는 지금은 더욱 필요했다. 그렇다면 무엇이 그를 병들게 했을까?

제섭이 왜 아픈 건지, 어떤 병에 걸린 건지 짐작할 도리가 없었으나 그의 입술 위로 거품이 흘러내리기 시작하자 모든 게 분명해졌다.

17

"광견병이야." 리시스트라타가 작게 말했다.

전쟁 중에 캐피톨에는 광견병이 다시 퍼졌다. 의사들이 전장에 나가고 공습으로 시설과 보급로가 손상을 입은 탓에 사람들은 제대로 진료를 받기 힘들었다. 코리올라누스의 어머니도 그 피해자였다. 그러니 오냐오냐 하며 키운 캐피톨의 반려동물들을 진료하는 일도 거의 없다시피 했다. 빵을 살 만큼의 돈이 없으니 고양이의 백신 접종이 우선순위에서 밀려나는 건 너무 당연했다. 광견병이 어떻게 시작되었는지에 대해서는 의견이 분분했다. 산에서 내려온 감염된 코요테? 밤에 박쥐에게 물려서? 하지만 퍼뜨린 건 개였다. 대부분은 굶주리고 버려진, 그들 자신도 전쟁의 피해를 입은 짐승들이었다. 광견병은 개에게서 개로, 그리곤 인간에게로 퍼져 갔다. 유례없이 빠른 속도로 강한 변종이 생겼고 백신 접종으로 통제하기 전까지 캐피톨 시민 10여 명이 사망했다.

코리올라누스는 광견병에 걸린 인간과 동물에게서 나타나는 증상을 알리는 포스터가 기억났다. 그의 세상을 위협할 수도 있는 것이 또 하나 늘어난 셈이었다. 코리올라누스는 제섭이 손수건을 목에 대고 눌렀던 게 생각났다. "쥐한테 물려서 그런 거야?"

"쥐는 아니야." 리시스트라타의 얼굴에 충격과 슬픔이 떠올랐다. "쥐는 광견병을 거의 옮기지 않아. 아마 감염된 너구리였을 거야."

"제섭이 털 있는 무언가에 물렸다고 루시 그레이한테 말했다고 했어. 그래서 나는 당연히…." 그는 말끝을 흐렸다. 제섭을 문 게 무엇인지는 중요하지 않았다. 어떻게 봐도 이건 사형 선고다. 2주일 정도 전에 감염된 게 분명하다. "빨리 악화된 것 같은데 그렇지 않아?"

"아주 빨랐지. 목을 물렸으니까. 뇌에 빨리 번질수록 더 빨리 죽거든." 리시스트라타가 설명했다. "그리고 물론 쟤는 굶주렸고 약해진 상태지."

그녀의 말이라면 아마 사실일 것이다. 비커스 가족은 저녁 식사를 하면서 차분하고 임상적인 투로 이런 대화를 나누지 않을까 하고 코리올라누스는 상상했다.

"불쌍한 제섭." 리시스트라타가 말했다. "죽음마저 끔찍하다니."

제섭이 아픈 것을 알아차리자 학생들은 흥분했다. 공포와 혐오감을 잔뜩 담은 말들이 여기저기서 튀어나왔다.

"광견병! 어쩌다 걸린 거지?"

"분명히 구역에서 옮은 채로 여기에 왔을 거야."

"이런, 이제 쟤가 도시 전체에 퍼뜨리겠네!"

학생들은 아무것도 놓치고 싶지 않아서 전부 자리에 앉아 광견병에 대한 어린 시절의 기억들을 들먹였다.

코리올라누스는 리시스트라타와 연대하여 침묵을 지켰지만 제섭이 갈지자로 경기장을 가로질러 루시 그레이 쪽으로 다가가자 걱정도 커졌다. 그가 무슨 생각을 하고 있는지 알 길은 없다. 정상적인 상황이었다면 제섭이 루시 그레이를 보호했을 거라고 코리올라누스는 확신했다. 하지만 루시 그레이가 살기 위해 달아났으니 그는 이성을 잃은 게 분명했다.

카메라는 경기장 반대편으로 달려가 부서진 벽을 기어올라 유리로 된 상자 모양의 기자석이 있는 관중석으로 뛰어가는 루시 그레이를 따라갔다. 경기장 중간쯤에 있는 기자석에는 기자들이 몇 줄 정도 차지하고 있었다. 왠지는 몰라도 기자석은 폭발 피해를 입지 않았다. 그녀는 잠시 멈춰 서서 헐떡이면서 오락가락 따라오는 제섭을 보더니 근처의 매점 잔해로 향했다. 뼈대는 남아 있었지만 가운데 부분은 폭발로 산산조각 나 있었고 지붕은 10미터 떨어진 곳까지 날아간 상태였다. 벽돌과 합판으로 뒤덮여 일종의 장애물 코스처럼 된 곳을 지나 루시 그레이는 잔해 꼭대기에 자리를 잡았다.

게임운영자들은 그녀가 그 자리에 가만히 앉자 줌인해서 클로즈업을 잡았다. 코리올라누스는 그녀의 갈라진 입술을 보자마자 커뮤니커

프로 손을 뻗었다. 그녀는 경기장에 들어간 뒤 물을 마시지 못한 듯했
는데 그렇다면 하루 하고도 반나절이었다. 그는 물 한 병을 주문했다.
매번 요청할 때마다 드론의 배달 속도가 개선되고 있었다. 그녀가 계속
달려야 한다 해도 밖에 나와 있기만 하면 그녀에게 물을 전해 줄 수 있
을 것이다. 제섭에게서 도망칠 수 있다면 코리올라누스는 그녀에게 그
녀가 먹을 용도와 쥐약을 넣을 용도의 음식과 물을 잔뜩 줄 수 있을 것
이다. 하지만 지금으로서 그건 장기적인 계획이었다.

　제섭은 경기장 이쪽 편까지 왔고 루시 그레이가 자신을 거부해서 혼
란스러워 하는 것 같았다. 그녀를 따라 관중석으로 기어오르려 했지만
균형을 잘 잡지 못했다. 잔해가 널려 있는 곳에 들어오자 몸을 더 잘 가
누지 못했고 두 번이나 아주 세게 넘어져서 무릎과 관자놀이가 상처로
벌어졌다. 두 번째로 다쳤을 때는 피가 꽤 많이 났다. 그는 망연자실한
듯 계단에 앉아서 루시 그레이 쪽으로 손을 뻗었다. 그의 입이 움직였
고 턱에서 거품이 뚝뚝 떨어졌다.

　루시 그레이는 꼼짝 않고 앉아 괴로운 표정으로 그를 지켜보았다. 기
묘한 장면이 연출되었다. 광견병에 걸린 남자아이, 갇힌 여자아이, 폭발
로 부서진 건물. 비극으로 끝날 수밖에 없는 이야기를 떠올리게 했다.
운명을 마주하게 된 비운의 연인. 자기들끼리 희생되는 것으로 끝나는
복수담. 생존자가 없는 전쟁 대하소설.

　코리올라누스는 '제발 죽어 줘'라고 생각했다. 광견병에 걸리면 결국
무엇 때문에 죽게 될까? 숨을 쉬지 못하게 되거나, 아니면 혹시 심장이
멎나? 뭐가 됐든 간에 제섭에게 그런 일이 빨리 일어날수록 관련된 모
든 사람들에겐 더 좋을 것이다.

　드론이 물 한 병을 가지고 경기장 안으로 날아왔다. 루시 그레이는
얼굴을 들어 흔들거리며 움직이는 드론을 쳐다보았다. 마치 기대하듯

혀로 입술을 핥았다. 드론이 제섭의 머리 위를 지날 때 그는 뭔가를 알아차리고는 몸을 부르르 떨었다. 제섭은 나무판을 휘둘러 드론을 쳤고 드론은 관중석에 쾅 떨어졌다. 깨진 병에서 물이 흘러나오자 그는 더 불안해했다. 그는 뒷걸음질 치며 의자 위로 넘어졌다가 곧장 루시 그레이 쪽을 향했다. 그러자 그녀는 더 높은 곳으로 기어 올라갔다.

코리올라누스는 공황 상태에 빠졌다. 잔해를 사이에 놓고 제섭과 거리를 둔다는 전략이 어느 정도는 먹혔지만 그녀는 탈락할 위험에 처해 있었다. 제섭은 광견병 바이러스 때문에 움직이는 데 방해를 받았지만 그 바이러스는 힘이 좋은 그의 몸이 미친 듯한 속도로 움직일 수 있게 자극하기도 했다. 그리고 그는 루시 그레이 외에는 아무것에도 관심이 없었다. '아까 물이 나타났던 순간만 빼고.' 코리올라누스가 생각했다. 물. 그의 머릿속에 단어 하나가 떠올랐다. 한때 캐피톨을 도배했던 포스터에 있던 단어였다. '공수병.' 물에 대한 공포. 삼킬 수 없게 된 광견병 환자들은 물을 보면 미쳐 날뛴다.

그는 물을 여러 병 주문하려고 커뮤니커프를 작동하기 시작했다. 물을 많이 보내면 제섭이 무서워서 도망갈지도 모른다. 해야 한다면 가진 돈을 전부 쓸 것이다.

리시스트라타가 그의 손 위에 자기 손을 얹어 그를 제지했다. "내가 할게. 어차피 제섭은 내 조공인이잖아." 그녀는 물을 연달아 주문했다. 제섭을 벼랑 끝으로 몰아 떨어뜨리기 위해 물을 보냈다. 그녀의 얼굴엔 감정이 거의 드러나지 않았지만 눈물 한줄기가 그녀의 뺨을 타고 흘러내렸다. 눈물이 입가까지 내려왔을 때 그녀는 눈물을 닦았다.

"리시….." 코리올라누스는 아주 어렸을 때 이후로는 그녀를 이렇게 불러 본 적이 없었다. "이러지 않아도 돼."

"제섭이 이길 수 없다면 루시 그레이가 이겼으면 해. 제섭도 그걸 원할 거야. 제섭이 루시 그레이를 죽이면 루시 그레이는 이길 수 없잖아. 이렇게 한다 해도 죽일 수 있지만."

스크린을 보니 루시 그레이는 힘든 상황에 빠져들고 있었다. 그녀 왼쪽에는 경기장 뒤의 높은 벽이, 오른쪽은 기자석의 두꺼운 유리벽이 있었다. 제섭이 계속 다가오는 동안 그녀는 도망가려고 몇 번 시도해 보았지만 제섭이 계속 방향을 바꾸며 그녀를 막았다. 6미터 정도로 거리가 좁혀지자 루시 그레이는 제섭을 달래려는 듯 손을 내밀고 그를 향해 말하기 시작했다. 그녀의 말을 듣고 제섭은 잠깐 멈추었지만 곧 다시 다가갔다.

경기장 저편에서 물 한 병이 이들을 향해 날아오고 있었다. 리시스트라타가 주문한 첫 번째 물인지, 아니면 아까 박살난 물 대신 보내 주는 것인지는 알 수 없었다. 이번 드론은 아까 드론보다 안정적으로 곧장 날아오는 것 같았다. 뒤따라오는 여러 드론도 마찬가지였다. 루시 그레이는 드론들을 슬쩍 보고 물러서던 걸음을 멈추었다. 코리올라누스는 그녀가 은 콤팩트를 넣어 둔 주름진 스커트의 주머니 부분을 만지는 것을 보았다. 그는 그 행동이 그녀가 물의 의미를 이해했다는 신호로 받아들였다. 그녀는 드론을 가리키며 소리를 지르기 시작했고 제섭이 고개를 돌리게 만드는 데 성공했다.

제섭은 우뚝 멈춰 섰고 공포로 인해 눈이 튀어나올 듯했다. 드론들이 다가오자 그는 두 팔을 마구 휘둘렀지만 드론에 닿지는 않았다. 드론들이 물병을 떨어뜨리기 시작했고 그는 자제력을 완전히 잃었다. 폭발물이라 해도 이보다 더 강렬한 반응은 없었을 것이다. 물병들이 관중석에 떨어져 요란하게 깨지면서 그는 발광 상태에 빠졌다. 그중 한 병에 들어 있던 물이 손에 튀자 그는 염산이라도 맞은 것처럼 움찔했다. 그는 통로를 지나 경기장 안으로 허둥지둥 내려갔지만 열 대가 넘는 드론이 나타나 그를 폭격했다. 드론은 조공인 바로 앞으로 물건을 배달하도록 설계되어 있기 때문에 제섭은 드론을 피할 길이 없었다. 그는 좌석 맨 앞줄을 향해 달려가다가 발이 걸렸고 앞으로 넘어지면서 경기장 벽 너머 바닥으로 떨어졌다.

그가 떨어지면서 뼈 부러지는 소리가 들려 관중들은 깜짝 놀랐다. 제섭이 떨어진 곳은 경기장 안에서 드물게 음향이 잘 잡히는 장소였다. 그는 똑바로 누워 있었다. 가슴팍이 오르내리는 걸 제외하곤 어떤 움직임도 없었다. 남은 물병이 그의 위로 비처럼 쏟아졌다. 그는 입술을 안으로 말고는 물에 비추어 반짝이는 저녁 태양을 눈도 깜박이지 않고 바라보았다.

루시 그레이가 계단을 쏜살같이 내려와 난간 위로 몸을 내밀었다. "제섭!" 제섭은 그녀의 얼굴로 시선을 돌릴 뿐이었다.

코리올라누스는 리시스트라타가 속삭이는 소리를 간신히 들었다. "아, 제섭 혼자 죽게 하지 마."

루시 그레이는 위험을 가늠해 보다가 잠시 텅 빈 경기장을 살피고는 부서진 벽을 타고 내려가 제섭의 곁으로 갔다. 코리올라누스는 끙 하는 소리를 내고 싶었다. 루시 그레이는 저기에서 벗어나야 했다. 하지만 옆에 리시스트라타가 있어서 조용히 있었다. "루시 그레이는 그러지 않을 거야." 코리올라누스는 자기 몸을 누르고 있던 불타는 기둥을 루시 그레이가 들어낸 일을 생각하며 리시스트라타를 안심시켰다. "그건 재스타일이 아니야."

"돈이 좀 남아 있어." 리시스트라타가 눈물을 닦으며 말했다. "음식을 좀 보낼게."

제섭은 1미터 정도 높이까지 내려와 벽에서 경기장으로 뛰어내리는 루시 그레이를 눈으로 좇았다. 하지만 움직일 수는 없는 듯했다. 추락해서 몸을 쓰지 못하게 되었을까? 루시 그레이는 조심스레 제섭에게 다가가 그의 긴 팔이 닿지 않을 정도의 거리에서 무릎을 꿇었다. 그녀는 미소를 지으려 애쓰며 말했다. "이제 푹 자. 들리니, 제섭? 이제 자. 내가 불침번을 설 차례야." 반응이 있는 듯했다. 그녀의 목소리를 알아들었거나 어쩌면 그녀가 지난 2주 동안 했던 말이었는지도 모른다. 굳어 있던 제섭의 표정이 풀렸고 눈꺼풀이 떨렸다. "그래, 마음 놓고 쉬어. 잠자지 않으면 어떻게 꿈을 꾸겠어?" 루시 그레이가 얼른 다가가 그의 머리에 손을 얹었다. "괜찮아, 내가 널 지킬게. 나 여기 있어. 여기에 계속 있을 거야." 생명이 서서히 몸에서 빠져나가고 가슴팍의 움직임이 멈출 때까지 제섭은 루시 그레이만 계속 바라보았다.

루시 그레이는 그의 앞머리를 정리해 주고 쪼그려 앉았다. 그녀는 깊은 한숨을 내쉬었다. 코리올라누스는 그녀가 탈진한 상태라는 걸 알 수 있었다. 그녀는 마치 잠에서 깨려는 듯 고개를 흔들더니 제일 가까이에 있는 물병을 집어 뚜껑을 열고 몇 모금 만에 비웠다. 두 번째, 세 번째 병까지 마신 다음 손등으로 입을 문질렀다. 그녀는 일어서서 제섭을 살펴보고 물병 하나를 또 열고는 그의 얼굴에 부어 거품과 침을 씻어 내렸다. 그러고는 코리올라누스가 마지막 날 밤에 가져다 준 피크닉 박스에 있었던 흰 리넨 냅킨을 주머니에서 꺼냈다. 몸을 숙여 냅킨 끝부분으로 부드럽게 눈을 감겨 주고 흔들어서 펼친 뒤 시청자들이 보지 못하게 그의 얼굴을 덮었다.

리시스트라타가 보낸 음식 꾸러미들이 주위에 떨어지자 루시 그레이는 현실로 돌아온 것 같았다. 얼른 빵과 치즈를 집어 주머니에 넣었다. 물병들도 치마 주머니에 집어넣었지만 경기장 멀리에서 리퍼가 나타나자 즉시 멈추었다. 루시 그레이는 선물들을 가지고 가장 가까운 터널 안으로 사라졌다. 리퍼는 그녀가 가게 내버려 두었지만 햇빛이 희미해지는 동안 남은 물병 몇 개를 챙겼다. 제섭을 보긴 했지만 시체를 건드리지는 않았다.

코리올라누스는 이건 루시 그레이에게 좋은 징조라고 생각했다. 조공인들이 죽은 아이의 선물을 계속 훔친다면 독살 계획이 잘 통할 것이다. 하지만 레피두스가 리시스트라타를 데리러 오는 바람에 이 생각을 골똘히 해 볼 시간은 없었다.

"우와!" 레피두스가 말했다. "예상하지 못했던 일이네요! 광견병에 걸렸다는 걸 알고 있었나요?"

"당연히 몰랐죠. 알았다면 동물원의 너구리를 검진해 보라고 당국에 알렸을 거예요." 그녀가 말했다.

"뭐라고요? 구역에서 걸린 채로 여기 온 게 아니라는 말인가요?" 레피두스가 물었다.

리시스트라타는 단호했다. "아니에요. 캐피톨에서 물린 거예요."

"동물원에서요?" 레피두스는 걱정스러운 표정이었다. "동물원에서 시간을 보낸 사람들이 많거든요. 너구리가 내 장비 위에도 올라가서 이상하게 생긴 작은 손으로 여기저기 긁어 대기도 했고…."

"당신은 광견병에 걸리지 않았어요." 리시스트라타가 딱 잘라 말했다.

레피두스는 손가락으로 할퀴는 동작을 해 보였다. "내 물건들을 만졌어요."

"제섭에 대해 질문이 있나요?" 그녀가 물었다.

"제섭? 아뇨, 난 제섭에게 가까이 가 본 적이 없어요. 오, 음, 그러니까…. 당신은 무슨 생각이라도 했나요?"

"했죠." 리시스트라타는 숨을 깊이 들이쉬었다. "제섭이 좋은 사람이었다는 걸 사람들이 알아줬으면 좋겠어요. 경기장에서 폭탄이 터지기 시작했을 때 그 아이는 나를 보호하기 위해 내 위로 자기 몸을 던졌어요. 의식적으로 한 행동도 아니었어요. 반사적으로 했던 거죠. 그게 그 아이의 본성이었어요. 보호하는 사람이었죠. 제섭이 헝거 게임에서 우승할 수는 없었을 거라고 생각해요. 아마 루시 그레이를 지키려다 죽었을 거예요."

"오, 마치 개 같군요." 레피두스가 고개를 끄덕였다. "정말 좋은 개."

"아뇨, 개 같은 게 아니죠. 인간 같은 거죠." 리시스트라타가 말했다.

레피두스는 농담인지 아닌지 알아내려고 그녀를 쳐다보았다. "흠, 럭키, 본부에서는 어떻게 생각하는지 들은 게 있나요?"

럭키가 잘 떨어지지 않는 손의 거스러미를 물어뜯고 있는 모습이 카메라에 잡혔다. "뭐라고요? 아! 위에서 내려온 말은 아직 없습니다. 경기장을 다시 살펴볼까요?"

카메라는 다른 곳을 비추었고 리시스트라타는 짐을 챙겼다.

"벌써 가지는 마. 우리랑 저녁 먹고 가." 코리올라누스가 말했다.

"아니, 난 그냥 집에 가고 싶어. 함께해 줘서 고마워, 코리오. 너는 좋은 동맹이야."

코리올라누스는 그녀를 껴안았다. "네가 좋은 동맹이지. 쉽지 않았다는 거 알아."

그녀는 한숨을 쉬었다. "음, 적어도 난 이제 빠질 수 있게 됐네."

다른 멘터들이 그녀 주위에 모여 잘했다는 둥 수고했다는 둥 인사를 건넸다. 그녀는 다른 학생들이 일어나는 걸 기다리지 않고 먼저 홀에서 나갔다. 곧 다들 뒤따라 나갔고 몇 분 만에 홀에는 멘터 열 명만 앉아 있었다. 플린스 상이 도입된 지금, 그들은 예전과는 다른 눈길로 서로를 살폈다. 모두 우승자를 갖길 원할 뿐만 아니라 헝거 게임의 우승자가 되길 바라고 있었다.

럭키가 다시 스크린에 등장해 남아 있는 조공인들과 멘터들이 누구인지 알려주는 걸 보니 게임운영자들도 같은 생각을 떠올린 모양이었다. 그는 분할 스크린으로 각 파트너의 사진을 보여 주며 해설을 시작했다. 잘 나오지 않은 학생증 사진을 다운로드해서 쓴 걸 보고 투덜거리는 멘터들도 있었지만 코리올라누스는 상처 입은 지금의 얼굴이 나오지 않아 안도했다. 조공인들은 공식 사진이 없어서 추첨 이후 촬영된 사진 중에서 고른 듯 했다.

사진은 구역순으로 등장했다. 3번 구역의 어번과 테슬리, 이오와 시르크가 제일 먼저 등장했다. "우리 테크놀로지 구역의 조공인들은 드론을 갖고 뭘 했을지 궁금증을 자아냈죠." 럭키가 말했다. 페스투스와 코럴이 다음, 페르세포네와 미젠이 그다음 순서였다. "마지막 열 명이 남은 가운데 4번 구역 조공인들은 순항하고 있습니다!" 가로대 위의 라미나와 펍의 사진이 나오자 펍은 환호했고 이어서 동물원에서 저글링했던 트리치와 빕사니아의 사진이 나왔다. "그리고 인기 많은 라미나와 플라이니 해링턴과 함께 7번 구역의 소년 트리치 그리고 멘터 빕사니아 시클도 있습니다! 그러니까 3번, 4번, 7번 구역은 조공인 모두가 아직 경기 중입니다! 이제 혼자 남은 조공인들을 보지요." 동물원에서 쭈그리고 앉아 있는 화질 나쁜 워비의 사진과 여드름이 잔뜩 난 힐라리우스의 사진이 함께 등장했다. "8번 구역에서 온 워비와 멘터 힐라리우스 헤븐스비입니다!" 인터뷰 장면을 사용했기 때문에 도미티아의 사진과 함께 나온 태너의 모습은 그보다 나았다. "10번 구역에서 온 남자 조공인은 도살장 기술을 잘 써먹을 기회가 어서 생기길 바라고 있습니다!" 그리고 경기장에서 늠름하게 서 있는 리퍼와 흠잡을 데 없는 모습의 클레멘시아가 등장했다. "아마도 다시 한 번 생각해 보셔야 할 조공인입니다! 11번 구역의 리퍼!" 그리고 마침내 코리올라누스는 스크린에 떠 있는 자신의 얼굴을 보았다. 근사하지도 나쁘지도 않은 사진이었다. 인터뷰 때 노래하던 루시 그레이의 눈부신 모습과 함께였다. "그리고 최고 인기상은 코리올라누스 스노우와 12번 구역의 루시 그레이의 몫입니다!"

최고 인기? 코리올라누스는 칭찬일 거라고 생각했지만 딱히 위협적이지는 않은 듯했다. 그래도 상관없다. 인기 덕에 루시 그레이는 돈을 잔뜩 얻었다. 그녀는 살아 있고 물과 음식을 섭취했고 남은 선물도 두둑했다. 다른 아이들이 죽어 가는 동안 숨어 지낼 수 있으면 좋으련만. 그녀를 보호해 줄 제섭을 잃은 것이 타격이었지만 혼자이니 숨기는 더 쉬울 것이다. 코리올라누스는 그녀에게 경기장에서 혼자가 아닐 거라고 약속했다. 늘 함께할 거라고 말했다. 지금도 그녀는 콤팩트를 가지고 있을까? 거기에 희망을 걸고 있을까? 그가 그녀를 생각하듯 그녀도 그를 생각하고 있을까?

코리올라누스는 멘터 목록을 업데이트했다. 제섭과 리시스트라타의 이름에 선을 긋는 건 전혀 즐겁지 않았다.

제10회 헝거 게임
멘터 배정

1번 구역

남성(패싯) ~~리비아 카듀~~

여성(벨베린) ~~팔미라 몬타~~

2번 구역

남성(마르쿠스) ~~세자누스 플린스~~

여성(사빈) ~~플로루스 프렌드~~

3번 구역

남성(시르크) 이오 재스퍼

여성(테슬리) 어번 캔빌

4번 구역

남성(미젠) 페르세포네 프라이스

여성(코럴) 페스투스 크리드

5번 구역

남성(하이) 데니스 플링

여성(솔) 이피게니아 모스

6번 구역

남성(오토) 아폴로 링

여성(저니) 다이애나 링

7번 구역

남성(트리치) 빕사니아 시클

여성(라미나) 플라이니 해링턴

8번 구역

남성(보빈) 주노 핍스

여성(워비) 힐라리우스 헤븐스비

9번 구역

남성(판로) 가이우스 브린

여성(쉬프) 안드로클레스 앤더슨

10번 구역

남성(태너) 도미티아 윔지윅

여성(브랜디) 아라크네 크레인

11번 구역

남성(리퍼) 클레멘시아 도브코트

여성(딜) 펠릭스 레이빈스틸

12번 구역

남성(제섭) 리시스트라타 비커스

여성(루시 그레이) 코리올라누스 스노우

조공인들이 상당히 줄었지만 살아남은 조공인 중 몇 명은 이기기 쉽지 않은 상대일 것이다. 리퍼, 태너, 4번 구역의 두 명…. 그리고 3번 구역의 머리 좋은 두 명이 무슨 속셈인지는 아무도 모른다.

열 명의 멘터는 말린 자두가 들어간 맛있는 양고기 스튜를 먹었다. 코리올라누스는 리시스트라타가 그리웠다. 제섭이 루시 그레이의 동맹이었듯 그의 진짜 동맹은 오직 그녀뿐이었다.

저녁 식사 후, 그는 페스투스와 힐라리우스 사이에 앉았고 졸지 않으려고 최선을 다했다. 제섭이 죽은 뒤 이렇다 할 일은 일어나지 않았다. 9시쯤 되자 내일 아침에는 더 빨리 오라는 지시가 내려졌고 멘터들은 바로 귀가 조치되었다. 코리올라누스는 집까지 걸어가기는 힘들 것 같다고 느꼈다. 다행히 티그리스가 준 토큰을 기억하고는 고마운 마음으로 노면 전차를 타고 아파트에서 한 블록 떨어진 곳에 내렸다.

할머님은 잠자리에 든 뒤였지만 티그리스는 오늘도 그의 침실에서 모피 코트를 둘러쓰고 그를 기다리고 있었다. 경기장에서 어떤 일이 있었는지 설명해 줘야 했기에 코리올라누스는 티그리스 발치의 긴 의자에 털썩 앉았다. 그가 주저앉은 건 피로해서만은 아니었다.

"어젯밤 이야기를 듣고 싶어 한다는 거 알아." 그가 말했다. "하지만 말하려니까 걱정스러워. 이걸 알고 있다는 이유로 누나가 곤란해질까 봐 겁이 나."

"괜찮아, 코리오. 네 셔츠를 보고 거의 파악했어." 티그리스는 바닥에 놓인, 그가 경기장에서 입었던 셔츠를 집어 들었다. "옷은 내게 말을 해. 너도 알잖아." 티그리스는 셔츠를 허벅지 위에 놓고 편 다음 그가 보냈던 끔찍한 밤을 재구성하기 시작했다. 먼저 핏자국이 묻은 벌어진 소매를 집어 올렸다. "바로 여기. 여기가 네가 칼로 베인 곳이지." 그녀의 손가락은 천이 상한 부분을 훑었다. "이렇게 천이 조금씩 상한 부분이나 흙이 갈려 들어간 곳은 네가 미끄러졌거나 끌려갔다는 걸 보여 줘. 네 긁힌 턱은 셔츠 깃에 묻은 피하고 일치해." 티그리스는 셔츠 깃을 만지고는 계속 이야기했다. "다른 소매가 찢긴 걸 보면 가시철조망에 걸렸던 것 같아. 아마 바리케이드였겠지. 하지만 여기 묻은 피, 소매에 튄 피는… 네 피 같지 않아. 네가 경기장 안에서 정말 끔찍한 일을 했던 것 같아."

코리올라누스는 피를 보며 각목으로 보빈의 머리를 내려칠 때의 감각을 떠올렸다. "티그리스…."

티그리스는 관자놀이를 문질렀다. "어쩌다 이렇게 됐는지 계속 생각했어. 내 꼬마 사촌, 파리 한 마리도 해치지 않을 아이가 살아남기 위해 경기장에서 싸워야 했다는 걸."

이건 그가 지금 이 순간 가장 나누고 싶지 않은 대화였다. "나도 몰라. 선택의 여지가 없었어."

"그건 알아. 당연히 알지." 티그리스가 그를 안았다. "난 그냥 그들이 너에게 하고 있는 짓이 싫을 뿐이야."

"난 괜찮아. 그렇게 오래가진 않을 거야. 내가 우승하지 못한다 해도 어떤 상이든 분명 받을 거야. 난 진심으로 상황이 곧 나아질 거라고 생각해."

"맞아, 그래. 나도 그럴 거라고 확신해. 스노우가 일등이야." 티그리스도 동의했다. 하지만 그녀의 표정은 다른 말을 하고 있었다.

"왜 그래?" 코리올라누스가 물었다. 그녀는 고개를 가로저었다. "말해 봐, 뭔데?"

"헝거 게임이 끝나기 전까지는 너한테 말하지 않으려고 했는데…." 그녀는 침묵했다.

"하지만 이젠 얘기해야 돼. 안 그러면 난 최악의 상황들을 상상할 거야. 제발, 그냥 말해 줘." 코리올라누스가 말했다.

"우린 방법을 찾아낼 거야." 티그리스가 몸을 일으켰다.

"누나." 그가 다시 그녀를 잡아 앉혔다. "뭔데?"

티그리스는 마지못해 코트 주머니에 손을 넣어 캐피톨 도장이 찍힌 우편물을 꺼내 그에게 건넸다. "오늘 세금 고지서가 왔어."

자세하게 설명할 필요도 없었다. 그녀의 표정이 모든 것을 말해 주었다. 세금 낼 돈도 없고 돈을 더 빌릴 방법도 없는 스노우 가족은 집을 잃을 처지였다.

18

코리올라누스는 이제까지 세금에 대해서 그럴 리가 없다고 부정하고 있었지만 이제 집을 잃게 될 현실이 트럭처럼 그를 강타했다. 그가 이제까지 집으로 삼았던 유일한 곳과 어떻게 헤어질 수 있단 말인가. 그의 어머니에게, 어린 시절에게, 전쟁 전 삶의 달콤한 기억에게 작별 인사를 한다고? 이 집은 그의 가족을 세상으로부터 안전하게 지켜 주었을 뿐 아니라 스노우 가문의 부유함에 대한 전설도 보호해 주었다. 그는 자신의 집, 역사, 정체성을 한 번에 잃게 될 처지였다.

6주 안에 돈을 마련해야 했다. 티그리스가 1년 동안 벌어들이는 만큼의 돈이 필요했다. 코리올라누스와 티그리스는 아직 팔 수 있는 물건이 있는지 머리를 맞대고 생각해 보았지만 가구와 기념품을 전부 팔아 치운다 해도 기껏해야 몇 달밖에 버틸 수가 없었다. 그리고 세금 고지서는 매달 시계처럼 정확히 계속 날아올 것이다. 아무리 하찮은 것들이라도 팔아 치워서 그 돈으로 다른 집을 빌려야 할 터였다. 세금 때문에 퇴거당한다면 공개적으로 엄청난 망신을 당할 테고 오랫동안 사람들 뇌리에 남을 테니 무슨 일이 있어도 피해야 했다. 이사를 해야 했다.

"어떻게 하지?" 코리올라누스가 물었다.

"헝거 게임이 끝날 때까지는 아무것도 하면 안 돼. 넌 플린스 상을 받을 수 있게, 아니면 최소한 다른 상이라도 받을 수 있게 집중해야 해. 이 문제는 내가 맡을게." 그녀가 단호히 말했다. 그녀는 옥수수 시럽을 넣은 따뜻한 우유를 한 컵 만들어 주고 코리올라누스가 잠들 때까지 그의 지끈거리는 머리를 쓰다듬어 주었다. 그는 경기장에서의 일이 다시 등장하는 폭력적이고 불안한 꿈을 꾸다가 평소와 같은 소리에 깨어났다.

판엠의 보석,
강력한 도시,
여러 시대 동안 너는 새롭게 빛나노라.

할머님은 한두 달 뒤 월셋집에서도 국가를 부를까? 아니면 굴욕감이 심해서 다시는 목소리를 높이지 않을까? 할머님이 아침마다 국가를 부르는 걸 그는 속으로 조롱해 왔지만 이런 생각을 하니 슬퍼졌다.

옷을 입을 때 꿰맨 팔의 상처가 당겼다. 시타델에 들러서 추가 진료를 받아야 한다는 게 떠올랐다. 긁힌 얼굴에는 검붉은 딱지가 생겼지만 붓기는 가라앉았다. 어머니의 파우더를 조금 발랐다. 딱지가 가려지지는 않았지만 그 향기에 조금은 마음이 안정되었다.

절망적인 재정 상태 때문에 코리올라누스는 티그리스가 주는 토큰을 주저하지 않고 받았다. 큰돈은 오래전에 사라졌는데 뭐 하러 푼돈을 아낀단 말인가. 노면 전차에서 그는 호두버터를 바른 살짝 구운 비스킷을 먹으며 플린스 부인의 롤빵과 비교하지 않으려 애썼다. 그가 세자누스를 구해 준 것을 고려한다면 플린스 가족이 돈을 빌려주거나 심지어 그의 침묵의 대가로 돈을 줄 수도 있겠다는 생각이 들었지만 할머님은 절대 허락하지 않을 것이다. 그리고 스노우 가문이 플린스 가문에 굽신거린다는 건 상상도 할 수 없다. 그렇지만 플린스 상은 정정당당한 승부이고 티그리스의 말이 옳다. 앞으로의 며칠이 그의 미래를 결정하게 될 것이다.

멘터 열 명은 아카데미에서 차를 마시며 카메라 앞에 설 준비를 했다. 하루하루가 지날수록 멘터들은 더 세세히 관찰당했다. 게임운영자들은 메이크업 담당자를 보내 코리올라누스의 흉터를 눈에 덜 띄게 만들면서 눈썹 모양도 살짝 잡아 주었다. 헝거 게임 이야기밖에 할 줄 모르는 힐라리우스 헤븐스비를 빼고는 아무도 헝거 게임에 대한 이야기를 직접적으로 말할 기분이 아닌 것 같았다.

"나한테는 달라. 어젯밤에 목록을 확인해 봤어. 남아 있는 조공인은 경기장에 들어간 이후 전부 음식을 받았어. 최소한 물이라도 말이야. 모습을 드러내지 않는 워비만 빼고. 걔는 어디 있는 거야? 그러니까 걔가 터널 어딘가에서 웅크리고 있다가 죽었다 해도 내가 알 수가 없잖아? 어쩌면 걔는 벌써 죽었는데 내가 여기 멍청이처럼 앉아서 커뮤니커프를 만지작거리고 있는 걸 수도 있어!"

코리올라누스는 다른 사람들에겐 더 진지한 걱정거리가 있으니 닥
치라고 말하고 싶었지만 그러는 대신 페르세포네와 열심히 의논 중인
페스투스 옆의 제일 끝자리로 가서 앉았다.

럭키 플리커맨은 남아 있는 조공인을 다시 보여 주며 방송을 시작했
고 레피두스에게 멘터들의 이야기를 들어 보자고 했다. 레피두스는 제
일 먼저 코리올라누스를 불러 무시무시했던 제섭의 사망에 대해 이야
기해 달라고 했다. 코리올라누스는 리시스트라타가 광견병 사태에 현
명하게 대처했다고 칭찬하고 제섭이 숨을 거두기 직전에 너그럽게 행
동해 주어 고마웠다는 말도 잊지 않았다. 그는 패배한 멘터들이 앉아
있는 곳을 돌아보며 리시스트라타에게 일어서 달라고 부탁한 다음, 박
수를 쳐 주자고 관중들에게 권했다. 관중들은 그의 말에 따랐을 뿐 아
니라 절반 정도는 기립박수를 보냈다. 리시스트라타는 부끄러워하는
표정이었지만 코리올라누스가 보기엔 싫어하는 것 같지 않았다. 코리
올라누스는 우승자가 12번 구역 조공인일 거라는 그녀의 예상을 현실
로 만들어서 제대로 감사하고 싶다는 말도 덧붙였다. 그러니까 루시 그
레이 말이다. 시청자들은 그의 조공인이 얼마나 영리한지 직접 보았다.
또한 그는 캐피톨 여자아이라면 그런 행동을 할 거라고 기대하겠지만
구역 출신 아이가 그런 행동을 했다는 점에 주목해야 한다고, 캐피톨
사람들이 헝거 게임 우승자의 인성에 대해 어떤 보상을 주는지, 루시
그레이가 캐피톨의 가치를 얼마나 반영하는지는 생각해 볼 문제라고
말했다. 코리올라누스가 인터뷰를 하는 동안 그의 커뮤니커프에서는
최소 열 번 이상의 소리가 났다. 그의 말이 시청자들의 마음을 건드린
부분이 있었던 것이다. 그는 커뮤니커프를 카메라 앞에 들어 보이며 너
그러운 스폰서들에게 감사를 표했다.

코리올라누스에게 쏟아지는 관심을 견딜 수 없기라도 한 듯 펍은 앞으로 몸을 빼고 앉아 "라미나에게 아침 식사를 줘야겠어요!"라고 큰 소리로 외치더니 음식과 마실 것을 잔뜩 주문했다. 경기장 안에서 볼 수 있는 조공인은 라미나뿐이기 때문에 그와 경쟁할 수 있는 멘터는 없었다. 그 점은 코리올라누스가 펍을 보며 화가 나는 여러 이유 중 단 하나에 불과했다. 코리올라누스는 라이벌인 펍의 커뮤니커프에서 띵 소리가 나지 않아 흐뭇했다.

다른 멘터들이 인터뷰를 마칠 때까지는 자기를 부르지 않을 거란 사실을 알고 있는 코리올라누스는 인터뷰에 관심 있는 척하면서도 다른 멘터들의 말에는 거의 귀를 기울이지 않았다. 스트라보 플린스에게 돈을 얻어 보자는 생각만 했다. 물론 그를 협박하지는 않을 것이다. 다만 돈으로 감사 선물을 할 기회를 그에게 주자는 것이다. 세자누스의 몸상태를 확인해 본다며 플린스 가족의 집에 들른다면 어떨까? 세자누스는 다리를 심하게 베었다. 그래, 그냥 한번 들른 다음에 어떻게 되는지 두고 보면 어떨까?

시르크가 드론을 가지고 무엇을 할지에 대해 이오가 "음, 만약 빛을 내는 다이오드가 망가지지 않았다면 일종의 손전등을 만들 수 있겠죠. 그러면 밤에 아주 유리해질 거예요"라고 말하는데, 럭키가 말을 끊고 바리케이드에서 리퍼가 나왔다고 시청자들에게 알렸다.

드론 대여섯 대가 날라다 준 물, 빵, 치즈를 받은 라미나는 식량을 가로대 위에 단정하게 늘어놓았다. 그녀는 리퍼가 나타난 것을 거의 알아차리지 못했고 리퍼는 그녀에게 다가갔다. 목적이 있었다. 그는 태양을, 그리고 그녀의 얼굴을 가렸다. 코리올라누스는 오랫동안 야외에 있었던 그녀의 피부가 어떤 상태인지 처음으로 알아차렸다. 햇볕에 심하게 탔고 그래서 코의 피부가 벗겨지고 있었다. 가까이서 살펴보니 맨발인 발등도 빠르겠다. 리퍼는 그녀의 음식을 가리켰다. 그가 무엇을 제안했는지 모르지만 라미나는 발을 문지르며 생각해 보는 것 같았다. 그들은 잠깐 말을 주고받더니 합의한 듯 둘 다 고개를 끄덕였다. 리퍼는 경기장을 가로질러 뛰어가 판엠 국기 게양봉으로 기어 올라가서 긴 칼을 꺼내 두꺼운 천으로 만든 국기를 찔렀다.

홀에 있는 학생들이 요란하게 이의를 표했다. 신성한 국기를 이렇게 경시하는 행동에 충격을 받은 것이다. 리퍼가 국기를 작은 담요 크기로 자르자 홀의 분위기는 점점 더 뒤숭숭해졌다. 분명히 이건 그냥 넘어갈 일은 아니다. 분명히 리퍼는 어떤 식으로든 벌을 받을 것이다. 하지만 헝거 게임에 들어갔다는 게 궁극적인 벌이라는 걸 생각하면 어떤 형태의 벌을 내려야 할지 아무도 알 수 없었다.

레피두스는 급히 클레멘시아에게 다가가서 그녀의 조공인이 보여 준 행동을 어떻게 생각하는지 물었다. "음, 이건 어리석은 행동 아닌가요? 이제 누가 그의 스폰서가 되려 하겠어요?"

"그건 중요하지 않아. 너는 쟤한테 먹을 걸 준 적이 한 번도 없으니까." 펍이 끼어들었다.

"저 아이가 음식을 받을 만한 일을 하면 줄 거야." 클레멘시아가 말했다. "그나저나 오늘은 네가 준 것 같은데."

펍이 얼굴을 찡그렸다. "내가?"

클레멘시아가 스크린으로 고갯짓을 했다. 리퍼가 기둥 쪽으로 다시 뛰어오고 있었다. 리퍼와 라미나 사이의 협상이 조금 더 이어졌다. 그리고 하나 둘 셋을 센 듯했고 리퍼는 국기를 뭉쳐서 위로 던졌다. 라미나는 빵 한 조각을 떨어뜨렸다. 하지만 국기는 라미나가 잡을 수 있는 높이까지 올라가지 못했다. 협상이 또 벌어졌다. 리퍼가 몇 번의 시도 끝에 마침내 국기를 올려 보내자 라미나는 그 대가로 치즈 한 덩이를 주었다.

공식적인 동맹은 아니었지만 이번 교환으로 두 사람 사이에 유대가 조금 생긴 듯했다. 라미나가 국기를 펴서 머리 위에 두르는 동안 리퍼는 기둥에 기대앉아 빵과 치즈를 먹었다. 더 이상의 대화는 없었지만 두 사람 사이에는 비교적 차분함이 감돌았고 경기장 반대편에서 조공인 무리가 나타나자 라미나가 리퍼에게 그 사실을 알려주었다. 리퍼는 고맙다고 고개를 끄덕이고는 바리케이드 뒤로 사라졌다.

코럴, 미젠, 태너는 관중석에 앉아 먹는 시늉을 해 보였다. 페스투스, 페르세포네, 도미티아는 그들이 시키는 대로 했고 세 명의 조공인은 드론이 가져다 준 빵과 치즈, 사과를 먹었다.

스튜디오에서 럭키는 자신이 키우는 앵무새 쥬빌리가 하이바텀 총장에게 "안녕, 미남!"이라고 말하게 하려고 몇 분 동안 애쓰고 있었다. 총장이 두 손을 깍지 끼고 기다리는 동안 피부병에 걸려 기분이 나쁜 앵무새는 말없이 럭키의 손목에 앉아 있었다. "말해 봐, 어서! '안녕, 미남! 안녕, 미남!'"

"그러고 싶어 하지 않는 것 같네요, 럭키." 마침내 하이바텀 총장이 말했다. "내가 전혀 잘생기지 않았다고 생각할 수도 있고요."

"뭐라고요? 하! 아니죠. 낯선 사람들 앞에서 부끄럼을 타는 것뿐이에요." 그는 앵무새를 내밀었다. "들어 보시겠어요?"

총장은 몸을 뒤로 뺐다. "아뇨."

럭키는 쥬빌리를 다시 자기 가슴 앞으로 가져와 손끝으로 깃털을 쓰다듬었다. "그래서 하이바텀 총장님, 이 모든 걸 어떻게 보시나요?"

"모든… 뭘요?" 하이바텀 총장이 물었다.

"모든 것, 다요. 헝거 게임에서 일어나는 다양한 모든 일 말입니다." 럭키는 한 손을 들고 흔들었다. "전부 다요!"

"음, 제 눈에는 헝거 게임에서 새로운 상호작용이 일어나고 있는 것 같네요." 하이바텀 총장이 말했다.

럭키는 고개를 끄덕였다. "상호작용. 계속 말씀하시죠."

"처음부터 그랬습니다. 사실 시작 전부터 있었죠. 경기장에서 폭발이 일어나면서 참가자들이 사망했을 뿐 아니라 지형이 달라졌습니다."

"지형이 달라졌다." 럭키가 그의 말을 되풀이했다.

"네, 지금은 바리케이드가 있죠. 기둥도 있고요. 터널에 들어갈 수 있게 됐어요. 이건 새로운 경기장이고 조공인들을 새로운 방식으로 행동하게 만들었어요." 총장이 설명했다.

"그리고 드론도 있죠!" 럭키가 말했다.

"정확한 말씀입니다. 이제 시청자들은 헝거 게임의 적극적 참가자가 됐어요." 하이바텀 총장이 럭키 쪽으로 고개를 기울였다. "그리고 그게 무슨 뜻인지는 아시겠죠?"

"무슨 뜻인가요?" 럭키가 물었다.

총장은 마치 어린아이에게 이야기하듯 천천히 말했다. "우리 모두가 경기장에 함께 들어가 있다는 뜻이에요, 럭키."

럭키는 눈썹을 찌푸렸다. "흠, 그건 잘 이해되지 않네요."

하이바텀 총장은 집게손가락으로 관자놀이를 두드렸다. "잘 생각해 보세요."

"안녕, 미남." 쥬빌리가 실망했다는 듯 말했다.

"오, 이거예요! 제가 말했죠?" 럭키가 외쳤다.

"말했죠." 총장이 인정했다. "그렇지만 예상하지 못했던 일이군요."

점심 식사 전까지는 별다른 일이 일어나지 않았다. 럭키는 각 구역의 일기예보를 전하며 활력을 더하기 위해 쥬빌리를 동원했지만 쥬빌리는 말을 하지 않았고 그 대신 럭키가 큰 소리로 떠들어 댔다. "12번 구역

날씨가 어떨 것 같아, 쥬빌리?" "눈이 온대요, 럭키." "7월인데 눈이 온다고, 쥬빌리?" "코리올라누스 스노우!"

코리올라누스의 반응을 보기 위해 카메라가 그를 비추자 코리올라누스는 엄지손가락 두 개를 치켜올려 보였다. 이게 자기의 인생이라는 걸 믿을 수가 없었다.

점심 식사는 실망스러웠다. 호두버터 샌드위치가 나왔는데 코리올라누스는 아침으로 호두버터를 먹었기 때문이었다. 그는 공짜 음식이라면 뭐든 먹었기 때문에 먹기는 했다. 힘을 유지하는 게 중요하기도 했기 때문이다. 홀 안이 술렁이는 걸 보니 경기장에서 무슨 일이 일어나고 있는 모양이었다. 그는 얼른 자리로 돌아갔다. 루시 그레이가 다시 나타난 걸까?

루시 그레이는 나타나지 않았지만 오전을 게으르게 보낸 세 명의 무리가 움직였다. 그들은 경기장 안을 성큼성큼 걸어 라미나가 있는 가로대 바로 아래까지 갔다. 라미나는 처음에는 알아차리지 못했지만 태너가 칼날로 기둥을 때리자 그들을 쳐다보았다. 라미나는 똑바로 앉아 그들을 살피다가 도끼와 칼을 꺼내 국기로 닦았다. 분위기가 달라졌음을 눈치챈 게 분명했다.

무리는 잠깐 모였고 4번 구역 조공인들이 마지못해 삼지창을 태너에게 넘겨준 뒤 그들은 흩어졌다. 코럴과 미젠은 가로대를 받치고 있는 두 금속 기둥으로 갔다. 태너는 삼지창 두 개를 들고 라미나 바로 아래에 섰다. 코럴과 미젠은 칼을 입에 물고 서로를 보며 고개를 끄덕인 다음 기둥을 올라가기 시작했다.

페스투스가 앉은 자세를 바꾸었다. "간다."

"못 올라갈걸." 흥분한 폽이 말했다.

"쟤들은 배에서 일하도록 훈련받았어. 밧줄을 타고 올라가는 것도 그중 하나지." 페르세포네가 지적했다.

"배에서 밧줄을 쓰니까." 페스투스가 말했다.

"응, 그건 알아. 어쨌거나 우리 아버지가 사령관이니까." 펍이 말했다. "하지만 밧줄을 타고 오르는 건 달라. 저 기둥은 나무에 더 가까워."

하지만 펍은 모두를 신경질 나게 만들어 왔던 터라 탈락한 멘터들도 다들 한마디씩 거들고 싶어 했다.

"돛대는?" 빕사니아가 물었다.

"깃대는?" 어번이 끼어들었다.

"쟤들은 못 올라갈 거야." 펍이 말했다.

4번 구역 조공인들은 라미나처럼 쉽게 올라가지는 못했지만 천천히 점점 더 높이 올라가며 정말로 전진하고 있었다. 태너가 지시를 내렸다. 미젠이 뒤처지자 태너는 코럴을 향해 잠시 기다리라고 외쳤다.

"저것 봐. 동시에 꼭대기에 올라가려고 타이밍을 맞추고 있어." 이오가 말했다. "누구와 싸울지 라미나가 선택하게 만들려는 거야. 그러면 그때 다른 사람이 가로대에 올라가겠지."

"그러면 라미나는 둘 중 하나를 죽이고 기어 내려오겠지." 펍이 말했다.

"밑에선 태너가 기다리고 있어." 코리올라누스가 일깨워 주었다.

"흠, 나도 그건 알아!" 펍이 말했다. "내가 뭘 어떻게 하길 바라는데? 쟤들이 광견병에 걸려서 물만 보내면 쉽게 해결되는 것도 아니잖아!"

"넌 그 생각도 못 했을걸." 페스투스가 말했다.

"당연히 생각했겠지." 펍이 쏘아붙였다. "닥쳐! 너희들 모두!"

홀이 잠잠해졌다. 가장 큰 이유는 코럴과 미젠이 꼭대기에 가까워졌기 때문이었다. 라미나는 누구를 상대할지 정하느라 고개를 이쪽저쪽으로 돌렸다. 그러다 코럴 쪽으로 갔다.

"안 돼, 여자애 말고 남자애한테 가야지!" 펍이 벌떡 일어나며 외쳤다. "이제 가로대 위에서 남자애랑 싸워야 되잖아."

"나라도 저렇게 하겠어. 나 같으면 저 여자애랑 저 위에서 싸우고 싶진 않을 거야." 도미티아가 말했고 다른 멘터 몇 명도 같은 생각이라고 중얼거렸다.

"그래?" 핍은 다시 생각해 보았다. "네 말이 맞을 수도 있겠다."

라미나는 가로대 끝으로 가서 주저하지 않고 코럴을 향해 도끼를 내려쳤다. 도끼는 코럴의 머리 옆을 스치며 머리카락 한 다발만 자르고 말았다. 코럴은 1미터 정도 후퇴했지만 라미나는 마치 의지를 보여 주겠다는 듯 도끼를 몇 번 더 휘둘렀다. 예상대로 이 덕분에 미젠은 가로대 위로 올라올 시간을 벌었지만 태너가 던진 삼지창은 기둥의 3분의 2 정도 높이까지 올라갔다가 떨어졌다. 라미나는 코럴에게 마지막으로 한 번 더 도끼를 휘두른 다음 얼른 미젠 쪽으로 갔다. 미젠이 가로대 위에서 균형을 잡는 솜씨는 라미나에 비하면 형편없었고 라미나가 달려오자 머뭇거리며 몇 걸음 물러서는 게 고작이었다. 태너는 다시 삼지창을 던져 올렸다. 아까보다는 나았지만 삼지창은 가로대 아래에 맞고 흙바닥에 떨어졌다. 쭈그리고 앉아 삼지창을 받는 데 정신이 팔린 미젠은 라미나가 달려들 때에야 몸을 폈다. 도끼의 평평한 부분이 그의 무릎 바깥 부분을 때렸다. 이 타격 때문에 두 사람 모두 균형을 잃었다. 하지만 라미나가 다리를 벌리고 가로대에 앉은 반면, 미젠은 넘어지며 칼을 떨어뜨렸고 겨우 한쪽 팔로만 매달렸다.

경기장의 빈약한 음향 시스템에도 꼭대기에 올라온 코럴의 함성이 잡혔다. 태너가 그녀 쪽으로 달려가 잡을 수 있는 높이까지 삼지창을 던져 올리는 데 성공했다. 코럴이 공중에서 삼지창을 수월하게 낚아채자 홀에 있는 관중들 사이에선 감탄하는 소리가 나왔다. 라미나는 미젠을 흘끗 보았지만 무력해진 상태라 즉각적인 위협은 없었다. 균형 감각은 라미나가 더 좋았지만 코럴의 무기가 사정거리는 더 길었다. 라미나가 코럴의 가벼운 공격 몇 번을 도끼로 막아 내자 코럴은 눈속임으로 삼지창을 흔든 다음 라미나의 배에 꽂았다. 코럴은 삼지창을 놓고 물러서며 예비용으로 칼을 들었지만 그럴 필요도 없었다. 라미나는 가로대에서 떨어졌고 그 충격으로 죽었다.

"안 돼!" 펍의 외침이 헤븐스비 홀에 울렸다. 그는 한참이나 꼼짝 않고 서 있다가 의자를 들고 레피두스가 내민 마이크를 무시하고 멘터 구역에서 나갔다. 그는 리비아 자리 옆에 의자를 쾅 놓고 홀에서 나가 버렸다. 코리올라누스는 그가 울음을 참고 있는 거라고 생각했다.

코럴은 미젠에게 다가가서 당혹스러울 정도로 오래 서 있었다. 코리올라누스는 코럴이 미젠의 팔을 걷어차서 라미나처럼 떨어뜨리려고 하는 건가 생각했다. 그러나 그녀는 가로대에 앉아 다리를 꼬아 몸을 지탱하고는 미젠이 안전하게 올라오도록 도왔다. 그는 도끼에 맞아 무릎을 다쳤지만 상처가 얼마나 심한지는 알 수 없었다. 그는 반쯤은 미끄러지듯 하며 기둥을 타고 내려왔다. 코럴이 곧바로 따라 내려와 태너가 바닥에 내버려 둔 쓰지 않은 삼지창을 집었다. 미젠은 기둥에 기대 무릎을 움직여 보았다.

태너는 라미나의 시체 옆에서 춤추는 듯한 동작을 하고 나서 그들에게 신나게 달려왔다. 미젠은 씩 웃으며 승리의 하이파이브를 하려고 손을 들었다. 태너가 손을 맞대는 순간 코럴이 태너의 등에 삼지창을 꽂았다. 태너는 미젠에게 쓰러졌고 기둥에 기대 있던 그는 태너를 밀쳐 버렸다. 태너는 빙글 돌면서 마치 삼지창을 뽑으려는 듯 한 손으로 등을 치며 헛된 시도를 했다. 하지만 미늘이 있는 세 개의 창살은 이미 깊이 박혀 있었다. 그는 무릎을 꿇었다. 표정에서는 충격보다 고통이 더 강하게 느껴졌다. 그는 곧 앞으로 쓰러지며 흙바닥에 얼굴을 박았고 미젠이 칼로 목을 그어 숨을 끊었다. 미젠은 다시 기둥으로 돌아가 기대 앉았고 코럴은 라미나가 가지고 있던 국기 천을 길게 찢어 그의 무릎에 감아 주었다.

스튜디오에 있는 럭키는 충격을 받았다는 듯 우스꽝스러운 표정을 지었다. "제가 본 걸 여러분도 방금 보셨나요?"

도미티아는 실망하며 입을 앙다문 채 자기 물건들을 챙겼다. 하지만 레피두스가 마이크를 내밀자 차분하고 사심 없는 목소리로 대답했다. "놀랐습니다. 난 태너가 우승할 수도 있다고 생각했어요. 동맹들이 배신하지 않았다면 우승했을지도 모르죠. 그게 교훈일 것 같네요. 누굴 믿을지 조심해서 골라라."

"경기장 안에서나 밖에서나 말이죠." 레피두스는 현명한 척 고개를 끄덕였다.

"어디에서든요." 도미티아도 동의했다. "태너는 아주 온화한 사람이었어요. 4번 구역은 그걸 악용했죠." 그녀는 슬픈 표정으로 페스투스와 페르세포네를 보았다. 이 상황 때문에 그들이 나쁘게 보일 거라는 의미였다. 레피두스는 혀를 끌끌 차며 맞장구쳤다. "내가 헝거 게임 멘터를 하면서 배운 많은 것 중 하나예요. 여기서의 경험을 늘 소중하게 생각할 거예요. 남아 있는 모든 멘터에게 행운을 빕니다."

"좋은 말씀이네요, 도미티아. 동료 멘터들에게 좋은 패배자가 되는 방법을 지금 보여 주신 것 같군요." 레피두스가 말했다. "럭키?"

화면이 바뀌자 럭키가 샹들리에에 앉은 쥬빌리를 크래커로 꾀어 내려오게 하려는 모습이 보였다. "네? 다른 사람과는 이야기 안 할 건가요? 그 친구 이름이 뭐죠? 사령관의 아들?"

"언급을 거부했습니다."

"음, 쇼로 돌아가죠!" 럭키가 외쳤다.

하지만 한동안 더 이상의 쇼는 없었다. 코럴은 미젠의 무릎을 싸매주고는 자기가 죽인 아이들의 몸에서 삼지창을 뽑아 챙겼다. 둘은 경기장을 가로질러 그들이 좋아하는 터널로 서두르는 기색 없이 걸어갔다. 미젠은 절뚝거렸다.

사티리아가 와서 멘터들에게 의자를 네 개씩 두 줄로 반듯하게 배치하도록 했다. 이오, 어번, 클레멘시아, 빕사니아가 앞줄, 코리올라누스, 페스투스, 페르세포네, 힐라리우스가 뒷줄. 의자 차지하기 놀이는 계속되었다.

쥬빌리가 샹들리에에서 내려오지 않으려 하는 걸 보니 그동안 럭키의 노리개 노릇이 너무나 치욕적이었던 듯했다. 럭키는 헤븐스비 홀과 경기장 앞에 나와 있는 리포터들의 등장 분량을 크게 늘렸다. 경기장 앞에서는 사람들이 모여 조공인을 응원하는 섹션을 만들어 놓았다. 루시 그레이 응원단에는 남녀노소가 다양하게 섞여 있었고 심지어 무성인도 몇 명 있었다. 하지만 응원 문구를 적은 판을 들고 있도록 데려온 터라 응원단이라고는 할 수 없었다.

코리올라누스는 루시 그레이를 사랑하는 사람이 얼마나 많은지 그녀도 볼 수 있으면 좋겠다고 생각했다. 그가 그녀를 얼마나 열심히 알렸는지 알길 바랐다. 그는 헝거 게임에서 특별한 일이 일어나지 않으면 레피두스를 불러 더욱 적극적으로 루시 그레이를 입에 침이 마르도록 칭찬했다. 그 결과 스폰서들의 선물은 기록적으로 늘어났고 그는 일주일 동안 루시 그레이를 먹여 살릴 수 있겠다고 확신했다. 이젠 지켜보며 기다리는 것 외에는 할 일이 없었다.

트리치가 나타났다. 그는 라미나의 도끼를 챙기고 빕사니아가 보낸 음식을 받을 수 있을 정도로 오랜 시간 동안 경기장에 머물렀다. 테슬리가 추락한 드론을 한 대 더 주었고 어번이 보낸 음식을 받았다. 그 뒤로 한동안 별일이 없다가 늦은 오후에 리퍼가 바리케이드에서 천천히 걸어 나와 졸린 눈을 비볐다. 자기 앞에 펼쳐진 광경을 잘 이해하지 못하는 것 같았다. 창에 찔린 태너의 시체, 특히 라미나의 시체를 보고 당혹스러워 했다. 리퍼는 잠시 그들 주위를 걷더니 라미나를 들어 보빈과 마르쿠스가 누워 있는 곳에 나란히 눕혔다. 그러고는 한동안 기둥 주위를 맴돌다가 태너를 라미나 옆에 끌어다 놓았다. 그 뒤로 한 시간 동안 딜, 이어서 솔의 시체도 그의 임시 영안실에 가져다 두었다.

제섭만 남겨 두었다. 광견병이 옮을까 봐 두려웠을 것이다. 시체를 반듯하게 늘어놓은 리퍼는 모여든 파리 떼에 손을 휘둘렀다. 그러고는 잠시 멈춰 서서 뭔가 생각하더니 국기를 또 잘라 와서 시체 위에 덮었다. 홀에서는 또 한 번 분노가 일었다. 그는 라미나에게 주었던 국기 조각을 펴서 망토처럼 어깨에 둘렀다. 망토 때문에 뭔가 떠올랐는지 천천히 빙글빙글 돌면서 휘날리는 망토를 어깨 너머로 보았다. 그러고는 팔을 벌리고 달렸다. 국기는 햇빛 속에서 펄럭였다. 그날 있었던 일에 지친 그는 결국 관중석으로 기어올라가 기다렸다.

"제발 쟤한테 먹을 것 좀 보내, 클레멘시아!" 페스투스가 말했다.

"남의 일에 참견하지 마." 클레멘시아가 말했다.

"넌 무정해." 페스투스가 말했다.

"난 훌륭한 관리자야. 헝거 게임이 길어질 수도 있잖아." 그녀는 코리올라누스에게 기분 나쁜 미소를 지어 보였다. "내가 쟤를 저버린 것도 아닌데, 뭐."

코리올라누스는 시타델에 진료받으러 갈 때 클레멘시아에게 같이 가자고 해 볼까 생각했다. 동행이 있으면 좋고 클레멘시아는 뱀을 다시 만날 수 있으니까.

5시가 되자 학생들은 귀가했다. 남은 멘터 여덟 명은 모여서 비프스

튜와 케이크를 먹었다. 코리올라누스는 도미티아가 그립다고는 할 수 없었고 펍은 절대 그립지 않았지만, 그들이 클레멘시아, 빕사니아, 어번 같은 아이들과 거리를 둘 수 있게 해 주었던 건 그리웠다. 심지어 힐라리우스도 헤븐스비 가문 사람이라는 것이 얼마나 슬픈지 떠벌려서 부담스러워졌다. 8시쯤 사티리아가 그들에게 귀가해도 좋다고 했고 그는 홀을 재빨리 빠져나가며 팔을 진찰받기에 너무 늦은 시간이 아니길 빌었다.

시타델 경비병들은 그를 알아보았다. 책가방을 열어 확인하고는 가방을 가지고 혼자서 지하 실험실로 가도 좋다고 했다. 코리올라누스는 잠깐 헤매다 목적지를 찾았고 의사가 나타날 때까지 30분 동안 치료소에 앉아서 기다렸다. 의사는 그의 바이털사인을 측정하고 꿰맨 곳을 확인했다. 상처의 상태는 괜찮았다. 진료를 마친 의사는 코리올라누스에게 기다리라고 말했다.

실험실 안은 평소와 달리 에너지가 넘쳤다. 빠른 발소리, 언성 높은 대화, 안달하는 목소리. 코리올라누스는 주의를 기울였지만 이렇게 분주한 이유를 파악할 수는 없었다. '경기장'과 '헝거 게임'이라는 말이 한 번 이상 들렸는데 무슨 관계가 있는지 궁금했다. 마침내 골 박사가 나타나 꿰맨 상처를 건성으로 확인했다.

"며칠은 더 걸려." 골 박사가 알려 주었다. "말해 봐, 스노우 군, 가이우스 브린을 알았니?"

"제가 알았냐고요?" 코리올라누스는 골 박사가 과거형으로 물었다는 걸 즉시 알아차렸다.

"알아요. 학교 친구니까요. 경기장에서 다리 하나를 잃었다는 것도 알고 있어요."

"죽었어. 폭발 합병증으로." 골 박사가 말했다.

"아, 안 돼." 코리올라누스는 받아들일 수가 없었다. 가이우스가 죽었다고? 가이우스 브린이? 얼마 전에 신발끈을 묶으려면 반군 몇 명이 필요한지 아느냐고 가이우스가 던졌던 농담이 떠올랐다. "전 문병도 안 갔어요. 장례식은 언제인가요?"

"정하는 중이야. 우리가 공식적으로 발표하기 전까지는 너만 알고 있어야 한다." 골 박사가 경고했다. "내가 지금 너에게 말하는 이유는 너희들 중 최소한 한 명은 레피두스에게 뭔가 똑똑한 말을 할 수 있게 하기 위해서야. 네가 해낼 수 있을 거라 믿는다."

"네, 물론이죠. 이상하겠네요, 헝거 게임 중에 발표한다니. 마치 반군들의 승리처럼요." 코리올라누스가 말했다.

"바로 그거야. 하지만 보복이 있을 거라고 확신해도 좋아. 사실 네 여자아이가 내게 아이디어를 줬어. 걔가 우승하면 의견을 나눠 봐야겠어. 그리고 네가 제출해야 할 글이 한 편 있다는 거 아직 기억하고 있어." 골 박사는 그 말을 남기고 커튼을 쳤다.

코리올라누스는 셔츠 단추를 채우고 책가방을 들었다. 또 무엇에 대해 글을 쓰라는 거지? 혼돈chaos에 대해? 통제control에 대해? 계약contract에 대해? 분명히 C로 시작하는 단어였던 것 같았다. 엘리베이터 앞에 가 보니 실험실 조수들이 카트 하나를 엘리베이터에 넣으려고 애쓰고 있었다. 카트 위에는 클레멘시아를 공격했던 뱀들이 가득 든 탱크가 놓여 있었다.

"그 여자가 냉장고를 가져오라고 했던가?" 조수 한 명이 물었다.

"내가 기억하기론 아니야." 다른 조수가 말했다. "먹이는 줬다고 생각했거든. 확인해 보는 게 좋겠어. 우리가 잘못하면 그 여자가 분통을 터뜨릴 테니까." 조수 중에 한 명이 코리올라누스를 보았다. "미안, 다시 나가야 돼서."

"괜찮아요." 코리올라누스는 그들이 탱크를 뒤로 뺄 수 있도록 옆으로 비켜섰다. 엘리베이터 문이 닫히더니 올라가는 소리가 들렸다.

"미안해, 금방 다시 올 거야." 다른 조수가 말했다.

"괜찮아요." 코리올라누스가 말했다. 코리올라누스는 큰 문제가 있는 게 아닌가 하는 의심이 들었다. 분주한 실험실, 헝거 게임이라는 말, 골 박사가 언급했던 보복에 대해 생각해 보았다. "뱀을 어디로 가져가세요?" 코리올라누스는 최대한 순진하게 물었다.

"아, 그냥 다른 실험실로." 조수 중 한 명이 대답했지만 그들은 서로 시선을 주고받았다.

"가자, 냉장고는 두 명이 날라야 돼." 두 사람은 실험실 안으로 들어갔고 코리올라누스는 탱크 앞에 혼자 남았다. "사실 네 여자아이가 내게 아이디어를 줬어." 그의 여자아이. 루시 그레이. 시장의 딸 등에 뱀을 넣으며 헝거 게임에 들어왔던 사람. "걔가 우승하면 의견을 나눠 봐야겠어." 무엇에 대한 의견일까? 뱀을 무기로 사용하는 법? 그는 물결치듯 오르내리는 파충류들을 보며 그 뱀들을 경기장에 풀어놓는 걸 상상했다. 뱀들은 어떻게 행동할까? 숨을까? 사냥할까? 공격할까? 그는 뱀들이 어떻게 행동할지는 몰랐지만 알았다 해도 이 뱀들은 골 박사가 유전적으로 설계한 뱀들이니 일반적인 뱀들처럼 행동할 것 같지는 않았다.

멘터와 조공인의 마지막 만남에서 우승할 수 있다는 그의 약속에 손을 꼭 쥐던 루시 그레이의 모습이 떠올라 그는 날카로운 고통을 느꼈다. 하지만 그가 삼지창과 칼로부터 그녀를 보호해 줄 수 없듯, 이 탱크 속의 생물들로부터 그녀를 보호해 줄 수도 없었다. 최소한 그녀는 뱀을 피해 숨을 수는 있다. 확신할 수는 없지만 뱀들이 곧장 터널로 들어갈 거란 생각이 들었다. 어둠이 뱀들의 후각을 떨어뜨리지는 않을 것이다. 뱀들은 클레멘시아의 체취를 알아보지 못했듯 루시 그레이의 체취도 알아보지 못할 것이다. 루시 그레이는 비명을 지르며 쓰러질 테고 입술은 보라색이 되었다가 핏기가 가실 테고 주름진 드레스에는 형광 분홍색, 파란색, 노란색 고름이 배어 나올 것이다. 그거였다! 뱀들을 처음 보았을 때 코리올라누스가 떠올렸던 것. 그녀의 드레스 색깔과 비슷했다. 마치 뱀이 원래 그녀의 운명이었던 것처럼….

어쩌다 그렇게 된 건지는 몰라도 코리올라누스는 럭키가 마술을 할 때 쓰는 소품처럼 깔끔하게 뭉쳐진 손수건을 쥐고 있음을 깨달았다. 그는 보안 카메라에 등을 돌리고 뱀 탱크로 다가가 몸을 굽히고는 뱀이 신기해서 그러는 것처럼 두 손을 뚜껑에 얹었다. 그는 그 자세로 서서 손수건이 뚜껑의 문을 통해 떨어져 무지갯빛 몸뚱이들 사이로 사라지는 걸 지켜보았다.

19

내가 뭘 한 거지? 내가 대체 무슨 짓을 한 거지? 코리올라누스는 무턱대고 이 거리 저 거리를 걸었다. 심장이 마구 뛰었다. 그는 자신의 행동을 이해해 보려 했다. 또렷하게 판단할 수는 없었지만 넘어서는 안 될 선을 넘었다는 무서운 느낌이 들었다.

대로에 시선이 가득한 것 같았다. 행인이나 지나가는 차는 별로 없었지만 그들이 모두 코리올라누스를 노려보는 것 같았다. 코리올라누스는 공원으로 도망쳐 덤불로 둘러싸인 그늘진 의자에 몸을 숨겼다. 억지로 호흡을 조절하며 귀에서 느껴지는 맥박이 사라질 때까지 들숨 네 번과 날숨 네 번을 쉬었다. 그리고 이성적으로 생각하려고 노력했다.

그래, 그는 책가방 바깥 주머니에 있던 루시 그레이의 체취가 밴 손수건을 뱀 탱크에 넣었다. 뱀들이 클레멘시아를 물었던 것처럼 루시 그레이를 물지 못하게 하기 위해서였다. 뱀들이 그녀를 죽이지 못하도록. 그녀를 아끼기 때문이었다. 그녀를 아끼기 때문에? 아니면 그가 플린스 상을 받을 수 있도록 그녀가 헝거 게임에서 우승하기를 바라서? 만약 후자였다면 그는 이기기 위해 속임수를 쓴 것에 불과하다.

'잠깐, 넌 그 뱀들이 경기장에 들어갈지 아닐지 몰랐잖아.' 코리올라누스는 생각했다. 조수들도 그렇지 않다고 말했다. 이런 일은 예전에도 일어났던 적이 없다. 어쩌면 자신이 그저 잠시 광기에 사로잡혔던 건지도 모른다. 그리고 뱀들을 경기장에 풀어놓는다 해도 루시 그레이가 뱀들을 마주치지 않을 수도 있다. 경기장은 아주 넓었고 뱀들이 닥치는 대로 사람들을 공격하고 다닐 것 같지는 않았다. 뱀은 사람이 밟아야 공격한다. 그리고 설령 루시 그레이가 뱀을 만났는데 뱀이 물지 않았다 해도 그게 코리올라누스 때문이라는 걸 누가 밝힐 수 있나. 철저한 보안이 걸린 지식과 정보를 아주 많이 알아야 하는데 그는 그런 사람은 없을 것이라고 짐작했다. 그리고 그녀의 체취가 남은 손수건. 그가 그런 물건을 가지고 있을 이유가 없다. 괜찮다. 그는 괜찮을 것이다.

하지만 그 선. 누군가 그의 행동을 분석하고 상황을 파악할지 말지와는 상관없이 그는 자신이 선을 넘었다는 걸 알았다. 사실 한동안 그 선 위에 위태롭게 서 있었다는 걸 알고 있었다. 식당에서 세자누스의 음식을 가져다 루시 그레이에게 주었을 때처럼 말이다. 그건 그녀를 살려두고 싶다는 그의 욕망과 게임운영자들이 조공인들을 등한시하는 것에 대한 분노 때문에 저질렀던 사소한 위반이었다. 최소한의 처우는 해 줘야 하지 않느냐는 주장으로 맞설 수 있는 일이었다. 하지만 그 일 한 번이 아니었다. 세자누스가 남긴 음식에서 시작해서 아무도 없는 공원 의자에 앉아 어둠 속에서 떨고 있는 지금에 이르게 한, 지난 몇 주 동안 멈출 새도 없이 진행된 파멸의 길을 그는 이제 전부 깨달을 수 있었다. 추락을 멈출 수 없다면 이 아래에서 그를 기다리고 있는 건 뭘까? 그는 또 어떤 일까지 할 수 있을까? 음, 이제 끝이다. 이제 끝났다. 그에게 명예가 없다면 그가 가진 것은 아무것도 없었다. 속임수는 이제 그만. 수상쩍은 전략은 이제 그만. 합리화는 이제 그만. 이제부터는 정직하게 살 것이고 결국 거지가 된다면 최소한 잘못을 저지르지 않는 거지가 될 것이다.

걷다 보니 집에서 꽤 멀어져 있었다. 하지만 플린스 가족의 집이 몇 분 거리에 있었다. 들르지 않을 이유가 없었다.

하녀 옷을 입은 무성인이 문을 열고 책가방을 받아 줄지 손짓으로 물었다. 코리올라누스는 사양하고 세자누스를 만날 수 있는지 물었다. 그녀는 그를 응접실로 안내하고 앉으라고 손짓했다. 그는 기다리는 동안 방 안을 둘러보았다. 좋은 가구, 두툼한 카펫, 자수를 수놓은 태피스트리, 청동으로 만든 누군가의 흉상. 그는 좋은 물건을 알아볼 줄 알았다. 아파트 외면은 별로 인상적이지 않았지만 인테리어에는 돈을 아끼지 않았다. 플린스 가족은 그저 지위를 굳히기 위해 코르소 대로의 주소가 필요했을 뿐이었다.

플린스 부인이 서둘러 응접실에 들어왔다. 그녀는 밀가루를 잔뜩 묻힌 채 연신 사과를 했다. 세자누스는 일찍 잠자리에 든 듯했고 부인은 주방에 있었던 것 같았다. 그녀는 주방으로 잠깐 내려와서 차를 한 잔 마실지, 아니면 스노우 가족처럼 응접실에서 차를 마실지 물었다. 코리올라누스는 "아뇨, 아뇨. 주방도 괜찮습니다"라고 말하며 부인을 안심시켰다. 플린스 가족 말고 주방에서 손님을 대접하는 사람들이 있을까?

하지만 비판을 하러 온 게 아니었다. 감사를 받으러 왔고 빵 같은 것을 먹을 수 있다면 더욱 좋았다.

"파이 좀 들겠니? 블랙베리 파이가 있어. 좀 기다릴 수 있다면 복숭아 파이도 만들 수 있어." 그녀는 오븐에 넣으려고 준비해 둔 새로 만든 파이 반죽 쪽으로 고갯짓을 했다. "아니면 혹시 케이크? 오늘 오후에 커스터드를 만들었어. 무성인들은 그걸 제일 좋아해. 알다시피 삼키기 쉬우니까. 커피, 차, 우유 중에 뭘 마실래?" 플린스 부인이 불안해하자 미간의 주름이 깊어졌다. 마치 자신이 줄 수 있는 그 무엇도 충분하지 못하다고 생각하는 것 같았다.

저녁을 먹긴 했지만 시타델에서 일을 저지르고 한참을 걸은 탓에 그는 기진맥진한 상태였다. "아, 우유 주세요. 그리고 블랙베리 파이 정말 맛있겠는데요. 부인만큼 요리를 잘하는 사람은 아무도 없어요."

플린스 부인은 큰 잔에 우유를 가득 채웠다. 그리고 파이의 4분의 1을 잘라 접시에 얹었다. "아이스크림 좋아하니?" 그녀가 물었다. 그러고는 바닐라 아이스크림을 몇 스쿠프 떠서 파이 위에 얹었다. 그녀는 놀라울 정도로 소박한 나무 테이블 앞에 의자를 놓아 주었다. 테이블 위에는 캔버스 천에 산의 풍경을 수놓고 '집'이라는 단어 하나를 새긴 작품이 놓여 있었다. "우리 언니가 보내 준 거야. 지금 내가 연락하고 지내는 사람은 언니뿐이란다. 나와 연락하는 사람이 언니뿐일 수도 있겠네. 이 집이랑은 어울리지 않지만 여기가 내 공간이야. 자, 앉아서 먹으렴."

플린스 부인의 공간에는 서로 다르게 생긴 의자 세 개, 자수 작품, 이런저런 것이 가득 놓인 선반이 있었다. 수탉 모양의 소금통과 후추통, 대리석을 달걀 모양으로 깎은 모형, 여기저기 천으로 기운 인형이 보였다. 코리올라누스는 이게 그녀가 고향에서 가져온 전부가 아닐까 생각했다. 2번 구역에 바치는 그녀의 성지. 낙후된 산악 지대인 2번 구역에 집착하는 게 가련했다. 이곳에 적응할 수 있으리라는 희망이라곤 없는 불쌍하고 초라한 난민. 맛도 느끼지 못할 무성인들에게 커스터드를 만들어 주고 과거를 그리워하며 시간을 보내는 사람. 코리올라누스는 파이 반죽을 오븐에 넣는 그녀를 보며 파이를 한 입 베어 물었다. 그의 미뢰가 기뻐하며 떨리는 듯했다.

"어떠니?" 그녀가 걱정스러워하며 물었다.

"최고예요. 다른 요리들과 마찬가지로요, 플린스 부인." 그가 대답했다. 과장이 아니었다. 플린스 부인은 딱한 사람일지 몰라도 주방에서는 예술가나 다름없었다.

그녀는 조심스럽게 미소 지으며 테이블에 앉았다. "음, 더 먹고 싶다면 우리 집은 언제나 열려 있어. 네가 우리에게 해 준 일에 대해 대체 어떻게 감사하면 좋을지 생각조차 못하겠어, 코리올라누스. 세자누스는 내 삶이야. 걔가 너와 이야기를 나눌 수 없는 게 유감이구나. 진정제를 많이 먹었거든. 그러지 않으면 잠들 수가 없는 것 같아. 너무 화가 났고 어찌해야 할지를 모르고 있어. 음, 세자누스의 기분이 얼마나 엉망인지는 너한테 말해 줄 필요가 없겠지."

"세자누스가 지내기에 캐피톨은 아주 좋은 곳이 아니에요." 코리올라누스가 말했다.

"플린스 가족 모두에게 그래, 사실. 스트라보는 지금은 힘들지 몰라도 세자누스와 세자누스의 아이들에겐 더 좋을 거라고 하지만 난 모르겠어." 그녀는 선반을 올려다보았다. "가족과 친구들. 그게 진짜 삶이야, 코리올라누스. 우린 모두 다 2번 구역에 두고 떠나 왔어. 하지만 너도 그건 알잖아. 나도 알고 있어. 네게 할머니와 다정한 사촌이 있어서 기쁘단다."

코리올라누스는 세자누스가 아카데미를 졸업하면 상황이 나아질 거라고 그녀를 위로했다. 대학교에는 사람들이 더 많고, 캐피톨 전역에서 온 다양한 사람들이 있으니 세자누스가 분명 새로운 친구들을 사귈 거라고 했다.

플린스 부인은 고개를 끄덕였지만 설득된 것 같지는 않았다. 무성인 하녀가 그녀에게 다가와 수화로 무언가를 전했다. "알았어, 파이 다 먹으면 올라갈게." 플린스 부인이 하녀에게 말했다. "너만 괜찮다면 우리 남편이 너를 만나고 싶대. 너에게 감사 인사를 하고 싶은 것 같아."

코리올라누스는 파이의 마지막 조각을 삼키며 플린스 부인에게 안녕히 주무시라고 인사한 뒤, 하녀를 따라 위층 거실로 올라갔다. 두꺼운 카펫이 깔려 있어서 발소리가 나지 않았기 때문에 그들은 열려 있는 서재 문 앞까지 조용히 갈 수 있었고, 덕분에 코리올라누스는 경계를 늦추고 있는 스트라보 플린스의 모습을 볼 수 있었다. 그는 근사한 벽난로 앞에 서 있었다. 키가 큰 그는 벽난로 위 선반에 한쪽 팔꿈치를 얹고 서서 다른 계절이었다면 불이 타오르고 있을 벽난로를 내려다보고 있었다. 벽난로 안은 차갑고 텅 비어 있었다. 코리올라누스는 그가 벽난로 속에서 무엇을 보았길래 저토록 슬픈 표정을 짓고 있을까 생각했다. 그는 한 손으로 담배를 피우며 다른 손으로는 벨벳 재킷의 옷깃을 꼭 잡고 있었다. 값비싼 벨벳 재킷은 플린스 부인의 맞춤 드레스나 세자누스의 양복처럼 너무나 어색했다. 플린스 가족의 옷을 볼 때마다 그들이 캐피톨 사람들이 되려고 지나치게 노력한다는 느낌이 들었다. 의문의 여지없이 그들의 훌륭한 옷은 구역 출신이라는 그들의 실제 모습을 가리기보다는 오히려 상충 작용을 일으켰다. 코리올라누스의 할머니가 밀가루 자루로 만든 옷을 입고 있어도 코르소 대로의 분위기를 풍기는 것과 마찬가지였다.

플린스와 코리올라누스의 눈이 마주쳤다. 코리올라누스는 자기 아버지를 만났을 때처럼 불안하고 어색한 느낌이 뒤섞이는 느낌을 받았다. 마치 뭔가 바보 같은 짓을 하다가 들킨 것 같았다. 그렇지만 이 사람은 스노우 가문이 아닌 플린스 가문 사람이다.

코리올라누스는 최대한 사교적인 미소를 지었다. "안녕하십니까, 플린스 씨. 제가 방해가 된 건 아닌지요?"

"전혀 그렇지 않아. 들어오게. 앉아." 그는 커다란 오크 책상 앞이 아닌 벽난로 앞의 가죽 의자 쪽을 가리켰다. 그렇다면 비즈니스가 아닌 개인적인 이야기를 한다는 뜻이다. "식사는 했나? 물론 내 아내가 추수감사절 칠면조 속을 채우듯 잔뜩 먹이지 않고서 주방에서 내보내지는 않았을 거야. 한 잔 하겠나? 위스키는 어때?"

어른이 그에게 포스카보다 센 술을 권한 적은 없었다. 그는 포스카만 마셔도 금방 취했다. 이 대화에서 그런 위험을 감수할 수는 없었다. "더 들어갈 자리가 없는걸요." 그는 웃으며 배를 두드렸다. 그러고는 의자에 앉았다. "하지만 플린스 씨는 한 잔 하십시오."

"오, 나는 술을 마시지 않아." 스트라보 플린스는 맞은편 의자에 앉아 코리올라누스를 훑어보았다. "네 아버지를 닮았구나."

"그런 말을 많이 들었어요." 코리올라누스가 말했다. "아는 사이셨어요?"

"사업 분야가 겹칠 때가 있었지." 그는 긴 손가락으로 의자의 팔걸이를 두드렸다. "놀랄 정도로 닮았어. 하지만 사실 넌 네 아버지와는 전혀 달라."

코리올라누스는 '그렇겠죠. 난 가난하고 힘이 없으니까요'라고 생각했다. 달라 보이는 게 오늘 밤의 목적을 위해서는 좋을 수도 있겠지만 말이다. 구역들을 증오했던 코리올라누스의 아버지는 스트라보 플린스가 캐피톨에 온 것을, 군수품 업계의 거물이 된 것을 보면 굉장히 싫어했을 것이다. 아버지가 전쟁에 목숨을 바친 이유는 그런 걸 위해서가 아니었다.

"전혀 달라. 그렇지 않다면 너는 절대 내 아들을 따라 경기장에 들어가지 않았을 거야." 플린스 씨가 이야기를 이어갔다. "크라수스 스노우가 나를 위해 목숨을 건다는 건 상상조차 할 수 없어. 난 네가 왜 그랬는지 계속 자문했어."

코리올라누스는 '선택의 여지가 없었거든요'라고 생각했지만 "세자누스는 제 친구예요"라고 말했다.

"그 말은 아무리 많이 들어도 믿기가 힘들어. 하지만 세자누스는 심지어 처음부터 너를 선택했어. 혹시 너는 네 어머니를 닮았니? 내가 전쟁 전에 사업차 여기 왔을 때도 네 어머니는 늘 나를 품위 있게 대해 주셨지. 내 배경에도 불구하고 숙녀란 어떤 사람인지 보여 주셨어. 결코 잊은 적이 없다." 그는 코리올라누스를 뚫어져라 쳐다보았다. "너는 어머니를 닮았니?"

대화는 코리올라누스가 생각했던 방향으로 진전되고 있지 않았다. 보상금 이야기는? 돈을 준다는 말이 나오지 않으면 받겠다고 설득되는 척할 수도 없었다. "어떤 면에서는 그렇다고 생각하고 싶어요."

"어떤 면에서?" 플린스 씨가 물었다.

계속 이어지는 그의 질문은 이상했다. 매일 밤 그가 잠들 때까지 노래를 불러 주던, 그를 아껴 주던 사랑 많은 어머니와 그가 닮은 점이 대체 뭐가 있을까? "음, 음악을 좋아한다는 점이 같아요." 그런가? 어머니는 음악을 좋아했고 그는 싫어하지는 않는 것 같았다.

"흠, 음악이라고?" 플린스 씨는 코리올라누스가 뜬구름을 잡는 듯 하찮은 얘기를 했다는 투였다.

"그리고 우리 둘 다 행운은… 매일매일… 보답해야 할 일이라고 믿었다고 생각해요. 당연한 걸로 여겨서는 안 된다고요." 코리올라누스가 덧붙였다. 자기가 말하면서도 무슨 뜻인지 알 수 없었지만 플린스 씨는 수긍하는 듯했다.

그는 곰곰이 생각했다. "나도 그 말엔 동의한다."

"아, 잘됐네요. 네, 음, 그래서… 세자누스는." 코리올라누스가 플린스 씨를 일깨웠다.

그의 얼굴에 지친 표정이 떠올랐다. "세자누스. 그나저나 고맙다. 그 아이 생명을 구해 줘서."

"고마워하실 필요 없어요. 말했듯이 세자누스는 제 친구예요." 이때다. 돈을 제의하고 거절하고 받으라고 우기고 받아들일 때가 왔다.

"좋아. 음, 이제 집에 가 봐야겠구나. 네 조공인은 아직 게임 중이지?" 플린스 씨가 물었다.

플린스 씨가 이제 돌아가라는 뜻으로 말해서 코리올라누스는 의자에서 일어났다. "아, 네, 맞아요. 세자누스가 어떤지 확인하고 싶었어요. 곧 다시 학교에 나올까요?"

"알 수 없어. 하지만 들러 줘서 고맙다."

"당연히 와야죠. 다들 보고 싶어 한다고 전해 주세요. 그럼, 안녕히 주무세요."

"잘 가라." 플린스 씨는 고개를 끄덕여 보였다. 돈은 주지 않았다. 악수조차 청하지 않았다.

심란해진 코리올라누스는 실망감을 안고 그 집에서 나왔다. 먹을 것이 든 묵직한 가방을 주고 기사에게 집까지 데려다 주라고 한 것은 위로로는 훌륭했지만 결국 이번 방문은 시간 낭비였다. 골 박사에게 제출해야 할 숙제도 있는데 말이다. "네가 상을 받기 위한 지원서에 넣기엔 아주 좋은 자료가 될 수도 있어." 왜 모든 게 이렇게 힘든 싸움이어야만 할까.

세자누스가 어떤지 보러 갔다 왔다는 코리올라누스의 말에 티그리스는 왜 늦었는지 더 이상 캐묻지 않았다. 티그리스는 특별한 재스민 차를 한 잔 만들어 주었다. 노면 전차 토큰에 돈을 쓰는 것과 마찬가지로 사치였지만 이제 무슨 상관일까. 그는 앉아서 숙제를 시작했다. 종이에 C로 시작하는 단어 세 개를 썼다. 혼돈, 통제 그리고 세 번째는 뭐였더라? 맞아, 계약. 인류를 아무도 통제하지 않으면 어떤 일이 일어나나? 그가 다루려던 주제였다. 그는 혼돈이 생긴다고 답했고 골 박사는 거기서부터 시작하라고 했다.

혼돈. 극도의 무질서와 혼란. "경기장 안에 있는 것과 비슷하지"라고 골 박사는 말했다. "정말 훌륭한 기회"라고 했다. "너를 바꾸어 놓을 경험"이라고도 했다. 코리올라누스는 규칙도 법도 행동에 대해 책임질 필요도 없는 경기장 안에 들어갔을 때의 느낌을 떠올려 보았다. 그의 도덕적 나침반의 바늘은 갈 곳을 잃고 마구 흔들렸다. 먹이가 될지 모른다는 공포로 인해 그가 얼마나 빨리 포식자로 변해 거리낌 없이 보빈을 때려죽였던가. 그가 바뀐 것은 사실이지만 그렇다고 자부심을 가질 만한 존재가 된 건 아니었다. 스노우 가문인 그는 대부분의 사람들보다 자제력이 강했다. 그는 세상 전체가 이런 규칙을 따른다면 어떻게 될지 상상해 보려 했다. 아무 책임도 지지 않는다면 어떻게 될까? 자기가 원하는 걸 원할 때 손에 넣고 그러기 위해 필요하다면 살인도 한다면? 생존이 모든 것을 결정하는 세상. 전쟁 중에는 너무 무서워서 아파트 밖으로 나가지 못했던 날들도 있었다. 무법 상태가 캐피톨까지 경기장으로 만들었던 날들이었다.

그렇다. 핵심은 법의 부재였다. 그러니까 사람들은 어떤 법을 따를지 합의해야 했다. 골 박사가 말한 '사회적 계약'이 이걸 의미한 걸까? 서로 훔치고 괴롭히고 죽이지 않겠다고 합의하는 것? 분명 그럴 것이다. 그리고 법은 강제되어야 하고 그에 따라 통제가 개입된다. 계약을 강제할 통제가 없다면 혼돈이 지배한다. 통제하는 권력은 사람들보다 강해야 한다. 그렇지 않으면 사람들이 도전한다. 그걸 해낼 수 있는 유일한 주체는 캐피톨이다.

새벽 2시쯤까지 생각해 낸 게 이 정도였는데 한 페이지도 다 채우지 못했다. 골 박사는 더 긴 글을 원하겠지만 오늘 밤에 할 수 있는 건 여기까지였다. 그는 침대로 기어 들어가서 잠이 들었고 루시 그레이가 무지갯빛 뱀들에게 공격당하는 꿈을 꾸었다. 국가가 들려오는 바람에 그는 놀라서 일어나 몸을 떨었다. 코리올라누스는 "잘 버텨야 해. 헝거 게임은 오래가지 않을 거야"라고 중얼거렸다.

플린스 부인이 준 맛있는 아침 식사가 헝거 게임 네 번째 날을 맞는 그에게 힘을 주었다. 그는 노면 전차 안에서 블랙베리 파이 한 쪽, 소시지 롤 하나, 치즈 타르트 하나로 배를 든든히 채웠다. 헝거 게임과 플린스 가족 덕분에 허리띠가 꽉 끼기 시작했다. 집에 갈 때는 걸어가야겠다고 생각했다.

남은 멘터 여덟 명이 자리할 연단 섹션은 벨벳 밧줄을 둘러 구분되어 있었고 의자 뒤에는 앉을 사람의 이름이 적힌 팻말이 걸려 있었다. 좌석 지정은 새로 도입된 것이지만 아마 지난 며칠 동안 가끔 튀어나왔던 서로를 헐뜯는 말을 줄여 보려는 시도일 것이다. 코리올라누스의 자리는 그대로 뒷줄이었고 양 옆에는 이오와 어번이 앉았다. 페스투스는 가엾게도 빕사니아와 클레멘시아 사이에 앉았다.

럭키는 토끼에게 더 적합할 우리에 간힌 참을성 많은 쥬빌리와 함께 시청자들을 환영했다. 경기장에서는 아무 일도 일어나지 않았다. 조공인들은 늦잠을 자고 있는 듯했다. 누군가가 바리케이드 앞의 시체들 옆으로 제섭의 시체를 끌어다 놓았다는 게 유일하게 달라진 점이었다. 아마 리퍼였을 것이다.

코리올라누스는 불안해하며 가이우스 브린의 사망 소식 발표를 기다렸지만 아무 말도 나오지 않았다. 게임운영자들은 점점 불어나는 경기장 앞 관중을 보여 주었다. 각각의 팬클럽은 조공인과 멘터의 얼굴이 박힌 티셔츠를 만들어 입었다. 코리올라누스는 거대한 스크린에 등장한 자기 얼굴이 자기를 바라보자 기쁨과 함께 부끄러움을 느꼈다.

오전이 절반쯤 지났을 때 처음으로 조공인이 등장했다. 시청자들은 잠시 후에야 그가 누군지 알아보았다.

"워비야!" 힐라리우스가 안도하며 외쳤다. "살아 있었어!"

코리올라누스는 워비가 비쩍 마른 아이라고 기억하고 있었지만 지금은 피골이 상접한 모습이었다. 팔다리는 막대기 같고 볼은 쑥 들어가 있었다. 더러운 줄무늬 드레스를 입은 그녀는 터널 입구로 기어 나와 햇빛에 눈을 찡그리며 빈 물병을 잡았다.

"기다려, 워비! 음식이 갈 거야!" 힐라리우스가 커뮤니커프를 마구 두드리며 말했다. 스폰서가 많을 리는 없지만 희박한 가능성에 돈을 걸려는 사람들은 언제나 있는 법이다.

레피두스가 힐라리우스에게 달려들었고 힐라리우스는 워비의 장점에 대해 길게 이야기했다. 그동안 등장하지 않았던 것을 잠행이라고 부르며 숨어서 경쟁자들이 줄어들기를 기다리자는 게 처음부터 그들의 전략이었다고 주장했다. "그리고 쟤를 봐요! 최종 여덟 명 안에 들었잖아요!" 드론 대여섯 대가 빠른 속도로 경기장을 가로질러 워비에게 날아가자 힐라리우스는 더욱 흥분했다. "이제 먹을 것과 물이 있어요! 워비는 저걸 받고 다시 숨기만 하면 돼요!"

보급품들이 쏟아지자 워비는 두 손을 들었다. 어리둥절한 모습이었다. 바닥을 더듬어 물 한 병을 찾아서 힘겹게 뚜껑을 열었다. 몇 모금 마시더니 벽에 털썩 기대앉아 살짝 트림을 했다. 입가에서 은빛 도는 액체가 한 줄기 가늘게 흘러내렸다. 워비는 움직임을 멈추었다.

시청자들은 이 상황을 이해하지 못한 채 지켜보았다.

"죽었어." 어번이 말했다.

"아냐! 죽은 게 아니야. 그냥 쉬는 거야!" 힐라리우스가 말했다.

하지만 워비가 눈도 깜박이지 않고 밝은 햇살 속을 쳐다보고 있는 시간이 길어질수록 힐라리우스의 말은 점점 더 믿기 어려워졌다. 코리올라누스는 그녀의 침을 살폈다. 투명하지도 피가 섞이지도 않았지만 좀 이상해 보였다. 루시 그레이가 마침내 쥐약을 사용하는 데 성공한 걸까? 병에 물을 한 모금 남겨 놓고 쥐약을 탄 다음 터널 속에 버려두는 건 쉬웠을 것이다. 절박한 워비는 앞뒤 가리지 않고 다 마셨을 것이다. 하지만 아무도, 심지어 힐라리우스마저도 뭔가 이상하다고 생각하지는 않는 듯했다.

"난 잘 모르겠어요." 레피두스가 힐라리우스에게 말했다. "당신 친구 말이 맞을 수도 있겠는데요."

그들은 10분을 기다렸지만 워비가 살아 있다는 징후는 보이지 않았다. 힐라리우스는 포기하고 자기 의자를 집어 들었다. 레피두스는 찬사를 늘어놓았고 힐라리우스는 실망하긴 했지만 상황이 훨씬 더 나빴을 수도 있다고 말했다. "그녀의 상태를 생각했을 때 오랫동안 버틴 거예요. 내가 먹을 것을 줄 수 있도록 더 빨리 나왔다면 좋았겠지만 나를 자랑스러워해도 될 것 같네요. 최종 여덟 명이라는 건 얕볼 수 없는 성적이니까요!"

코리올라누스는 머릿속으로 목록을 확인했다. 3번 구역 조공인 두 명, 4번 두 명, 트리치와 리퍼. 루시 그레이와 우승 사이에는 그들만이 존재한다. 여섯 명의 조공인과 상당한 행운.

경기장에서는 워비의 죽음을 한동안 알아차리지 못했다. 점심시간 무렵이 되어서야 아직도 국기 망토를 두르고 있는 리퍼가 바리케이드에서 나왔다. 그는 조심스럽게 워비에게 다가갔지만 워비는 살아 있을 때도 위협이 되지 못했고 죽은 지금은 당연히 위험하지 않았다. 리퍼는 워비 옆에 쭈그리고 앉아 사과 하나를 집어 들었는데 워비의 얼굴을 자세히 살펴보고는 얼굴을 찌푸렸다.

'쟤는 아는 거야. 쟤는 적어도 이게 자연사가 아니라고 의심하는 거야.' 코리올라누스는 생각했다.

리퍼는 사과를 놓고 워비를 안아 올린 다음 음식과 물은 바닥에 버려둔 채 조공인들의 시체 쪽으로 갔다.

"봤어?" 클레멘시아가 누구에게랄 것도 없이 물었다. "내가 어떤 상황인지 알겠어? 내 조공인은 정신적으로 불안정해."

"네 말이 맞는 것 같다. 예전엔 미안했어." 페스투스가 말했다.

그걸로 끝이었다. 워비의 죽음은 경기장 밖에서는 아무 의심도 사지 않았고 경기장 안에서는 리퍼 혼자만 의심을 품었다. 루시 그레이는 부주의하지 않다. 이미 심각한 상태여서 독살이라는 게 드러나지 않을 테니 어쩌면 허약한 워비를 일부러 고른 걸 수도 있다. 그녀와 소통하고 함께 전략을 다시 짤 수 없다는 게 불만스러웠다. 남아 있는 조공인이 얼마 안 되는 지금도 숨어 있는 게 가장 좋은 전략일까, 아니면 더 공격적으로 행동하는 게 나을까? 물론 그도 몰랐다. 그녀는 지금도 독이 든 음식과 물을 여기저기 놔두고 있을지도 모른다. 그렇다면 음식과 물이 더 필요할 텐데 나타나지 않으면 그걸 보내 줄 수가 없다. 그는 텔레파시를 믿지는 않았지만 그녀에게 전해지길 바라며 생각했다. '내가 돕게

해 줘, 루시 그레이. 최소한 네가 잘 있다는 걸 보게라도 해 줘.' 그리고 덧붙였다. '네가 그리워.'

리퍼가 터널 안으로 다시 들어가고 난 뒤 4번 구역 아이들이 워비의 음식을 훔쳤다. 어디서 왔는지 조금도 아랑곳하지 않는 걸 보고 코리올라누스는 독살 가능성이 들키지 않았구나 안심했다. 그들은 워비가 죽었던 장소에 앉아 게걸스럽게 음식을 전부 먹어 치우곤 자기들이 있던 터널로 유유히 돌아갔다. 미젠은 걸을 때 다리를 절뚝거렸지만 지금 싸움이 벌어진다 해도 남아 있는 조공인 대부분을 이길 것이다. 코리올라누스는 결국 코럴과 미젠만 남아 둘 중 누가 4번 구역으로 왕관을 가져갈지 정하게 되는 건 아닐까 생각했다.

코리올라누스는 평생 한 번도 학교에서 주는 점심 급식을 남겨 본 적이 없지만 종이 그릇에 담긴 리마콩과 국수를 보니 속이 뒤틀렸다. 플린스 부인이 준 아침 식사로 아직 배가 부른 그는 단 한 숟갈도 삼킬 수가 없었다. 야단을 맞지 않으려면 손도 대지 않은 자기 그릇과 페스투스의 텅 빈 그릇을 얼른 바꿔야 했다. "자, 먹어. 나한테 리마콩은 아직도 전쟁 같은 맛이라서."

"난 오트밀이 그래. 냄새만 맡아도 벙커에 들어가 숨고 싶어져." 페스투스가 얼른 먹어 치우며 말했다. "고마워. 늦잠 자서 아침을 못 먹었거든."

코리올라누스는 리마콩이 나쁜 조짐이 아니길 바랐다가 스스로를 나무랐다. 지금은 미신을 믿을 때가 아니다. 그는 재치를 날카롭게 유지하고 카메라 앞에서 매력적인 모습을 보이며 하루를 보내야 했다. 루시 그레이는 지금쯤 배가 고파졌을 것이다. 그는 물을 홀짝이며 다음에 음식을 보낼 계획을 생각했다.

힐라리우스가 떠난 다음 뒷줄의 남은 의자 세 개를 중앙으로 모았고 코리올라누스는 가운데에 있는 자기 자리에 앉았다. 도미티아의 말처럼 의자 차지하기 놀이와 비슷했다. 함께 앉아 있는 멘터들은 어린 시절에 의자 차지하기 놀이를 함께했던 아이들이었다. 만약에 그에게 아이들이 생긴다면 그들도 사회적으로 캐피톨의 엘리트 집단에 속할까, 아니면 더 아래 집단으로 강등될까? 그는 언젠가는 아이들을 가질 생각이었다. 의지할 가족이 더 많았다면 도움이 되겠지만 코리올라누스와 같은 세대의 스노우 가문은 그와 티그리스뿐이었다. 티그리스가 없었다면 완전히 혼자서 미래를 맞이해야 했을 것이다.

오후에는 경기장에서 별다른 일이 일어나지 않았다. 코리올라누스는 먹을 것을 줄 기회가 생기길 빌며 루시 그레이가 나오지 않나 지켜보았지만 그녀는 등장하지 않았다. 경기장 밖에 모인 코럴 팬들과 트리치 팬들이 누가 더 우승자가 될 자격이 있는지를 놓고 싸움을 벌인 게 가장 흥미진진한 사건이었다. 주먹이 몇 번 오간 뒤 평화유지군들이 두 집단을 떼어 놓고 각각 관중의 양 끝으로 가라고 지시했다. 코리올라누스는 자기 팬들이 조금은 더 품위 있다는 게 기뻤다.

오후 늦게 럭키가 다시 등장했다. 맞은편에는 골 박사가 쥬빌리의 우리를 들고 앉아 있었다. 쥬빌리는 스스로를 달래려는 어린아이처럼 앞뒤로 몸을 흔들었다. 럭키는 걱정스러운 표정으로 자기의 반려동물을 바라보았다. 어쩌면 실험실에 빼앗길지도 모른다고 생각하고 있는지도 몰랐다. "오늘은 특별 게스트를 모셨습니다. 쥬빌리와 친해지신 수석 게임운영자 골 박사님입니다. 우리에게 전할 슬픈 소식이 있다고 들었습니다, 골 박사님."

골 박사는 쥬빌리의 우리를 테이블 위에 놓았다. "네. 반군들이 경기장에서 폭탄을 터뜨렸을 때 입은 상처 때문에 우리 아카데미 학생 또 한 명이 사망했습니다. 가이우스 브린입니다."

친구들이 비명을 지르는 동안 코리올라누스는 중심을 잡으려 애썼다. 언제라도 가이우스의 죽음에 대해 언급하라는 요청을 받을 수 있었다. 하지만 불안한 건 그 이유 때문이 아니었다. 가이우스에 대해 좋은 말을 하는 건 쉬운 일이었다. 그에겐 이 세상에 적이라곤 없었다.

"가족들에게 마음을 보냅니다. 모두들 같은 마음이겠지요." 럭키가 말했다.

골 박사의 얼굴이 굳어졌다. "그렇습니다. 하지만 말보다 행동이 더 강한 메시지인 법이죠. 우리의 적인 반군들은 귀가 잘 안 들리는 것 같더군요. 이에 대한 응답으로 우리는 경기장에 있는 아이들을 위해 특별한 것을 계획했습니다."

"자, 들어볼까요?" 럭키가 말했다.

테슬리와 시르크는 경기장 한가운데 잔해 무더기 위에 쭈그리고 앉아 뭔가를 찾기 위해 무더기를 뒤지고 있었다. 망토를 두르고 관중석의 가장 뒷줄 벽에 기대앉아 있는 리퍼에게는 아무 관심도 없는 듯했다. 갑자기 터널에서 트리치가 뛰어나와 3번 구역 아이들에게 돌진했고 그들은 바리케이드로 도망갔다.

학생들이 웅성거리며 혼란스러워했다. 골 박사가 약속한 '특별한 것'은 어디 있는 걸까? 무지갯빛 뱀들이 든 탱크를 실은 커다란 드론이 경기장 위로 날아오는 모습에 의문은 해결되었다.

코리올라누스는 뱀으로 조공인들을 공격하지 않을까 생각은 했지만 지나친 상상이라고 믿고 있었다. 하지만 탱크가 등장하자 그 믿음은 깨졌다. 코리올라누스의 두뇌가 퍼즐 조각을 정확히 끼워 맞췄던 것이다. 경기장에 풀어놓으면 뱀들이 어떻게 반응할지는 알 수 없었지만 그는 실험실에서 보았다. 골 박사는 작고 귀여운 강아지를 만드는 게 아니었다. 무기를 설계했다.

이상하게 생긴 물건이 트리치의 눈길을 끌었다. 드론이 경기장 가운데까지 와서 멈추자 어쩌면 자기에게 아주 특별한 선물이 왔다고 생각했는지도 모른다. 무더기를 뒤지던 테슬리와 시르크는 멈추었고 리퍼까지도 뭐가 왔나 보려고 일어섰다. 드론은 약 10미터 높이에서 탱크를 떨어뜨렸다. 탱크는 깨지지 않고 떨어진 충격으로 한 번 튀어 올랐다. 그리고는 꽃잎이 벌어지듯 네 면이 활짝 열렸다.

뱀이 사방으로 튀어나오는 모습은 마치 구름 사이로 비치는 눈부신 햇살을 흙 위에다 여러 가지 색깔로 재현한 것 같았다.

앞줄에 앉아 있던 클레멘시아가 벌떡 일어나 간담이 서늘해지는 비명을 질러 페스투스는 의자에서 떨어질 뻔했다. 대부분의 사람들이 스크린에서 새롭게 진행되는 상황을 그제야 이해하기 시작했기 때문에 그녀의 비명은 극단적으로 들렸다. 클레멘시아가 공황 상태에 빠져서 전부 이야기할까 봐 걱정된 코리올라누스는 얼른 일어나서 클레멘시아를 안았다. 위로하려는 행동인지 잡아 놓으려는 행동인지 알 수 없었다. 클레멘시아의 몸이 뻣뻣해졌지만 그녀는 곧 조용해졌다.

"뱀은 여기 없어. 경기장 안에 있어." 코리올라누스가 그녀의 귀에 대고 말했다. "너는 안전해." 연이어 벌어지는 일을 보면서 그는 계속 그녀를 안고 있었다.

트리치는 임업 구역에서 왔기 때문에 뱀에 좀 익숙한 것 같았다. 탱크에서 뱀이 쏟아져 나오자마자 돌아서서 관중석으로 질주했다. 언덕처럼 쌓인 잔해 위로 염소처럼 뛰어오른 뒤 관중석 의자를 뛰어넘으며 올라갔다.

테슬리와 시르크는 잠시 혼란스러워 하느라 시간을 지체한 탓에 큰 대가를 치러야 했다. 테슬리는 기둥까지 가서 몇 미터 위로 기어 올라가 안전해졌지만 시르크가 낡고 녹슨 창에 발이 걸려 비틀거리는 바람에 뱀들이 그를 덮쳤다. 여남은 마리가 독니로 그의 몸을 뚫더니 만족스럽다는 듯 다시 움직였다. 그의 몸에 분홍색, 노란색, 파란색 줄무늬가 생겼고 상처에서는 밝은색 고름이 뿜어져 나왔다. 클레멘시아보다 작은 체구에 두 배 정도의 독이 들어가자 시르크는 10초 정도 숨을 헐떡이다가 죽었다.

기둥에 꽉 매달린 테슬리는 쓰러진 그의 시체를 보며 겁에 질려 흐느꼈다. 그녀의 밑에서는 가느다란 뱀들이 모여 머리를 들고 기둥 주위에서 춤추듯 움직였다.

럭키의 목소리가 들려왔다. "이게 무슨 상황인가요?"

"캐피톨의 실험실에서 개발한 머테이션입니다." 골 박사가 시청자들에게 알렸다. "저 뱀들은 새끼에 불과하지만 다 자라면 인간보다 빨리 움직일 수 있고 저 기둥도 아주 쉽게 올라갈 수 있습니다. 인간들을 사냥할 수도 있고 죽어도 곧 대체할 수 있게 빨리 번식하도록 설계되었습니다."

트리치는 점수판 위의 좁은 선반 위로 기어 올라가 있었다. 리퍼는 기자석 지붕 위로 피신했다. 잔해를 타고 올라 관중석까지 올라온 뱀 몇 마리가 그들 아래에 모였다.

'루시 그레이도 물렸을 거야. 손수건은 효과가 없었어.' 코리올라누스는 절망에 빠져 생각했다.

그 순간 미젠이 바리케이드에서 제일 가까운 터널에서 뛰쳐나왔고 코럴이 비명을 지르며 뒤따랐다. 그녀의 팔에 뱀 한 마리가 매달려 있었다. 그녀는 뱀을 뜯어 냈지만 뱀이 바닥에 떨어지자마자 수십 마리 뱀이 그녀의 다리를 향해 돌진해 왔다. 미젠은 삼지창을 내팽개치고 껑충 뛰어 테슬리가 매달려 있는 기둥의 맞은편 기둥을 잡았다. 무릎을 다쳤는데도 꼭대기까지 올라가는 데 걸린 시간은 지난번의 절반에 불과했다. 그는 꼭대기에서 코럴이 제정신이 아닌 상태로 죽어 가는 걸 지켜보았다. 다행히 얼마 지나지 않아 코럴의 숨이 끊어졌다.

경기장 바닥의 목표물이 사라지자 대부분의 뱀은 테슬리 아래에 다시 모여들었다. 기둥에서 미끄러지기 시작한 테슬리는 미젠에게 도와달라고 외쳤지만 그는 고개를 가로저을 뿐이었다. 악의가 있다기보다 넋이 나간 상태였다.

그때 스크린을 보던 학생들이 서로에게 조용히 하라고 주의를 주기 시작했다. 코리올라누스는 왜 그런지 알 수 없었다. 홀이 조용해지자 귀가 더 밝은 사람들이 먼저 알아차린 소리가 그에게도 들렸다. 경기장 어딘가에서 누군가 노래하는 소리가 희미하게 들려왔다.

그의 여자아이.

루시 그레이가 터널에서 천천히 뒷걸음치며 나왔다. 자기 음악의 리듬에 맞춰 몸을 부드럽게 흔들며 조심스럽게 한 발 한 발 옮기면서 뒤로 걸어 나왔다.

라, 라, 라, 라,
라, 라, 라, 라, 라, 라,
라, 라, 라, 라, 라, 라…

가사 내용은 이게 전부였는데도 눈을 뗄 수가 없었다. 멜로디에 최면이라도 걸린 듯 뱀 대여섯 마리가 그녀를 따라왔다.

코리올라누스는 진정된 클레멘시아를 페스투스 쪽으로 부드럽게 밀었다. 그러고는 스크린으로 다가가서 루시 그레이가 계속 뒷걸음치다가 제섭의 시체가 있었던 쪽으로 빙 도는 모습을 숨죽이며 지켜보았다. 알고 하는 건지는 모르겠지만 그녀가 마이크 쪽으로 다가가자 그녀의 목소리가 더 크게 들렸다. 어쩌면 마지막 노래 한 곡, 마지막 퍼포먼스를 하려는 걸까?

하지만 그녀를 공격하려는 뱀은 한 마리도 없었다. 오히려 그녀는 경기장 안의 뱀들을 끌어들이는 것 같았다. 테슬리가 매달린 기둥 아래의 뱀들이 그녀를 따라갔다. 관중석에서 내려오는 뱀들도 있었다. 터널에서도 수십 마리가 미끄러져 나와 루시 그레이를 향해 기어갔다. 뱀들이 루시 그레이를 사방에서 에워싸면서 그녀가 계속 물러서는 건 불가능해졌다. 그녀가 큰 대리석 조각 위에 천천히 앉는 동안 밝은색 뱀들이 그녀의 맨발 위에서 파도치듯 움직였고 그녀의 발목을 휘감았다.

그녀는 손끝으로 마치 뱀을 부르듯 스커트의 주름을 활짝 폈다. 뱀이 그녀에게 몰려들자 빛바랜 드레스 천은 보이지 않게 되었다. 그녀는 이제 파충류가 얽혀 있는 밝은색 스커트를 입고 있었다.

20

코리올라누스는 독사들의 속셈이 뭔지 알 수 없어서 두 주먹을 꽉 쥐었다. 그가 쓴 제안서를 통해 그의 체취에 노출되었던 탱크 속의 뱀들은 그를 아예 무시했다. 하지만 그의 조공인에겐 자석처럼 끌리는 것 같았다. 환경 때문에 달랐던 걸까? 그들이 지내던 따뜻하고 좁은 곳에서 넓고 숨을 곳이 없는 경기장에 거칠게 풀어놓으니 그들이 찾을 수 있는 단 하나의 친숙한 체취를 따라 그녀에게 다가간 걸까? 안전한 그녀의 치마폭에 숨으려고 끌려왔을까?

루시 그레이는 이걸 전혀 몰랐다. 동물원에서 그녀에게 클레멘시아와 뱀 이야기를 하려고 했던 날, 그녀의 상황이 그의 상황보다 너무나 나빠서 그는 이야기를 꺼내지 않았다. 말했다 해도 그의 능력을 정말 맹신하는 게 아니라면 그가 헝거 게임의 뱀들을 조작할 방법을 찾을 수 있을 거라고 상상하긴 힘들었으리라. 그녀는 뱀들을 억제하는 게 무엇이라고 생각하고 있을까? 노래일 것이다. 고향에서도 뱀들에게 노래를 불러 주었을까? 동물원에서 그녀는 어린 여자아이에게 "그 뱀은 내 특별한 친구였거든"이라고 말했다. 12번 구역에서 뱀 몇 마리와 가까워졌을 수도 있다. 노래를 멈추면 뱀들이 당장 자기를 죽일 거라고 생각했는지도 모른다. 최후의 노래일 수도 있다. 그녀는 피날레 없이 헝거 게임에서 퇴장하고 싶지는 않을 것이다. 그녀는 자기가 찾을 수 있는 가장 밝은 스포트라이트 안에서 전사하고 싶을 것이다.

　루시 그레이는 가사를 붙여 노래를 부르기 시작했다. 목소리는 부드러웠지만 맑기 그지없었다.

　　　너는 천국으로 향했어.
　　　정겨운 내세.
　　　나는 문 안에 한쪽 발을 들여놓았어.
　　　하지만 내가 날아오르기 전에
　　　해결해야 할 일들이 있어.
　　　바로 여기
　　　현세에서.

　'오래된 노래구나'라고 코리올라누스는 생각했다. 내세라는 말이 나오니 세자누스와 빵가루가 생각났지만 현세에 대한 가사는 묘했다. 현재를 말하는 게 분명했다. 여기. 지금. 그녀가 아직 살아 있는 동안.

나는 여기에 있을 거야.

내가 노래를 마칠 때,

밴드를 해체할 때,

쓸 수 있는 방법을 다 썼을 때,

빚을 다 갚았을 때,

여한이 없을 때,

바로 여기,

이 현세에 있을 거야.

아무것도

남아 있지 않을 때.

게임운영자들은 와이드숏으로 카메라 앵글을 바꾸었다. 코리올라누스는 고함치며 항의하고 싶었지만 곧 이유를 알게 되었다. 경기장 안의 모든 뱀이 세이렌의 노래 같은 루시 그레이의 노래를 듣고 모여들었기 때문이다. 먹이가 될 뻔한 테슬리 밑에 있던 뱀들조차 테슬리는 버려두고 루시 그레이에게 다가왔다. 테슬리는 충격으로 몸서리치며 땅으로 미끄러져 내려와 절뚝거리며 바리케이드 한 섹션의 체인링크 울타리로 갔다. 노래가 계속되는 동안 테슬리는 안전한 높이까지 기어 올라갔다.

널 따라갈게.

내 잔을 비우면,

친구들이 다 사라지면,

내가 지칠 대로 지치면,

눈물을 다 흘리고 나면,

내 두려움을 극복하면,

여기 이 현세에서
더 이상 남은 것이
아무것도 없게 되면.

카메라는 루시 그레이를 클로즈업했다. 코리올라누스는 그녀가 술을 꽤 마신 관객들을 상대로 공연해 왔다는 느낌을 받았다. 인터뷰를 준비하던 며칠 동안 그는 허름한 술집에서 진이 든 주석 잔을 옆으로 흔들어 대는 술취한 사람들이 떠오르는 노래를 여러 곡 들었다. 그러나 술이 꼭 있어야 하는 건 아닌 모양이었다. 어깨 너머로 잠깐 뒤돌아보니 헤븐스비 홀에서도 그녀가 부르는 리듬에 맞춰 몸을 흔드는 사람들이 보였다. 그녀의 목소리가 커지면서 경기장 안에서 메아리쳤다….

소식을 가지고 갈게.
처형당하면,
내 몸이 끝장나면,
내 배가 뭍에 오르면,
내가 동점을 만들면,
그리고 내가 바닥에 누우면,
여기 이 현세에서
더 이상 남은 것이
아무것도 없게 되면.

… 그리고 크레셴도로 넘어가며 결정타를 날렸다.

내가 비둘기처럼 순수하면,

사랑하는 법을 배우면,

여기 이 현세에서

더 이상 남은 것이

아무것도 없게 되면.

마지막 음이 울려 퍼지는 동안 학생들은 모두 숨을 죽였다. 뱀들은 노래가 멈출 때까지 기다렸다가 동요하기 시작했다. 아닌가? 코리올라누스의 상상에 불과한 걸까? 루시 그레이는 가만히 있지 못하는 아기를 대하듯 부드러운 허밍으로 화답했다. 그녀를 둘러싼 뱀들이 긴장을 풀자 관중들도 평온해졌다.

카메라에 다시 잡힌 럭키는 뱀처럼 넋을 잃은 모습이었다. 멍한 눈으로 입을 헤 벌리고 있었다. 그는 자기 모습이 카메라에 잡히자 정신을 차리고 무표정한 골 박사에게 시선을 돌렸다. "음, 수석 게임운영자님, 갈채를… 받으십시오!"

헤븐스비 홀은 기립박수를 보냈지만 코리올라누스는 골 박사에게서 눈을 뗄 수가 없었다. 의미를 알 수 없는 저 표정 뒤에서는 무슨 일이 일어나고 있을까? 뱀들의 행동이 루시 그레이의 노래 때문이었다고 생각할까, 아니면 부정행위가 있었다고 의심할까? 골 박사가 손수건 사건을 알았다 해도 너무나 극적인 결과가 있었기 때문에 어쩌면 그를 용서해 줄지도 모른다.

골 박사는 감사의 뜻으로 살짝 고개를 끄덕였다. "고맙습니다. 하지만 오늘 우리가 집중해야 할 사람은 제가 아니라 가이우스 브린이죠. 친구들이 그에 대한 기억을 들려줄 수도 있겠네요."

헤븐스비 홀의 레피두스는 즉시 가이우스의 친구들과 인터뷰를 시작했다. 골 박사가 미리 귀띔해 준 것이 다행이었다. 모두들 농담이나 우스운 일화만 이야기한 반면, 코리올라누스는 영웅적 죽음, 뱀, 지금 목격한 경기장에서의 보복을 연관 지어 말했다. "그 친구처럼 뛰어난 캐피톨 젊은이의 죽음에 보복하지 않고 넘어갈 수는 절대로 없습니다. 골 박사님이 예전에 말씀하셨듯 우리가 타격을 받으면 우리는 두 배 세 게 되돌려 주어야 합니다."

레피두스는 루시 그레이가 뱀으로 보여 준 놀라운 퍼포먼스로 이야 기를 끌고 가려 했지만 코리올라누스는 "그녀는 대단합니다. 하지만 골 박사님이 옳습니다. 이 순간은 가이우스의 것입니다. 루시 그레이 이야 기는 내일로 미루죠"라고만 말했다.

30분 동안 가이우스에 대한 인터뷰를 한 뒤 레피두스는 페스투스와 이오에게 작별을 고했다. 코럴과 시르크가 뱀독에 당했기 때문이다. 코 리올라누스는 페스투스를 꽉 끌어안았다. 믿을 수 있는 친구가 연단을 떠나는 것에 놀랄 정도로 격한 감정이 느껴졌다. 전투적이라기보다는 분석적이었던 이오가 가는 것 역시 아쉬웠다. 남아 있는 다른 아이들보 다는 나은 친구였다. 페르세포네는 아닐지도 모르겠다. 그는 페르세포 네와 같이 저녁 시간을 보내기로 했다. 극악무도한 살인자보다는 식인 종이 낫다.

학생들은 귀가했고 남아 있는 멘터 몇 명만 스테이크로 저녁 식사를 했다. 코리올라누스는 자신의 경쟁자들을 둘러보았다. 최종 다섯 명 안 에 들었으니 기분이 끝내주게 좋아야 마땅했지만 다른 아이가 이긴다 면 하이바텀 총장은 어쩌면 벌점을 이유로 들어 대학교 학비를 감당하 기에는 부족한 상을 줄지도 모른다. 그를 진정 보호해 줄 수 있는 건 플 린스 상뿐이었다.

코리올라누스는 화면으로 관심을 돌렸다. 루시 그레이는 자기의 애 완동물들에게 계속 허밍으로 노래를 불러 주었고 테슬리는 바리케이드 뒤로 사라졌다. 미젠과 트리치, 리퍼는 여전히 높은 곳에 머물러 있었다. 폭풍을 예고하는 구름이 몰려들어 휘황찬란한 석양이 졌다. 악천후로 밤이 일찍 찾아왔고 코리올라누스가 푸딩을 다 먹기도 전에 루시 그레이는 화면에서 사라졌다. 깊은 천둥소리가 경기장을 울렸다. 그는 번개가 쳐서 경기장을 밝혀 주길 바랐지만 곧이어 폭우가 쏟아져 밤이 찾아온 경기장의 모습은 보이지 않게 되었다.

코리올라누스는 헤븐스비 홀에서 자기로 했다. 남은 멘터 네 명도 마찬가지였다. 침구를 가져올 생각을 했던 건 빕사니아뿐이어서 다른 아이들은 푹신한 의자를 사용했다. 발을 올리고 책가방을 베개로 삼았다. 밤비가 홀을 시원하게 만들었다. 코리올라누스는 의자에 앉아 졸면서 한쪽 눈을 반쯤 뜨고 스크린에서 무슨 일이 일어나지 않는지 지켜보았다. 폭풍 때문에 아무것도 보이지 않았고 결국 코리올라누스도 잠이 들었다. 새벽 무렵, 그는 깜짝 놀라며 깨어나 주위를 둘러보았다. 빕사니아, 어번, 페르세포네는 깊이 잠들어 있었다. 몇 미터 떨어진 곳에서 클레멘시아의 짙은 색 큰 눈이 희미한 빛 속에서 반짝이고 있었다.

그는 클레멘시아를 적으로 돌리고 싶지 않았다. 스노우의 요새가 곧 무너질 거라면 그에겐 친구가 필요할 것이다. 뱀 사건 전까지는 그녀를 가장 친한 친구 중 하나로 생각해 왔다. 그리고 그녀는 티그리스와도 늘 잘 지냈다. 어떻게 하면 그녀의 마음을 채울 수 있을까?

클레멘시아는 한 손을 셔츠 안에 넣고 병원에서 보여 주었던 쇄골 부위를 만지고 있었다. 비늘로 덮인 부분이었다.

"없어졌어?" 그가 속삭였다.

클레멘시아가 긴장했다. "사라지고 있어, 드디어. 병원에서는 1년까지 걸릴 수도 있다고 하더라."

"아파?" 그가 이런 생각을 해 본 건 지금이 처음이었다.

"아프지는 않아. 피부를 당겨." 그녀는 비늘을 문질렀다. "설명하기가 힘드네."

자신감을 얻은 그는 용기를 내어 말을 꺼내 보기로 했다. "미안해, 클레미. 정말이야. 전부 다."

"골 박사가 어떤 계획을 세워 뒀는지 넌 몰랐잖아." 클레멘시아가 말했다.

"몰랐지. 하지만 나중에 병원에서 네 편이 되었어야 했어. 네가 괜찮은지 확인하기 위해 문을 부수고라도 갔어야 했어." 그가 고집했다.

"그래!" 그녀는 그 말에 찬성했지만 좀 누그러드는 듯했다. "하지만 너도 다쳤다는 걸 알아. 경기장에서."

"아, 내 핑계를 대신 대지 마." 그는 양손을 들어 보였다. "내가 쓸모없다는 건 우리 둘 다 알잖아!"

클레멘시아의 입가에 미소 같은 것이 살짝 보였다. "그래. 거의 쓸모 없지. 오늘 완전히 바보 같은 내 행동을 막아 줘서 고맙다고 해야 할 것 같네."

"내가 그랬어?" 그는 마치 기억을 되살리려는 것처럼 눈을 가늘게 떴다. "난 너한테 매달렸던 기억밖에 안 나는데. 너 뒤에 숨으려던 건 아니었지만 매달렸던 건 분명해."

그녀는 조금 웃었지만 다시 진지해졌다. "네 탓을 그렇게 하지 말아야 했어. 미안해. 난 너무 무서웠어."

"그럴 만했지. 오늘 네가 그걸 안 볼 수 있었다면 더 좋았을걸."

"어쩌면 카타르시스도 있었던 것 같아. 왠지 몰라도 기분이 좀 나아졌어." 그녀가 털어놓았다. "내가 끔찍한 사람인가?"

"아냐, 넌 그저 용감할 뿐이야."

이렇게 해서 그들의 우정은 위태롭지만 다시 시작되었다. 두 사람은 다른 아이들이 계속 자도록 두고 코리올라누스가 가져온 음식 중 마지막으로 남은 치즈 타르트를 나눠 먹으며 이런저런 잡담을 나누었다. 심지어 리퍼와 루시 그레이가 경기장에서 동맹을 맺게 하면 어떨까 하는 아이디어까지 의논했다. 하지만 그들이 통제할 수 없는 일로 보였기 때문에 그건 그만두기로 했다. 두 사람은 동맹을 맺을 수도, 맺지 않을 수도 있었다.

"적어도 우리 둘은 다시 동맹이네." 그가 말했다.

"음, 어쨌든 적은 아니지." 클레멘시아가 받아들였다. 카메라 앞에 서기 위해 코리올라누스가 세수하러 갈 때, 클레멘시아는 그가 화장실에 있는 거칠고 걸쭉한 액체 비누를 쓰지 않도록 비누를 빌려주었다. 작지만 친밀한 이 호의를 보고 코리올라누스는 자신이 용서받았음을 알았다.

아침 식사는 제공되지 않았지만 페스투스가 일찍 도착해 동지애의 정신으로 달걀 샌드위치와 사과를 나누어 주었다. 페르세포네는 차를 마시며 페스투스를 향해 활짝 웃어 보였다. 클레멘시아가 밝아지고 나니 코리올라누스는 멘터들에게 이제까지와 같은 위협을 느끼지 않았다. 모두가 이기고 싶어 했지만 그건 조공인들의 손에 달려 있었다. 코리올라누스는 루시 그레이의 경쟁자들을 검토해 보았다. 테슬리, 작고 영리하다. 미젠, 치명적이지만 부상을 입었다. 트리치, 몸이 탄탄하지만 밝혀지지 않은 점이 많다. 리퍼, 말로 표현하기에는 너무나 특이하다.

해가 뜨면서 끝까지 남아 있던 구름도 물러섰다. 경기장 안에는 죽은 뱀들이 여기저기 널려 있었다. 잔해 위에 늘어져 있거나 고인 물 위를 떠다녔다. 물에 빠져 죽었을 수도 있고 춥고 습기 많은 밤을 견디지 못했을지도 모른다. 유전적으로 조작된 생물들은 실험실 밖에서 잘 버티지 못하는 경우가 있다. 루시 그레이와 테슬리는 보이지 않았지만 폭 젖은 옷을 입은 남자아이 세 명은 감히 높은 곳에서 내려오지 못했다.

미젠은 벨트로 가로대에 몸을 묶은 채 자고 있었다. 다른 학생들이 헤 븐스비 홀로 들어오는 동안 빕사니아와 클레멘시아는 자기 조공인들에 게 음식을 보냈다. 클레멘시아는 거의 정상으로 보였다.

드론들이 도착하자 트리치는 굶주린 듯 먹어 댔지만 리퍼는 이번에 도 음식을 밀쳐 두고 고인 빗물을 뜨러 경기장으로 내려갔다. 이제야 일어난 트리치와 미젠에겐 아무 관심도 주지 않고 코럴과 시르크의 시 체를 안아 자신의 영안실에 눕혔다. 다른 남자아이들은 방심하지 않고 리퍼를 지켜보았지만 아무도 맞붙으려 하지 않았다. 예측하기 힘든 그 의 행동이나 뱀에 대한 두려움이 남아 있었기 때문일 것이다. 아마 다 른 사람이 리퍼를 해치워 주길 바라고 있겠지만 리퍼는 방해받지 않고 영안실을 깔끔하게 정돈한 다음 기자석으로 돌아갔다. 트리치는 점수 판 끄트머리에 앉아 발을 흔들었고 미젠은 먹는 시늉을 해 보였다. 페 르세포네가 즉시 푸짐한 아침 식사를 주문해 주었다.

잠시 후 테슬리가 나타났다. 집중하느라 얼굴을 찡그리고 있었다. 그 는 배달용 드론과 거의 같은 모양이지만 조금은 달라진 듯한 드론 하나 를 들고 있었다. 그러고는 미젠 바로 아래에 자리를 잡았다.

"저게 날 수 있을 거라고 생각하나?" 빕사니아가 의심스러운 듯 물었 다. "날 수 있다 해도 어떻게 조종해?"

화면을 노려보던 어번이 갑자기 의자 앞쪽으로 옮겨 앉았다. "그럴 필요가 없을 거야. 만약 그렇게 했다면…. 하지만 대체 어떻게…." 그는 말끝을 흐리며 무언가에 대한 해답을 골똘히 생각했다.

테슬리는 스위치를 켜고 두 팔을 들더니 드론을 공중에 띄웠다. 드론 이 위로 올라가자 아랫부분에 달린 전선이 그녀가 손목에 차고 있는 고 리와 연결되어 있는 게 보였다. 그녀와 이어져 있는 드론은 그녀와 미 젠 사이의 중간 지점 정도에서 빙글빙글 돌며 날기 시작했다. 미젠은 당황한 얼굴로 바라보았지만 페르세포네가 보낸 첫 드론이 도착하자 눈길을 돌렸다. 드론은 그에게 빵을 한 덩어리 떨어뜨리고 평소처럼 돌아가려 했다. 그런데 몇 미터쯤 갔다가 방향을 바꾸어 미젠에게 돌아왔다. 그는 놀라서 몸을 뒤로 젖히며 반사적으로 드론을 때리려 팔을 휘둘렀지만 드론은 있지도 않은 선물을 배달하려 집게발을 열었다. 그리고 다시 돌아왔다.

"저 드론은 뭐가 잘못된 거지?" 페르세포네가 물었다.

아무도 이유를 몰랐다. 그때 두 번째 드론이 물을, 세 번째 드론이 치즈를 가지고 날아왔다. 이 드론들 역시 꾸러미를 떨어뜨리고는 주위를 돌면서 계속 배달을 시도했다. 투하를 원활하게 하도록 타이밍이 맞춰진 드론들은 서로 부딪히기 시작했고 미젠에게도 부딪혔다. 미젠은 드론의 꼬리에 눈을 맞아 비명을 지르며 드론을 마구 후려쳤다.

"게임운영자들에게 연락할 수 있는 방법이 있을까? 세 개 더 보냈단 말이야!" 페르세포네가 말했다.

"그들이 할 수 있는 일은 없어." 어빈이 재미있어 하며 말했다. "태슬리가 해킹하는 방법을 알아낸 거야. 있던 곳으로 돌아가는 걸 막았기 때문에 미젠의 얼굴이 드론의 유일한 목적지가 된 거지."

아니나 다를까. 하나씩 도착한 드론 세 대 역시 비슷하게 오작동했다. 드론들의 유일한 타깃은 미젠이었다. 처음에는 우스워 보였던 공격이 점점 치명적으로 변했다. 그는 일어나서 가로대 아래로 내려가려 했지만 드론들은 꿀단지 주위의 벌 떼처럼 그의 주위로 몰려들었다. 삼지창을 땅바닥에 두고 온 미젠은 칼을 뽑아 싸우려 했지만 기껏해야 드론을 항로에서 잠시 벗어나게 만드는 게 고작이었다. 드론은 그와 접촉하도록 프로그램되어 있지는 않았지만 서로 부딪히고 미젠이 든 칼날에 닿으면서 점점 더 많이 미젠과 부딪혔다. 마치 공격하는 것 같았다. 미젠은 테슬리가 매달린 채 죽도록 내버려 두었던 기둥을 향해 더듬거리며 가기 시작했다. 하지만 무릎이 말을 듣지 않았다. 정신을 잃어 가던 미젠은 드론을 향해 팔을 휘두르다 다친 다리에 체중을 실었고 다리는 휘청거리다 버티지 못하고 곤두박질쳤다. 미젠은 균형을 잃고 땅에 부딪히면서 목이 옆으로 꺾였다.

"오!" 그가 땅에 고꾸라지자 페르세포네가 소리쳤다. "테슬리가 미젠을 죽였어!"

빕사니아는 스크린을 보며 얼굴을 찡그렸다. "보기보다 똑똑하네."

테슬리는 만족한 듯 미소를 짓고 자기 드론을 끌어당겨 애정을 담아 끌어안았다.

"겉모습만 보고 판단하지 마." 어번은 커뮤니커프를 두드려 선물을 보내 주며 키득거렸다. "특히 내 것한테 말이야."

그러나 어번의 들뜬 기분은 오래가지 않았다. 게임운영자들은 드론 사건을 와이드숏으로 보여 주지 않았다. 그동안 트리치는 점수판에서 기어 내려와 관중석을 지나 경기장 안에 들어와 있었다. 트리치가 난데없이 프레임 안으로 확 뛰어들어와 단번에 도끼로 테슬리를 내려쳤다. 테슬리가 거의 한 발자국도 내딛지 못했을 때 도끼날이 그녀의 머리를 갈랐고 그녀는 즉사했다. 트리치는 힘들었는지 두 손을 무릎 위에 얹고 헉헉거렸다. 그리고 테슬리 바로 옆에 앉아 피가 모래에 스며드는 것을 지켜보았다. 그녀에게 보낸 음식을 드론이 배달하자 그는 열 개가 넘는 꾸러미를 챙긴 뒤 바리케이드 뒤로 사라졌다.

어번은 믿기 힘든 이 순간을 역겨워하는 표정으로 숨기며 떠나기 위해 일어섰다. 그러나 언제나 등장하는 레피두스의 마이크를 피할 수는 없었다. "나한테는 이게 끝이에요. 1분 동안은 웃을 수 있었잖아요?"라고 말한 어번은 으르렁거리는 듯한 기분을 간신히 억눌렀다. 어번은 홀을 나가 버렸고 페르세포네는 아쉬웠던 점과 멘터 기회를 얻어서 감사했다는 말을 길게 늘어놓았다.

"최종 다섯 명 안에 들었잖아요!" 레피두스가 페르세포네에게 활짝 웃어 보였다. "아무도 당신이 다섯 명 안에 들었다는 걸 부정할 수는 없어요."

"그렇죠." 그녀는 좀 미심쩍다는 듯이 대답했다. "그건 기록으로 남을 일이죠."

코리올라누스는 클레멘시아와 빕사니아를 보았다. "이제 우리만 남은 것 같네." 세 사람은 의자를 한 줄로 놓았다. 코리올라누스가 가운데에 앉았다. 다른 아이들은 패배자들의 의자를 치웠다.

루시 그레이, 트리치, 리퍼. 마지막 세 명. 마지막 여자아이. 마지막 날? 그럴지도 모른다.

럭키가 폭죽 다섯 개를 단 모자를 쓰고 등장했다. "안녕하세요, 판엠! 최종 다섯 명을 위해 특별히 만든 모자인데 자기 불꽃을 스스로 퇴장시킨 폭죽들이 있네요!" 그는 폭죽 두 개를 떼어 어깨 뒤로 휙 던졌다. "최종 세 명이 남았죠?"

폭죽 하나는 바닥에서 저절로 꺼졌지만 다른 폭죽 때문에 커튼에 불이 붙어 연기가 났다. 럭키는 새된 소리로 낑낑거리며 겁에 질린 듯 발을 굴렀다. 제작진 한 명이 소화기를 들고 프레임 안으로 달려와 문제를 해결했고 그 덕택에 럭키는 침착함을 되찾았다. 그의 모자에 아직 달려 있는 폭죽 세 개의 불꽃이 사그라드는 동안 스폰서와 돈을 거는 사람들을 위한 전화번호가 화면 아래에 떴다. "유후! 내기 경쟁이 격렬해지고 있네요! 재미를 놓치지 마세요!"

코리올라누스의 커뮤니커프에서 띵 소리가 제법 났다. 빕사니아와 클레멘시아도 마찬가지였다. "내게 큰 도움이 되겠네." 클레멘시아가 코리올라누스에게 중얼거렸다. "걔는 날 믿지 못해서 내가 보내 주는 건 먹지도 않는데."

루시 그레이는 분명 배가 고플 테지만 코리올라누스는 그녀가 터널 속에서 쉬고 있을 거라고 생각했다. 그녀가 버틸 수 있도록, 그리고 독약을 넣을 수단으로 쓸 수 있도록 음식과 물을 보내 주고 싶었다. 마지막 남은 경쟁자 두 명은 힘으로 그녀를 쉽게 제압할 수 있기 때문에 그녀의 승산을 높일 만한 일을 해야 했다. 지금은 관객들이 계속 그녀의 편을 들도록 하는 일 외에는 아무것도 생각나지 않았다. 그는 과장해 가며 떠벌렸다. 사람들이 루시 그레이가 구역 출신이 아니라는 걸 아직도 믿지 못한다면 더 이상 설득할 방법은 없었다. "그녀가 추첨 대상이었다는 것뿐 아니라 애초에 12번 구역에 있었다는 것 자체가 큰 불평등일 수 있다고 생각합니다. 직접 판단하실 일이죠. 저에게 동의하신다면, 아니면 제 말이 맞을 수도 있겠다는 생각이라도 드신다면 어떻게 해야 될지 알고 계시죠?" 그의 커뮤니커프에 기부가 쏟아지는 걸 보니 그의 말이 통했던 건 확실하지만 이걸로 그녀를 어떻게 도와줄지는 알 수 없었다. 지금 가진 것만으로도 몇 주는 먹여 살릴 수 있었다.

경기장 안을 돌아다니는 조공인은 리퍼뿐이었다. 그는 기자석에서 내려오는 길에 국기를 또 잘라 냈다. 수척해진 그는 휘청거리며 테슬리와 미젠을 다른 시체들 옆에 눕히고 방금 잘라 낸 국기 조각으로 덮었다. 그는 힘겹게 경기장 뒷줄로 기어올라가 몸을 살짝 앞뒤로 흔들면서 햇볕을 받으며 졸았다. 망토는 말리기 위해 펼쳐 두었다. 코리올라누스는 그가 곧 자연사하지 않을까 생각했다. 아사가 자연사인지 확신할 수는 없었다. 굶주림이 무기로 사용되었다면 그건 자연스러운 죽음일까?

정오 직전에 터널 속에서 루시 그레이가 나타나 그는 안도했다. 그녀는 경기장을 살펴보더니 안전하다고 판단했는지 햇빛 속으로 나왔다.

그녀의 주름 스커트 밑단에 묻은 진흙은 굳기 시작했지만 축축한 옷은 아직 그녀의 몸에 들러붙어 있었다. 코리올라누스가 커뮤니커프로 그녀에게 먹을 것을 잔뜩 보내는 동안 루시 그레이는 리퍼가 물을 마셨던 웅덩이로 가서 무릎을 꿇고 물을 떠서 마신 뒤 세수를 했다. 손가락으로 머리를 빗고 느슨하게 땋았다. 단장을 마쳤을 때쯤 드론 열 대 정도가 경기장에 도착했다.

주머니에서 병을 꺼내 물을 담는 그녀는 날아오는 드론을 눈치채지 못했다. 루시 그레이가 병을 흔든 다음 물을 웅덩이에 붓고 다시 채우려는데 날아오는 드론이 그녀의 시선을 끌었다. 음식과 물이 그녀 주위에 떨어지자 그녀는 들고 있던 병을 내던지고 선물을 치마폭에 모았다.

가장 가까운 터널로 향하던 루시 그레이가 관중석에 축 늘어져 있는 리퍼를 올려다보았다. 그녀는 방향을 바꿔 리퍼가 만든 영안실로 가서 국기를 걸었다. 그러고는 죽은 사람들을 세기 시작했다.

"헝거 게임에서 살아남은 사람이 누구인지 파악하려는 겁니다." 코리올라누스는 레피두스가 얼굴 앞에 들이민 마이크에 대고 말했다.

"점수판으로 보여 줘야 할지도 모르겠네요." 레피두스가 농담했다.

"조공인들에겐 분명 도움이 될 거예요." 코리올라누스가 말했다. "진지하게 말하는데 그건 좋은 아이디어예요."

갑자기 루시 그레이가 고개를 확 들었다. 재빨리 돌아서서 달리느라 스커트로 감쌌던 물건들이 흙바닥에 떨어졌다. 시청자들이 듣지 못한 소리를 들은 것이다. 트리치가 바리케이드 뒤에서 도끼를 휘두르며 뛰어나와 가로대 아래를 지나는 그녀의 손목을 잡았다. 루시 그레이는 몸을 뒤틀며 돌아섰고 털썩 무릎을 꿇으며 도끼를 치켜드는 그와 거칠게 맞서 싸웠다.

"안 돼!" 코리올라누스가 벌떡 일어나며 레피두스를 밀쳤다. "루시 그레이!"

그러고는 두 가지 일이 동시에 일어났다. 도끼가 내리 떨어지자 그녀는 트리치의 품 안으로 몸을 던져 그에게 매달리며 몸을 피했다. 이상하게도 그들은 오랫동안 껴안고 있는 듯했다. 그러다 트리치는 공포에 질려 눈을 크게 떴다. 그는 그녀를 밀치고 도끼를 떨어뜨리더니 목덜미에서 무언가를 뜯어내며 손을 치켜들었다. 밝은 분홍색 뱀이 그의 손에 꼭 쥐어져 있었다. 트리치는 털썩 쓰러져 무릎을 꿇고는 뱀을 땅에다 계속 후려쳤다. 그리고 마침내 죽은 뱀을 꼭 쥔 채로 숨을 거두었다.

루시 그레이는 거칠게 숨을 내쉬며 리퍼를 찾으려 경기장을 둘러보았다. 리퍼는 여전히 관중석에서 몸을 흔들고 있었다. 잠시 안전해진 그녀는 한 손을 심장 위에 얹고 시청자들에게 손을 흔들어 보였다.

헤븐스비 홀의 관중이 박수를 보내는 동안 코리올라누스는 숨을 헐떡이며 이 상황을 직시했다. 그가 해냈다. 그녀가 해냈다. 주머니에 독이 가득 든 그녀는 최종 두 명까지 왔다. 추첨일 때 녹색 뱀을 가지고 있었던 것처럼 분홍색 뱀을 주머니에 숨겨 두었던 게 분명했다. 뱀이 더 있을까? 아니면 트리치가 마지막 뱀을 때려죽인 걸까? 알 수 없다. 하지만 파충류 무기가 더 있을지 모른다는 가능성만으로도 루시 그레이는 치명적으로 보였다.

빕사니아는 이를 악물고 게임운영자들에게 감사한다는 말을 전했다. 코리올라누스는 빕사니아를 보낸 다음 의자에 깊숙이 앉아 루시 그레이가 진수성찬을 다시 모으는 걸 지켜보았다. 그는 클레멘시아 쪽으로 몸을 기울여 "우리가 남아서 기뻐"라고 속삭였다. 그녀는 모의하는 듯한 미소로 답했다.

루시 그레이가 포장지를 펼치고 모든 음식을 보기 좋게 늘어놓는 것을 보며 코리올라누스는 동물원에서의 피크닉을 생각했다. 지금 그녀는 그를 위해서 그 모습을 재현하고 있는 걸까? 무언가가 그의 마음을 흔들었고 키스의 기억이 불현듯 떠올랐다. 그의 미래에 그런 일이 더 있을까? 그는 잠시 몽상에 빠졌다. 루시 그레이가 우승하고 경기장에서 나와 어찌어찌해서 세금을 마련해 지켜 낸 스노우 가족의 펜트하우스에서 그와 함께 산다면. 그가 플린스 상을 받아 대학교에 다니고 그녀는 플루리부스가 재개장한 나이트클럽에서 헤드라이너로 공연한다면. 캐피톨이 그녀가 계속 캐피톨에 살아도 좋다고 허락하고, 음… 세세한 부분까지 떠올릴 수는 없었지만 중요한 건 그가 그녀를 계속 옆에 두어야 한다는 점이었다. 그는 그러고 싶었다. 안전하게, 가까운 곳에 있게 하고 싶었다. 존중하고 또 존중받고 싶었다. 헌신하고 싶었다. 그리고 전적으로, 명백히 그의 사람이길 원했다. 키스하기 직전에 그녀가 했던 "지금 내 마음속에 있는 유일한 남자는 너야"라는 말이 사실이라면 그녀도 그걸 원하지 않을까?

그는 '그만해! 아직 아무것도 결정되지 않았어!'라고 생각했다. 그녀가 음식을 거의 다 먹어서 그는 새로 주문했다. 그녀가 숨어서 리퍼가 저절로 죽기를 기다리려 할 경우, 감춰 두고 앞으로 며칠은 먹을 수 있을 양이었다. 괜찮은 계획이었다. 그녀로선 위험이 적고 리퍼가 지금처럼 모든 보급품을 계속 거부한다면 닥칠 수밖에 없는 일이다. 하지만 거부하지 않는다면? 리퍼가 제정신을 차리고 클레멘시아가 거의 끝없이 보내 줄 수 있는 스폰서들의 음식을 먹기로 한다면? 그렇다면 다시 몸싸움으로 결정 날 것이고 루시 그레이가 뱀을 몇 마리 더 가지고 있지 않다면 그녀는 아주 불리해질 것이다.

드론이 보급품을 날라 주자 루시 그레이는 물품들을 정리해서 주머니에 넣었다. 뱀이 더 들어 있다면 음식과 물을 다 넣기엔 주머니가 부족할 것 같아 보였지만 그녀는 굉장히 영리했다. 코리올라누스는 루시 그레이가 트리치를 죽인 뱀을 꺼내는 것조차 보지 못했다.

점심시간에 페스투스는 코리올라누스와 클레멘시아에게 샌드위치를 가져다주었다. 하지만 둘 다 너무 불안해서 먹을 수가 없었다. 다른 학생들은 어떤 일이 벌어질지 한순간도 놓치고 싶지 않아서 자기 자리에서 점심을 먹었다. 누가 승리할지 열심히 이야기하는 사람들의 속삭임이 코리올라누스의 귀에 들어왔다. 그는 헝거 게임이 이렇게 많은 관심을 받는 걸 본 기억이 없었다.

뜨거운 태양으로 경기장이 메말랐다. 얕은 웅덩이들은 사라지고 마실 수 있을 만큼 물이 남은 깊은 웅덩이만 몇 군데 보였다. 루시 그레이는 잔해 위에 앉아 쉬면서 스커트가 마르도록 펼쳐 놓았다. 소강상태가 찾아오자 럭키가 나타나 자세한 일기예보를 전했다. 폭염주의보가 있다며 이에 따른 경련, 탈진, 일사병을 피하는 방법을 알렸다. 경기장 앞에 모인 사람들은 레모네이드 판매대에 길게 줄을 서거나 얼마 안 되는 그늘로 몰려들었다. 언제나 제법 시원한 헤븐스비 홀마저도 더워져 학생들은 재킷을 벗고 공책으로 부채질을 했다. 오후 중반이 되자 학교에서 과일 펀치를 제공해 헤븐스비 홀은 축제 분위기로 달아올랐다.

루시 그레이는 리퍼를 주시하고 있었지만 리퍼는 그녀와 싸우려는 움직임을 보이지 않았다. 그녀는 갑자기 이 상황이 짜증난다는 듯 일어나더니 다시 트리치의 시체 쪽으로 가서 그의 한쪽 발목을 잡고 리퍼가 만든 영안실로 그를 끌고 가기 시작했다. 리퍼는 그녀가 시체에 손을 대자마자 깨어난 듯했다. 몸을 앞으로 뻗으며 뭔가 알아들을 수 없는 말을 외치더니 서둘러 관중석에서 내려오기 시작했다. 루시 그레이는 트리치를 놓고 가까운 터널로 달려갔다. 리퍼는 죽은 조공인들과 트리치를 나란히 줄 맞춰 놓고 남은 국기 조각으로 시체를 덮었다. 만족한 그는 다시 관중석으로 향했다. 리퍼가 겨우 벽까지 걸어갔을 때 루시 그레이가 다른 터널에서 달려 나와 시체 한 구를 덮은 국기를 걷어 내며 소리를 질렀다. 리퍼는 휙 돌아보고 그녀를 향해 달려갔다. 루시 그레이는 지체 없이 바리케이드 뒤로 사라졌다. 리퍼는 국기를 다시 시체위에 덮고 잘 고정시키기 위해 양쪽 자락을 시체 밑으로 밀어 넣은 다음 기둥에 기대 쉬러 갔다. 몇 분 뒤 그는 햇빛 아래에서 눈을 감고 조는듯했다. 루시 그레이가 다시 뛰어나와 국기 조각 하나를 잡아당겨 빼고는 국기를 펄럭이며 도망갔다. 그녀가 방해하고 있다는 걸 리퍼가 눈치챘을 때쯤에는 그녀가 둘 사이의 거리를 50미터 정도 벌려 놓은 뒤였다. 리퍼가 망설이는 동안 거리는 더욱 멀어졌고 그녀는 경기장 한가운데로 국기 조각을 끌고 가서 놓아둔 뒤 관중석으로 향했다. 화가 난 리퍼는 국기를 다시 가지러 달려갔다. 그녀를 뒤쫓아 몇 걸음 내딛었지만 무리한 탓인지 지쳐 보였다. 리퍼는 관자놀이에 양손을 얹고 빠르게 헐떡였다. 땀을 흘리는 것 같지는 않았다. 럭키가 조금 전 상기시켰듯 열사병의 징후처럼 보였다.

코리올라누스는 '루시 그레이는 리퍼가 죽을 때까지 뛰게 만들려는 거구나. 그게 통할 수도 있겠어'라고 생각했다.

리퍼는 취한 것처럼 조금 비틀거렸다. 국기를 끌고 오후 동안 말라 없어지지 않은 몇 안 되는 웅덩이 하나로 갔다. 털썩 무릎을 꿇고 바닥에 진창만 남을 때까지 후룩거리며 마셨다. 그가 몸을 일으키고 쭈그려 앉자 묘한 표정이 그의 얼굴을 스쳤다. 그는 갈비뼈와 가슴팍을 주무르기 시작했다. 물을 조금 토했고 무릎과 손을 땅에 대고 엎드려 잠시 구역질을 하다가 비틀거리며 일어났다. 아직도 한 손에 국기를 든 그는 불안한 걸음으로 천천히 자신의 영안실로 향했다. 간신히 영안실에 도착한 리퍼는 쓰러졌고 온 힘을 다해 기어서 트리치 옆에 나란히 누웠다. 한 손으로는 다른 아이들에게 국기를 덮어 주려 했지만 자기 몸을 어느 정도 덮는 게 고작이었다. 그는 팔다리를 모으고 움직이지 않았다.

코리올라누스는 기대에 차 꼼짝도 못하고 앉아 있었다. 이걸로 끝인가? 내가 정말 이겼나? 헝거 게임에서? 플린스 상을? 저 여자아이를? 그는 관중석에서 리퍼를 지켜보는 루시 그레이의 얼굴을 살폈다. 그녀는 경기장에서 일어난 일들과는 멀리 떨어진 곳에 있다는 듯한 표정을 짓고 있었다.

헤븐스비 홀의 학생들이 웅성거리기 시작했다. "리퍼가 죽은 거야?" "우승자를 발표해야 하는 거 아니야?" 코리올라누스와 클레멘시아는 결과를 기다리며 마이크를 든 레피두스에게 저리 가라고 손을 휘둘렀다. 30분 뒤 루시 그레이가 관중석에서 기어 내려와 리퍼에게 다가갔다. 그의 목에 손가락을 대고 맥박을 확인했다. 만족한 그녀는 눈을 감더니 어린아이들을 재우는 것처럼 조공인들에게 깃발을 덮어 주었다. 그리고 기둥에 기대앉아 기다렸다.

럭키가 스크린에 나타난 걸 보니 게임운영자들이 결론을 내린 것 같았다. 럭키는 껑충껑충 뛰면서 12번 구역의 조공인 루시 그레이 베어드와 멘터 코리올라누스 스노우가 제10회 헝거 게임에서 우승을 차지했다고 발표했다.

헤븐스비 홀의 코리올라누스 주위는 폭발하는 듯했다. 페스투스는 친구들을 몇 명 모아 코리올라누스가 앉은 의자를 들고 연단 주위를 행진했다. 그들이 의자를 내려놓자 레피두스가 온갖 질문을 던지며 코리올라누스를 괴롭혔다. 그는 아주 즐거웠으며 겸손해지는 경험이었다는 대답밖에 할 수 없었다. 전교생에겐 식당으로 가라는 지시가 내려졌다. 축하 케이크와 포스카가 준비되어 있었다. 코리올라누스는 상석에 앉아 축하를 받으며 포스카를 조금 지나치게 마셨다. 뭐 어때? 지금 이 순간 그는 천하무적이 된 기분이었다.

머리가 떵해지는 순간 사티리아가 그를 구해 주었다. 사티리아는 그를 식당에서 데리고 나오더니 고등생물 실험실로 가라고 했다. "네 여자아이를 데리고 오고 있는 것 같아. 카메라가 너희 둘을 같이 잡아도 놀라지 마. 잘했어."

코리올라누스는 사티리아에게 마음에서 우러난 포옹을 하고 서둘러 실험실로 갔다. 조용한 순간이 고마웠다. 미친 사람처럼 씨익 미소를 지었다. 그가 이겼다. 그는 영예와 미래를 따냈고 아마 사랑도 얻을 수 있을 것이다. 이제 곧 루시 그레이를 껴안을 수 있다. '아, 스노우가 일등이야. 당연하지.' 실험실 문에 가까워지자 그는 볼 근육을 억지로 풀었다. 술기운이 꽤 올랐다는 걸 감추기 위해 재킷을 똑바로 정리했다. 골 박사에게 헝크러진 모습을 보이면 안 될 것이다.

고등생물 실험실 문을 열었다. 그러나 하이바텀 총장만이 평소에 앉던 테이블 자리에 앉아 있었다. "문 닫고 들어와라." 코리올라누스는 시키는 대로 했다. 총장이 개인적으로 축하하고 싶었는지도 모른다. 어쩌면 그를 괴롭혀서 미안했다고 사과할지도 모른다. 하지만 총장에게 다가가자 싸늘한 두려움이 몰려왔다. 테이블 위에는 세 가지 물건이 실험실 표본처럼 놓여 있었다. 포도 펀치 얼룩이 남아 있는 아카데미 냅킨, 그의 어머니의 은 콤팩트, 때 묻은 흰 손수건.

두 사람의 만남은 5분도 넘기지 않아 끝났다. 이후 코리올라누스는 약속한 대로 곧장 모병소에 가서 판엠 평화유지군의 신입 멤버, 어쩌면 가장 빛나는 멤버가 되었다.

PART III
"평화유지군"

21

　코리올라누스는 혹시 유리창에 조금이라도 시원한 기운이 남아 있을까 싶어 관자놀이를 기댔다. 그와 함께 입대한 대여섯 명이 9번 구역에서 내린 덕에 숨 막힐 듯했던 열차 안이 겨우 여유가 생겼다. 드디어 혼자다. 그는 기차를 탄 뒤 스물네 시간 동안 단 한순간도 혼자 있지 못했다. 기차는 툭하면 예고도 없이 한참이나 멈춰 섰다. 기차가 가다 말다 하는 데다 다른 신병들이 떠들어 대서 그는 한숨도 자지 못했다. 자는 척만 했다. 다른 사람들이 그에게 말을 걸지 못하게 하려는 의도였다. 어쩌면 이제 눈을 붙일 수 있을지도 모른다. 그리고 이 악몽에서 깨어날 수 있을지도 모른다. 하지만 이렇게 끈질기게 계속되는 걸 보니 어쩌면 악몽이 아니라 현실인지도 모르겠다. 뻣뻣하고 따끔거리는 평화유지군의 새로운 셔츠 소매로 딱지투성이 뺨을 문지르자 그의 절망은 더 깊어졌다.

　기차가 지나가는 9번 구역을 바라보며 그는 멍하니 '정말 보기 흉한 곳이군'이라고 생각했다. 콘크리트 건물, 벗겨져 가는 페인트칠, 빈곤.

이 모든 것이 가차 없는 햇볕에 익어 가고 있었다. 여기에 석탄가루까지 더해질 12번 구역은 얼마나 더 흉할까. 코리올라누스는 12번 구역을 제대로 본 적이 없었다. 추첨일에 본 화질 나쁜 광장 영상이 전부였다. 인간이 살기에 적합한 거주지로 보이지 않았다.

12번 구역에 배정해 달라고 요청하자 장교는 놀라서 눈썹을 치켜올렸다. "지금까지 그런 요구는 거의 들어 본 적이 없는데." 하지만 더 이상 왈가왈부하지 않고 처리해 주었다. 그는 코리올라누스가 누군지 몰랐다. 루시 그레이에 대한 이야기도 꺼내지 않는 걸 보니 아마 모두가 헝거 게임을 시청한 건 아니었던 모양이다. 잘된 일이다. 지금으로선 익명성이 간절했다. 그가 처한 상황이 수치스러운 이유 중 상당 부분은 스노우라는 성 때문이었다. 하이바텀 총장과의 만남이 떠오르자 가슴이 끓어올랐다….

"들리니, 코리올라누스? 눈이 내리는 소리란다 Snow falling(스노우 가문 사람이 몰락한다는 뜻도 된다-옮긴이)."

코리올라누스는 하이바텀 총장이 정말로 증오스러웠다. 증거물 위에 떠 있는 그의 부은 얼굴, 실험실 테이블 위의 물건들을 찔러 대던 그의 펜 끝. "이 냅킨에서 네 DNA가 나왔어. 아카데미의 음식을 불법으로 경기장에 가져가는 데 사용되었지. 폭발 사건 후 현장에서 증거물로 수거했다. 규정대로 검사를 했더니 네가 나오더구나."

"주최 측은 루시 그레이를 굶겨 죽이고 있었어요." 코리올라누스는 갈라진 목소리로 말했다.

"헝거 게임에서는 일반적인 절차에 가깝지. 하지만 음식을 준 게 문제가 아니야. 모든 멘터들이 음식을 주는 걸 우린 못 본 척했다. 아카데미의 것을 훔친 게 문제야. 엄격히 금지된 일이지." 하이바텀 총장이 말했다. "나는 너의 잘못을 공개하자는 데 적극 찬성했다. 벌점을 더 주자고 했지. 그리고 헝거 게임에서 실격 처리하려 했어. 하지만 골 박사는 너를 상처 입은 캐피톨의 순교자로 사용하는 게 더 쓸모 있을 거라고 생각하더구나. 그래서 네가 병원에서 회복하는 동안 네가 국가 부르는 영상을 틀었지."

"그러면 왜 지금 문제 삼는 건가요?" 코리올라누스가 물었다.

"행동 양식을 확실히 파악하기 위해서 그런 것뿐이다." 하이바텀 총장은 펜으로 냅킨 옆에 놓인 은 콤팩트의 장미 문양을 두드렸다. "자, 이제 이 콤팩트. 네 어머니가 핸드백에서 이걸 꺼내 자기 얼굴을 살피는 걸 내가 몇 번이나 봤을까? 예쁘고 별로 똑똑하지 않은 너의 어머니 말이야. 왠지 몰라도 너의 어머니는 네 아버지가 자신에게 자유와 사랑을 줄 거라고 믿었지. 흔히들 설상가상이라고 하는 경우였어."

"어머니는 그렇지 않았어요." 코리올라누스는 이 말밖에 하지 못했다. 어머니가 별로 똑똑하지 않다는 말에 대한 반박이었다.

"나이가 너무 어려서 그랬다는 것밖에는 핑곗거리가 없구나. 사실 네 어머니는 영원히 어린아이로 남을 운명 같았어. 네 여자아이 루시 그레이와는 정반대였지. 그 아이는 열여섯 살인데 서른다섯 살 같잖아. 그것도 만만치 않은 서른다섯 살짜리." 하이바텀 총장이 말했다.

"루시 그레이가 콤팩트를 줬나요?" 그렇게 생각하자 코리올라누스의 마음이 무너져 내렸다.

"아, 걔 탓은 하지 마라. 평화유지군들이 몸싸움을 해서 그 아일 땅에 눕힌 다음에야 빼앗았으니까. 우리는 우승자가 경기장에서 나올 때 몸수색을 한다. 당연한 일이지." 하이바텀 총장은 고개를 기울이며 미소를 지었다. "워비와 리퍼에게 독을 먹인 방법은 정말 영리했어. 정정당당하지는 않았지만, 어쩌겠니? 12번 구역으로 돌려보내는 것만으로도 충분한 처벌일 텐데. 루시 그레이는 쥐약은 자기가 생각한 거고 콤팩트는 그냥 징표였다고 말했어."

"그건 사실이에요." 코리올라누스가 말했다. "징표였어요. 제 애정의 징표…. 독에 대해선 전 아무것도 몰랐어요."

"난 너를 믿지 않지만 믿는다고 쳐 보자. 그렇다고 하자. 그렇다면 이건 어떻게 생각해야 할까?" 하이바텀 총장은 펜으로 손수건을 들어 올렸다. "어제 아침에 실험실 조수 하나가 뱀 탱크에서 이걸 발견했어. 처음에는 모두 굉장히 당황했지. 자기 손수건이 없어지지 않았나 다들 주머니를 확인했어. 머트 근처에 갔던 다른 사람은 없었잖니? 심지어 자기 손수건이라고 말한 젊은 연구원도 있었어. 알레르기가 심해졌는데 며칠 전에 손수건을 잃어버렸다더군. 하지만 그 친구가 사임하겠다고 말하는 순간 누군가 이니셜을 봤지. 네 이니셜이 아니었어. 네 아버지. 모서리에 아주 섬세하게 새겨져 있더구나."

CXS. 손수건 끄트머리와 색이 같은 흰색 실. 가장자리 패턴의 일부였고 정말이지 눈에 잘 띄지 않아서 주의 깊게 봐야 알 수 있지만 거기 있다는 사실엔 반박의 여지가 없었다. 코리올라누스는 매일 쓰는 손수건을 자세히 살펴본 적이 없었다. 그저 외출할 때 한 장을 주머니에 쑤셔 넣고 나오곤 했다. 가운데 이름이 그토록 특이하지 않았다면 자기 손수건이 아니라고 우길 여지가 조금은 있었을지도 모른다. 크산토스Xanthos. 코리올라누스가 아는 이름 중에 X로 시작하는 이름은 이것뿐이었고 이 이름을 지닌 유일한 사람이 그의 아버지였다. 크라수스 크산토스 스노우.

DNA 테스트에 대해서는 물어볼 필요도 없었다. 하이바텀 총장은 코리올라누스와 루시 그레이의 DNA를 발견하고 분명 즐거워했을 것이다. "그러면 왜 이걸 공개하지 않은 거죠?"

"아, 내 말은 믿어도 좋은데 난 공개하고 싶은 유혹을 느꼈어. 하지만 아카데미에는 학생을 퇴학 처리할 때 생명선을 제공하는 전통이 있거든." 총장이 설명했다. "공개적으로 망신을 주는 대신 넌 오늘 안에 평화유지군에 입대해야 한다."

"하지만…. 제가 왜 그래야 되죠? 그러니까 왜 제가 그러겠다고 해야 하냐고요? 전 그냥… 플린스 상을 받아서 대학교에 가면 되는데?" 코리올라누스가 더듬거리며 말했다.

"그건 아무도 모르지. 네가 애국자라서? 나라를 지키는 법을 배우는 게 책으로 지식을 잔뜩 얻는 것보다 더 나은 교육이라고 믿어서?" 하이바텀 총장은 웃기 시작했다. "헝거 게임이 너를 바꿔 놓았고 넌 판엠을 가장 잘 섬길 수 있는 곳으로 가려 해서? 넌 영리한 젊은이야, 코리올라누스. 핑계를 생각해 낼 수 있으리라 믿는다."

"하지만… 하지만 제가…?" 그의 머릿속은 포스카와 아드레날린으로 어지러웠다. "왜죠? 왜 그렇게 저를 싫어하시죠?" 그가 내뱉었다. "제 아버지와 친구였다고 생각했는데요!"

그 말에 하이바텀 총장은 진지해졌다. "나도 그렇게 생각했다. 한때는. 하지만 알고 보니 난 그저 그가 이용할 수 있어서 좋아했던 사람에 불과했어. 지금도 그래."

"하지만 아버지는 돌아가셨잖아요! 여러 해 전에!" 코리올라누스가 외쳤다.

"죽어도 싸지만 그는 네 안에 아직 생생히 살아 있는 것 같다." 총장은 어서 가라는 손짓을 했다. "서두르는 게 좋을 거야. 사무실은 20분 뒤에 닫아. 달려가면 아슬아슬하게 도착할 수 있을 게다."

달리 어찌할 바를 몰랐던 코리올라누스는 달렸다. 입대 신청을 한 후 골 박사에게 자비를 빌어 볼 생각으로 곧바로 시타델에 가 봤지만 꿰맨 상처가 감염되었다고 애원했는데도 들여보내 주지 않았다. 평화유지군이 실험실에 전화를 걸어 보았더니 병원으로 보내라는 지시가 내려왔다. 경비병 한 명이 그를 딱하게 여기고 마지막 숙제를 골 박사에게 전해 보겠다고 했지만 전달되리란 보장은 없었다. 그는 숙제 여백에 골 박사에게 탄원하는 내용을 쓰려다가 의미 없는 짓이라고 느꼈다. 그래서 그냥 '고맙습니다'라고만 썼다. 뭐가 고맙다는 건지는 그도 몰랐지만 그의 절박함을 골 박사가 이용하는 건 거부했다.

집으로 걸어오는 길에 이웃들이 건네는 축하가 단검처럼 그의 심장에 꽂혔다. 하지만 진정한 괴로움은 집에 도착해서 장난감 나팔 소리와 환호가 그를 맞았을 때 찾아왔다. 티그리스와 할머님은 새해 축하할 때 쓰던 파티 용품들을 꺼내 놓고 빵집에서 사온 케이크도 준비해 두었다. 코리올라누스는 힘없이 미소를 지어 보이려다 울음을 터뜨렸다. 그리고 모든 걸 다 털어놓았다. 그가 이야기를 마치자 두 사람은 대리석상처럼 조용히 꼼짝 않고 있었다.

"언제 가?" 티그리스가 물었다.

"내일 아침."

"언제 돌아오니?" 할머님이 물었다.

그는 차마 20년 후라고는 말할 수 없었다. 할머님은 결코 그때까지 버티지 못할 것이다. 그가 할머님을 다시 보게 된다면 그건 무덤에서일 것이다. "모르겠어요."

할머님은 이해한다는 뜻으로 고개를 끄덕이더니 의자에 앉은 채 몸을 곧게 폈다. "코리올라누스, 기억해라. 너는 어딜 가든 스노우 가문 사람이야. 아무도 너에게서 그걸 빼앗아 가지는 못해."

그는 그게 문제 아닐까 싶었다. 전쟁 후의 이 세상에서 스노우 가문 사람이라는 건 불가능했던 게 아닐까? 그것 때문에 어떤 일들을 하게 되었단 말인가. 하지만 그는 "언젠가는 스노우 가문 사람다워지려고 노력할게요"라고만 말했다.

티그리스가 일어섰다. "따라와, 코리오. 짐 싸는 걸 도와줄게." 그는 그녀를 따라 자기 방으로 갔다. 그녀는 울지 않았다. 그가 떠날 때까지 눈물을 참으려고 애쓰리라는 걸 그는 알고 있었다.

"가져갈 게 별로 없어. 버려도 되는 낡은 옷을 입고 오라고 하던걸. 군복, 위생용품, 다 거기서 준대. 이 안에 들어가는 개인 물건들만 가져 갈 수 있어." 코리올라누스는 책가방에서 가로 20센티미터, 가로 30센티미터, 깊이 8센티미터 정도 되는 상자를 꺼냈다. 두 사람은 상자를 한참 동안 바라보았다.

"뭘 가져갈래?" 티그리스가 물었다. "꼭 필요한 걸 챙겨야 돼."

아기인 그를 안고 있는 어머니의 사진, 군복을 입은 아버지의 사진, 티그리스와 할머님의 사진, 친구들 몇 명의 사진, 아버지의 물건이었던 황동으로 된 낡은 나침반, 그의 오렌지색 실크 스카프에 조심스럽게 싼 어머니의 은 콤팩트에 들어 있던 장미향 파우더, 손수건 세 장, 스노우 가문의 문장이 박힌 필기구, 아카데미 학생증, 어렸을 때 보러 갔던 경기장 모양의 도장이 찍힌 서커스 공연 입장권 조각, 폭탄이 터져 생긴 잔해에서 주운 대리석 조각. 그는 마치 2번 구역의 기억이 담긴 물건들을 부엌에 늘어놓은 플린스 부인이 된 것 같은 기분이었다.

아무도 자지 않았다. 함께 옥상으로 올라가 해가 뜰 때까지 캐피톨을 바라보았다. "네가 실패하도록 함정을 파 둔 거야." 티그리스가 말했다. "헝거 게임은 비정상적이고 악랄한 처벌이야. 너 같이 착한 사람이 어떻게 그런 것에 동조하겠어?"

"나 말고 다른 사람한테는 그런 말하면 안 돼. 안전하지 않아." 코리올라누스가 경고했다.

"나도 알아. 그리고 그렇게 해야 한다는 것도 잘못됐어." 티그리스가 말했다.

코리올라누스는 샤워를 하고 헤진 교복 바지와 올이 다 드러난 티셔츠를 입고 망가진 플립플롭을 신고 부엌에서 차를 한 잔 마셨다. 할머님께 작별 입맞춤을 하고 나가기 전에 마지막으로 집을 한 번 보았다.

복도에서 티그리스는 그의 아버지가 쓰던 낡은 햇빛 차단용 모자와 선글라스를 내밀었다. "멀리 가야 하니까."

코리올라누스는 얼굴을 가리라는 속뜻을 알아차리고 고맙게 받아서 쓰고 곱슬머리를 모자 아래로 밀어 넣었다. 두 사람은 행인이 거의 없는 거리를 걸어 모병소까지 갔다. 누구도 말을 하지 않았다. 그러다 코리올라누스가 티그리스를 보며 감정이 북받쳐 거칠어진 목소리로 말했다. "누나한테 모든 걸 다 맡기고 떠나. 아파트, 세금, 할머님. 너무 미안해. 날 절대 용서하지 않는다고 해도 난 이해할 거야."

"용서할 건 아무것도 없어. 편지 쓸 수 있게 되는 대로 보낼 거지?"

두 사람이 너무나 꽉 껴안아서 그의 팔을 꿰맨 부위 몇 군데가 터졌다. 코리올라누스는 300명 정도의 캐피톨 시민이 새로운 삶의 시작을 기다리며 서성대고 있는 모병소로 단호히 걸어 들어갔다. 신체검사에서 탈락할지도 모른다는 희미한 희망의 빛을 기대했지만 더 생각해 보고는 타오르는 듯한 공황 상태가 되었다. 탈락하면 어떤 운명이 그를 기다리고 있을까? 공개 비난? 감옥? 하이바텀 총장이 말하지는 않았지만 코리올라누스는 최악을 상상했다. 신체검사는 쉽게 통과했다. 심지어 그들은 말도 없이 팔을 꿰맨 실까지 뽑아 버렸다. 머리를 짧게 깎아서 그의 트레이드 마크였던 곱슬머리가 없어지니 벌거벗은 기분이었지만 덕분에 모습이 굉장히 달라져서 그를 향했던 몇 번의 호기심 어린 시선이 완전히 사라졌다. 그는 새 전투복으로 갈아입고 추가 의복, 위생용품 세트, 물병, 기차에서 먹을 간 고기를 바른 샌드위치가 든 더플백을 받았다. 이어서 여러 서류에 서명했다. 그중 하나는 얼마 안 되는 그의 월급 중 절반을 티그리스와 할머님에게 보낸다는 서류였다. 이게 아주 조금이나마 위로가 되었다.

머리를 깎고 옷을 갈아입고 백신 접종까지 받은 코리올라누스는 다른 신병들과 함께 기차역으로 가는 버스에 올랐다. 신병들은 캐피톨의 남자아이와 여자아이들이었는데 대부분은 아카데미보다 졸업식이 빠른 중등학교를 막 졸업한 아이들이었다. 그는 기차역 구석에 틀어박혀 캐피톨 뉴스를 지켜보면서 자신이 어떤 궁지에 처했는지 보도되는 건 아닐까 두려워했지만 평범한 토요일 방송만 나왔다. 날씨, 복구 공사에 따른 우회 도로, 여름 채소 샐러드 만드는 법. 마치 헝거 게임이 아예 없었던 것 같았다.

'난 지워지고 있어. 그리고 나를 지우기 위해서 그들은 헝거 게임을 지워야 하는 거야.' 코리올라누스는 생각했다.

그가 당한 망신을 누가 알고 있을까? 교수진? 친구들? 아무도 그에게 연락하지 않았다. 어쩌면 아직 알려지지 않았는지도 모른다. 하지만 말이 퍼질 것이다. 사람들은 이런저런 추측을 할 것이다. 여러 루머가 돌 것이다. 진실을 흥미롭게 왜곡한 이야기가 사실로 받아들여질 것이다. 아, 리비아 카듀가 얼마나 고소해할까. 플린스 상은 클레멘시아가 졸업하면서 받겠지. 여름방학 한 달 동안 그들은 코리올라누스가 어떻게 되었을까 궁금해할 것이다. 심지어 몇 명은 그를 보고 싶어 할지도 모른다. 아마 페스투스와 리시스트라타. 9월이면 친구들은 대학교에 들어갈 것이다. 그리고 그는 천천히 잊힐 것이다.

헝거 게임을 지운다는 건 루시 그레이를 지우는 일이기도 했다. 그녀는 어디 있을까? 정말 고향으로 돌려보내졌나? 그녀는 지금 캐피톨에 올 때 탔던 악취 풍기는 가축용 기차를 타고 12번 구역으로 돌아가고 있을까? 하이바텀 총장은 그렇게 될 거라고 언뜻 말했지만 최종 결정은 골 박사의 몫일 테고 골 박사는 그들의 부정행위에 더 가혹한 벌을 내릴지도 모른다. 골 박사의 지시에 따라 루시 그레이는 감옥에 갇히거나 살해되거나 무성인이 될지도 모른다. 최악의 경우 골 박사의 끔찍한 실험실에서 평생 실험 대상이 될 수도 있다.

코리올라누스는 자신이 기차에 타고 있다는 걸 상기하며 눈물이 흐를까 두려워 눈을 감았다. 아기처럼 엉엉 우는 모습을 보여서 좋을 것이 없으니 그는 자신과 싸워서 감정을 다스렸다. 루시 그레이를 12번 구역으로 돌려보내는 게 캐피톨로선 가장 좋은 전략일 거라고 생각하며 마음을 가라앉혔다. 어쩌면 시간이 흐른 뒤에 골 박사가 루시 그레이를 다시 헝거 게임에 출연시킬지도 모른다. 코리올라누스가 멀리 사라졌으니 더욱 가능성이 높다. 다시 데려와서 헝거 게임 개막 때 노래하게 하는 것이다. 그녀가 저지른 잘못은 그의 범죄에 비해 경범죄에 해당한다. 그리고 시청자들은 그녀를 사랑하지 않았나. 그녀의 매력이 그녀를 한 번 더 구할 수도 있다.

기차는 종종 멈춰 신병들을 토해 냈다. 지정 구역에 내리는 신병들 또는 배정받은 북쪽이나 남쪽 구역으로 가는 기차를 갈아타기 위해 내리는 신병들이었다. 코리올라누스는 이제는 버려져 비바람을 맞고 있는 죽은 도시들을 창밖으로 가끔 바라보며 이 도시들이 모두 전성기였을 때의 세상은 어땠을까 생각했다. 여기가 판엠이 아니라 북미였던 시절. 멋졌을 것이다. 캐피톨로 가득한 땅. 정말 안타까운 일이다….

자정 무렵 객실 문이 열리더니 8번 구역으로 가는 여자아이 두 명이 몰래 갖고 탄 2리터짜리 포스카 병을 들고 들어와 털썩 앉았다. 때가 때이다 보니 그는 그들이 포스카 비우는 걸 거들면서 밤을 보냈고 하루가 통째로 지난 뒤 눈을 떴다. 해가 뜰 무렵의 무더운 화요일 아침이었다.

기차는 12번 구역에 가까워지고 있었다.

코리올라누스는 비틀거리며 플랫폼에 내려섰다. 머리는 지끈지끈했고 입안은 까끌거렸다. 명령에 따라 그와 다른 신병 세 명은 줄을 서서 한 시간 동안 기다렸다가 그들보다 나이가 별로 많아 보이지 않는 평화유지군을 따라 역에서 나와 참담한 거리로 나갔다. 고온과 습기 때문에 공기는 액체와 기체의 중간 정도 상태였다. 코리올라누스는 자기가 지금 숨을 내쉬는 건지 들이쉬는 건지 알 수가 없었다. 그의 몸을 감싸고 낯선 광택을 내는 습기는 닦아도 없어지지 않았다. 땀은 마르지 않고 더욱 심하게 흘렀다. 석탄 먼지 때문에 까매진 콧물이 계속 흘렀다. 뻣뻣한 부츠 속에서는 양말이 철벅거렸다. 재와 부서진 아스팔트로 덮인 흉측한 건물들이 늘어선 길을 한 시간 동안 걸은 끝에 그는 새 집이 될 기지에 도착했다.

기지를 감싼 보안 울타리와 정문에 선 무장한 평화유지군들 덕분에 코리올라누스는 노출된 기분을 덜 느꼈다. 신병들은 평화유지군을 따라 별 특징 없는 회색 건물들 사이를 지났다. 두 여자아이는 막사에서 다른 곳으로 갔고 코리올라누스와 키 크고 깡마른 주니우스라는 남자 신병은 이층 침대 두 개와 로커 여덟 개가 있는 방으로 안내되었다. 이층 침대 두 자리는 깔끔하게 정돈되어 있었고 대형 쓰레기통이 내다보이는 더러운 창문 앞에 놓인 또 다른 이층 침대 위에는 침구류가 쌓여 있었다. 두 신병은 침구류를 사용하는 방법에 대한 지시에 따라 서툰 솜씨로 침대를 정돈했다. 주니우스가 높은 곳을 무서워한다고 해서 코리올라누스가 침대 이층을 쓰기로 했다. 남은 오전 시간 동안은 샤워하고 짐을 풀고 평화유지군 훈련 안내 책자를 훑어보고 11시까지 식당에 오라는 지시를 받았다.

코리올라누스는 샤워실에 서서 고개를 젖히고 수도꼭지에서 흘러나

오는 미지근한 물을 벌컥벌컥 마셨다. 수건으로 몸을 세 번 닦고 나서
야 축축한 피부는 어쩔 수 없다는 걸 받아들이고 깨끗한 전투복을 입었
다. 더플백을 풀고 소중한 상자를 로커 제일 위 칸에 넣은 다음 침대로
올라가 평화유지군 훈련 안내 책자를 펼쳤다. 주니우스와의 대화를 피
하기 위해 읽는 척이라도 할 생각이었다. 불안해하는 주니우스를 안심
시키는 말을 해 주어야 했지만 코리올라누스 또한 그럴 상황이 아니었
다. 사실 그가 하고 싶었던 말은 "네 삶은 끝났어, 젊은 주니우스. 받아
들여"였다. 하지만 그 말을 수습하는 데는 그가 끌어낼 수 있는 이상의
에너지가 필요할 것 같았다. 코리올라누스는 자신의 학업과 가족, 미래
에 대한 의무가 갑자기 사라지자 힘이 쭉 빠져 버렸다. 제일 시시한 과
업조차도 벅차게 느껴졌다.

11시가 되기 몇 분 전에 이 막사를 쓰고 있는 두 사람이 그들을 데리
러 왔다. 수다스럽고 얼굴이 둥근 스마일리, 몸집이 아주 작은 그의 친
구 버그였다. 넷은 함께 식당으로 갔다. 긴 테이블 앞에 삐걱거리는 플
라스틱 의자가 쭉 놓여 있는 곳이었다.

"화요일에는 해시hash가 나와!" 스마일리가 말했다. 그가 평화유지군
이 된 건 고작 일주일 정도 전이었지만 그는 이곳의 일상에 익숙해졌을
뿐 아니라 신나게 즐기는 것 같았다. 코리올라누스는 감자가 여기저기
섞인 개밥 비슷하게 생긴 음식이 담긴 식판을 받아 왔다. 배가 고팠던
데다 동료들이 맛있게 먹는 걸 보고 그 또한 대담해져서 한 입 먹어 보
았다. 꽤 짜긴 했지만 제법 먹을 만했다. 반으로 갈라 통조림한 배 두 쪽
과 우유가 든 큰 머그컵도 하나 받았다. 고상한 식사는 아니었지만 배
는 불렀다. 그는 평화유지군으로 지내면 배를 곯지는 않으리라는 걸 깨
달았다. 사실 집에서 지내는 것보다 식량은 더 꾸준히 공급받을 수 있
을 것 같았다.

스마일리는 모두가 친한 친구라고 선언했다. 점심을 다 먹을 때쯤에는 코리올라누스와 주니우스에게 젠트와 빈폴이라는 별명이 붙었다. 코리올라누스는 테이블 매너가 점잖으니 신사, 주니우스는 마르고 키가 크니 꺽다리라는 것이었다. 코리올라누스는 별명을 기꺼이 받아들였다. 스노우라는 이름은 정말 듣고 싶지 않았기 때문이다. 하지만 막사의 동료들 중 누구도 그의 성이나 헝거 게임에 대해서는 한마디도 하지 않았다. 알고 보니 사병들은 휴게실에서만 텔레비전을 볼 수 있는데 수신 상태가 너무 나빠서 거의 켜질 않았다. 설령 빈폴이 코리올라누스를 캐피톨에서 보았다 해도 자기 옆의 졸병이 헝거 게임 멘터였다는 걸 깨닫지 못할 것이다. 아무도 그를 알아보지 못하는 건 아무도 그가 여기에 와 있으리라고 생각하지 못하기 때문일 수도 있다. 혹은 그의 유명세는 아카데미 안 그리고 헝거 게임을 계속 볼 시간이 있는 캐피톨의 일부 무직자에게만 퍼졌던 건지도 모른다. 코리올라누스는 긴장을 풀고, 군인이었던 아버지는 전사했으며 집에는 할머니와 사촌이 있고 학교는 지난주에 마쳤다고 털어놓았다.

그는 스마일리와 버그를 포함한 여러 평화유지군이 캐피톨이 아닌 구역 출신이라는 걸 알고 놀랐다. "아, 당연하지." 스마일리가 말했다. "평화유지군은 들어올 수만 있다면 좋은 직업이거든. 제분소에서 일하는 것보다 나아. 먹을 것도 많이 주고 가족들에게 보낼 수 있을 만큼 돈도 줘. 조롱하는 사람들도 있지만 전쟁은 지난 일이고 난 직업은 직업일 뿐이라고 생각해."

"그럼 너는 너와 같은 위치의 가까운 사람들을 감시하는 게 아무렇지도 않아?" 코리올라누스가 참지 못하고 물어보았다.

"아, 이 사람들은 나와 가깝지 않아. 나와 가까운 사람들은 8번 구역에 있지. 자기가 태어난 곳에는 배치되지 않아." 스마일리는 어깨를 으쓱하며 말했다. "게다가 네가 이제 내 가족이야, 젠트."

그날 오후 코리올라누스는 취사병이 되었고 새로운 가족 몇 명을 더 소개받았다. 전쟁 중에 왼쪽 귀를 잃은 늙은 군인 쿠키의 지도에 따라 코리올라누스는 상의를 완전히 벗고 김이 오르는 뜨거운 물이 있는 싱크대 앞에 네 시간 동안 서서 냄비를 문질러 닦고 식판을 헹궜다. 그런 다음 15분 동안 해시를 한 번 더 먹고 몇 시간 동안 식당과 복도 바닥을 걸레질했다. 그러고는 소등 시간인 9시가 되기 30분 전쯤 막사로 돌아와 팬티 차림으로 침대에 쓰러지듯 누웠다.

다음 날 아침 5시에 코리올라누스는 옷을 챙겨 입고 본격적인 훈련을 받기 위해 운동장에 섰다. 첫 단계는 신병들의 체력을 용납 가능한 수준까지 끌어올리기 위해 설계된 것이었다. 옷이 흠뻑 젖고 발뒤꿈치에 물집이 잡힐 때까지 스쾃과 질주 훈련을 계속했다. 언제나 철저하게 운동할 것을 고집했던 시클 교수의 지도가 도움이 되었다. 코리올라누스는 열두 살 때부터 줄을 맞춰 행진을 해 왔다. 반면 운동신경이 좋지 않고 가슴이 오목한 빈폴은 조교에게 계속해서 약올림과 괴롭힘을 받았다. 그날 밤 코리올라누스는 잠에 빠져들면서 빈폴이 베개에 얼굴을 묻고 우는 소리를 들었다.

코리올라누스의 새로운 인생은 훈련, 식사, 청소, 수면 시간으로 이루어졌다. 그는 기계적으로 할 일을 했지만 잔소리를 듣지 않을 만큼 잘 해냈다. 운이 좋으면 소등 시간 전에 소중한 30분 정도는 혼자 보낼 수도 있었다. 그 시간에 뭔가를 한 건 아니었다. 샤워하고 이층 침대에 기어오르는 게 고작이었다.

루시 그레이 생각이 그를 괴롭혔지만 그녀에 대한 정보를 얻기는 쉽지 않았다. 부대 안에서 물어보고 돌아다니면 그가 헝거 게임에 참여했다는 걸 알아차리는 사람이 나올 수 있을 텐데 어떻게든 그것만은 피하고 싶었다. 휴일은 일요일로 정해져 있었고 토요일 근무는 다섯 시에 끝났다. 신병인 그들은 다음 주말까지는 부대 안에 있어야 했다. 코리올라누스는 주말이 되면 시내로 나가 주민들에게 남몰래 루시 그레이에 대해 물어볼 계획이었다. 스마일리는 주말이 되면 호브라고 부르는 낡은 석탄 창고에 평화유지군들이 놀러 간다고 알려 주었다. 집에서 만든 독주를 살 수 있는 곳이고 어쩌면 성매매도 할 수 있을 거라고 은근히 말했다. 추첨이 열렸던 광장에는 작은 가게와 자영업자가 좀 있었지만 낮 시간에 더 활기를 띠었다.

훈련 성과가 좋지 않아 화장실 청소를 맡게 된 빈폴을 제외한 막사 동료들은 토요일 저녁 식사 후 포커를 하러 휴게실로 갔다. 코리올라누스는 식당에서 국수와 통조림 고기를 느릿느릿 먹었다. 평소에는 스마일리의 수다가 집중력을 흩뜨려 놓았기 때문에 코리올라누스가 다른 평화유지군들을 제대로 관찰한 건 그때가 처음이었다. 십대 후반부터 할머님 또래로 보이는 늙은 군인 한 명까지 나이는 다양했다. 모여 앉아 수다를 떠는 사람들도 있었지만 대부분은 우울한 표정으로 말없이 앉아 국수를 빨아들였다. 코리올라누스는 '나의 미래를 보고 있는 걸까.' 하는 생각이 들었다.

그는 막사에서 저녁 시간을 보내기로 했다. 가진 돈을 전부 가족에게 주고 온 코리올라누스는 도박에 쓸 돈이 없었다. 다음 달 1일에 월급을 받기 전까지는 잔돈 몇 푼조차 없었다. 더욱 중요한 것은 티그리스가 보낸 편지를 혼자 있을 때 읽고 싶었다. 그는 동료들의 모습, 소리, 냄새가 없는 막사의 고독을 만끽했다. 혼자서 하루를 마감하는 데 익숙해진 그는 언제나 동료와 함께 있어야 한다는 게 부담스러웠다. 그는 이층 침대로 기어올라 조심스럽게 봉투를 열었다.

사랑하는 코리오

지금은 월요일이고 네가 없다는 사실이 집 안에 메아리처럼
울려. 할머님은 상황이 어떻게 된 건지 잘 모르시는 것 같아.
오늘 네가 언제 집에 오는지, 기다렸다가 같이 저녁을 먹어
야 하는지 두 번 물어보셨어. 네 상황에 대한 소문이 퍼지고
있어. 플루리부스를 만나러 갔는데 온갖 루머를 들었다고
하더라. 네가 루시 그레이를 사랑해서 12번 구역으로 따라
갔다, 승리를 축하하다가 취해서 덜컥 입대했다, 네가 규칙
을 어기고 네 돈으로 경기장에 있는 루시 그레이에게 선물
을 보냈다, 네가 하이바텀 총장과 사이가 틀어졌다 등등. 난
사람들에게 너는 네 아버지가 그러셨듯 국가에 대한 임무를
다하고 있을 뿐이라고 말한단다.
오늘 저녁에 페스투스, 페르세포네, 리시스트라타가 찾아왔
어. 다들 너를 굉장히 걱정하고 있어. 플린스 부인이 전화해
서 네 주소를 물어보더라. 아마 네게 편지를 보내려나 봐.
우리 아파트는 이제 공식적으로 매물로 나왔어. 두리틀 가
족이 조금 도와줬어. 플루리부스는 우리가 새 집을 당장 구
하지 못하면 클럽 위에 남는 방이 몇 개 있으니 써도 된대.
그리고 클럽을 재개장하면 내게 의상 관련 일을 맡길 수도
있을 거래. 우리 가구 몇 개를 살 만한 사람들을 연결시켜 주
기도 했어. 굉장히 친절했어. 너와 루시 그레이에게 안부를
전해 달래. 만날 수 있었니? 이 모든 광기 속에서 한 가지 좋
은 점이 그거야.
편지가 너무 짧아서 미안해. 하지만 꽤 늦었고 할 일이 너무

많아. 그저 너를 사랑하고 그리워하는 사람들이 많다는 걸 알려 주고 싶었어. 얼마나 힘들지 알지만 희망을 잃지는 마. 희망은 가장 힘들 때 우리를 버틸 수 있게 해 줬고 지금도 그럴 거야. 12번 구역에서의 생활이 어떤지 편지로 알려 줘. 이상적으로 보이지는 않을지 몰라도 앞으로 어떻게 될지 누가 알겠어?

스노우가 일등이다.

티그리스

코리올라누스는 양손에 얼굴을 묻었다. 캐피톨이 스노우 가문의 이름을 놀리고 있다고? 할머님이 실성하고 있다고? 나이트클럽 위의 허름한 방 몇 개가 그들의 집이 되고 거기서 티그리스가 반짝이 달린 유니타드unitard를 꿰맨다고? 이것이 훌륭한 스노우 가문의 운명이란 말인가.

판엠의 미래 대통령 코리올라누스 스노우는 어떻게 될까? 비극적이고 무의미한 그의 삶이 눈앞에 펼쳐졌다. 20년 뒤의 모습이 보였다. 살찌고 멍청해진, 받았던 가정교육은 다 사라진 코리올라누스. 기본적이고 동물적인 배고픔과 수면에 대한 생각만 떠올릴 정도로 좁아든 정신. 골 박사의 실험실에서 고초를 겪은 루시 그레이는 죽은 지 오래일 테고 그의 마음도 그녀와 함께 죽었을 것이다. 20년을 낭비하고 나면 어떻게 될까? 그의 복무 기간이 끝나면? 뭐, 그냥 재입대하겠지. 그때가 되어도 망신이 너무 심할 테니까. 그가 캐피톨로 돌아간다면 무엇이 기다리고 있을까? 할머님은 돌아가셨을 테고 티그리스는 중년이지만 더 나이 들어 보이고 노예처럼 삯바느질을 하고 있고 친절함은 무미건조함으로 변해 있겠지. 숙식을 제공받기 위해 만족시켜야 하는 사람들에게 그녀의 존재 자체가 농담거리가 되어 있을 것이다. 아니, 그는 결코 돌아가지 않을 것이다. 식당에서 보았던 늙은이처럼 12번 구역에 남을 것이다. 이게 그의 삶이니까. 파트너도 아이도 없고 막사 말고는 주소도 없는 삶. 다른 평화유지군들이 그의 가족이 될 것이다. 그의 전우인 스마일리, 버그, 빈폴. 그리고 고향 사람들은 다시는 못 보겠지. 절대. 결코.

향수와 절망이 물결처럼 그를 집어삼키며 끔찍한 고통이 그의 가슴을 죄었다. 심장마비가 올 것 같았지만 도움을 요청하려고 하지는 않았다. 그저 몸을 웅크리고 얼굴을 벽에 대고 누르기만 했다. 이게 최선일 수도 있다. 여기서 빠져나갈 수는 없으니까. 달아날 곳이 없었다. 구출될 희망도 없었다. 살아 있으나 죽은 것이나 다름없는 미래만 있을 뿐이다. 앞으로 무엇을 기대할 수 있을까? 해시? 매주 한 잔씩 마시는 진? 접시를 닦는 대신 승진해서 접시를 긁는 일을 맡는 것? 몇 년 동안 고통스럽게 질질 끄느니 지금 빨리 죽는 게 낫지 않을까?

어디선가 문이 쾅 닫히는 소리가 들렸다. 아주 먼 곳 같았다. 복도에서 발소리가 다가오며 잠깐 멈추더니 그를 향해 계속 다가왔다. 그는 이를 앙다물고 심장이 당장 멈추길 빌었다. 그와 세상은 이젠 더 이상 볼일이 없고 헤어질 때가 되었으니 말이다. 하지만 발소리가 점점 커지더니 막사 문 앞에서 멈추었다. 이 사람이 그를 보고 있나? 순찰을 돌고 있나? 원통해하고 있는 그를 보고 있나? 그의 처참함을 즐기고 있나? 그는 웃음과 조롱 그리고 분명히 뒤따를 화장실 청소를 기다렸다.

그런데 조용한 목소리가 들렸다. "이 침대 쓰는 사람 있니?" 조용하고 익숙한 목소리….

코리올라누스는 침대에서 몸을 뒤틀고 눈을 크게 뜨며 귀로는 이미 알고 있는 사실을 확인했다. 문간에 서 있는, 포장된 상태의 주름이 아직도 남아 있는 전투복 차림이 묘하게 어울리는 사람은 세자누스 플린스였다.

22

코리올라누스가 평생 누군가를 보고 이렇게 반가워한 적은 없었다.
"세자누스!" 그가 외쳤다. 침대에서 뛰어내려 페인트로 칠한 콘크리트
바닥에 비틀거리며 착지한 그는 두 팔로 세자누스를 껴안았다.

세자누스도 그를 안았다. "너를 거의 끝장낼 뻔했던 사람을 이렇게
따뜻하게 맞아 주다니 놀라운데!"

코리올라누스의 입에서 조금은 발작적인 웃음이 튀어나왔고 세자누
스의 말이 얼마나 맞는지 잠시 생각했다. 세자누스가 경기장 안에 숨어
들어가 그의 목숨을 위태롭게 한 건 사실이지만 다른 일까지 그의 탓으
로 돌리는 건 무리였다. 세자누스가 짜증나는 사람이긴 해도 그는 코리
올라누스의 아버지에 대한 하이바텀 총장의 복수나 손수건 사건에는
조금도 관여하지 않았다. "아니, 아니, 정반대야." 그는 세자누스를 놓아
주고는 살펴보았다. 눈 밑에는 다크서클이 내려앉았고 체중은 적어도
7킬로그램은 빠진 것 같았다. 하지만 전체적으로는 분위기가 밝아졌다.
마치 캐피톨에서 지고 다니던 부담이 사라진 것 같았다. "네가 왜 여기
있어?"

"흠, 어디 보자. 경기장에 들어가서 캐피톨에 반항한 나 역시 퇴학당
할 위기였어. 아버지가 위원회에 가서 나를 졸업시키고 평화유지군에
입대시켜 주면 아카데미에 새 체육관을 지어 주겠다고 말했지. 아카데
미는 좋다고 했지만 나는 너도 졸업시켜 주지 않으면 받아들일 수 없다
고 했어. 음, 새로운 체육관을 꼭 갖고 싶었던 시클 교수님은 우리 둘 다
20년 동안 먼 곳에 묶여 있는데 무슨 상관이냐고 했지." 세자누스는 더
플백을 바닥에 내려놓고 자기 개인 물품 상자를 꺼냈다.

"내가 졸업하게 됐다고?" 코리올라누스가 되물었다.

세자누스는 상자를 열고 학교 문장이 박힌 작은 가죽 폴더를 꺼내 굉장히 격식을 차리며 내밀었다. "축하해. 넌 이제 중퇴자가 아니야."

커버를 열어 보니 코리올라누스의 이름이 소용돌이 모양 글씨로 찍혀 있는 졸업장이 보였다. '우등생'이라고까지 적혀 있는 걸 보니 미리 만들어 놓은 것 같았다. "고마워. 바보 같겠지만 그래도 내겐 의미가 있어."

"있잖아, 만약 네가 장교 후보 시험을 치려면 그게 중요할 수도 있어. 중등학교를 졸업해야 되거든. 하이바텀 총장이 그 얘기를 꺼내면서 너에게 졸업장을 주면 안 된다고 했어. 네가 헝거 게임에서 루시 그레이를 도우려고 규칙을 어겼다고 하던데? 어쨌든 총장은 다수결에서 밀렸어." 세자누스는 싱긋 웃었다. "총장은 사람들을 정말 짜증나게 해."

"그럼 모두가 날 욕하고 있는 건 아니야?" 코리올라누스가 물었다.

"왜? 사랑에 빠져서? 너를 동정하는 사람들이 더 많은 것 같은데. 알고 보니 우리 교사들 중에 낭만주의자들이 많더라고." 세자누스가 말했다. "그리고 루시 그레이는 정말 좋은 인상을 줬어."

코리올라누스는 그의 팔을 움켜잡았다. "루시 그레이는 어디 있어? 걔가 어떻게 됐는지 아니?"

세자누스는 고개를 가로저었다. "우승자는 원래 자기 구역으로 돌려보내지 않아?"

"그 아이한테 더 심한 짓을 한 건 아닐까 걱정돼. 우리가 헝거 게임에서 부정행위를 했거든." 코리올라누스가 털어놓았다. "뱀들이 걔를 물지 않도록 내가 손을 썼어. 하지만 루시 그레이는 쥐약을 썼을 뿐이야."

"그랬구나. 음, 나는 전혀 들은 바가 없어. 루시 그레이가 처벌받았다는 얘기도." 세자누스가 그를 안심시켰다. "사실 그 아이는 워낙 재능이 뛰어나서 내년 헝거 게임에 다시 데려올 수도 있어."

"나도 그런 생각을 했어. 고향으로 돌려보낼 거라는 하이바텀 총장의 말이 사실일 수도 있겠다." 코리올라누스는 빈폴의 침대에 앉아 졸업장을 내려다보았다. "있잖아, 네가 들어오기 전에 난 자살하는 게 좋지 않을까 생각하고 있었어."

"뭐? 지금? 네가 드디어 하이바텀 총장과 사악한 골 박사의 손아귀에서 자유로워졌는데? 네 꿈의 여자아이가 손에 닿을 곳에 있는데? 지금 이 순간 우리 엄마가 너에게 보낼 빵을 트럭만 한 상자에 넣고 있는데?" 세자누스가 외쳤다. "친구야, 네 인생은 이제 시작된 거야!"

코리올라누스는 웃었다. 둘이 함께 웃었다. "그러니까 우리가 망한 게 아니라는 거야?"

"나라면 우리의 구원이라고 말하겠어. 적어도 나에겐 구원이야. 오, 코리오. 내가 탈출할 수 있어서 얼마나 기쁜지 네가 알 수만 있다면." 세자누스는 진지해졌다. "난 캐피톨을 좋아한 적이 없지만 헝거 게임 이후, 마르쿠스에게 그런 일이 일어난 이후… 네가 자살을 얘기한 게 진담인지는 모르겠지만 나한테는 농담이 아니었어. 어떻게 죽을지 계획까지 다 세워 뒀었어…."

"안 돼, 안 돼, 세자누스." 코리올라누스가 말했다. "그들에게 만족감을 주지 말자."

세자누스는 생각에 잠겨 고개를 끄덕인 뒤 소매로 얼굴을 닦았다. "아버지는 여기 온다고 나아질 건 없을 거래. 구역 사람들이 보기엔 난 그냥 캐피톨 사람일 거라고 하시더군. 하지만 상관없어. 어떻게 달라지든 더 나빠질 수는 없으니까. 여긴 어때?"

"행진 아니면 걸레질을 해." 코리올라누스가 말했다. "쳇바퀴 돌듯 지루해."

"좋네. 난 좀 멍해지는 건 견딜 수 있어. 아버지하고 끝없이 입씨름하면서 살아왔거든." 세자누스가 말했다. "지금은 그 어떤 것에 대해서도 진지하게 의논하고 싶지 않아."

"그럼 넌 우리 룸메이트들을 아주 좋아하게 될 거야." 코리올라누스의 가슴속에 있던 고통이 사라지면서 희미한 희망이 느껴졌다. 루시 그레이는 적어도 공개적으로는 처벌을 피했다. 캐피톨에 아직도 동지가 있다는 사실을 알게 된 것만으로 그는 기운이 났고 장교가 될 수도 있다는 세자누스의 말에 관심이 생겼다. 어쩌면 이 궁지에서 빠져나갈 방법이 있지 않을까? 영향력과 권력을 얻을 수 있는 다른 경로가 있으려나? 지금으로선 하이바텀 총장이 그걸 우려하고 있다는 사실을 알게 된 것만으로도 위안이 되었다.

"난 여기서 완전히 새롭고 아름다운 삶을 만들 계획이야. 나만의 방식으로 이 세상을 더 나은 곳으로 만들 수 있는 삶." 세자누스가 힘주어 말했다.

"그러려면 노력이 좀 필요할걸." 코리올라누스가 말했다. "내가 대체 무엇에 사로잡혀서 12번 구역으로 보내 달라고 자청했는지 모르겠어."

"분명히 그냥 무작위로 고른 거겠지." 세자누스가 놀렸다.

코리올라누스는 바보처럼 얼굴이 붉어졌다. "루시 그레이를 어떻게 찾아야 하는지도 몰라. 이렇게 많은 게 달라졌는데 그 아이가 나한테 관심이 있을지도 모르겠고."

"농담이지? 걔는 완전히 너에게 반했어!" 세자누스가 말했다. "그리고 걱정 마. 우린 루시 그레이를 찾아낼 거니까."

세자누스가 짐을 풀고 침상 정돈하는 걸 도우면서 코리올라누스는 캐피톨 소식을 상세히 들었다. 헝거 게임에 대한 그의 의심은 사실이었다.

"다음 날 아침부터는 헝거 게임에 대한 이야기가 전혀 안 나왔어."

세자누스가 말했다. "나를 어떻게 처리할지에 대한 회의 때문에 아카데미에 들어갔을 때, 교수 몇 명이 헝거 게임에 학생들을 참여시킨 건 실수였다고 말하는 걸 들었어. 그러니까 내 생각에 멘터 제도는 이번 한 번으로 끝인 것 같아. 하지만 내년에 럭키 플리커맨이 다시 등장한다거나 우체국에서 선물이나 내기를 할 수 있게 한다고 해도 놀라진 않을 거야."

"우리가 남긴 유산이지." 코리올라누스가 말했다.

"그런 것 같아. 사티리아는 시클 교수에게 골 박사는 어떻게든 계속하겠다는 생각이라고 말했어. 헝거 게임은 골 박사의 영원한 전쟁의 일부가 아닐까 싶어. 우리에겐 전쟁 대신 헝거 게임이 있는 거야."

"응, 구역들을 벌하고 우리가 어떤 짐승인지 일깨우기 위해서지." 코리올라누스는 세자누스의 개어 놓은 양말들을 로커 안에 넣는 데 집중했다.

"뭐?" 세자누스가 그에게 묘한 시선을 던졌다.

"나도 몰라." 코리올라누스가 말했다. "마치…. 골 박사가 늘 토끼를 괴롭히거나 동물의 살을 녹이는 거 알지?"

"마치 그걸 즐기는 것처럼?" 세자누스가 말했다.

"바로 그거야. 골 박사는 우리 모두가 그렇다고 생각하는 것 같아. 타고난 살인자이자 본질적으로 폭력적인 존재라고. 헝거 게임은 우리가 괴물이고 혼돈에 빠지지 않으려면 캐피톨이 필요하다는 걸 상기시키는 장치야."

"그러면 이 세상이 잔혹한 곳일 뿐 아니라 사람들이 그 잔혹함을 즐긴다는 거야? 전쟁에서 좋아했던 점을 쓰라고 했던 숙제처럼? 전쟁이 무슨 대단한 쇼라도 되는 것처럼?" 세자누스는 고개를 절레절레 흔들었다. "얼마나 생각이 없으면."

"잊어버려. 그저 골 박사가 우리 삶에서 없어졌다는 걸 기뻐하자." 코리올라누스가 말했다.

풀이 죽은 빈폴이 소변기와 표백제 냄새를 풍기며 나타났다. 코리올라누스는 빈폴을 세자누스에게 소개했다. 세자누스는 빈폴이 곤경에 빠진 것을 알고는 훈련을 도와주겠다며 그를 격려했다. "나도 학교에 익숙해지는 데 시간이 좀 걸렸어. 하지만 내가 할 수 있었으니까 너도 할 수 있을 거야."

스마일리와 버그도 곧 들어와서 세자누스에게 따뜻한 인사를 건넸다. 그들은 포커 테이블에서는 탈탈 털렸지만 다음 주 토요일에 있을 여흥에 신이 나 있었다. "호브에서 밴드가 연주한대."

코리올라누스는 그에게 달려들다시피 했다. "밴드? 무슨 밴드?"

스마일리가 어깨를 으쓱했다. "기억 안 나. 하지만 어떤 여자애가 노래한다고 하더라. 꽤 잘한대. 루시 어쩌구."

'루시 어쩌구.' 코리올라누스는 날아갈 것 같은 기분이었고 얼굴이 거의 둘로 갈라질 것처럼 환한 웃음을 지었다.

세자누스도 그를 보며 웃었다. "정말? 음, 기대할 만한 일이네."

소등 후 코리올라누스는 누워서 천장을 보며 활짝 웃었다. 루시 그레이는 살아 있을 뿐 아니라 12번 구역에 있었다. 그리고 그는 다음 주말에 그녀를 다시 만나게 될 것이다. 그의 여자아이, 그의 사랑, 그의 루시 그레이. 그들은 하이바텀 총장, 골 박사, 헝거 게임을 거치고 어찌어찌 살아남았다. 몇 주 동안 공포와 갈망과 불확실성을 겪었다. 이제 그는 그녀를 꺼안고 절대 놓아주지 않을 것이다. 12번 구역에 온 이유가 그것 아니었던가.

하지만 루시 그레이 소식 때문만은 아니었다. 아이러니이지만 10년 동안 그를 짜증나게 했던 세자누스의 출현도 그를 되살리는 데 일조했다. 그러나 졸업장과 케이크, 캐피톨이 그를 경멸하지 않는다고 안심시켜 준 말, 장교가 될 수 있다는 희망이 전부도 아니었다. 코리올라누스는 자신의 세계를 아는 대화 상대가 생겨 굉장히 안심이 되었다. 더욱 중요한 것은 그 세계에서 그가 가진 진짜 가치를 세자누스가 안다는 점이었다. 스트라보 플린스가 졸업과 체육관이 관련된 거래에 세자누스와 함께 자신을 포함해 달라고 요청했다는 사실에 힘이 났다. 코리올라누스는 이 거래가 세자누스의 목숨을 구해 준 데 대해 최소한 일부를 플린스 씨가 갚은 것이라고 받아들였다. 플린스 씨가 자신을 잊어버리지 않았다는 확신이 들었다. 나중에 그가 재산과 권력을 이용해서 코리올라누스를 도와줄 수도 있을 것 같았다. 물론 플린스 부인은 그를 애지중지했다. 어쩌면 상황이 그렇게 지독히 나쁘지 않은지도 모른다.

세자누스와 이런저런 구역에서 온 낙오자들이 더해져 스무 명의 분대를 구성할 만큼의 신병이 모였고 그들은 함께 훈련을 받기 시작했다. 아카데미 생활을 했던 덕에 코리올라누스와 세자누스는 다른 부대원들보다 체력이 더 좋고 훈련에도 잘 적응할 수 있었다. 하지만 훈련소에서 받는 총기 수업은 아카데미에서 배운 적이 없었다. 평화유지군이 기본적으로 쓰는 소총은 무시무시한 물건으로 재장전하기 전에 100발을 쏠 수 있었다. 처음에는 총을 구성하는 여러 부품에 대해 배우기 시작했다. 자면서도 할 수 있을 정도로 총기를 소제하고 조립하고 해체하기를 반복했다. 전쟁에 대한 기억이 너무 끔찍했기 때문에 코리올라누스는 사격 연습 첫날에는 조금 조심스러운 기분이 들었지만 무기가 있으니 더 안전하게 느껴졌다. 더 강해진 것 같았다. 세자누스는 알고 보니 타고난 명사수였고 곧 과녁의 한가운데라는 뜻의 불스 아이라는 별명이 생겼다. 코리올라누스는 세자누스가 이 별명을 불편해한다는 걸 알았지만 세자누스는 받아들였다.

세자누스가 오고 나서 맞은 첫 번째 월요일인 8월 1일에는 실망스러운 일이 있었다. 신병들은 한 달을 통째로 복무해야 첫 월급이 지급된다는 것이었다. 특히 스마일리가 축 처졌다. 주말에 흥청망청 먹고 마실 돈이 있어야 했기 때문이다. 코리올라누스도 심장이 덜컥 내려앉았다. 입장권을 살 돈이 없다면 루시 그레이를 어떻게 만난단 말인가.

사흘 동안 내리 훈련만 받은 뒤 찾아온 목요일에는 좋은 일도 있었다. 달콤한 별미로 가득한 플린스 부인의 소포가 도착한 것이다. 체리 타르트, 캐러멜 팝콘 볼, 설탕옷을 입힌 초콜릿 쿠키를 바라보는 빈폴, 스마일리, 버그의 표정은 볼 만했다. 세자누스와 코리올라누스는 막사의 모두가 음식을 마음대로 먹을 수 있게 하여 형제애를 더욱 굳혔다. "있잖아." 스마일리가 타르트를 입안 가득 넣은 채 말했다. "우리가 원한다면 토요일에 이걸 물물교환할 수 있을 거야. 진이든 뭐든." 다들 동의했고 넉넉한 양의 소포 중 일부는 토요일 밤의 행사를 위해 아껴 두기로 했다.

설탕에 취한 코리올라누스는 플린스 부인에게 보낼 감사 쪽지와 잘 지내고 있다고 티그리스를 안심시키는 편지를 썼다. 고된 일상에 대해선 가볍게 다루고 장교가 될 수도 있다는 걸 강조했다. 그는 예시 문제가 나와 있는 장교 후보 시험 설명서를 구했다. 학업 적성을 평가하는 내용이었고 주로 언어, 수학, 공간 문제로 구성되어 있었다. 군대 관련 영역이 하나 있어서 기본 규칙과 규정도 익혀야 했다. 통과한다고 바로 장교가 되는 건 아니고 장교 훈련을 받아야 했다. 다른 신병들은 겨우 글이나 읽을 수 있을까 말까 한 정도라는 것 외에 다른 이유는 별로 없었지만 코리올라누스는 시험을 통과할 가능성이 높다고 느꼈다. 평화 유지군의 가치와 전통에 대한 몇 번 안 되는 수업을 듣고는 더욱 확실히 느꼈다. 그는 티그리스에게 월급에 대한 안타까운 소식을 전하며

9월 1일부터는 바로바로 송금될 거라고 안심시켰다. 혀로 이에 낀 팝콘을 빼내며 세자누스가 왔다는 소식과 함께 비상사태가 생긴다면 아마 플린스 부인이 도움을 줄 수 있으리라는 것을 잊지 않고 적었다.

금요일 오전에는 식당에 긴장된 분위기가 돌았다. 스마일리는 병원에서 만난 간호사를 구슬려 이유를 알아냈다. 추첨일 무렵이었던 한 달 전쯤 광산에서 폭탄이 터져 평화유지군 한 명과 12구역 상사 두 명이 죽은 사건이 일어났다. 범죄 수사가 시작되었고 전쟁 중 반군 지도자들과 알고 지낸 가족 중 남자 한 명이 체포되었다. 그리고 그날 오후 1시에 그를 공개 교수형에 처할 예정이었다. 이 일로 탄광은 문을 닫았고 광부들은 교수형 행사에 참석해야 했다.

풋내기인 코리올라누스는 자기가 이 일에 관련될 수 있다는 생각은 하지 못한 채 평소 일정대로 움직였다. 그러나 훈련 중에 호프라는 이름의 늙은 부대 사령관이 직접 들러 신병들을 지켜보고는 가기 전에 훈련 교관을 불러 몇 마디를 나누었다. 교관은 즉시 코리올라누스와 세자누스를 앞으로 불러냈다. "너희 둘은 오늘 오후 교수형 행사에 참석한다. 사령관은 더 많은 인력을 배치하려고 하는데 훈련을 잘 해내는 신병들을 찾고 있다. 제복을 입고 정오에 외출 신고해라. 명령을 따르기만 하면 문제없을 거다."

코리올라누스와 세자누스는 점심을 허겁지겁 먹고 옷을 갈아입으러 서둘러 막사로 갔다. "그러니까 그 평화유지군을 표적으로 찍어서 살인을 저지른 거야?" 코리올라누스는 빳빳한 흰 제복을 처음으로 입으며 세자누스에게 물었다.

"석탄 생산을 사보타주하려다 실수로 세 명을 죽였다고 들었어." 세자누스가 답했다.

"생산을 사보타주한다고? 무슨 목적으로?"

"모르겠어. 반란을 이어 가려고 했던 걸까?"

코리올라누스는 고개를 가로저었다. 왜 이 사람들은 분노만 있으면 반란을 시작할 수 있다고 생각할까? 구역인들에겐 군대도 무기도 권위도 없었다. 아카데미에서는 최근에 일어난 전쟁이 13번 구역 반군들의 선동으로 일어났다고 가르쳤다. 그들은 판엠 전역의 지지자들에게 연락하고 무기를 퍼뜨릴 수 있었다. 하지만 13번 구역과 스노우 가문의 재산은 핵폭탄의 연기와 함께 사라졌다. 아무것도 남아 있지 않았다. 반란을 다시 시작하겠다는 건 완벽히 어리석은 생각이었다.

외출 신고를 하러 가자 총을 내주었다. 기껏해야 최소한의 사격 훈련만 받은 게 고작인 코리올라누스는 놀랐다. "걱정하지 마. 소령님은 우리가 그냥 차렷 자세로 서 있기만 하면 된다고 했어." 다른 신병이 코리올라누스에게 말했다. 그들은 트럭 짐칸에 탔고 트럭은 부대 밖으로 나가 12번 구역을 둥그렇게 두르고 있는 도로로 향했다. 평화유지군으로서의 진짜 임무는 처음이었기에 코리올라누스는 조금 불안하면서도 흥분되기도 했다. 몇 주 전에 그는 학생이었지만 지금은 제복, 무기, 성인으로서의 지위를 가지고 있었다. 그리고 가장 낮은 계급의 평화유지군이라 할지라도 캐피톨과의 관계로 주어진 권력이 있었다. 코리올라누스는 이런 생각을 하며 몸을 곧게 폈다.

트럭이 12번 구역 외곽에 들어서자 거무칙칙한 정도가 아니라 추잡한 건물들이 보였다. 더위 때문에 노후된 건물들의 창문과 문은 모두 열려 있었다. 볼이 푹 들어간 여자들이 문간 계단에 앉아서 갈비뼈가 선명하게 드러난 아이들이 반쯤 벌거벗은 채 흙바닥에서 무기력하게 노는 모습을 지켜보고 있었다. 어떤 집 마당에 펌프가 있는 걸 보니 수돗물이 공급되지 않는 것 같았고 축 처진 전선은 전기도 집집마다 공급되지 않는다는 사실을 알려 주었다.

빈곤의 수준이 이 정도인 것을 보니 코리올라누스는 덜컥 겁이 났다. 그는 거의 평생을 빈털터리로 살아왔지만 스노우 가족은 언제나 체면을 지키려고 열심히 노력해 왔다. 하지만 이들은 이미 포기한 상태였다. 그의 마음 한구석에서는 이 모든 게 구역인들 탓이라는 생각이 들었다. 그는 고개를 가로저으며 말했다. "우리는 구역에 돈을 엄청나게 쏟아붓고 있어." 분명 사실이었다. 캐피톨 사람들은 늘 그것 때문에 불평을 늘어놓았다.

　"우리는 산업에 돈을 쏟아 넣을 뿐 구역 자체에 돈을 쏟지는 않아. 사람들은 자기 힘으로 알아서 살아가야 해." 세자누스가 말했다.

　트럭은 재 위를 덜컹거리며 달리다가 잡초가 자란 단단하게 굳은 땅 주위를 돌아가는 비포장도로로 들어섰다. 도로 끝에는 나무가 무성했다. 캐피톨에는 나무를 심은 작은 공원조차 잘 관리되어 있었다. 코리올라누스는 사람들이 숲, 심지어 야생이라고 부르는 것이 이런 곳인가 보다 짐작했다. 둥치가 굵은 나무, 덩굴, 덤불이 마구 자라나 있었다. 그 무질서함만으로도 불안했다. 대체 여기엔 어떤 동물들이 살고 있단 말인가. 윙윙거리는 소리, 지저귀는 소리, 부스럭거리는 소리로 그의 신경이 날카로워졌다. 이곳의 새들은 정말 시끄러웠다.

　숲 끝에 커다란 나무 한 그루가 보였다. 크고 울퉁불퉁한 팔처럼 가지가 뻗어 있었다. 유독 수평으로 뻗은 가지 하나에 교수형 밧줄이 걸려 있고 그 바로 아래에 바닥에 문이 달린 조잡한 교수대가 놓여 있다. "제대로 된 교수대를 만들어 주겠다고 계속 약속은 하는데 말이지." 책임자인 중년 소령이 말했다. "그때까지 쓰려고 우리가 대충 만들었어. 예전에는 그냥 땅에 세워 놓고 목에 밧줄을 걸어 당겨 올렸는데 그러면 죽을 때까지 너무 오래 걸려. 그걸 기다려 줄 시간이 어딨어?"

　코리올라누스와 함께 기차역에서 부대로 걸어왔던 여자 신병 한 명이 머뭇거리며 손을 들었다. "교수형되는 사람은 누구입니까?"

"아, 탄광을 닫게 하려던 불평분자야." 소령이 말했다. "저들은 다 불평분자들이지만 이 사람은 주모자야. 이름은 알로 어쩌구야. 다른 녀석들도 추적 중이지만 어디로 도망칠 생각인지는 나도 몰라. 도망칠 곳이 없거든. 오케이, 전부 내려!"

코리올라누스와 세자누스의 역할은 장식품에 가까웠다. 무대 양옆에 스무 명씩 줄지어 늘어섰고 두 사람은 맨 뒷줄에서 열중쉬어 자세를 취했다. 평화유지군 60명이 들판 가장자리를 따라 배치되었다. 코리올라누스는 너저분한 야생 들판을 바라보는 게 마음에 들지 않았지만 명령은 명령이었다. 그는 들판 너머 구역을 주시했다. 사람들이 구역에서 들판으로 계속 모여들고 있었다. 얼굴에 검은 석탄 먼지가 묻은 걸 보니 탄광에서 바로 오는 사람이 많은 것 같았다. 광부들보다 조금 더 깨끗할 뿐인 여자와 아이들이 들판에서 가족들끼리 모여 합류했다. 수백 명이 모이자 코리올라누스는 불안해지기 시작했다. 사람들이 계속 늘어나면서 불길하게도 인파가 앞으로 밀렸다.

차 세 대가 천천히 비포장도로를 따라 교수대 쪽으로 다가왔다. 전쟁 전이라면 고급 차량으로 분류되었을 제일 앞에 선 낡은 차에서 12번 구역의 리프 시장, 이어서 염색한 금발머리의 중년 여성과 추첨일에 루시 그레이가 뱀으로 공격했던 메이페어가 내렸다. 그들은 무대 옆에 서로 바짝 붙어 섰다. 차 앞에 펄럭이는 판엠 깃발을 단 두 번째 차에서는 호프 사령관과 장교 여섯 명이 내렸다. 그리고 마지막 차량인 평화유지군의 흰색 밴의 뒷문이 휙 열리자 관중들 사이에 괴로움이 퍼져 나갔다. 경비병 두 명이 뛰어내려 죄수가 내리는 걸 도왔다. 족쇄를 잔뜩 찬 키가 크고 마른 남자가 몸을 곧게 세우고 경비병들을 간신히 따라갔다. 그는 쇠사슬을 끌고 금방이라도 무너질 듯한 계단 위를 힘겹게 올라갔다. 경비병들이 바닥에 달린 여러 개의 문 가운데 하나에 그를 세웠다.

시장이 짖어 대듯 차렷 명령을 내렸고 코리올라누스는 얼른 자세를 취했다. 엄밀히 말하면 그의 시선은 정면을 향해야 했지만 어떤 일이 일어나고 있는지가 시야 끝에서 보였다. 뒷줄에 서 있어서 시야가 가려진다는 느낌을 받았다. 그는 텔레비전으로 처형을 본 적은 있지만 실제로는 처음이었다. 왠지 몰라도 시선을 돌릴 수가 없었다.

관중은 조용해졌다. 평화유지군이 사형수 알로 챈스가 유죄 판결을 받은 죄목들을 읽었다. 세 명을 살인한 죄가 포함되어 있었다. 그는 멀리까지 들리게 말하려 애썼지만 뜨겁고 습한 공기 속에서 목소리는 잘 들리지 않았다. 그의 말이 끝나자 사령관은 무대 위의 평화유지군들에게 고개를 끄덕였다. 평화유지군들은 사형수에게 눈가리개를 해 주겠다고 했으나 알로는 거부했고 평화유지군들은 올가미를 그의 목에 걸었다. 그는 냉정하게 서서 먼 곳을 바라보며 자신의 종말을 기다렸다.

무대 끝 쪽에서 드럼 소리가 울릴 때 앞쪽에서 비명 소리가 났다. 코리올라누스는 시선을 돌려 소리 지른 사람을 찾았다. 황갈색 피부에 검고 긴 머리의 젊은 여자가 관중 속에서 벌떡 일어났다. 한 남자가 그녀를 막으려 했지만 그녀는 "알로, 알로!"라고 악을 쓰며 앞으로 가려고 필사적으로 발버둥을 쳤다. 평화유지군들이 이미 그녀를 포위하고 있었다.

그녀의 목소리가 알로를 뒤흔들었다. 그의 얼굴에 놀라움이, 이어서 두려움이 떠올랐다. "도망쳐!" 그가 외쳤다. "도망쳐, 릴! 도망…." 바닥의 문이 철컥 열리고 이어서 밧줄이 확 팽팽해지며 그의 말은 중간에 끊겼다. 사람들은 숨을 헉 들이마셨다. 알로는 4.5미터 아래로 떨어졌고 즉사한 듯했다.

이어지는 불길한 침묵 속에서 코리올라누스는 결과를 기다렸다. 땀이 갈비뼈 위로 흘러내렸다. 구역인들이 공격할까? 그는 명령을 들으려고 귀를 쫑긋 세웠다. 하지만 그의 귀에 들려오는 것은 살짝 흔들리는 시체에서 기괴하게 울려 나오는 죽은 사람의 목소리였다.

"도망쳐! 도망쳐, 릴! 도망⋯."

23

코리올라누스의 척추를 따라 전율이 일었다. 다른 신병들도 동요하는 게 느껴졌다.

"도망쳐! 도망쳐, 릴! 도망⋯."

이 외침이 점점 커지며 그를 집어삼키는 듯했다. 외침은 나무에 부딪쳐 울려 퍼졌고 뒤에서도 그를 공격했다. 코리올라누스는 자신이 미쳐 버린 거라고 잠깐 생각했다. 그는 명령을 어기고 고개를 이리저리 돌렸다. 그의 뒤에 있는 빽빽한 숲에서 수많은 알로가 쏟아져 나오는 모습이 보일 것만 같았다. 아무것도 아무도 없었다. 그때 그의 머리 위 1미터 정도 높이의 가지에서 다시 알로의 목소리가 들렸다.

"도망쳐! 도망쳐, 릴! 도망⋯."

작고 검은 새였다. 그는 골 박사의 실험실 우리 위에 똑같은 새가 앉아 있었던 걸 떠올렸다. 재잘어치. 숲속엔 저 새들이 가득한 모양이었다. 실험실에서 무성인이 울부짖는 소리를 따라했듯 여기서는 알로의 마지막 외침을 흉내 내고 있었다.

"도망쳐! 도망쳐, 릴! 도망⋯. 도망쳐! 도망쳐, 릴! 도망⋯. 도망쳐! 도망쳐, 릴! 도망⋯."

코리올라누스는 다시 차렷 자세를 취했다. 새들은 뒷줄에 서 있는 신병들을 혼란스럽게 했지만 다른 평화유지군들은 아무렇지도 않은 듯했다. 그는 '저들은 이미 익숙해졌구나'라고 생각했다. 누군가 죽으면서 외친 말을 계속 되풀이하는 소리에 과연 익숙해질 수 있을까 싶었다. 새들이 따라 하는 소리는 점점 달라졌다. 알로의 외침에서 거의 선율이 있는 소리로 변했다가 알로의 억양을 반영한 음들이 이어지면서 그의 외침보다도 더 잊을 수 없는 소리가 되었다.

평화유지군들은 관중 속에서 릴이라는 여자를 끌어내고 있었다. 새들은 그녀가 마지막으로 울부짖은 절망적인 외침도 따라했다. 처음에는 그녀의 목소리를 그대로 따라하다가 편곡이 되어 들려왔다. 사람들은 침묵을 지켰다. 알로와 릴의 외침으로 이루어진 합창만 들판에 울려 퍼졌다.

"모킹제이야." 코리올라누스의 앞에 서 있던 군인이 투덜거렸다. "빌어먹을 머트."

코리올라누스는 인터뷰 전에 루시 그레이와 나눈 대화가 기억났다.

"음, 사람들이 하는 말을 너도 알 거 아냐. '모킹제이가 노래할 때까지는 쇼가 끝난 게 아니다.'"

"모킹제이? 정말이지 난 네가 이런 얘기들을 다 지어내는 것 같아."

"아니야. 모킹제이는 진짜로 있는 새야."

"모킹제이가 네 공연에서도 노래할 거야?"

"내 공연에서는 안 할 거야, 자기야. 네 공연에서 하겠지. 어차피 캐피톨 공연이지만."

루시 그레이가 이걸 두고 말했던 게 분명하다. 캐피톨의 쇼는 교수형이었다. 모킹제이는 정말로 있는 새였다. 재잘어치가 아니다. 잘은 모르겠지만 다른 새다. 이 지역에만 있는 새라고 그는 생각했다. 하지만 좀 이상했다. 앞에 서 있던 군인은 모킹제이를 머트라고 불렀다. 코리올라누스는 나뭇잎 속에서 새를 찾아보려고 애썼다. 재잘어치 몇 마리를 발견했다. 어쩌면 모킹제이는 재잘어치와 똑같이 생겼는지도 모른다. 아니, 잠깐. 저기! 조금 더 위에. 재잘어치보다 조금 더 큰 검은 새가 부리를 들고 노래하다가 갑자기 날개를 펼쳤다. 그러자 눈부시게 하얀 부분이 드러났다. 두 군데였다. 코리올라누스는 모킹제이를 처음 보았다. 그리고 첫눈에 그 새가 싫어졌다.

새들의 노래는 군중을 동요시켰다. 군중의 속삭임은 중얼거림으로 바뀌었다. 평화유지군들이 알로를 태우고 온 밴에 릴을 밀어 넣자 중얼거림은 항의로 변했다. 코리올라누스는 군중의 잠재력이 두려웠다. 이들이 군인들을 공격할까? 그는 자기도 모르게 엄지손가락으로 총의 안전장치를 풀었다.

그때 일제 사격이 일어나 코리올라누스는 화들짝 놀랐다. 피 흘리는 시체를 찾아보았지만 장교 한 명이 총을 내리는 모습만 보였다. 나무 쪽으로 총을 쏴서 새들을 쫓아낸 것이다. 장교는 웃으며 사령관에게 고개를 끄덕였다. 검은색과 흰색이 섞인 날개를 가진 새 수십 마리가 날아갔다. 총소리에 사람들은 잠잠해졌고 평화유지군들은 "다시 가서 일해!" "쇼는 끝났어!"라고 외치며 군중을 향해 돌아가라고 손짓했다. 사람들이 들판에서 나가는 동안 그는 차렷 자세를 유지했다. 자신이 놀란 것을 아무도 알아차리지 못했기를 빌었다.

부대로 돌아가기 위해 모두 트럭에 올라타자 소령이 말했다. "너희들에게 새 이야기를 미리 해 줬어야 했는데."

"그 새들은 대체 뭡니까?" 코리올라누스가 물었다.

소령은 코웃음을 쳤다. "내가 생각하기로는 실패작이야."

"머테이션입니까?" 코리올라누스가 끈질기게 물었다.

"머테이션의 일종이지. 음, 머테이션과 머테이션의 새끼야." 소령이 말했다. "전쟁 후에 캐피톨은 재잘어치 머테이션을 전부 풀어놨어. 죽어 없어지게 한 거지. 다 수컷이었기 때문에 없어지는 게 당연했어. 그런데 그놈들이 지역에 사는 흉내지빠귀에게 눈독을 들인 거야. 흉내지빠귀들도 순순히 응한 것 같더군. 그래서 저 괴상한 모킹제이가 태어난 거지. 몇 년 지나면 재잘어치들은 다 사라질 거야. 새로 생긴 놈들이 서로 짝짓기를 할 수 있을지는 두고 보면 알겠지."

코리올라누스는 앞으로 20년 동안 이곳에서 처형이 이루어질 때마다 모킹제이의 노랫소리를 듣고 싶지는 않았다. 그가 장교가 된다면 모킹제이를 없애는 사냥 팀을 조직할 수 있을지도 모른다. 하지만 그때까지 기다려야 할까? 모킹제이를 신병들의 사격 연습용으로 쓰자고 제의하면 어떨까? 모킹제이를 좋아하는 사람은 아무도 없어 보였다. 이런 생각을 하니 그의 기분이 나아졌다. 코리올라누스는 이 계획을 들려주려고 세자누스를 돌아보았지만 그의 얼굴은 캐피톨에 있었을 때처럼 침울했다. "무슨 문제 있어?"

트럭이 출발했는데도 세자누스는 계속 숲만 바라보았다. "여기까지는 미처 생각 못했어."

"무슨 뜻이야?" 코리올라누스가 물었지만 세자누스는 고개를 저을 뿐이었다.

부대에 돌아간 그들은 총을 반납했고 저녁 5시까지 예상하지 못한 자유시간이 주어졌다. 전투복으로 갈아입자마자 세자누스는 엄마에게 편지를 써야 한다고 중얼거리며 사라졌다. 코리올라누스는 막사 동료가 가져다 준 편지 한 통을 받았다. 플루리부스 벨의 가늘고 기다란 멋진 손글씨를 알아본 그는 침대에 올라가 편지를 읽었다. 티그리스가 이미 전해 준 내용이 대부분이었다. 플루리부스가 스노우 가족을 돕고 있다, 스노우 가족의 물건을 팔아 주고 그들이 상황에 대처할 때까지 임시 거처를 제공한다는 내용이었다. 그것보다 다른 한 단락이 코리올라누스의 눈길을 확 끌었다.

일이 이렇게 돌아간 게 정말 유감이다. 카스카 하이바텀이 내린 처벌이 지나친 것 같아서 곰곰이 생각해 봤어. 대학교 때 그 사람과 너희 아버지가 아주 친했다는 말은 너에게 했던 것 같구나. 그런데 두 사람 사이가 틀어질 무렵에 다툼이 있었어. 정말 그들답지 않았지. 카스카는 굉장히 화를 내며 자기는 취해 있었다, 전부 다 장난이었다고 말했어. 너희 아버지는 그에게 고맙게 생각해야 한다고 말했지. 자기가 호의를 베푼 거라고 했어. 너희 아버지는 술집을 나갔지만 카스카는 남아서 내가 문을 닫을 때까지 술을 마셨어. 무슨 일이냐고 물었지만 카스카는 "나방들은 불꽃에 이끌리죠"라는 말밖에 안 했어. 그는 꽤 취해 있었어. 난 두 사람이 나중에 화해했을 거라고 생각했는데 아닐 수도 있겠더군. 그 뒤 둘 다 일을 시작했고 그때부터는 그들을 자주 보지 못했어. 사람들의 삶에는 변화가 생기니까.

코리올라누스가 이제까지 알게 된 사실 중에 이 짧은 이야기가 하이바텀 총장이 그를 싫어하는 이유를 가장 잘 설명해 주는 것이었다. 다툼. 사이가 틀어졌던 것. 화해했다가 또 사이가 틀어진 게 아니라면 그 이후 두 사람은 화해하지 못한 게 분명했다. 하이바텀 총장이 그의 아버지에 대해 독설을 했기 때문이다. 학교 다닐 때의 다툼으로 생긴 상처를 아직까지 품고 있다니 하이바텀 총장은 얼마나 옹졸하고 속 좁은 인간인가. 자신을 괴롭혔다고 멋대로 상상하고 있는 상대방이 한참 전에 죽었건만 지금까지도 앙심을 품고 있다니. '그만 좀 할 수 없어요? 어떻게 그게 아직도 중요한 일일 수 있죠?'라고 그는 생각했다.

저녁을 먹을 때 스마일리와 빈폴과 버그는 교수형 이야기를 자세히 듣고 싶어 했고 코리올라누스는 그들을 만족시키기 위해 최선을 다했다. 모킹제이를 사격 연습용으로 쓰자는 그의 아이디어에 막사 동료들은 다들 열광하며 상관에게 건의해 보라고 했다. 세자누스만이 한 발 물러선 자세로 말없이 앉아서 나눠 먹으라며 자기 국수 접시를 앞으로 밀어 놓았다. 코리올라누스는 찌르르하게 걱정이 들었다. 지난번에 세자누스가 식욕을 잃었을 때 이성도 같이 잃어 버렸던 일이 떠올랐다.

식당 복도를 걸레질할 때 코리올라누스는 세자누스를 몰아붙였다. "뭐가 마음에 걸려? 아무것도 아니라고는 하지 마."

세자누스는 걸레로 회색 물이 든 양동이 주위를 철벅거렸다. "모르겠어. 만약 오늘 구역 사람들이 뭔가 행동을 취했다면 어떤 일이 벌어졌을지 자꾸 생각하게 돼. 우리가 그들에게 총을 쏴야 했을까?"

코리올라누스도 같은 생각을 했지만 "아, 아마 아닐 거야"라고 대답했다. "그냥 공중에다 몇 번 쏘고 말았겠지."

"내가 구역 주민들을 죽이는 걸 돕고 있다면 헝거 게임에서 구역 아이들을 죽이는 걸 돕는 것보다 나을 게 뭐야?" 세자누스가 물었다.

코리올라누스의 직감이 옳았다. 세자누스는 또 다른 윤리적 수렁에 빠져들고 있었다. "넌 어떨 거라고 생각했는데? 평화유지군에 입대하면 무슨 일을 하게 될 줄 알았어?"

"위생병이 될 수 있을 거라고 생각했어." 세자누스가 털어놓았다.

"위생병이라…. 의사처럼?"

"아니, 그건 대학교에서 교육을 받아야 하잖아." 세자누스가 설명했다. "그것보다 기본적인 것. 폭력 사태가 생겼을 때 부상당한 사람을 도울 수 있는 역할. 캐피톨에서든 구역에서든. 최소한 내가 피해를 주지는 않겠지. 난 내가 누군가를 죽일 수 있을지 모르겠어, 코리오."

코리올라누스는 짜증이 솟구쳤다. 자신의 무모한 행동 때문에 코리올라누스가 보빈을 죽였다는 걸 세자누스는 잊어버렸나? 자신의 이기심 때문에 친구는 잘난 척하며 그런 말을 할 수 없게 되었는데? 그러다 스트라보 플린스가 떠올라 웃음을 억눌러야 했다. 거물 군수품업자와 반전주의자 상속인. 부자 간에 있었을 대화가 상상이 갔다. '왕조가 이런 식으로 낭비되다니'라는 생각이 들었다.

"참전한다면?" 코리올라누스가 물었다. "알겠지만 넌 군인이야."

"알아. 전쟁은 다르겠지." 세자누스가 말했다. "하지만 내가 믿는 무언가를 위해 싸워야 할 거야. 그게 세상을 더 좋은 곳으로 만들 거라고 믿어야 할 거야. 그때도 위생병으로 복무하면 좋겠지만 알고 보니 지금은 위생병 수요가 별로 없더라. 전쟁이 없으니까. 병원에서 일하기 위한 훈련을 받으려는 대기자가 많아. 하지만 대기자 명단에 이름을 올리는 데도 추천서가 필요한데 병장은 추천서를 써 주지 않았어."

"왜? 딱 어울리는 것 같은데." 코리올라누스가 말했다.

"내가 총을 너무 잘 쏴서." 세자누스가 말했다. "정말이야. 난 명사수야. 아주 어렸을 때부터 아버지가 사격을 가르쳤고 매주 꼭 사격 연습을 해야 했어. 아버지는 그게 가업의 일부라고 생각해."

코리올라누스는 이 말을 해석해 보려고 했다. "왜 숨기지 않았어?"

"난 숨겼다고 생각했어. 원래는 훈련 때보다 훨씬 더 잘 쏴. 눈에 띄지 않으려 했지만 다른 부대원들이 하도 형편없어서." 세자누스는 말을 멈추었다. "너는 빼고."

"나도 그렇지." 코리올라누스가 웃었다. "이봐, 난 네가 너무 과하게 해석하는 것 같아. 교수형이 매일 열리는 건 아니잖아. 그리고 정말 그럴 일이 생기면 그냥 총은 쏘되 맞추지는 마."

하지만 이 말은 세자누스를 부채질할 뿐이었다. "그랬다가 너나 빈폴, 스마일리가 죽으면? 내가 너희들을 보호하지 않았기 때문에?"

"오, 세자누스!" 코리올라누스는 화가 치밀었다. "모든 걸 너무 깊이 생각하고 최악의 경우를 상상하는 짓 좀 그만해! 그런 일은 일어나지 않을 거야. 우린 다 여기서 죽을 거야. 늙어 죽거나 걸레질을 너무 많이 해서 죽거나. 둘 중에 뭐가 먼저일진 모르지만. 그전까지는 과녁을 맞추지 마! 아니면 눈에 문제가 생겼다고 지어내거나! 아니면 손을 문틈에 넣고 찧어 버려!"

"너무 제멋대로 굴지 말라는 말이구나." 세자누스가 말했다.

"너무 호들갑을 떤다는 뜻이야. 넌 그러다가 경기장에 들어갔잖아. 기억해?"

세자누스는 코리올라누스에게 뺨이라도 맞은 듯 반응했다. 하지만 잠시 후에 인정한다는 표정으로 고개를 끄덕였다. "그래서 우리 둘 다 거의 죽을 뻔하게 만들었지. 네 말이 맞아, 코리오. 고마워. 네 말 잘 생각해 볼게."

토요일엔 아침부터 천둥이 치고 폭우가 내려서 진흙이 두껍게 쌓였다. 공기가 무겁게 내려앉아 코리올라누스는 공기를 스펀지처럼 짤 수 있을 것 같다는 생각이 들었다. 그는 쿠키가 선호하는 짭짤한 음식을 아주 좋아하게 되어 끼니마다 식판을 깨끗이 비웠다. 매일하는 훈련의 영향을 받아 그는 힘이 더 세고 유연해졌으며 자신감도 붙었다. 매일 탄광에서 일하는 12번 구역 주민과 붙어도 상대가 될 정도였다. 평화유지군은 무기를 소지할 수 있으니 맨손으로 싸울 일은 없겠지만 만약 그런 일이 생긴다면 그는 붙을 준비가 되어 있었다.

코리올라누스는 사격 연습 중 슬쩍 빗나가게 쏘는 듯한 세자누스를 몰래 살폈다. 잘하고 있었다. 사격 실력이 갑자기 떨어지면 주목받을 수도 있다. 다른 사람이 자기 재능에 대해 이야기했다면 미심쩍을 수도 있었지만 코리올라누스는 세자누스가 잘난 척하는 건 한 번도 본 적이 없었다. 그가 자신을 명사수라고 말했다면 분명 사실일 것이다. 같이 해 보자고 설득할 수 있다면 모킹제이를 죽이는 데 정말 큰 도움이 될 텐데. 코리올라누스는 병장에게 모킹제이 문제를 제안해 보았고 그의 대답에 기분이 좋았다. "나쁜 생각은 아닐 것 같군. 일석이조니까."

"아, 두 마리보다는 더 많이 잡았으면 해요." 코리올라누스가 농담하자 병장은 끙 하는 소리만 냈다.

무더운 세탁실에서 산업용 세탁기와 건조기에 전투복을 넣었다 뺐다 하며 빨래를 정리하고 개면서 오후 시간을 보낸 코리올라누스는 저녁 식사를 재빨리 마치고 샤워를 하러 갔다. 그의 상상일까, 아니면 정말로 수염이 자란 걸까? 그는 면도기로 얼굴을 긁어 내리며 감탄했다. 그가 소년기를 벗어나고 있다는 또 하나의 징후였다. 그는 타월로 머리의 물기를 닦으며 머리카락이 조금은 자랐다는 사실에 안도했다. 머리 여기저기를 조금이나마 곱슬거리게 할 수 있었다.

그날 밤 호브에서 밴드 공연이 있다는 사실에 샤워실은 흥분으로 가득했다. 신병 중에 올해 헝거 게임을 본 사람은 아무도 없는 것 같았다.

"어떤 여자애가 노래할 거래."

"응, 캐피톨에서 온 사람."

"캐피톨 사람은 아니야. 헝거 게임 때문에 캐피톨에 갔던 거야."

"오, 우승했나 보네."

더운 날씨와 깨끗이 닦은 덕에 코리올라누스와 동료들은 반짝거리는 모습으로 저녁 외출을 했다. 근무 중인 경비병은 부대 밖으로 나가는 그들에게 고개를 똑바로 들고 당당하게 행동하라고 말했다.

"우린 다섯 명이니까 광부 몇 명 정도는 상대할 수 있을 거야." 빈폴이 두리번거리며 말했다.

"맨손으로 맞붙으면 당연하지." 스마일리가 말했다. "하지만 만약 광부들이 총을 가지고 있다면?"

"여기선 총기 소유가 금지되어 있지 않아?" 빈폴이 되물었다.

"법으론 그렇지. 하지만 전쟁 뒤에 흘러나온 총들이 분명 있을 거야. 마룻바닥 밑이나 나무 안쪽 같은 곳에 숨겨 둔 것들. 돈만 있으면 뭐든 구할 수 있어." 스마일리는 다 알고 있다는 듯 고개를 끄덕였다.

"여기서는 아무도 돈이 없어, 확실해." 세자누스가 말했다.

걸어서 부대 밖으로 나오니 코리올라누스는 불안한 기분이 들었다. 자신이 경험하고 있는 온갖 감정들 때문일 것이라고 생각했다. 루시 그레이를 볼 생각을 하며 아주 신이 났다가 겁이 났다가 자신만만했다가 엄청나게 자신감이 없어졌다가 종잡을 수 없는 기분에 휩싸였다. 그녀에게 하고 싶은 말과 물어보고 싶은 말이 너무 많아 어디부터 시작해야 할지도 알 수 없었다. 어쩌면 다시 한 번 오랫동안 천천히 키스하는 것부터….

20분쯤 후에 호브에 도착했다. 형편이 나았던 시절에는 석탄 창고였지만 생산량이 줄어 버려진 곳이다. 아마 어떤 캐피톨 주민이나 캐피톨이 소유한 건물이겠지만 감독이나 유지 관리는 하지 않는 듯했다. 벽을 따라 임시변통으로 만든 매대 몇 개에 잡동사니들이 진열되어 있었는데 그중 상당수는 중고품이었다. 코리올라누스가 물건들을 살펴보니 쓰다 만 양초와 죽은 토끼, 집에서 손으로 엮어 만든 샌들, 금이 간 안경까지 별의별 물건이 다 있었다. 그는 교수형 직후라 평화유지군이 적대적인 대접을 받지 않을까 걱정했지만 그들을 눈여겨보는 사람은 없는 듯했고 관객의 상당수는 평화유지군들이었다.

고향의 암시장에서 사기를 치곤 했던 스마일리는 쿠키 하나를 희생하는 전략을 썼다. 여남은 조각으로 부숴서 살 것 같아 보이는 사람들에게 맛보기로 제공한 것이다. 플린스 부인의 마법은 잘 통했다. 밀주 제조자들은 술로 교환해 주었고 쿠키에 관심이 있는 사람은 돈을 주고 가져갔다. 그 돈으로 냄새만 맡아도 눈물이 날 정도로 독하고 투명한 술 1리터를 샀다.

"이건 좋은 술이야!" 스마일리가 장담했다. "여기서는 백주白酒라고 부르지만 기본적인 밀주지." 그들은 돌아가며 한 모금씩 마시고는 다들 기침을 하며 서로의 등을 두드려 주었다. 남은 술은 공연을 위해 아껴 두었다.

팝콘 볼이 아직 대여섯 개 남아 있어서 코리올라누스는 입장권을 살 수 있는지 물어보았는데 사람들은 손을 내저었다.

"돈은 공연 끝나고 나서 받아." 한 남자가 말했다. "좋은 자리에 앉고 싶으면 지금 맡아 두는 게 좋아. 사람이 많이 모일 거야. 그 여자애가 돌아왔으니까."

자리를 잡으려면 구석에 쌓여 있는 낡은 상자나 통, 플라스틱 양동이를 들고 와서 무대가 보이는 위치에 놓고 앉아야 했다. 무대라고 해 봐야 호브 한쪽 끝에 나무로 된 화물 운반대를 모아서 만든 게 고작이었다. 코리올라누스는 중간쯤의 벽 옆을 골랐다. 어스름한 빛 속에서 루시 그레이가 그를 알아보기는 힘들 것이다. 그가 바라는 바였다. 그녀에게 어떻게 접근할지 생각할 시간이 필요했다. 그가 여기 왔다는 이야기를 그녀가 들었을까? 아마 모를 것이다. 말해 줄 사람이 없지 않나. 부대에서 그는 그냥 젠트로 통했고 헝거 게임에서 부정행위를 했다는 이야기는 나온 적도 없었다.

밤이 되자 누군가가 스위치를 켰고 낡디 낡은 전선과 의심쩍은 연장 코드 몇 개에 연결된 잡다한 조명이 불을 밝혔다. 꼭 화재가 일어날 것만 같아 코리올라누스는 가장 가까운 출구가 어디인지 봐 두었다. 낡은 목재 건물에 석탄가루가 잔뜩 있으니 불꽃 하나만 튀어도 큰 화재로 번질 수 있었다. 호브에 평화유지군과 지역 주민이 몰려들기 시작했다. 주로 남자들이었지만 여자들도 꽤 있었다. 200명 가까이 모였을 때 알록달록한 깃털로 장식한 모자를 쓴 열두 살 정도 되어 보이는 깡마른 남자아이가 나와서 무대 위에 마이크 하나를 놓고 옆에 있는 검은 박스에 코드를 연결했다. 그러고는 마이크 뒤에 나무 상자를 끌어다 놓고 누더기 같은 담요로 가려 둔 곳으로 물러났다. 소년이 등장했을 때 관객들은 다 함께 손뼉을 치기 시작했다. 전염성 있는 손뼉 박자였다. 코리올라누스마저도 자기도 모르게 함께 손뼉을 치고 있었다. 공연을 시작하라는 목소리가 여기저기서 들려왔고 결코 시작하지 않을 것 같다는 생각이 들 때쯤 담요가 젖혀지더니 분홍색 스월 드레스를 입은 작은 소녀가 나타났다. 소녀는 무릎을 살짝 굽히며 인사했다.

소녀가 스트랩으로 목에 걸고 있는 드럼을 치면서 춤을 추며 마이크 쪽으로 다가오자 관객들은 환호했다. "와, 모드 아이보리!" 코리올라누스 근처의 평화유지군 한 명이 외쳤다. 코리올라누스는 루시 그레이가 말했던, 어떤 노래든 들으면 다 기억한다는 사촌이 저 아이라는 걸 알 수 있었다. 저렇게 어린아이가 그런 재능이 있다면 대단한 것이다. 기껏해야 여덟 살이나 아홉 살로 보였다.

소녀는 마이크 뒤의 상자에 뛰어올라 관객들에게 손을 흔들었다. "여러분, 안녕하세요. 오늘 밤 와 줘서 고마워요! 날씨가 여러분 마음에 들 정도로 뜨겁나요?" 그녀가 달콤하고 새된 목소리로 말하자 관객들은 웃음을 터뜨렸다. "음, 우리가 조금 더 뜨겁게 만들려고 하거든요. 내 이름은 모드 아이보리이고 여러분께 코비를 소개하게 되어 기뻐요!" 관객들은 박수갈채를 보냈고 그녀는 멤버를 소개할 수 있을 정도로 조용해질 때까지 계속 인사를 했다. "만돌린을 치는 탬 앰버!" 깃털 달린 모자를 쓴 키 크고 깡마른 젊은 남자가 기타와 비슷하지만 바디가 물방울 모양에 가까운 악기를 연주하며 커튼 뒤에서 나왔다. 그는 관객들을 전혀 의식하지 않고 손가락을 현 위에서 자유롭게 놀리며 모드 아이보리 옆으로 곧장 걸어왔다. 이어서 마이크를 설치했던 소년이 바이올린을 들고 나와서 무대를 가로지르며 연주했다. 모드 아이보리는 "피들을 맡은 클러크 카마인입니다!"라고 알렸다. "베이스는 바브 애저!" 발목까지 내려오는 파란 체크무늬 드레스를 입은 젊고 호리호리한 여자가 거대한 피들 같이 생긴 악기를 끌고 나오며 관객들에게 수줍게 손을 흔들었다. "그리고 캐피톨에서 볼일을 마치고 이제 막 돌아온 그 유명한 루시 그레이 베어드!"

그녀가 한 손에 기타를 들고 빙글빙글 돌면서 무대 위로 나오자 코리올라누스는 숨을 죽였다. 애시드 그린 드레스의 주름이 그녀를 감싸며 펄럭였고 화장을 한 이목구비는 밝게 빛났다. 관객들은 일어섰다. 탬 앰버는 모드 아이보리가 서 있던 상자를 얼른 뒤로 뺐다. 루시 그레이는 가볍게 무대 가운데로 달려와 마이크 뒤에 섰다. "12번 구역, 안녕. 내가 보고 싶었나요?" 관객들이 함성을 지르자 그녀는 활짝 웃었다. "분명히 나를 다시는 볼 수 없을 거라고 생각했겠죠. 나도 여러분을 다시 못 볼 줄 알았어요. 하지만 난 돌아왔어요. 정말로 돌아왔어요."

동료들이 부추겨서 평화유지군 한 명이 무대에 다가가 그녀에게 백주가 반쯤 든 병을 건넸다.

"음, 이게 뭐죠? 나한테 주는 건가요?" 그녀는 병을 받으며 물었다.

평화유지군은 자신과 동료들이 주는 거라고 손짓했다. "이봐요, 내가
열두 살 때 술을 끊었다는 건 다들 알잖아요!" 관객들은 폭소를 터뜨렸
다. "뭐라고요? 정말이에요! 물론 의료용으로 술을 가지고 있어서 나쁠
건 없죠. 정말 고마워요." 그녀는 병을 살펴보더니 관객들에게 다 안다
는 눈빛을 보내곤 한 모금 마셨다. "목청 트이라고 마셨어요!" 사람들의
외침에 그녀는 천진난만한 척 대답했다. "있잖아요, 여러분이 나를 이
렇게 형편없이 대접하는데도 왜 계속 돌아오는지 모르겠어요. 하지만
그렇게 되더라고요. 옛날 노래가 하나 떠오르네요."

　루시 그레이는 기타를 한번 쳐 보고 마이크 주위에 반원 모양으로
서 있는 다른 코비들을 보았다. "오케이, 예쁜 새들. 원투, 원투쓰리…."
밝고 신나는 연주가 시작되었다. 코리올라누스는 루시 그레이가 노래
를 시작하기도 전에 박자에 맞춰 발을 까닥였다.

　　　　내 마음은 멍청해, 확실해.
　　　　큐피드를 탓할 수도 없어, 걔는 그냥 아기인걸.
　　　　총을 쏘고 걷어차고 처형해도,
　　　　내 마음은 너를 향해 기어가는걸.

　　　　마음이 이상해졌어, 말귀를 알아듣지 못해.
　　　　너는 꿀처럼 벌들을 끌어들여.
　　　　침으로 쏘고 쥐어짜고 내동댕이쳐도,
　　　　내 마음은 너를 향해 기어가는걸.

　　　　네가 내 마음을 박살 내 버린 게
　　　　나를 말릴 수 있었다면 좋았을 텐데.

넌 어떻게 내가 사랑할 때 쓰는 그걸
산산조각 낼 수 있니?

내 마음을 그냥 갖다 버릴 수 있어서
우쭐한 기분이 들었니?
그래서 내가 사랑할 때 쓰는 그걸
넌 두들겨 팬 거야.

루시 그레이는 마이크에서 물러나면서 클러크 카마인이 화려한 피들 연주로 멜로디를 장식하게 했다. 코리올라누스는 루시 그레이의 얼굴에서 눈을 뗄 수가 없었다. 저렇게 밝은 얼굴은 처음 보았다. '저게 행복할 때의 그녀로구나.' 그는 생각했다. '아름다워!' 코리올라누스뿐 아니라 누구든 느낄 수 있는 아름다움이었다. 그게 문제가 될 수도 있었다. 질투심이 그의 마음을 쿡쿡 찔렀다. 하지만 아니다. 루시 그레이는 그의 여자아이 아닌가. 그는 그녀가 인터뷰 때 불렀던, 그녀의 마음을 아프게 했던 남자에 대한 노래가 생각났다. 코비 중에 혹시 그 사람이 있을지 관찰했다. 만돌린을 치는 탬 앰버가 눈에 들어왔지만 두 사람 사이에는 전혀 불꽃이 튀지 않았다. 아니면 구역 주민이려나?

관객들은 클러크 카마인에게 박수를 보냈고 루시 그레이가 다시 노래를 불렀다.

내 마음을 잡아 가뒀지만 풀어 주지 않았어.
사람들은 네가 내 마음을 어떻게 대하는지 보며 조롱해.
더럽히고 찢고 발가벗기는데도,
내 마음은 너를 향해 기어가는걸.

마음은 토끼처럼 깜짝깜짝 놀라.

심장은 계속 뛰지만 그냥 습관일 뿐.

심장의 피를 비워도 아프게 해도, 난 미쳤나 봐.

내 마음은 너를 향해 기어가는걸.

태워도 쫓아내도 돌려주지 않아도,

부숴도 구워도 놀라게 해도,

망가뜨려도 때려눕혀도 무슨 짓을 해도,

내 마음은 너를 향해 기어가는걸.

관객들은 박수를 치고 한참 함성을 지른 다음에야 음악을 더 들을 수 있을 만큼 가라앉았다.

코리올라누스가 캐피톨에서 루시 그레이의 노래 연습을 도우면서 알게 된 사실처럼 그녀는 폭넓고 다양한 곡을 노래하고 연주했다. 때로는 가사가 없는 연주곡들도 있었다. 가끔 멤버 몇 명이 2인조나 단독 공연을 위해 담요 뒤로 사라질 때도 있었다. 만돌린을 연주하는 탬 앰버가 특히 눈에 띄었다. 무표정하고 무관심한 얼굴로 번개처럼 빠르게 연주하는 그에게서 관객들은 눈을 떼지 못했다. 관객들이 무척 좋아하는 모드 아이보리는 물에 빠져 죽은 광부의 딸에 대한 어두우면서도 우스운 노래를 부르며 관객들의 흥을 돋우었고 후렴구를 같이 부르자고 권했다. 놀랍게도 따라 부르는 사람이 많았다. 관객들 대부분이 취해서 붙임성이 좋아진 상태라는 걸 생각하면 놀랄 일이 아닐지도 모른다.

오, 내 사랑,

오, 내 사랑,

오, 내 사랑 클레멘타인.

너는 세상을 떠나 영원히 가 버렸구나.

참으로 슬프다, 클레멘타인.

어떤 곡들은 알아듣기 어려웠다. 코리올라누스가 의미를 파악하기 힘든 낯선 단어들이 있었는데 루시 그레이가 옛날 노래들이라고 말했던 게 기억났다. 이런 노래들을 할 때면 코비 다섯 명은 유독 자기들만의 세계에 빠진 듯 몸을 흔들면서 복잡한 화음을 쌓아 가며 노래했다. 코리올라누스는 그게 싫었다. 노랫소리가 그를 불안하게 했다. 이런 노래를 최소한 세 곡 듣고 나서야 그는 이 노래가 모킹제이를 연상시킨다는 걸 깨달았다.

다행히 대부분의 곡은 요즘 노래였고 그의 취향에 더 맞았다. 그들은 그가 추첨일에 들었던 노래로 공연을 마무리했다.

아니, 안 돼요.

네가 내게서 빼앗을 수 있는 건 아무 가치도 없는 것들이야.

가져 가, 그냥 줄 테니.

아무 해도 되지 않아.

네가 나에게서 빼앗을 수 있는 것 중

지킬 가치가 있었던 건 없었어!

이 노래의 아이러니를 관객들도 이해했다. 캐피톨은 루시 그레이에게서 모든 것을 빼앗으려 했지만 완전히 실패했다.

박수 소리가 잦아들자 루시 그레이는 모드 아이보리에게 고개를 끄덕였다. 아이는 담요 뒤로 달려가 발랄한 리본들을 엮어 넣은 바구니를 들고 나왔다.

"정말 감사합니다." 루시 그레이가 말했다. "자, 여러분 다 아시죠. 우린 입장료를 받지 않아요. 음악을 가장 필요로 하는 사람이 배고픈 사람일 때도 있으니까요. 하지만 우리도 배가 고파져요. 우리에게 기부하고 싶으신 분이 있다면 바구니를 들고 돌아다니는 모드 아이보리에게 주시면 됩니다. 미리 감사드려요."

모드 아이보리가 관객들 틈 사이로 잽싸게 움직이며 바구니에 동전을 받는 동안 남은 코비 네 명은 부드러운 음악을 연주했다. 코리올라누스와 동료 다섯 명도 주머니를 다 털었지만 동전 몇 개밖에 없었다. 절대 충분하지 않은 액수였는데도 모드 아이보리는 예의 바르게 인사를 했다.

"잠깐만." 코리올라누스가 말했다. "단 것 좋아하니?" 그는 마지막 남은 팝콘 볼이 든 갈색 종이 상자 뚜껑을 열어 모드 아이보리에게 보여 주었다. 아이는 기뻐하며 눈을 크게 떴다. 어차피 입장권을 사려고 아껴 뒀던 것이라 코리올라누스는 전부 다 바구니에 넣었다. 그가 플린스 부인을 제대로 파악한 게 맞다면 이미 더 많은 소포가 오고 있을 것이다.

모드 아이보리는 감사의 뜻으로 피루엣pirouette(발레 등에서 한쪽 발로 서서 빠르게 도는 것-옮긴이)을 잠깐 해 보였다. 그러고는 다른 관객들을 헤치고 서둘러 무대로 올라가 루시 그레이의 스커트를 잡아당겨 바구니 속 팝콘 볼을 보여 주었다. 코리올라누스는 루시 그레이의 입술이 "오오." 하고 움직이고는 누가 주었냐고 묻는 걸 보았다. 그는 지금이 그 순간이라는 걸 알았다. 그는 그늘진 곳에서 한 발짝 나와서 섰다. 모드 아이보리가 그를 가리키려고 손을 들자 기대감이 솟았다. 루시 그레이가 어떻게 반응할까? 그를 알아볼까? 무시할까? 평화유지군이 된 지금 그의 모습을 알아보기나 할까?

　루시 그레이의 시선이 모드 아이보리의 손가락을 따라가다 코리올라누스에게서 멈추었다. 그녀의 얼굴에 혼란스러워하는 빛이 떠올랐다가 그를 알아보고는 기쁨의 표정으로 바뀌었다. 그녀는 믿을 수 없어하며 고개를 절레절레 흔들며 웃었다. "오케이, 오케이, 여러분. 오늘은… 아마 내 인생 최고의 밤일 거예요. 모두 와 주셔서 감사합니다. 잠자리에 들기 전에 마지막으로 한 곡 더 할까요? 내가 이 노래를 부르는 걸 예전에 들은 분들도 계실 거예요. 하지만 이 노래는 캐피톨에서 완전히 새로운 의미를 갖게 됐어요. 그 이유는 모두 짐작하실 수 있을 것 같네요."

　루시 그레이가 이제는 코리올라누스가 어디 있는지 아니까 그는 노래를 들은 뒤 재회를 만끽하려고 자기 자리로 돌아갔다. 노래 한 곡만 듣고 나면 실제로 그녀를 만나게 된다. 그녀가 동물원에서 불렀던 노래를 부르기 시작하자 그의 눈에 눈물이 고였다.

　　　내게 저택을 지어다오, 아주 높은 집을,
　　　내 진정한 사랑이 지나쳐 가는 것을 볼 수 있도록.
　　　그가 지나가는 것을 보게.
　　　내 사랑, 그가 지나가는 것을 보게.
　　　내 진정한 사랑이 지나쳐 가는 것을 볼 수 있도록.

　"그게 나예요." 코리올라누스는 주위 사람들에게 이렇게 말하고 싶었다. "내가 그녀의 진정한 사랑이에요. 그리고 내가 그녀의 생명을 구했어요."

내게 편지를 써서 부쳐 줘.
우표를 붙여서 캐피톨 교도소로 보내 줘.
캐피톨 교도소로.
내 사랑, 캐피톨 교도소로.
우표를 붙여서 캐피톨 교도소로 보내 줘.

만나면 먼저 "안녕"이라고 말해야 하나? 아니면 그냥 키스할까?

장미는 붉어, 내 사랑.
제비꽃은 파랗지.
천국의 새들은 내가 널 사랑한다는 걸 알아.

키스해야지. 분명히 키스부터 해야 돼.

내가 널 사랑한다는 걸 알아.
오, 널 사랑한다는 걸 알아.
천국의 새들은 내가 널 사랑한다는 걸 알아.

"모두들 안녕히 주무세요. 다음 주에 또 만나면 좋겠네요. 그때까지는 여러분도 계속 노래하세요." 루시 그레이가 말했고 코비 모두가 마지막으로 인사를 했다. 관객들이 박수를 치는 동안 루시 그레이는 코리올라누스에게 미소를 지었다. 임시 의자를 다시 구석으로 가져가 쌓아 놓는 사람들을 피해 가며 그는 그녀 쪽으로 걸음을 옮겼다. 그녀는 주위에 모인 평화유지군 몇 명과 이야기하고 있었지만 그를 향해 눈길을 보내고 있었다. 그는 그녀에게 빠져나갈 시간을 주고 그녀의 모습을 한껏 볼 수 있도록 멈춰 섰다. 얼굴이 상기된 그녀. 그와 사랑에 빠진 그녀.

평화유지군들이 루시 그레이에게 작별 인사를 하며 물러나려는 참이었다. 코리올라누스는 머리를 가다듬고 그녀에게 다가갔다. 둘 사이의 거리가 5미터도 남지 않았을 때 호브에서 소란이 일었다. 유리 깨지는 소리, 항의하는 목소리가 들려와 코리올라누스는 고개를 돌렸다. 소매 없는 셔츠와 무릎 부분부터 잘라 낸 바지를 입은 코리올라누스 또래의 검은 머리 남자가 사람들을 헤치며 다가왔다. 그의 얼굴은 땀으로 번들거렸고 움직임을 보니 자기 주량 이상의 백주를 마신 듯했다. 한쪽 어깨에는 짧은 피아노 건반이 달린 상자 모양의 악기가 매달려 있었다. 시장의 딸 메이페어가 다른 사람들과 몸이 닿지 않게 조심하며 그 뒤를 따라왔다. 그녀는 사람들을 업신여기는 듯 입을 앙다물고 있었다. 코리올라누스가 시선을 무대로 옮겨 보니 열망하는 표정을 짓고 있었던 루시 그레이는 차가운 눈으로 그들을 응시하고 있었다. 밴드의 다른 멤버들이 그녀를 보호하려는 듯 에워쌌다. 공연 중에 보였던 경박함은 모두 사라졌고 생생한 분노와 슬픔이 느껴졌다.

'저 사람이구나.' 코리올라누스는 확신했다. 속이 불쾌하게 뒤틀렸다. '저 사람이 노래에 나온 연인이구나.'

24

체구가 작은 모드 아이보리가 루시 그레이 정면에 버티고 서더니 얼굴을 찌푸리며 두 주먹을 불끈 쥐었다. "여기서 나가, 빌리 토프. 이제 우리 중 아무도 널 원하지 않아."

빌리 토프는 그들을 살피며 몸을 조금 흔들었다. "원한다기보단 필요한 거겠지, 모드 아이보리."

"필요하지도 않아. 사라져 버려. 그리고 족제비 같은 네 여자아이도 데려가고." 모드 아이보리가 명령했다. 루시 그레이는 아이를 안고 한 손을 아이 가슴에 얹었다. 진정시키거나 저지하려는 듯했다.

"너희 모두 소리가 빈약해. 소리가 빈약해." 빌리 토프가 취한 목소리로 말하며 자기 악기를 탁 쳤다.

"우린 너 없어도 할 수 있어, 빌리 토프. 네가 선택한 거야. 이제 우릴 내버려 둬." 바브 애저가 말했다. 그녀의 조용한 목소리 밑에는 강철 같은 강건함이 깔려 있었다. 탬 앰버는 아무 말도 하지 않았지만 같은 생각이라고 살짝 고개를 끄덕였다.

빌리 토프의 얼굴에 고통이 스쳤다. "너도 그렇게 생각해, CC?"

클러크 카마인은 피들을 꼭 끌어안았다.

코비 멤버들의 피부와 머리 색깔, 생김새는 다양했지만 코리올라누스는 두 사람이 조금 닮았다는 걸 알아차렸다. 혹시 형제인가?

"넌 나랑 가도 돼. 우리 둘이서도 잘할 수 있어." 빌리 토프가 애원했지만 클러크 카마인은 움직이지 않았다. "알았어, 좋아. 너 필요 없어. 너희들 중 아무도 원래 필요 없었어. 앞으로도 필요 없을 거야. 언제나나 혼자 할 때 더 잘했어."

평화유지군 몇 명이 그를 둘러싸기 시작했다. 루시 그레이에게 백주병을 주었던 평화유지군이 빌리 토프의 어깨에 손을 얹었다. "이제 가지. 쇼는 끝났어."

빌리 토프가 몸을 틀어 그의 손을 떨쳐 내더니 술김에 그를 밀었다. 화기애애했던 호브의 분위기가 순식간에 바뀌었다. 코리올라누스는 칼날처럼 날카로운 긴장을 느꼈다. 그를 무시했거나 술을 마시며 고개를 끄덕여 보였던 광부들이 갑자기 적대감을 보였다. 평화유지군들은 경계하며 몸을 곧추세웠고 정신을 차려 보니 코리올라누스 역시 거의 차렷 자세로 서 있었다. 평화유지군 대여섯 명이 빌리 토프에게 다가가자 광부들이 몰려오는 게 느껴졌다. 분명 싸움이 일어날 것이다. 코리올라누스가 마음의 준비를 하고 있는데 누가 조명 플러그를 뽑았다. 호브는 칠흑처럼 어두워졌다.

그 순간 모든 게 멈추었다가 폭발하듯 혼돈이 벌어졌다. 주먹 하나가 코리올라누스의 입을 때려서 그도 주먹을 날렸다. 그는 자기 주위에 안전한 공간을 확보하는 데만 집중하며 아무렇게나 주먹을 휘둘렀다. 경기장에서 조공인들이 그를 사냥하려 했을 때 경험했던 동물적 난폭함이 그를 압도했다. 골 박사의 목소리가 그의 귀에 메아리처럼 들려오는 듯했다. "그게 자연 상태의 인간이야. 그건 벌거벗은 인간성이야." 벌거벗은 인간성이 다시 여기서 펼쳐지고 있었고 코리올라누스는 이번에도 그중 일부였다. 어둠 속에서 이를 드러낸 채 주먹을 날리고 발로 차고 있었다.

호브 바깥에서 경적 소리가 여러 번 울리더니 트럭의 전조등 불빛이 문틈을 통해 안을 비추었다. 호루라기 소리와 흩어지라는 고함 소리가 들려왔다. 사람들은 출구 쪽으로 몰려갔다. 코리올라누스는 루시 그레이가 어디 있는지 찾으려다가 출구 쪽으로 가는 게 그녀를 찾는 데 제일 확률이 높겠다고 생각했다. 그는 가끔씩 주먹을 날리고 사람들을 마구 밀치면서 어두운 밖으로 나왔다. 주민들은 도망쳤고 드문드문 모여 있는 평화유지군들은 그들을 쫓으려는 노력도 거의 하지 않았다. 대부분은 근무 중이 아니었던 데다 즉흥적으로 일어난 일에 대처할 조직된 팀도 없었다. 어두웠기 때문에 싸운 사람이 누구였는지조차 몰랐다. 그냥 내버려 두는 게 나았다. 그러나 코리올라누스는 불안했다. 교수형 때와는 달리 광부들은 그들과 맞서 싸웠다.

그는 터진 입술을 빨며 출구를 지켜볼 수 있는 자리에 서 있었지만 뒤처진 사람들이 마지막으로 걸어 나온 뒤에도 루시 그레이, 코비, 심지어 빌리 토프의 모습은 보이지 않았다. 그렇게 가까이 있었는데 그녀와 이야기를 할 수 없었다니 정말 실망스러웠다. 호브에 다른 출구가 있나? 있다. 그는 무대 옆에 문이 있었던 걸 떠올렸다. 아마 거길 통해서 빠져나갔을 것이다. 메이페어 리프는 그들만큼 운이 좋지 못했다. 그녀는 평화유지군들 사이에 서 있었는데 체포되지는 않았지만 자리를 뜰 수도 없었다.

"난 잘못한 게 없어요. 당신들은 날 잡아 둘 권리가 없어요." 그녀가 평화유지군들에게 내뱉었다.

"미안합니다, 아가씨." 평화유지군이 말했다. "혼자 집에 가게 할 수는 없어요. 당신을 보호하기 위해서입니다. 우리가 데려다 드리는 걸 거부한다면 아버지께 전화를 걸어 지시를 받겠습니다."

아버지를 언급하자 메이페어는 입을 다물었지만 태도가 나아지지는 않았다. 속으로는 부글거리는 것 같았고 얇아진 입술은 '기다려, 언젠가 대가를 치를 테니'라고 말하는 듯했다.

그녀를 집에 데려다 주는 일을 하고 싶어 하는 사람은 없어 보였다. 결국 코리올라누스와 세자누스가 뽑혔다. 교수형 행사에서 좋은 인상을 주었기 때문일 수도, 둘 다 비교적 술에 덜 취했기 때문일 수도 있었다. 장교 두 명과 평화유지군 세 명이 그들과 함께 가기로 했다. "시간도 늦었고 분위기도 이러니 안전하게 조치하는 게 좋을 거야." 한 장교가 말했다. "멀지 않아."

부츠 발로 모래를 밟으며 이 거리 저 거리를 지나면서 코리올라누스는 눈을 가늘게 뜨고 어둠 속을 바라보았다. 캐피톨에는 가로등이 거리를 밝히지만 여기서는 가끔씩 창문에서 비쳐 나오는 불빛과 희미한 달빛에 의지해야 했다. 무기가 없고 흰 제복의 보호조차 받지 못하게 되니 공격에 취약해졌다는 기분이 들었다. 그래서 그는 다른 평화유지군과 가깝게 걸었다. 장교들에겐 총이 있었다. 그게 주민들의 공격 시도를 막아 주길 바랐다. 할머님의 말이 떠올랐다. "네 아버지는 그 사람들이 물을 마시는 이유는 피가 비로 내리지 않기 때문이라고 말하곤 했어. 그 말을 무시하면 네가 위험해질 거야, 코리올라누스." 그들이 지금 밖에 나와서 자신들을 지켜보며 갈증을 해소할 기회를 기다리고 있을까? 그는 부대의 안전함이 그리웠다.

다행히 짧은 블록 몇 개를 지나니 텅 빈 광장이 나왔다. 코리올라누스는 그곳이 매년 추첨이 열리는 광장이라는 걸 알아보았다. 조명등 몇 개가 불규칙하게 켜져 있어서 발밑의 자갈길을 보며 걸을 수 있었다.

"여기선 집까지 잘 돌아갈 수 있어요." 메이페어가 말했다.

"우린 급할 게 없어요." 장교 한 명이 그녀에게 말했다.

"왜 날 내버려 두지 않는 거죠?" 메이페어가 쏘아붙였다.

"왜 그 아무짝에도 쓸모없는 녀석과 그만 만나지 않는 거죠?" 장교가 말했다. "끝이 좋지 않을 거예요. 내 말 믿어요."

"남의 일에 참견하지 말아요." 그녀가 대꾸했다.

그들은 광장을 대각선으로 가로질러 벗어난 뒤 새로 포장한 길을 따라 걸었다. 12번 구역에서는 저택이겠지만 캐피톨에서라면 평범했을 큰 집 앞에 멈춰 섰다. 8월의 더위 때문에 활짝 열어 둔 창문을 통해 밝은색 가구가 놓인 방이 언뜻 보였다. 선풍기 바람에 커튼이 펄럭이고 있었다. 그날 집 안 사람들이 저녁 식사로 먹었을 음식 냄새가 났다. 햄 같았다. 입에 침이 조금 고여 입술에서 나는 피 맛이 옅어졌다. 루시 그레이를 만나지 못한 게 다행일지도 모른다. 그의 입술은 도저히 키스할 수 있는 상태가 아니었다.

장교 하나가 정문에 손을 얹자 메이페어는 그의 옆을 지나 대문으로 달려가 집 안으로 들어갔다.

"부모에게 보고해야 합니까?" 다른 장교가 물었다.

"뭐 하러? 시장이 어떤지 자네도 알잖아. 자기 딸이 밤에 나돌아 다니는 걸 우리 탓으로 돌릴 거야. 난 잔소리 듣고 싶지 않아."

물어봤던 장교도 동의한다고 작게 말했다. 그들은 다시 광장을 가로질렀다. 어디선가 작은 기계음이 들렸다. 코리올라누스는 집 옆을 따라 심어 둔 덤불 속 그늘을 돌아보았다. 으슥한 곳에서 벽에 등을 붙인 채 꼼짝 않고 서 있는 사람을 간신히 알아볼 수 있었다. 이층에 불이 켜지면서 노란 불빛이 주위를 밝히자, 코피가 난 빌리 토프가 코리올라누스를 똑바로 노려보는 모습이 드러났다. 기계음은 가슴팍에 대고 있는 악기에서 난 소리였다.

코리올라누스는 다른 사람들에게 알리려고 입을 열었지만 무언가가 그의 말문을 막았다. 무엇 때문일까? 두려움? 무관심? 루시 그레이가 어떻게 반응할지 확실하지 않아서? 밴드는 코리올라누스의 라이벌에 대한 입장을 분명히 했지만 그래도 코리올라누스가 그를 밀고하면 그들이 어떻게 반응할지 알 수 없었다. 지금 알리면 빌리 토프는 감옥에 갈 수도 있다. 그로 인해 그가 동정을 받고 코비가 그를 돕고 용서한다면? 코리올라누스는 코비가 아주 끈끈한 사이라는 걸 알았다. 그렇지만 오히려 코비가 이 사실을 반길 수도 있지 않을까? 특히 루시 그레이. 자기의 옛 연인이 위로를 받으려고 메이페어 집으로 달려갔다는 사실을 알면 아주 흥미로워할 것이다. 밴드이자 집이었던 코비에게서 완전히 쫓겨나다니 빌리 토프는 대체 무슨 짓을 했을까? 그는 인터뷰 때 루시 그레이가 불렀던 발라드의 마지막 가사를 기억했다.

네가 나에게 도박을 걸었다가
추첨에서 잃게 되어 참 안됐어.
이제 내가 무덤으로 가면 넌 어떻게 할래?

분명히 답은 거기에 들어 있었다.

메이페어가 나타나 창문을 닫았다. 그리고 커튼을 쳐서 빛을 가렸고 빌리 토프는 보이지 않게 되었다. 덤불이 부스럭거렸다. 그를 잡을 기회는 사라졌다.

"코리오?" 세자누스가 그의 곁에 다가왔다. "오고 있어?"

"미안, 잠깐 생각에 빠져서." 코리올라누스가 말했다.

세자누스가 집 쪽으로 고갯짓을 했다. "캐피톨이 생각나네."

"집이라고는 안 하는구나." 코리올라누스는 이 사실에 주목했다.

"응, 나한테 집은 언제나 2번 구역일 거야." 세자누스가 단호히 말했다. "하지만 상관없어. 어차피 두 곳 모두 다시는 못 볼 테니까."

코리올라누스는 부대로 돌아오면서 자기가 캐피톨을 다시 볼 수 있을 확률이 얼마나 될지 생각해 보았다. 세자누스가 오기 전까지는 제로라고 생각하고 있었다. 하지만 장교가, 혹은 심지어 전쟁 영웅이 되어 돌아갈 수 있다면 상황이 달라질 것이다. 물론 그러기 위해서는 그가 활약할 수 있는 전쟁이 필요하다. 세자누스가 위생병이 되려면 전쟁이 필요한 것과 마찬가지다.

부대에 들어오고 등 뒤에서 정문이 닫히니 힘을 주고 있던 어깨가 풀렸다. 그는 세수를 하고 난 뒤 술에 취해 코를 골며 자고 있는 빈폴의 위 칸 침대로 올라갔다. 그는 그날 저녁의 일들을 다시 생각해 보았다.

그의 부어오른 입술에서 맥박이 느껴졌다. 루시 그레이를 보고 그녀의 노래를 듣고 그를 보고 그녀가 기뻐했던 모습. 빌리 토프가 나타나 재회를 망쳐 놓기 전까지는 모든 게 꿈결 같았다. 그건 빌리 토프를 증오할 또 하나의 이유였지만 코비가 그를 내치는 모습을 본 건 매우 만족스러웠다. 루시 그레이가 그의 것이라는 사실을 확인해 주었다.

일요일 아침 식사를 하는데 나쁜 소식이 전해졌다. 전날 저녁 호브에서 벌어진 다툼 때문에 장병 혼자서 부대 밖으로 나갈 수 없게 된 것이다. 윗사람들은 장병들의 호브 출입 금지까지 고려하고 있었다. 스마일리와 버그와 빈폴은 숙취에 멍까지 들었지만 이 상황에 한탄했다. 코리올라누스가 루시 그레이를 만나는 데 또 하나의 장애물이 생겼다는 것을 아는 세자누스는 그저 코리올라누스가 걱정한다는 것만 걱정할 뿐이었다.

"루시 그레이가 여기로 와서 너를 만나면 어때?" 식판 위 음식을 다 먹을 때쯤 세자누스가 말했다.

코리올라누스는 "그럴 수 있어?"라고 물었다가 올 수 있다 해도 오지 않길 바랐다. 그는 자유 시간이 거의 없었고 대화를 나눠도 좋다고 허락받을 곳이 있는지도 몰랐다. 울타리를 사이에 두고? 그게 어떻게 보일까? 로맨스에 푹 빠져 있었던 어제 저녁에는 공개적으로 키스하며 그녀를 맞을 생각이었지만 이제 와서 생각하니 만약 그랬다면 막사 동료들이 질문을 쏟아 냈을 것이다. 분명히 눈살을 찌푸리는 장교도 있었겠지. 그러면 그의 강제 입대 사연을 포함한 둘 사이의 과거사가 다 드러났을 테고, 그가 헝거 게임에서 반칙을 했다는 사실도 알려질 것이다. 게다가 지역 주민과 평화유지군 사이의 말썽을 고려할 때 그들의 관계가 알려지지 않는 게 현명할 것이다. 울타리를 사이에 두고 속삭인다면 그가 반군 동조자, 심지어 첩자라는 루머까지 퍼질지도 모른다.

안 된다. 그들이 만난다면 그가 그녀를 찾아가야 한다. 남 몰래. 오늘은 그녀를 만날 수 있는 드문 기회였지만 부대 밖으로 나가려면 친구가 필요했다.

"우리 사이의 일은 비밀로 하는 게 나을 것 같아. 여기로 왔다간 루시 그레이가 난처해질 수 있어. 세자누스, 너 오늘 하려던 일이 있었니? 아니면⋯."

"루시 그레이는 경계라는 지역에 살아." 세자누스가 말했다. "숲 근처야."

"뭐라고?" 코리올라누스가 말했다.

"어젯밤에 광부한테 물어봤어, 아주 자연스럽게." 세자누스는 미소를 지었다. "걱정 마. 그 사람은 너무 취해서 기억도 못할 거야. 그리고 기꺼이 너와 함께 갈게."

세자누스는 막사 동료들에게 캐피톨 껌 한 통을 편지지와 교환할 수 있을지 보러 시내로 갈 거라고 말했는데 불필요한 계략이었다. 다른 동료들은 아침 식사를 마치자마자 어젯밤에 막 굴린 몸을 끌고 침대로 돌아갔다. 코리올라누스는 선물을 살 돈이 있었으면 싶었지만 그에겐 동전 한 푼 없었다. 나가는 길에 식당 복도를 지나다 제빙기를 본 코리올라누스는 아이디어를 하나 떠올렸다. 날씨가 워낙 더워서 병사들은 음료에 넣거나 몸을 식힐 용도로 얼음을 마음껏 가져가도 좋다는 허가를 받은 터였다. 사우나처럼 더운 주방에서 각얼음을 몸에 문지르면 조금은 시원했다.

성실하게 설거지하는 코리올라누스를 좋아하게 된 쿠키는 날씨가 이렇게 더우니 열사병을 막기 위해 얼음을 가지고 나가는 게 좋겠다며 낡은 비닐봉지를 주었다. 코리올라누스는 코비에게 냉장고가 있을지 궁금했다. 하지만 교수형 들판으로 가는 길에 보았던 집을 떠올리면 냉장고는 소수만 가질 수 있는 사치품인 듯했다. 어쨌든 얼음은 공짜였고 그는 빈손으로 가고 싶지는 않았다.

그들은 정문 앞에서 외출 기록장에 서명을 남겼다. 경비병은 주의하라고 경고했다. 두 사람은 광장 쪽으로 짐작되는 방향으로 걸어갔다. 코리올라누스는 조금 불안한 느낌이 들었다. 하지만 오늘은 탄광이 닫는 날이라 구역 전체가 고요했고 스쳐 지나간 몇 사람은 그들을 무시했다. 광장의 작은 빵집 하나가 오븐의 열기를 누그러뜨릴 바람이 들어올 수 있게 문을 활짝 열어 둔 채 영업 중이었다. 비트처럼 얼굴이 새빨간 주인아주머니는 돈을 내는 고객이 아닌 사람에겐 길을 알려줄 생각이 없어 보였다. 세자누스가 근사한 껌과 빵 한 덩이를 물물교환하자고 제안하자 그제야 좀 수그러들어서 그들을 광장으로 데리고 나가 경계로 가는 길을 손가락으로 가리켰다.

중심부 밖의 경계는 먼 곳까지 뻗어 있었다. 일반적인 거리는 곧 사라졌고 그보다 더 좁고 표지판도 없는 길이 거미줄처럼 펼쳐졌다. 길은 나타났다가 좁아지더니 사라지곤 했는데 이유는 파악할 수가 없었다. 낡고 똑같은 집들이 쭉 늘어선 길이 있는가 하면, 좋게 봐도 판잣집에 불과한 대충 만든 집들이 들어선 길도 있었다. 쓰러지지 않도록 받치고 임시변통으로 수리하고, 혹은 망가진 집들이 많아서 원래의 골조를 알아보기도 쉽지 않았다. 아예 버려진 집도 많았다. 다른 용도로 쓰기 위해 곳곳의 자재를 뜯어 간 듯했다.

바둑판 모양의 거리도 아니고 이렇다 할 지형지물도 없어서 코리올라누스는 자기가 어디 있는지 알 수가 없었다. 그러자 다시 불안감이 몰려왔다. 가끔 현관 계단이나 그늘진 집 안에 앉아 있는 사람을 지나칠 때도 있었다. 그 누구도 눈곱만큼도 우호적으로 보이지 않았다. 유일하게 붙임성 있는 생물은 각다귀였는데 그의 다친 입술을 너무나 좋아해서 끊임없이 쫓아야 했다. 그들 위로 태양이 내리쬐어 얼음 봉지 표면에 맺힌 물방울이 그의 바지에 얼룩을 남겼다. 코리올라누스의 열정 역시 녹아내리고 있었다. 어젯밤 그가 호브에서 느꼈던 극도의 흥분, 술기운과 갈망이 섞여 만든 자극은 이젠 열이 올랐을 때의 꿈만 같았다. "이건 좋은 아이디어가 아니었는지도 모르겠어."

"정말?" 세자누스가 물었다. "옳은 방향으로 가고 있는 게 확실한 것 같아. 저기 나무들 보이니?"

코리올라누스는 먼 거리에 있는 무성한 녹음을 보았다. 그는 침대에 눕고 싶다는 생각과 일요일에는 얇은 햄 구이와 감자가 나온다는 걸 떠올리며 터덜터덜 걸었다. 어쩌면 그는 연인의 자질이 없는지도 모른다. 사실은 연인보다는 외톨이에 더 가까운 사람일 수도 있다. 코리올라누스 스노우, 연인보다는 외톨이. 빌리 토프에게선 열정적인 감정이 잔뜩 풍겨 나오긴 했다. 루시 그레이가 원하는 게 그런 걸까? 열정, 음악, 독한 술, 달빛, 그 모든 걸 갖고 있는 거친 남자? 일요일 아침에 축 처진 얼음 봉지를 들고 자기 집에 찾아오는, 다친 입술에 땀을 흘리는 평화유지군이 아니라.

코리올라누스는 세자누스를 앞세우고 석탄재를 깔아 다진 오르락내리락하는 길을 말 없이 뒤따라 걸었다. 결국 세자누스도 지칠 테고 그러면 그들은 돌아가서 편지를 쓰면 된다. 세자누스, 티그리스, 친구들, 교수진 모두 그를 완전히 잘못 보았다. 코리올라누스가 부정행위를 저지른 동기는 결코 사랑이나 야망이 아니었던 것이다. 그는 그저 상을 받고 서류나 만지면서 티파티에 참석할 시간이 넉넉한 근사하고 조용한 사무직을 얻고 싶다는 욕구뿐이었던 것 같다. 비겁하고…. 하이바텀 총장이 자신의 어머니를 두고 뭐라고 말했더라? 아, 그래. 별로 똑똑하지 않다고 했다. 그 자신도 어머니처럼 별로 똑똑하지 못했다. 크라수스 크산토스 스노우가 그를 봤다면 얼마나 실망할까?

"들어 봐." 세자누스가 그의 팔을 잡으며 말했다.

코리올라누스는 멈춰 서서 고개를 들었다. 높은 음으로 부르는 구슬픈 노랫소리가 아침 공기를 꿰뚫었다. 모드 아이보리? 그들은 음악이 들려오는 곳으로 향했다. 경계의 끄트머리에 있는 길 끝에 강한 바람을 맞는 나무처럼 위태롭게 기울어진 작은 목조 가옥이 있었다. 흙투성이 앞마당에는 아무도 없어서 두 사람은 야생화가 잔뜩 피어 있는 곳을 돌아가야 했다. 활짝 핀 꽃도 시들어 가는 꽃도 있었는데 마구잡이로 옮겨 심어 놓은 듯했다. 집 뒤편으로 가니 두 치수는 큰 드레스를 입은 모드 아이보리가 대충 만든 계단에 앉아서 콘크리트 블록 위에 놓은 견과류를 돌로 내리쳐 깨면서 그 박자에 맞춰 노래를 부르고 있었다.

"오, 내 사랑"-빡-"오, 내 사랑"-빡-"오, 내 사랑, 클레멘타인!"-빡. 그녀는 고개를 들었다가 그들을 보자 활짝 웃었다. "당신을 알아요!" 아이는 옷에 묻은 열매 껍질을 털어 내고 집 안으로 달려갔다.

코리올라누스는 소매로 얼굴을 닦으며 루시 그레이가 나타났을 때 입술이 너무 보기 흉하지 않길 바랐다. 그런데 모드 아이보리는 잠이 덜 깬, 머리를 급하게 틀어 올린 바브 애저와 함께 나왔다. 모드 아이보리처럼 그녀 역시 무대의상이 아닌 12번 구역 사람들이 입을 법한 옷을 입고 있었다. "안녕하세요." 그녀가 말했다. "루시 그레이를 찾아왔어요?"

"저 사람은 캐피톨에서 온 루시 그레이의 친구야." 모드 아이보리가 다시 알려 주었다. "텔레비전에서 루시 그레이를 소개한 사람이야. 지금은 머리카락이 거의 없어졌지만. 나한테 팝콘 볼을 줬어."

"음, 우린 팝콘 볼을 정말 맛있게 먹었어요. 당신이 루시 그레이를 위해 해 준 모든 일에 정말 감사해요." 바브 애저가 말했다. "루시 그레이는 숲에 있을 것 같아요. 숲에서 일할 때는 이웃들을 방해하지 않으려고 일찍 가거든요."

"내가 알려 줄게요. 가요!" 모드 아이보리는 현관에서 뛰어내리더니 마치 오랜 친구 사이인 것처럼 코리올라누스의 손을 잡았다. "이쪽이에요."

동생이나 자기보다 나이 어린 친척이 없는 코리올라누스는 아이들과 만나 본 경험이 거의 없었다. 하지만 모드 아이보리가 신뢰한다는 듯 작고 차가운 손으로 자기 손을 꼭 잡으니 특별해진 기분이 들었다. "그럼 너는 텔레비전에서 날 본 거야?"

"딱 하룻밤만요. 날씨가 맑았고 탬 앰버가 포일을 많이 썼어요. 보통 깨진 화면만 나오거든요. 그래도 우리한테 텔레비전이 있다는 것 자체가 특별한 거예요." 모드 아이보리가 설명했다. "가지고 있는 사람이 거의 없어요. 어차피 재미없는 뉴스 말고는 볼 만한 것도 별로 없지만요."

골 박사가 사람들을 헝거 게임에 끌어들이려고 온갖 노력을 다 할 수는 있겠지만, 구역에서 제대로 작동하는 텔레비전을 가지고 있는 사람이 없다시피 하다면 헝거 게임이 미치는 영향은 공공장소에 사람들이 모이는 추첨일에만 국한될 것이다.

함께 숲으로 걸어가면서 모드 아이보리는 어젯밤의 공연과 뒤이어 일어났던 싸움에 대해 재잘거렸다. "맞아서 참 안타까워요." 그녀는 코리올라누스의 입술을 가리키며 말했다. "하지만 빌리 토프가 원래 그래요. 빌리 토프가 가는 곳마다 말썽이 일어나요."

"네 형제니?" 세자누스가 물었다.

"아뇨, 걔는 클레이드 가문이에요. 클러크 카마인과 형제죠. 다른 사람들은 다 베어드 사촌들이고요. 그러니까 여자들요. 그리고 탬 앰버는 길 잃은 영혼이에요." 모드 아이보리가 아무 감정 없이 말했다.

묘하게 말하는 건 루시 그레이만의 특징이 아닌 듯했다. 코비의 말투인 듯했다. "길 잃은 영혼?" 코리올라누스가 물었다.

"네, 코비가 아기인 탬 앰버를 발견했어요. 누가 탬 앰버를 마분지 상자에 넣어서 길가에 버렸어요. 그러니 걔는 우리 거죠. 그 사람들이 손해 본 거예요. 탬 앰버는 세계 최고의 만돌린 연주자니까." 모드 아이보리가 잘라 말했다. "말수는 적지만요. 그거 얼음이에요?"

코리올라누스는 점점 줄어드는 얼음 뭉치를 흔들어 보였다. "얼마 안 남았어."

"오, 루시 그레이가 좋아할 거예요. 냉장고는 있지만 냉동실은 오래전에 고장 났거든요. 여름에 얼음을 먹다니 호사스럽네요. 마치 겨울의 꽃처럼 드물죠."

코리올라누스도 맞장구쳤다. "우리 할머니는 겨울에 장미를 키우셔. 사람들은 그걸 갖고 아주 호들갑을 떨어."

"루시 그레이는 당신한테서 장미향이 난다고 했어요. 집 안에 장미가 가득해요?" 모드 아이보리가 물었다.

"할머니가 지붕에서 장미를 키우셔." 코리올라누스가 말했다.

"지붕?" 모드 아이보리가 키득거렸다. "꽃을 키우기엔 바보 같은 장소인데. 미끄러져 떨어지지 않아요?"

"평평한 지붕이야. 아주 높고 햇볕이 잘 들어. 거기 올라가면 캐피톨 전체가 다 보여."

"루시 그레이는 캐피톨을 좋아하지 않았어요. 캐피톨은 루시 그레이를 죽이려 했어요." 모드 아이보리가 말했다.

"그랬지." 코리올라누스가 인정했다. "루시 그레이한텐 썩 좋은 곳일 수 없었을 거야."

"거기서 좋았던 건 당신뿐이었다고 했어요. 그런데 이제 당신이 여기 왔네요." 모드 아이보리는 그의 손을 잡아당겼다. "여기 계속 있을 거죠? 그렇죠?"

"그럴 계획이야." 코리올라누스가 말했다.

"기쁘네요. 난 당신이 좋아요. 당신이 여기 있으면 루시 그레이가 행복해질 거예요."

세 사람은 숲을 향해 기울어진 넓은 들판 끝에 도착했다. 잡초가 무성한 매다는 나무 앞의 들판과는 달리, 여기엔 깨끗하고 싱싱한 잔디가 높이 자라고 있었고 여기저기 빛깔이 선명한 야생화가 피어 있었다. "루시 그레이가 저기 있어요. 샤머스랑 같이." 모드 아이보리는 바위 위에 혼자 앉아 있는 사람 형태를 가리켰다. 자기 이름과 같은 회색gray 드레스를 입은 루시 그레이는 그들에게 등을 보이고 앉아 기타 위로 고개를 숙이고 있었다.

샤머스? 샤머스가 누구지? 코비의 다른 멤버인가? 아니면 빌리 토프가 루시 그레이의 삶에서 맡았던 역할을 코리올라누스가 오해했고 연인은 샤머스였던 걸까? 코리올라누스는 햇볕을 가리려 눈 위에 손을 대고 자세히 보았지만 그녀의 모습밖에 보이지 않았다. "샤머스?"

"우리 염소예요. 남자 이름이라고 착각하진 마세요! 상태가 좋을 때는 하루에 젖을 4리터씩 짤 수 있어요." 모드 아이보리가 말했다. "버터를 만들 수 있을 만큼의 크림을 모으려고 하는데 너무 오래 걸리네요."

"오, 난 버터가 정말 좋아." 세자누스가 말했다. "그러고 보니 지금 생각났는데 너한테 이 빵을 준다는 걸 깜빡하고 있었네. 아침은 벌써 먹었니?"

"사실 안 먹었어요." 모드 아이보리는 빵을 보며 관심을 드러냈다.

세자누스는 빵을 건넸다. "지금 같이 집으로 돌아가서 이걸 먹으면 어떨까?"

모드 아이보리는 빵을 팔 밑에 끼웠다. "루시 그레이랑 이 사람은

요?" 그녀는 코리올라누스 쪽으로 고갯짓을 하며 물었다.

"둘이 만난 다음에 우리한테 오면 되지." 세자누스가 말했다.

"오케이." 모드 아이보리는 코리올라누스의 손을 놓고 세자누스의 손을 잡았다. "바브 애저는 두 사람이 올 때까지 기다려야 한다고 할 수도 있어요. 괜찮으면 그전에 내가 견과 까는 걸 도와줘도 돼요. 작년에 수확한 거지만 아직 먹고 탈이 난 사람은 없었어요."

"내가 그렇게 좋은 제안을 받은 건 오랜만이네." 세자누스는 코리올라누스를 돌아보았다. "이따 만날까?"

코리올라누스는 입술에 신경이 쓰였다. "나 괜찮아 보여?"

"근사해. 내 말 믿어도 좋은데 그 입술은 너한테 어울려, 군인 아저씨." 세자누스는 모드 아이보리와 함께 집으로 돌아갔다.

코리올라누스는 머리를 한 번 쓸어 넘기고 풀을 헤치며 숲속으로 들어갔다. 이렇게 높이 자란 풀 속을 걸어 본 적이 없었다. 풀이 손가락 끝을 간지럽히는 느낌 때문에 그는 더 불안해졌다. 하루가 통째로 남아 있는 시간에 꽃이 가득한 들판에서 그녀와 단둘이 만난다는 건 그의 기대를 훨씬 넘어서는 일이었다. 더러운 호브에서 급하게 만나는 것과는 정반대의 일이 될 것이다. 더 나은 표현이 있으면 좋겠지만 이건 로맨틱했다. 그는 최대한 조용히 나아갔다. 그녀는 그를 얼떨떨하게 만들곤 했다. 그녀가 보통 사용하는 방어책을 쓰지 않는 모습을 지켜볼 기회가 오다니 반가웠다.

가까이 다가가자 그녀가 조용히 기타를 치며 부르는 노랫소리가 들렸다.

너는, 너는
그 나무로 올 거니,

세 사람을 살해했다던 남자를 매단 곳으로.
여기선 정말 이상한 일들이 있었지.
너도 다 알게 될 거야.
우리가 매다는 나무에서 자정에 만난다면.

그가 아는 노래는 아니었지만 이틀 전의 반군 교수형이 떠올랐다. 루시 그레이가 왔었나? 그 일로 이 노래를 만들었나?

너는, 너는
그 나무로 올 거니,
죽은 남자가 그의 사랑에게 도망가라고 외쳤던 곳으로.
여기선 정말 이상한 일들이 있었지.
너도 다 알게 될 거야.
우리가 매다는 나무에서 자정에 만난다면.

아, 그렇다. 알로의 교수형에 대한 노래가 맞다. 죽은 남성이 사랑하는 사람에게 도망가라고 외치는 일이 또 있었겠는가. "도망쳐, 릴! 도망⋯." 이 노래에는 그 부자연스러운 모킹제이들이 필요할 것이다. 그런데 그녀가 매다는 나무에서 만나자고 하는 대상은 누구일까? 코리올라누스일까? 어쩌면 다음 주 토요일에 이 노래를 불러서 매다는 나무에서 자정에 몰래 만나자는 비밀 메시지를 그에게 보내려는 계획이었을까? 그 시간에 부대 밖 외출 허가를 받을 수는 없으니 그가 그녀를 만나러 갈 수는 없었다. 하지만 그녀는 아마 그 사실을 몰랐겠지.

이제 루시 그레이는 허밍을 하며 선율에 맞춰 여러 코드를 시험해 보았다. 그는 그녀의 목선과 매끈한 피부를 보며 감탄했다. 그녀에게 다가가다가 마른 나뭇가지를 밟는 바람에 날카롭게 부러지는 소리가 났다. 루시 그레이는 벌떡 일어나며 몸을 틀었다. 공포로 눈이 커졌고 마치 공격을 막으려는 듯 기타를 내밀었다. 그는 그녀가 도망갈 거라고 잠시 생각했지만 그를 보자 그녀의 두려움은 안도로 바뀌었다. 그녀는 고개를 가로저었다. 그가 본 그녀의 모습 중 부끄러워하는 모습에 가장 가까운 행동이었다. 그녀는 기타를 바위에 기대 놓았다. "미안, 아직 경기장 후유증이 남았어."

잠깐 경기장에 들어갔던 게 그를 불안하게 하고 악몽을 꾸게 만들었다면 그녀가 얼마나 상처를 입었을지는 그저 상상할 수밖에 없었다. 지난 한 달은 그들의 삶을 뒤집어 놓았고 그들을 되돌릴 수 없게 바꾸어 버렸다. 둘 다 나름대로 특출한 사람들이었는데 세상이 그들을 가장 가혹하게 대했다니 정말 슬픈 일이다.

"응, 상당히 영향을 주지." 그가 말했다. 그들은 잠시 그대로 서서 서로를 바라보다가 다가갔다. 그녀가 그를 안으며 그의 몸 안으로 녹아들었다. 얼음 봉지가 그의 손에서 미끄러져 떨어졌다. 그는 그녀를 꼭 끌어안았다. 코리올라누스가 그녀와 자신을 걱정하며 얼마나 무서워했는지 모른다. 일어날 수 없는 일이라고 생각해서 이 순간에 대한 환상을 품을 엄두조차 내지 못했다는 게 떠올랐다. 하지만 지금 두 사람은 안전하고 아름다운 초원에 함께 있다. 경기장은 3천 킬로미터 넘게 떨어진 곳에 있다. 햇살이 쨍쨍 내리쬐고 있지만 두 사람 사이엔 그 누구도 없다.

"네가 날 찾아냈구나." 그녀가 말했다.

12번 구역에서? 판엠에서? 세상에서? 뭐든 상관없다. "내가 찾아낼 줄 알고 있었잖아."

"네가 그러길 바랐지, 알았던 건 아니야. 확률의 신은 내 편이 아니었어." 그녀는 한 손을 뺄 수 있을 정도로 몸을 뒤로 기울이고는 손가락으로 그의 입술을 쓸었다. 어젯밤에 생긴 상처 위로 그녀의 손가락이 지나가자 기타줄 때문에 생긴 그녀의 굳은살과 그 주위의 부드러운 피부가 느껴졌다. 수줍은 듯 그녀가 키스하자 그의 온몸에 충격이 번졌다. 그는 입술의 통증을 무시하고 굶주림과 호기심으로 반응했다. 그의 몸에 있는 모든 신경이 다 깨어났다. 그리고 입술에서 피가 조금 날 때까지 키스했다. 그녀가 몸을 빼지 않았다면 계속했을 것이다.

"이쪽으로." 그녀가 말했다. "그늘로 와."

그가 남은 얼음을 밟아서 깨지는 소리가 났다. 그는 얼음 봉지를 주웠다. "너에게 주려고 가져왔어."

"오, 고마워." 그녀가 말했다. 루시 그레이는 그를 끌어 바위 앞에 앉혔다. 비닐봉지를 받아 끄트머리를 물어뜯어 작은 구멍을 만들곤 높이 들어 얼음물을 받아 마셨다. "아, 11월이 되기 전까지 맛볼 수 있는 차가운 건 이것뿐일 거야." 그러고는 손으로 봉지를 꾹 쥐어 얼굴에 얼음물을 뿌렸다. "정말 좋아. 고개 젖혀 봐." 그는 머리를 뒤로 하고 입술에 닿는 얼음물을 느꼈다. 핥아먹자마자 다시 긴 키스가 이어졌다. 그녀는 무릎을 올리고 앉더니 말했다. "그래서 코리올라누스 스노우, 내 초원에서 뭐 하고 있는 거야?"

정말 뭘 하고 있는 걸까? "그냥 내 여자친구와 함께 시간을 보내고 있지." 그가 답했다.

"믿기 힘들어." 루시 그레이가 초원을 둘러보았다. "추첨 이후에 있었던 일은 다 현실 같지가 않아. 헝거 게임은 그냥 악몽이었고."

"나한테도 그랬어." 그가 말했다. "하지만 너한테 어떤 일이 있었는지 듣고 싶어. 카메라에 잡히지 않았을 때."

그들은 어깨, 갈비뼈, 엉덩이를 꼭 붙이고 나란히 앉았다. 손을 깍지 끼어 잡고 얼음물을 나눠 마시며 이야기를 나누었다. 루시 그레이는 광견병이 점점 심해지는 제섭과 함께 숨어 있었던 헝거 게임 첫날의 이야기부터 시작했다. "우린 계속 터널 여기저기로 옮겨 다녔어. 그 아래는 미로 같아. 그리고 가엾은 제섭은 빠른 속도로 병이 심해졌고 미쳐 갔지. 첫날 밤에는 입구 근처에 잠자리를 잡았어. 그거 너 아니었니? 마르쿠스를 옮기러 온 사람?"

"나랑 세자누스였어. 세자누스는… 솔직히 난 뭔지 잘 모르겠지만 일종의 메시지를 전하려고 경기장에 몰래 들어갔어. 걔를 데려오라고 나를 들여보낸 거야." 코리올라누스가 설명했다.

"보빈을 죽인 게 너였니?" 그녀가 조용히 물었다.

그는 고개를 끄덕였다. "선택의 여지가 없었어. 그러고 나서는 다른 아이들 세 명이 나를 죽이려 했지."

그녀의 얼굴이 어두워졌다. "나도 알아. 걔들이 회전문까지 갔다가 돌아오면서 뻐기는 소리가 들렸어. 난 네가 죽었을지도 모른다고 생각했어. 널 잃어버린다는 생각에 겁이 났어. 네가 물을 보내 줄 때까지 숨도 못 쉴 정도였어."

"그럼 매 순간이 내게 어땠는지 너도 알겠네." 코리올라누스가 말했다. "난 네 생각밖에 할 수가 없었어."

"나도야." 그녀가 잡았던 손을 놓았다. "그 콤팩트를 너무 꽉 쥐고 있어서 손바닥에 장미 문양이 찍힐 정도였어."

그는 그녀의 손을 잡고 손바닥에 키스했다. "너무나 돕고 싶었는데 내가 정말 쓸모없게 느껴졌어."

그녀는 그의 뺨을 감쌌다. "오, 아냐. 난 네가 날 보살펴 준다고 느꼈어. 물, 음식. 그리고 정말이지 너에겐 끔찍한 일이었다는 걸 알지만 보빈을 탈락시켜 준 건 큰 도움이 됐어. 내겐 정말 도움이 됐어." 루시 그레이는 자신이 세 명을 죽였다는 걸 인정했다. 목표로 삼았던 건 아니지만 처음으로 죽였던 건 워비였다. 그저 몇 모금 남은 물병에 독을 넣고 실수로 떨어뜨린 것처럼 터널 속에 놔두었을 뿐이었다. 그걸 발견한 게 워비였다. "나는 코럴을 노렸어." 그녀가 물웅덩이에 독을 넣어 죽게 한 리퍼는, 제섭이 동물원에서 그의 눈에 침을 뱉어 광견병이 옮은 것이라고 그녀는 주장했다. "그러니까 그건 사실 안락사였던 거야. 제섭이 겪었던 일을 리퍼가 겪지 않게 해 준 거지. 그리고 독사로 트리치를 죽인 건 정당방위였어. 뱀들이 날 왜 그렇게 좋아했는지는 지금도 모르겠어. 내 노래 때문이었다는 확신은 들지 않아. 뱀들은 청력이 좋지 않단 말이야."

코리올라누스는 모두 말했다. 실험실, 클레멘시아, 경기장에 뱀들을 풀어놓은 골 박사의 계획까지 전부 이야기했다. 뱀들이 그녀의 체취에 익숙해지도록 그가 자기 손수건, 아니 아버지의 손수건을 탱크에 몰래 넣었다는 이야기도 들려주었다. "하지만 그들은 우리 두 사람의 DNA가 가득한 손수건을 찾아냈지."

"그래서 네가 여기 와 있는 거야? 콤팩트에 든 쥐약 때문이 아니라?" 그녀가 물었다.

"응." 그가 말했다. "쥐약에 대해선 네가 멋지게 날 감싸 줬어."

"최선을 다했지." 그녀는 잠시 곰곰이 생각했다. "음, 그렇게 된 거구나. 난 널 화재에서 구해 줬고 넌 날 뱀들에게서 구해 줬어. 이제 우린 서로의 목숨을 구해 준 사이인 거야."

"그래?" 그가 되물었다.

"당연하지." 그녀가 말했다. "넌 내 거고 난 네 거야. 별에 새겨진 운명이야."

"거기선 벗어날 수 없지." 그는 몸을 돌려 그녀에게 키스했다. 행복감에 얼굴이 붉게 달아올랐다. 그는 별에 새겨진 운명을 믿지 않았지만 그녀는 믿었고 그건 그에 대한 그녀의 헌신을 입증하기에 충분했다. 코리올라누스가 헌신하고 있다는 것엔 의문의 여지가 없었다. 캐피톨 여자아이에게 반한 적이 없는 그를 12번 구역이 유혹할 다른 가능성은 아주 낮았다.

목에 이상한 느낌이 들어 그는 주의를 돌렸다. 샤머스가 그의 목덜미를 맛보고 있었다. "오, 안녕. 필요하신 것이 있나요, 부인?"

루시 그레이는 웃었다. "사실 있어, 네가 하려고만 하면. 젖을 짜 줘야 해."

"젖 짜기. 흠, 무엇부터 어떻게 시작해야 하는지 모르겠는데." 그가 말했다.

"양동이부터. 집에 있어." 루시 그레이가 샤머스 쪽으로 얼음물을 조금 뿌리자 샤머스는 코리올라누스의 목덜미를 놓아 주었다. 루시 그레이는 비닐봉지를 뜯어 조금 남아 있는 각얼음 몇 개를 꺼내 하나는 코리올라누스의 입에, 하나는 자기 입에 넣었다. "이런 계절에 얼음을 먹다니 정말 좋다. 여름에는 사치, 겨울에는 저주야."

"그냥 신경 안 쓰면 안 돼?" 코리올라누스가 물었다.

"여기선 안 돼. 1월에는 수도관이 얼어서 얼음 덩어리를 레인지 위에서 녹여야 물을 얻을 수 있어. 사람 여섯 명과 염소 한 마리가 마시는 물을 대려면 그게 얼마나 힘든 일인지 알면 놀랄 거야. 눈이 내리면 좀 나아져. 눈은 꽤 빨리 녹거든." 루시 그레이는 샤머스의 목줄을 잡고 기타를 들었다.

"내가 들게." 코리올라누스는 기타 쪽으로 손을 뻗었다가 그녀가 악기를 자신에게 믿고 맡기려나 하는 생각이 들었다.

루시 그레이는 주저하지 않고 기타를 건넸다. "플루리부스가 빌려줬던 기타만큼 좋지는 않지만 생활비를 대 주는 물건이야. 한 가지 문제는 기타줄이 떨어져 가는데 집에서 만든 줄로는 연주할 수가 없어. 만약 내가 그에게 편지를 쓰면 줄을 좀 보내 줄 수 있을까? 클럽 운영할 때 남은 줄이 분명히 좀 있을 것 같은데. 돈도 낼 수 있어. 하이바텀 총장이 준 돈을 지금도 거의 다 가지고 있거든."

코리올라누스는 멈춰 섰다. "하이바텀 총장? 하이바텀 총장이 너한테 돈을 줬다고?"

"비밀리에 슬쩍 쥐여 준 셈이야. 내가 겪은 일들에 대해 사과하더니 현금 뭉치를 내 주머니에 넣어 주더라. 그게 있어서 다행이야. 내가 없는 동안 코비는 공연을 안 했어. 날 잃어서 너무나 충격받았거든. 어쨌든 플루리부스가 도와줄 마음이 있다면 줄 값은 낼 수 있어."

코리올라누스는 다음에 편지를 보낼 때 물어보겠다고 약속했다. 무엇보다 그는 하이바텀 총장이 은밀하게 너그러운 행동을 했다는 사실에 충격을 받았다. 인간의 모습을 한 악마가 왜 그의 여자친구를 도왔을까? 존중? 연민? 죄책감? 모플링에 취해 벌인 기행? 그녀의 집까지 가면서 그는 계속 골똘히 생각해 보았다. 루시 그레이는 집 현관 앞 기둥에 샤머스의 목 끈을 묶었다.

"들어와. 우리 가족을 소개해 줄게." 루시 그레이는 코리올라누스의 손을 잡고 문 앞으로 데리고 갔다. "티그리스는 어떻게 지내? 비누랑 드레스 고마웠다고 직접 만나서 말하고 싶었는데. 이젠 집에 왔으니까 편지라도 보내려 했어. 좋은 게 떠오르면 노래를 한 곡 만들어 줄까 생각도 했고."

"티그리스가 좋아할 거야." 코리올라누스가 말했다. "우리 집은 사정이 좋지 않아."

"널 보고 싶어 하겠지. 그것 말고 다른 일도 있어?" 그녀가 물었다.

그가 대답하기 전에 두 사람은 집 안으로 들어서 있었다. 방이 없는 크고 탁 트인 집이었다. 잠자는 공간은 다락 같은 곳에 마련되어 있는 듯했다. 석탄 난로, 싱크대, 식기류를 놓아두는 선반, 낡디 낡은 냉장고 가 있는 걸 보니 뒤쪽이 부엌이었다. 오른쪽 벽에는 코비의 의상이 놓 인 선반이, 왼쪽에는 악기가 놓인 선반이 있었다. 나무 상자 위에 놓인 낡은 텔레비전에는 사슴뿔처럼 뻗은 지나치게 큰 안테나가 달려 있었 고 거기에 알루미늄 포일을 이리저리 뒤틀어 달아 놓았다. 의자 몇 개 와 테이블 하나 외에는 가구라곤 없었다.

탬 앰버는 다리 위에 만돌린을 얹은 채 의자에 기대앉아 있었지만 연주를 하지는 않았다. 클러크 카마인은 다락 위에서 고개를 내밀고 화 가 난 바브 애저와 모드 아이보리를 불만스런 표정으로 내려다보고 있 었다. 루시 그레이와 코리올라누스를 보자 모드 아이보리가 달려와서 뒤뜰이 보이는 창문으로 그녀를 끌고 갔다. "루시 그레이, 걔가 또 말썽 을 부리고 있어!"

"걔 들여보냈어?" 루시 그레이가 물었다. 모드 아이보리가 무슨 뜻으 로 한 말인지 아는 듯했다.

"아니, 자기 남은 물건만 가지러 왔다고 하더라고. 우린 걔 물건들을 뒤로 던졌어." 불만스럽다는 듯 팔짱을 낀 바브 애저가 말했다.

"그럼 문제가 뭔데?" 루시 그레이는 차분하게 말했지만 코리올라누 스는 그녀가 손을 더 세게 잡는다는 걸 느꼈다.

"저거." 바브 애저가 뒤뜰 창문 쪽으로 고갯짓을 했다.

루시 그레이의 손을 잡고 있었던 코리올라누스도 그녀를 따라가 뒷 마당을 내다보았다. 모드 아이보리가 꼼지락거리며 두 사람 사이에 끼 어들었다. "세자누스는 내가 열매 까는 걸 도와주겠다고 했는데."

빌리 토프는 옷 한 무더기와 책 몇 권을 옆에 두고 땅에 무릎을 꿇고 앉아 흙에 뭔가를 그리며 빠르게 지껄이고 있었다. 그는 간간이 여기저기를 가리키며 몸짓을 했다. 그 맞은편에는 세자누스가 한쪽 무릎을 꿇고 앉아서 알겠다며 고개를 끄덕이거나 가끔 질문을 던지기도 했다. 코리올라누스는 이제 자기 영역이라고 생각하는 곳에 빌리 토프가 와 있다는 사실에 짜증이 났지만 크게 걱정할 이유는 없어 보였다. 빌리 토프와 세자누스가 상의할 일이 대체 뭐가 있을지 상상도 할 수 없었다. 가족이 자기를 이해하지 못한다는 등 서로 찡찡거릴 만한 똑같은 불만이라도 있는 걸까?

"너 세자누스를 걱정하는 거야? 쟤는 괜찮아. 원래 아무하고나 이야기해." 코리올라누스는 빌리 토프가 흙에 그린 그림을 살펴봤지만 뭔지 알 수가 없었다. "쟤가 뭘 그리고 있는 거지?"

"뭔가 방향을 알려 주고 있는 것 같아." 바브 애저가 코리올라누스가 들고 있는 기타를 잡으며 말했다. "그리고 내 생각이 맞다면 네 친구는 집에 가야 돼."

"내가 알아서 할게." 루시 그레이가 코리올라누스의 손을 놓으려 했지만 그가 놔주지 않았다. "고맙지만 코리올라누스, 네가 내 문제를 다 해결해 주지는 않아도 돼."

"별에 새겨져 있나 봐" 코리올라누스가 미소 지으며 말했다. 어차피 빌리 토프와 대면하고 몇 가지 규칙을 말해 줘야 할 때가 되었다. 빌리 토프는 루시 그레이가 이젠 자기 것이 아니고, 분명히 그리고 언제나 코리올라누스의 것이라는 사실을 받아들여야 했다.

루시 그레이는 대답하지 않았지만 손을 놓으려 하지는 않았다. 두 사람은 열려 있는 뒷문으로 조용히 걸어 나갔다. 하늘 높이 떠 있는 8월의 눈부신 태양 때문에 코리올라누스는 눈을 가늘게 떴다. 빌리 토프와 세자누스는 어찌나 대화에 푹 빠져 있던지 코리올라누스와 루시 그레이가 바로 앞에 섰을 때에야 빌리 토프는 흙에 그린 그림을 손으로 지웠다.

바브 애저가 귀띔해 주지 않았다면 코리올라누스는 못 알아보았을 수도 있었다. 그렇지만 이야기를 듣고 난 터라 그림을 곧바로 알아볼 수 있었다. 그건 부대의 지도였다.

25

놀란 세자누스가 벌떡 일어나 제복에 묻은 흙을 털었다. 코리올라누스는 그가 죄책감을 느끼는 것 같다는 생각을 억누를 수가 없었다. 반면 빌리 토프는 게으른 듯한 동작으로 천천히 일어나며 그들을 마주 보았다.

"음, 나와 이야기하기로 결심한 사람이 누군가 보라지." 그는 루시 그레이에게 불쾌한 웃음을 지어 보이며 말했다. 둘이 이야기를 나누는 게 헝거 게임 이후 처음인가?

"세자누스, 모드 아이보리는 네가 열매를 까 주지 않아서 잔뜩 화가 났어." 루시 그레이가 말했다.

"응, 내가 해야 할 일을 등한시했지." 세자누스는 빌리 토프에게 손을 내밀었고 빌리 토프는 망설이지 않고 악수했다. "만나서 반가웠어."

"물론이지, 나도. 이야기 더 나누고 싶으면 언젠가 호브 근처에서 만날 수 있을 거야." 빌리 토프가 대답했다.

"기억해 둘게." 세자누스는 집 쪽으로 걸음을 옮기며 말했다.

루시 그레이는 코리올라누스의 손을 놓고 빌리 토프 앞에 어깨를 딱

펴고 섰다. "가, 빌리 토프. 그리고 돌아오지 마."

"돌아오면 어쩔 건데, 루시 그레이? 너의 평화유지군이 날 공격하게 할 거야?" 그가 웃었다.

"필요하면." 그녀가 답했다.

빌리 토프는 코리올라누스를 흘끗 보았다. "둘 다 제법 얌전한 애들 같은데."

"넌 이해를 못하는구나. 이건 되돌릴 수 없는 일이야." 루시 그레이가 말했다.

빌리 토프는 발끈했다. "내가 널 죽이려고 하지 않았다는 건 너도 알잖아."

"그러려고 했던 여자애랑 지금도 놀아나고 있다는 건 알아." 루시 그레이가 되받아쳤다. "시장 집에서 아주 편하게 지냈다고 들었어."

"애초에 거기로 날 보낸 사람이 누구였더라? 네가 아이들을 조종하는 걸 보면 토할 것 같아. 아이고, 불쌍한 루시 그레이, 이 불쌍한 것." 그가 조롱했다.

"걔들은 바보가 아냐. 걔들도 네가 사라지길 원해." 루시 그레이가 내뱉었다.

빌리 토프가 손을 확 뻗어 그녀의 손목을 잡고 자기 쪽으로 끌어당겼다. "대체 내가 어디로 가야 하는 건데?"

코리올라누스가 끼어들기도 전에 루시 그레이가 그의 손을 깨물었고 그는 비명을 지르며 손을 놓았다. 빌리 토프는 그녀를 보호하려고 다가선 코리올라누스를 노려보았다. "너도 별로 외롭진 않은 것 같은데. 얘가 캐피톨에서 온 네 멋진 남자야? 널 따라 여기까지 왔어? 쟤가 놀라게 될 일들이 좀 있을 텐데."

"난 너에 대해서 이미 다 알고 있어." 사실 코리올라누스는 몰랐다.

하지만 이렇게 말하니 덜 불리하다는 느낌이 들었다.

빌리 토프는 못 믿겠다는 듯 웃었다. "나? 나는 저 똥 무더기의 장미 꽃 봉오리야."

"루시 그레이가 말했듯이 가 버리지 그래?" 코리올라누스가 싸늘하게 말했다.

"그래, 좋아. 너도 알게 될 거야." 빌리 토프가 자기 물건들을 안아 들었다. "곧 알게 될 거야." 그는 뜨거운 오전의 공기 속으로 성큼성큼 걸어갔다.

루시 그레이는 빌리 토프가 쥐었던 손목을 문지르며 그의 뒷모습을 지켜보았다. "날 떠나고 싶다면 지금이 딱 좋은 때야."

빌리 토프와의 대화 때문에 불안해지긴 했지만 코리올라누스는 "난 떠나고 싶지 않아"라고 말했다.

"쟤는 거짓말쟁이고 비열한 놈이야. 내가 아무한테나 꼬리치는 건 사실이야. 내 직업의 일부야. 하지만 쟤가 넌지시 말한 건 사실이 아니야." 루시 그레이는 창문 쪽을 보았다. "그리고 사실이면 뭐 어때서? 꼬리를 치거나 모드 아이보리를 굶기거나 둘 중에 하나를 선택해야 한다면? 우리 중 누구도, 어떤 일을 해야 한다 해도 모드 아이보리를 굶기지는 않을 거야. 그저 쟤는 자기한테 적용하는 규칙과 나한테 적용하는 규칙이 다를 뿐이야. 늘 그렇듯이 자길 피해자로 만드는 일이 나한테 일어나면 날 쓰레기로 만드는 식이야."

이 말을 들으니 티그리스와의 불안했던 대화가 떠올랐다. 코리올라누스는 얼른 대화 주제를 바꾸었다. "쟤는 지금 시장 딸이랑 사귀고 있어?"

"그렇게 됐어. 피아노 레슨을 해 주고 돈 좀 벌어 오라고 보냈는데 어느새 걔 아버지가 추첨에서 내 이름을 읽고 있더라." 루시 그레이가 말했다. "메이페어가 자기 아버지에게 뭐라고 말했는지는 모르겠어. 시장은 메이페어가 빌리 토프랑 놀아나고 있다는 걸 알면 미쳐 버릴걸. 흠, 난 캐피톨에서 살아남았지만 똑같은 꼴을 더 겪으려고 살아남은 건 아니야."

그녀의 태도와 생생한 괴로움을 보니 코리올라누스는 믿음이 갔다. 그는 그녀의 팔을 어루만졌다. "그럼 새로운 삶을 만들어."

그녀는 그의 손을 깍지 끼어 잡았다. "새로운 삶. 너랑." 하지만 그녀의 표정은 어두웠다.

코리올라누스는 그녀를 쿡 찔렀다. "우리 염소젖 짜야 하지 않아?"

그녀의 표정이 풀어졌다. "맞아." 그녀는 그를 데리고 다시 집 안으로 들어갔다. 모드 아이보리가 세자누스에게 샤머스의 젖을 어떻게 짜는지 가르쳐 주러 함께 나간 뒤였다.

"세자누스는 거절할 수 없었어. 적과 이야기를 나눠서 모드 아이보리한테 미운털이 박혔거든." 바브 애저가 말했다. 그녀는 낡은 냉장고에서 차갑게 식힌 염소젖이 담긴 프라이팬을 꺼내 살폈다. 클러크 카마인은 선반에서 어떤 장치가 달린 유리병을 꺼냈다. 뚜껑에 달린 크랭크가 병 안의 작은 주걱들을 돌리는 것 같았다.

"그건 뭐 하는 도구야?" 코리올라누스가 물었다.

"헛고생이지." 바브 애저가 웃었다. "버터를 만들 수 있을 만큼의 크림을 얻으려는 거야. 그런데 염소젖은 소젖만큼 잘 분리되지 않아."

"하루 더 해 보면 어떨까?" 클러크 카마인이 물었다.

"음, 어쩌면." 바브 애저는 프라이팬을 다시 냉장고에 넣었다.

"우린 모드 아이보리에게 한번 시도해 보겠다고 약속했어. 걔는 버터라면 환장하거든. 탬 앰버가 생일 선물로 교유기를 만들어 줬는데 잘될지는 두고 봐야 알겠지." 루시 그레이가 말했다.

코리올라누스는 크랭크를 만지작거렸다. "그러면 이건…?"

"이론적으로는 크림이 충분히 있으면 병에 넣고 이 손잡이를 돌려. 그러면 주걱이 돌아가면서 크림을 버터로 바꾸는 거야." 루시 그레이가 설명했다. "음, 누가 그렇게 설명해 줬어."

"손이 많이 가는 것 같네." 코리올라누스는 추첨일에 뷔페에서 먹었던, 어디서 온 건지 잠시 생각해 보지도 않고 가져다 먹었던 근사하고 다 똑같이 생긴 버터 덩어리들을 떠올렸다.

"응, 손이 많이 가지. 하지만 잘 되면 보람은 있을 거야. 모드 아이보리는 내가 끌려간 이후부터 잠을 잘 못 자. 낮에는 괜찮아 보이지만 밤에는 비명을 지르면서 깨." 루시 그레이가 털어놓았다. "그 아이 머릿속에 행복을 넣어 주려고 노력하는 중이야."

바브 애저는 세자누스와 모드 아이보리가 가져온 갓 짠 염소젖을 거른 다음 머그잔에 따랐고 루시 그레이는 빵을 잘라서 나누었다. 코리올라누스는 염소젖을 마셔 본 적이 없지만 세자누스는 2번 구역에서 지냈던 어린 시절이 생각난다며 입술을 핥았다.

"내가 2번 구역에 간 적이 있었어?" 모드 아이보리가 물었다.

"아니. 꼬마야, 거긴 서쪽이야. 코비는 주로 동쪽에 있었어." 바브 애저가 말했다.

"가끔 북쪽으로는 갔지." 탬 앰버가 말했다. 코리올라누스는 그가 말하는 걸 처음 들었다.

"어떤 구역으로?" 코리올라누스가 물었다.

"특정 구역을 찾아갔던 건 아니야." 바브 애저가 말했다. "캐피톨이 신경 안 쓰는 곳으로 올라갔던 거지."

코리올라누스는 그들이 딱했다. 그런 곳은 없었다. 적어도 이젠 그렇다. 알려진 곳은 캐피톨이 전부 통제하고 있다. 그는 잠시 야생동물 모피를 입은 사람들이 동굴에서 지내며 겨우 목숨을 부지하는 모습을 상상했다. 불가능하지는 않겠지만 그런 삶은 구역에서의 삶에도 훨씬 못 미칠 것이다. 인간이라고 하기도 힘들 정도다.

"아마 지금처럼 잡혔겠지." 클러크 카마인이 말했다.

바브 애저가 슬픈 미소를 지었다. "어떻게 됐을지 우리가 알 수는 없을 것 같아."

"빵 더 없어? 나 아직도 배고픈데." 모드 아이보리가 불평했지만 빵은 이미 사라진 뒤였다.

"견과류를 한 줌 먹어." 바브 애저가 말했다. "결혼식에서 음식을 줄 거야."

코리올라누스에겐 실망스러운 일이었지만 코비는 그날 오후 시내에서 열리는 결혼식에서 연주할 일정이 있었다. 그는 빌리 토프에 대해, 그와의 관계에 대해, 그가 대체 왜 흄에다 부대 지도를 그리고 있었는지 루시 그레이와 단둘이 깊은 대화를 더 나누길 바랐다. 하지만 설거지를 하자마자 코비는 공연 준비를 시작했기 때문에 그 모든 대화는 미뤄야 했다.

"이렇게 빨리 보내서 미안하지만 우린 이걸로 생계를 유지해." 루시 그레이는 코리올라누스와 세자누스를 문까지 따라와 배웅했다. "정육점 주인 딸이 결혼하는데 우린 좋은 인상을 남겨야 되거든. 우리를 써 줄지도 모를 돈 많은 사람들이 올 거야. 기다렸다가 같이 걸어갈 수도 있겠지만 그랬다간 아마…"

"사람들이 수군거리겠지." 그가 대신 말을 끝맺었다. 그녀가 먼저 이 이야기를 꺼낸 게 기뻤다. "우리끼리만 아는 걸로 하는 게 아마 제일 좋겠지. 언제 다시 볼 수 있을까?"

"너 좋을 때 언제든." 그녀가 말했다. "나보다는 네 일정이 조금 더 바쁠 것 같다는 느낌이 드는데."

"다음 주 토요일에 호브에서 연주하니?" 그가 물었다.

"하게 해 준다면. 어젯밤에 말썽이 있어서 잘 모르겠어." 공연이 잡히면 코리올라누스가 최대한 빨리 호브에 와서 공연 전에 그녀와 소중한 몇 분이라도 함께 보내기로 약속을 정했다. "호브 바로 뒤에 우리가 쓰는 헛간이 있어. 거기 오면 우릴 만날 수 있어. 공연이 없으면 그냥 집으로 와."

코리올라누스는 사람이 아무도 없는 부대 근처 뒷골목까지 왔을 때 세자누스에게 빌리 토프 이야기를 꺼냈다. "너희 둘은 무슨 얘길 나눈 거야?"

"정말 아무것도 아니야." 세자누스는 불편한 듯했다. "그냥 동네 뒷소문 얘기였어."

"그런 이야기를 하는데 부대 지도가 필요했다고?" 코리올라누스가 물었다.

세자누스는 갑자기 멈춰 섰다. "넌 아무것도 놓치는 법이 없지? 학교에서도 그랬던 것 같아. 네가 다른 사람들을 살펴보는 걸 자주 봤어. 넌 안 보는 척했지. 그리고 아주 주의 깊게 개입할 순간을 골랐어."

"그래, 난 지금 개입하고 있어, 세자누스. 왜 부대 지도를 보면서 개랑 진지하게 의논했던 거야? 개는 어떤 사람이야? 반군 동조자?" 세자누스가 시선을 피해서 코리올라누스는 계속 캐물었다. "개가 캐피톨 부대에 대체 왜 관심을 갖는데?"

세자누스는 한동안 땅을 바라보다가 말했다. "여자. 교수형 때. 체포됐던 사람. 릴. 그 사람이 거기 갇혀 있어."

"그리고 반군들은 그 여자를 구출하려 하고?" 코리올라누스가 재차 물었다.

"아냐, 그냥 연락하려는 것뿐이야. 괜찮은지 확인하려고." 세자누스가 설명했다.

코리올라누스는 화를 억누르려고 애썼다. "그리고 넌 도와주겠다고 말했구나."

"아냐, 약속은 하지 않았어. 하지만 할 수 있다면, 내가 영창 근처에 있다면 방법을 찾을 수 있을지도 모르지. 릴의 가족은 제정신이 아니래." 세자누스가 말했다.

"오, 멋져. 환상적이야. 넌 이제 반군 정보원이네." 코리올라누스는 다시 걷기 시작했다. "반군 생각은 다 포기한 줄 알았는데!"

세자누스가 따라왔다. "그럴 수는 없어. 그게 내 정체성의 일부인걸. 그리고 내가 경기장에서 나간다면 구역에 있는 사람들을 도울 수도 있다고 말한 사람은 너였어."

"난 네가 조공인들을 위해 싸울 수 있을 거라고 말한 것 같은데. 조공인들에게 조금 더 인도적인 환경을 만들어 줄 수 있을 거라는 뜻이었지." 코리올라누스가 세자누스의 말을 정정했다.

"인도적인 환경!" 세자누스가 버럭 소리를 질렀다. "걔들은 서로를 죽이라고 강요당하고 있어! 그리고 조공인들은 구역 출신이기도 하잖아. 솔직히 뭐가 다른지 모르겠어. 이 여자를 살펴보는 건 하찮은 일이야, 코리오."

"분명히 그렇지 않아." 코리올라누스가 말했다. "아무튼 빌리 토프에겐 그렇지 않아. 하찮은 일이라면 부대 지도를 왜 그렇게 황급히 지웠겠어? 자기가 뭘 부탁하고 있는지 알기 때문이겠지. 걔는 너를 부역자로 만들고 있다는 걸 안 거야. 너 부역자들이 어떻게 되는지 아니?"

"내 생각에는 그저…." 세자누스가 말했다.

"아니, 세자누스. 넌 생각이란 걸 안 하고 있어!" 코리올라누스가 버럭 화를 냈다. "게다가 더 나쁜 건 너는 생각이라는 걸 할 능력이 없어 보이는 사람들과 어울리고 있어. 빌리 토프? 이 일이 개한테 무슨 상관이 있는데? 돈? 루시 그레이의 말을 들어 보면 코비는 반군이 아니거든. 캐피톨도 아니야. 그들은 자기 정체성을 지키는 데만 전념하고 있어. 그 정체성이 뭔지는 잘 모르겠지만."

"나도 몰라. 그는… 친구 때문에 부탁하는 거라고 했어." 세자누스가 더듬거리며 대답했다.

"친구?" 코리올라누스는 자신이 고함을 치고 있었다는 걸 깨닫고 목소리를 낮췄다. "탄광에 폭탄을 설치한 알로의 친구? 그건 아주 훌륭한 계획이었지. 그가 바랄 수 있는 결과가 뭐가 있었을까? 이들에겐 아무것도 없어. 전쟁을 다시 벌일 만한 능력이 전혀 없다고. 그런데 배은망덕하게 굴고 있는 거지. 탄광이 없으면 12번 구역 사람들은 어떻게 먹고살겠어? 이들에겐 선택지가 많지 않아. 무슨 전략이 그따위야?"

"자포자기한 사람들의 전략이지. 하지만 여길 둘러봐!" 세자누스가 그의 팔을 잡고 멈춰 세웠다. "이 사람들이 얼마나 더 이렇게 살아갈 수 있을 것 같아?"

코리올라누스는 전쟁 그리고 반군이 자신의 삶을 파괴시킨 것을 떠올리며 증오가 치미는 걸 느꼈다. 그는 팔을 확 뺐다. "그들은 전쟁에서 졌어. 그들이 시작한 전쟁이었지. 그들은 위험을 감수했어. 이게 그들이 치르는 대가야."

세자누스는 어디로 가야 할지 모르겠다는 듯 주위를 둘러보다가 길가의 무너진 벽 위에 털썩 앉았다. 코리올라누스는 세자누스가 어디에 충성을 바쳐야 하는지에 대한 끝없는 논쟁에서 자신이 스트라보 플라스의 역할을 넘겨받게 된 듯한 불편함을 느꼈다. 이러려고 입대한 건 아니었다. 하지만 세자누스가 밖에서 멋대로 군다면 어떤 일이 일어날지 알 수 없었다.

코리올라누스는 그의 옆에 앉았다. "이봐, 난 상황이 나아질 거라고 진심으로 생각하지만 이런 식으로는 아니야. 전반적으로 개선되면 여기도 좋아질 거야. 하지만 탄광을 계속 폭파한다면 나아질 수가 없어. 그래 봤자 죽는 사람만 늘어날 뿐이라고."

세자누스가 고개를 끄덕였다. 누더기를 입은 아이들 몇 명이 낡은 깡통을 차며 지나갈 때까지 그들은 함께 앉아 있었다. "넌 내가 반역죄를 범했다고 생각해?"

"아직은 아냐." 코리올라누스가 살짝 미소 지으며 대답했다.

세자누스는 벽에서 자라난 잡초를 잡아 뜯었다. "골 박사는 그렇게 생각해. 아버지는 하이바텀 총장과 위원회를 만나기 전에 골 박사에게 갔어. 그녀가 실세라는 건 누구나 알지. 너처럼 평화유지군에 입대하는 기회를 얻을 수 있을지 물으러 간 거였어."

"네가 나처럼 퇴학당하면 자동적으로 입대하는 건 줄 알았는데." 코리올라누스가 말했다.

"우리 아버지도 그러길 바랐지. 하지만 골 박사는 '두 아이의 행동을 같은 선상에 놓지 마세요. 흠 있는 전략이 반군을 지원하는 반역 행위와 동급은 아닙니다'라고 말했어." 그의 목소리에 비통함이 스며들었다. "그래서 골 박사가 머트를 만들 새 실험실을 짓기 위한 수표가 등장했지. 12번 구역으로 가는 표 값 중에서 역사상 가장 비쌌을 거야."

코리올라누스는 낮게 휘파람을 불었다. "체육관에다 실험실까지?"

"네가 뭐라고 하든 나는 대통령보다도 캐피톨 재건에 더 많이 기여한 사람이야." 세자누스가 무덤덤하게 농담했다. "네 말이 맞아, 코리올라누스. 내가 어리석었어, 이번에도. 앞으로는 좀 더 조심할게. 미래에 어떤 일이 생기더라도."

"아마 미래엔 얇은 햄 구이가 있을 거야."

"음, 그럼 가자. 앞장서." 세자누스가 말했다. 그들은 다시 부대를 향해 걸었다.

그들이 돌아갔을 때 막사의 동료들은 침대에서 나오는 참이었다. 세자누스는 빈폴을 데리고 나가서 훈련 연습을 도왔고 스마일리와 버그는 휴게실에 재미있는 일이 없나 보러 갔다. 코리올라누스는 저녁 식사 전까지 장교 지원 시험공부를 할 생각이었지만 세자누스와 나눴던 대화 때문에 머릿속에 아이디어 하나가 뿌리내렸다. 아이디어는 빠른 속도로 자라나 다른 모든 생각을 밀어냈다. 골 박사가 그를 두둔했다. 음, 두둔까지는 아니다. 하지만 스트라보 플린스에게 범죄를 저지르는 그의 아들과 코리올라누스는 급이 완전히 다르다고 이야기했다. 코리올라누스의 범죄는 그저 '흠 있는 전략 하나'에 불과했다. 이렇게 표현하니 아예 범죄 같지도 않았다. 그녀가 그를 완전히 버린 것은 아니려나? 그녀는 헝거 게임을 진행하면서 그를 교육시키는 데 특별히 공을 들이는 것 같긴 했다. 지금 그녀에게 편지를 보내는 게 해 볼 만한 일일까? 그저… 그저… 음, 무슨 성과를 기대할 수 있을지 모르겠다. 하지만 나중에 만약 그가 중요한 장교가 된다면 그들이 다시 만날 일이 생길지 누가 알겠는가. 편지를 쓰는 게 해가 되지는 않을 것이다. 그는 이미 가치 있는 모든 것을 다 빼앗겼다. 그러니 그녀가 할 수 있는 최악의 행동이라고 해 봤자 그를 무시하는 게 전부다.

코리올라누스는 자기 생각을 적어 보려고 고심하며 펜 끝을 씹었다. 사과로 시작해야 하나? 왜? 그녀는 그가 이기려고 한 것을 후회하지 않는다는 걸, 들킨 것만 후회한다는 걸 알고 있을 것이다. 사과는 아예 하지 않는 게 낫다. 부대 생활에 대해 쓸 수도 있지만 그건 너무 재미없다. 두 사람 사이의 대화는 최소한 품격은 있었다. 오직 그만을 위해 계속

되는 레슨이었다. 그때 그는 깨달았다. 그가 해야 할 일은 레슨을 계속하는 것이었다. 어디까지 했더라? 혼돈, 통제, 그리고… 세 번째가 뭐였더라? 늘 세 번째가 잘 기억나지 않았다. 아, 그래, 계약. 이 세 가지에 대한 한 페이지짜리 숙제. 강제하려면 캐피톨의 힘이 필요했는데 그것이 계약이었다. 그래서 그는 편지를 쓰기 시작했다….

친애하는 골 박사님께,
박사님과 마지막으로 대화를 나눈 뒤에 정말 많은 일이 있었지만 매일 박사님과 나눈 대화에서 도움을 얻습니다. 12번 구역은 혼돈과 통제가 벌이는 다툼을 구경하기에 아주 좋은 무대이고 평화유지군인 저는 맨 앞줄 좌석을 얻은 셈입니다.

그는 이곳에 오게 된 이후 알게 된 은밀한 사실들을 적어 내려갔다. 시민들과 캐피톨 세력 간의 뚜렷한 긴장, 교수형이 폭력 사태로 번질 뻔했던 일, 호브에서 긴장이 넘쳐흘러 싸움이 일어났던 일 등이었다.

제가 경기장에 들어갔던 때가 떠올랐어요. 인간의 본질적 천성을 이론적으로 말하는 것과 입에 주먹이 날아올 때 고려해 보는 건 다른 일이더군요. 하지만 이번에는 제가 더 잘 대비되어 있다고 느꼈습니다. 박사님 말씀처럼 우리 모두가 본질적으로 폭력적이라고 믿지는 않지만 야수를 표면으로 끌어내는 데는 많은 것이 필요하지 않습니다. 최소한 어둠이라는 가리개가 있다면요. 캐피톨이 그들의 얼굴을 볼 수 있었다면 주먹을 날리는 광부가 과연 몇 명이나 있었을까요? 벌건 대낮에 열렸던 교수형에서 그들은 투덜거리긴 했어도 감히 싸울 엄두는 못 냈거든요.

음, 입술이 낫는 동안 생각해 볼 만한 문제입니다.

그는 답장을 기대하지는 않지만 잘 지내시길 바란다고 덧붙였다. 두 장. 짧지만 재미있었다. 지나치게 관심을 구하는 내용도, 뭘 요청하는 것도 아니었다. 사과도 하지 않았다. 그는 편지를 반듯하게 접고 봉투에 넣어 봉한 다음 시타델 주소를 적었다. 누가 보고 물어보는 일이 생기지 않도록 그는 곧장 우체통에 편지를 넣었다. 특히 세자누스가 물어보는 걸 피하고 싶었다. '의미 없는 일을 했군'이라는 생각이 들었다.

저녁 식사로는 얇은 햄 구이와 사과 소스, 기름진 감자 덩어리가 나왔다. 그는 식판에 수북하게 담은 음식을 즐겁게 먹어 치웠다. 식사 후에는 세자누스가 시험공부를 도와주었는데 자기도 시험을 볼지에 대해서는 애매한 태도를 취했다.

"시험은 1년에 세 번밖에 없는데 이번 주 수요일 오후에 있어. 우리 둘 다 응시해야 돼. 연습 삼아서라도 말이야." 코리올라누스가 말했다.

"아니, 난 아직 군대를 잘 파악하지 못했어. 하지만 너는 통과할 것 같아." 세자누스가 대답했다. "좀 실수하는 부분이 있더라도 나머지는 아주 잘 해낼 테고 총점은 합격선을 넘을 거야. 넌 응시해. 수학을 다 까먹기 전에 시험을 처러 봐." 그 말이 맞았다. 코리올라누스의 기하학 실력은 이미 좀 녹슨 것 같았다.

"네가 장교가 되면 널 의사가 되도록 교육시켜 줄 수도 있지 않을까? 넌 과학을 아주 잘했잖아." 아까의 대화 후 세자누스가 무슨 생각을 하고 있는지 넌지시 떠보려고 코리올라누스가 말했다. 세자누스에겐 주의를 돌릴 만한 새로운 일이 꼭 필요했다. "그러면 네 말처럼 사람들을 도울 수 있지."

"그건 사실이야." 세자누스가 조용히 생각에 잠겼다. "의무실에 있는 의사들과 이야기를 좀 해 보고 어떻게 거기에서 일하게 됐는지 물어봐야겠다."

그날 밤 그는 루시 그레이와 키스했다가 골 박사의 새끼 뱀들에게 먹이를 주었다가 하는 괴상한 꿈을 꾸었다. 다음 날 아침에는 시험 지원자 명단에 이름을 올렸다. 담당 장교는 그가 공식적으로 훈련에서 제외된다고 말했다. 이번 주는 엄청나게 더울 예정이라 그것만으로도 시험에 지원할 동기가 될 법했다. 하지만 정말이지 그게 다가 아니었다. 더위도 더위지만 매일 똑같은 일상이 지루하던 참이었다. 장교가 된다면 의욕적으로 해 볼 만한 임무를 맡게 될 것이다.

그날은 일반적인 일정에 두 가지 변화가 생겼다. 첫째는 그들이 경비 당번에 들어가게 되었다는 것이었는데 지루한 일이라고 널리 알려져 있어 별 기대는 하지 않았다. 그래도 코리올라누스는 냄비를 문질러 닦기보다는 부대 정문 책상 앞에 앉아 있는 게 낫겠다고 생각했다. 어쩌면 책을 읽거나 글을 쓸 시간을 낼 수 있을지도 모른다.

두 번째 변화는 그를 불안하게 만들었다. 사격 훈련을 하러 가자 교수대 주위의 새들을 사격 연습용으로 쓰자는 코리올라누스의 제안이 승인되었다는 소식이 전해졌다. 그러나 시타델은 재잘어치와 모킹제이 100마리 정도를 연구 목적으로 다치지 않게 생포해서 보내 주길 원했다. 그날 오후 나무 위에 새장 설치하는 일을 코리올라누스의 분대가 돕게 되었는데 이는 골 박사의 실험실에서 온 과학자들과 함께 작업한다는 의미였다. 그날 오전에 한 팀이 호버크래프트를 타고 도착했다. 그가 시타델에서 만난 사람은 몇 명뿐이었지만 실험실 사람들은 그가 뱀에게 속임수를 썼다가 망신당했다는 이야기를 속속들이 알고 있을 터였다. 그곳에서 온 사람들을 만난다고 생각하니 안정이 되지 않았다. 그리곤 끔찍한 생각이 떠올랐다. 생포 작업을 골 박사가 직접 감독하지 않을까? 판엠을 가로질러 편지를 보내는 건 거의 의미 없는 짓거리로 느껴졌지만 그가 유배당하고 난 뒤 처음으로 골 박사를 대면한다고 생각하니 몸이 떨렸다.

코리올라누스는 무기도 없이 덜컹거리는 트럭을 타고 새를 잡으러 갔다. 그의 과거가 곧 드러날 수도 있다. 주말 동안 가졌던 낙관적인 생각이 사라져 갔다. 다른 신병들은 현장 학습이라고 생각하는 듯 즐겁게 수다를 떨었지만 그는 침묵 속으로 가라앉았다.

그러나 세자누스는 그의 두려움을 이해했다. "있잖아, 골 박사는 안 올 거야." 세자누스가 속삭였다. "우리가 동원됐다면 이건 철저히 아랫 사람들끼리 하는 일이야." 코리올라누스는 고개를 끄덕였지만 확신할 수는 없었다.

트럭이 교수형 나무 앞에 서자 코리올라누스는 분대 뒤쪽에 숨어 캐피톨 과학자 네 명을 살폈다. 그들은 전부 어처구니없게도 흰색의 실험실 가운을 입고 있었다. 38도의 무더위 속에서 시시한 새를 잡는 게 아니라 불멸의 비결이라도 찾으러 왔다는 듯한 모습이었다. 그는 네 명의 얼굴을 자세히 뜯어보았지만 조금이나마 눈에 익은 얼굴이 없어서 조금은 안도했다. 동굴 같은 실험실에는 과학자가 수백 명 있고 이들은 파충류가 아닌 조류 전문가였다. 그들은 평화유지군들을 호의적으로 맞으며 새장처럼 생긴 철망 덫을 하나씩 집으라고 안내한 뒤 어떻게 해야 하는지 설명했다. 신병들은 지시에 따라 덫을 들고 숲의 가장자리에 있는 사형대 근처에 앉았다.

세자누스는 골 박사가 없는 것을 보고 엄지손가락을 들어 보였다. 코리올라누스도 엄지손가락을 들어서 답하려는 찰나, 숲속 깊숙한 풀밭에 있는 사람이 눈에 들어왔다. 실험실 가운을 입은 여자가 그들에게 등을 돌리고 고개를 기울인 채 새들의 불협화음을 듣고 있었다. 다른 과학자들은 그녀를 정중히 기다렸고 그녀는 잠시 뒤 숲 밖으로 나왔다. 그녀가 나뭇가지를 옆으로 밀 때 코리올라누스는 그녀의 얼굴을 똑똑히 보았다. 코 위에 얹은 커다란 분홍색 안경이 아니었다면 잊을 수도 있을 얼굴이었다. 그는 곧바로 알아보았다. 클레멘시아가 무지갯빛 고름을 뿜으며 쓰러지는 걸 지켜본 뒤 실험실에서 탈출하려고 헤매던 그를 새들을 놀라게 했다며 야단쳤던 사람이었다. 그녀는 그를 기억하려나? 그는 스마일리의 등 뒤에서 몸을 숙이고 새 덫에 푹 빠진 척했다.

과학자 한 명이 애정을 담아 "우리 케이 박사님"이라고 그녀를 소개했다. 그녀는 밝은 태도로 친근하게 인사를 건넨 뒤 그들이 해야 할 일은 재잘어치와 모킹제이를 50마리씩 잡는 것이라며 계획을 설명했다. 그들은 음식과 물을 넣어 둔 덫을 숲에 두고 새를 끌어들일 수 있게 도와야 했다. 새가 자유롭게 드나들 수 있도록 이틀 동안 덫을 열어 두고 수요일에 와서 다시 미끼를 놓은 다음 새를 사로잡을 수 있게 덫을 작동한다는 계획이었다.

어떻게든 도움이 되고 싶어서 안달 난 신병들은 네 명씩 다섯 팀으로 나뉘어 과학자 한 명씩을 따라 숲속 여기저기로 흩어졌다. 코리올라누스는 케이 박사를 소개했던 남자가 이끄는 무리에 들어가서 최대한 빨리 나뭇잎 속으로 숨었다. 그들은 덫뿐만 아니라 여러 미끼가 든 배낭도 메고 갔다. 100미터 정도 걸어가니 그들이 작업을 시작할 곳임을 알리는 빨간색으로 표시된 나무 둥치가 나왔다. 과학자의 지시에 따라 그들은 둘씩 팀을 이뤄 동심원 모양으로 퍼진 뒤 덫 안에 미끼를 넣고 나무 위 높은 곳에 그 덫을 설치했다.

코리올라누스는 버그와 함께 일했다. 버그는 아이들이 과수원 관리를 돕는 11번 구역 출신이라 나무를 오르는 솜씨가 일품이었다. 몇 시간 동안 땀은 났지만 생산적으로 작업했다. 코리올라누스는 덫에 미끼를 넣었고 버그는 나뭇가지들 틈에 덫을 놓았다. 다시 모였을 때 코리올라누스는 트럭 짐칸으로 도망쳐서 케이 박사와 거리가 생길 때까지 벌레 물린 자국들을 살폈다. 그녀는 그에게 전혀 특별한 관심을 두지 않았다. 그는 '편집증적으로 굴지 마. 저 사람은 널 기억 못해'라고 생각했다.

화요일 일정은 다시 평소와 다름없었지만 코리올라누스는 식사를 하면서, 그리고 소등하기 전 짧은 시간 동안 시험공부를 했다. 루시 그레이에게 돌아가고 싶어 좀이 쑤셨고 자꾸 그녀 생각이 떠올랐다. 하지만 그는 최선을 다해 그녀를 마음 밖으로 밀어내며 시험이 끝나면 마음껏 망상에 빠질 수 있다고 스스로에게 약속했다. 수요일에는 아침 운동을 열심히 하고 점심 식사 때는 혼자 앉아 마지막 벼락치기 공부를 한 다음 전략 수업을 들었다. 다른 평화유지군 두 명이 시험에 지원했는데 한 명은 이십대 후반이고 벌써 다섯 번 시험을 봤다고 했다. 다른 사람은 쉰 살에 가까워 보였는데 인생을 바꾸기엔 너무 늦은 나이가 아닌가 싶었다.

시험을 잘 보는 것은 코리올라누스의 최고 재능 중 하나였다. 시험용 책자를 열자 익숙한 흥분이 치밀어 올랐다. 그는 도전 의욕을 불러일으키는 일을 좋아했고 강박적인 성격 탓에 정신적 장애물 코스에 거의 즉시 푹 빠져들었다. 세 시간 후 땀에 흠뻑 젖은 그는 녹초가 되어 행복한 마음으로 책자를 제출한 뒤 얼음을 가지러 식당 복도로 갔다. 그는 막사의 좁은 그늘에 앉아 각얼음을 몸에 문지르며 문제들을 머릿속으로 검토해 보았다. 대학교 커리어를 잃어버린 고통이 잠깐 돌아왔지만 그는 아버지처럼 전설적인 군사 지도자가 되겠다는 생각으로 고통을 밀어냈다. 어쩌면 원래 이게 그의 운명이었는지도 모른다.

다른 분대원들이 아직 시타델 과학자들과 함께 나무에 기어올라 덫을 설치하고 있어서 코리올라누스가 분대 앞으로 온 우편물을 수거하러 갔다. 플린스 부인이 보낸 거대한 상자 두 개가 도착해 있었다. 호브에서 또 한 번 신나게 하룻밤 놀 수 있겠다 싶었다. 그는 다른 대원들이 돌아올 때까지 기다렸다가 소포를 열기로 했다. 플린스 부인은 코리올라누스에게 따로 편지도 보냈는데 세자누스를 위해 해 준 모든 일에 감사한다, 계속 내 아들을 지켜봐 달라는 내용이었다.

코리올라누스는 편지를 내려놓고 세자누스의 관리자가 되었다는 생각에 한숨을 쉬었다. 캐피톨에서 탈출하여 세자누스의 고뇌가 잠시 사라졌을진 몰라도 그는 벌써 반군들에게 흥분하고 있다. 그는 빌리 토프와 공모했으며 영창에 갇힌 여자 때문에 괴로워하고 있다. 경기장 안에 숨어 들어가는 것 같은 말썽을 언제 또 저지르려나? 그렇게 되면 사람들은 또 코리올라누스가 세자누스를 구출해 주길 바랄 것이다.

사실 코리올라누스는 세자누스가 정말 달라질 거라고 생각하지 않았다. 그럴 능력이 없는 건지도 모르겠지만 달라지길 원하지 않는다는 게 더 정확하리라. 세자누스는 이미 평화유지군으로서의 삶이 줄 수 있는 걸 거부했다. 사격을 못하는 척하고 장교 시험 응시를 거부하고 캐피톨을 위해 두각을 드러낼 생각이 없다는 걸 분명히 했다. 그의 집은 언제나 2번 구역일 것이다. 구역 사람들은 언제나 그의 가족일 것이다. 구역 반군들은 언제나 정당한 대의를 가지고 있을 것이다…. 그리고 그들을 돕는 게 세자누스의 도덕적 의무다.

코리올라누스는 새로운 위협감이 치미는 것을 느꼈다. 캐피톨에서는 세자누스의 잘못된 판단에 따른 행동을 그냥 넘기려 했지만 여기서는 다르다. 여기서 세자누스는 성인으로 간주되고 그의 행동에 따라 생사가 갈릴 수 있다. 그가 반군을 도왔다간 총살형에 처해질지도 모른다. 세자누스는 대체 무슨 생각을 하고 있는 걸까?

코리올라누스는 충동적으로 세자누스의 로커를 열고 상자를 꺼내 속에 든 것을 조심스레 바닥에 쏟았다. 추억이 담긴 물건 한 무더기, 껌 한 통, 캐피톨에서 의사가 처방해 준 약병 세 개가 나왔다. 두 병은 수면제 같았고 한 병은 뚜껑에 점적기가 달린 모플링이었다. 이와 아주 비슷한 병을 하이바텀 총장이 쓰는 걸 본 적이 있다. 세자누스가 신경쇠약에 빠졌을 때 투약을 받았다는 건 플린스 부인한테 들어서 알고 있었다. 하지만 왜 여기까지 가져왔을까? 만일에 대비해서 그의 어머니가 넣어 준 걸까? 그는 다른 것들도 살폈다. 천 조각, 편지지, 펜 몇 자루, 하트 비슷한 모양으로 대충 조각한 작은 대리석 덩어리. 사진이 많았다. 플린스 가족은 매년 가족사진을 찍어서 세자누스의 젖먹이 시절부터 올해까지의 모습을 다 볼 수 있었다. 학생들이 모여서 찍은 낡은 사진 한 장 외에는 전부 가족사진이었다. 학창 시절 사진은 아카데미 재학 때일 거라 생각했지만 아는 얼굴이 없었다. 잘 맞지 않는 허름한 옷을 입은 아이들이 많았다. 두 번째 줄에서 깔끔한 양복을 입고 수심에 잠긴 듯 미소 짓고 있는 세자누스가 보였다. 뒤에는 나이가 훨씬 더 많아 보이는 키 큰 아이가 있었다. 자세히 살펴보니 어떻게 된 건지 알 수 있었다. 그 아이는 마르쿠스였다. 그것은 세자누스가 2번 구역에서 보냈던 마지막 해에 학교에서 찍은 단체 사진이었다. 캐피톨 학교 친구들의 사진은 하나도 없었다. 심지어 코리올라누스의 사진도 없었다. 왠지 이 사실이 세자누스의 충성심이 어디를 향해 있는지 가장 잘 보여 주는 증거 같았다.

상자 바닥에 두꺼운 은제 액자가 있었다. 속에 든 것은 다름 아닌 세자누스의 졸업장이었다. 멋진 가죽 폴더에서 꺼내 보여 주려는 듯 액자에 넣어 두었다. 대체 왜? 세자누스는 졸업장을 걸어 둘 벽이 있다 해도 절대 벽에 걸지 않을 것이다. 코리올라누스는 변색된 은제 액자를 손가락으로 쓸다가 액자를 뒤집었다. 뒷판이 조금 삐뚜름해 보였고 밝은 녹색 종이의 모서리가 슬쩍 보였다. 그는 '이건 그냥 종이가 아니야'라고 생각하며 조임쇠를 풀어 판을 떼어 냈다. 판이 탁 튕겨 나오며 신권 다발이 바닥에 쏟아졌다.

돈. 상당히 많았다. 평화유지군으로 새 삶을 시작하는 데 왜 이렇게 많은 돈을 가져왔을까? 플린스 부인이 우겼을까? 아니, 그녀는 아닐 거야. 플린스 부인은 그들이 비참해진 근원이 돈이라고 생각하는 것 같았다. 그렇다면 스트라보일까? 아들에게 무슨 일이 생기든 돈이 방패가 되어 줄 거라 생각해서? 그럴 수도 있지만 스트라보는 돈을 주어야 할 일이 생기면 대개 직접 처리했다. 세자누스가 부모님 몰래 자기 혼자 한 일일까? 그렇게 생각하니 더 걱정스러웠다. 만일의 경우에 대비해 평생 동안 용돈을 아껴 둔 걸까? 떠나기 전날 은행에서 찾아 액자에 숨겼으려나? 세자누스는 아버지가 돈으로 문제를 해결한다고 늘 불평했지만 태어날 때부터 그런 습관이 몸에 밴 걸까? 플린스 가족의 문제 해결 방식이 아버지에게서 아들에게로 내려온 것이다. 혐오스럽지만 효율적이다.

코리올라누스는 돈을 주워 모아 깔끔한 다발로 만든 뒤 휘리릭 넘겨 보았다. 수백 수천 달러가 있었다. 하지만 살 것이라곤 없는 12번 구역에서 이게 무슨 소용일까? 평화유지군 월급으로 사야 할 건 없었다. 편지와 호브에서 보내는 밤 시간을 제외하고 필요한 건 거의 다 캐피톨에서 제공하기 때문에 신병 대부분은 월급의 절반을 고향으로 보냈다. 호브에 암시장이 있을 것 같긴 했지만 술을 산 평화유지군들을 유혹할 만한 다른 것은 거의 보지 못했다. 죽은 토끼, 신발끈, 집에서 만든 비누

457

같은 물건은 필요 없었다. 설사 필요하다 해도 월급으로 충분히 살 수 있었다. 물론 돈으로 살 수 있는 다른 것도 있긴 하다. 정보, 접근권, 침묵 같은 것들. 뇌물도 권력도 존재한다.

코리올라누스는 분대원들이 돌아오는 소리를 듣고 현금을 은제 액자 안에 얼른 숨기면서 세심하게 지폐 한 장의 끄트머리가 살짝 보이도록 해 두었다. 상자의 내용물도 다시 담아 세자누스의 로커에 넣었다. 막사 동료들이 들어왔을 때 코리올라누스는 플린스 부인이 보낸 상자 두 개를 놓고 서서 팔을 벌리고 활짝 웃으며 "토요일에 시간 나는 사람?"이라고 물었다.

박스를 잡아 뜯고 속에 든 보물을 꺼내는 스마일리, 빈폴, 버그를 세자누스는 침대에 앉아 즐거운 표정으로 지켜보았다.

코리올라누스는 침대에 기대며 말했다. "너희 어머니가 계셔서 정말 다행이야. 안 그랬다면 다들 알거지 신세였을 텐데."

"응, 너나 나나 땡전 한 푼 없으니까." 세자누스가 맞장구쳤다.

코리올라누스는 세자누스의 정직함만은 한 번도 의심해 보지 않았다. 오히려 조금 덜 솔직하면 좋겠다고 생각했다. 하지만 이건 새빨간 거짓말이었고 진실을 말할 때처럼 자연스러웠다. 다시 말해 이제부터 세자누스가 하는 모든 말은 다 의심의 대상이라는 뜻이었다.

26

세자누스는 자기 이마를 탁 쳤다. "맞다! 시험은 어땠어?"

"기다려 봐야겠지." 코리올라누스가 말했다. "캐피톨에 보내서 채점 한대. 결과가 나올 때까지 시간이 좀 걸릴 수도 있다고 하더라."

"붙을 거야." 세자누스가 그를 안심시켰다. "넌 그럴 자격이 있어."

너무나 지지해 준다. 너무나 두 얼굴이다. 너무나 자기파괴적이다. 불꽃에 이끌리는 나방 같다. 코리올라누스는 플루리부스의 편지가 생각나서 조금 흠칫했다. 그건 여러 해 전에 코리올라누스의 아버지와 싸우고 나서 하이바텀 총장이 계속 중얼거렸다는 말 아닌가. 거의 비슷했다. 그는 복수형을 썼다. "나방들은 불꽃에 이끌리죠." 마치 나방 떼가 불바다로 곧장 날아든다는 듯이 말했다. 자기파괴에 몰두하는 떼거리. 누굴 가리킨 걸까? 오, 누가 신경이나 쓴다고? 약에 절어 버린, 증오에서 힘을 얻는 늙은이. 잔뜩 취한 바텀. 궁금해하지조차 않는 게 낫다.

저녁 식사 후 코리올라누스는 처음으로 경비 당번을 맡아 부대 끝의 항공기 격납고에서 한 시간을 보냈다. 잘 지키라고 지시한 다음 곧바로 졸기 시작한 나이 많은 군인과 함께 근무를 선 코리올라누스는 루시 그레이만 생각했다. 볼 수 있기를, 최소한 이야기라도 나눌 수 있기를 바랐다. 그녀를 안을 수 있는데 아무 일도 없을 게 분명한 곳에서 경비를 서고 있는 게 시간 낭비 같았다. 그녀는 밤에 자유롭게 돌아다닐 수 있는 반면, 자신은 부대에 갇혀 있다는 느낌이 들었다. 어떤 면에서는 그녀가 캐피톨에 갇혀 있을 때가 나았다. 그때는 그녀가 뭘 하고 있을지 대충은 짐작할 수 있었다. 지금 이 순간에도 빌리 토프가 그녀의 마음 속으로 다시 기어들려고 하고 있을지도 모르는 일 아닌가. 최소한 조금은 질투를 느낀다는 티를 내야 할까? 어쩌면 빌리 토프를 그냥 체포하는 게 나았을지도 모르겠다….

막사로 돌아온 코리올라누스는 플린스 부인에게 보내 준 음식들이 정말 맛있다는 짧막한 답장을 썼고 플루리부스에게는 도와줘서 고맙다는 말과 함께 루시 그레이에게 기타줄을 구해 줄 수 있는지 묻는 편지를 썼다. 시험을 봐서 머리가 피로해진 코리올라누스는 이내 깊이 잠들었다. 일어났을 때는 8월 아침의 무더위에 땀을 흘리고 있었다. 더위가 언제 가시지? 9월? 10월? 점심 무렵에는 제빙기 앞의 줄이 식당 복도 절반을 메웠다. 주방 잡일을 하고 있는 코리올라누스는 최악의 상황을 각오했지만 설거지에서 썰기 담당으로 승진되었다는 말을 들었다. 양파를 맡지만 않았더라면 반가운 일이었을 것이다. 눈물이 나는 건 견딜 수 있었지만 손에서 풍기는 냄새가 점점 걱정스러워졌다. 저녁에 걸레질을 하고 났는데도 막사 동료들이 양파 냄새가 난다고 말했다. 아무리 문질러 닦아도 냄새는 사라지지 않았다. 다시 루시 그레이를 만날 때 악취를 풍기게 되려나?

금요일 오전은 더웠다. 시타델 과학자들 근처에 있는 게 불편하긴 했지만 오후에 새를 잡으러 간다는 사실에 어느 정도 안도감을 느꼈다. 호감 가는 새들은 아니었지만 적어도 냄새를 남기지는 않으니까. 훈련 중에 빈폴이 쓰러지자 병장은 막사 동료들에게 그를 의무실로 데려가라고 지시했다. 코리올라누스는 이 기회에 가슴팍과 오른쪽 겨드랑이에 난 땀띠에 바를 파우더가 든 금속 깡통을 하나 얻었다. "몸을 건조하게 해." 의무병의 충고였다. 그는 어처구니없다는 표정을 짓고 싶은 충동을 억눌렀다. 사우나 같은 12번 구역에 온 이후로 그의 몸은 단 한 순간도 건조했던 적이 없었다.

고기를 펴 바른 차가운 샌드위치로 점심을 먹은 뒤 그들은 덜컹거리는 트럭을 타고 지금도 흰색 실험실 가운을 입고 있는 과학자들이 기다리는 숲으로 갔다. 수요일에는 코리올라누스가 없어서 버그가 케이 박사와 한 팀으로 일했다고 했다. 버그의 날렵한 나무 타기 실력에 강렬한 인상을 받은 케이 박사는 버그를 다시 불러 달라고 요청했다. 파트

너를 바꾸기엔 이미 너무 늦어서 코리올라누스도 케이 박사의 팀을 따라 숲속으로 갔다. 그는 최대한 뒤처져서 걸었다.

소용없었다. 버그가 새 미끼를 넣은 철망 덫을 들고 첫 번째 나무에 올라가 재잘어치가 잡힌 덫과 교체하는 걸 지켜보고 있는 코리올라누스의 뒤에서 케이 박사가 다가왔다. "구역에 대해선 어떻게 생각하니, 스노우 이병?"

코리올라누스는 새처럼 덫에 갇혔다. 동물원의 조공인들처럼. 숲속으로 달아날 수는 없었다. 그는 원숭이 우리에서 그를 구해 주었던 루시 그레이의 조언을 떠올렸다. "네 걸로 만들어."

그는 그녀가 자신을 알아보았다는 사실에 당황했지만 개의치 않고 재미있어 한다는 걸 보여 줄 정도의 미소를 지으며 그녀를 바라보았다. "13년 동안 학교에서 판엠에 대해 배운 것보다 하루 동안 평화유지군으로 지내면서 배운 게 훨씬 많은 것 같습니다."

케이 박사가 웃었다. "맞아. 여기서는 배울 게 엄청나게 많지. 난 전쟁 중에 12번 구역에 배정받았어. 너희 부대에서 살았지. 이 숲에서 일했어."

"그러면 재잘어치 프로젝트에 참가하셨습니까?" 코리올라누스가 물었다. 만약 그랬다면 케이 박사와 그는 둘 다 공개적으로 실패한 전력을 가진 사람이라는 공통점이 있는 셈이다.

"내가 주도했어." 케이 박사가 의미심장하게 말했다.

'공개적으로 크게 실패했구나.' 코리올라누스는 마음이 조금 더 편안해졌다. 그는 전국에 걸쳐 일어난 전쟁이 아닌 헝거 게임에서만 망신을 당했다. 코리올라누스가 케이 박사에게 좋은 인상을 남겨 그녀가 그에게 호감을 갖는다면, 캐피톨에 돌아가서 골 박사에게 그에 대한 유리한 보고를 할지도 모른다. 그녀를 끌어들인다면 성과가 있을 수도 있다.

그는 재잘어치가 전부 수컷이고 서로 짝짓기를 할 수 없다는 걸 기억해 냈다. "이 재잘어치들이 전쟁 중에 감시 목적으로 사용했던 그 새들인가요?"

"으음, 얘들은 내 새끼였지. 다시 볼 수 있을 거란 생각은 해 본 적도 없어. 다들 재잘어치가 겨울을 넘기지 못할 거라고 생각했거든. 유전자 조작 생물은 야생에서 잘 살아남지 못하는 경우가 많아. 하지만 내 새들은 강했고 자연은 자기 나름대로 생각이 있었어."

버그가 제일 낮은 나뭇가지까지 내려와 재잘어치가 든 덫을 건넸다. "이 안에 그대로 넣어 둬야 합니까?" 이건 질문이 아니라 그냥 그의 생각이었다.

"응, 그러면 이동에 따르는 스트레스가 줄어들 수도 있어." 케이 박사도 버그와 같은 생각이었다.

버그는 고개를 끄덕이고는 땅으로 미끄러져 내려와 코리올라누스에게 새 덫을 하나 받아 들더니 묻지도 않고 다른 나무로 갔다. 케이 박사는 만족스러운 표정으로 지켜보았다. "어떤 사람들은 선천적으로 새를 이해해."

코리올라누스는 자신이 절대 그런 사람이 되지 못하리라고 확신했지만 몇 시간 정도 그런 사람인 척할 수는 있었다. 그는 덫 옆에 쭈그리고 앉아 지저귀는 재잘어치를 살폈다. "있잖아요, 전 이게 어떻게 작동하는지 이해를 못하겠더라고요." 알아보려는 시도를 해 본 적도 없었다. "대화를 녹음한다는 건 알지만 어떻게 조종하나요?"

"음향 명령에 반응하도록 훈련받았어. 우리가 운이 좋다면 보여 줄 수 있을 거야." 케이 박사가 주머니에서 작은 사각형 장비를 꺼냈다. 알록달록한 버튼 몇 개가 튀어나와 있었지만 용도가 표시되어 있지는 않았다. 어쩌면 오랫동안 사용해서 닳아 지워졌는지도 모른다. 그녀는 그의 맞은편에 쭈그리고 앉아 애정 어린 눈으로 재잘어치를 살폈다. 코리올라누스는 과학자에게 어울리는 것 이상의 애정이라고 느꼈다. "아름답지 않니?"

코리올라누스는 믿음이 가는 목소리로 말하려 애썼다. "굉장히요."

"그러니까 지금 네가 듣고 있는 이 지저귐은 이 새의 원래 노랫소리야. 이 새는 다른 새나 사람이 내는 소리를 따라할 수 있고 자기가 하고 싶은 말은 뭐든지 할 수 있어. 얘는 지금 중립 상태야."

"중립 상태요?" 코리올라누스가 물었다.

"중립 상태요?" 새의 부리에서 코리올라누스의 목소리가 그대로 들려왔다. "중립 상태요?"

코리올라누스는 '내 목소리를 들으니까 더 으스스하구나'라고 생각했지만 즐겁다는 듯 웃었다. "저건 저네요!"

"저건 저네요!" 재잘어치가 코리올라누스와 똑같은 목소리로 말한 다음 근처에 있는 새소리를 따라하기 시작했다.

"그렇지." 케이 박사가 말했다. "중립 상태에서는 다른 소리나 목소리를 따라 하게 돼. 보통은 짧은 한마디 정도나 새 노랫소리의 일부 정도지. 뭐든 자기가 끌리는 대로 해. 감시 목적으로 사용할 때는 녹음 모드로 전환해야 해. 잘 되길 바라 보자." 그녀가 리모컨의 버튼 하나를 눌렀다.

코리올라누스에겐 아무 소리도 들리지 않았다. "너무 오래돼서 안 되나 봐요."

하지만 케이 박사의 얼굴에는 미소가 떠올랐다. "꼭 그런 건 아니야. 명령 소리는 인간의 귀에는 들리지 않지만 새들은 쉽게 들을 수 있어. 얘가 조용해진 것 보이니?"

재잘어치는 조용했다. 고개를 갸우뚱하며 덫 안에서 뛰어다니고 이것저것을 쪼아 댔다. 말을 하지 않는 것만 빼면 평소와 똑같았다.

"되나요?" 코리올라누스가 물었다.

"되나 봐야지." 케이 박사가 다른 버튼을 누르자 새는 평소처럼 지저 귀기 시작했다. "다시 중립 상태가 된 거야. 이제 얘가 뭘 녹음했는지 보자." 그녀는 또 다른 버튼을 눌렀다.

잠시 후 재잘어치가 말하기 시작했다.

"너무 오래돼서 안 되나 봐요."

"꼭 그런 건 아니야. 명령 소리는 인간의 귀에는 들리지 않지만 새들은 쉽게 들을 수 있어. 얘가 조용해진 것 보이니?"

"되나요?"

"되나 봐야지."

완전히 똑같았다. 아니, 그건 아니다. 나무가 바스락거리는 소리, 벌레 소리, 다른 새들의 소리는 녹음되지 않았다. 오직 순수한 인간의 목소리만 녹음되었다.

"오호." 코리올라누스는 약간 감탄했다. "녹음할 수 있는 시간이 얼마나 되나요?"

"잘 될 때는 한 시간 정도." 케이 박사가 말했다. "숲을 찾아가서 인간의 목소리에 이끌리도록 설계되어 있어. 녹음 모드로 설정해서 숲에 풀어놓고 부대에서 집으로 돌아오라는 신호를 보낸 다음 녹음된 걸 분석했지. 이곳에서만이 아니라 11번, 9번 구역에도 투입했어. 쓸모가 있다 싶은 곳에선 전부 썼지."

"그냥 나무에 마이크를 설치하면 안 돼요?" 코리올라누스가 물었다.

"건물은 도청할 수 있지만 숲은 너무 넓어. 반군들은 이 지역을 잘 알지만 우리는 몰랐지. 반군들은 여기저기로 옮겨 다녔어. 재잘어치는 움직일 수 있는 유기체 녹음 장비고 마이크와는 달리 눈에 띄지 않지. 반군들이 잡아서 죽일 수도, 심지어 먹을 수도 있지만 그들이 보기엔 그저 평범한 새였어." 케이 박사가 설명했다. "이론적으로는 완벽했어."

"하지만 실제로 썼을 때는 반군들이 저 새들의 정체를 간파했죠. 어떻게 알아낸 거예요?" 코리올라누스가 물었다.

"확실하지는 않아. 새들이 부대로 돌아오는 걸 봤을 거라고 생각하는 사람들도 있지만 우리는 한밤중에만 새를 불러들였거든. 알아보기가 사실상 불가능한 때였고 한 번에 몇 마리씩만 불렀어. 우리가 흔적을 지우지 않았기 때문일 가능성이 더 높아. 숲에서 녹음한 정보가 아닌 다른 정보에 기반해 행동했을 수도 있다고 보여야 했는데 그러질 못했어. 그러니 의심했을 거야. 검은 깃털이 밤에 움직이기에 아주 훌륭한 위장이긴 했어도 명령을 수행한 다음 행동이 단서가 됐을 수도 있지. 그리고 반군이 재잘어치를 가지고 실험했던 것 같아. 우리에게 거짓 정보를 주고 반응을 본 거지." 그녀는 어깨를 으쓱했다. "아니면 부대 안에 첩자가 있었을 수도 있고. 진상은 영영 알 수 없을 것 같아."

"지금은 왜 부대로 돌아오라는 신호를 보내지 않는 건가요? 이렇게 잡는 대신에 그냥 신호만 보내면…." 코리올라누스는 투덜거리는 사람으로 보이고 싶지 않아 말을 멈추었다.

"너를 이 더위에 밖으로 끌고 나와서 모기한테 산 채로 먹히게 하는 대신에?" 그녀가 웃었다. "전송 시스템은 전부 해체되었고 예전에 쓰던 새장은 이제 보급품 창고로 바뀐 것 같더구나. 그리고 내가 데리고 있고 싶어. 날아가서 다시는 돌아오지 않는 건 안 좋지 않겠니?"

"물론 그렇죠." 코리올라누스는 거짓말을 했다. "재잘어치는 날아가서 사라져 버릴까요?"

"토착종이 된 지금은 어떻게 될지 잘 모르겠어. 전쟁이 끝났을 때 나는 중립 상태로 놓고 풀어놨어. 그러지 않았다면 잔인한 일이었겠지.

소리를 못 내는 새는 어려움을 정말 많이 겪을 테니까. 쟤들은 살아남았을 뿐 아니라 흉내지빠귀와 짝짓기 하는 데도 성공했어. 그래서 완전히 새로운 종이 생겼지." 케이 박사는 나뭇잎 속에 앉아 있는 모킹제이를 가리켰다. "여기 사람들은 저 새를 모킹제이라고 불러."

"쟤들은 뭘 할 수 있나요?" 코리올라누스가 물었다.

"정확하게는 몰라. 최근 며칠 동안 관찰했는데 말을 따라하지는 못하지만 어미들보다 음악을 더 능숙하게 오랫동안 따라할 수 있어." 그녀가 말했다. "아무 노래나 불러 보렴."

코리올라누스가 부를 줄 아는 노래는 하나뿐이었다.

> 판엠의 보석,
> 강력한 도시,
> 여러 시대 동안 너는 새롭게 빛나노라.

모킹제이는 고개를 갸우뚱하더니 따라 불렀다. 가사는 없었지만 반은 인간, 반은 새 같은 소리로 멜로디를 정확히 재현했다. 근처에 있던 다른 새들이 그걸 듣고 화음을 넣어 불렀다. 오래된 노래를 부르던 코비가 생각났다.

코리올라누스의 입에서 "다 죽여야 돼요"라는 말이 불쑥 튀어나왔다. 미처 막지 못했다.

"다 죽여? 왜?" 케이 박사가 놀라 물었다.

"자연스러운 종이 아니니까요." 코리올라누스는 새를 좋아하는 사람이 한 말처럼 들리게 하려고 애를 썼다. "어쩌면 다른 종에게 해가 될 수도 있어요."

"함께 잘 지내는 걸로 보여. 그리고 판엠에서 재잘어치와 흉내지빠귀가 같이 있는 곳에는 어디에나 모킹제이가 있어. 몇 마리 데리고 가서 모킹제이끼리 짝짓기를 할 수 있는지 알아보려 해. 못한다면 몇 년 뒤에는 어차피 없어지겠지. 생존한다 해도 노래하는 새로운 종이 하나 더 생기는 게 뭐 큰일이겠니?"

코리올라누스는 아마 아무 해도 없을 거라고 맞장구쳤다. 오후에는 질문을 하고 냉담한 제안을 했던 걸 벌충하려고 새들을 다정하게 대했다. 재잘어치는 별로 싫지 않았다. 군사적 관점으로 볼 때 흥미로웠다. 그러나 모킹제이는 뭔가 혐오스러웠다. 그들이 즉흥적으로 만들어 내는 것에 믿음이 가지 않았다. 자연이 미쳐 날뛰는 일이다. 그들은 죽어 없어져야 했고 빨리 죽어야 했다.

분대원들은 재잘어치를 서른 마리 이상 잡았다. 하지만 모킹제이는 한 마리도 덫에 걸리지 않았다.

"어쩌면 재잘어치가 새장에 더 익숙해서 의심을 덜했던 건지도 몰라. 어쨌든 새장에서 자라난 새니까." 케이 박사가 혼잣말처럼 말했다. "상 관없어. 며칠 더 해 보고 필요하면 그물을 동원할 거야."

코리올라누스는 '아니면 총을'이라고 생각했다.

부대에 돌아온 코리올라누스와 버그는 과학자들이 새들을 임시 보 관하기로 한 낡은 격납고에 철망 덮개를 내려놓으라는 지시를 받았다. "우리가 캐피톨로 데려갈 때까지 보살펴 줄래?" 케이 박사가 두 사람에 게 물었다. 버그는 자주 짓지 않는 미소를 보이며 알겠다는 뜻을 전했 고 코리올라누스는 열성적으로 받아들였다. 좋은 인상을 남기고 싶기 도 했거니와 산업용 선풍기가 있는 격납고는 훨씬 시원했기 때문이다. 숲에서 더 심해진 땀띠가 낫는 데 도움이 될 것 같았다. 최소한 일상이 달라지기는 한다.

소등 시간 전에 막사 동료들은 플린스 부인이 보낸 음식들을 늘어놓고 그녀가 정기적으로 소포를 보내지 않을 경우를 대비해 다음 두 주 동안 호브에 놀러 갈 일정을 짰다. 거래 솜씨가 좋은 스마일리가 회계 담당을 맡았다. 그는 백주를 사고 코비 공연 후 바구니에 넣을 돈을 마련하기에 충분한 양을 빼 두었다. 남은 것은 다섯 명이 나눠 가졌다. 코리올라누스는 자기 몫으로 받은 팝콘 볼 여섯 개 중 하나만 먹었다. 나머지는 아꼈다가 코비에게 줄 생각이었다.

토요일 아침에 코리올라누스는 막사 천장을 두드리는 우박 소리에 잠에서 깼다. 아침 식사를 하러 가면서 막사 동료들은 서로에게 오렌지 크기의 얼음 덩어리를 던졌다. 그러나 오전 중반쯤이 되자 그 어느 때보다도 강렬한 태양이 다시 떠올랐다. 코리올라누스와 버그는 오후에 재잘어치를 돌보는 임무를 맡았다. 그들은 시타델 과학자 두 명의 지시 아래 철망 덫을 청소하고 새들에게 모이와 물을 주었다. 덫 하나에 두세 마리가 잡힌 경우는 분리하여 한 마리씩만 넣었다. 근무 시간이 끝나 갈 무렵 그들은 새들을 격납고 안의 임시 실험실로 조심스럽게 날랐다. 재잘어치들에게 번호를 붙이고 꼬리표를 달고 지금도 리모컨의 음향 명령에 반응하는지 알아보기 위해 기본적인 훈련을 했다. 모두 인간의 목소리를 녹음하고 재생하는 능력을 유지하고 있는 듯했다.

과학자들이 듣지 못하는 곳에서 버그는 고개를 절레절레 흔들며 말했다. "이게 새들한테 좋은 걸까?"

"나도 몰라. 저런 걸 하기 위해 만들어진 새잖아." 코리올라누스가 말했다.

"그냥 숲에 내버려 뒀다면 더 행복했을 거야."

코리올라누스는 버그의 말이 맞는지 확신할 수 없었다. 저 새들은 며칠 뒤 시타델 실험실에서 깨어나 12번 구역에서 보낸 10년간의 끔찍한 악몽이 대체 무엇이었을까 생각할지도 모른다. 그들은 수많은 위협이

제거된 통제된 환경에서 더 행복할 수도 있다. "과학자들이 분명 잘 돌봐 줄 거야."

저녁 식사 후에는 호브에 가려고 준비하는 동료들을 기다리며 조급한 티를 내지 않으려 애썼다. 로맨스는 비밀이었기 때문에 호브에 도착하면 슬쩍 빠져나갈 생각이었다. 그러자니 세자누스가 문제였다. 그는 돈에 대해 거짓말을 했다. 어쩌면 땡전 한 푼 없는 막사 동료들과 어울리려고 그랬을 수도 있다. 지도 사건 이후에는 진심으로 뉘우치는 것 같으니 릴과 반군 사이의 연락책 역할은 위험하다는 걸 깨달았을지도 모른다. 하지만 세자누스가 도와주려는 마음을 드러냈기에 빌리 토프나 반군이 다시 접근하려 하지 않을까? 그들에게 세자누스는 정말 만만한 상대였다. 제일 좋은 방법은 코비를 만나러 빠져나갈 때 세자누스만 데려가는 것이었다.

"나랑 같이 백스테이지에 갈래?" 호브에 도착하고 나서 코리올라누스가 세자누스에게 조용히 물었다.

"나도 초대받은 거야?" 세자누스가 물었다.

사실은 코리올라누스만 초대받았지만 그는 "당연하지"라고 대답했다. 잘된 일일지도 모른다. 세자누스가 모드 아이보리와 놀아 준다면 코리올라누스는 루시 그레이와 단둘이서 잠시 시간을 보낼 수 있을지 모른다. "하지만 다른 애들은 떨궈 놓고 가야 해."

그건 간단했다. 호브에는 지난주보다 사람이 더 많았고 이번에 구한 백주는 유독 독했기 때문이다. 스마일리와 버그와 빈폴은 흥정하게 두고 두 사람은 무대 근처의 문을 찾아서 좁고 텅 빈 뒷골목으로 나갔다.

루시 그레이가 헛간이라고 말했던 곳은 알고 보니 차가 여덟 대 정도 들어가는 낡은 차고였다. 차가 드나들던 큰 문들은 쇠사슬을 묶어 막아 놓았지만 무대 입구 바로 앞에 있는 구석의 작은 문은 열려 있었고 닫히지 않게 콘크리트 블록이 놓여 있었다. 수다 소리와 악기 조율하는 소리가 들리는 걸 보니 제대로 찾아온 게 분명했다.

들어가 보니 코비는 이곳을 자기들의 휴게실로 사용하고 있었다. 그들은 낡은 타이어와 허접한 가구 위에 편안히 앉아 있었다. 악기 케이스와 장비가 사방에 널려 있었다. 뒤쪽에 있는 다른 문도 열려 있었지만 안은 찜통 같이 더웠다. 깨진 창문 몇 개로 비쳐 들어오는 저녁 햇살에 공기 중에 떠다니는 짙은 먼지가 보였다.

분홍색 드레스를 입은 모드 아이보리가 그들을 보고 달려왔다. "안녕!"

"안녕하세요." 코리올라누스는 그녀에게 인사를 하고 팝콘 볼 꾸러미를 내밀었다. "달콤한 분께 달콤한 것을 드립니다."

모드 아이보리는 종이 포장을 벗겨 보고 한 발로 살짝 뛰었다가 인사를 했다. "정말 고맙습니다. 오늘 당신을 위해 특별한 노래를 불러 드릴게요!"

"다른 건 전혀 바라지 않았습니다." 코리올라누스가 말했다. 캐피톨에서 쓰는 사교적 말투로 코비와 이야기하는 게 자연스럽게 느껴진다니 재미있었다.

"오케이, 하지만 이름을 말할 순 없어요. 당신은 비밀이니까." 아이가 키득거렸다.

모드 아이보리는 낡은 책상에 다리를 꼬고 앉아 기타를 조율하고 있는 루시 그레이에게 달려갔다. 루시 그레이는 아이의 흥분한 얼굴을 내려다보며 미소 지었지만 엄하게 "나중에 먹어"라고 말했다. 모드 아이보리는 자기 보물을 다른 멤버들에게 보여 주러 뛰어갔다. 세자누스도 그들에게 다가갔다. 코리올라누스는 그들에게 손을 흔들고 루시 그레이 곁으로 갔다. "그럴 필요는 없었어. 모드 아이보리 입맛이 좋은 음식에 길들여지면 어떡해."

"그냥 저 아이가 조금은 행복하길 바랐을 뿐이야." 그가 답했다.

"나는?" 루시 그레이가 장난스럽게 말했다. 코리올라누스는 몸을 내밀고 그녀에게 키스했다.

"오케이, 그것부터 시작하자." 그녀는 옆으로 살짝 옮겨 앉으며 옆자리에 앉으라고 책상을 두드렸다.

코리올라누스는 책상에 앉아 헛간을 둘러보았다. "여긴 뭐 하는 곳이야?"

"지금은 우리 휴게실이야. 공연 전후에, 곡 중간에 무대에서 내려갈 때 여기에 있어." 그녀가 말했다.

"주인은 누군데?" 그는 그들이 무단으로 침입해 사용하는 건 아니었으면 했다.

루시 그레이는 관심도 없는 듯했다. "몰라. 우린 그냥 쫓아내기 전까지는 여길 횃대로 쓸 거야."

새. 그녀와 코비는 언제나 새였다. 노래, 횃대, 모자에 꽂은 깃털. 다 예쁜 새들이다. 그는 자기가 재잘어치에 관련된 업무를 맡게 되었다는 사실에 그녀가 감명받지 않을까 싶어 이야기했지만 그녀는 그저 슬퍼할 뿐이었다.

"자유를 맛본 새들이 새장에 갇힌다고 생각하니 싫다. 실험실에선 뭘 알아낼 수 있을 거라고 생각하는 걸까?" 루시 그레이가 말했다.

"모르겠어. 그들의 무기가 아직 작동하는지 보려는 걸까?" 그가 추측해 보았다.

"고문 같이 들려. 누가 목소리를 그런 식으로 통제한다니." 그녀가 손을 올려 자기 목을 만졌다.

코리올라누스는 그건 좀 과장된 행동이라고 생각했지만 위로가 될 말을 하려고 했다. "인간에게는 그러지 않는 것 같아."

"정말? 넌 언제나 자유롭게 네 생각을 말할 수 있다고 느끼니, 코리올라누스 스노우?" 그녀는 짓궂은 표정으로 그를 보며 물었다.

자유롭게 내 생각을 말할 수 있냐고? 물론이다. 음, 온당한 범위 내에서는. 그는 온갖 일에 대해 사사건건 떠벌리고 다니지는 않았다. 그녀의 말은 무슨 뜻일까? 그녀는 캐피톨에 대한 그의 생각을 두고 말한 것이다. 헝거 게임에 대해, 구역에 대해. 사실 그는 캐피톨이 취했던 대부분의 행동을 지지했고 나머지에는 거의 관심도 없었다. 하지만 중요한 순간이 닥치면 목소리를 낼 것이다. 그렇겠지? 캐피톨에 반대하기도 하겠지? 세자누스가 그랬던 것처럼? 대가가 따른다 해도? 모르겠다. 하지만 그는 방어하는 태도를 취했다. "응, 그래. 난 생각을 솔직히 말해야 한다고 생각해."

"우리 아빠도 그렇게 생각했어. 그랬다가 내가 양 손가락으로 다 셀 수 없을 정도의 총알구멍이 온몸에 났지."

그녀는 뭘 말하고 싶은 걸까? 그렇게 말하지는 않았지만 그 총알들은 분명 평화유지군의 총구에서 나왔으리라. 아마 지금 코리올라누스가 입고 있는 것과 똑같은 옷을 입은 사람이었겠지. "내 아버지는 반군 저격수의 총알에 돌아가셨어." 코리올라누스가 침울하게 말했다.

루시 그레이는 한숨을 쉬었다. "너 지금 화났구나."

"아니야." 하지만 화가 났다. 그는 분노를 삼키려 애썼다. "그냥 지쳐서 그래. 일주일 내내 널 만나기만 고대했어. 그리고 아버지 일은 유감이야. 내 아버지 일도 유감이고. 하지만 내가 판엠을 다스리지는 않아."

"루시 그레이!" 모드 아이보리가 헛간 저편에서 그녀를 불렀다. "시작할 시간이야!" 코비는 악기를 들고 문 앞에 모여 있었다.

"가야겠다." 코리올라누스는 책상에서 내려왔다. "공연 잘해."

"끝나고 만날까?" 그녀가 물었다.

그는 제복을 털었다. "통행금지 시간 전까지 돌아가야 해."

루시 그레이는 일어나서 기타 스트랩을 머리 위로 넘겨 기타를 맸다. "알겠어. 음, 내일 우린 호수로 놀러 갈 거야. 네가 시간이 있다면."

"호수?" 이 끔찍한 곳에 즐겁게 놀 수 있는 장소가 정말 있단 말인가.

"숲속에 있어. 좀 걸어야 하지만 수영하기 좋은 곳이야. 네가 꼭 오면 좋겠어. 세자누스도 데려와. 하루 종일 시간 낼 수 있어."

가고 싶었다. 그녀와 하루 종일 같이 있고 싶었다. 지금 언짢기는 했지만 바보 같은 생각이었다. 그녀가 실제로 그를 비난한 것은 아니었다. 대화가 엇나간 것뿐이었다. 다 그 멍청한 새 때문이다. 그녀는 그에게 손을 내밀고 있었다. 그가 정말 그녀를 밀어내고 싶은가? 그녀를 만날 수 있는 기회가 너무 적으니 기분 나빠 하고 있을 여유가 없었다. "좋아, 아침 식사하고 갈게."

"오케이, 그럼 이만." 그녀는 그의 뺨에 키스하고 헛간에서 나가 코비와 합류했다.

코리올라누스와 세자누스는 땀 냄새와 술 냄새가 진하게 풍기는 어두침침한 호브로 돌아가 인파를 헤치며 자리를 찾았다. 막사 동료들은 지난주와 같은 자리에 앉아 있었다. 버그가 두 사람이 앉을 상자를 가져다 놓았고 코리올라누스와 세자누스는 버그를 사이에 두고 앉아 돌려 마시는 술병을 받고 한 모금씩 마셨다.

모드 아이보리가 쪼르르 달려 나와 밴드를 소개했다. 코비가 무대에 다 올라오자마자 음악이 울려 퍼졌다.

코리올라누스는 벽에 기대 그동안 못 마신 양을 벌충하려고 백주를 들이켰다. 공연이 끝나고 루시 그레이를 만날 것도 아닌데 좀 취하면 어때? 그녀를 바라보고 있자니 가슴속에 맺혔던 분노가 녹아들기 시작했다. 그녀는 너무나 매력적이고 호감이 가고 생기가 넘쳤다. 화를 냈

던 게 후회됐다. 그녀의 무슨 말 때문에 기분이 상했는지 기억하기조차
힘들었다. 아마 아무것도 아니었으리라. 시험을 치렀고 새를 잡았고 세
자누스의 어리석음도 있었던 스트레스가 심한 긴 한 주였다. 그는 즐길
자격이 있었다.

몇 모금 더 들이켜니 세상이 친근하게 느껴졌다. 익숙한 노래, 처음
듣는 노래들이 그에게 밀려왔다. 어느 순간 관객들과 함께 노래를 따라
부르고 있음을 깨닫고 주위를 의식하며 입을 다물기도 했다. 하지만 아
무도 신경 쓰지 않는다는 걸, 혹은 신경을 썼다 해도 그걸 기억할 만큼
술에 취하지 않은 사람이 없다는 걸 깨달았다.

바브 애저, 탬 앰버, 클러크 카마인이 퇴장했다. 헛간에서 쉬려는 모
양인지 무대에서 내려갔다. 박스 위에 올라가 마이크 뒤에 선 모드 아
이보리, 옆에서 기타를 치는 루시 그레이만 남았다.

"오늘 밤 친구를 위해 특별한 노래를 불러 주겠다고 약속했어요. 지
금 부를 곡이 그 곡입니다." 모드 아이보리가 재잘재잘 말했다. "코비들
의 이름은 모두 발라드에서 왔는데 이건 바로 여기 있는 아름다운 숙녀
의 노래입니다!" 모드 아이보리가 루시 그레이를 향해 손을 뻗자 그녀
가 인사를 했고 여기저기서 박수 소리가 들려왔다. "워즈워스라는 사람
이 쓴 아주 오래된 시예요. 이해하기 쉽게 조금 바꾸긴 했지만 그래도
귀 기울여 들으셔야 할 거예요." 그녀가 검지손가락을 입술에 대자 관
객들은 차분해졌다.

코리올라누스는 고개를 한 번 흔들고 집중하려 했다. 이게 루시 그레
이의 노래라면 내일 그녀에게 뭔가 듣기 좋은 말을 할 수 있도록 주의
깊게 듣고 싶었다.

모드 아이보리는 전주를 시작하라는 의미로 루시 그레이에게 고개
를 끄덕인 뒤 엄숙한 목소리로 노래하기 시작했다.

루시 그레이 이야기를 자주 들었네.
광야를 가로지르다,
동이 틀 무렵,
외로운 그 아이를 우연히 보았네.

루시에겐 친구도 동지도 없었네.
아무도 머무르지 않는 곳에 살았네.
산기슭에서 자라는 것 중에
가장 아름다운 그녀!

그래, 산에 사는 소녀가 있었다는 거구나. 그리고 친구를 잘 사귀지
못하는 아이였나 보네.

지금도 놀고 있는 사슴,
풀밭의 토끼는 볼 수 있겠지만,
루시 그레이의 예쁜 얼굴은
다시는 볼 수 없으리.

그리고 죽었군. 어쩌다? 곧 알게 될 것 같다는 느낌이 들었다.

"오늘 밤엔 눈보라가 칠 테니
너는 마을로 가야겠다.
얘야, 어머니가 눈을 뚫고 가는 길을 비추도록
등불을 가져가렴."

"아버지! 기꺼이 그러겠어요.
이제 막 오후가 되었어요.
마을의 시계가 방금 2시를 알렸어요.
저기 달이 떠 있네요!"

이 말에 아버지는 낫으로
그날 쓸 불쏘시개를 채비했다네.
아버지는 일을 했고,
루시는 등불을 들고 길을 나섰네.

산의 암사슴처럼 근심 걱정 없이
그녀는 가 본 적 없는 길로 들어섰네.
그녀의 발길에 가루눈이 흩어지며
마치 연기처럼 피어올랐다네.

눈보라가 일찌감치 불어왔고,
그녀는 오르내리며 헤맸네.
루시는 여러 언덕에 올랐네.
그렇지만 마을까지는 가지 못했다네.

아, 말이 안 되는 단어들이 많군. 하지만 눈 속에서 길을 잃었구나.
음, 눈보라가 몰아닥치는 데 내보냈으면 그럴 만도 하지. 그리고 아마
얼어 죽었나 보다.

가련한 부모는 밤새도록

소리를 지르며 먼 곳까지 돌아다녔네.
하지만 그들을 인도해 줄
소리도 모습도 없었다네.

동이 틀 무렵 그들은 언덕 위에
서서 보았네.
깊은 골짜기 위의 나무다리가
눈에 들어왔네.

그들은 흐느끼며 집으로 향하면서
"천국에서 다 함께 만날 거야"라고 외쳤네.
그때 어머니는 눈 위에 난
루시의 발자국을 보았다네.

아, 좋아. 발자국을 찾았군. 해피엔딩이야. 루시 그레이가 불렀던, 다들 얼어 죽었다고 생각했던 남자에 대한 노래처럼 바보스러운 노래구나. 사람들은 그를 오븐에서 화장하려고 했지만 몸이 녹자 그는 멀쩡해졌다. 샘 어쩌구 하는 이름이었다.

그러곤 가파른 언덕의 절벽 아래에서
그들은 작은 발자국을 따라갔네.
산사나무 생울타리를 지나,
긴 돌담을 따라,

그리고 탁 트인 들판을 지났고,

발자국은 여전히 그대로였네.
그들은 발자국을 놓치지 않고 계속 따라갔네.
그리고 다리까지 왔다네.

눈 덮인 둑에서
발자국 하나하나를 따라
다리의 나무 복판까지 갔는데
발자국은 거기서 사라졌네!

잠깐, 뭐? 걔가 그냥 사라졌다고?

그렇지만 아직까지도
그 아이가 살아 있다고 우기는 사람들이 있다네.
인적 없는 들판에서
예쁜 루시 그레이를 볼 수 있다고 하네.

그녀는 험한 길과 평탄한 길을 걷는다네.
절대 뒤돌아보지 않으며,
바람 속에서 휘파람처럼 울리는
외로운 노래를 부르며.

아, 괴담이구나. 윽, 정말 어처구니없다. 음, 내일 코비를 만나면 이 노래를 좋아하려고 무진 애를 써야겠다. 하지만 대체 누가 유령 여자 아이한테서 따온 이름을 자기 아이에게 붙인담? 그런데 걔가 유령이라면 시체는 어디 있지? 어쩌면 자기를 눈보라 속으로 내보내는 무책임

한 부모에게 질려서 야생에서 살기로 한 걸 수도 있겠다. 하지만 그렇다면 왜 성장하지 않은 거지? 그는 이해할 수 없었고 백주 때문에 머리가 잘 돌아가지 않았다. 수사법 수업 시간에 리비아 카듀가 그를 가리켜 시를 이해하지 못한다며 학생들 앞에서 망신 주었을 때가 생각났다. 정말 지독한 노래다. 어쩌면 내일 아무도 이 노래 얘긴 꺼내지 않을지도 몰라…. 아니, 그들은 이야기할 것이다. 모드 아이보리는 반응을 기대할 것이다. 그는 훌륭했다고 말하고 넘어갈 생각이었다. 하지만 모드 아이보리가 이 노래에 대해 이야기하고 싶어 한다면?

코리올라누스는 늘 말솜씨가 좋은 세자누스에게 뭔가 생각이 있는지 물어보기로 했다.

그러나 버그 옆자리, 세자누스가 앉았던 상자에는 아무도 없었다.

27

코리올라누스는 커지는 불안을 감추려 애쓰며 주위를 둘러보았다. 세자누스는 어디 있지? 아드레날린과 백주가 그의 뇌를 서로 주도하겠다고 싸웠다. 음악과 술에 푹 빠져 있었기 때문에 세자누스가 언제 사라졌는지도 알 수 없었다. 세자누스가 릴에 대한 마음을 바꾸지 않았다면 어쩌지? 지금 이 순간 사람들 틈에 섞여 반군들과 공모하고 있는 건 아닐까?

코리올라누스는 관객들이 모드 아이보리와 루시 그레이에게 보내는 박수가 끝날 때까지 기다렸다가 일어섰다. 문으로 막 가려는 찰나, 흐릿한 불빛 속에서 세자누스가 돌아오는 게 보였다.

"어디 갔다 왔어?" 코리올라누스가 물었다.

"밖에. 백주를 잔뜩 마셔서 오줌이 마려웠거든." 세자누스는 상자에 앉아 무대로 시선을 돌렸다.

코리올라누스도 다시 앉아 공연을 보았지만 생각은 다른 곳에 가 있었다. 소변을 보아야 할 정도로 백주를 잔뜩 마신 사람은 없었다. 너무 독해서 아주 조금씩만 마셨다. 세자누스는 또 거짓말을 했다. 이게 무슨 의미일까? 이젠 단 1초도 세자누스를 놓쳐선 안 된다는 뜻일까? 코리올라누스는 공연이 끝날 때까지 계속 곁눈질을 하며 세자누스가 다시 빠져나가지 않는지 감시했다. 모드 아이보리가 리본을 단 바구니를 들고 돈을 걸을 때도 그와 가까운 곳에 있었다. 세자누스는 취한 빈폴을 부대로 데려가는 버그를 돕는 데 열중하는 것 같았다. 더 이상 이야기를 나눌 기회는 생기지 않았다. 세자누스가 정말로 슬쩍 빠져나가 반군들과 계획을 짰다면 빌리 토프 사건 이후 코리올라누스가 대놓고 맞섰던 건 효과가 없었다는 뜻이다. 새로운 전략이 반드시 필요했다.

머리가 지끈거리는 코리올라누스에게 일요일 아침 햇살은 너무나 밝았다. 그는 백주를 토하고 눈의 초점이 맞을 때까지 샤워실에 서 있었다. 식당에서 나온 기름진 달걀을 먹는 건 상상도 할 수 없어서 토스트만 야금야금 먹었다. 한편 세자누스는 그의 몫까지 2인분을 먹었는데 그로 인해 어젯밤에 세자누스가 취하기는커녕 술을 거의 마시지 않았을 거란 의심이 확신으로 바뀌었다. 막사 동료 세 명은 아침 식사를 하러 오지도 못했다. 더 나은 접근법을 떠올릴 때까지는 세자누스를 매의 눈으로 감시해야 할 것이다. 특히 부대 밖으로 나갔을 때 조심해야 한다. 하지만 오늘은 호수에 가려면 동행이 필요했다.

코리올라누스의 열의는 시들해졌지만 세자누스는 기꺼이 초대를 받아들였다. "물론이지. 휴일 기분이 나네. 얼음 좀 가져가자!" 세자누스가 쿠키에게 부탁해 비닐봉지를 하나 더 얻는 동안 코리올라누스는 아스피린을 얻으러 의무실에 갔다. 둘은 위병소에서 다시 만나 밖으로 나갔다.

그들은 경계로 가는 지름길을 몰라 다시 광장으로 가서 지난주에 갔던 길을 그대로 따라 걸었다. 코리올라누스는 다시 한 번 세자누스와 모든 걸 털어놓고 이야기해 볼까 생각했다. 하지만 반역죄로 잡힐 수도 있다는 위협이 먹히지 않았다면 대체 뭐가 통하겠는가. 그리고 세자누스가 정말로 반군들과 음모를 꾸미고 있는지 확실한 것도 아니었다. 어쩌면 어젯밤에는 정말로 그저 소변을 보고 온 걸 수도 있다. 정말 그랬다면 세자누스를 비난할 경우, 그는 방어적이 될 것이다. 그가 실제로 가지고 있는 유일한 증거는 숨겨 둔 돈이었는데 그것 역시 스트라보가 억지로 가져가라고 했지만 세자누스는 절대 쓰지 않겠다고 결심한 돈일지도 모른다. 세자누스는 돈을 소중하게 여기지 않았고 더구나 군수품으로 번 돈은 아마 그에게 부담스러웠을 것이다. 자기 힘으로 성공하는 게 그에겐 명예의 문제일 수 있다.

루시 그레이가 그와의 말다툼을 아직 언짢아하고 있는지는 모르겠지만 그녀는 그런 티를 내지 않았다. 뒷문에서 코리올라누스를 키스로 맞아주며 호수에 갈 때까지 버티게 해 줄 찬물을 한 잔 주었다. "두세 시간 정도 걸리지만 갈 만한 가치가 있어."

코비들은 악기를 두고 나섰다. 바브 애저는 물건들을 지키기 위해 집에 남았다. 그녀는 물 한 병, 빵 한 덩어리, 낡은 담요가 든 양동이를 코비들에게 쥐여 주었다.

"애저는 요즘 근처에 사는 여자아이와 사귀기 시작했거든." 목소리가 들리지 않을 정도로 집에서 멀어지자 루시 그레이가 코리올라누스에게 털어놓았다. "아마 오늘 둘이서만 집에 있게 돼서 기쁠 거야."

초원을 가로지르고 숲으로 들어가는 길을 탬 앰버가 앞장서서 이끌었다. 클러크 카마인, 모드 아이보리, 세자누스가 일렬로 그의 뒤를 따랐고 루시 그레이와 코리올라누스는 맨 뒤에서 따라갔다. 길은 없었다. 그들은 줄 서서 걸어가며 쓰러진 나무를 넘어가고 나뭇가지들을 헤치고 덤불에서 튀어나온 가시 많은 가지를 피했다. 10분 만에 매캐한 탄광 냄새 말고는 12번 구역스러운 것은 하나도 보이지 않게 되었다. 20분이 지나자 탄광 냄새마저도 풀 냄새에 가려졌다. 지붕처럼 우거진 나무가 햇볕을 가려 주었지만 더위를 가시지는 못했다. 숲속에 들어갔는데도 웅웅거리는 곤충 소리, 다람쥐가 재잘거리는 소리, 새의 노랫소리가 끊이지 않고 울렸다.

12번 구역에서 문명으로 통하는 것들과 멀어질수록 코리올라누스는 점점 불안해졌다. 이틀 동안 새 다루는 일을 맡았지만 숲속에 돌아다니는 다른 동물이 있지 않을까, 더 크고 강한 송곳니가 있는 동물이 있지는 않을까 걱정스러웠다. 그에겐 무기라곤 없었다. 그 사실을 깨달은 코리올라누스는 지팡이가 필요한 척하며 잠시 걸음을 멈추고 떨어진 가지 중 튼튼한 것을 골라 잔가지를 정리했다.

"쟤는 어떻게 길을 알아?" 그는 탬 앰버 쪽으로 고갯짓을 하며 루시 그레이에게 물었다.

"우린 다 알아. 우리의 두 번째 집인걸."

아무도 조심스럽게 행동하지 않는 걸 보며 코리올라누스는 계속 길을 갔다. 길이 영원히 이어질 것 같은 순간, 탬 앰버가 일행을 멈춰 세웠다. 그는 매우 기뻤다. 그러나 탬 앰버는 "절반 정도 왔어"라고 말할 뿐이었다. 그들은 얼음 봉지를 돌려 가며 녹은 물을 마시고 남은 얼음을 빨아먹었다.

모드 아이보리는 발이 아프다고 칭얼대며 갈라진 갈색 구두를 벗었다. 큼직한 물집이 드러났다. "이 구두는 걷기 불편해."

"클러크 카마인이 신던 낡은 구두야. 이번 여름까지는 버텨 보려고 했는데." 루시 그레이가 찡그린 표정으로 모드 아이보리의 작은 발을 살피며 말했다.

"너무 꽉 껴." 모드 아이보리가 말했다. "그 노래 가사처럼 청어 상자를 신고 싶어."

세자누스가 쭈그리고 앉아 등을 내밀었다. "대신 내가 태워 주는 건 어때?"

모드 아이보리는 얼른 올라탔다. "내 머리 조심해요!"

이를 시작으로 그들은 돌아가며 모드 아이보리를 업어 주었다. 힘을 쓰지 않아도 된 모드 아이보리는 노래하는 데 허파를 썼다.

깊고 깊은 산골짝에 오막살이 집 한 채,
금광을 찾아온 아버지와 딸이 살았네.

그녀는 요정처럼 가벼웠고,
신발 사이즈는 9였네.
뚜껑 없는 청어 상자가 클레멘타인의 샌들.

높은 나뭇가지에서 모킹제이 합창단이 이 멜로디를 따라 부르자 코리올라누스는 경악했다. 이렇게 먼 곳까지 모킹제이가 퍼져 있으리라곤 생각하지 못했다. 숲에는 저놈들이 우글거리는 모양이었다. 하지만 모드 아이보리는 기뻐하며 새들이 따라 부를 수 있게 계속 노래를 불렀다. 코리올라누스가 마지막 순서로 아이를 업었을 때 그는 전날 밤에 루시 그레이 노래를 불러줘서 고맙다고 말했다. 아이는 노래를 멈추었다.

"어떻게 해석했어요?" 모드 아이보리가 물었다.

코리올라누스는 답변을 피했다. "아주 좋았어. 넌 환상적이었어."

"고마워요. 하지만 노래에 대해 물어본 거였어요. 사람들이 정말로 루시 그레이를 보는 걸까요, 아니면 그냥 상상하는 걸까요? 난 사람들이 정말로 본다고 생각하거든요. 이제야 그녀는 새처럼 날아다녀요."

"그래?" 코리올라누스는 수수께끼 같은 그 노래가 최소한 토론의 대상은 되었다는 사실에 기분이 좀 나아졌다. 모드 아이보리의 영리한 해석을 이해하지 못할 정도로 그는 멍청하지 않았다.

"음, 안 그러면 어떻게 발자국이 없을 수가 있어요? 날아다니면서 다른 사람들과 마주치지 않으려는 것 같아요. 사람들이 알면 그녀가 다른 존재라며 죽이려 할 테니까요."

"걔는 다르지. 유령이니까, 멍청아." 클러크 카마인이 말했다. "유령은 공기 같으니까 발자국을 남기지 않아."

"그러면 시체는 어디 있어?" 모드 아이보리의 해석이 어느 정도는 그럴듯하다고 느끼며 코리올라누스가 물었다.

"다리에서 떨어져 죽었지만 너무 깊은 곳이라 아무도 볼 수 없는 거야. 아니면 강물에 떠내려갔을 수도 있지." 클러크 카마인이 말했다. "아무튼 걔는 죽었고 유령이 되어 거길 떠도는 거야. 어떻게 날개 없이 날 수 있어?"

"다리에서 떨어진 게 아니야! 그랬다면 서 있었던 곳의 눈이 달라 보였겠지!" 모드 아이보리가 우겼다. "루시 그레이, 어느 쪽이야?"

"그건 미스터리아, 예쁜아. 나처럼. 그래서 그게 내 노래인 거야." 루시 그레이가 대답했다.

호수에 도착했을 때쯤에 코리올라누스의 숨은 턱 끝까지 차올랐고 목이 몹시 말랐다. 땀을 많이 흘려 땀띠 난 곳이 아팠다. 코비들이 옷을 벗고 속옷 차림으로 물에 들어가자 그도 물을 헤치며 걸어 들어가 몸을 담갔다. 차가운 물이 그를 맞아 주었고 머리가 맑아지며 땀띠가 진정되었다. 코리올라누스는 어렸을 때부터 학교에서 수영을 배웠기 때문에 실력이 꽤 좋았지만 수영장 아닌 곳에서 수영을 해 본 적은 없었다. 호수의 진흙 바닥은 가파르게 기울어져 있어 그는 물이 깊다고 느꼈다. 호수 가운데까지 헤엄쳐 간 코리올라누스는 누워서 떠다니며 경치를 감상했다. 사방에 숲이 울창했다. 연결 도로는 없어 보였지만 둑에는 작고 망가진 집들이 여기저기 보였다. 대부분은 수리가 불가능할 정도였지만 탄탄해 보이는 콘크리트 건물 하나는 아직 지붕이 있었고 문은 단단히 닫혀 야생의 기운을 막아 내고 있었다. 오리 떼가 근처를 지나갔고 발가락 아래로는 물고기가 보였다. 코리올라누스는 물속에서 무엇이 헤엄치고 있을지 걱정되어 얼른 뭍으로 올라갔다. 코비들은 세자누스와 함께 커다란 솔방울로 공 뺏기 게임을 하고 있었다. 코리올라누스도 합류했다. 오직 재미만을 위해 무언가를 한다는 사실이 기뻤다. 매일 온전한 한 사람의 성인으로 지내야 한다는 부담이 짜증 나던 참이었다.

잠깐 쉰 탬 앰버는 다듬은 나뭇가지에 집에서 만든 바늘에 실을 달아 낚싯대를 몇 개 만들었다. 클러크 카마인은 벌레를 잡으려고 땅을 팠고 모드 아이보리는 세자누스에게 베리 열매를 따러 가자고 했다.

"돌 근처에 있는 덤불엔 가지 마." 루시 그레이가 경고했다. "거긴 뱀들이 좋아해."

"루시 그레이는 뱀이 어디 있는지 언제나 알고 있어요," 모드 아이보리가 세자누스를 데리고 가며 말했다. "루시 그레이는 맨손으로 뱀을 잡지만 난 무서워요."

두 사람이 떠나고 코리올라누스와 루시 그레이는 불을 피울 마른 나뭇가지를 모으러 가야 했다. 반쯤 벌거벗은 채 야생동물과 함께 헤엄치고 야외에서 불을 피우고 따로 약속을 잡지도 않았는데 루시 그레이와 둘이서 시간을 보내게 되다니, 이 모든 것이 코리올라누스를 조금은 흥분하게 했다. 루시 그레이에겐 성냥이 한 갑 있었는데 귀중품이니 꼭 성냥 한 개비로 불을 지펴야 한다고 그녀는 말했다. 마른 낙엽 더미에 불이 붙자 그는 그녀 옆에서 앉아 잔가지, 이어서 조금 더 큰 나무토막들을 집어넣었다. 이곳에서 여러 주를 보내는 동안 살아 있다는 것이 지금보다 기뻤던 적은 없었다.

루시 그레이가 그의 어깨에 머리를 기댔다. "있잖아, 내가 어젯밤에 기분 나쁘게 했다면 미안해. 우리 아빠의 죽음을 너한테 떠넘기려는 건 아니었어. 그 일이 일어났을 때 우린 둘 다 어린아이였잖아."

"나도 알아. 내가 과하게 반응했다면 미안해. 그저 나는 내가 아닌 다른 사람인 척할 수는 없어. 캐피톨이 하는 모든 일에 찬성하는 건 아니지만 나는 캐피톨이고 전반적으로는 질서가 필요하다는 캐피톨의 생각에 찬성해."

"코비는 말야, 우리가 이 세상에 온 이유는 비참함을 줄이기 위해서지 더하기 위해서가 아니라고 믿어. 넌 헝거 게임이 옳다고 생각하니?" 그녀가 물었다.

"솔직히 난 우리가 그걸 왜 하는지 잘 모르겠어. 하지만 사람들이 전쟁을 너무 빨리 잊어버리고 있다고는 생각해. 우리가 서로에게 했던 일들을. 우리가 어떤 일까지도 할 수 있는지를. 구역과 캐피톨 양쪽 모두 말야. 여기서는 캐피톨이 분명 강경해 보인다는 걸 알지만 우린 그저 통제를 유지하려는 것뿐이야. 그러지 않으면 혼돈이 벌어지고 사람들은 서로를 죽이고 다닐걸. 경기장 안에서처럼." 골 박사가 아닌 사람에게 이런 생각을 말로 표현한 건 처음이었다. 걸음마를 시작한 아기처럼 조금은 휘청이는 느낌이었지만 자기 발로 섰다는 독립감이 느껴졌다.

루시 그레이는 몸을 조금 뒤로 뺐다. "넌 사람들이 그렇게 행동할 거라고 생각해?"

"법이 있고 누군가 법을 강제하지 않는 이상, 우린 동물이나 다름없어질 거라고 생각해." 그는 조금 더 확신을 갖고 말했다. "좋든 싫든 모두를 안전하게 지켜 줄 수 있는 건 캐피톨뿐이야."

"흠, 캐피톨이 나를 안전하게 지켜 준다는 거지? 그걸 위해서 내가 포기해야 하는 건?" 그녀가 물었다.

코리올라누스는 막대기로 모닥불을 찔렀다. "포기한다고? 아무것도 없지, 뭐."

"코비는 포기한 게 있어. 유랑 생활을 하지 못해. 허락받지 않고는 공연도 못해. 특정 유형의 노래들만 부를 수 있어. 잡아 넣는 것에 저항하다간 우리 아빠처럼 총에 맞아 죽어. 가족이 흩어지는 걸 막으려다간 우리 엄마처럼 머리가 박살 나. 내가 그 대가가 너무 크다고 생각한다면? 내 자유는 위험을 감수할 만큼 소중할 수도 있어."

"그러니까 너희 가족은 결국 반군이었구나." 코리올라누스는 사실 놀라지도 않았다.

"내 가족은 오직 코비일 뿐이야." 루시 그레이가 단호히 말했다. "구역도 캐피톨도 반군도 평화유지군도 아니야. 그냥 우리야. 그리고 넌 우리랑 비슷해. 넌 스스로 생각하고 싶어 해. 저항하잖아. 헝거 게임에서 네가 날 위해 해 줬던 일들을 보고 알았어."

음, 허를 찔렸다. 캐피톨은 헝거 게임이 필요하다고 생각하는데 그가 헝거 게임을 방해하려 했다면 그는 캐피톨의 권위를 부인한 것 아닐까? 그녀의 말대로 저항한 것 아닌가? 세자누스처럼 노골적으로 반항하지는 않았지만 그만의 조용하고 미묘한 방식으로 저항했던 걸까?

"내가 믿는 걸 말해 줄게. 캐피톨이 통제를 맡지 않았다면 우리는 이런 대화를 할 수 없을지도 몰라. 지금쯤이면 우리가 스스로를 파괴해 버렸을 테니까."

"사람들은 캐피톨이 있기 훨씬 전부터 살아왔어. 캐피톨이 없어져도 오래 살아남을걸." 그녀가 내린 결론이었다.

코리올라누스는 12번 구역까지 오면서 보았던 죽은 도시들을 떠올렸다. 코비가 유랑 생활을 했다고 하니 그녀 역시 보았을 것이다. "많지는 않을 거야. 판엠은 정말 멋진 곳이었지. 지금 어떤지 봐."

클러크 카마인이 뾰족한 잎과 작고 하얀 꽃이 달린, 호수에서 뽑아 온 식물을 루시 그레이에게 건넸다. "어, 너 캣니스katniss(물에서 자라는 식물이며 '헝거 게임' 시리즈의 주인공 이름이기도 하다-옮긴이)를 찾았구나. 잘했어, CC." 코리올라누스는 클러크 카마인이 이걸 할머님의 장미처럼 장식용으로 쓰려고 가져왔나 생각했다. 하지만 루시 그레이는 받자마자 뿌리부터 살폈다. 작은 덩이뿌리가 매달려 있었다. "아직은 좀 이르네."

"응." 클러크 카마인도 동의했다.

"뭘 하기에?"

"먹기에. 몇 주 지나면 제법 감자 정도 크기로 자랄 거고 그러면 구워 먹을 수 있어." 루시 그레이가 말했다. "습지 감자라고 부르는 사람들도 있지만 난 캣니스가 더 좋아. 느낌이 좋거든."

탬 앰버는 물고기 몇 마리를 씻고 내장을 빼고 잘라서 손질해 들고 왔다. 그는 자기가 딴 허브 잔가지와 함께 생선을 잎사귀에 쌌고 루시 그레이는 그걸 잉걸불에 올려놓았다. 모드 아이보리와 세자누스가 블랙베리가 가득한 양동이를 들고 돌아왔을 때는 생선이 다 익어 있었다. 걷고 수영을 했더니 코리올라누스의 식욕이 돌아왔다. 그는 자기 몫의 생선, 빵, 블랙베리를 남김없이 먹어 치웠다. 그리고 세자누스가 깜짝 선물을 꺼냈다. 플린스 부인이 보낸 음식 중 자기 몫으로 가져갔던 슈가 쿠키 여섯 개였다.

점심 식사 후에는 나무 밑에 담요를 깔고 나무둥치에 몸을 기대고 반쯤 누운 자세로 맑은 하늘의 뭉게구름을 쳐다보았다.

"난 저런 색깔의 하늘은 본 적이 없어." 세자누스가 말했다.

"애저azure(하늘색-옮긴이)라고 해요." 모드 아이보리가 말했다. "바브 애저의 애저. 그게 바브의 색깔이에요."

"바브의 색깔?" 코리올라누스가 물었다.

"맞아요. 코비의 앞 이름은 발라드에서, 두 번째 이름은 색깔에서 따와요." 모드 아이보리는 설명하려고 일어나 앉았다. "바브는 '바버라 앨런'에서, 애저는 하늘의 색깔에서 왔어요. 나는 '모드 클레어'와 상아색 피아노 건반 같은 아이보리고요. 루시 그레이는 특별해요. 이름을 자기 발라드에서 통째로 가져왔으니까요. 루시, 회색이라는 그레이."

"맞아. 겨울날 같은 회색." 루시 그레이가 미소 지으며 말했다.

코리올라누스는 이걸 눈치채지 못하고 있었다. 그저 코비의 이름이 참 특이하다고만 생각했다. 아이보리와 앰버, 즉 상아와 호박을 생각하니 할머님의 보석 상자 안에 있는 오래된 장신구들이 떠올랐다. 하늘색 애저, 회갈색 토프, 암적색 카마인은 그가 모르는 색깔이었다. 발라드는 어디서 온 노래인지 아는 사람이 있긴 할까? 아이 이름을 짓는 방식으로는 기묘하다는 생각이 들었다.

모드 아이보리가 코리올라누스의 배를 쿡 찔렀다. "당신 이름도 코비 같아요."

"어떤 점에서?" 그가 웃으며 말했다.

"스노우 때문에요. 눈처럼 하얗다. 하얀 눈." 모드 아이보리가 키득거렸다. "코리올라누스가 들어가는 발라드가 있나요?"

"내가 아는 발라드는 없어. 네가 내 노래를 써 주지 그래?" 코리올라누스도 모드 아이보리의 배를 쿡 찌르며 말했다. "'코리올라누스 스노우의 발라드'."

모드 아이보리는 그의 배 위에 앉았다. "곡 쓰는 사람은 루시 그레이예요. 루시 그레이에게 부탁하지 그래요?"

"코리올라누스 그만 괴롭혀." 루시 그레이는 모드 아이보리를 자기 옆으로 끌어당겼다. "집에 가기 전에 넌 낮잠을 좀 자는 게 좋을 거야."

"업어 줄 거잖아." 모드 아이보리는 빠져나오려고 몸을 꼼지락거렸다. "그럼 내가 사람들한테 노래해 줄 거야!"

오, 내 사랑, 오, 내 사랑…

"오, 조용히 해." 클러크 카마인이 말했다.

"자, 눕자." 루시 그레이가 말했다.

"음, 노래 불러 주면 누울게. 내가 가막성후두염에 걸렸을 때 불러 줬던 노래." 모드 아이보리는 루시 그레이의 다리를 베고 누웠다.

"좋아, 대신 조용히 해야 돼." 루시 그레이는 모드 아이보리의 머리를 쓰다듬어 귀 뒤로 넘겨 주곤 그녀가 차분해질 때까지 기다렸다가 달래듯 노래하기 시작했다.

초원 깊은 곳에, 버드나무 아래에,
잔디로 된 침대와 부드러운 녹색 베개.
베고 누우렴, 졸린 눈을 감으렴.
다시 눈을 뜨면 해가 뜰 거야.

여기는 안전해, 여기는 따뜻해.
이곳에선 데이지 꽃이 너를 위험에서 지켜 줄 거야.
여기서 꾸는 꿈은 달콤하고
내일이 되면 그 꿈이 이뤄질 거야.
여기는 내가 널 사랑하는 곳이란다.

모드 아이보리는 조용해졌고 코리올라누스는 불안함이 녹아내리는
걸 느꼈다. 신선한 음식으로 배를 채우고 나무 그늘에 앉아 루시 그레
이의 부드러운 노랫소리를 듣고 있자니 자연이 얼마나 좋은지 깨닫기
시작했다. 이곳은 정말 아름다웠다. 이게 그의 삶이라면 어땠을까? 마
음껏 자다가 일어나고 싶을 때 일어나고 그날 먹을 식량을 그날 구하고
호숫가에서 아무 근심 없이 루시 그레이와 논다면? 사랑이 있는데 부
와 성공과 권력이 필요한 사람이 어디 있을까? 사랑이 그 모든 걸 다 이
기지 않을까?

초원 깊은 곳에, 멀리 숨겨진 곳에,
나뭇잎으로 된 긴 민소매 옷, 한 줄기 달빛.
비통함은 잊고 근심은 버리렴.
다시 아침이 되면 모두 사라지고 없을 거야.

여기는 안전해, 여기는 따뜻해.
이곳에선 데이지 꽃이 너를 위험에서 지켜줄 거야.
여기서 꾸는 꿈은 달콤하고
내일이 되면 그 꿈이 이뤄질 거야.
여기는 내가 널 사랑하는 곳이란다.

코리올라누스가 잠들기 직전, 루시 그레이의 노래를 정중하게 듣고 있던 모킹제이들이 이 곡을 재해석하여 부르기 시작했다. 그러자 코리올라누스의 몸이 굳어지며 기분 좋은 잠기운이 달아났다. 하지만 코비는 새들이 멋대로 노래 부르는 걸 들으며 그저 미소만 지었다.

"우리와 쟤들을 비교하면 우리는 사암, 쟤들은 다이아몬드나 마찬가지야." 탬 앰버가 말했다.

"음…. 쟤들이 연습을 더 많이 하니까." 클러크 카마인의 말에 다들 웃었다.

코리올라누스는 새들의 노래를 들으며 재잘어치가 없다는 걸 알아차렸다. 코리올라누스는 모킹제이가 사람들의 도움 없이 짝짓기를 하기 시작했다는 뜻이라고 생각했다. 그것만이 이 상황을 설명할 수 있었다. 자기들끼리, 혹은 지역에 있는 흉내지빠귀들과. 캐피톨의 새 없이 짝짓기가 진행되었다는 게 그는 아주 불편했다. 여기서 저들은 아무 제재도 받지 않고 토끼처럼 계속 번식하고 있었다. 승인도 받지 않았다. 캐피톨의 기술을 가져간 것이다. 그는 조금도 마음에 들지 않았다.

모드 아이보리가 마침내 잠들었다. 루시 그레이에게 붙어서 몸을 웅크리고 맨발은 담요 속에서 꼬고 있었다. 다른 사람들이 한 번 더 수영을 하러 호수에 간 동안 코리올라누스는 루시 그레이와 모드 아이보리와 함께 있었다. 잠시 후에 클러크 카마인이 둑 위에서 찾은 밝은 파란색 깃털 하나를 가져와 모드 아이보리에게 주려고 담요 위에 놓으며 무뚝뚝하게 말했다. "어디서 났는지는 말하지 마."

"오케이. 다정하네, CC." 루시 그레이가 말했다. "좋아할 거야." 클러크 카마인이 다시 물속으로 달려가자 루시 그레이는 고개를 절레절레 흔들었다. "CC가 걱정이야. 빌리 토프를 그리워하거든,"

"너는?" 코리올라누스는 루시 그레이의 얼굴을 보려고 팔꿈치를 땅에 대고 고개를 들었다.

그녀는 주저하지 않았다. "전혀. 추첨 이후로는"

추첨. 그는 인터뷰에서 그녀가 불렀던 발라드를 기억했다. "빌리 토프가 너에게 도박을 걸었다가 추첨에서 잃었다는 건 무슨 뜻이었어?"

"빌리 토프는 나랑 메이페어 둘 다 가질 수 있을 거라고 생각했어. 도박이었지. 메이페어는 내가 있다는 걸 알게 됐고 나는 메이페어가 있다는 걸 알게 됐어. 그래서 추첨에서 자기 아빠가 내 이름을 부르게 만든 거야. 자기 아빠한테 무슨 말을 했는지는 몰라. 하지만 절대 빌리 토프를 열렬히 사랑한다고 말하지는 않았을 거야. 뭔가 다른 말을 했겠지. 우린 여기서 아웃사이더라서 우리에 대해 거짓말을 하는 건 쉬워."

"둘이 사귄다고 해서 놀랐어." 코리올라누스가 말했다.

"음, 빌리 토프는 늘 자기는 혼자 있을 때 가장 행복하다고 말하지만 걔가 정말로 원하는 건 여자애가 자길 돌봐 주는 거야. 메이페어가 그래 줄 만한 사람이라고 생각해서 쫓아다녔던 것 같아. 빌리 토프처럼 매력을 발휘할 수 있는 사람은 없지. 그 여자애는 거부할 수 없었을 거야. 게다가 메이페이도 분명 외로웠을 거야. 형제자매도 없고 친구도 없고. 광부들은 걔네 가족을 싫어해. 근사한 차를 타고 와서 교수형을 구경하니까." 모드 아이보리가 뒤척였고 루시 그레이는 아이의 머리카락을 쓰다듬어 주었다. "사람들은 우리를 의심스럽게 보지만 걔네 가족은 경멸해."

그는 빌리 토프에 대한 그녀의 분노가 사라진 게 마음에 들지 않았다. "걔는 너랑 다시 잘해 보려고 해?"

그녀는 엄지손가락과 집게손가락으로 깃털을 집어 들고 돌린 다음 대답했다. "오, 당연하지. 어제 내 초원에 찾아왔어. 거창한 계획을 세웠더라. 교수형 나무에서 만나서 같이 도망가자고 하던데."

"교수형 나무?" 코리올라누스는 알로의 마지막 말을 새들이 따라하는 가운데 그의 시체가 흔들리던 광경을 떠올렸다. "왜 거기서?"

"거기에 같이 가곤 했거든. 12번 구역에서 남들의 눈을 피할 수 있는 곳은 거기 정도야. 북쪽으로 가자더라. 걔는 북쪽에 사람들이 있다고 생각해. 자유로운 사람들. 그들을 찾아낸 다음에 돌아와서 다른 사람들도 데리고 가자는 거야. 이것저것 비축하고 있다는데 무슨 돈으로 그러는지는 모르겠어. 하지만 그게 무슨 상관이야? 난 이제 다시는 걔를 신뢰할 수 없어."

코리올라누스는 질투로 목이 죄어 오는 걸 느꼈다. 그녀가 빌리 토프를 쫓아 버렸다고 생각했는데 지금 그녀는 아무렇지도 않게 그와 초원에서 우연히 만났던 이야기를 하고 있지 않은가. 우연도 아니었다. 빌리 토프는 어디로 가면 그녀를 만날 수 있는지 알고 있었다. 그가 매력을 발휘하며 그녀에게 달아나자고 유혹할 때 두 사람은 거기서 얼마나 오랫동안 함께 있었을까? 그녀는 왜 그 말을 듣고 있었을까? "신뢰는 중요해." 코리올라누스가 말했다.

"난 사랑보다도 중요하다고 생각해. 그러니까 난 내가 신뢰하지 않는 여러 가지를 사랑하거든. 폭우, 백주, 뱀. 가끔은 내가 신뢰하지 않기 때문에 사랑한다고 생각할 때도 있어. 정말 뒤틀렸지 않니?" 루시 그레이는 심호흡을 했다. "그래도 난 너는 신뢰해."

그는 이것이 그녀로서는 인정하기 쉽지 않다는 걸 느꼈다. 어쩌면 사랑한다는 말보다 더 힘들 수도 있다. 하지만 그래도 빌리 토프가 초원에서 그녀를 유혹하는 모습이 머릿속에서 사라지지는 않았다. "왜?" 코리올라누스가 물었다.

"왜냐고? 음, 그건 좀 생각해 봐야겠는걸." 그녀가 키스하자 그도 받아들였지만 확신은 별로 들지 않았다. 새로운 전개가 그를 불편하게 했다. 그녀와 너무 가까워지는 건 실수일지도 모른다. 그리고 다른 것도 마음에 걸렸다. 이 노래는 그녀가 초원에서 만난 첫날에 부른 노래였다. 그때는 교수형에 대한 노래라고 생각했지만 교수형 나무에서 만나자는 가사도 있었다. 거기가 두 사람이 만나곤 했던 곳이라면 왜 아직도 그 노래를 부르고 있는 거지? 어쩌면 그녀는 빌리 토프를 되찾기 위해 그를 이용하고 있는지도 모른다. 서로 싸움을 붙여 덕을 보려는 건 아닐까?

잠에서 깬 모드 아이보리가 깃털을 보고 기뻐하며 루시 그레이에게 자기 머리에 꽂아 달라고 했다. 코비들은 담요, 물병, 양동이를 챙기며 돌아갈 준비를 했다. 코리올라누스는 자기가 제일 먼저 모드 아이보리를 업겠다고 나섰다. 호수를 떠날 때 그는 일부러 뒤로 처져 모드 아이보리에게 물었다. "그래서 넌 요즘 빌리 토프를 만나니?"

"아니요, 걔는 이제 우리 무리가 아니에요." 그건 기분이 좋았지만 루시 그레이가 빌리 토프를 만난 것을 코비에게 비밀로 해 왔다는 의미일 수도 있어서 다시 의심이 들었다. 모드 아이보리는 그의 귓가로 몸을 굽히고 속삭였다. "빌리 토프가 세자누스 근처에 못 오게 해요. 세자누스는 다정한데 빌리 토프는 다정함을 먹고 살거든요."

코리올라누스는 빌리 토프가 돈도 먹고살 거라고 확신했다. 탈출을 위한 물자 비축 자금은 어떻게 대고 있는 걸까?

탬 앰버는 조금 돌아가는 다른 길을 택했다. 가는 길에 블랙베리가 자라는 곳에 들러 양동이를 채우기 위해서였다. 마을에 거의 다 왔을 때 클러크 카마인은 막 익기 시작한 사과가 잔뜩 달린 나무를 발견했다. 탬 앰버와 세자누스는 모드 아이보리를 업고 짐을 든 채 계속 걸었다. 클러크 카마인이 나무에 올라가 사과를 던졌고 코리올라누스는 사과를 모아 루시 그레이의 스커트에 담았다. 집에 돌아오니 이른 저녁이었다. 코리올라누스는 녹초가 되었다. 부대로 돌아가려 했는데 바브 애저 혼자 식탁에 앉아 베리를 분류하고 있었다. "탬 앰버가 베리와 신발을 교환할 수 있을지 알아보려고 모드 아이보리를 데리고 호브에 갔어. 가서 따뜻한 신발을 골라 보라고 했지. 이러다 금세 추워지니까."

"세자누스는?" 코리올라누스가 뒷마당을 내다 보았다.

"몇 분 뒤에 따라나갔어. 널 거기서 만날 거라고 하던데."

호브. 코리올라누스는 즉시 작별 인사를 했다. "난 가야겠어. 세자누스가 다른 평화유지군 없이 혼자 있다가 들키면 기록이 남을 거야. 그건 나도 마찬가지야. 우린 늘 두 명 이상 같이 다녀야 돼. 세자누스도 아는데 무슨 생각이었는지 모르겠네." 코리올라누스는 세자누스가 무슨 생각을 했는지 정확히 알 것 같았다. 코리올라누스의 감시 없이 호브에 갈 수 있는 아주 좋은 기회였겠지. 그는 루시 그레이를 끌어당겨 키스했다. "오늘 정말 멋졌어. 고마워. 다음 주 토요일에 헛간에서 만날까?" 그는 대답도 기다리지 않고 문밖으로 뛰쳐나갔다.

그는 빠른 속도로 걸어 곧장 호브에 가서 열린 문 안을 들여다보았다. 여남은 명이 돌아다니며 매대의 물건들을 보고 있었다. 탬 앰버가 큰 나무통에 걸터앉은 모드 아이보리의 부츠 끈을 매 주고 있었다. 창고 끝 쪽의 카운터 앞에서는 세자누스가 한 여자와 대화를 나누고 있었다. 코리올라누스는 다가가 그 여자가 파는 물건들을 살폈다. 광부 등불, 곡괭이, 도끼, 칼. 그러다 갑자기 그는 세자누스가 캐피톨에서 가져온 돈으로 무엇을 살 수 있는지 깨달았다. 무기. 지금 앞에 놓인 것들만 살 수 있는 게 아니다. 총도 살 수 있다. 수상쩍은 거래를 하고 있었다는 걸 증명이라도 하듯 코리올라누스가 가까이 다가가자 여자는 말을 뚝 멈추었다. 세자누스가 곧장 그에게 다가왔다.

"쇼핑해?" 코리올라누스가 물었다.

"주머니칼 하나 살까 하고." 세자누스가 말했다. "근데 지금은 물건이 없다는군."

완벽하네. 주머니칼을 가지고 다니는 병사들은 많았다. 비번 때 돈을 걸고 과녁 맞추는 게임을 할 정도였다. "나도 하나 살까 생각했어. 월급이 나오면." 코리올라누스가 말했다.

"물론이지. 월급이 나오면." 세자누스가 당연하다는 듯 맞장구쳤다.

코리올라누스는 그를 후려갈기고 싶은 충동을 억누르며 모드 아이보리와 탬 앰버에게 인사도 하지 않고 성큼성큼 호브에서 걸어 나왔다. 부대로 돌아가는 동안 코리올라누스는 머릿속으로 전략을 수정하며 거의 아무 말도 하지 않았다. 세자누스가 어떤 일에 얽혀 있는지 알아내야 했다. 논리로는 신뢰를 얻지 못했다. 친밀함은 통하려나? 시도해 봐서 나쁠 건 없겠지. 부대를 몇 블록 앞두고 그는 세자누스의 어깨에 손을 얹어 멈춰 세웠다. "있잖아, 세자누스. 난 네 친구야. 친구 이상이지. 너보다 형제에 더 가까운 사람은 없을 거야. 그리고 가족 사이에는 특별한 규칙이 있지. 만약 네게 도움이 필요하다면…. 그러니까 네가 감당할 수 없는 상황에 처한다면… 내가 있어."

세자누스의 눈에 눈물이 고였다. "고마워, 코리오. 내겐 큰 의미가 있어. 내가 정말로 신뢰하는 사람은 세상에서 너 하나뿐일지도 몰라."

아, 신뢰가 또 나왔다. 어딜 가나 신뢰다.

"이리 와." 그는 세자누스를 끌어당겨 포옹했다. "어리석은 짓은 하지 않겠다고 약속해 줘. 알았니?" 세자누스는 알겠다며 고개를 끄덕였지만 약속을 지킬 가능성이 제로에 가깝다는 걸 코리올라누스는 알고 있었다.

일정이 워낙 바쁘다 보니 부대 밖으로 나갔을 때조차 세자누스를 쉴 새 없이 감시할 수는 있었다. 월요일 오후에 그들은 나무에 설치했던 덫을 회수했다. 주말 내내 가만히 놓아두었는데도 모킹제이는 한 마리도 잡히지 않았다. 예상과는 반대로 케이 박사는 그 사실에 기뻐하는 것 같았다. "더 잘 흉내 내는 솜씨 이상을 물려받은 것 같아. 생존 기술도 진화됐어. 재잘어치는 충분히 잡았으니 덫은 교체하지 않아도 되겠어. 내일은 새를 잡는 그물을 써 보자."

화요일 오후에 병사들이 트럭에서 내려 보니 과학자들이 이미 모킹제이가 많이 지나다니는 자리를 선정해 놓은 뒤였다. 그들은 팀을 나눠 기둥 세우는 걸 도왔다. 코리올라누스와 버그는 이번에도 케이 박사와 함께 움직였다. 기둥 두 개를 세우고 촘촘히 짠 새 그물을 매달았다. 눈으로 봐서는 잘 보이지 않는 그물은 거의 즉시 효력을 발휘했다. 새를 꼼짝 못하게 잡은 다음 가로로 달려 있는 그물망 주머니 속으로 떨어뜨렸다. 케이 박사는 그물에서 절대 눈을 떼지 말고 새들이 잡히면 즉시 빼서 옮기라고 지시했다. 새들이 너무 예민해지지 않도록 하고 그물에 잡혔다는 트라우마를 최소화하기 위해서였다. 처음으로 잡힌 모킹제이 세 마리는 그녀가 직접 그물에서 떼어 손에 단단히 쥐고 조심스럽게 풀어 주었다. 시작하라는 지시를 받자 버그는 부드럽게 모킹제이를 떼어 준비한 새장에 넣었다. 타고난 실력이었다. 반면 코리올라누스가 손을 대자 새는 고통스럽다는 듯 비명을 질렀다. 비명을 못 지르게 하려고 꼭 쥐었더니 부리로 그의 손바닥을 세게 쪼았다. 코리올라누스는 반사적으로 새를 떨어뜨렸고 새는 순식간에 나뭇잎 속으로 사라졌다. 유해한 생물이다. 케이 박사는 상처를 닦고 붕대를 감아 주었다. 추첨일에 할머님 장미에 손을 다쳤을 때도 티그리스가 이렇게 해 주었는데…. 두 달도 지나지 않은 일이었다. 그날 그는 어떤 희망을 품었는가. 그런데 지금 그를 보라. 구역에서 머트 새끼들을 잡고 있다. 남은 오후 시간에는 새장에 넣은 새를 트럭에 실었다. 손을 다쳤다고 새 돌보는 일에서 빼 주지는 않았다. 그는 격납고에서 새장 청소를 계속했다.

코리올라누스는 재잘어치가 좋아졌다. 그들은 정말 신기한 공학 작품이었다. 실험실 여기저기에 리모컨이 몇 개 있었고 과학자들은 재잘어치를 목록에 넣은 다음에는 가지고 놀 수 있게 해 주었다. "무엇에도 해가 되지 않아." 과학자 한 명이 말했다. "사실 얘들은 인간과 교류하는 걸 좋아하는 것 같아." 버그는 하려고 하지 않았지만 코리올라누스는 지루해지자 멍청한 말들을 녹음하고 국가를 조금 부르게 만들면서 리모컨으로 한 번에 몇 마리까지 조종할 수 있는지 실험해 보았다. 새장이 붙어 있으면 네 마리까지 될 때도 있었다. 녹음이 끝나면 침묵을 녹음해 지금까지 녹음했던 내용들을 지웠다. 그의 목소리가 시타델 실험실에 전해지지 않게 하기 위해서였다. 모킹제이가 캐피톨 찬가를 부르는 게 나름 만족스럽긴 했지만 그들이 따라 부르기 시작하자 코리올라누스는 노래를 아예 그만두었다. 모킹제이를 조용히 시킬 방법은 없었다. 그들은 한 멜로디를 끝없이 부를 수 있었다.

그는 자신의 삶에 음악이 스며드는 것이 점점 피곤해지기 시작했다. 침입이라는 단어가 더 맞을지도 모르겠다. 요즘은 어디에나 음악이 있는 것 같았다. 새들의 노래, 코비의 노래, 새들과 코비의 노래. 어쩌면 그는 어머니처럼 음악을 좋아하는 게 아니었는지도 모른다. 최소한 이 정도로 많이 듣는 건 좋지 않았다. 음악은 그의 주의를 탐욕스럽게 빼앗으며 듣기를 강요했고 생각하기 힘들게 만들었다.

수요일 오후 중반쯤이 되자 모킹제이를 50마리 잡았다. 케이 박사가 만족할 만한 숫자였다. 코리올라누스와 버그는 그날 일과가 끝날 때까지 새들을 돌보고 번호와 꼬리표를 붙일 수 있게 새로 잡은 모킹제이를 실험실 테이블로 옮겼다. 저녁 식사 전에 일을 마친 두 사람은 식사 후 다시 돌아와 새들을 캐피톨로 보낼 준비를 했다. 과학자들은 코리올라누스와 버그에게 새장에 천 커버를 씌우고 조이는 방법을 보여 주더니 두 사람에게 남은 일을 맡기고 호버크래프트로 갔다. 코리올라누스가 커버 씌우는 걸 맡겠다고 자청했고 버그는 새장을 호버크래프트로 날라서 이송을 위해 배치하는 일을 도왔다.

모킹제이가 가 버리는 게 좋았던 코리올라누스는 모킹제이 새장부터 작업했다. 새장을 한 번에 하나씩 작업대로 가져와 커버를 씌우고 글자 M과 새의 번호를 분필로 천 위에 쓴 다음 넘겼다. 버그가 미친 듯이 짹짹거리는 모킹제이가 들어 있는 50번째 우리를 들고 나갈 때 세자누스가 뛰어 들어와 들뜬 목소리로 말했다. "좋은 소식이 있어! 엄마가 소포를 또 보내 주셨어!"

새들을 보내기가 아쉬웠던 버그의 기분이 조금 좋아졌다. "너희 어머니 최고야."

"네가 그렇게 말했다고 전해 드릴게." 세자누스는 버그가 새장을 들고 나가는 걸 지켜보더니 꼬리표 1이 달린 재잘어치 새장을 막 집어 든 코리올라누스 쪽으로 돌아섰다. 재잘어치는 마지막으로 나간 모킹제이의 소리를 아직도 따라하며 새장 속에서 지저귀고 있었다. 세자누스의 얼굴에는 웃음기가 하나도 없었다. 고뇌하는 표정이었다. 그는 둘만 있는지 확인하려고 격납고를 훑어본 다음 작은 목소리로 말했다. "잘 들어. 우리에겐 시간이 몇 분밖에 없어. 내가 하려는 일에 네가 찬성하지 않는다는 건 알지만 최소한 이해는 해 줬으면 해. 얼마 전에 넌 우리가 형제나 다름없다고 했지. 그래서 너에게 설명은 해야 한다고 느꼈어. 제발, 그냥 내 말만 들어줘."

이걸로 끝이구나. 고백. 정신 차리고 조심하라는 코리올라누스의 애원을 숙고해 보고 그걸로는 부족하다고 결론 내렸구나. 잘못된 열정이 승리했다. 이제 그동안 있었던 일들에 대한 설명을 들을 때가 되었다.

돈, 총, 부대 지도. 반역적인 반군의 음모가 드러나는 순간이다. 코리올라누스가 이걸 듣고 나면 그 역시도 반군이나 마찬가지다. 캐피톨의 반역자. 그는 공포에 빠지거나 도망가거나 최소한 세자누스가 말하지 못하게 해야 했다. 하지만 그는 그러지 않았다.

코리올라누스의 손이 저절로 움직였다. 그러기로 결심했다는 걸 깨닫기도 전에 뱀들이 든 탱크에 손수건을 떨어뜨렸을 때와 마찬가지였다. 왼손으로는 재잘어치 커버를 슬쩍 벗겼고, 자기 몸에 가려 세자누스에게는 보이지 않는 오른손으로는 카운터에 놓인 리모컨의 녹음 버튼을 눌렀다. 재잘어치는 조용해졌다.

28

코리올라누스는 새장을 등지고 서서 테이블에 두 손을 짚고 기댄 채 기다렸다.

"이렇게 되는 거야." 감정이 치밀어 오른 세자누스의 목소리가 커졌다. "12번 구역을 영영 떠나려는 반군들이 있어. 판엠에서 벗어나 새로운 삶을 시작하려고 북쪽으로 가려 해. 릴에게 도움을 줄 수 있다면 나도 같이 가도 된대."

코리올라누스는 반군들의 말에 의문을 제기하듯 눈썹을 치켜올렸다.

세자누스는 정신없이 말했다. "나도 알아, 나도 알아. 하지만 그들에겐 내가 필요해. 그들은 릴을 빼내서 함께 데려가야 한다고 결심했어. 그러지 않으면 캐피톨은 다음에 잡은 반군과 함께 그녀도 교수형에 처할 거야. 계획은 정말 간단해. 간수들은 네 시간 단위로 교대 근무해. 난 엄마가 보낸 음식 중 몇 개에 약을 넣어서 외부 경비병들에게 줄 거야. 캐피톨에서 나한테 준 이 약은 먹는 즉시….” 세자누스는 손가락을 튕겼다. “난 그들의 총 한 자루를 빼앗을 거야. 내부 경비병들은 무장하지 않았으니까 총을 겨누고 취조실로 들어가게 할 수 있지. 방음이 되니까 그들이 고함을 쳐도 아무도 듣지 못해. 그러면 내가 릴을 꺼낼 거야. 릴의 오빠가 우릴 울타리 밖으로 나오게 해 줄 거야. 그리고 나서 즉시 북쪽으로 출발할 거야. 내부 경비병들이 발견될 때까진 몇 시간이 걸릴 거야. 정문으로 나가지 않을 거니까 우리가 부대 안에 숨어 있다고 생각하겠지. 그러니 부대를 봉쇄하고 여기부터 탐색할 거야. 그들이 파악할 때쯤이면 우린 멀리 가 있을 거야. 아무도 다치지 않을 거고 아무도 알아내지 못할 거야.”

코리올라누스는 고개를 숙이고 생각을 정리하는 듯 손끝으로 눈썹을 문질렀다. 의심스럽게 보이지 않으려면 얼마나 오랫동안 말을 하지 않아야 하는지 알 수 없었다.

세자누스는 서둘러 이야기를 계속했다. “너한테 말하지 않고 갈 수는 없었어. 너는 내게 그 어떤 형제 못지않게 좋은 형제였어. 네가 경기장에서 내게 해 준 일은 절대 잊지 않을 거야. 나한테 어떤 일이 있었는지 엄마에게 알릴 방법을 찾아볼 거야. 그리고 아마 아버지에게도. 비록 세상에 알려지지는 않더라도 플린스라는 이름은 살아남았다는 걸 전할 거야.”

나왔다. 플린스라는 이름. 이거면 충분했다. 그는 왼손으로 리모컨을 집어 엄지손가락으로 중립 버튼을 눌렀다. 재잘어치는 아까 부르던 노래를 계속 불렀다.

무언가가 코리올라누스의 시야에 들어왔다. “버그가 온다.”

"버그가 온다." 새가 그의 목소리를 따라했다.

"조용히 해, 바보야." 그가 새를 향해 말했다. 새가 평소의 중립 상태로 돌아왔다는 게 속으로는 기뻤다. 세자누스가 경계할 일은 없었다. 그는 재빨리 커버를 씌우고 J1이라고 썼다.

"물병이 하나 더 필요해. 하나가 깨졌어." 버그가 격납고에 들어오며 말했다.

"하나가 깨졌어." 새는 버그의 목소리를 따라하더니 지나가는 까마귀 소리를 흉내 내기 시작했다.

"찾아올게." 코리올라누스는 버그에게 새장을 건넸다. 버그가 격납고를 나가는 동안 코리올라누스는 물품을 넣어 두는 통을 뒤지기 시작했다. 대화가 계속될 때는 다른 재잘어치들에게서 떨어져 있는 게 좋다. 재잘어치들이 대화를 너무 많이 따라하면 아까 새는 왜 그렇게 조용했는지 세자누스가 의아해할지도 모른다. 세자누스는 재잘어치가 어떻게 작동되는지 몰랐다. 케이 박사가 부대원 전원에게 작동 방법을 설명하지는 않았으니 말이다.

"미친 계획 같은데, 세자누스. 잘못될 수 있는 부분이 너무 많아." 코리올라누스가 말했다. "경비병들이 너희 어머니가 만든 음식을 받지 않으면? 아니면 한 명이 먼저 먹었다가 쓰러지는 걸 다른 사람이 본다면? 네가 내부 경비병들을 취조실에 넣는 중에 그들이 큰 소리로 지원을 요청한다면? 네가 릴의 감방 열쇠를 찾지 못한다면? 그리고 릴의 오빠가 울타리를 통해 나오게 해 준다는 건 무슨 소리야? 그가 울타리를 잘라도 아무도 눈치채지 못할 거란 말이야?"

"아니, 발전기 뒤 울타리에 약한 부분이 있어. 이미 느슨해져 있다나 뭐, 그래. 물론 여러 가지가 잘 맞아 들어가야 가능하다는 건 알지만 난 잘 될 것 같아." 세자누스는 마치 스스로를 설득하려는 듯한 목소리였다. "잘 돼야 해. 잘 안 되면 난 나중이 아니라 지금 체포되는 거잖아. 나중에 더 나쁜 일에 엮였을 때가 아니라."

코리올라누스는 슬픈 듯 고개를 절레절레 흔들었다. "내가 네 마음을 바꿀 수는 없니?"

세자누스는 요지부동이었다. "난 결심했어. 난 여기엔 못 있어. 우리 둘 다 알잖아. 머잖아 난 무너지고 말 거야. 난 선의로 평화유지군 역할을 할 수 없고 내 미친 계획으로 널 계속 위험하게 만들 수도 없어."

"하지만 거기서 어떻게 살아가려고?" 코리올라누스는 새 물병이 든 상자를 찾아냈다. 세자누스는 반군이 총을 가지고 있다는 말을 하지는 않았지만 있는 게 분명했다. "총알이 떨어지면?"

"어떻게든 되겠지. 물고기, 그물로 잡은 새. 반군은 북쪽에 사는 사람들이 있다고 했어." 세자누스가 말했다.

코리올라누스는 빌리 토프가 상상 속에서만 존재하는 북쪽의 기지에 가자고 루시 그레이를 꾀었던 걸 떠올렸다. 이 이야기를 세자누스가 반군들에게 들은 걸까, 반군들이 세자누스에게서 들은 걸까?

"하지만 없다 해도 거기에 캐피톨은 없어." 세자누스가 계속 이야기했다. "그리고 내게 중요한 건 그거 아니겠어? 이 구역이냐 저 구역이냐, 학생이냐 평화유지군이냐가 아니라 그들이 내 삶을 통제하지 못하는 곳에서 사는 것. 도망가는 게 겁쟁이처럼 보인다는 건 알지만 난 여기를 떠나고 나면 더 논리적으로 생각할 수 있게 될 거고 구역들을 도울 방법을 생각해 낼 수 있을 거야."

코리올라누스는 '잘도 그러겠다. 네가 겨울을 견디고 살아남는다면 놀라운 일이 될 것 같은데'라고 생각했다. 그는 포장을 뜯고 물병을 꺼냈다. "음, 내가 할 수 있는 말은 네가 보고 싶을 거라는 말뿐인 것 같아. 그리고 행운을 빈다는 말." 세자누스가 포옹하려 다가오려 할 때 버그가 들어왔다. 코리올라누스는 물병을 들어 보였다. "찾았어."

"난 갈 테니까 일 마저 해." 세자누스는 손을 흔들고 나갔다.

코리올라누스는 기계적으로 우리에 커버를 씌우고 번호를 쓰면서 열심히 머리를 굴렸다. 어떻게 해야 하나? 호버크래프트로 달려가서 J1을 지우고 싶은 마음도 들었다. 재생, 중립, 녹음, 다시 중립을 연달아 재빨리 눌러서 멀리 아스팔트 위에서 군인들이 지르는 소리만 남기는 것이다. 하지만 그러면 그가 할 수 있는 일은 무엇일까? 계획대로 하지 말라고 세자누스를 설득한다? 그럴 수 있으리란 자신이 없었고 성공한다 해도 세자누스가 또 다른 책략을 꾸미는 건 시간문제였다. 부대 사령관에게 밀고한다? 세자누스는 부인할 테고 증거는 재잘어치의 기억에만 남아 있으니 코리올라누스의 주장을 뒷받침할 증거는 없을 것이다. 언제 탈옥을 시도할지 모르니 함정을 놓을 수도 없다. 그리고 그렇게 하면 세자누스와의 사이는 어떻게 될 것인가. 아니면 이 사실이 새어 나간다면 부대 전체와의 사이는? 믿을 수 없는 고자질쟁이, 말썽쟁이가 되지 않을까?

그는 어떤 식으로든 자신이 범죄자로 보이지 않도록 재잘어치가 세자누스의 말을 녹음하는 동안에는 아무 말도 하지 않았다. 골 박사는 경기장 언급을 듣고 알아챌 테고 코리올라누스가 일부러 녹음했다는 걸 이해할 것이다. 새를 시타델로 보내면 이 일에 어떻게 대처하는 게 제일 좋을지 그녀가 결정할 것이다. 아마 스트라보 플린스에게 연락하고 세자누스가 뭔가 해를 끼치기 전에 해고하고 집으로 보내겠지. 그래, 모두를 위해 그게 최선일 것이다. 그는 리모컨을 새와 관련된 물건이 들어 있는 통에 넣었다. 모든 일이 잘 풀린다면 세자누스 플린스는 며칠 안에 그를 귀찮게 하지 않을 것이다.

차분한 상태는 오래가지 않았다. 코리올라누스는 끔찍한 꿈을 꾼 뒤 몇 시간 후에 잠에서 깨어났다. 꿈속에서 그는 엉망진창이 된 마르쿠스의 시체 앞에 무릎 꿇은 세자누스를 경기장 관중석에서 내려다보고 있었다. 세자누스는 사방에서 알록달록한 뱀들이 다가오는 것도 모르고 시체에 빵가루를 뿌렸다. 코리올라누스는 일어나서 달리라고 비명을 질러 댔지만 세자누스는 듣지 못하는 듯했다. 뱀들이 세자누스를 덮치자 이제 비명은 세자누스의 몫이 되었다.

죄책감이 들었다. 땀에 젖은 코리올라누스는 재잘어치를 보낸 것이 어떤 결과를 낳을지 제대로 생각해 보지 않았다는 사실을 깨달았다. 세자누스가 정말로 위험해질 수 있었다. 그는 침대 밖으로 몸을 빼 막사 저편에서 평화롭게 자고 있는 세자누스의 모습을 보고 잠시 안심했다. 과민 반응하고 있는 거야. 과학자들은 골 박사에게 전하기는커녕 녹음을 듣지조차 않을 거야. 뭐 하러 새를 재생 모드로 놓겠어? 정말이지 그럴 이유란 없었다. 재잘어치들은 격납고에서 이미 테스트를 거쳤다. 의심스러운 행동이긴 했지만 뱀에 의해서든 아니든 세자누스의 죽음을 초래하지는 않을 것이다.

이렇게 생각하니 안심이 되었다가, 만약 그렇다면 원점으로 돌아갈 테고 그 자신이 반군의 계획을 알고 있었다는 큰 위험에 처한다는 사실을 깨달았다. 릴의 구출, 탈출, 심지어 발전기 뒤 울타리의 약한 부분까지 그를 괴롭혔다. 캐피톨의 갑옷에 난 틈. 반군들이 몰래 부대에 드나들 수 있다는 것. 그것은 그를 두렵게, 또 분노하게 했다. 그건 혼돈이 생길 여지를 의미했고 그에 뒤따라 온갖 일이 생길 수 있었다. 이 사람들은 캐피톨의 통제가 없다면 모든 체제가 무너질 수도 있다는 걸 이해하지 못하나? 그들 모두 북쪽으로 도망가서 동물처럼 살 수도 있다는 걸? 그들은 동물과 다름없이 되어 버렸으니까?

그렇게 생각하니 재잘어치에 녹음한 내용이 전달되기를 바랐다. 캐피톨 공직자들이 우연히 세자누스의 고백을 듣는다면 그를 어떻게 처리할까? 평화유지군에 대항할 총을 반군들에게 사 주는 건 사형 이유가 되나? 아니, 잠깐. 불법 총기에 대한 내용은 녹음하지 않았다. 세자누스는 평화유지군의 총을 훔친다는 말만 했다…. 하지만 그걸로도 충분히 나쁘다.

어쩌면 세자누스에게 좋은 일인지도 모른다. 세자누스가 행동하기 전에 잡힌다면 더 가혹한 처벌 대신 감옥에 가는 걸로 그칠 수도 있다. 혹은 그가 어떤 문제에 빠져들든 그의 아버지가 돈을 써서 꺼내 줄 가능성이 더 클 수도 있다. 12번 구역에 새 부대 건설 비용을 댄다거나 하는 식으로 말이다. 세자누스는 평화유지군에서 쫓겨날 테고 본인은 기뻐할 것이다. 아버지의 군수업 제국에서 행정직을 맡게 될 텐데 그건 마음에 들지 않겠지. 비참하지만 살아는 있을 것이다. 그리고 가장 중요한 것은 그건 코리올라누스의 문제가 아니라는 점이다.

코리올라누스는 그날 밤 다시 잠들지 못했고 루시 그레이를 생각했다. 그가 세자누스에게 한 일을 알게 된다면 루시 그레이는 그를 어떻게 생각할까? 물론 증오하겠지. 그녀는 모킹제이가, 재잘어치가, 코비가, 모두가 자유롭기를 바랐다. 아마 세자누스의 탈출 계획을 전적으로 지지할 것이다. 그녀 역시 경기장에 갇혀 본 적이 있으니까 더욱 그럴 것이다. 그는 캐피톨의 괴물이 될 테고 그녀는 그가 남긴 작디작은 행복을 간직한 채 빌리 토프에게 달려갈 것이다.

아침이 되어 코리올라누스는 지치고 짜증 난 상태로 침대에서 내려왔다. 과학자들이 전날 밤에 캐피톨로 간 터라 부대는 지루한 일상으로 돌아갔다. 그는 느릿느릿 하루 일과를 보내며 몇 주 뒤에는 전액 장학금을 받고 대학교를 다닐 예정이었다는 걸 생각하지 않으려 애썼다. 어떤 수업을 들을지 고르고 캠퍼스를 돌아보고 책을 사고. 코리올라누스는 세자누스의 딜레마에 대해서는 아무도 재잘어치의 녹음 내용을 듣지 않으리라는 걸 받아들였고 그냥 세자누스를 몰아붙여 정신을 좀 차리게 해야겠다고 생각했다. 사령관과 아버지에게 알리겠다고 위협하고, 그래도 계속 우기면 정말로 알려 버리는 것이다. 그의 멍청한 생각은 이젠 지긋지긋했다. 하지만 안타깝게도 그날은 최후통첩을 할 기회가 없었다.

설상가상으로, 금요일에는 나쁜 소식이 잔뜩 담긴 티그리스의 편지가 도착했다. 그들의 집을 사려는 사람들과 참견하기 좋아하는 여러 사람이 스노우 가족의 아파트에 다녀갔다는 것이다. 제안을 두 건 받았는데 둘 다 티그리스가 알아본 중 가장 저렴한 아파트로 이사하는 데 필요한 비용에 한참 못 미쳤다. 방문객들은 할머님을 아주 고통스럽게 만들었다. 할머님은 장미 덤불 사이에서 지내다가 그들이 나타나자 완고한 거부의 뜻을 보였다. 그러나 할머님은 옥상을 둘러보던 한 부부가 당신이 사랑하는 정원을 금붕어 연못으로 바꾸는 게 어떠냐고 이야기하는 걸 듣고 말았다. 스노우 왕조의 상징인 장미가 철거될 수도 있다는 생각에 할머님은 더욱 깊은 불안과 혼란으로 점점 빠져들었다. 이제는 혼자 두기가 걱정스러울 정도였다. 티그리스는 어쩔 줄 몰라 하며 그의 조언을 구했지만 그가 어떤 충고를 해 줄 수 있단 말인가. 그는 가능한 모든 방식으로 그들에게 실망을 안겼고 그들을 절망에서 꺼내 줄 어떤 방법도 생각해 낼 수 없었다. 분노, 무력함, 굴욕. 그가 줄 수 있는 건 이런 것뿐이었다.

토요일이 되자 코리올라누스는 세자누스와의 대면이 거의 기대될 지경이었다. 주먹다짐까지 벌어지길 바랐다. 누군가 스노우 가문의 수모에 대한 대가를 치러야 했는데 플린스 가문 사람보다 더 나은 대상은 없을 것 같았다.

스마일리, 버그, 빈폴은 언제나처럼 호브에 가고 싶어 안달이었지만 일요일 내내 숙취를 회복하며 보내는 걸 슬슬 피곤해했다. 저녁 외출을 준비하며 옷을 입는데 막사 동료들은 백주만큼 독하지는 않지만 마시면 기분 좋게 취할 수 있는, 사과를 발효해서 만든 사이더를 마시기로 했다. 어차피 술 마실 생각이 없었던 코리올라누스에게 이건 그저 이론적인 문제였다. 맑은 정신으로 세자누스를 상대하고 싶었다.

막사에서 나가던 그들은 쿠키에게 잡혀 30분 동안 호버크래프트에 가득한 상자를 내려야 했다. "다음 주말이 되면 너희들도 기뻐할 거야. 사령관의 생일 파티가 있거든." 쿠키는 이렇게 말하며 1리터짜리 병 하나를 슬쩍 건넸다. 나중에 보니 싸구려 위스키였다. 하지만 이 지역에서 만든 술에 비해 훨씬 좋았다.

호브에 도착해서 상자를 집어 들고 뒤쪽 벽 앞에 자리를 잡자마자 모드 아이보리가 무대에서 춤을 추며 코비를 소개했다. 좋은 자리는 아니었지만 쿠키가 준 위스키 덕에 플린스 부인이 보낸 음식과 술을 교환하지 않아도 되니 그 누구도 불평을 하지 않았다. 하지만 코리올라누스는 헛간에서 루시 그레이와 시간을 보내지 못한 게 아쉬웠다. 그는 세자누스가 다시 사라지려 한다면 알아챌 수 있도록 세자누스의 상자 위에 자기 상자를 올려놓았다. 아니나 다를까. 공연이 시작된 지 한 시간 정도 지나자 세자누스가 일어나는 게 느껴졌다. 주 출입구 쪽으로 가는 걸 지켜보던 코리올라누스는 열까지 센 다음 그를 따라갔다. 최대한 이목을 끌지 않으려 노력했지만 출구에서 가까운 자리여서 아무도 알아차리지 못하는 것 같았다.

루시 그레이는 침울한 노래를 부르기 시작했고 코비는 그녀 뒤에서 애절하게 연주했다.

넌 집에 늦게 돌아와서
침대에 쓰러지지.
돈으로 산 것의 냄새가 나.
넌 우리에겐 현금이 없다고 말하지.
그런데 너는 어디서 구했고, 어떻게 돈을 냈니?

태양은 너를 위해 뜨고 지는 게 아니야.
넌 그렇게 생각하지만, 틀렸어.
넌 내게 거짓말을 하고, 난 계속 정직할 수는 없어.
난 노래 한 곡을 위해 널 팔아 버릴 거야.

이 노래는 듣기에 거슬렸다. 이것도 빌리 토프에게서 영감을 얻은 노래 같았다. 그 형편없는 자식에게 연연하지 말고 코리올라누스에 대한 노래를 쓰는 게 어떨까? 빌리 토프가 그녀에게 경기장행 표를 사 주었다면 그녀의 목숨을 구한 사람은 코리올라누스였는데.

코리올라누스가 밖으로 나가자 호브의 모퉁이를 돌아가는 세자누스가 보였다. 코리올라누스가 건물 옆을 따라 걷는 동안 루시 그레이의 목소리가 밤공기 속으로 흘러나왔다.

넌 늦게 일어나서
한마디도 하려 하지 않아.
네가 그녀와 있었다고 들었어.
너는 네가 내 것이 아니라고 했지.
하지만 밤이 추워지면 난 어떻게 하지?

달은 너를 위해 차고 기우는 게 아니야.

넌 그렇게 생각하지만, 틀렸어.

넌 내게 고통을 주고 날 우울하게 해.

난 노래 한 곡을 위해 널 팔아 버릴 거야.

코리올라누스는 호브의 그림자 속에 멈춰 서서 세자누스가 헛간의 열린 문 안으로 재빨리 들어가는 걸 지켜보았다. 코비 다섯 명 전부 무대 위에 있는데 그는 누굴 찾는 걸까? 탈출 계획을 구체적으로 잡기 위해 반군들과 만나기로 미리 약속했나? 반군들이 우글거리는 속으로 걸어 들어갈 생각은 없었기 때문에 그는 그냥 기다리기로 했다. 잠시 뒤 세자누스가 주머니칼을 사겠다며 이야기를 나눴던 여자가 주머니에 지폐 다발을 쑤셔 넣으며 문밖으로 나왔다. 그녀는 호브를 등지고 골목을 따라 걸으며 이내 사라졌다.

이거였구나. 세자누스는 그녀에게 무기 대금을 주기 위해 온 것이다. 아마 북쪽에서 사냥할 때 쓰려고 총을 샀을 것이다. 밀수품을 막 손에 넣은 지금이 세자누스를 상대하기에 좋은 타이밍 같았다. 만약 세자누스가 총을 들고 있다면 놀라게 하고 싶지 않아서 코리올라누스는 발소리를 음악에 숨긴 채 헛간으로 살금살금 다가갔다.

넌 여기에 있으면서도 없어.

이건 나만의 일이 아니야.

너만의 일도 아니야, 우리의 일에 더 가깝지.

그들은 어리고 마음이 약해. 그들은 너무나 걱정해.

네가 오는지 가는지, 걔들은 알아야 해.

별은 너를 위해 빛나지도,

별똥별은 너를 위해 떨어지지도 않아.

넌 그렇게 생각하지만, 틀렸어.

네가 나를 괴롭히면 나도 네게 상처를 줄 거야.

난 노래 한 곡을 위해 널 팔아 버릴 거야.

노래가 끝나고 박수 소리가 울리는 가운데 코리올라누스는 헛간의 열린 문 안을 들여다보았다. 유일한 조명은 헛간 뒤쪽 상자 위에 놓인 등불이었다. 알로가 교수형을 당할 때 광부들이 들고 있었던 게 떠올랐다. 그 불빛에 세자누스와 빌리 토프가 삼베 자루를 놓고 쭈그려 앉은 모습이 보였다. 자루에는 무기가 몇 개 담겨 있었다. 코리올라누스는 한 발짝 안으로 들어갔다. 그때 그의 가슴팍 한 뼘 앞에서 누군가 산탄총을 겨누었다. 코리올라누스는 얼어붙었다.

그가 숨을 들이켜고 천천히 손을 올리는데 뒤에서 잰 발소리와 루시 그레이의 웃음소리가 들렸다. 그녀는 양손을 그의 어깨에 얹으며 "안녕! 네가 빠져나가는 걸 봤어. 바브 애저 말로는 네가…." 그녀는 총 든 사람을 보고 긴장했다.

총을 든 사람은 "들어가"라고만 말했다. 코리올라누스는 등불 쪽으로 걸어갔고 루시 그레이는 그의 팔에 단단히 매달렸다. 콘크리트 블록이 시멘트 바닥에 긁히는 소리, 곧이어 문 닫히는 소리가 등 뒤에서 들려왔다.

세자누스는 벌떡 일어섰다. "괜찮아, 스프루스. 쟤는 내 편이야. 둘 다 내 편이야."

스프루스가 불빛 속으로 들어왔다. 코리올라누스는 그가 교수형 때 릴을 붙잡던 사람임을 알아보았다. 세자누스가 말했던 릴의 오빠가 분명했다.

스프루스는 그들을 살폈다. "우리끼리만 알고 있기로 했던 것 같은데, 세자누스."

"쟤는 내 형제나 다름없어." 세자누스가 말했다. "우리가 도망가고 난 다음 뒷수습을 해 줄 거야. 우린 시간을 더 벌 수 있어."

코리올라누스는 그런 약속을 한 적이 없지만 고개를 끄덕였다.

스프루스는 총구를 루시 그레이에게 겨누었다. "얘는?"

"내가 얘기한 적 있잖아." 빌리 토프가 말했다. "쟤는 우리와 같이 북쪽으로 갈 거야. 쟨 내 여자야."

코리올라누스는 루시 그레이가 그의 팔을 꽉 쥐었다가 손을 내리는 걸 느꼈다. "네가 날 데려가 준다면." 그녀가 말했다.

"너희 둘이 사귀는 거 아니야?" 스프루스는 회색 눈으로 코리올라누스와 루시 그레이를 번갈아 보았다. 코리올라누스도 그게 궁금했다. 그녀는 정말로 빌리 토프와 함께 가려는 걸까? 그가 의심했던 대로 그녀는 그를 이용해 왔던 걸까?

"얘는 내 사촌이랑 사귀고 있어. 바브 애저. 바브 애저가 오늘밤 어디에서 만날지 얘한테 말해 주라고 해서 온 것뿐이야." 루시 그레이가 말했다.

이 순간을 무마하기 위해 거짓말을 하고 있구나. 그런데 정말 그게 다일까? 아직 확신할 수 없었지만 코리올라누스도 맞장구를 쳤다. "맞아. 사실이야."

스프루스는 생각해 보더니 어깨를 으쓱 하고 루시 그레이를 겨누고 있던 총구를 내렸다. "넌 릴이랑 친구가 될 수 있겠군."

코리올라누스의 시선이 무기 더미를 향했다. 산탄총이 두 자루 더 있었고 사격 연습 때 쓰는 것과 같은 평화유지군의 평범한 소총도 보였

다. 수류탄을 쏠 때 쓰는 것 같은 묵직한 무기도 있었다. 그리고 칼 몇
자루. "제법 많네."

"다섯 명이 쓰기에 많지는 않아." 스프루스가 대답했다. "나는 총알이
걱정이야. 부대에서 좀 더 가지고 올 수 있으면 도와줘."

세자누스는 고개를 끄덕였다. "어쩌면 가져올 수도 있어. 무기고에
들어가지는 못하지만 알아는 볼게."

"그럼, 좀 모아 봐."

모두 소리가 난 쪽으로 고개를 돌렸다. 헛간 한쪽 구석에서 여자 목
소리가 들렸다. 코리올라누스는 아무도 쓰지 않는 것 같은 두 번째 문
은 잊고 있었다. 등불이 비치는 둥근 공간 밖은 칠흑 같이 어두워서 코
리올라누스는 문이 열려 있는지 닫혀 있는지, 들어온 사람이 누구인지
알아볼 수가 없었다. 저 사람은 어둠 속에서 얼마나 오랫동안 숨어 있
었던 거지?

"거기 누구야?" 스프루스가 말했다.

"총, 총알." 그 목소리가 그들의 말을 흉내 냈다. "너희가 거기서 더 만
들 수는 없는 거지? 북쪽에서?"

심술궂은 목소리를 들으니 코리올라누스는 호브에서 싸움이 벌어졌
던 날이 생각났다. "시장 딸 메이페어 리프야."

"발정 난 개처럼 빌리 토프를 따라다니지." 루시 그레이가 낮은 목소
리로 말했다.

"마지막 총알은 항상 안전한 곳에 보관해 둬. 그들에게 잡히기 전에
내가 먼저 네 뇌를 날려 버릴 수 있게." 메이페어가 루시 그레이를 향해
말했다.

"집에 가." 빌리 토프가 명령했다. "나중에 설명할게. 네가 들은 것과
는 다른 얘기였어."

514

"아니, 아니. 너도 우리랑 같이 가자, 메이페어." 스프루스가 제안했다. "우린 너에겐 불만 없어. 네가 네 아버지를 선택할 수는 없으니까."

"우린 널 해치지 않을 거야." 세자누스가 말했다.

메이페어는 듣기 싫은 소리로 웃었다. "당연히 안 그러겠지."

"어떻게 된 거야?" 스프루스가 빌리 토프에게 물었다.

"아무것도 아냐. 그냥 말만 저렇게 하는 거야." 빌리 토프가 말했다. "아무 짓도 안 할 거야."

"내가 그렇지. 입만 살았고 행동은 안 하고. 맞지, 루시 그레이? 그나저나 캐피톨은 즐거웠니?" 문이 삐걱거리는 소리가 살짝 들렸고 코리올라누스는 메이페어가 물러나며 도망치려 한다고 느꼈다. 그녀와 함께 그의 미래 전체가 사라진다. 아니, 그 이상이다. 그의 목숨 자체가 사라진다. 그녀가 들은 내용을 신고한다면 그들 전부는 죽은 거나 다름없다.

스프루스가 그녀를 쏘려고 즉시 산탄총을 치켜들었지만 빌리 토프가 총구를 쳐서 바닥에 떨어뜨렸다. 코리올라누스는 반사적으로 평화 유지군 소총을 집어 들고 메이페어의 목소리가 들려온 쪽으로 쏘았다. 그녀는 비명을 질렀고 바닥에 쓰러지는 소리가 들렸다.

"메이페어!" 빌리 토프는 헛간을 가로질러 그녀가 쓰러진 문간으로 뛰어갔다. 잠시 뒤 그는 비틀거리며 불빛이 있는 곳으로 돌아왔다. 한쪽 손은 피가 묻어 번들거렸다. 빌리 토프는 광견병에 걸린 짐승처럼 코리올라누스를 향해 "너 무슨 짓을 한 거야?"라고 울부짖었다.

루시 그레이는 몸을 떨기 시작했다. 아라크네 크레인이 동물원에서 목이 베였을 때와 비슷했다.

코리올라누스가 루시 그레이를 밀었고 그녀는 문 쪽으로 움직이기 시작했다. "돌아가. 무대에 올라가. 그게 네 알리바이야. 가!"

"오, 아니. 내가 무너지면 쟤도 나랑 같이 무너지는 거야!" 빌리 토프가 그녀를 쫓아 달려갔다.

스프루스는 망설이지 않고 빌리 토프의 가슴을 쏘았다. 그 충격에 빌리 토프는 뒤로 나동그라지며 바닥에 쓰러졌다.

뒤따른 정적 속에서 루시 그레이가 노래를 마친 이후 처음으로 코리올라누스의 귀에 호브의 음악이 들려왔다. 모드 아이보리가 호브 전체를 사로잡고 노래를 따라 부르게 하고 있었다.

밝은 면을 보세요, 늘 밝은 면을 보세요.

"쟤 말대로 하는 게 좋을 거야." 스프루스가 루시 그레이에게 말했다. "누가 널 찾으러 오기 전에."

삶의 밝은 면만 보세요.

루시 그레이는 빌리 토프의 시체에서 눈을 떼지 못했다. 코리올라누스는 그녀의 어깨를 잡고 억지로 자기를 보게 했다. "가. 이건 내가 처리할게." 그는 그녀를 문으로 끌고 갔다.

매일 우리에게 도움이 될 거예요.
모든 걸 다 밝게 해 줄 거예요.

그녀가 문을 열었고 둘 다 밖을 내다보았다. 아무도 없었다.

우리가 삶의 밝은 면만 본다면,
네, 삶의 밝은 면만 본다면.

호브에 있는 모든 사람이 술에 취한 채 환호성을 질렀다. 모드 아이 보리의 노래가 끝났다는 신호였다. 딱 맞는 시간이었다. 코리올라누스는 루시 그레이를 보내며 "넌 여기 안 왔던 거야"라고 그녀의 귀에 속삭였다. 그녀는 비틀거리며 인도를 건너 호브로 들어갔다. 그는 발로 문을 밀어 닫았다.

세자누스가 빌리 토프의 맥박을 확인했다.

스프루스는 무기들을 다시 삼베 자루에 넣었다. "그럴 필요도 없어. 쟤들은 죽었어. 난 이걸 나 혼자만 알고 있으려고 해. 너희 둘은 어때?"

"당연히 나도 마찬가지야." 코리올라누스가 말했다. 세자누스는 아직도 충격에 빠진 채 두 사람을 빤히 쳐다보았다. "세자누스도 그럴 거야. 내가 입단속 잘 시킬게."

"너도 우리랑 같이 가는 걸 고려해 봐. 누군가는 이 일에 대한 대가를 치러야 할 테니." 스프루스는 그렇게 말하고 등불을 챙겨서 뒷문으로 나갔다. 헛간 안은 어두컴컴해졌다.

코리올라누스는 더듬거리며 앞으로 가서 세자누스를 찾은 다음 스프루스가 나온 문으로 끌고 나왔다. 부츠를 신은 발로 메이페어의 시체를 밀어 헛간 안으로 넣은 다음 살인 현장의 문은 어깨로 밀어 단단히 닫았다. 됐다. 피부로 아무것도 건드리지 않고 헛간에 들어갔다 나오는 데 성공했다. 물론 그가 메이페어를 죽인 총에는 그의 지문과 DNA가 잔뜩 남아 있을 것이다. 하지만 스프루스가 그 총을 가지고 12번 구역을 떠나서 다시는 돌아오지 않겠지. 그는 손수건 사건과 같은 일이 반복되는 것만큼은 절대 피하고 싶었다. 그를 놀리던 하이바텀 총장의 목소리가 아직도 들렸다.

"들리니, 코리올라누스? 눈이 내리는 소리란다."

코리올라누스는 잠시 밤공기를 들이마셨다. 연주곡이 그들에게 흘러왔다. 루시 그레이가 다시 무대에 올라갔지만 아직 노래를 부르지는 못하고 있겠거니 짐작했다. 코리올라누스는 세자누스의 팔꿈치를 잡아 끌고 헛간을 돌아가 건물 사이의 길을 확인했다. 비어 있다. 그는 얼른 세자누스를 데리고 호브 옆으로 갔다. 모퉁이를 돌기 전에 잠깐 멈춰 섰다. "한마디도 하면 안 돼." 그가 화난 목소리로 속삭였다.

동공이 커지고 셔츠깃이 땀에 젖은 세자누스는 그의 말을 따라 했다. "한마디도."

그들은 호브에 들어가 자리에 앉았다. 옆자리의 빈폴은 벽에 기대 있었다. 술에 취해 정신을 잃은 모양이었다. 반대편에서는 스마일리가 여자아이와 수다를 떨고 있었고 버그는 위스키를 마셔 댔다. 아무도 그들을 찾지 않은 듯했다.

연주곡이 끝났고 루시 그레이는 다시 노래할 수 있을 정도로 정신을 차렸다. 그녀는 코비 모두가 반주해야 하는 곡을 골랐다. 영리한 아이다. 헛간은 그들의 휴게실이었으니 그들이 시체를 발견할 가능성이 크다. 그녀가 코비 모두를 무대에 붙잡아 둘수록 알리바이가 더 좋아지고 스프루스가 살인에 쓰인 흉기들을 옮길 시간을 벌어 줄 수 있다. 그리고 관객들이 시간대를 파악하기가 더 어려워질 것이다.

피해를 가늠해 보려는 코리올라누스의 가슴속에서 심장이 쿵쾅쿵쾅 뛰었다. 어쩌면 클러크 카마인은 예외겠지만 빌리 토프에 대해선 다들 별 관심이 없을 것이다. 하지만 메이페어는? 시장의 외동딸인데? 스프루스 말이 맞다. 누군가는 그녀의 죽음에 대한 대가를 치를 것이다.

루시 그레이는 신청곡을 받았고 공연이 끝날 때까지 코비 멤버 전부를 무대 위에 붙잡아 두는 데 성공했다. 모드 아이보리는 평소처럼 관객들에게 돈을 걸었다. 루시 그레이가 모두에게 감사 인사를 했다. 코비가 마지막으로 인사를 하자 관객들은 호브를 빠져나가기 시작했다.

"우린 곧장 돌아가야 돼." 코리올라누스가 세자누스에게 조용히 말했다. 그들은 빈폴의 팔을 각자 어깨에 올리고 출발했다. 버그와 스마일리는 그 뒤를 따랐다. 20미터 정도 갔을 때 모드 아이보리의 히스테리컬한 비명 소리가 들려 모두 돌아보았다. 계속 간다면 수상해 보일 테니 코리올라누스와 세자누스도 빈폴을 빙 휘두르며 돌아섰다. 금방 평화유지군의 호루라기 소리가 들렸고 장교 몇 명이 부대로 돌아가라며 팔을 휘둘렀다. 그들은 무리 속에 파묻혔다. 막사에 돌아가서 동료들이 코를 골기 시작하자 두 사람은 화장실에 숨어 들어가 다시 이야기를 나누었다.

"우린 아무것도 모르는 거야. 그게 전부야." 코리올라누스가 속삭였다. "오줌을 누러 호브에서 잠깐 나왔던 것뿐이야. 그것 말곤 우린 내내 공연을 봤어."

"알았어." 세자누스가 말했다. "다른 사람들은?"

"스프루스는 사라졌고 루시 그레이는 아무한테도, 심지어 코비한테도 말하지 않을 거야. 코비를 위험하게 만들고 싶지 않을 거야. 내일은 우리 둘 다 숙취로 부대 안에 남아 있는 거야."

"응, 하루 종일 부대에." 세자누스는 온갖 생각에 정신이 팔려 머리가 제대로 돌아가지 않는 것 같았다.

코리올라누스는 양손으로 그의 얼굴을 잡았다. "세자누스, 생사가 달린 문제야. 정신 차려야 돼." 세자누스는 알겠다고 했지만 코리올라누스는 세자누스가 그날 밤 한숨도 자지 못했다는 걸 알고 있었다. 밤새 뒤척이는 소리가 들렸다. 그는 머릿속에서 총을 쐈던 순간을 몇 번이고 돌이켜보았다. 두 번째로 사람을 죽였다. 보빈을 죽인 게 정당방위였다면 메이페어는? 계획적인 살인은 아니었다. 사실 살인이라고 할 수도 없다. 다른 형태의 정당방위일 뿐이다. 법적으로는 그렇게 간주되지 않을지도 모르지만 그의 생각은 그랬다. 메이페어에게 칼은 없었을지 몰라도 그녀는 그가 교수형을 당하게 만들 힘을 갖고 있었다. 그녀가 루시 그레이와 다른 사람들에게 무슨 짓을 했는지는 말할 것도 없다. 그녀가 죽는 것을 직접 보지 못해서인지, 시체를 제대로 보지 못해서인지 보빈을 죽였을 때만큼 감정이 치밀지는 않았다. 아니면 두 번째 살인은 원래 처음보다 쉬운 건지도 모른다. 아무튼 그는 다시 그때로 돌아간다 해도 그녀를 쏘았을 테고 그게 그의 행동의 정당함을 뒷받침하는 것 같았다.

다음 날 아침, 숙취에 절어 있는 동료들이 아침 식사를 하러 식당에 갔다. 스마일리는 전날 밤 일어난 사건에 대해 의무실에서 근무했던 간호사 친구에게서 최신 정보를 들었다. "둘 다 여기 사람들이지만 둘 중 하나는 시장 딸이래. 다른 하나는 음악 하는 사람이라는 것 같던데 우리가 본 사람은 아니야. 호브 뒤에 있는 차고에서 총에 맞아 죽었어. 공연 중에! 음악 소리 때문에 우리는 아무도 총소리를 못 들었지만."

"누가 죽었는지 알아냈대?" 빈폴이 물었다.

"아직. 여기 사람들은 총기 소지 자체를 할 수 없게 되어 있지만 내가 전에 말했듯이 돌아다니는 총들이 있어." 스마일리가 말했다. "구역 사람의 소행으로 보이지만."

"그건 어떻게 알아?" 세자누스가 물었다.

코리올라누스는 '닥쳐!'라고 생각했다. 세자누스를 잘 아는 그로서는, 세자누스가 자기가 저지르지도 않은 범죄를 자백해 버리기 직전일 수도 있음을 알고 있었다.

"음, 간호사 말로는 여자애는 평화유지군 소총에 맞은 것 같다고들 한대. 아마 전쟁 중에 훔친 낡은 총이겠지. 그리고 음악가는 현지인들이 사냥할 때 썼던 산탄총을 맞고 죽었대. 아마 두 명이 쐈나 봐." 스마일리가 보고하듯 말했다. "주변 지역을 수색했는데 무기는 못 찾았대. 내 생각에는 살인범들이 들고 도망쳤을 거야."

코리올라누스는 조금 긴장이 풀렸고 팬케이크를 한 입 먹었다. "시체는 누가 발견했어?"

"노래하는 그 어린 여자애. 있잖아, 분홍색 드레스 입는 애."

"모드 아이보리." 세자누스가 말했다.

"그런 것 같아. 어쨌든 걔는 기겁을 했지. 밴드를 심문했지만 그들에게 그럴 시간이 있었겠어? 그들은 무대를 거의 떠나지 않았고 어쨌든 총은 발견되지 않았잖아." 스마일리가 말했다.

"그래도 엄하게 심문했나 봐. 죽은 음악가와 아는 사이가 아니었나 싶어."

기분이 훨씬 나아진 코리올라누스는 포크로 줄줄이 연결된 소시지를 찔렀다. 수사의 시작이 좋았다. 그렇지만 루시 그레이에겐 불리할 수 있다. 빌리 토프의 옛 연인이었고 메이페어는 그녀를 경기장으로 보냈으니 동기가 두 개나 있는 셈이다. 경기장 문제를 이 사건에 끌어들인다면 그 역시 연루되려나? 12번 구역에서 그가 루시 그레이의 새 연인이라는 걸 아는 사람들은 코비밖에 없고 루시 그레이는 그들이 그 사실을 말하지 못하게 할 것이다. 어쨌든 루시 그레이에게 새로운 사랑이 생겼다면 왜 그들이 빌리 토프에게 관심을 갖겠는가. 하지만 복수심으로 메이페어를 죽이고 싶어 할 수는 있고 빌리 토프는 메이페어를 보호하려 했을 수 있다. 사실 그건 어제 일어난 일과 크게 다르지도 않다. 그러나 루시 그레이가 공연 내내 아주 잠깐을 제외하고는 계속 무대 위에 있었다고 맹세할 수 있는 증인이 수백 명이다. 총은 발견되지 않았다. 그녀가 유죄라는 걸 증명하기는 아주 어려울 것이다. 참을성을 가지고 사태가 진정될 때까지 기다려야겠지만 그러고 나면 그들은 함께할 수 있다. 그들에게 깨질 수 없는 새로운 유대가 생긴 지금, 그는 여러 가지 면에서 그녀가 그 어느 때보다 가깝게 느껴졌다.

어젯밤의 사건 때문에 사령관은 외출을 금지했다. 코리올라누스는 어차피 나갈 생각도 없었다. 당분간은 코비와 거리를 두어야 한다. 그와 세자누스는 여기저기 돌아다니며 평소처럼 보이려 애썼다. 카드놀이를 하고 편지를 쓰고 부츠를 닦았다. 신발 바닥 홈에 낀 진흙을 떼어내며 코리올라누스는 속삭였다. "탈출 계획은 어떻게 됐어? 지금도 유효한 거야?"

"모르겠어." 세자누스가 말했다. "다음 주말이 사령관 생일이야. 그날 밤에 갈 계획이었는데. 코리오, 죄 없는 사람을 살인자로 체포하면 어쩌지?"

코리올라누스는 '그럼 우리 고민은 끝나는 거지'라고 생각했지만 "총이 없으니 그럴 가능성은 아주 낮을 것 같아. 하지만 그런 일이 생기면 그때 가서 걱정하자"라고만 말했다.

그날 밤 코리올라누스는 조금 편안하게 잠들었다. 월요일에는 외출 금지가 해제되었고 살인 사건은 반군 내부 다툼 때문이라는 루머가 돌았다. 그들끼리 서로 죽이고 싶어 한다면 그러라지, 뭐. 격노한 시장이 부대에 찾아와 사령관에게 딸 이야기를 한참 했지만 그가 딸을 버릇없이 키웠고 살쾡이처럼 멋대로 돌아다니게 됐으니, 메이페어가 반군과 만나고 있었다면 그건 다른 누구도 아닌 시장의 탓이라는 분위기가 돌았다.

화요일 오후쯤에는 살인범들에 대한 관심이 줄어들어, 코리올라누스는 다음 날 아침 식사로 낼 감자 껍질을 벗기며 미래에 대한 계획을 생각했을 정도였다. 제일 먼저 해야 할 일은 세자누스가 탈출 계획을 완전히 포기하도록 하는 것이다. 헛간에서 있었던 일로 인해 세자누스가 이건 위험한 불장난이라고 확신하게 되었다면 좋겠는데. 다음 날 밤에는 같이 걸레질을 하게 되어 있으니 아마 그때가 단둘이 이야기하기 가장 좋은 기회일 것이다. 탈출을 포기하겠다고 하지 않는다면 코리올라누스는 사령관에게 보고하는 수밖에 없겠지. 마음을 굳혔다고 생각한 그는 열심히 감자 껍질을 벗겨서 일을 일찍 끝냈고 쿠키는 교대 시간이 30분 남았지만 보내 주었다. 코리올라누스는 우편물을 확인하러 갔다가 플루리부스가 보낸 소포를 발견했다. 여러 악기의 줄이 잔뜩 들어 있었다. 대금은 필요 없다는 친절한 메모도 있었다. 그는 상자를 로커에 넣으며 코비를 만나도 안전할 때가 되면 그들이 이걸 받고 얼마나 기뻐할까 생각하며 흐뭇해했다. 사건이 이대로 잠잠해진다면 1~2주 안에는 볼 수 있지 않을까?

식당으로 향하는 코리올라누스는 예전의 자신으로 돌아간 듯한 기분이 들기 시작했다. 화요일은 해시를 먹는 날이었다. 시간이 몇 분쯤 남아서 드디어 낫기 시작한 땀띠 파우더 깡통을 하나 더 얻었다. 의무실에서 나오는데 부대 앰뷸런스가 멈춰 섰다. 뒷문이 휙 열렸고 위생병 둘이 남자 한 명이 누워 있는 들것을 들고 나왔다. 회색 눈 한 쌍이 코리올라누스를 향했고 그는 숨을 헉 들이켰다. 스프루스. 그러고는 문이 닫혀서 더 이상 그를 볼 수 없었다.

코리올라누스는 일과가 끝난 뒤 세자누스에게도 이 사실을 알렸지만 둘 다 이게 무슨 의미인지는 알 수 없었다. 스프루스가 평화유지군들과 싸웠던 건 분명한데 왜 그랬을까? 그들이 탈출 계획을 알았나? 총을 산 걸 알아냈나? 이제 잡혔으니 스프루스는 그들에게 무슨 이야기를 할까?

수요일 아침 식사 시간에 스마일리의 믿을 만한 간호사를 통해 스프루스는 상처 때문에 어젯밤에 죽었다는 소식을 들었다. 간호사는 정말인지는 모르겠다고 했지만 대부분의 사람들은 그가 살인과 관련되어 있다고 생각했다. 코리올라누스는 오전 내내 기계적으로 움직이며 사건이 얼른 마무리되길 빌면서 마음을 졸였다. 점심시간에 마침내 마침표가 찍혔다. 헌병 장교 두 명이 식당 테이블로 와서 세자누스를 체포했고 세자누스는 말없이 따라갔다. 코리올라누스는 동료들의 충격받은 표정을 흉내 내려고 노력했다. 뭔가 착오가 있는 게 분명하다는 동료들의 말을 앵무새처럼 따라했다.

스마일리의 주도로 그들은 사격 연습 중에 병장을 찾아갔다. "세자누스가 살인을 저지를 수 없었다는 말씀을 드리고 싶습니다. 세자누스는 밤새 저희와 함께 있었습니다."

"저희는 떨어진 적이 없었습니다." 정신을 잃고 벽에 기대 있던 터라 알 수 없었을 텐데도 빈폴이 조심스럽게 말했다. 그들은 모두 세자누스를 변호했다.

"자네들의 충직함은 높이 산다." 병장이 말했다. "하지만 이건 다른 문제인 것 같다."

코리올라누스는 오싹 소름이 끼쳤다. 다른 것이라니 탈출 계획 같은 것? 여동생이 관련되어 있으니 스프루스가 발설했을 것 같지는 않았다. 코리올라누스는 자기가 재잘어치 안에 녹음한 내용이 골 박사에게 전달되었고 이건 그 결과라는 확신이 들었다. 먼저 스프루스가 체포되었고 이어서 세자누스가 체포되었다.

그 뒤로 이틀 동안은 모든 것이 무너져 내리는 것 같았다. 그는 이게 세자누스를 위해 제일 잘된 일이라고 스스로를 안심시키려 애썼다. 세자누스를 보게 해 달라는 막사 동료들의 청원은 거절당했으며 세자누스는 계속 구금된 상태였다. 그는 스트라보 플린스가 전용 호버크래프트를 타고 날아와서 석방을 협상하고 전투기를 더 좋은 것으로 전부 바꿔 주겠다고 약속한 다음 잘못을 저지른 아들을 얼른 집으로 데려가기만을 기다렸다. 세자누스의 아버지는 아들이 궁지에 몰려 있다는 걸 알기는 할까? 하지만 여긴 잘못을 저지르면 부모에게 전화하는 아카데미가 아니다.

코리올라누스는 나이 많은 병사에게 집으로 전화를 걸 수 있는지 최대한 자연스럽게 물었다. 모두 1년에 두 번 전화할 수 있지만 입대 후 6개월이 지나야 가능하다는 답변이 돌아왔다. 다른 모든 교류는 우편으로만 가능했다. 세자누스가 얼마나 오래 갇혀 있을지 모르니 코리올라누스는 플린스 부인에게 짧은 편지를 썼다. 자세하게 설명하지는 않았지만 세자누스가 곤경에 처해 있음을 알리고 스트라보가 전화를 몇 번 걸어 보는 게 어떨지 제안하는 내용이었다. 금요일 아침에 부치려고 서둘렀지만 필수 인원을 제외하고는 모두 강당으로 집합하라는 부대 전체 안내 방송 때문에 가지 못했다. 강당에서 사령관은 부대 병력 중 한 명이 반역죄로 그날 오후에 교수형에 처해진다고 발표했다. 다름 아닌 세자누스 플린스였다.

깨어 있는 채로 악몽을 꾸는 듯한 비현실적인 일이었다. 훈련 중 코리올라누스는 자신의 몸이 보이지 않는 끈에 의해 여기저기 당겨지는 꼭두각시 같다고 느꼈다. 훈련을 마치자 병장이 코리올라누스를 불렀다. 그는 코리올라누스에게 교수형에 참석해 대열에 서 있으라고 명령했다. 그 모습을 스마일리, 버그, 빈폴이 모두 지켜보았다.

막사에 돌아오니 손가락이 뻣뻣하게 굳어 은색 표면에 캐피톨 문장이 박혀 있는 제복 단추도 제대로 채우기가 힘들 정도였다. 경기장에서 폭탄이 터졌을 때처럼 다리도 제대로 움직이지 않았다. 그는 뒤뚱거리는 걸음으로 어찌어찌 무기고까지 가서 소총을 받았다. 다른 평화유지군 중 그가 이름을 아는 사람은 없었는데 트럭에 탄 대원들 모두 그와

멀찍이 거리를 두었다. 사형수와의 관계 때문에 자신도 더럽혀졌다고
그는 확신했다.

알로를 교수형할 때와 마찬가지로 코리올라누스는 매다는 나무 옆
에 서 있으라는 명령을 받았다. 많은 사람이 모여 동요하고 있어 그는
당황했다. 세자누스가 몇 주 만에 이렇게 많은 지지자를 끌어모았을 리
는 없다. 평화유지군의 밴이 도착해 사슬에 묶인 세자누스와 릴이 비틀
거리며 나왔을 때야 코리올라누스는 이해했다. 릴이 모습을 드러내자
여러 사람이 그녀의 이름을 부르며 울부짖기 시작했다.

광산에서 여러 해 동안 일하며 강인해진 전직 군인 알로는 제법 차
분하게 죽음을 맞았다. 적어도 관중 속에서 릴의 목소리를 듣기 전까지
는 그랬다. 그러나 공포로 나약해진 세자누스와 릴은 실제 나이보다 훨
씬 어려 보였고 죄 없는 두 아이가 사형대로 끌려왔다는 인상을 더욱
굳힐 뿐이었다. 릴은 다리가 떨려 자기 체중을 감당할 수조차 없었다.
암울한 표정의 평화유지군 두 명이 그녀를 교수대에 올렸다. 저 군인들
은 아마 오늘 밤 백주를 마시며 이 기억을 지우려 하겠지.

그들이 옆을 지나갈 때 코리올라누스는 세자누스와 눈이 마주쳤다.
코리올라누스가 본 것은 젤리 과자 봉지를 손에 쥔, 놀이터에 있는 여
덟 살짜리 소년이었다. 다만 이 소년은 훨씬 더 많이 겁에 질려 있었다.
세자누스는 입 모양으로 "코리오"라고 말했다. 얼굴은 고통으로 일그러
져 있었다. 하지만 그 말이 도와 달라는 애원이었는지, 그의 배신에 대
한 비난이었는지는 알 수 없었다.

평화유지군들은 두 사형수를 두 개의 낙하문 위에 나란히 세웠다. 관
중들이 비명을 지르는 가운데 평화유지군 한 명이 죄목을 소리 내어 읽
으려 했지만 코리올라누스가 알아들을 수 있었던 단어는 '반역'뿐이었
다. 평화유지군들이 밧줄을 들고 올라올 때 그는 시선을 돌렸다가 괴로

위하는 루시 그레이의 얼굴을 보았다. 그녀는 낡은 회색 드레스를 입고 검은 스카프로 얼굴을 가린 채 앞쪽에 서 있었다. 세자누스를 올려다보는 그녀의 뺨 위로 눈물이 흘러내렸다.

드럼 소리가 시작되자 코리올라누스는 눈을 질끈 감았다. 귀도 막을 수 있다면 좋겠다고 생각했다. 하지만 그럴 수는 없었다. 모든 소리를 다 들었다. 세자누스의 비명, 바닥의 문이 덜컹 열리는 소리, 세자누스의 마지막 말을 재잘어치들이 따라하며 눈부신 햇살 속에서 계속 외쳐대는 소리까지.

"엄마! 엄마! 엄마! 엄마! 엄마!"

29

코리올라누스는 교수형 이후 모든 일을 묵묵히 수행했다. 부대로 돌아와 총을 반납하고 막사로 돌아오는 동안 무표정한 얼굴로 한마디도 하지 않았다. 사람들이 쳐다보는 걸 알고 있었다. 세자누스는 그의 친구로, 최소한 분대원으로 알려져 있었다. 그들은 그가 무너지는 모습을 보고 싶어 했지만 그는 그들을 만족시키길 거부했다. 텅 빈 막사에 들어간 그는 천천히 제복을 벗어 하나하나 정확히 걸고 구겨진 곳은 손가락으로 폈다. 호기심 어린 눈길에서 멀어진 그제야 그는 몸을 축 늘어뜨렸다. 지쳐서 어깨는 축 처졌다. 그가 오늘 먹을 수 있었던 건 사과 주스 몇 모금뿐이었다. 분대의 사격 훈련에 참가하거나 버그, 빈폴, 스마일리를 마주할 힘이 없었다. 손이 너무 떨려 어차피 소총을 들 수도 없었다. 그는 답답한 방에서 속옷 차림으로 빈폴의 침대에 앉아 앞으로 다가올 일을 기다렸다.

시간문제였다. 그냥 자수하는 게 나을 수도 있다. 스프루스가 자백했거나 (이럴 가능성이 더 높아 보이는데) 세자누스가 살인 사건을 자세히 털어놓았을 수도 있다. 그들이 체포하러 오기 전에 자수할까? 설령 그들이 말하지 않았다 해도 그의 DNA가 잔뜩 묻은 평화유지군 소총은 아직도 어딘가에 있다. 스프루스는 자유를 찾아 도망가지 않았다. 아마 릴을 구해 낼 때까지 숨죽이고 기다렸으리라. 그리고 그가 12번 구역에 있었다면 살인 무기도 여기에 있다. 바로 지금 이 순간에도 그들은 그가 썼던 총을 테스트해 보고 있을지 모른다. 스프루스가 그 총으로 메이페어를 죽였다는 증거를 찾아내려다 총을 쏜 사람은 그들의 일원인 스노우 이병이라는 걸 알게 되겠지. 가장 친한 친구를 밀고하고 교수대로 보낸 사람.

코리올라누스는 양손에 얼굴을 묻었다. 그는 보빈을 때려죽인 것처럼, 메이페어를 총으로 쏴 죽인 것처럼 세자누스를 죽였다. 자신을 형제로 생각한 사람을 죽였다. 그러나 자신이 한 행동의 지독한 비열함이 그를 집어삼키는 와중에도 작은 목소리가 계속 물었다. "너에게 어떤 선택지가 있었니?" 어떤 선택지? 선택의 여지란 없었다. 세자누스는 자멸을 결심했고 코리올라누스는 거기에 휩쓸려 자신도 교수대에 설 수밖에 없는 처지였다.

그는 이성적으로 생각하려고 애썼다. 그가 없었다면 세자누스는 경기장에서 죽었을 것이다. 도망치는 그들을 죽이려 했던 조공인들에게 당했을 것이다. 엄밀히 따지면 코리올라누스는 세자누스에게 몇 주의 삶을 더 주었고 그의 생각을 바로잡을 수 있는 한 번의 기회를 더 준 셈이다. 하지만 세자누스는 바로잡지 않았다. 바로잡을 수 없었다. 그럴 생각도 없었다. 그는 원래 그런 사람이었다. 어쩌면 야생으로 가는 게 세자누스에겐 제일 좋았을 수도 있다. 불쌍한 세자누스. 가엾고 예민하고 어리석고 죽은 세자누스.

코리올라누스는 세자누스의 로커로 가서 개인 물품이 든 상자를 꺼내 바닥에 앉아 속에 든 것들을 앞에 펼쳐 놓았다. 처음 뒤졌을 때에 비해 추가된 것은 휴지에 싼 집에서 만든 쿠키 몇 개뿐이었다. 코리올라누스는 한 개를 집어 들고 휴지를 벗겨 한 입 베어 물었다. 안 될 이유가 있나? 달콤함이 혀에 퍼졌고 그의 머릿속에서 여러 이미지가 떠올랐다. 동물원에서 샌드위치를 내미는 세자누스, 골 박사에게 대드는 세자누스, 부대로 돌아오는 길에 그를 껴안던 세자누스, 밧줄에 매달려 흔들리던 세자누스….

"엄마! 엄마! 엄마! 엄마! 엄마!"

코리올라누스는 쿠키가 메스꺼워져 쿠키 조각과 함께 아까 마신 시큼한 산성 사과 주스를 토해 냈다. 온몸에 땀이 흘렀고 울음이 쏟아졌다. 로커에 기대앉아 다리를 굽혀 가슴팍에 대고 추하고 거친 흐느낌이 몸을 흔들도록 놔두었다. 그는 세자누스를, 불쌍한 플린스 부인을, 다정하고 헌신적인 티그리스를, 허약하고 망상에 빠진 할머님을 생각하며 울었다. 티그리스와 할머님은 이런 추악한 방식으로 곧 그를 잃게 되겠지. 그리고 그는 곧 죽게 될 자신을 위해서도 울었다. 그는 이미 밧줄이 그의 몸에서 생명을 빼앗아 가고 있는 것처럼 공포에 사로잡혀 헐떡이기 시작했다. 죽고 싶지 않아! 특히 돌연변이 새들이 그가 마지막으로 내뱉은 말을 따라하는 그 들판에서는 죽고 싶지 않았다. 그 마지막 순간에 어떤 미친 소리를 하게 될지 누가 알겠는가. 그리고 그가 죽은 뒤 새들이 그 말을 계속 외쳐 대다가 모킹제이가 그 소리를 섬뜩한 노래로 바꿔 놓는다면!

감정의 폭발은 5분쯤 뒤에 끝났다. 그는 세자누스의 상자 안에 있던 차가운 대리석 하트를 엄지손가락으로 문지르며 마음을 가라앉혔다. 이제 할 수 있는 일은 세자누스의 죽음을 남자답게 받아들이도록 노력하는 것뿐이다. 군인답게. 스노우 가문 사람답게. 운명을 받아들인 그는 제대로 정리해야겠다고 느꼈다. 자신이 사랑하는 사람들에게 아무리 작은 보상이라도 해야 했다. 은제 액자 뒤를 열어 보니 세자누스의 돈은 총을 사고 나서도 꽤 남아 있었다. 코리올라누스는 세자누스가 캐피톨에서 가져온 고급스러운 크림색 봉투 중 하나에 돈을 넣고 봉한 다음 티그리스의 주소를 적었다. 세자누스의 유품들을 정리한 다음 상자를 로커에 다시 넣었다. 또 뭐가 있지? 그는 이젠 그의 유일한 사랑이 된 루시 그레이를 생각했다. 그녀에게 그를 기억할 수 있는 물건을 남기고 싶었다. 자신의 상자를 뒤지다가 그는 오렌지색 스카프를 골랐다. 코비는 색깔을 좋아하고 그녀는 코비 중에서도 특히 색깔을 좋아하니까. 어떻게 전해 줄지는 알 수 없었지만 일요일까지 살아 있을 수 있다면 부대에서 몰래 빠져나가 마지막으로 한 번 더 그녀를 볼 수 있을지도 모른다. 스카프를 잘 접어 플루리부스가 보내 준 줄과 함께 상자에 넣었다. 얼굴에 묻은 콧물과 눈물을 닦아 내고 그는 옷을 입고 돈을 집으로 보내러 우편실로 갔다.

코리올라누스는 저녁을 먹으며 우울해하는 동료들에게 교수형 이야기를 속삭였다. 그들이 되도록 듣기 편하도록 애썼다. "즉사한 것 같아. 고통은 전혀 못 느꼈을 거야."

"난 지금도 세자누스가 반역을 저질렀다는 걸 믿을 수가 없어." 스마일리가 말했다.

빈폴의 목소리는 떨렸다. "그들이 우리 모두가 연루되어 있다고 생각하지는 않았으면 좋겠어."

"반군 동조자로 의심받을 만한 사람은 버그와 나밖에 없어. 우린 구역 출신이니까." 스마일리가 말했다. "너희가 왜 걱정해? 너희는 캐피톨이잖아."

"세자누스도 캐피톨이었어." 빈폴이 말했다.

"하지만 진짜 캐피톨은 아니잖아. 걔는 늘 2번 구역 얘기를 했어." 버그가 말했다.

"그렇지, 진짜는 아니었지." 코리올라누스도 수긍했다.

코리올라누스는 저녁에 텅 빈 감옥 경비를 섰다. 그곳에서 죽은 듯이 잠들었는데 몇 시간만 있으면 그 역시 죽게 될 테니 그럴 법도 했다.

오전 훈련 중에는 기계적으로 움직였다. 그리고 마침내 점심 식사를 마칠 무렵 호프 사령관의 보좌관이 따라오라고 했을 때는 거의 안도감이 들 정도였다. 헌병처럼 극적이지는 않았지만 부대가 정상적으로 돌아가고 있다는 느낌을 회복하려고 하니 이런 방식이 맞다. 사령관 사무실에서 곧바로 감옥으로 끌려갈 거라고 확신한 코리올라누스는 마지막 몇 시간 동안 그를 지탱해 줄 고향의 물건을 주머니에 넣어 두지 않은 것을 후회했다. 어머니의 파우더가 있었다면 그가 밧줄을 기다리는 동안 그를 위로해 주었을 텐데.

웅장하지는 않았지만 사령관의 사무실은 그가 부대에서 본 곳들 중에서 가장 좋았다. 그는 호프의 책상 앞 가죽 의자에 앉았다. 사형 선고를 그나마 어느 정도 품격 있게 받게 되어서 기뻤다. '기억해, 너는 스노우 가문 사람이야.' 그는 스스로에게 말했다. '품위 있게 떠나자.'

보좌관은 사령관의 명령에 따라 방을 나가며 문을 닫았다. 호프는 의자에 기대앉아 코리올라누스를 한참이나 바라보며 생각에 잠겼다. "자네에겐 대단한 일주일이었겠구나."

"네, 그렇습니다." 그는 사령관이 바로 심문을 시작하길 바랐다. 고양이에게 괴롭힘을 당하는 쥐 게임을 하기엔 그는 너무 지쳐 있었다.

"대단한 일주일이었지." 호프는 다시 말했다. "자네는 캐피톨에서 아주 우수한 학생이었다지."

누구에게 그런 말을 들었는지 알 수 없었던 코리올라누스는 혹시 세자누스가 말했나 생각했다. 그게 중요한 건 아니다. "그건 너그러운 평가입니다."

사령관은 미소를 지었다. "그리고 겸손하기도 하고."

코리올라누스는 '아, 그냥 체포해'라고 생각했다. 알고 보니 그가 얼마나 실망스러운 사람이었는지 이야기할 때까지 긴 서론을 듣고 싶지는 않았다.

"자네가 세자누스 플린스와 꽤 친한 친구였다고 들었네." 호프가 말했다.

'아, 이제 시작이군.' 세자누스는 생각했다. 부인하며 시간을 끌기보다 그냥 빨리 진행하는 게 낫겠다. "저희는 친구 이상이었습니다. 형제와도 같았습니다."

호프는 동정 어린 눈길로 그를 바라보았다. "그렇다면 내가 할 수 있는 일은 자네의 희생에 대해 캐피톨의 진심 어린 감사를 표하는 것밖에 없겠군."

잠깐, 뭐라고? 혼란스러워진 코리올라누스는 그를 보았다. "예?"

"골 박사는 재잘어치를 통해 자네의 메시지를 받았다네." 호프가 말했다. "그걸 보내는 게 자네에게 쉬운 선택은 아니었을 거라고 하더군. 캐피톨에 대한 자네의 충성심으로 인해 자네는 개인적으로 엄청난 대가를 치렀어."

그러면 아직 시간이 있나 보다. 그의 DNA가 묻은 총이 아직 나타나지 않은 모양이다. 그들은 그를 갈등에 빠진 캐피톨의 영웅이라고 보고 있다. 그는 괴로워하는 표정을 연출했다. 도무지 말을 듣지 않는 친구를 잃고 슬퍼하는 사람 같아 보여야 했다. "세자누스는 나쁜 아이가 아니었습니다. 그저… 혼란에 빠졌던 것뿐이었습니다."

"나도 그렇게 생각해. 하지만 안타깝게도 적과 공모하는 건 우리가 무시하고 넘어갈 수 없는 일이야. 선을 넘는 행동이지." 호프는 말을 멈추고 잠시 생각에 잠겼다. "그가 살인 사건과 관련이 있을 수도 있다고 생각하나?"

코리올라누스는 그런 생각은 떠올려 본 적도 없다는 듯 눈을 크게 뜨며 물었다. "살인 사건 말씀이십니까? 호브에서 일어났던 사건 말씀이십니까?"

"시장의 딸과…." 사령관은 서류를 들춰 보다가 그만두었다. "또 다른 녀석."

"오, 저는 그렇게 생각하지는 않습니다. 관련이 있다고 생각하십니까?" 그는 얼떨떨해졌다는 듯이 물었다. "몰라, 별 관심도 없어." 호프가 말했다. "그 젊은이는 반군들과 놀아나고 있었고 그녀는 그와 놀아나고 있었지. 그들을 누가 죽였는지 몰라도 아마 내가 앞으로 겪을 고생을 덜어 준 걸 거야."

"세자누스가 했을 법한 일이 아닙니다." 코리올라누스가 말했다. "그 친구는 누구도 해치고 싶어 하지 않았습니다. 그는 위생병이 되고 싶어 했습니다."

"그래, 자네 병장이 그렇게 말하더군." 호프도 동의했다. "세자누스가 자네에게 그들에게 총을 사 줬다는 말을 하지는 않았나?"

"총 말입니까? 제가 아는 바는 없습니다. 어떻게 총을 구하겠습니까?" 코리올라누스는 약간 재미있어지기 시작했다.

"암시장에서 샀으려나? 그의 가족이 부자라고 들었네. 음, 신경 쓰지 말게. 무기가 나타나기 전까지는 미스터리로 남겠지. 평화유지군들에게 앞으로 며칠 동안 경계를 수색하라고 명령했어. 그동안 골 박사와 나는 세자누스 건에 대해 자네가 도움을 준 걸 비밀에 부치기로 했다네. 반군들이 자네를 표적으로 삼으면 안 되지 않겠나?"

"저 역시 그러는 편이 더 좋습니다." 코리올라누스가 말했다. "제 결정을 저 혼자 감내하는 것만으로도 힘듭니다."

"이해하네. 하지만 소동이 가라앉으면 자네가 나라를 위해 큰일을 했다는 걸 기억하게나. 과거지사로 돌리도록 해 봐." 그러고는 지금 생각났다는 듯이 덧붙였다. "오늘은 내 생일이야."

"예, 파티에 쓸 위스키를 호버크래프트에서 내리는 걸 도왔습니다." 코리올라누스가 말했다.

"보통 즐거운 시간이 되곤 하지. 자네도 즐기도록 하게." 호프는 일어나 손을 내밀었다.

코리올라누스도 일어나서 악수를 했다. "최선을 다하겠습니다. 생신 축하드립니다, 사령관님."

그가 돌아오자 막사의 동료들이 기쁘게 맞아 주었다. 사령관이 그를 왜 불렀는지 수없이 질문을 던졌다.

코리올라누스는 그들에게 "세자누스와 내가 가까운 사이였다는 걸 알아서 내가 괜찮은지 확인하려 했던 것뿐이야"라고 말했다.

이 소식에 모두 기분이 나아졌고 오후 일정을 전해 듣자 코리올라누스도 조금은 흐뭇해졌다. 표적을 향해 사격 연습을 하는 대신 매다는 나무에서 재잘어치와 모킹제이를 쏘러 가도 된다는 허가가 떨어졌기 때문이었다. 세자누스가 마지막으로 외친 소리를 새들이 합창한 것이 결정타가 되었다.

코리올라누스는 나뭇가지에 앉은 모킹제이를 총으로 쏘며 신이 났다. 그리고 들떴다. 세 마리를 죽였다. '이젠 잘난 척 못하겠지!'라는 생각이 들었다. 안타깝게도 얼마 지나지 않아 새들 대부분이 사정권 밖으로 날아갔다. 하지만 새들은 돌아올 것이다. 그도 돌아올 것이다. 그전에 교수형을 당하지 않는다면.

사령관의 생일을 축하하기 위해 그들은 샤워를 하고 깨끗한 훈련복으로 갈아입은 다음 식당으로 갔다. 쿠키는 놀랄 정도로 품격 있는 식사를 준비해 두었다. 스테이크, 으깬 감자, 그레이비, 통조림이 아닌 신선한 완두콩이 나왔다. 모든 병사는 큰 머그잔에 맥주를 받았고 호프는 설탕을 입힌 거대한 케이크를 잘랐다. 저녁 식사 후에는 파티를 위해 배너와 깃발로 장식된 체육관에 모두 모였다. 위스키가 잔뜩 있었다. 건배사를 위해 설치한 마이크로 즉석 건배 제의가 계속 이어졌다. 하지만 군인 몇 명이 의자를 늘어놓을 때까지 여흥이 있으리라곤 생각하지 못했다.

"물론이지." 한 장교가 그에게 말했다. "호브의 그 밴드를 불렀어. 사령관님이 좋아하시거든."

루시 그레이. 이건 그녀를 다시 만날 수 있는 기회, 아마도 유일할 기회가 될 것이다. 그는 막사로 달려가 플루리부스가 보내 준 악기 줄과 스카프가 든 상자를 들고 얼른 체육관으로 돌아왔다. 막사 동료들이 중간쯤에 그의 자리도 맡아 놓았지만 그는 맨 뒤에 섰다.

루시 그레이를 만날 기회가 왔을 때 빠져나가느라 눈에 띄고 싶지 않았다. 체육관 가운데의 조명이 꺼지며 마이크 주위 부분에만 조명이 떨어졌고 관객들은 조용해졌다. 모두의 시선은 코비가 호브에서 사용하던 담요를 걸어 둔 로커룸으로 향했다.

모드 아이보리는 미나리아재비꽃 같은 노란색 드레스를 입고 달려나왔다. 치마폭이 넓었다. 누군가 마이크 뒤에 놓아 둔 상자 위로 뛰어올라간 모드 아이보리는 "모두들 안녕하세요! 오늘은 특별한 밤인데 이유는 다들 아시죠! 누군가의 생일이에요!"라고 외쳤다.

평화유지군들은 요란하게 박수를 쳤다. 모드 아이보리는 누구나 아는 오래된 생일 축하 노래를 불렀고 모두 따라 불렀다.

특별한 분의 생일을 축하합니다!
앞으로도 많은 생일을 맞이하길 바랍니다!
1년에 한 번씩
우리는 박수갈채를 보내죠.
호프 사령관님께!
생일 축하합니다!

노래는 여기까지였지만 그들은 코비가 한 명씩 무대에 등장하는 동안 연달아 세 번을 불렀다.

루시 그레이가 경기장에서 입었던 무지갯빛 드레스를 입고 등장하자 코리올라누스는 숨을 훅 들이켰다. 사람들은 대부분 그 옷이 사령관의 생일을 위해 입은 의상이라고 생각하겠지만 그는 자신을 위한 옷이 확실하다고 느꼈다. 그에게 메시지를 전하기 위해, 이 상황 때문에 그들 사이에 생긴 골을 넘기 위해 입었으리라. 이 비극 속에 있는 사람은 코리올라누스 혼자만이 아니라는 걸 일깨워 주는 그녀의 옷을 보자 압도적인 사랑의 환희가 느껴졌다. 그들은 경기장으로 돌아가 있었다. 단 둘이서 세상과 맞서며 생존을 위해 싸우고 있었다. 그녀가 자신의 죽음을 지켜볼 거라는 생각에 달콤쌉싸름한 고통이 찡하게 느껴졌지만 그녀는 살아남을 거라는 사실이 고마웠다. 그녀와 살인 사건이 관련이 있다는 걸 아는 사람은 이제 코리올라누스밖에 없다. 그녀는 무기에 손을 대지 않았다. 그에게 무슨 일이 일어나든 그녀가 두 사람을 위해 계속 살아 줄 거라는 사실을 안다는 게 위안이 될 것이다.

처음 30분 동안 코비는 늘 연주하던 곡들을 연주했고 코리올라누스는 그녀에게서 눈을 떼지 않았다. 잠시 뒤 밴드 멤버들이 무대를 뜨고 루시 그레이만 조명 속에 남았다. 그녀는 높은 의자에 앉더니 현실일까, 그의 상상일까? 경기장에서 그랬듯 드레스 주머니를 두드렸다. 그를 생각하고 있다는 신호였다. 지금은 떨어져 있을지라도 언젠가는 함께할 거라는 뜻이었다. 그녀는 처음 들어보는 노래를 부르기 시작했다. 모든 신경이 얼얼해진 그는 온 신경을 집중했다.

모두 태어날 때는 티끌 하나 없이 깨끗하고
생생하고
조금도 미치지 않았지.
힘들게 살면서도 계속 그러기란 힘든 일이야.
브라이어 뿌리처럼 단단하고,
불 속을 걷는 것처럼.

이 세상은 어두워,
그리고 이 세상은 무서워.
나도 타격을 좀 받았으니
당연히 경계를 하지.
그래서 내겐
네가 필요해.
너는 눈처럼 순수해.

아니, 결코 그의 상상이 아니었다. 눈, 즉 스노우를 언급한 것으로 확실해졌다. 그녀는 그를 위해 이 노래를 썼다.

누구나 영웅처럼 되고 싶어 하지.
크림을 얹은 케이크나
몽상가가 아닌 행동가.
행동은 힘들어.
이것저것을 바꾸어야 하지.
염소젖을 버터로 만들 듯,
강얼음을 물로 만들 듯.

어린아이들이 죽어 갈 때
이 세상은 눈을 감아.
내가 먼지가 되어도
너는 절대 노력을 멈추지 않아.
그래서 나는
너를 사랑해.
너는 눈처럼 순수해.

그의 눈에 눈물이 차올랐다. 그들은 그를 교수형에 처하겠지만 그가 진정 좋은 사람이라는 걸 아는 그녀가 그 자리에 있어 줄 것이다. 친구를 속이고 배신하는 괴물이 아닌, 불가능한 상황에서 고결함을 지키려고 진정 애를 썼던 사람. 헝거 게임에서 그녀를 구해 내기 위해 모든 위험을 무릅썼던 사람. 그녀를 메이페어에게서 구해 내기 위해 또다시 모든 위험을 무릅썼던 사람. 그녀 인생의 영웅.

차갑고 깨끗하고,

내 피부 위에서 빙빙 돌며

너는 나를 숨겨 줘.

너는 내 심장까지

스며들어.

그녀의 심장까지.

모두 날 다 안다고 생각하지.

내게 이런저런 꼬리표를 붙여.

꾸며 낸 이야기들을 내뱉어.

네가 나타났고, 넌 그게 거짓말이라는 걸 알았어.

너는 나의 이상적인 모습을 보았어.

응, 그게 진짜 나야.

세상은 잔인하고

골칫거리는 많지.

너는 이유를 물었지.

셋하고 스물

내가 너를

신뢰하는 이유야.

너는 눈보라처럼 순수해.

만약 조금의 의심이 남아 있었더라도 이 노래를 들으니 확신할 수 있었다. 필요나 사랑보다 신뢰가 더 중요하다. 그녀가 가장 소중하게 여기는 것이다. 그리고 그는, 코리올라누스 스노우는 그녀가 신뢰하는 사람이었다.

관중들이 박수를 치는 가운데 그는 상자를 꼭 쥔 채 꼼짝 않고 서 있었다. 너무 감동해서 박수를 칠 수조차 없었다. 루시 그레이가 담요 뒤로 사라지면서 다른 코비 멤버들이 무대로 달려 나왔다. 모드 아이보리가 마이크 뒤에 다시 상자를 놓았고 경쾌한 곡이 시작되었다.

삶에는 어둡고 힘든 면이 있죠.
밝고 즐거운 면도 있어요.

코리올라누스는 이 노래가 기억났다. 밝은 면에 대한 노래. 살인 사건이 일어나고 있을 때 모드 아이보리가 불렀던 노래. 지금이 기회였다. 그는 최대한 눈에 띄지 않게 가까운 문으로 가서 몰래 밖으로 나갔다. 다들 안에 있으니 안전한 상태인 그는 체육관을 빙 돌아 로커룸으로 뛰어가 문을 두드렸다. 그를 기다리고 있었다는 듯 바로 문이 열렸다. 루시 그레이는 그의 품에 몸을 던졌다.

잠시 그들은 서로에게 매달린 채 가만히 서 있었지만 시간이 얼마 없었다.

"세자누스 일은 정말 안됐어. 너 괜찮아?" 그녀가 숨을 몰아쉬며 물었다.

물론 그녀는 그가 이 일에서 어떤 역할을 했는지 전혀 모른다. "사실 괜찮지 않아. 하지만 난 지금 여기 있어."

그녀는 그의 얼굴을 보려고 몸을 뒤로 뺐다. "어떻게 된 거야? 세자누스가 릴을 탈출시키려 했던 걸 그들이 어떻게 알게 된 거지?"

"모르겠어. 누가 배신했나 보지." 그가 말했다.

루시 그레이는 주저하지 않았다. "스프루스."

"아마도." 코리올라누스가 그녀의 뺨을 만졌다. "너는 어때? 괜찮은 거야?"

"끔찍해. 정말 끔찍했어. 빌리 토프가 그렇게 죽는 걸 봤고. 그리고 그날 밤 이후의 모든 일들도. 네가 나를 지키려고 메이페어를 죽였다는 걸 알아. 나랑 코비를 지키려고." 그녀는 그의 가슴에 이마를 기댔다. "난 그 일에 대해 너에게 결코 감사할 수 없을 거야."

그는 그녀의 머리카락을 쓰다듬었다. "음, 메이페어는 이제 영영 사라졌어. 넌 안전해."

"그렇지가 않아. 그렇지가 않아." 루시 그레이는 심란해하며 몸을 빼고 서성거렸다. "시장이… 날 내버려 두질 않아. 그는 내가 메이페어를 죽였다고 확신하고 있어. 둘 다 죽였다고. 그 끔찍한 차를 몰고 우리 집으로 와서 차 앞에 몇 시간 동안 앉아 있어. 평화유지군들이 와서 우리 모두를 세 번 심문했어. 나를 체포하라고 밤낮으로 채근한대. 그리고 평화유지군이 내게 대가를 치르게 하지 않으면 시장이 할 거래."

무서웠다. "평화유지군은 너보고 어떻게 하래?"

"시장을 피하래. 하지만 시장이 우리 집 3미터 앞에 앉아 있는데 어떻게 피해?" 그녀가 울부짖었다. "시장에겐 오직 메이페어뿐이었어. 내가 죽을 때까지 시장은 그만둘 것 같지 않아. 이젠 코비들을 위협하기 시작했어. 난, 난 도망갈 거야."

"뭐라고?" 코리올라누스가 물었다. "어디로?"

"북쪽으로 갈 것 같아. 빌리 토프랑 다른 사람들이 말했던 것처럼. 여기 계속 있으면 시장은 나를 죽일 방법을 찾아낼 거야. 나도 물자를 좀 모아 뒀어. 밖으로 나가면 살아남을 수도 있어." 루시 그레이는 얼른 그의 품에 다시 안겼다. "네게 작별 인사를 할 수 있어서 기뻐."

도망간다. 그녀는 정말로 도망갈 생각이다. 야생에 들어가 자신의 삶을 운에 맡기려는 것이다. 12번 구역에서는 죽을 수밖에 없다는 걸 알기에 그녀가 이렇게까지 한다는 걸 그는 알고 있었다. 며칠 만에 처음으로 그는 교수대를 피할 방법을 찾았다. "작별 인사가 아니야. 난 너랑 같이 갈 거야."

"그럴 순 없어. 내가 못하게 할 거야. 네 삶이 걸린 문제야." 그녀가 경고했다.

코리올라누스는 웃었다. "내 삶? 내 삶은 그들이 총을 찾아서 내가 메이페어를 죽였다는 걸 알아낼 때까지 얼마나 걸릴까 생각하는 것밖에 없어. 지금 경계를 수색하고 있어. 언제라도 찾아낼 수 있어. 우린 같이 가는 거야."

그녀는 믿을 수 없어 하며 눈썹을 찌푸렸다. "너 진심이야?"

"내일 가자." 그가 말했다. "사형 집행인보다 한 발 앞서 가는 거야."

"그리고 시장보다도." 그녀가 덧붙였다. "우린 마침내 시장, 12번 구역, 캐피톨, 이 모든 것에서 자유로워질 거야. 내일. 동틀 녘에."

"내일 동틀 녘에." 그도 동의했다. 그는 그녀의 손에 상자를 쥐여 주었다. "플루리부스가 준 거야. 스카프만 빼고. 그건 내가 주는 거야. 내가 없어졌다는 걸 누군가 눈치채고 의심하기 전에 얼른 돌아가는 게 좋겠어." 그는 그녀를 끌어당겨 열정적으로 키스했다. "다시 우리 둘만 남는 거야."

"우리 둘만." 그녀는 기쁨으로 얼굴을 빛내며 말했다.

코리올라누스는 발꿈치에 날개가 달린 듯 로커룸에서 뛰어 나왔다.

희망의 노래로 매일을 맞기로 해요.
흐리거나 맑은 순간들이 있더라도.

그는 목숨을 부지하게 될 뿐 아니라 그녀와 함께 살게 될 것이다. 호숫가에서 보냈던 그날처럼. 그는 신선한 물고기의 맛, 달콤한 공기, 자연의 뜻대로 그가 하고 싶은 무엇이든 할 수 있는 자유를 생각했다. 누구에게 보고할 필요도 없다. 이 세상의 압제적 기대를 정말로 영영 없애 버릴 수 있다.

언제나 내일을 믿도록 해요.
우리 모두를 내일에 맡기자고요.

그는 체육관으로 돌아와서 마지막 후렴이 시작될 때 자리에 앉아 노래를 따라 불렀다.

밝은 면을 보세요, 늘 밝은 면을 보세요.
삶의 밝은 면만 보세요.
매일 우리에게 도움이 될 거예요.
모든 걸 다 밝게 해 줄 거예요.
우리가 삶의 밝은 면만 본다면.
네, 삶의 밝은 면만 본다면.

코리올라누스의 머릿속이 빙글빙글 돌았다. 루시 그레이는 코비에 합류해 가사를 이해할 수 없는 노래에 화음을 넣으며 함께 불렀다. 그는 음악을 듣지 않았다. 다만 지금 일어난 인생의 변화를 파악해 보려 했다. 그와 루시 그레이가 도망쳐서 야생에 들어가 산다. 미친 짓이다. 하지만 그러지 못할 건 또 뭐야? 그것이 그가 잡을 수 있는 유일한 생명선이고 그는 그 줄을 꼭 붙잡고 매달릴 생각이었다. 내일은 일요일이니

쉬는 날이다. 그는 최대한 빨리 떠날 것이다. 6시에 식당이 문을 열면 아마 문명사회에서 먹는 마지막 식사가 될지도 모를 아침 식사를 하고 가는 거다. 막사 동료들은 위스키에 취해 자고 있을 것이다. 부대에서 몰래 빠져나가야 할 텐데…. 울타리! 발전기 뒤의 울타리에 약점이 있다는 스프루스의 말이 좋은 정보이길 바랐다. 그다음엔 루시 그레이를 만나서 최대한 빨리 떠날 것이다.

그렇지만, 잠깐. 그녀의 집으로 가야 하나? 코비가 다 있는데? 리프 시장이 있을 수도 있는데? 아니면 초원에서 만나자는 뜻이었나? 노래가 끝나고 그녀가 다시 기타를 들고 의자에 앉았을 때 그는 그걸 고민하고 있었다.

"까먹을 뻔했어요. 이 노래를 불러 주겠다고 약속했던 사람이 있었는데." 그녀가 말했다. 그리고 다시 한 번 아무렇지도 않다는 듯 손을 주머니에 댔다. 그녀는 그가 초원에 앉아 있는 그녀의 등 뒤로 다가갔을 때 만들고 있던 노래를 부르기 시작했다.

너는, 너는
그 나무로 올 거니,
세 사람을 살해했다던 남자를 매단 곳으로.
여기선 정말 이상한 일들이 있었지.
너도 다 알게 될 거야.
우리가 매다는 나무에서 자정에 만난다면.

매다는 나무. 그녀가 빌리 토프를 만나던 곳. 거기에서 만나자는 뜻이구나.

544

너는, 너는
그 나무로 올 거니,
죽은 남자가 그의 사랑에게 도망가라고 외쳤던 곳으로.
여기선 정말 이상한 일들이 있었지.
너도 다 알게 될 거야.
우리가 매다는 나무에서 자정에 만난다면.

그녀가 옛 연인과 만나던 곳이 아니었다면 더 좋았겠지만 분명 그녀
의 집에서 만나는 것보다는 안전했다. 일요일 아침에 누가 거기 오겠는
가. 어쨌든 빌리 토프는 이제 걱정할 필요가 없었다. 그녀는 숨을 다시
들이쉬었다. 가사를 더 쓴 모양이다.

너는, 너는
그 나무로 올 거니,
우리 둘 다 자유로워질 수 있도록
내가 너에게 달아나라고 한 곳으로.
여기선 정말 이상한 일들이 있었지.
너도 다 알게 될 거야.
우리가 매다는 나무에서 자정에 만난다면.

그녀가 의미하는 사람은 누굴까? 자유로워질 수 있도록 거기로 오라
고 한 빌리 토프? 자유로워질 거라고 오늘밤에 코리올라누스에게 말한
그녀 자신?

너는, 너는

그 나무로 올 거니.

나와 나란히 밧줄 목걸이를 맬 거니.

여기선 정말 이상한 일들이 있었지.

너도 다 알게 될 거야.

우리가 매다는 나무에서 자정에 만난다면.

이제 이해했다. 이 노래의 화자는 빌리 토프였다. 그가 루시 그레이를 향해 이 노래를 부르는 것이었다. 그는 알로의 죽음을 목격했고 새들이 그의 마지막 말을 따라하는 걸 들었고 루시 그레이에게 자유를 찾아 함께 도망가자고 애원했다. 그리고 그녀가 거절하자 그는 그녀가 자기 없이 살아가는 것보다는 자기와 함께 목 매달리길 원했다. 코리올라누스는 이게 마지막 빌리 토프 노래이길 바랐다. 정말이지 더 이상 할말이 뭐가 있단 말인가. 그게 중요한 건 아니었다. 이게 그의 노래일지는 몰라도 루시 그레이는 이걸 코리올라누스에게 불러 주고 있다. 스노우가 일등이다.

코비는 몇 곡을 더 연주했고 루시 그레이는 "음, 아빠가 늘 하시던 말씀대로 동틀 녘에 새들을 만나고 싶다면 새들이 잘 때 잠자리에 들어야하는 법이죠. 오늘 밤에 우리를 불러 주셔서 감사합니다. 그리고 호프 사령관님께 한 번 더 축하드리는 게 어떨까요!" 술에 취한 체육관의 관중 모두가 사령관에게 한 번 더 "생일 축하합니다!"라고 외쳤다.

코비는 마지막으로 인사를 하고 무대에서 퇴장했다. 코리올라누스는 버그가 빈폴을 막사로 데려가는 걸 도와주려고 뒤에서 기다렸다. 순식간에 소등이 되어 그들은 어둠 속에서 침대로 기어 올라가야 했다. 막사 동료들은 거의 즉시 의식을 잃었지만 그는 누워서 탈출 계획을 구상해 보았다. 필요한 게 많지 않았다. 그저 그의 몸뚱어리, 등에 멘 옷 조금, 주머니 속의 기념품 몇 개, 아주 큰 행운뿐이었다.

코리올라누스는 동틀 녘에 일어나 깨끗한 훈련복을 입고 주머니에 깨끗한 속옷과 양말을 쑤셔 넣었다. 가족사진 세 장, 동그란 모양으로 남은 어머니의 파우더, 아버지의 나침반을 골라 옷 속에 숨겼다. 마지막으로는 침대 위에 베개와 담요로 최대한 자기 같아 보이는 형태를 만든 다음 그 위에 침대보를 덮었다. 동료들이 계속 코를 고는 가운데 그는 마지막으로 방 안을 둘러보며 그들이 그리워질까 생각했다.

그는 일찍 일어난 사람들 몇 명과 함께 브레드 푸딩으로 아침 식사를 했다. 루시 그레이가 제일 좋아하는 음식이라 좋은 징조로 느껴졌다. 그녀에게도 좀 가져다주고 싶었지만 주머니는 터질 지경이었고 식당에는 냅킨이 없었다. 사과 주스를 다 마시고 손등으로 입을 닦은 다음 식판을 식기세척기 앞에 가져다 놓았다. 그러고는 발전기로 곧장 가려고 밖으로 나섰다.

햇빛 속으로 나오자 경비병 두 명이 다가왔다. 보좌관이 아니라 무장한 경비병들이었다. "스노우 이병." 그중 한 명이 말했다. "사령관 사무실로 호출되었다."

아드레날린이 치솟았다. 관자놀이에서 맥박이 거칠게 뛰었다. 이럴 리가 없어. 그가 자유를 맞이하기 직전에 체포하러 오다니. 루시 그레이와 새 삶을 시작하기 직전인데. 그는 식당에서 100미터 정도 떨어진 발전기로 시선을 돌렸다. 훈련을 받았다 해도 절대 성공할 수 없을 것이다. 절대 안 된다. '난 딱 5분만 더 있으면 돼요.' 그는 우주에게 빌었다. '2분만 있어도 돼요.' 우주는 그를 무시했다.

경비병들이 그의 양쪽에서 함께 걸었다. 그는 어깨를 늘어뜨린 채 운명을 맞이하러 곧장 사령관 사무실로 갔다. 그가 들어서자 호프 사령관은 책상 뒤에서 일어나며 얼른 차렷 자세를 취하고 그에게 경례했다.

"스노우 이병." 그가 말했다. "내가 제일 먼저 축하하게 해 주게나. 자네는 내일 장교 학교로 가게 되었네."

30

경비병들이 웃으며 코리올라누스의 등을 두드려 주었다. 그는 영문을 모른 채 서 있었다. "저는… 저는…."

"자네가 최연소 합격자야." 사령관은 활짝 웃었다. "보통은 여기서 훈련을 시키지만 자네는 2번 구역의 엘리트 프로그램에 적합한 성적을 냈어. 자네가 여길 떠나게 된다니 유감일세."

오, 정말 가고 싶었다! 고향인 캐피톨에서 별로 멀지 않은 2번 구역. 장교 학교, 엘리트 장교 학교, 그가 두각을 드러내고 살 만한 가치가 있는 삶으로 돌아갈 방법을 찾을 수 있는 곳. 이건 권력을 얻기에 대학교보다도 더 나은 행보일 수 있다. 하지만 아직도 그의 이름이 쓰여 있는 것이나 다름없는 살인 무기가 어딘가에 있다. 손수건 때 그랬듯 그의 DNA가 그가 유죄임을 밝힐 것이다. 슬프게도 비극적이게도, 여기 남아 있는 건 너무 위험하다. 사령관에게 대답하자니 마음이 아팠다.

"저는 몇 시에 떠납니까?" 그가 물었다.

"내일 아침 일찍 오는 호버크래프트가 있네. 자네는 거기 타게 될 거야. 오늘 자네는 비번일 것 같군. 이 시간을 활용해 짐을 싸고 작별 인사를 나누게나." 사령관은 그와 악수를 했다. 이틀 동안 벌써 두 번째 악수였다. "우린 자네가 훌륭한 성과를 올릴 거라 기대하네."

코리올라누스는 사령관에게 고맙다고 말하고 밖으로 나와 잠깐 서서 선택지들을 검토했다. 소용이 없었다. 선택의 여지가 없었다. 그는 자신을 증오하면서, 세자누스 플린스는 더욱더 증오하면서 발전기가 있는 건물 쪽으로 걸어갔다. 누가 보고 있는지 거의 신경조차 쓰지 않았다. 밝은 미래를 얻을 기회를 다시 얻었는데 이렇게 돌이킬 수 없이 빼앗기다니 얼마나 실망스러운가. 그는 집중하기 위해 밧줄, 교수대, 그의 마지막 말을 따라 할 재잘어치들을 떠올려야 했다. 그는 평화유지군을 떠날 참이다. 그런 생각은 버리고 정신을 차려야 한다.

건물에 도착해서 어깨 너머를 흘끗 돌아보았지만 부대 전체는 아직 잠들어 있었다. 그는 아무에게도 눈에 띄지 않게 뒤로 돌아갔다. 울타리를 살펴보았는데 처음에는 나갈 곳을 찾을 수 없었다. 좌절한 그는 손가락으로 철조망을 잡고 흔들어 보았다. 아니나 다를까. 철망이 기둥에서 떨어져 나오면서 그가 간신히 나갈 수 있을 만한 틈이 생겼다. 밖에 나가자 타고난 경계심이 돌아왔다. 그는 부대 뒤쪽을 돌아 나무가 우거진 지역을 지나서 매다는 나무로 통하는 길까지 갔다. 거기서부터는 예전에 트럭이 지났던 길을 따라가며 씩씩하게 걸었지만 시선을 끌 정도로 빨리 걷지는 않았다. 어차피 더운 일요일의 동틀 녘 직후에 그를 지켜볼 사람은 거의 없었다. 광부와 평화유지군들 대부분은 몇 시간 뒤에나 일어날 것이다.

몇 킬로미터쯤 걷자 우울한 들판이 나타났다. 그는 숲속에 몸을 숨기고 싶어서 재빨리 달려갔다. 루시 그레이는 보이지 않았다. 그는 나뭇가지 아래를 지나가며 그녀의 메시지를 잘못 이해한 것일까, 경계로 가야 했을까 생각했다. 그때 오렌지색이 보여 그는 그 색깔을 따라 숲속 빈터로 갔다. 그녀는 그가 준 스카프를 머리에 멋지게 두르고 빈터에 서서 작은 손수레에 실은 꾸러미들을 내리고 있었다. 그녀가 달려와 그를 안았다. 포옹하기엔 날씨가 너무 더운 것 같았지만 그 역시 그녀를 마주 안았다. 이어서 키스를 하니 그의 기분이 나아졌다.

코리올라누스는 그녀가 머리에 묶은 스카프를 만졌다. "도망자가 하기엔 너무 밝은 색깔 같은데."

루시 그레이는 미소를 지었다. "음, 네가 날 못 찾으면 안 되니까. 너 지금도 갈 생각이야?"

"내겐 선택의 여지가 없어." 냉담하게 들리는 말이라는 걸 깨달은 그는 "지금 내게 중요한 건 너뿐이야"라고 덧붙였다.

"나도 그래. 넌 이제 내 생명이야. 여기 앉아서 네가 나타나길 기다리면서 난 너 없이는 이 일을 할 용기가 없다는 걸 깨달았어." 그녀가 털어놓았다. "얼마나 힘들지 같은 문제가 아니야. 너무 외로울 거야. 며칠은 버틸 수 있을지 몰라도 아마 난 코비에게 다시 돌아왔을 거야."

"알아. 난 네가 이야기를 꺼낼 때까지 도망간다는 생각조차 하질 못했어. 너무… 벅찬 일이라서." 그는 그녀가 가져온 짐들을 쓸어내렸다. "미안해, 뭘 많이 가져오는 건 너무 위험했어."

"네가 그럴 수 있을 거라곤 생각 안 했어. 내가 모아 왔던 것들이고 우리 창고도 털었어. 괜찮아, 남은 돈은 코비에게 남겨 두고 왔으니까." 그녀는 마치 스스로를 납득시키려는 것처럼 말했다. "걔들은 괜찮을 거야." 그녀는 배낭을 집어 들고 어깨에 멨다.

그는 물건들을 조금 챙겼다. "그들은 어떻게 하려나? 그러니까 밴드 말야. 너 없이."

"아, 그럭저럭 해 나갈 거야. 다들 노래를 부를 수 있어. 그리고 어차피 몇 년 뒤면 모드 아이보리가 나 대신 리드 싱어가 될 테니까." 루시 그레이가 말했다. "게다가 나한테 계속 말썽이 따라오는 걸 보면 12번 구역에 너무 오래 머물러서 미움을 사는 건지도 몰라. 어젯밤에 사령관이 '매다는 나무'는 앞으로 부르지 말라고 하더라. 너무 어둡대. 너무 반항적이라는 말이겠지. 다시는 내 입술에서 그 노래가 나오는 걸 들을 일이 없을 거라고 약속했어."

"그 노래는 참 묘해." 코리올라누스가 말했다.

루시 그레이가 웃었다. "음, 모드 아이보리는 좋아해. 진정성이 있다고 하더라."

"내 목소리처럼? 내가 캐피톨에서 국가를 불렀을 때." 코리올라누스가 그때의 기억을 떠올렸다.

"그거야." 루시 그레이가 말했다. "준비됐니?"

그들은 모든 걸 나눠 들었다. 그는 잠시 후에야 뭐가 빠졌는지 알아냈다. "네 기타, 안 가져가?"

"모드 아이보리가 쓰게 두고 가려고. 기타랑 엄마 드레스도." 그녀는 별것 아니라는 듯이 말하려고 애썼다. "그게 왜 필요하겠어? 탬 앰버는 북쪽에 아직 사람들이 있을 거라고 생각하지만 확신할 수는 없어. 그냥 우리 둘만 있을 것 같아."

순간 그는 꿈을 버리고 가는 사람이 자기만이 아니라는 걸 깨달았다. "탈출하고 나면 새로운 꿈이 생길 거야." 코리올라누스는 본심보다 더 강하게 장담했다. 그는 아버지의 나침반을 꺼내 살핀 다음 손으로 가리켰다. "저기가 북쪽이야."

"먼저 호수에 갈까 생각했어. 거기도 대충 북쪽 방향이야. 마지막으로 한 번 더 보고 싶기도 했거든." 그녀가 말했다.

그것도 좋은 계획 같아서 그는 반대하지 않았다. 곧 황야를 헤매게 될 텐데 그녀가 원하는 대로 해 주지 않을 이유가 있겠는가. 코리올라누스는 느슨해진 스카프 끝부분을 다시 여며 주며 말했다. "호수로 가자."

루시 그레이는 마을 쪽을 돌아보며 응시했지만 코리올라누스가 알아볼 수 있는 건 교수대뿐이었다. "안녕, 12번 구역. 안녕, 매다는 나무와 헝거 게임과 리프 시장. 언젠가 뭔가가 나를 죽이겠지만 그게 너는 아닐 거야." 그녀는 돌아서서 더 깊은 숲속으로 향했다.

"그리울 게 별로 없지." 코리올라누스도 말했다.

"음악이랑 예쁜 새들은 그리울 거야." 루시 그레이의 목이 메어 왔다. "그래도 언젠가 걔들이 나를 따라올 수 있길 바라."

"내가 그리워하지 않을 게 뭐게? 사람들." 코리올라누스가 말했다. "몇 명만 빼고. 잘 생각해 보면 대부분 형편없는 사람들이야."

"사람들은 사실 그렇게 나쁘지 않아." 그녀가 말했다. "세상이 그들에게 하는 일 때문에 나쁜 거야. 경기장에 있던 우리처럼. 우리를 그냥 내버려 뒀다면 생각조차 하지 않았을 일을 우린 경기장에서 했잖아."

"모르겠어. 난 메이페어를 죽였는데 그때는 경기장이 보이지도 않았는걸." 코리올라누스가 말했다.

"날 구하기 위해서 그랬던 것뿐이지." 그녀는 생각에 잠겼다. "나는 사람들이 선한 천성을 타고났다고 생각해. 선을 넘어서 악한 쪽으로 가게 될 때는 스스로도 느껴. 그 선을 넘지 않으려고 노력하는 게 일생일대의 과제지."

"힘든 결정을 내려야 할 때도 있어." 그는 여름 내내 힘든 결정을 내려 왔다.

"알아, 당연히 알지. 나는 우승자인걸." 그녀가 안타까운 목소리로 말했다. "새로운 인생에서는 아무도 죽이지 않게 되면 좋겠다."

"내가 너랑 함께할 거야. 평생 세 명이면 충분한 것 같아. 여름 한 철로는 차고 넘치지만."

근처에서 음산한 비명 소리가 들려오자 그는 무기가 없다는 사실을 상기했다. "지팡이 만들어야겠다. 너도 하나 만들어 줄까?"

그녀는 고개를 끄덕였다. "응, 여러 가지로 유용할 거야."

그들은 단단한 나뭇가지 몇 개를 찾았다. 그녀가 나뭇가지를 잡고 있는 동안 그는 잔가지를 잘라 냈다. "세 번째는 누구야?"

"응?" 그녀는 묘한 표정으로 그를 쳐다보고 있었다. 그의 손이 미끄러져 손톱 아래에 나뭇조각이 박혔다. "아오."

루시 그레이는 코리올라누스가 다친 것을 외면했다. "네가 죽인 사람. 이번 여름에 세 명을 죽였다며."

코리올라누스는 나뭇조각을 이로 깨물어 빼내며 시간을 벌었다. 세 번째는 누구였을까? 물론 세자누스였지만 그걸 털어놓을 수는 없었다.

"이거 빼낼 수 있어?" 그가 손을 내밀고 다친 손가락을 꼼지락거리며 그녀의 주의를 돌리려 했다.

"볼게." 그녀는 나뭇조각을 살펴보았다. "그러니까 보빈, 메이페어… 세 번째는 누구였어?"

코리올라누스는 그럴싸한 변명을 둘러대려 머리를 굴렸다. 괴상한 사건에 말려들었을 수 있을까? 훈련 중의 죽음? 무기를 소제하고 있는데 실수로 격발되었다? 그는 농담으로 돌리는 게 제일 좋겠다고 결론 내렸다. "너랑 같이 가기 위해 과거의 나를 죽였어."

그녀는 나뭇조각을 뽑아냈다. "됐다. 음, 과거의 네가 새로운 너를 따라다니며 괴롭히지 않았으면 좋겠어. 우리 사이엔 이미 유령이 충분히 많으니까."

그 순간은 지나갔지만 그로 인해 대화는 끊겨 버렸다. 중간쯤까지 가서 잠시 쉴 때까지 두 사람 모두 한마디도 하지 않았다.

루시 그레이는 플라스틱 물병을 열어 그에게 건넸다. "아직 너를 찾지 않을까?"

"아마 저녁 식사 때까지는 안 찾을걸. 너는?" 코리올라누스는 물을 벌컥 들이켰다.

"내가 나올 때 깨어 있었던 사람은 탬 앰버뿐이었어. 나는 염소를 찾으러 간다고 했어. 염소 떼를 키워 볼까 얘기해 왔거든. 부업으로 염소 젖을 팔아 볼까 해서. 걔네들이 날 찾기 시작할 때까지 몇 시간 정도 여유가 있을 거야. 매다는 나무를 생각하고 수레를 찾는 건 밤쯤이 돼서야 아닐까? 그때가 되면 알아차리겠지."

그는 물병을 건넸다. "너를 따라오려 할까?"

"어쩌면. 하지만 우리는 이미 아주 멀리 가 있을 거야." 그녀는 한 모금 마시고 손등으로 입을 닦았다. "그들이 너를 사냥하러 올까?"

그는 평화유지군들이 바로 걱정하지는 않을 것 같았다. 엘리트 장교 학교가 기다리고 있는데 그걸 왜 버리겠는가. 만약 그가 없다는 걸 누가 눈치챘다 해도 아마 다른 평화유지군과 함께 마을로 놀러갔다고 생각할 것이다. 물론 총을 찾지 못할 경우의 이야기이긴 하다. 아직도 상처가 아물지 않은 지금, 장교 학교 이야기를 주절주절 늘어놓고 싶지는 않았다. "모르겠어. 내가 도망갔다는 걸 알아차렸다 해도 어디를 수색해야 할지도 모를 거야."

그들은 각자 생각에 잠겨 호수로 걸어갔다. 이 모든 게 그에겐 비현실적으로 느껴졌다. 2주 전 일요일에 그랬듯 그냥 놀러 온 기분이었다. 소풍을 가는 것만 같았고 귀가 시간에 맞춰 부대로 돌아가 얇은 햄 구이를 먹어야 할 것 같았다. 하지만 그건 아니었다. 호수에 도착하면 그들은 황야로 가서 가장 기본적인 형태의 생존에만 집중하는 삶을 살게 될 것이다. 배는 어떻게 채우지? 어디서 살까? 그리고 먹을 것과 살 곳을 구하는 문제를 해결하고 나면 대체 어떻게 살게 되려나? 루시 그레이에겐 음악이 없어진다. 그에겐 학교, 군대, 모든 게 없어진다. 가족을 꾸려? 아이에게 그렇게 살라고 하는 건 너무 가혹한 것 같다. 그의 아이가 아니라 그 어떤 아이라 해도 심하다. 부, 명성, 권력이 사라진 뒤 그가 갈망할 수 있는 건 무엇이 있을까? 살아남고 또 계속 살아남자는 목표만을 추구할 수 있을까?

그가 이런 의문에 사로잡혀 있는 가운데 호수까지 가는 남은 여정은 금방 끝났다. 그들은 호숫가에 짐을 내려놓았고 루시 그레이는 곧바로 낚싯대를 만들 나뭇가지를 찾으러 갔다. "앞으로 어떻게 될지 모르니까 여기서 배를 채워 두는 게 좋아." 그녀는 묵직한 실과 바늘을 나뭇가지에 매는 방법을 알려 주었다. 벌레를 찾아 부드러운 진흙을 헤치자니 역겨운 기분이 들었다. 매일 이런 일을 해야 할까 하는 생각이 들었다. 너무 배가 고프면 그렇게 되겠지. 그들은 바늘에 미끼를 끼우고 새들이 지저귀는 가운데 조용히 둑에 앉아 입질을 기다렸다. 그녀는 두 마리를 잡았고 그는 하나도 잡지 못했다.

짙고 어두운 구름이 나타나 뜨거운 태양을 조금 막아 주었지만 그의 압박감은 더 심해졌다. 이제 이게 그의 삶이었다. 벌레를 잡으러 땅을 파고 날씨에 휘둘리는 삶. 자연에 기댄 삶. 동물과도 같다. 그가 이토록 특출 난 사람이 아니었다면 더 쉬웠을 거라는 사실을 그는 알고 있다. 인류 중 최고의 인간. 가장 똑똑한 인간. 장교 시험을 최연소로 통과한 사람. 그가 쓸모없고 멍청했다면 문명을 저버리는 게 이런 식으로 그의 내면을 텅 비게 만들지는 않았을 것이다. 당연하다는 듯 받아들였을 것이다. 굵고 차가운 빗방울이 툭툭 떨어지기 시작했다. 그의 훈련복에 빗자국이 남았다.

"이런 데선 절대 요리는 못해." 루시 그레이가 말했다. "안으로 들어가는 게 낫겠다. 저기엔 우리가 쓸 수 있는 벽난로가 있어."

호숫가의 집들 중 아직 지붕이 있는 집을 말하는 게 분명했다. 그가 직접 지붕을 만들기 전까지는 마지막으로 써 보는 지붕이 될 것 같았다. 지붕은 어떻게 만들지? 장교 시험에 나오지 않은 문제였다.

그녀는 재빨리 생선을 손질하고 잎으로 쌌다. 그들은 빗속에서 짐을 챙겨 집으로 달려갔다. 이게 그의 현실이 아니었다면 재미있었을 것이다. 다른 곳에서 성취감을 얻을 수 있는 미래가 있는 상태에서 매력적인 소녀와 몇 시간 동안만의 모험이라면 말이다. 문은 꽉 끼어 있었지만 루시 그레이가 엉덩이로 밀자 획 열렸다. 그들은 얼른 안으로 들어가 물건들을 내려놓았다. 방은 하나뿐이었고 벽과 천장과 바닥은 콘크리트로 되어 있었다. 전기가 들어오는 것 같아 보이지는 않았지만 사방에 낸 창문과 하나뿐인 문에서 빛이 들어왔다. 오래된 재가 가득한 벽난로와 가지런히 쌓인 마른 땔감을 보자 코리올라누스의 눈이 빛났다. 적어도 땔감을 찾으러 가지는 않아도 된다.

루시 그레이가 벽난로로 가서 작은 콘크리트 근처에 생선을 내려놓고 낡은 금속 쇠살대 위에 땔감과 잔가지를 여러 겹으로 쌓기 시작했다. "우린 여기에 땔감을 놔둬. 그래서 늘 장작이 있지."

코리올라누스는 이 튼튼한 작은 집에 눌러앉으면 어떨까 생각해 보았다. 근처에 나무도 많고 물고기를 낚을 호수도 있다. 하지만 12번 구역에서 이렇게 가까운 곳에 뿌리내리는 건 너무 위험할 것이다. 코비가 여기를 안다면 분명 다른 사람들도 알 것이다. 그는 마지막 남은 이 아스라한 보호마저도 버려야 했다. 그는 결국 동굴에서 살게 될까? 그는 대리석 바닥과 크리스털 샹들리에가 있는 스노우 가족의 펜트하우스를 떠올렸다. 그의 집. 그가 정당하게 살아야 할 집. 빗물이 바람에 날려 튀어 들어와 그의 바지에 얼음처럼 차가운 물방울이 튀었다. 그는 문을 확 닫았다가 꼼짝하지 못하고 얼어붙었다. 문에 가려져 있던 것이 있었다. 긴 삼베 자루. 주둥이로 산탄총 자루가 삐져나와 있었다.

이럴 수가. 숨도 쉬지 못하고 부츠를 신은 발로 자루를 쿡 찔렀더니 산탄총과 평화유지군 소총이 나왔다. 더 열어 보니 유탄 발사기가 보였다. 의심할 여지가 없었다. 이건 세자누스가 헛간에서 산 암시장의 무기들이었다. 그리고 이중엔 살인 무기가 있었다.

루시 그레이가 불을 지폈다. "불붙은 석탄을 옮길 수 있지 않을까 싶어서 낡은 금속 깡통을 가져왔어. 성냥이 많지 않고 부싯돌로 불을 지피는 건 쉽지 않거든."

"으응." 코리올라누스가 말했다. "좋은 생각이야." 무기가 어떻게 여기에 와 있는 거지? 이해가 될 것도 같았다. 빌리 토프가 스프루스를 호수로 데려왔을 수도 있고 스프루스가 원래 여길 알고 있었을 수도 있다. 전쟁 중에 반군들의 은신처로 유용했을 것이다. 그리고 스프루스는 12번 구역 안에 증거물을 놔둬선 안 된다는 건 알 정도로 영리했다.

"거기서 뭘 찾았어?" 루시 그레이가 그에게 와서 몸을 굽히고 무기가 든 삼베 자루를 벗겨 냈다. "아, 헛간에 있던 것들인가?"

"그런 것 같아." 그가 말했다. "총들도 가져가야 할까?"

루시 그레이는 똑바로 서서 한참 생각했다. "그러지 않는 게 좋을 것 같아. 난 총을 신뢰하지 않아. 그래도 이건 쓸모 있겠네." 그녀는 긴 칼을 꺼내 들고 칼날을 손 안에서 돌려 보았다. "불은 지펴 놓았으니까 캣니스를 좀 캐러 갈까 해. 호수에 많이 자라는 곳이 있어."

"아직 안 익지 않았나?" 그가 말했다.

"2주일이면 많이 달라졌을 수 있어." 그녀가 말했다.

"아직 비 오잖아." 그는 반대했다. "흠뻑 젖을 텐데."

그녀가 웃었다. "음, 난 설탕으로 만들어지진 않았어."

사실 그는 혼자 생각할 시간이 생겨서 기뻤다. 그녀가 나간 뒤 그는 삼베 자루의 아랫부분을 들어 무기들을 바닥 위로 쏟았다. 그 옆에 무릎을 꿇고 앉아 메이페어를 죽일 때 썼던 총을 집었다. 여기 있다. 살해 무기. 캐피톨의 법의학 실험실이 아니라 그의 손 안에, 전혀 위협이 되지 않는 야생 속에 있다. 그가 이걸 부수기만 하면 교수대 올가미에서 자유로워질 수 있다. 다시 부대로 돌아갈 수 있다. 2번 구역으로 갈 수 있다. 두려움 없이 다시 인류에 합류할 수 있다. 그의 눈에서 안도의 눈물이 넘쳐흘렀고 너무나 기뻐서 웃음이 터져 나왔다. 어떻게 하면 될까? 모닥불을 피워서 태울까? 분해해서 부품들을 사방팔방에 버릴까? 호수에 던질까? 총만 사라지면 그와 살인 사건을 연결시킬 것은 없어진다. 아무것도 없다.

아니, 잠깐. 하나 있다. 루시 그레이.

음, 상관없다. 루시 그레이는 절대 말하지 않을 것이다. 계획을 바꾸었다고 말하면 그녀는 분명 좋아하지는 않을 것이다. 그가 평화유지군으로 돌아가서 내일 새벽에 2번 구역으로 간다고 말하는 건 그녀에게 알아서 하라며 버리고 가는 거나 마찬가지다. 하지만 그래도 그녀는 그를 밀고하지 않을 것이다. 그녀답지 않은 행동인 데다 그녀가 살인 사건에 연루되어 있다는 사실도 밝혀질 것이다. 그러면 그녀는 죽을 수도 있다. 헝거 게임에서 보았듯이 루시 그레이는 자기 보호 능력이 대단한 사람이다. 게다가 그녀는 그를 사랑한다. 어젯밤에 노래에서 그렇게 말했다. 게다가 그녀는 그를 신뢰한다. 하지만 그가 혼자만 살겠다고 숲을 떠난다면 그녀는 분명 신의를 어겼다고 생각할 것이다. 이 소식을 어떻게 전하는 게 좋을지 방법을 생각해야 한다. 하지만 그럴 수가 있을까? "나는 너를 깊이 사랑하지만 장교 학교를 더 사랑해"라고 할까? 그런 식으로는 잘 되지 않을 것이다.

그리고 그는 분명 그녀를 사랑했다! 정말이다! 야생에서의 삶을 시작한 지 몇 시간 만에 이 삶이 싫다는 걸 깨달았을 뿐이다. 더위, 벌레, 끊임없이 지저귀는 새들….

캣니스를 캐 오겠다던 그녀는 꽤 오랫동안 돌아오지 않았다.

코리올라누스는 창밖을 내다보았다. 빗줄기는 가볍게 흩뿌리는 정도로 가늘어져 있었다.

그녀는 혼자 떠나고 싶지 않다고 했다. 너무 외로울 거라고 했다. 그녀는 노래에서 그가 필요하고 그를 사랑하고 신뢰한다고 했지만 과연 그녀가 그를 용서할까? 그가 그녀를 버리고 간다 해도? 빌리 토프는 그녀를 배신했고 그 결과는 죽음이었다. 그의 목소리가 들리는 것만 같았다….

"네가 아이들을 조종하는 걸 보면 토할 것 같아. 아이고, 불쌍한 루시 그레이, 이 불쌍한 것."

… 그리고 그녀가 그의 손을 깨무는 게 보이는 듯했다. 그는 그녀가 경기장에서 얼마나 냉랭하게 아이들을 죽였는지 생각했다. 그녀는 철저하게 계산해서 트리치를 죽였다. 미끼를 던져 자신을 공격하게 하고 주머니에서 뱀을 꺼낼 기회를 만들었다. 그리고 리퍼는 광견병에 걸렸고 안락사인 셈이었다고 하지만 정말인지 어떻게 알아?

아니. 루시 그레이는 순한 양이 아니다. 그녀는 설탕으로 만들어져 있지 않다. 그녀는 우승자다.

그는 평화유지군의 소총이 장전되어 있는지 확인하고 문을 활짝 열었다. 그녀는 보이지 않았다. 그는 호수로 걸어가며 클러크 카마인이 캣니스를 가져왔을 때 어디를 파헤치고 있었는지 기억하려 했다. 그건 아무래도 상관없었다. 호수 주위의 질퍽질퍽한 곳에는 아무도 없었고 둑에도 사람의 흔적은 없었다.

"루시 그레이?" 근처의 나뭇가지에 앉은 모킹제이 한 마리만 대답했다. 그의 말에 멜로디가 없었기 때문에 모킹제이는 그의 목소리를 따라 하려다 실패했다. "포기해." 그가 모킹제이에게 낮게 말했다. "넌 재잘어치가 아니야."

그녀가 그에게서 숨었다는 건 의심의 여지가 없었다. 하지만 왜? 답은 한 가지밖에 없다. 그녀가 알아 버렸기 때문이다. 전부 다. 이 총들을 부수면 살인 사건과 그를 연결시킬 모든 증거품이 사라지니까. 그러면 그가 이젠 그녀와 함께 도망치지 않을 테니까. 그가 저지른 범죄의 유일한 목격자가 그녀이니까. 하지만 그들은 언제나 서로를 도왔는데 왜 갑자기 그가 자기를 해칠 거라고 생각할까? 어제만 해도 그는 눈보라처럼 순수했는데, 왜?

세자누스. 코리올라누스가 죽인 세 번째 사람이 세자누스라는 걸 눈치챈 게 분명하다. 그가 재잘어치를 이용해 벌인 사건에 대해 모른다 해도 코리올라누스가 세자누스의 친구고 세자누스는 반군인데, 코리올라누스는 캐피톨을 옹호하는 사람이라는 것만 알아도 파악할 수 있었을 것이다. 그래도 코리올라누스가 자신을 죽일 거라 생각했다고? 그는 자기가 들고 있는 장전된 총을 내려다보았다. 헛간에 놔두고 오는 게 나았을지도 모른다. 마치 그녀를 사냥하려는 듯 무장한 채 그녀를 찾으러 나서는 건 보기 좋지 않다. 하지만 그는 그녀를 죽일 생각이 없었다. 그저 이야기를 나누고 분별력을 찾도록 하려는 것이었다.

'총을 내려봐.' 그는 스스로에게 말했지만 손이 말을 들으려 하지 않았다. '걔한테는 칼 한 자루밖에 없어.' 큰 칼. 그는 겨우 총을 등 뒤로 멜 뿐이었다. "루시 그레이! 너 괜찮아? 너 때문에 무서워지잖아! 어디 있어?"

그녀는 "널 이해해. 나 혼자 갈게. 원래 계획대로"라고만 말하면 되는데. 하지만 바로 오늘 아침에 그녀는 혼자서는 버틸 수 없을 것 같다, 며칠 안에 코비에게 돌아갈 것 같다고 말했다. 그녀는 그가 자신을 믿지 않을 것이란 사실을 알고 있었다.

"루시 그레이, 제발. 너랑 얘기하고 싶을 뿐이야!" 그가 외쳤다. 그녀는 무슨 계획인 거지? 그가 지쳐서 부대로 돌아갈 때까지 기다릴 생각인가? 그리고 오늘밤에 집에 몰래 돌아가려나? 그건 그에겐 좋지 않았다. 살인 무기가 사라진다 해도 그녀는 위험한 존재다. 그녀가 지금 12번 구역으로 돌아가고 시장이 그녀를 체포하는 데 성공한다면? 그녀를 심문하거나 심지어 고문까지 한다면? 그녀는 털어놓을 것이다. 그녀는 아무도 죽이지 않았다. 그가 죽였다. 그의 말과 그녀의 말은 서로 앞뒤가 맞지 않을 것이다. 그들이 그녀를 믿지 않는다 해도 그의 평판은 망가질 것이다. 그들의 로맨스, 그가 헝거 게임에서 썼던 속임수가 드러나겠지. 하이바텀 총장이 성격 증인으로 불려 올 수도 있겠다. 그런 위험을 감수할 수는 없었다.

그녀는 보이지 않았다. 숲속에서 그녀를 추적하는 것 외에 다른 선택지를 그녀는 주지 않았다. 비는 그쳤고 공기는 습하고 땅은 진창이었다. 그는 집으로 돌아가 바닥을 살펴 그녀의 신발이 남긴 희미한 발자국을 찾아냈다. 그는 그녀의 발자취를 따라 숲이 본격적으로 시작되는 곳의 덤불까지 갔다. 그리고 조용히 흠뻑 젖은 나무들 사이로 들어갔다.

새들이 지저귀는 소리가 그의 귀를 가득 채웠다. 하늘이 흐려 가시거리가 짧았다. 덤불이 그녀의 발자국을 가리고 있었지만 그는 옳은 방향으로 가고 있다고 느꼈다. 아드레날린이 그의 감각을 날카롭게 만들었다. 부러진 나뭇가지와 이끼 위에서 발을 끈 흔적들이 그의 눈에 들어왔다. 그는 이런 식으로 그녀를 놀라게 한다는 사실에 조금은 죄책감이 들었다. 그녀는 뭘 하고 있을까? 덤불 속에서 울음을 억누르려 애쓰며 몸을 떨고 있을까? 그가 없는 삶이라는 생각에 그녀는 분명 마음 아파하고 있을 것이다.

오렌지색이 눈에 들어와 그는 미소를 지었다. 그녀는 "네가 날 못 찾으면 안 되니까"라고 말했다. 그는 그녀를 찾았다. 그는 가지를 헤치고 나뭇가지가 지붕처럼 드리워진 작은 빈터로 들어갔다. 오렌지색 스카프는 들장미 위에 있었는데 도망치다 풀려서 걸려 찢어진 듯했다. 흠, 그가 제대로 찾아왔다는 의미다. 그는 스카프를 가지러 갔다. 어쩌면 계속 간직할 수도 있을지 모른다. 그때 나뭇잎 속에서 부스럭거리는 소리가 희미하게 들렸다. 스카프를 향해 뻗은 그의 팔을 스프링처럼 튀어 나온 뱀이 깨물었을 때에야 뱀이 있었다는 걸 깨달았다.

"아악!" 그는 고통스러운 비명을 질렀다. 뱀은 곧 그를 놓아주더니 그가 제대로 보기도 전에 덤불 안으로 미끄러져 사라졌다. 팔뚝에 남은 빨갛고 둥그런 잇자국을 보자 공포가 차올랐다. 공포와 믿을 수 없다는 마음이 들었다. 루시 그레이가 그를 죽이려 했다! 이건 우연의 일치가 아니다. 길게 나부끼는 스카프, 공격 태세를 갖추고 있었던 뱀. 모드 아이보리는 루시 그레이가 뱀이 있는 곳을 언제나 잘 안다고 했다. 이건 부비트랩이었고 그는 여기에 속아 넘어갔다! 정말이지 불쌍한 양이군! 그는 빌리 토프에게 공감을 느끼기 시작했다.

코리올라누스는 경기장에 있던 무지갯빛 뱀 말고는 뱀에 대해 전혀 몰랐다. 발은 땅에 뿌리라도 내린 듯 멈춰 섰고 심장은 마구 뛰었다. 그는 그 자리에서 죽을 거라고 생각했다. 상처가 아프긴 했어도 계속 서 있는 건 가능했다. 그에게 남은 시간이 얼마나 될지 모르겠지만 스노우 가문 사람으로서 그는 그녀가 이 일에 대한 대가를 치르게 할 것이다. 팔에 지혈대를 대고 묶어야 하나? 독을 빨아내야 하나? 부대에서 생존 훈련은 아직 받지 않았다. 자기가 응급조치를 하면 오히려 몸에 독이 더 빨리 퍼지지 않을까 두려웠다. 코리올라누스는 접었던 소매를 펴서 팔뚝을 가리고 어깨에 멨던 소총을 들고 그녀를 쫓았다. 만약 몸이 좋아진다면 그는 두 사람의 관계가 무너져 내려 순식간에 사적인 헝거 게임이 되었다는 아이러니에 웃을 것이다.

그녀의 흔적을 따라가기란 쉽지 않았다. 이제까지의 단서들은 그를 곧장 뱀에게 이끌기 위해 일부러 남겨 둔 것이었다. 하지만 그렇게 멀리 있지는 않을 것이다. 그녀는 뱀이 그를 죽였는지 알고 싶을 테고 다른 공격 계획을 짰을 수도 있다. 긴 칼로 목을 벨 수 있도록 그가 정신을 잃길 바랐을지도 모른다. 헐떡이는 소리를 죽이려 애쓰면서 그는 소총으로 가지를 조용히 밀어내며 숲속으로 더 깊이 들어갔다. 하지만 그녀가 어디 있는지 파악하기란 불가능했다.

'생각해 보자. 그녀는 어디로 갔을까?' 코리올라누스는 스스로에게 물었다. 그 대답이 충격적으로 다가왔다. 칼만 가지고 있는 그녀는 소총으로 무장한 그와 싸우고 싶지는 않았을 것이다. 그러니 자기도 총을 챙기려고 호숫가의 집으로 갔겠지. 갔다가 돌아와서 지금 그를 추적하고 있을지도 모른다. 귀를 쫑긋 세웠더니 그래, 그래! 누가 오른쪽에서 호수 방향으로 물러나는 소리가 들린 것 같았다. 그는 소리 나는 쪽으로 달리다가 갑자기 멈춰 섰다. 물론 그의 움직이는 소리를 들은 그녀는 덤불 아래로 재빨리 움직이고 있을 것이다. 그가 깨달은 것을 그녀도 깨달았고 이젠 그에게 소리가 들리든 말든 상관하지 않고 있다. 그는 그녀가 10미터 정도 거리에 있다고 짐작했다. 그는 소총을 어깨에 대고 그녀가 있을 것 같은 방향으로 마구 쏘았다. 새 떼가 날아오르며 시끄럽게 꽥꽥 울었고 희미한 비명 소리가 들렸다. 그는 '잡았다'고 생각했다. 그는 그녀를 쫓아 숲을 헤치며 달렸다. 가지와 가시가 옷에 걸리고 얼굴을 긁었지만 그녀가 있을 것 같은 곳에 다다를 때까지는 다 무시했다. 그녀의 흔적은 없었다. 상관없다. 그녀는 다시 움직여야 할 테고 움직이면 찾을 수 있겠지.

"루시 그레이." 그는 평상시 목소리로 말했다. "루시 그레이, 우리가 이 문제를 잘 해결하기엔 아직 너무 늦지 않았어." 물론 너무 늦었지만 그는 그녀에게 빚진 게 하나도 없다. 그녀가 그를 속이고 거짓말을 했으니 그가 진실을 말해야 하는 것도 절대 아니다. "루시 그레이, 나와 이야기하지 않을래?"

그녀의 목소리가 갑자기 달콤하게 떠돌아 그는 깜짝 놀랐다.

너는, 너는
그 나무로 올 거니.
나와 나란히 밧줄 목걸이를 맬 거니.
여기선 정말 이상한 일들이 있었지.
너도 다 알게 될 거야.
우리가 매다는 나무에서 자정에 만난다면.

'그래, 무슨 뜻인지 알겠어'라고 그는 생각했다. '세자누스에 대해 안다는 거지. 밧줄 목걸이니 뭐니 하는 얘기들.'

그녀가 있는 쪽으로 한 걸음 내딛었을 때 모킹제이 한 마리가 그녀의 노래를 따라 불렀다. 그리고 또 한 마리, 또 한 마리. 수십 마리가 노래를 부르기 시작하면서 숲은 새들의 멜로디로 가득 찼다. 그는 나무들 사이로 몸을 날리며 목소리가 들려 왔던 쪽으로 총을 쏘았다. 맞췄나? 알 수 없었다. 새들의 노래가 귀를 가득 채우고 방향감각을 잃게 했다. 그의 가시 범위에 작고 검은 얼룩들이 떠다녔고 팔이 욱신거리기 시작했다. "루시 그레이!" 그는 좌절하며 외쳤다. 영리하고 기만적이고 치명적인 소녀. 그녀는 새들이 자신을 지켜 줄 것을 알고 있었다. 그는 소총을 들어 올려 새들을 다 쓸어버리려고 나무들을 향해 연사했다. 하늘로 날아간 새들이 많았지만 노래는 이미 널리 퍼져 숲을 요란하게 울렸다.

"루시 그레이! 루시 그레이!" 그는 분노하며 이쪽저쪽을 돌아보다가 결국 빙글빙글 돌며 사방으로 총을 마구 쏘아 댔다. 총알이 다 떨어질 때까지 쏘았다. 어지럽고 욕지기가 치밀어 그는 땅에 쓰러졌다. 온갖 새들이 목청껏 비명을 질렀고 모킹제이들이 '매다는 나무'를 불러 대는 통에 숲은 폭발하듯 시끄러웠다. 자연이 미쳤다. 유전자가 비뚤어졌다. 혼돈.

여기서 나가야 했다. 팔이 붓기 시작했다. 부대로 돌아가야 했다. 억지로 일어난 그는 호수로 터벅터벅 돌아갔다. 집 안은 그가 나왔을 때와 똑같았다. 최소한 그녀가 여기에 돌아오는 것은 막은 모양이다. 그는 양말 한 켤레를 장갑 대신으로 써서 살인 무기를 닦은 다음 무기를 전부 삼베 자루에 넣은 뒤 어깨에 메고 호수로 달려갔다. 돌을 넣지 않아도 가라앉을 만큼 무거운 것 같아서 그는 호수 깊은 곳까지 삼베 자루를 끌고 갔다. 자루를 물에 가라앉히자 자루는 빙글빙글 돌며 어둠 속으로 천천히 내려앉았다.

팔에 온통 따끔거리는 느낌이 들어 걱정스러웠다. 어설픈 개헤엄으로 호숫가까지 나와서 비틀거리며 집으로 돌아갔다. 물건들은 어떻게 하지? 이것도 물에 가라앉혀야 하나? 의미 없는 짓이다. 그녀가 죽었다면 코비가 발견할 테고 그녀가 살아 있다면 도망치는 데 쓰겠지. 그는 생선을 불 속에 던져 넣고 나와서 문을 꼭 닫았다.

다시 비가 내리기 시작했다. 폭우였다. 그는 자기가 다녀간 흔적을 비가 전부 지워 줄 거라 생각했다. 총들은 사라졌다. 물건들은 루시 그레이의 것이다. 남은 건 그의 발자국뿐이었는데 발자국은 그의 눈앞에서 녹아내리고 있었다. 그의 머릿속에도 구름이 낀 것 같았다. 생각하기가 힘들었다. '돌아가. 너는 부대로 돌아가야 해.' 그렇지만 부대가 대체 어느 쪽이지? 그는 주머니에서 아버지의 나침반을 꺼내 보았다. 호수에 들어갔다 나왔는데도 작동한다는 사실이 놀라웠다. 크라수스 스노우는 아직도 어딘가에 있다. 지금도 그를 지켜 주고 있다.

코리올라누스는 폭풍 속의 생명선인 나침반에 매달려 남쪽으로 향했다. 숲속을 비틀비틀 걷는 그는 겁에 질렸고 혼자였지만 옆에 있는 아버지의 존재를 느꼈다. 크라수스는 그를 대단치 않게 생각했을지 모르지만 그는 아버지의 유산이 살아남길 바랐다. 코리올라누스가 오늘 자신의 과오를 어느 정도 만회한 건 아닐까? 뱀의 독으로 죽는다면 모든 게 아무 의미도 없겠지만. 그는 멈춰 서서 구토를 했다. 물병을 가져왔으면 좋았겠다고 생각했다. 거기에도 그의 DNA가 남아 있을 거라는 사실을 어렴풋이 깨달았지만 누가 신경이나 쓰겠는가. 물병은 살인 무기가 아니다. 중요하지 않다. 그는 안전했다. 코비가 루시 그레이의 시체를 발견한다 해도 그들은 신고하지 않을 것이다. 그로 인해 주목을 끄는 걸 원치 않을 테니까. 그들과 반군이 연관 있는 걸로 생각할 수도 있고 은신처가 드러날지도 모른다. 만약 시체가 있다면 말이다. 코리올라누스는 자신이 그녀를 맞췄는지조차 확실히 알 수 없었다.

코리올라누스는 돌아왔다. 매다는 나무로 돌아간 건 아니었지만 12번 구역으로 왔다. 숲을 헤매다 빠져나와서 가축우리 같은 광부들의 집이 있는 곳으로 들어갔고 어찌어찌 길을 찾았다. 천둥이 치면서 땅이 흔들렸다. 마을 광장에 도착했을 때쯤에는 번개가 하늘을 갈랐다. 부대로 돌아와 울타리 틈으로 기어 들어올 때까지 아무도 보이지 않았다. 그는 곧바로 의무실로 가서 체육관으로 가다가 신발끈을 묶으려 했는데 갑자기 뱀이 나타나서 팔뚝을 물었다고 말했다.

의사는 고개를 끄덕였다. "비가 오면 뱀들이 나오지."

"그렇습니까?" 코리올라누스는 그게 말이 되느냐는 대답, 최소한 회의적인 반응 정도는 나오리라 생각하고 있었다.

의사는 의심하는 것 같지 않았다. "뱀을 봤니?"

"제대로 못 봤습니다. 비가 오고 있었고 빨리 움직였습니다." 그가 대답했다. "저는 죽습니까?"

"아닐걸." 의사는 싱긋 웃었다. "독사가 아니었어. 이빨 자국이 보이지? 송곳니가 없잖아. 그래도 며칠 정도는 아플 거다."

"확실합니까? 저는 구토를 했고 제대로 생각할 수도 없었습니다." 그가 말했다.

"음, 두려우면 그럴 수도 있지." 의사가 대답했다. "아마 흉터가 남을 거야."

'잘됐군. 더 조심스럽게 행동하라고 일깨워 줄 테니까'라고 코리올라누스는 생각했다.

의사는 주사를 몇 방 놔주고 알약 한 통을 주었다. "내일도 와. 다시 살펴보게."

"2번 구역으로 발령받아서 내일은 그곳으로 갑니다." 코리올라누스가 대답했다.

"그러면 거기 있는 병원에 가 봐." 의사가 대답했다. "행운을 빌어, 병사."

코리올라누스는 방으로 돌아갔다가 아직 오후 중반밖에 되지 않았다는 걸 알고 충격을 받았다. 숙취와 비 때문에 막사 동료들은 아직 자고 있었다. 그는 화장실에 가서 주머니 속을 비웠다. 호수의 물이 어머니의 장미향 파우더를 보기 싫은 곤죽으로 만들어서 쓰레기통에 전부 버려야 했다. 서로 들러붙은 사진들을 떼려 하자 찢어져서 사진도 다 버렸다. 이번 외출에서 살아남은 건 나침반뿐이었다. 옷을 벗고 호수에서 묻은 것들을 남김없이 문질러 닦아 냈다. 옷을 입고 나서 더플백을 꺼내 짐을 싸기 시작했다. 나침반을 개인 물품 상자에 다시 넣고 가방

깊숙이 밀어 넣었다. 잠시 생각한 뒤 세자누스의 로커를 열어 그의 상자도 챙겼다. 2번 구역에 가면 위로의 편지와 함께 플린스 가족에게 보내야지. 세자누스의 가장 친한 친구로서 적절한 행동일 것이다. 그리고 혹시 알아? 쿠키를 계속 보내 줄지.

다음 날 아침 막사 동료들의 눈물 어린 작별 인사를 뒤로 하고 그는 2번 구역으로 가는 호버크래프트에 탔다. 상황이 확 좋아졌다. 안락한 좌석과 승무원. 음료수도 고를 수 있었다. 어떻게 봐도 호화롭다고는 할 수 없었지만 입영 열차와는 차원이 달랐다. 안락함에 위안을 얻은 그는 관자놀이를 창문에 대고 잠을 청하려 했다. 비가 막사 천장을 두드리던 지난 밤 내내 그는 루시 그레이가 어디 있을지만 생각했다. 빗속에서 죽어 있으려나? 호숫가 집에서 불을 피워 놓고 웅크리고 있을까? 그녀가 살아남았다면 12번 구역으로 돌아가겠다는 생각은 분명 버렸을 것이다. 그는 머릿속에서 '매다는 나무' 멜로디의 허밍을 들으며 잠들었고 몇 시간 뒤 호버크래프트가 착륙했을 때 깨어났다.

"캐피톨에 오신 걸 환영합니다." 승무원이 말했다.

코리올라누스는 눈을 번쩍 떴다. "네? 아네요. 제가 내릴 곳을 놓쳤나요? 전 2번 구역으로 가야 해요."

"이 항공기는 2번 구역까지 계속 비행하긴 하지만 여기서 내리시라는 명령을 받았습니다." 승무원은 목록을 확인하며 말했다. "내리셔야 할 것 같습니다. 저희도 일정을 지켜야 합니다."

그는 작고 낯선 공항의 아스팔트 길 위에 섰다. 평화유지군 트럭 한 대가 다가왔고 뒤에 타라는 명령을 받았다. 트럭은 덜컹거리며 달렸다. 기사에게서 아무 정보도 얻어 내지 못한 코리올라누스는 스멀스멀 다가오는 두려움을 느꼈다. 실수가 있었던 거야. 아닌가? 그들이 살인 사건과 그의 연관 관계를 어찌어찌 찾아냈다면? 루시 그레이가 돌아가서 모든 것을 폭로했나? 이제 그를 심문하려는 걸까? 무기를 찾아 호수 바닥을 뒤질까? 스칼라스 거리로 접어들어 아카데미 옆을 지날 때 그는 심장이 덜컥 떨어지는 것 같았다. 여름 오후의 아카데미는 조용하고 한적했다. 방과 후에 가끔 들러서 놀던 공원이 보였다. 그가 좋아하는 컵케이크를 파는 빵집도. 최소한 그는 고향을 한 번 더 볼 기회는 얻었다. 트럭이 갑자기 방향을 틀어 시타델을 향해 가고 있다는 걸 깨닫자 그의 향수는 사라졌다.

안에 들어가자 경비병들은 그를 바로 엘리베이터에 태웠다. "그녀가 실험실에서 널 기다리고 있어."

그는 '그녀'가 골 박사가 아닌 케이 박사일지도 모른다는 가냘픈 희망에 매달렸다. 하지만 엘리베이터에서 내리자마자 그의 옛 천적이 실험실 건너편에서 손짓하고 있는 걸 보았다. 내가 왜 여기로 왔지? 내가 그녀의 우리에 들어가게 되려나? 그는 그쪽으로 다가가며 골 박사가 살아 있는 생쥐를 금빛 뱀들이 든 탱크에 떨어뜨리는 것을 보았다.

"우승자가 돌아왔군. 자, 이것 좀 들어 줘." 골 박사는 꿈틀거리는 분홍색 쥐가 가득 든 금속 통을 그의 손 안에 밀어 넣었다.

코리올라누스는 구역질을 참았다. "안녕하세요, 골 박사님."

"네 편지 받았어." 그녀가 말했다. "네 재잘어치도. 플린스 군 일은 참 안됐어. 하지만 정말 안된 걸까? 아무튼 네가 12번 구역에서도 공부를 계속하는 걸 보니 흐뭇했다. 네 세계관을 발전시키고."

그는 마치 아무 일도 없었다는 듯 그녀와의 개인 교습으로 금세 돌아온 기분이었다. "네, 놀라운 경험이었어요. 우리가 논의했던 것들을 전부 생각해 봤습니다. 혼돈, 통제, 계약. 세 가지 C."

"헝거 게임에 대해서도 생각했니?" 그녀가 물었다. "우리가 만났던 날, 카스카는 헝거 게임의 목적이 뭐냐고 물었고 너는 뻔한 대답을 했지. 구역을 처벌하기 위해서라고. 지금이라면 답변을 바꾸겠니?"

코리올라누스는 세자누스의 더플백을 풀 때 그와 나누었던 대화를 떠올렸다. "더 자세하게 대답할 것 같아요. 헝거 게임은 그저 구역을 처벌하기 위해서 있는 것만이 아니고 영원한 전쟁의 일부입니다. 매년 열리는 헝거 게임은 그 자체로 전투입니다. 우리 손바닥 안에서 벌일 수 있는 전투죠. 우리의 통제에서 벗어날 수도 있는 진짜 전쟁 대신 치를 수 있는 것이고요."

"흠." 그녀는 딱 벌린 뱀의 입 앞에서 쥐를 획 들었다. "거기 너, 탐욕스럽게 굴지 마."

"그리고 우리가 서로에게 어떤 짓을 했는지, 우리가 또 어떤 짓을 할 수 있는지 상기시켜 주죠. 우리의 천성 때문에요." 그가 계속 얘기했다.

"그래서 우리의 천성이 어떤지는 결론 내렸니?" 골 박사가 물었다.

"생존을 위해 캐피톨을 필요로 하는 존재들입니다." 그는 참지 못하고 빈정거리는 말을 섞었다. "하지만 다 의미가 없다는 거, 아시죠? 헝거 게임요. 12번 구역 사람들은 아무도 보지도 않아요. 추첨 때 말고는요. 부대 안에조차 작동하는 텔레비전이 없는걸요."

"앞으로는 그게 문제될 수 있겠지만 올해는 축복이었지. 엉망진창이 된 헝거 게임 전체를 지워야 했으니까." 골 박사가 말했다. "학생들을 엮은 건 실수였어. 특히 애들이 파리 목숨처럼 죽어 나가기 시작했을 때. 캐피톨을 너무 나약하게 보이게 만들었어."

"지우셨다고요?" 그가 물었다.

"모든 걸 싹 다 지웠고 다시는 방영되지 않을 거야." 그녀가 씩 웃었다. "물론 금고에 원본을 가지고 있긴 한데, 그건 나 혼자 보고 즐기려고 남겨 둔 거야."

코리올라누스는 헝거 게임을 지웠다는 게 기뻤다. 루시 그레이를 이 세상에서 없애는 또 하나의 방법이었다. 캐피톨은 그녀를 잊을 것이고 구역에서는 그녀를 잘 알지도 못한다. 12번 구역은 그녀를 자기들의 일원으로 받아 준 적이 없다. 몇 년이 지나면 경기장에서 노래를 불렀던 여자아이가 있었다는 희미한 기억만 남을 것이다. 그리고 그것 역시 잊히겠지. 안녕, 루시 그레이. 우리는 네가 누군지 잘 몰라.

"완전한 실패는 아니었어. 내년에도 플리커맨을 데려올 것 같아. 그리고 내기를 걸게 하자는 네 아이디어도 계속 쓸 거고." 그녀가 말했다.

"어떻게든 시청을 의무화해야 해요. 12번 구역에서 그렇게 우울한 걸 자진해서 볼 사람은 없어요." 그가 말했다. "그들은 얼마 안 되는 자유 시간을 여생을 잊으려고 술 마시는 데 쓴다고요."

골 박사는 빙그레 웃었다. "여름휴가 동안 많은 걸 배운 것 같군, 스노우 군."

"휴가요?" 그가 당혹해하며 물었다.

"음, 네가 여기 있었다면 뭘 했겠어? 캐피톨에서 빈둥거리며 곱슬머리나 빗었을까? 평화유지군들과 여름을 보내는 게 훨씬 더 교육적일 거라 생각했지." 그녀는 그의 얼굴에 떠오른 혼란스러움을 지켜보았다. "내가 너를 구역의 천치들 손에 넘겨주기 위해 그렇게 시간을 투자했다고 생각하는 건 아니겠지?"

"이해가 되지 않습니다, 제가 듣기로…." 그가 입을 열었다.

골 박사가 말을 끊었다. "난 네게 명예 제대를 명령했다. 즉시 집행돼. 너는 대학교에 입학해서 내 밑에서 공부하게 될 거야."

"대학교요? 여기 캐피톨에서요?" 그가 놀라서 물었다.

그녀는 마지막 쥐를 탱크에 떨어뜨렸다. "수업은 목요일부터 시작이야."

에필로그

　학기 중간인 10월의 어느 맑은 날, 스노우는 대학교 과학 센터의 대리석 계단을 내려왔다. 그를 돌아보는 사람들을 그는 겸손하게 무시했다. 새 양복을 입은 그의 모습은 멋졌고 특히 곱슬머리가 다시 자라서 근사했다. 그리고 평화유지군으로 복무했던 경험은 그의 경쟁자들이 부러워서 이를 갈게 만드는 특질을 그에게 주었다.

　골 박사와 함께 특별 우등반 군사 전략 수업을 마치고 나온 참이었다. 아침에는 게임운영자 인턴 자격으로 시타델에 갔다 왔다. 인턴이라고 부를 수도 있겠지만 시타델 사람들은 그를 정식 팀원처럼 대했다. 그들은 캐피톨과 구역들을 내년 헝거 게임에 깊이 끌어들일 아이디어를 이미 짜 내고 있었다. 스노우는 구역 사람들이 알지도 못할 수 있는 두 조공인의 생명 말고는 헝거 게임에 구역 사람들의 이해관계가 없다는 사실을 지적했다. 조공인의 승리는 구역 전체의 승리가 되어야 했다. 우승한 조공인을 배출한 구역 사람들 전부에게 음식 꾸러미를 주자는 아이디어가 나왔다. 그리고 스노우는 더 나은 조공인들이 자원할 가능성을 높이기 위해 우승자에겐 마을의 특별 지역에 집을 한 채 주자고 제안했다. 그리고 그곳은 일단 우승자 마을이라고 부르기로 했다. 가축 우리 같은 집에 사는 사람들은 그 집을 모두 부러워할 것이다. 그리고 상징적인 상금을 주면 괜찮은 연기자들을 끌어들이는 데 제법 도움이 될 것이다.

스노우는 플린스 가족이 준 입학 선물인 버터마냥 부드러운 가죽 책가방을 손가락으로 쓰다듬었다. 그는 아직도 그들을 어떻게 불러야 할지 애매했다. '어머니'는 쉬웠지만 스트라보 플린스를 아버지라고 부르는 건 어려워서 '서$_{sir}$'라는 존칭을 많이 썼다. 그들이 스노우를 입양한 것은 아니었다. 열여덟 살인 그는 이미 나이가 너무 많았다. 하지만 상속자로 지정된 것이 어차피 그로선 더 좋았다. 그는 군수품 제국을 준다고 해도 스노우라는 이름을 포기하지는 않을 것이다.

모두 아주 자연스럽게 일어난 일이었다. 그의 귀향. 플린스 부부의 비통함. 두 가족의 결합. 세자누스의 죽음은 플린스 가족을 무너뜨렸다. 스트라보는 간단하게 표현했다. "내 아내에겐 삶의 목적이 필요해. 그건 나도 마찬가지야. 자네는 부모님을 잃었지. 우린 아들을 잃었고. 우리가 뭔가를 잘해 볼 수 있을 것 같은데." 그는 스노우 가족이 이사하지 않아도 되도록 그들의 아파트를 구입했고 아래층의 두리틀 가족 집을 사서 아내와 함께 이사했다. 아파트를 개조하자는 말도 있었다. 두 집 사이에 나선형 계단을 만들거나 두 집을 연결하는 그들만의 엘리베이터를 설치할까도 의논했지만 서두를 일은 아니었다. 어머니는 벌써 매일 집에 찾아와 할머님을 도왔고 할머님은 새 '하녀'가 생겼다는 사실을 체념하고 받아들였다. 어머니와 티그리스는 아주 원만하게 잘 지냈다. 플린스 부부가 모든 비용을 다 댔다. 아파트 세금, 그의 등록금, 요리사 월급까지. 그에게 용돈도 넉넉히 주었다. 이건 도움이 되었다. 그가 12번 구역에서 티그리스에게 보냈던 돈 봉투를 몰래 가로채서 챙기긴 했지만 대학 생활을 제대로 하려면 돈이 많이 들었다. 스트라보는 그가 돈을 어디에 쓰는지 물어보거나 옷이 좀 많아졌다고 트집 잡는 일이 절대 없었다. 스노우가 조언을 구하면 흡족해하는 것 같았다. 그들은 놀랄 정도로 잘 지냈다. 가끔 그는 플린스 씨가 구역 사람이라는 걸 거의 잊을 정도였다. 거의.

오늘은 세자누스의 열아홉 번째 생일이었을 날이다. 그들은 세자누스를 기억하기 위한 조용한 만찬을 갖기로 했다. 스노우는 페스투스와 리시스트라타를 초대했다. 두 사람은 다른 아이들에 비해 세자누스를 좋아하는 편이었고 좋은 말을 할 아이들이었다. 플린스 부부에게 세자누스의 로커에서 가져온 상자를 줄 계획이었지만 그전에 해야 할 일이 하나 있었다.

아카데미로 걸어가며 맑은 공기를 마시니 그의 정신은 아주 날카로워졌다. 그는 불쑥 찾아가는 게 더 나을 것 같아서 약속을 잡지 않았다. 한 시간 전에 학생들이 하교한 복도에 그의 발소리가 울렸다. 하이바텀 총장의 비서 책상은 비어 있었다. 그는 바로 총장 사무실로 가서 문을 두드렸다. 총장은 들어오라고 했다. 책상 위로 몸을 수그린 총장은 체중이 줄고 몸을 떨고 있어 그 어느 때보다 상태가 안 좋아 보였다.

"음, 이 영광을 누구에게 돌려야 할까?" 총장이 물었다.

"어머니 콤팩트를 찾으러 왔습니다. 총장님껜 더 이상 필요 없을 테니까요." 스노우가 대답했다.

하이바텀 총장은 서랍에서 콤팩트를 찾아 책상 위에 탕 하고 놓았다. "그게 전부냐?"

"아닙니다." 그는 책가방에서 세자누스의 상자를 꺼냈다. "오늘밤에 세자누스의 개인 물품을 부모님께 돌려 드리려 합니다. 이걸 어떻게 해야 하나 싶어서요." 그는 내용물을 책상 위에 쏟아 놓고 액자에 든 졸업장을 꺼냈다. "이게 밖에 돌아다니는 걸 총장님이 원하지 않으실 것 같아서요. 반역자에게 주어진 아카데미 졸업장."

"넌 아주 양심적이구나." 하이바텀 총장이 말했다.

"평화유지군 훈련을 받았으니까요." 스노우는 액자 뒷판을 풀어 졸업장을 꺼냈다. 그리고 마치 충동적으로 하는 것처럼 플린스 가족 사진을 넣었다. "세자누스의 부모님은 이걸 더 좋아하실 것 같네요." 그들 두 사람은 세자누스의 삶의 흔적을 바라보았다. 그러다 스노우는 약병 세 개를 하이바텀 총장의 쓰레기통에 넣었다. "나쁜 기억은 적을수록 좋겠죠."

하이바텀 총장은 그를 쳐다보았다. "그래서 너는 구역에서 선한 마음을 갖게 된 거냐?"

"구역에서가 아니에요. 헝거 게임에서죠." 스노우가 그의 말을 정정했다. "그건 총장님 덕택이죠. 어쨌거나 그걸 만드신 분이니까요."

"오, 그 몫의 절반은 네 아버지에게 가야 할 것 같다." 총장이 말했다.

스노우는 얼굴을 찌푸렸다. "무슨 말씀이신가요? 헝거 게임은 총장님의 아이디어라고 알고 있습니다. 대학교에서 생각하신 것 아닌가요?"

"골 박사의 수업이었어. 난 그녀를 증오했고 그래서 도저히 수업에 참여하기가 불가능했지. 낙제할 처지였어. 마지막 프로젝트는 두 명씩 짝을 지어서 했는데 나는 내 제일 친한 친구와 팀을 이뤘어. 물론 크라수스였다. 적들을 벌할 수 있는, 너무나 극단적이어서 그들이 내게 무슨 잘못을 했는지 절대 잊어버릴 수 없는 방법을 고안하라는 게 숙제였어. 마치 퍼즐 같았지. 나는 퍼즐을 잘 풀어. 그리고 모든 좋은 창작물이 그렇듯 핵심은 터무니없을 정도로 단순해. 헝거 게임. 가장 사악한 충동을 영리하게 스포츠 행사로 포장한 거지. 엔터테인먼트로 만든 거야.

난 취해 있었고 너희 아버지는 나를 더 취하게 만들었어. 내가 거기에 살을 붙여 가는 가운데 내 허영심을 자극하며 부추겼지. 이건 그냥 우리 사이의 농담일 뿐이라고 안심시켰어. 다음 날 아침에 나는 내가 만들어 낸 것에 소름이 끼쳐 발기발기 찢어 버리려 했지만 이미 늦었더구나. 내 허락도 없이 네 아버지는 그걸 골 박사에게 넘겼다. 좋은 성적을 받고 싶었던 거야. 난 그를 절대 용서하지 않았어."

"아버지는 돌아가셨어요." 스노우가 말했다.

"하지만 그녀는 죽지 않았지." 하이바텀 총장이 쏘아붙였다. "이론적으로만 구상했을 뿐, 절대 그 이상을 의미한 건 아니었어. 그리고 가장 잔인한 괴물이 아니고서야 누가 그걸 연출하겠니? 전쟁 뒤에 골 박사는 내 제안서를 끄집어냈고 나까지 끌어들여서 나를 헝거 게임의 설계자라고 판엠에 소개했어. 그날 밤 나는 처음으로 모플링을 먹었다. 헝거 게임은 너무나 섬뜩해서 차차 없어질 거라고 생각했어. 그렇게 되지 않더구나. 골 박사가 헝거 게임을 맡아 운영했고 10년 동안 나도 끌어들여서 하고 있는 거야."

"인류에 대한 골 박사님의 세계관을 뒷받침하기는 하죠." 스노우가 말했다. "특히 아이들을 이용한다는 점에서."

"그건 왜지?" 하이바텀 총장이 물었다.

"우리는 아이들이 아무 죄도 없다고 생각하니까요. 그런데 우리들 중 가장 무결한 사람마저 헝거 게임에서 살인자로 변한다면 그건 어떤 의미일까요? 우리의 본질적 천성은 폭력적이라는 뜻이겠죠." 스노우가 설명했다.

"자기파괴적이지." 하이바텀 총장이 중얼거렸다.

스노우는 플루리부스가 아버지와 하이바텀 총장의 사이가 틀어졌을 때를 설명한 순간을 떠올리며 편지에 있던 구절을 인용했다. "나방들은 불꽃에 이끌리죠." 총장의 눈이 가늘어졌지만 스노우는 그저 미소만 지었다. "하지만 물론 저를 시험하시는 거겠죠. 저보다 훨씬 더 잘 아시니까요."

"잘 모르겠다." 하이바텀 총장은 손가락으로 콤팩트의 장미 문양을 쓸었다. "그래서 네가 떠난다고 하니까 그 아이는 뭐라고 하더냐?"

"골 박사님이요?" 그가 물었다.

"노래를 잘 부르는 너의 작은 새." 총장이 말했다. "12번 구역을 떠날 때 네가 떠난다는 사실에 슬퍼하더냐?"

"저희 둘 다 조금 슬펐던 것 같아요." 스노우는 콤팩트를 주머니에 넣고 세자누스의 물건들을 챙겼다. "가 봐야겠습니다. 새로 주문한 거실 가구가 배달될 예정인데 사촌에게 짐꾼들을 감독하겠다고 약속했거든요."

"그럼 가 봐라. 펜트하우스로 돌아가." 총장이 말했다.

스노우는 루시 그레이에 대해서는 누구와도 이야기하고 싶지 않았다. 특히 하이바텀 총장과는 이야기하고 싶지 않았다. 스마일리는 플린스 가족의 옛 주소로 보낸 편지에서 그녀가 사라졌다고 언급했다. 모두 시장이 죽였다고 생각했지만 증명할 수는 없었다. 호프 대신 새로운 사령관이 왔는데 그가 제일 먼저 한 조치는 호브 공연을 불법화한 것이었다. 음악은 말썽을 낳기 때문이라는 게 이유였다.

'그래, 음악은 정말 그래.' 스노우는 생각했다.

그렇다면 루시 그레이의 운명은 미스터리였다. 사람을 미치게 만드는, 그녀와 이름이 같은 그 노래 속의 어린 여자아이의 운명처럼 말이다. 그녀는 살아 있을까, 죽었을까? 황야를 떠도는 유령이 되었을까? 어쩌면 아무도 모를 수도 있다. 상관없다. 두 명의 루시 그레이 모두 눈, 스노우에 의해 파멸했다. 불쌍한 루시 그레이. 새들과 함께 노래하는 불쌍한 유령 소녀.

> 너는, 너는
> 그 나무로 올 거니,
> 우리 둘 다 자유로워질 수 있도록
> 내가 너에게 달아나라고 한 곳으로?

그녀는 12번 구역에서 마음껏 돌아다닐 수 있지만 그녀와 그녀의 모킹제이들은 다시는 그를 해칠 수 없다.

스노우는 가끔 달콤했던 순간들을 떠올렸고 다른 결말이었다면 좋았겠다는 생각이 들 때도 있었다. 하지만 그가 남았더라도 두 사람은 결코 잘될 수 없었을 것이다. 그들은 정말이지 너무나 달랐다. 그리고 그는 사랑이 싫었다. 사랑이 그를 멍청하고 나약하다고 느껴지게 만드는 게 싫었다. 만약 그가 결혼을 한다면 그는 자신의 마음을 뒤흔들 수 없는 사람을 고를 것이다. 절대로 루시 그레이처럼 그를 조종할 수 없도록. 심지어 그가 싫어하는 사람과 할 수도 있다. 그에게 절대 질투나 나약함을 느끼게 하지 않을 사람. 리비아 카듀가 완벽하겠다. 그는 두 사람이 몇 년 뒤에 대통령과 영부인으로 헝거 게임을 주재하는 걸 상상해 보았다. 그가 판엠을 통치하게 된다면 헝거 게임은 당연히 계속될 것이다. 사람들은 그를 독재자, 철권통치자라 부르며 잔인하다고 할 것이다. 하지만 그는 최소한 생존을 위한 생존을 보장하며 인간에게 진화할 기회를 줄 수는 있다. 인류가 바랄 수 있는 다른 것이 있나? 정말이지 인류는 그에게 감사해야 한다.

그는 플루리부스의 나이트클럽 앞을 지나며 살짝 미소 지었다. 쥐약은 어디서든 구할 수 있지만 그는 지난주에 뒷골목에서 몰래 쥐약을 조금 슬쩍해서 집에 가져왔다. 모플링 병에 넣기란 쉽지 않았고 장갑을 끼고 하자니 더 힘들었지만 결국 충분하다 싶은 양을 주둥이 안에 넣을 수 있었다. 병을 미리 잘 닦아 놓는 것도 잊지 않았다. 하이바텀 총장이 쓰레기통에서 모플링 병을 꺼내 주머니에 넣을 때, 점적기를 꺼내 모플링을 혀 위에 떨어뜨릴 때 의심스러워할 만한 것은 전혀 없었다. 하지만 그는 총장이 마지막 숨을 들이쉴 때 그에게 도전했던 수많은 사람들이 깨달았던 것을 깨닫게 되길 바라지 않을 수 없었다. 판엠 전부가 언젠가는 알게 될 사실. 필연적인 것.

스노우가 일등이다.

옮긴이의 글

《헝거 게임》1권의 번역을 마치고 옮긴이의 글을 쓴 지가 벌써 10년이 넘었다. 당시에는 1권만 발표되었던 때라 이 시리즈가 어떻게 흘러갈지 알 수 없었다. 그래서 '24명의 청소년을 한곳에 몰아넣고 한 명만 살아남을 때까지 서로 죽이게 한다'는 설정에서 일본 영화 〈배틀 로얄〉이 떠오른다고 쓰기도 했다. 그러나 시리즈를 계속 읽다 보니 저자 수잔 콜린스의 시선이 향해 있던 곳은 달랐다는 걸 느꼈다.

1권의 옮긴이의 글에서 캐릭터의 이름에 대한 간략한 설명을 넣었는데, 3부작의 마지막 권《모킹제이》이후 여러 해 만에 출간된 이번 프리퀼의 캐릭터 작명에 대해서도 언급하는 것이 좋을 듯하다. 판엠을 지배하는 곳인 캐피톨의 캐릭터 이름은 로마의 역사적 인물에서 따온 사례가 많은 반면, 각 구역의 캐릭터는 주로 평범한 이름이다. 멘터의 이름 위주로 간략히 소개한다.

1번 구역

리비아 카듀: 리비아 드루실라Livia Drusilla는 아우구스투스Augustus(옥타비아누스 Octavianu)의 아내다. 티베리우스Tiberius Caesar Augustus와 이혼하고 아우구스투스와 재혼했다.

팔미라 몬티: 팔미라palmyra는 시리아 중부의 고대 도시로 로마 제국의 폐허가 남아 있는 곳이다.

세자누스 플린스: 세자누스Sejanus는 티베리우스 황제의 근위 대장으로 많은 권력을 지녔던 군인이었으나 배반을 꾀한다는 의심을 받아 숙청되었다.

플로루스 프렌드: 게시우스 플로루스Gesius-Florus는 로마에서 임명했던 유대의 총독으로 가혹한 통치로 악명이 높았다.

3번 구역

이오 재스퍼: 이오Io는 제우스Zeus의 사랑을 받았으나 헤라Hera의 미움을 받아 암소로 변했다가 인간의 모습을 되찾은 뒤에는 이집트의 왕과 결혼했다는 그리스 신화 속 여성이다.

3번 구역 조공인들은 과학 기술에 정통하다. 시르크Circ는 전기 회로circuit를, 테슬리Teslee는 과학자 니콜라 테슬라Nicola Tesla를 떠올리게 한다.

4번 구역

페르세포네 프라이스: 그리스 신화에서 페르세포네Persephone는 제우스와 데메테르Demeter의 딸이며 지옥의 여왕이다.

페스투스 크리드: 포르키우스 페스투스Porcius Festus(보르기오 베스도 Porcius Festus)는 로마가 임명한 유대의 총독이다.

5번 구역

이피게니아 모스: 이피게니아Iphigenie는 그리스 신화에서 아가멤논Agamemnon 왕과 클리템네스트라Clytemnestra 여왕이 낳은 공주다.

6번 구역

아폴로 링: 아폴로Apollo는 제우스의 아들로 올림포스 12신 가운데 하나다.

다이애나 링: 다이애나는 지금도 흔히 사용되는 이름이지만, 달의 여신 다이아나Diana(아르테미스Artemis)의 이름에서 가져온 것으로 보인다.

7번 구역

빕사니아 시클: 빕사니아 아그리피나Vipsania Agrippina는 로마 티베리우스 황제의 첫 아내였다.

플라이니 해링턴: 플리니우스Plinius는 로마의 문인이자 정치가였다.

8번 구역

주노 핍스: 주노Juno는 그리스 신화에서 헤라에 해당하는 로마의 여신 '유노'를 영어식으로 읽은 것이다.

힐라리우스 헤븐스비: 힐라리우스hilarius는 라틴어로 '쾌활한'이라는 의미로 '힐러리Hillary'라는 영어 이름이 여기서 왔다.

9번 구역

가이우스 브린: 가이우스Gaius(또는 카이우스Caius)라는 이름을 가진 인물은 로마 역사에서 여럿 있으며 성경에도 등장한다.

안드로클레스 앤더슨: 도망친 노예 안드로클레스Androcles가 사자를 구해주었다가 그 덕에 생명을 건지고 노예 신분에서 벗어나게 된다는 이야기 〈안드로클레스와 사자〉가 유명하다.

10번 구역

도미티아 윔지윅: 도미티아Domitia라는 이름을 가진 인물은 로마 역사에서 여럿 존재했다.

아라크네 크레인: 베를 잘 짜는 여인이었던 아라크네Arachne는 자신이 신보다 솜씨가 좋다고 우쭐대다 아테나Athena 여신의 분노를 샀다. 아테나는 아라크네를 영원히 베를 짜는 거미로 변신시켰다.

12번 구역

리시스트라타 비커스: 리시스트라타Lysistrata는 아테네 여인들을 선동하여 펠로폰네소스 전쟁이 끝날 때까지 남편과의 성관계를 일체 거부하게 만들어 평화를 가져왔다.

코리올라누스 스노우: 로마의 코리올라누스Coriolanus 장군은 로마의 정부에 대항하는 반란을 성공적으로 제압한 뒤 정치에 진출하려 하나 오히려 추방당한다.

그 외 카스카 하이바텀 총장의 이름은 카이사르Caesar를 암살한 이들 중 하나인 푸블리우스 세르빌리우스 카스카 롱구스Publius Servilius Casca Longus에서 온 것으로 보인다. 일부 캐릭터에 대해서 아주 간략하게만 소개했으니 흥미가 생긴 독자께서는 더 찾아보시길 권한다.

《헝거 게임》의 번역자이자 독자이며 팬으로서 오랜만에 판엠의 새로운 이야기를 접할 수 있어 즐거웠다. 이번에도 번역을 맡겨 주신 북폴리오 편집부와 책을 완성하는 데 함께 수고해 주신 모든 분께 감사의 말씀을 전하고 싶다. 독자 여러분도 즐기셨기를 바라마지 않는다.

이원열

옮긴이 이원열

번역가 겸 뮤지션. '헝거 게임' 시리즈, '트와일라잇' 시리즈의 《브리 태너》, 《그 남자의 고양이》, 《내 어둠의 근원》, 《아마겟돈을 회상하며》, 《세상이 잠든 동안》, 《카메라를 보세요》, '스콧 필그림' 시리즈와 《요리사가 너무 많다》 등의 책을 옮겼다. 로큰롤 밴드 '원 트릭 포니스(One Trick Ponies)'의 리드싱어 겸 송라이터로 활동하고 있다.

노래하는 새와 뱀의 발라드

초판 1쇄 발행 2020년 9월 8일 | 초판 6쇄 발행 2023년 12월 15일

지은이 수잔 콜린스 | 옮긴이 이원열

펴낸이 신광수
CS본부장 강윤구 | 출판개발실장 위귀영 | 디자인실장 손현지
단행본팀 김혜연, 조문채, 정혜리, 권병규
출판디자인팀 최진아, 김가민 | 저작권 김마이, 이아람
출판사업팀 이용복, 민현기, 우광일, 김선영, 신지애, 허성배, 이강원, 정유, 설유상, 정슬기, 정재욱, 박세화, 김종민, 전지현
영업관리파트 홍주희, 이은비, 정은정
CS지원팀 강승훈, 봉대중, 이주연, 이형배, 이우성, 전효정, 장현우, 정보길

펴낸곳 (주)미래엔 | 등록 1950년 11월 1일(제16-67호)
주소 06532 서울시 서초구 신반포로 321
미래엔 고객센터 1800-8890
팩스 (02)6455-8816 | 이메일 bookfolio@mirae-n.com
홈페이지 www.mirae-n.com

ISBN 979-11-6413-598-1 03840

* 북폴리오는 (주)미래엔의 성인단행본 브랜드입니다.
* 책값은 뒤표지에 있습니다.
* 파본은 구입처에서 교환해 드리며, 관련 법령에 따라 환불해 드립니다.
  단, 제품 훼손 시 환불이 불가능합니다.

북폴리오는 참신한 시각, 독창적인 아이디어를 환영합니다.
기획 취지와 개요, 연락처를 bookfolio@mirae-n.com으로 보내주십시오.
북폴리오와 함께 새로운 문화를 창조할 여러분의 많은 투고를 기다립니다.